Ehm Welk Die Gerechten von Kummerow

Roman

VEB HINSTORFF VERLAG ROSTOCK

ISBN 3-356-00336-4

2. Auflage 1990. Lizenz-Nr. 391/240/68/90
Printed in the German Democratic Republic
Umschlag: Eberhard Binder
Lichtsatz: Ostsee-Druck Rostock
Herstellung: Druckerei Neues Deutschland Berlin
Bestell-Nr. 522 513 1
00980

DER LESER DIESES BUCHES *mag im voraus wissen, daß die Gerechten von Kummerow keine Gegenfüßler der Heiden von Kummerow sind, die der Verfasser vor fünf Jahren aus der Stille ihres vorpommerschen Dorfes im Bruch hinterm Berge nahm und in das heitere Licht seiner Erinnerungen stellte. Es ist aber auch nicht so, daß die Menschen in diesem Buche nun die gleichen sind, die sie in jenem waren, durchaus nicht. Sie hatten versucht, die Großen und die Kleinen, gegen den ihnen aus Mißgunst der Nachbarn seit Generationen aufgebürdeten Namen der „Heiden" von Kummerow durch Taten, die nach landläufigem Begriff gut sind, den selbstgefälligen Namen der „Gerechten" von Kummerow einzutauschen. Daß ihnen dies nicht gelang, liegt an der Unzulänglichkeit ihres Wissens von den Kräften, welche die Verhältnisse an uns üben. Was ist das auch schon – ein Heide? Was – ein Gerechter? Kantor Kannegießer, der ein gerechter Heide ist, könnte die beiden Fragen mit einer Antwort erledigen, die er, Pastor Breithaupt zum Ärger, aus der Bibel nähme: „Ich sage euch, so ihr nicht werdet wie die Kinder, ihr werdet nicht in das Himmelreich kommen!" Kann aber ein Kind, und es braucht gar nicht aus Kummerow zu stammen, gerecht sein? Können Erwachsene auf Erden gerecht sein, wenn sie die Zustände auf Erden als vom Himmel gewollt ansehen? Nun also!*

Davon handelt dieses Buch. Es erzählt in fünfundzwanzig Kapiteln, was sich im Herbst und Winter und Frühling, nachdem der alte Kuhhirte davongejagt worden war, an Handlungen der Heuchelei und des Bekennens, des himmelnden Zauderns und des erdhaften Zufassens, des düsteren Schreckens und des fröhlichen Gelächters ereignete. Die Kapitel heißen: Mailiche Weltanschauung / Unterm Lindenbaum / Der letzte Vers / Die Kletterstange des Erfolges / Störche, Hammel und Kanonen / Disteln im Erntekranz / Der Tanz ums Glück / Augenbinden der Justitia / Das große Gericht / Haut der liebe Gott? / Unsere guten Werke / Die Jesewitter / Das Duell / Der Freischütz / Feurige Engel / Ehrenrettung / Zeichen und Wunder / Luzifers Sturz / Untergang / Wintergeschichten / An der Pforte / Märzenschnee / Die Flucht / Mit tausend Masten / Besiegt.

Nach dem Glauben vieler Gerechter hat das irdische Paradies in Mesopotamien gelegen, nach dem Glauben vieler Heiden in Vorpommern. Für beide Überzeugungen gibt es Begründungen in gelehrten Schriften. Der Verfasser hat an beiden Stellen der Erde gestanden, hat seinen Glauben gefragt und keine Antwort erhalten; hat seinen Verstand gefragt und es nicht entscheiden können. Und hat später an anderer Stelle der Erde und im Ungemach sein Herz gefragt und ein Echo vernommen: Daß das Paradies des Menschen immer nur dort gelegen hat, woher der unzerstörbare Zauber weht, der stark genug ist, die Hoffnung auf das bessere Morgen zu erhalten und das Leben bis an sein Ende zu beglänzen – an den Stätten, wo sein Herz jung war.

Mailiche Weltanschauung

Eigentlich müßte die Geschichte, die hier erzählt werden soll, im September beginnen. Sie tut es im Grunde auch, aber weil das so ist, braucht sie eine Einleitung, und die spielt im Mai. Das liegt an dem etwas ungewöhnlichen Termin, den Kreisschulinspektor Superintendent Sanftleben seit zehn Jahren für die Visitation der Schule in Kummerow im Bruch hinterm Berge eingeführt hatte. „Sicher nur, weil er gern Backhühner ißt und gemerkt hat“, meinte Pastor Breithaupt, „daß sie um diese Zeit besonders groß und doch noch sehr zart sind.“ Er aß sie nämlich im Pfarrhause, und Frau Pastor, die aus einem Gutshause stammte, verstand sich auf so etwas. Sie hatte es auch heraus, im Herbst noch eine Glucke aufs Nest zu bringen, und das nur, um im Mai schöne große Backhühner für den Kreisschulinspektor zu haben. Pastor Breithaupt bezweifelte zwar, daß es sich lohne, gab aber doch jedesmal von seinem guten alten Bordeaux dazu. Er sah das sozusagen als Dienst am Vorgesetzten an, und Pastor Breithaupt hatte das nötig. Der Leser wird schon bemerkt haben, daß die Geschichte in jenen Jahren spielt, als es in Deutschland noch die geistliche Schulaufsicht gab. Das aber ist keineswegs so lange her, wie manche Menschen glauben; und wäre es auch noch länger her, so hat der Autor dennoch eine Berechtigung, von jenen Zeiten zu erzählen. Vielleicht hat er gar eine Verpflichtung dazu.

Als also Superintendent Sanftleben bei der letzten Visitation die Kinder von Kummerow fragte, welches der schönste Monat des Jahres sei, und in seinem poetischen Stadtgemüt erwartete, sie würden wie in aller Welt den Mai nennen, bekam er die feste Antwort: „Der September“. Der sie ihm gab, Traugott Fibelkorn, galt nicht gerade als ein heller Kopf, und da der Superintendent das wußte, lächelte er nachsichtig, wenn auch etwas verwundert darüber, daß die andern Kinder nicht, wie er das doch von den Kummerowern kannte, bei einer so törichten Antwort schadenfroh und laut lachten. Er wendete sich an den Ersten: „Sag du es, mein Sohn, welches ist der schönste Monat des Jahres?“

Der schmale, weißhaarige Junge sah zögernd auf den hohen Herrn, dann fragend auf den nicht ganz so hohen Begleiter, Dorfpastor Breithaupt, blieb lächelnd an seines alten Lehrers Gesicht hängen und antwortete aus dem Erstaunen, das auch aus achtzig anderen Kindergesichtern über so viel geistliche Unwissenheit sprach, fast mitleidig: „Aber Traugott hat es doch schon gesagt: der September!“

„Der September? Das verstehe ich nicht!“ Superintendent Sanftleben verstand es wirklich nicht, und sein Ausruf galt daher auch weniger dem Knaben, der ein aufgeweckter Bursche sein mußte, da er mit elf Jahren schon als Erster saß, sondern mehr seinem Amtsbruder, dem Pastor, und dem Lehrer.

Pastor Breithaupt zuckte mit den Schultern. „In diesem Kummerow ist eben alles anders als im übrigen Deutschland. Auch die Arbeit des Pastors und Lehrers. Nur nicht ihre Besoldung. Bei einem solchen Material! Wobei das Jungholz noch weich ist gegen die Knusten, mit denen ich mich abzuplagen habe. Ich habe es einer hochwohllöblichen vorgesetzten Behörde aus anderen Anlässen oft genug gesagt und geschrieben. Alles ist hier anders, alles! Warum nicht auch der schönste Monat?“

Die vorgesetzte Behörde Sanftleben winkte sanft ab: „Wenn es sich bei diesen Antworten nicht um Willkürlichkeiten handelt, um Verlegenheitserzeugnisse, so möchte ich wohl erfahren, wie die Kinder gerade auf den September kommen.“

Kantor Kannegießer ließ den langen weißen Vollbart los und räusperte sich respektvoll: „Ich kann es mir schon denken.“

Aber der Superintendent bedeutete ihm, seine Gedanken bei sich zu behalten und ihm, dem von der Regierung bestellten Kreisschulinspektor, zu gestatten, wieder einmal einen Beweis der eigenen, schon durch seinen geistlichen Beruf garantierten besseren pädagogischen Begabung zu erbringen. Er wendete sich an die Kinder: „Der September – meine lieben Kinder, was ist denn schön an ihm? Gewiß, er ist noch milde, manchmal sogar noch warm. Aber schön ist er doch wohl nicht. Ich könnte mir denken, daß ihr den Juli schön findet, dann scheint die liebe Sonne schön warm, dann sind Ferien, ihr könnt verreisen –“

„Hem, hem ...“ machte Pastor Breithaupt und dachte sich sein Teil über die Ferienreisen von Dorfkindern.

„Der September hingegen ist ein Monat“, fuhr der Superintendent fort, „der schon den Verfall mit sich trägt, das Vergehen. Nun braucht uns das nicht zu schrecken, fürwahr nicht. Aber schön ist es auch nicht. Schön und lieblich ist das Werden. Dieses nennt man in der Natur – ja, sag du es, wie nennt man das Werden?“ Und er deutete auf den langen Schulzensohn Hermann Wendland.

Der hatte gar nicht zugehört. Sein Trick war, bei solchen Gelegenheiten die Hände überm Bauch zu falten und andächtig die Augen zu Boden zu halten. Das machte einen frommen Eindruck und ließ die Frage meist an den Nebenmann weitergehen, stimmte auf jeden Fall die geistlichen Herren milder. Es wirkte auch jetzt, aber der Schulinspektor war eben auch noch Superintendent und wollte einem sichtlich frommen Knaben helfen. „Nun, wie nennt man die Kindheit in der Natur, das Werdende?"

„Ach, das ist verschieden!" Hermann Wendland hatte den Kopf gehoben, was der da fragte, das war nicht schwer zu beantworten.

Superintendent Sanftleben bestätigte, es gäbe dafür allerdings zwei Bezeichnungen, und wunderte sich, daß ein keineswegs gescheiter Dorfjunge für Frühling auch noch das Wort Lenz kennen sollte.

„Da gibt es mehr als zwei Namen für das Werdende oder wie Sie sagten", belehrte der Bauernjunge Hermann Wendland den verblüfften Schulinspektor, „wenn es 'ne Kuh ist, dann ist es 'n Kalb; wenn es 'n Pferd ist, dann ist es 'n Fohlen; wenn es 'ne Gans ist, dann ist es 'n Güssel; wenn es –"

„Halt mal!" Es kam aus dem sonst so nachsichtigen Mund des Superintendenten doch etwas ärgerlich heraus. „Die Kindheit der Natur, das Werden, nennt man den Frühling. Oder den Lenz. Was ist also der Frühling?"

Hermann Wendland senkte den Kopf und setzte sich. Von selbst fiel er wieder in die erprobte fromme Haltung der gefalteten Hände, doch war er seiner Sache nicht mehr sicher, und seine beiden Daumen begannen ein wildes Haschespiel mit vor und zurück, das Hermann sich andächtig ansah.

„Wendland", bremste da Pastor Breithaupts laute Stimme das Kreisen der Daumen, „wenn du mit deinen Pfoten noch so rasch herumleierst, ich sehe doch, daß du wieder mal den Dreck von acht Tagen unter den Nägeln hast. Jetzt antworte gefälligst: Was ist der Frühling?"

„Der ist verschieden, Herr Pastor."

„So, sieh mal an. Und warum ist er verschieden, und wie ist er verschieden?" Hermann Wendland lächelte den Frager kollegial an. So was, als wenn er das nicht wüßte, wo er doch selbst pflügte und säte, seine achtzig Morgen beackerte und seine Kühe selbst zum Bullen brachte. „Na, mal ist der Frühling naß, und mal ist er trocken. Und wenn er trocken ist, dann taugt er nichts. Im Bruch, da geht es ja noch, aber am Marienkirchhofsberg, wo Sie Ihr's haben, da kriegen Sie dann nicht viel Roggen nach Hause."

„Martin Grambauer, sag du dem Dussel, was der Frühling ist!“ befahl der Pastor. Der Erste flitzte hoch: „Eine Jahreszeit, Herr Pastor.“

„Sehr richtig!“ Es war der Superintendent, der nun die Führung wieder übernahm. „Und welche Jahreszeit, mein Sohn?“

Martin sah den Fragenden unwillig an. „Welche? Wieso?“

Da griff Pastor Breithaupt wieder ein. „Wer hat hier zu fragen, Grambauer, du oder der Herr Superintendent? Wieviel Jahreszeiten haben wir?“

„Vier. Sie heißen Frühling, Sommer, Herbst und Winter.“

„Schön. Aber wenn ich frage: wieviel, so hast du nur mit einer Zahl zu antworten, nicht auch noch mit Namen.“

Martin war ehrlich verwundert. „Stimmt's denn nicht?“

„Stimmen tut's schon. Aber nach den Namen wollte ich besonders fragen.“ Pastor Breithaupts Stimme klang ebenso ärgerlich, als hätte es nicht gestimmt.

Der Junge lachte unbekümmert. „Das hab ich mir gedacht, daß Sie das noch fragen würden, und da hab ich's gleich mitgesagt.“

Nun entfuhr dem Superintendenten doch ein Seufzer, von dem Pastor Breithaupt lächelnd Kenntnis nahm: „Da sehen Sie es: Ob gescheit oder dämlich, in Kummerow macht einem das den gleichen Ärger und die gleiche Mehrarbeit.“

Doch der Kreisschulinspektor wollte wieder auf seinen schönsten Monat kommen und damit zu einem erfreulichen Ergebnis der Prüfung einer Dorfschule. „Also, meine lieben Kinder, wir waren uns einig über die Jahreszeiten. Die erste von ihnen heißt also?“

Ungefragt antwortete Hermann Wendland: „Frühling.“

Superintendent Sanftleben strahlte. „Sehr gut. Siehst du, es geht schon.“ Und er sah Pastor und Lehrer an, als wollte er ihnen sagen: Seht ihr, so muß man es machen, um die dicken Köpfe aufzuschließen.

„Nun gebt acht: Wie kann man den Frühling noch nennen?“

Und wieder war es Hermann Wendland: „Ein Kind.“

Der Superintendent seufzte nun doch. „Das nun gerade nicht. Er ist ein Kind, er ist das Kind des Jahres, das Werden in der Natur. Ich hab euch die andere Bezeichnung für den Frühling vorhin schon mal genannt. Nun, wer weiß es noch?“ Da keiner antwortete, versuchte er es von der anderen Seite. „Wer kann mir sagen, was der Lenz ist?“

Zu seinem Erstaunen fuhren eifrig mehrere Finger gerade von den Kleineren in die Höhe. Befriedigt tippte der Superintendent auf ein kleines Mädchen von neun Jahren, das dicht vor ihm saß. „Nun, Kleine, du hast auch den Finger hoch. So sage mir, was ist der Lenz?"

Mit der Antwort konnte der Frager allerdings nichts anfangen. Sie lautete, verschüchtert und doch voll Stolz: „Mein Vater!"

Kindheit, Vaterschaft, Frühling, Lenz – es schien wirklich, daß dieses Kummerow einen besonderen Platz tief unten sogar noch in der bescheidenen Liste der Ansprüche des geistlichen Schulinspektors einnahm. Und so war Superintendent Sanftleben nicht mehr begierig, zu erfahren, weshalb ein kleines Mädchen aus diesem Dorfe sichtlich erfreut behauptete, der Lenz sei ihr Vater, und sein Amtsbruder Breithaupt darüber noch unbekümmert lachen konnte. Er wendete sich an den kurzen, dicken Zeigefinger, der auf einer runden, rotbehaarten Hand, aus einem zerrissenen Rockärmel aufgereckt, verzweifelt über einem roten widerborstigen Haarschopf kreiste: „Ja, du da – wie heißt du doch gleich?"

„Na, Johannes doch." Der Finger sank herab.

„Und weiter?"

„Na, Bärensprung doch. Danach brauchen Sie mich nicht immerzu wieder zu fragen. Jedesmal immer wieder." Das Gesicht wurde ganz finster, fast böse. Denn Johannes fürchtete, der Superintendent wolle wieder, wie vor Jahren, nach dem Vatersnamen fragen. Johannes hatte nun mal keinen Vater und hieß wie seine Mutter und sein Großvater. Maulend fuhr er fort: „Wo ich mich doch gemeldet hab, um das andere zu sagen."

„Aber, mein Junge, natürlich sollst du es sagen. Es ist schön, daß gerade du es weißt. Also, Johannes, nun sage du ihnen mal, was ist der Lenz?"

Johannes' sommersprossiges Gesicht leuchtete auf. „Da sind zweie in Kummerow, Herr Zupperdent. Einer ist Herr Graf sein Schäfermeister. Einer ist bei der Eisenbahn."

Superintendent Sanftleben wendete sich unwillig an Pastor und Kantor, doch da es ihn verdroß, daß beide wiederum grienten, als freuten sie sich der erneuten Bestätigung ihrer schwierigen Erziehertätigkeit, lenkte er sofort nachsichtig ein: „Meine Herren, dies alles sind kindliche Mißverständnisse. Aber daß diese Jugend so beharrlich den September den schönsten Monat des Jahres nennt – das muß ich noch herausfinden, vielleicht stoße ich auf Wurzeln der Volksüberlieferung, von denen wir gar nichts ahnen." Er drehte sich erneut den Kindern zu und sprach beharrlich weiter vom Mai und wie er der Wonnemonat geheißen und in der ganzen Welt von den Dichtern als der schönste Monat gepriesen werde. „Was ist es also, das uns am Mai gefällt?“

Es war wieder Hermann Wendland, der Dreizehnjährige. „Das ist verschieden, Herr Zupperdent.“

Doch der geistliche Herr lächelte diesmal. „Bei dir ist anscheinend alles verschieden. Nur deine Antwort nicht. Also du, Martin Grambauer, was gefällt uns so am Monat Mai?“

Der dachte einen Augenblick nach. „Hermann hat es ganz richtig gesagt. Nämlich, wenn er uns gefallen soll, da muß er verschieden sein. Zuerst, da muß es naß sein im Mai und kühl, und wenn die Eisheiligen vorbei sind, dann muß es warm werden, aber nicht so warm wie im Juli, sonst verkalbt der Mai.“

„Was tut der Mai?“ Der Superintendent war entsetzt.

Martin hielt ihn dagegen nur für dumm und blickte ihn gönnerhaft an, indes die halbe Schule grinste. „Er verkalbt!“

Allein der hohe geistliche Herr verstand es dadurch, daß es diesmal ganz laut gesprochen wurde, auch noch nicht; und er fragte, was der Junge damit meine.

Und Martin erklärte es ihm: „Na, wenn eine Kuh das ihre nicht ganz austrägt und das Kalb kommt zu früh und ist noch nicht fertig, dann hat sie verkalbt. Und der Sommer, wenn er schon im Mai kommt...“

Da winkte der Superintendent mit beiden Händen ab. Diese Verbindung mit dem Mai war zuviel für sein poetisches Gemüt. Auch für sein pädagogisches Gemüt. Aber auch für sein pädagogisches Gewissen. Er beugte sich zu dem Knaben.

„Mein Junge, man darf doch nicht alles nur vom Nützlichkeitsstandpunkt aus ansehen. Gewiß, der Bauer sieht zuerst darauf. Aber ihr, die ihr noch nicht zu fragen habt, ob die Erde genügend Feuchtigkeit hat, um eine gute Ernte werden zu lassen, ihr seht doch auch andere Dinge draußen in der Natur im Mai. Zum Beispiel die Bäume, die Wiesen, die Vögel. Im Mai, da ist alles wiederauferstanden in der Natur, da blüht alles neu, da jubilieren die Vöglein, da fühlt der Mensch nach des Winters Nacht die warme Hand des Schöpfers neu, und darum ist der Mai der schönste Monat.“

Er holte tief Atem, überzeugt, ein paar junge Seelen der materialistischen Weltanschauung entzogen zu haben. Und in lehrerhafter Wiederholung stellte er die Frage noch einmal, eindringlicher: „Wann sieht die Erde am schönsten aus?“

Diesmal war es Traugott Fibelkorn. Mit der Sicherheit eines Philosophen, der sein System für das allein richtige hält, verkündete er den weisheitsvollen Satz: „Wenn wir sie verkehrt anschauen!"

Hätte das Schopenhauer oder, andersherum, Leibniz gesagt, es wären dicke Diskussionen in aller Welt gefolgt. So gab es nur ein zwar verwundertes, aber mitleidiges Kopfschütteln und die Frage: „Verkehrt – wie denn?"

Wohl zwanzig Finger waren hoch, doch Traugott ließ sich den Triumph, es als erster gesagt zu haben, nicht nehmen. „Na, so, den Kopf ganz tief runter, und dann durch die Beine gucken!"

Pastor und Kantor lachten, der Superintendent blickte ehrlich erstaunt umher. Er glaubte es anscheinend nicht. Johannes wollte ihn belehren: „Doch, Herr Zupperdent, das machen Sie man nachher. Dann ist alles viel deutlicher und viel bunter auch."

Die Vorstellung, der lange und würdevolle Superintendent könnte vielleicht auf dem Damm den Kopf durch seine gespreizten Beine stekken und sich die Welt von unten und hinten ansehen, ließ das Lächeln auf des alten Lehrers Gesicht wohl länger als geziemend verweilen. Leicht gereizt sprach ihn der Superintendent an: „Wie kommen die Kinder zu solchem Unsinn?"

Kantor Kannegießer war sogleich ernst. Doch für ihn antwortete schon der Erste. „Das hat uns Krischan gezeigt. Und Unsinn ist das gar nicht, nicht wahr, Herr Kantor?"

Der versuchte eine ungeschickte Erklärung des Phänomens, in der gesteigerter Blutdruck, veränderter Gesichtswinkel und so weiter eine Rolle spielten. Kopfschüttelnd hörte der Superintendent zu. Dann fragte er, ganz außer Fassung: „Haben Sie das etwa ausprobiert, in Ihren Jahren?"

Kantor Kannegießer bekannte: „Damals, als Krischan das aufbrachte, war ich noch jünger. Aber ich meine, auch das Alter enthebt den Lehrer nicht der Pflicht zur Nachprüfung einer Behauptung von Schülern."

„Bei offenbarem Unsinn sehr wohl", beendete der Superintendent den Streit um die verkehrte Weltanschauung. Wollte ihn beenden, denn da ging noch ein Finger hoch und zog gleichsam ein etwa elfjähriges Mädchen empor. „Es ist aber so, Onkel Superintendent, mein Papa, der weiß es auch!" Die Sprecherin war Pastors Ulrike.

Pastor Breithaupt war während der Diskussion über die Einwirkung der Kummerower Optik auf die Geoplastik und Erkenntnistheorie im Zweifel gewesen, ob er sich einmischen sollte oder nicht, doch da seine dreiste Tochter ihn zum Bekennen zwang, lachte er vergnügt: „Es war beim Heuen, sie war mit, und wir sprachen über die Schönheit der Heimat. Da versetzte sie mir die Weisheit des alten Krischan. Na, Sie kennen das Mädel ja, wenn sie was will, läßt sie nun mal nicht locker."

„Und da haben Sie" –, fassungslos sah der Superintendent den geringeren Amtsbruder an, und zugleich hingen die gierigen Augen von achtzig Schulkindern am Gesicht ihres Seelenhirten.

„Da habe ich! Wir waren ja allein." Daß er den entschuldigenden Nachsatz für nötig gehalten hatte, ärgerte ihn plötzlich. Himmelherrgott, wie weit hatten sie einen doch gekriegt mit ihrem Geschwätz von Amtswürde.

„Und –"

„Es ist etwas Wahres dran. Ich erkläre es mir..."

Doch wie vorhin den Lehrer, so unterbrach der Superintendent nun auch den Pastor. Seltsamerweise weniger barsch, vielleicht wollte er die geistliche Autorität, die in diesem Kummerow an und für sich nicht hoch stand, nicht noch weiter gefährden; vielleicht dachte er auch an das nach der Visitation obligate Backhühneressen im Pfarrhaus. Er lächelte jedenfalls nachsichtig: „Lassen wir das Erklären, meine Herren. Vielleicht erklärt Ihnen der geschätzte Kollege von der Kuhweide, der Ihnen seit Jahren bei der Erziehung der Kummerower Jugend so erfolgreich hilft, auch noch, warum der Schöpfer den Menschen die Augen in den Kopf und nicht, verkehrt herum, in die Kniekehlen gesetzt hat." Er freute sich über seinen Witz und lachte, zufrieden mit sich, daß er ein für ihn ehrenvolles Ende gefunden hatte. Doch dieses kleine Lachen machte Traugott Fibelkorn glauben, der Gefürchtete sei heute gemütlich. Da wollte Traugott die Spekulation des Johannes Bärensprung, den Superintendenten durch die Beine gucken zu sehen, weitertreiben, denn schließlich war er, Traugott, es ja gewesen, der das von dem verkehrten Weltbegukken zuerst gesagt hatte. Und er fragte in freudiger Erwartung: „Machen Sie's nachher draußen mal, Herr Zupperdent?" Und achtzig Augenpaare fragten mit: Wird er es tun?

Er tat etwas anderes, er drückte das erhobene Gesicht von Traugott nach unten und sagte barsch: „Du hast vorhin auch den anderen Unsinn gesagt, den von dem September als dem schönsten Monat. Da erkläre mir nun lieber, warum er denn das sein soll."

Traugott konnte sich nicht so rasch umstellen. Erst nach einer kleinen Pause hatte er sich gefunden: „Weil da doch Kinderfest ist!“

Das sei gewiß ein schöner Tag, nickte der Superintendent. Aber deshalb gleich der schönste Monat im Jahr?

Ungefragt schmetterte der rote Johannes heraus: „Na, weil da doch Herr Graf Geburtstag hat und wir Fackelzug machen und Pfannkuchen kriegen und Punsch.“

Da der Superintendent noch immer nicht von den Herrlichkeiten des September überzeugt schien, wurde ihm in begeistertem Durcheinander noch der Beginn der Kartoffelferien mit Kartoffelfeuer, das Zusehen bei der gräflichen Rebhuhnjagd, der Anfang der großen Dorfkämpfe und der Spiele, das Ab- und Zuziehen der Knechte und Mägde und der Instleute vom Gut angeboten. Doch noch immer schüttelte er, weise lächelnd, den Kopf.

„Weil da alles reif wird!“ Es war Martin Grambauer, der es mehr hervorstieß als sagte. Pastor Breithaupt freute sich und wollte gerade den Satz auslegen, als der Junge fortfuhr: „Und weil dann Austköst ist!“

„Ja“, trompetete Johannes, und man hörte seine Freude, „und gleich zwei Stück.“

Austköst, das war Erntefest, so viel wußte der Superintendent auch. Aber zweimal gleich? Pastor Breithaupt klärte ihn auf, warum sie in Kummerow zweimal Erntefest feierten, einmal vom Gut und einmal von den Bauern, und warum sie das im Gegensatz zu den anderen Dörfern immer erst ganz spät, in den letzten Septembertagen machten – um ja auch sicher zu gehen, daß der Herrgott ihnen bis zum letzten Halm gnädig gewesen sei und den Dank auch verdiene. Zu allem fühlte auch noch Hermann Wendland, als der Älteste in der Schule und als Schulzensohn, sich verpflichtet, des Dorfes Liebe zum September einem städtischen Superintendenten gegenüber zu begründen.

Er stand auf und bekannte: „Weil da doch der zweite Heuschnitt gemacht wird!“ Und er setzte behaglich, im Gefühl seiner baldigen Erwachsenheit, hinzu: „Und weil da doch das Locken losgeht.“

Es entging dem mattgewordenen Superintendenten, wie der alte Lehrer Kannegießer bei dem Wort Locken zusammenzuckte und der Pastor mit bösem Gesicht dem Schulzensohn eine drohende Faust machte. Er selbst hatte nur Heu gehört, dachte, nun geht es wieder los mit den landwirtschaftlichen Angelegenheiten, winkte müde ab und sagte: „Ich muß mich bei jedem meiner Besuche immer mehr davon überzeugen, daß das

Gerede von den Heiden von Kummerow wohl doch nicht ganz zu Unrecht entstanden ist. Wir wollen für diesmal Schluß machen, meine Herren!“ Auch Pastor Breithaupt war sehr dafür.

Als die Kinder draußen waren, begann der Superintendent jedoch erneut: „Wozu es leugnen, meine Herren: Das Ergebnis ist, zieht man in Betracht, daß vierzehnjährige Schüler dazwischen sind, nicht befriedigend.“ Worauf er den Lehrer ansah.

Der gab sich einen Ruck. Was wollten sie ihm schon, es war sein letztes Lehrerjahr. Und so antwortete er und freute sich, wie fest es klang: „Es wird immer unbefriedigend sein, Herr Superintendent, solange die Schule es ist. Achtzig Kinder von sechs bis vierzehn Jahren in einer Klasse und ein einziger Lehrer! Bei diesem Lehrplan.“

„Kommen Sie mir nicht wieder mit dem angeblich ungenügenden Lehrplan“, antwortete der Superintendent spitz. „Hätten Sie auch nur seine Grundfächer zum Allgemeinbesitz Ihrer Schüler gemacht, Ihre Schule wäre heute ein Musterinstitut.“

Kantor Kannegießer zuckte resignierend mit den Schultern und schwieg. Um zu einem versöhnlichen Abschluß der Visite zu kommen, wollte Pastor Breithaupt sich wieder der Kinder annehmen. Und so sagte er denn schmunzelnd: „Übersehen wir bitte nicht bei der Hoffnung, dieses Muster einer Dorfschule ausgerechnet in Kummerow zu schaffen, daß es vorwiegend für Schüler bestimmt wäre, deren Köpfe schon mit dem Wissen vom Verkalben des Monats Mai, vom Werden der Güssel und Fohlen und vom Locken bei der Heumahd im September angefüllt sind.“

Der Superintendent zeigte denn auch Verständnis für die Absicht des Pastors und zog gleich den Lehrer mit hinein. „Sie haben recht, meine Herren, es sind eben nur Dorfkinder, sind Sprößlinge aus Familien, in denen die geistigen Güter wohl meist als überflüssig angesehen werden. Wo sollen da Begabungen herkommen? Und wozu auch brauchten wir sie? Es genügt, erziehen wir diese Landkinder zu anständigen Christenmenschen.“

Sollte er wieder einmal zu dem Unsinn schweigen, wie er fast immer geschwiegen hatte? Kantor Kannegießer dachte an die Kämpfe, die er mit dem Pastor als dem Ortsschulinspektor, mit dem Grafen als dem Patron der Schule, aber auch mit den Eltern gehabt hatte, als er noch voller Lehrerideale war: Es lohnte sich nicht mehr. Da sah er den Pastor schadenfroh lächeln, und nun mußte er sprechen: „Sie irren sich, Herr Superintendent. Es sind unter den Landkindern nicht mehr Dummköpfe als unter den Stadtschülern. Es leben auf dem Lande nur mehr Eltern, die den Wert einer guten Schulbildung für ihre Kinder nicht erkennen. "

Lohnte der ihm seine Nachsicht so? Der Superintendent antwortete spitz: „So bringen Sie den Eltern dieses Erkennen doch bei, Sie sind ja schon jahrzehntelang hier!"

Er rührte damit an des Kantors schmerzhafteste Wunde. Nun schön, sollten sie es hören. „Dann müßte ich den Kleinbauern und Tagelöhnern auch die Mittel geben können, die es ihnen ermöglichen, auf ihre Kinder als Feldarbeiter und Hofgänger zu verzichten."

Darüber verlor der Superintendent auch den Rest seiner beruflichen Güte und nickte nur hämisch. Dann wendete er sich an Pastor Breithaupt und sagte mit der Stimme des Vorgesetzten, der hier die Obrigkeit war: „Ich will nicht annehmen – ich will noch nicht annehmen, Herr Pastor, daß der aufsässige Geist gewisser Volksschullehrer-Kreise der Großstädte auch schon das Land erfaßt hat! In solchem Fall hätten Sie mir doch wohl Bericht erstattet!" Von diesem Warnschuß erwartete er anscheinend eine ausreichende Wirkung, sein Gesicht wurde wieder freundlich, als er es nun dem Kantor zuwendete: „Hören Sie zu, mein Lieber! Ihre letzten Ausführungen verwunderten mich in dieser Zeit nicht, kämen sie aus dem Munde eines Junglehrers. So etwas legt sich. Sie aber sind doch schon ein alter Mann. Sollten Sie da nicht wissen, daß wir Pädagogen nicht Allgemeinsätze reden dürfen, sondern immer den besonderen Zweck berücksichtigen müssen, für den wir unsere Schüler vorzubereiten haben? Nun, dieser Zweck ist für Landkinder doch wohl erkennbar."

Der salbungsvolle Ton, in dem er den Verweis vorbrachte, verdroß den alten Lehrer erst recht. Und so fragte er denn knapp und nüchtern, und es klang ironisch: „Also wieder Hofgänger und Feldarbeiter? Immer nur wieder?"

„Halten Sie eine solche Tätigkeit etwa für unehrenhaft?" fragte der Pastor dazwischen.

„Nein", antwortete der Kantor, „denn ich bin der Sohn eines Arbeiters. Doch Ihre Frage, Herr Pastor, will eine andere Antwort. Wenn nämlich der Beruf eines Tagelöhners oder Feldarbeiters so ehrenvoll und ausreichend auch für solche Landkinder sein soll, die begabt sind, warum schicken dann Junker, Fabrikanten und geistliche Väter sogar ihre ganz unbegabten Söhne auf alle möglichen Pressen, nur um sie für einen anderen Beruf als den des Landarbeiters vorbereiten zu lassen?"

Superintendent Sanftlebens Gesicht lief dunkelrot an, und auf des Pastors Zügen schimmerte etwas wie Schadenfreude. Was war denn nur heute mit dem alten Kannegießer los? Die Erwähnung, auch geistliche Väter hätten unbegabte Kinder, konnte sich doch nur auf die beiden Söhne des Superintendenten beziehen, die aus der Quarta vom Gymnasium in Randemünde genommen werden mußten und schließlich in einem Internat in Eberswalde mit Hängen und Würgen das Einjährige gemacht hatten, in einem Alter, das ihnen gleich den Wehrdienst erlaubte. Pastor Breithaupt hatte sich zwar oft über den Kantor geärgert, dem Superintendenten jedoch gönnte er den Hieb. Nun aber hielt er es im eigenen Interesse für richtiger, abzulenken, es drehte sich immerhin um die Schule, deren Ortsschulinspektor er war. Und so tat Pastor Breithaupt, als interessiere ihn nur der sachliche Teil der ganzen Unterhaltung: „Vielleicht sind achtzig Kinder wirklich zuviel für eine einzige Lehrkraft, Herr Superintendent!"

Allein der Superintendent hatte gar nicht auf den Amtsbruder geachtet, er war noch immer bei seinen beiden Söhnen und der Enttäuschung und Blamage, die sie ihm jahrelang gemacht hatten. Da hatte er geglaubt, die Sache vor den Bürgern von Randemünde verborgen gehalten zu haben, und nun wußte sogar ein gewöhnlicher Dorfschullehrer davon. Wußte davon und hatte die Frechheit, darauf anzuspielen. In Gegenwart seiner Vorgesetzten! Das Ungebührliche und Respektlose eines solchen Benehmens konnte er ihm leider nicht beweisen, ohne die eigenen Familienverhältnisse bloßzustellen. Nun, der alte Narr, der da an den Grundfesten des deutschen Schulwesens und der deutschen Familientraditionen zu rütteln wagte, hatte ihm die sachliche Gelegenheit gegeben, ihn zu fassen. Das ernste Gesicht ganz unbeteiligt gegen die Wand gerichtet und so, als stellte er eben nur eine Tatsache fest, sagte der Superintendent: „Das Resultat der Visitation der Schule in Kummerow ist in jeder Weise ungenügend. Da es nach der von Herrn Kantor Kannegießer geäußerten Ansicht so viel unbegabte Schüler auf dem Lande nicht geben kann, müssen die Ursachen des schlechten Wissenszustandes an anderer Stelle gesucht werden!"

Er legte eine Pause ein, entwölkte die Stirn, ließ die Sonne der Scheinheiligkeit darübergleiten und kehrte das so präparierte Gesicht voll dem Lehrer zu: „Hatten Sie nicht die Absicht geäußert, mein lieber Herr Kantor, sich nach so langen Dienstjahren pensionieren zu lassen? Nun, ich würde ein solches Gesuch von Ihnen jedenfalls befürworten. Adieu denn!“ Ja, und dann gingen sie Backhühner essen.

Unterm Lindenbaum

Die Schulvisitation war im April gewesen, nun war es September, und die Geschichte kann beginnen. Pastor Breithaupt kam vom Bruch herauf, die Heuforke über der Schulter, die verschwitzte Bauernmütze etwas schief gezogen, die Pfeife im Munde, Langschäfter an den Beinen. Er hatte den ganzen Nachmittag das Grummet in Haufen gesetzt, Herrgott, war das wieder ein Heu in diesem September. Aus Freude darüber konnte man direkt den Ärger und Verdruß vergessen, den einem Gericht, Regierung, Superintendent und Konsistorium in den letzten Wochen bereitet hatten. Auch, daß noch immer ein angeforderter Bericht zu schreiben war über die „landfriedensbruchähnlichen Ausschreitungen der Schuljugend“ gegenüber einem „Einwohner des Ortes“. Als wenn sie im Konsistorium nicht genau wüßten, um was es sich handelte. Vierundzwanzig Jahre lang war dieser Krischan Klammbüdel, wie sie ihn nannten, weil keiner seinen richtigen Namen wußte, um Quasimodogeniti nach Kummerow gekommen, hatte ohne Lohn, nur für das Essen und für ein Nachtlager auf dem Heuboden des Krügers, die Kühe gehütet, das Vieh kuriert und mit den Schuljungens Freundschaft gehalten. Er trank nicht, er lästerte nicht, ging alle vierzehn Tage in die Kirche, und wenn sein Christentum auch von besonderer Art war, wie seine Weltanschauung und Lebensführung, und wenn auch noch soviel daran wahr sein mochte, daß er früher zur See gefahren und nachher in Strafanstalten gewesen sein sollte, man auch nicht wußte, wo er eigentlich den Winter zubrachte, so war doch auch gewiß, daß er in all den langen Jahren in Kummerow sich besser aufgeführt hatte als die meisten der sogenannten Einwohner. Und erst recht besser als der, um den es sich nun handelte, der Müller. Der trug ja durch seine verlogenen Anzeigen Schuld, daß die Gemeinde den alten Hirten rücksichtslos abgeschoben hatte, noch vor dem Erntefest, wodurch wieder der ganze Krawall gekommen war, der nun ihn zwang, sein angebliches Versagen wegen der „landfriedensbruchähnlichen Ausschreitungen der Schuljugend“ zu rechtfertigen. Und kein Wort der Aufklärung hatte dieser Superintendent, der den Fall doch genau kannte, gefunden.

Der Pastor blieb stehen, und über sein Gesicht zuckte es grimmig: Der

Herr Kreisschulinspektor sollte im letzten Mai seine letzten Backhühner in Kummerow gegessen haben! Gleich heute würde er seiner Frau untersagen, die Herbstglucke zu setzen. Überhaupt diese Schulvisitationen! Es geschah dem sanftlebenden Herrn schon recht, daß ihn die Kummerower Jungens aus dem pädagogischen Konzept brachten, wie das letzte Mal mit ihrer verkehrten Weltanschauung. Hatten sie denn nicht recht, daß man die Welt verkehrt ansehen müßte, sollte sie schöner und bunter sein? Vielleicht gar, damit sie richtiger würde? War denn nicht geradezu verrückt, was da behördlicherseits mit diesem Krischan geschehen war?

Der Pachtmüller von Kummerow, Düker heißt der Kerl, hinter dem Wachtmeister Niemeier schon öfter hergewesen ist wegen Wilddieberei und Fischdiebstahl, prügelt sein neues Pferd auf dem Dorfplatz von Kummerow zu Tode, und nur deshalb, weil das Tier immer so sonderbar die Vorderbeine breitstellt und mit dem Kopfe schaukelt und die Bauern den Müller damit aufziehen. Der Müller prahlt mit dem neuen Pferd, und als sie es für einen alten Zirkusgaul erklären, wettet er, er würde das komische Betragen dem Vieh schon abgewöhnen. Und als er sieht, daß er seine Wette verlieren muß, bearbeitet er das Pferd so lange mit dem Peitschenstiel, bis es zusammenbricht.

Nun hätte das schon genügt in einem Dorf wie Kummerow, wo sie auf Pferde versessen sind und noch der kleinste Kätner sich lieber seinen Acker umpflügen läßt und beim Bauern abarbeitet, als daß er selbst mit einer Kuh pflügt; ja, ein solches Betragen, wie es der Müller gezeigt, hätte schon genügt, ihn aus dem Dorfe zu bringen. Hier aber war noch etwas anderes hinzugekommen. Wie der Müller vor den Augen der verblüfften Bauern sein armes Tier so zusammenschlägt, kommt Krischan Klammbüdel dazu und stürzt sich auf den wütenden Müller. Der schmeißt das klabrige Gestell beiseite wie einen leeren Sack, und der alte Krischan fällt auf das sterbende Pferd, und das macht noch einmal die Augen groß auf und weint. Wirklich, es hatten viele gesehen, richtig geweint hatte es, und der bewußtlose Krischan war auf dem toten Pferd liegengeblieben. So hatten sie es hinterher dem Pastor berichtet. In diesem Augenblick waren die Kinder herangewesen. Martin Grambauer springt mit einem wilden Schrei dem großen Müller ins Gesicht und krallt sich in den roten Bart, Johannes Bärensprung hebt rasch den dikken Hirtenstock von Krischan auf und drischt wie wild auf den Müller los, während Wendland, der Schulzensohn, den Müller mit der Stiefelspitze ins Gemächte tritt. Das geschieht alles, bevor die Großen, die herumstehen, noch recht begreifen, was da vorgeht. Bis sie zu ihrem Schrecken erkennen, der Müller wird die Kinder in seiner Wut umbringen, hat er doch gerade Martin Grambauer gefaßt und will ihn nun mit voller Wucht auf den Boden schleudern. Da erwachen die Bauern, im Nu ist Wilhelm Trebbin zugesprungen, reißt Martin dem Müller weg, ja, und dann fällt Wilhelm Trebbins Faust dem Müller ins Gesicht, mitten rein, und wo diese Faust hinfällt, da wächst kein Gras mehr, auch nicht in Kummerow, Wilhelm Trebbin ist zwei Meter hoch und wiegt mehr als zwei Zentner. Und der Müller sackt weg wie ein – nein, nicht weggesackt, weggeflogen ist er wie ein Häckselbeutel, bis an das Pferd, und kann sich gar nicht wieder bekobern, und sie müssen ihn nach Hause tragen. Dann ist Gendarm Niemeier gekommen und hat die Beweisaufnahme gemacht. Das ergab fast ein Dutzend Anzeigen: der Müller gegen alle möglichen Leute im Dorf, und das Dorf gegen den Müller wegen Tierquälerei mit Todeserfolg und dadurch erfolgter Schändung des Dorfes, wegen Körperverletzung eines alten Kuhhirten und schwerer Beleidigung und wegen tätlichen Angriffs auf drei unschuldige Kinder. Die unschuldigen Kinder, nicht nur die drei, nein, nun alle im Dorfe, hatten inzwischen von sich aus einen Feldzug gegen den Müller eröffnet, mit der Forderung, er müsse aus dem Dorfe, Kummerow sei in Schande wegen des totgeprügelten Pferdes; alle Fensterscheiben hatten sie dem Müller eingeworfen, das Jauchefaß in die Berge entführt und voll Sand gefüllt, die Stalltüren mit gemausten Schlössern gesperrt, ihm die Schütt aufgezogen und immer, wo er zu sehen war, gerufen: „Raus aus Kummerow, raus aus Kummerow!“ Krischan aber, der einzige Rechtschaffene in der Sache, der sich als armer und alter Mann wegen eines fremden Tieres in Lebensgefahr begeben hatte, indem er den Müller anfaßte, der mußte die Zeche bezahlen. Weil er als Zeuge gegen den Müller seinen wahren Namen nicht nennen wollte, machte der Gendarm den Gemeindevorstand graulig. Und aus Angst, sie könnte belangt werden, weil sie den Alten mit seiner zweifellos dunklen Vergangenheit mehr als zwanzig Jahre ohne Papiere beschäftigt hatte, schob die Gemeinde ihn heimlich ab und verbot ihm das Wiederkommen. Nur die Jungens hatten dagegen protestiert und, als es nichts nützte, Krischan mit Musik und Gesang und Fackeln das Geleit bis zur Grenze gegeben. Der Müller aber ging triumphierend umher.

War das nicht eine Welt, die nur richtig sein konnte, wenn man sie verkehrt ansah? Pastor Breithaupt blickte zornig umher: „Landfriedensbruchähnliche Ausschreitungen!“ Wo lebten diese Herren eigentlich? Er hatte immer wieder vergeblich versucht, dem Superintendenten, diesem verhinderten Pestalozzi, und dem ganzen hochwohllöblichen Konsistorium das Schwierige einer Kummerower Amtstätigkeit klarzumachen, vielleicht nur, um eine besondere Anerkennung und ein besseres Gehalt zu erreichen, aber sie hatten ihm zu verstehen gegeben, eine Pfarre mit achtzig Morgen Land wie die Kummerower sei ja auch etwas Besonderes. Natürlich sei das etwas Besonderes, hatte er erwidert und gefragt, ob denn etwa gerade in Kummerow im Bruch hinterm Berge, wo die Bauern den besten Weizen- und Rübenboden der Welt und das beste Bruchheu hätten, ausgerechnet der Seelsorger auf Sand sitzen und dabei vom Segen Gottes auf Erden predigen solle? Aber mit dieser Frage hatte er es für immer bei ihnen verdorben. Diese – na, er hätte bald was gesagt. Eine Stunde Konfirmandenunterricht in Kummerow, und der Herr Konsistorialpräsident würde sich nach einem anderen Beruf umsehen. Statt dessen hatte der Herr ihm vorgebetet: „Aber mein lieber Amtsbruder, Sie wollten doch eine Dorfpfarre! Sie sagten doch immer, ein Pfarrer auf dem Lande müsse auch ein Bauer sein! Glauben Sie mir, wie oft ich mich in den Frieden eines Pastorenhauses auf dem Lande hineinsehne! Einfache Menschen, Gärten, Felder, Obst, die lieben Tiere: Dort ist der Seelsorger wirklich noch ein Hirte. Ich hingegen – experto credite!“ Und hatte dabei ein würdiges Gesicht gemacht, voll wohlwollender Strenge gegenüber dem simplen Dorfpastor, der sein Latein wohl verlernt hatte. In Kaspar Breithaupts breites Haupt war darüber der Zorn gestiegen, experto credite – glaubt es dem Erfahrenen – Herrgott noch mal, warum verkroch sich der Erfahrene dann vor der Wirklichkeit? Die Wirklichkeit hieß Arbeiten in einer Gemeinde, in der das Trinken und Prahlen und Randalieren und die rege Tauftätigkeit ohne Beziehung zu gleich starker Hochzeitenzahl die Produkte einer unerhört fruchtbaren Erde waren und daher nicht zu bändigen – das sollte wenigstens anerkannt werden. Und er hatte geantwortet, mit lächelndem Wohlwollen: „Amicus Plato, sed magis amica veritas!“ Und das heißt: „Lieb ist mir der weise Plato, doch lieber ist mir die Wahrheit!“ Worauf der ganz hohe geistliche Herr plötzlich sein Latein vergessen zu haben schien, denn er hatte die Unterredung scharf beendet: „Mir scheint, mein lieber Amtsbruder, das Konsistorium wird nächstens mit Ihnen deutsch reden müssen!“ Worauf sie es dann auch ein paarmal versuchten; wenigstens schriftlich.

Und der sanfte Heinrich aus Randemünde läßt sich willig dafür einspannen. Kommt außerhalb seiner Visiten unangemeldet nach Kummerow, mauzt sich in der Schule auf, schimpft auf den Hirten, den er einen Landstreicher nennt, wirft dem Kantor mangelnde Erzieherfähigkeiten vor, nimmt den Müller in Schutz und erreicht damit, daß die Jungens ihrem Schulinspektor zum Abschied hinterm Zaun das verbotene Krischan-Lied singen und es dem Müller ärger besorgen als vorher. Himmelherrgottdonnerwetternochmal – es ist schon zum Jungekriegen.

Die Dämmerung kroch aus dem Bruch den Hügel hinan, auf dem Kummerow liegt, und umschlummerte sanft die Gehöfte.

Als der Pastor den Dorfplatz queren wollte, blieb er jählings stehen. Doch es war nicht das sanfte Bild des Friedens, das ihn anhielt: Den großen viereckigen Platz umstanden auf drei Seiten alte Kastanienbäume in doppelter Reihe, die vierte Seite grenzte an die alte Kirchhofsmauer aus Feldsteinen; Efeu überwucherte sie, und die Trauerweiden von Bergfelds Erbbegräbnis hängten ihre langen Zweige herüber; auf der Straßenseite des Platzes gingen Mädchen mit kniehoch geschürzten Röcken und nackten Armen, Tragen auf den Schultern, an denen die leeren Milchkannen leise klirrten; ein kurzes Auflachen oder ein vergnügter Abendgruß kam von dorther oder von den Hoftüren, wo einer der Burschen wohl die Zeit zwischen dem Abfüttern sich vertrieb. Hoch und breit über allem aber reckte sich aus der Mitte des Platzes die uralte Linde auf, von den Kummerowern, der Pastor wußte das, für heiliger gehalten als die Kirche. Gottesdienste hatten unter diesem Baum stattgefunden, Dorfversammlungen und Gerichtssitzungen, nun saßen am Tage die alten Veteranen auf der stets zerbrochenen Rundbank um den Stamm, und abends saßen da die jungen Paare. Kantor Kannegießer hatte sogar herausgekriegt, daß die Linde ein heiliger Baum gewesen sei, eine frühere Wallfahrtsstätte, ihre Berührung zur Mitternachtsstunde bei Vollmond sollte unfruchtbaren Frauen geholfen haben. Aber was hatte der alte Fährtensucher nicht schon alles aus dem Kummerower Boden ausgebuddelt und ihn damit geärgert.

Pastor Breithaupt sah böse zu dem Baum hinüber. Es war ein stilles Treiben unter der Linde, etwa acht kleine Mädchen saßen auf der Bank und sangen mit leisen Kinderstimmchen zur Begleitung einer Mundharmonika sogenannte Volkslieder, die Pastor Breithaupt nicht leiden konnte, weil sie immer von der Liebe handelten und für ihn mit seelsorgerischen Erfahrungen und Amtshandlungen, die er unangenehm nannte, in Verbindung standen.

Er blieb stehen und hörte, wie eine Jungenstimme sagte, und er erkannte sie als die des Schulersten Martin Grambauer: „Nu mal noch den Fähnrich." Und da sangen sie auch schon:

Ein Fähnrich zog im Kriege,
Vidibumsvallera, juchheirassa ...
Ein Fähnrich zog im Kriege.
Wer weiß, kehrt er zurück,
Wer weiß, kehrt er zurück!

Mit ein paar großen Schritten war der Pastor bei den kleinen Sängern, und als er so plötzlich hinter der Linde auftauchte, im Dämmerlicht ein riesiger Schemen mit einer Forke, da schrien ein paar der Mädchen auf, dachten sie doch, es sei nicht ihr Seelenhirte, sondern sein Gegenspieler, der Leibhaftige.

Johannes Bärensprung hatte gerade seine Trompete angesetzt, um dem Vers ein, wenn es glückte, schmetterndes Trompetensignal hinterdreinzuschicken, als der Gesang jäh abbrach. Der Pastor hatte mit der rechten Hand eins der Mädel gegriffen, es war seine Tochter Ulrike, und begonnen, sie kräftig zu beuteln. Die anderen waren auseinandergefegt wie eine Schar Küchlein, wenn der Habicht erscheint. Auch Johannes hatte es für richtiger gehalten, einige Meter Abstand zu nehmen. Nur Martin Grambauer, Ulrikes Herzensfreund, wie der Pastor und alle im Dorfe wußten, war stehengeblieben, die Mundharmonika in der Hand. Das reizte den Pastor, und er ließ seine Tochter los. „Sofort scherst du dich nach Hause! Dir werde ich zeigen, hier im Dunkeln zu sitzen und Dienstmädchenlieder zu grölen." Wirklich, das sagte er. Und nun zu Martin: „Und du willst Erster sein und bist Kirchenjunge und bist der Anführer bei solchem Skandal? Na warte, das werde ich dir besorgen!"

Nun die geliebte Freundin auf und davon gelaufen war, stand Martin allein dem Gewaltigen gegenüber. Auch er hatte zuerst einen mächtigen Schreck verspürt, als die Gestalt so plötzlich aufgetaucht war und gerade von der Kirchhofseite her, denn er hatte vor Geistern einen großen Bammel; da er nun aber wußte, es ist nur der Pastor, hatte er sich rasch wiedergefunden; vor Menschen, und waren sie auch so mächtig wie der Pastor oder der Gendarm, hatte Martin Grambauer nicht die geringste Furcht. Sie konnten einen hauen, gewiß, das konnten sie, aber war das eine Heldentat, und mußte man sie deshalb fürchten? Und war denn hier etwas Verbotenes gemacht worden? Martin richtete sich gerade: „Was hab ich denn gemacht?"

Pastor Breithaupt kannte den Burschen und wußte: Nun begann erst einmal ein Ausfragen, hatte der Bengel doch eine unbegreifliche Veranlagung, bei allem, was man ihm sagte, erst nach dem Warum zu fragen. Er war willig und fleißig, aber er wollte jedesmal wissen, warum etwas gut oder schlecht sein sollte, und auch, warum es so verschieden gut und schlecht bewertet wurde, je nachdem, ob es die Großen oder die Kleinen, die Reichen oder die Armen machten. Mitunter hatte der Pastor seinen Spaß an diesen Fragereien gehabt, doch heute stand sein Sinn nicht danach, und so entgegnete er barsch: „Stell dich nicht so dumm an! Unanständige Lieder habt ihr gesungen!"

„Das ist nicht wahr!" Ganz laut war das herausgekommen, fast geschrien und doch fast geweint, und der Bengel hatte dabei zornig mit dem Stiefel auf die Erde getrampst. „Ulrike singt keine unanständigen Lieder, und ich – auch nicht!"

„Ich hab es gehört! Wenn ihr keine anständigen Lieder wißt, dann fragt Herrn Kantor!"

„Sollen wir denn auch noch abends draußen Halleluja singen?" Martin hielt es für angebracht, doch drei Schritte zurück zu machen. Da der Pastor nicht folgte, konnte er seine Entrüstung weiter entladen: „Ich sag es meinem Vater. Der kennt die Lieder. Und das ist ja Quatsch von wegen unanständige Lieder. Wo Kantor Kannegießer doch zugehört hat."

Der Kopf des Pastors fuhr wütend herum. Tatsächlich, dort hingen, deutlich in der Dämmerung zu erkennen, eine lange Pfeife und ein langer weißer Bart über das Fenster nach außen, ein paar blaue Tabakswölkchen stiegen in den weichen Abend, und eine Hand faßte nach dem Kopf und lupfte nachlässig das Samtkäppchen. Pastor Breithaupt ließ den Jungen stehen und ging auf das Schulhaus zu. Martin und Johannes folgten, sie wollten doch hören, was der Kantor sagen würde.

„Da liegen Sie also im Fenster", begann der Pastor ohne Guten-Abend-Gruß, „da liegen Sie und dulden nicht nur, daß Schulkinder in dunkler Nacht ärgerliche Lieder singen, da liegen Sie im Fenster und hören sogar zu?"

Doch Kantor Kannegießer nickte nur ein paarmal. „So ist es, Herr Pastor. Und doch ist es auch wieder nicht so. Nämlich, ich höre zu und dulde das Singen, aber es sind keine unanständigen Lieder. Die Kinder sangen zuerst das Lied vom Vogel Grip, das Krischan vor Jahren zu uns gebracht hat und das ich neu gefaßt habe. Ja, ich weiß, Sie haben es einige Zeit danach auf Befehl des Herrn Superintendenten verboten. Aber sehen Sie, wie echt solch Lied ist: Nun hat das im Dorf weitergelebt, und auch die Kinder singen es wieder. Ohne meine Empfehlung und trotz Ihres Verbots."

Der Pastor war derart erstaunt über die Rede und den bestimmten Ton, daß er nichts zu sagen wußte und den Kantor nur anstarrte. Worauf der fortfuhr: „Ja, und das andere, das vom Fähnrich, das ist ein altes Volkslied, das sogar in der ganzen Welt bekannt ist." Des alten Lehrers Ton wurde direkt spöttisch: „Wenn es die Geistlichkeit nicht kennt, so beweist das nichts gegen die Moral des Volkes, aber viel gegen die Volkskunde der kirchlichen Herren. Es ist sozusagen das alte, berühmte Marlborough-Lied im Deutschen, das die Kinder sangen, Herr Pastor!"

„Was für'n Lied?" Pastor Breithaupt war von der ungewohnten Ruhe des Untergebenen nun wirklich ein wenig unsicher geworden.

„Als Herzog Marlborough, Sie wissen doch, der Freund von Jakob dem Zweiten und dem dritten Oranier, als er in den Jahren um 1700 im Spanischen Erbfolgekrieg in die Schlacht zog. Sie kennen doch sicher die Geschichte dieses etwas seltsamen Krieges, Herr Pastor, da sie ja nicht nur englische Geschichte ist. Was rede ich da noch erst, wer kennt denn nicht den windigen Herzog von Marlborough mit seinem ewigen Fahnenwechsel? Ich muß mich direkt entschuldigen, daß ich Ihnen das noch erzählen wollte."

Pastor Breithaupt, von den so ungezwungen vorgetragenen Geschichtskenntnissen eines Dorfschullehrers beengt, suchte einen andern Platz zum Angriff. „Was ist das übrigens für ein fürchterliches Deutsch: Ein Fähnrich zog im Kriege...? Wenn Sie schon das Singen solcher Lieder gestatten, dann sollten Sie wenigstens darauf achten, daß richtig gesagt wird: zog in den Krieg!"

Zu seinem Verdruß schüttelte der alte Kannegießer auch dazu den Kopf. „Das geht nicht aus rhythmischen Gründen. Mit diesen alten Liedern und ihrem Deutsch hat das so seine Bewandtnis, Herr Pastor. Es ist etwas ganz Wundervolles, wenn man den alten Quellen nachgeht. Wissen Sie, da kommt man erst dahinter, woran es liegt, daß Völker und Kulturdokumente ewig leben können, soviel Dynastien auch vergehen. Sehen Sie, dieses Fähnrichslied hat sich in seinem Text nun mal im Deutschen in dieser Form gehalten: ein Fähnrich zog im Kriege..."

Der Pastor wollte nicht nachgeben. „Dadurch wird der sprachliche

Unsinn nicht gerechtfertigt. Es kann doch ebensogut heißen: zog zum Kriege. Oder etwa nicht?" Er hatte seine Empörung über das vermeintliche Unmoralische wohl vergessen.

Kantor Kannegießer fühlte es mit Genugtuung. Doch er überspannte den Bogen, als er fortfuhr: „Das wäre eine sprachliche Konstruktion ohne musikalisches und volkhaftes Empfinden. Es gibt eine Form, in der es heißt, er zog zum Kriege: im Französischen. Da singen sie es so: Marlborough s'en va-t-en guerre – Marlborough zog aus zum Krieg – mironton, mironton, mirontaine..." Er sang es direkt und fuhr dann sprechend fort: „Herzog Marlborough hat nämlich –"

Zum großen Verdruß der beiden lauschenden Jungens kam der Lehrer leider nicht mehr dazu, zu erzählen, was der windige Herzog hatte, denn Pastor Breithaupt war nun doch losgefahren: „Sind Sie ganz von Sinnen, daß Sie mir in der Nacht was vorsingen wollen?" Und er war im Dämmern des Abends verschwunden, dem Pfarrhofe zu.

„Wenn er jetzt Ulrike haut, dann ist er gemein!" Aus empörtem Herzen hatte Martin es in das Abenddunkel gesandt. Da kam zu seinem Schreck die Antwort aus des Lehrers Mund, mahnend, doch nur in gewollter Strenge: „Aber Martin, so spricht man nicht vom Herrn Pastor!"

„Wenn er aber – und er weiß es doch nun..." Doch da hatte er die Braut vergessen und etwas Besseres gefunden. Er trat an das Fenster und mit ihm Johannes, der nun sehr stolz war, zur Niederlage des Pastors beigetragen zu haben. Martin sah zu dem guten alten Lehrergesicht auf. „Würden Sie nicht so gut sein, Herr Kantor, und uns das von dem Windhund von Herzog fix noch erzählen?"

Kantor Kannegießer nickte, aber er hatte Bedenken: „Es ist heute schon spät, Martin, sie werden sich bei euch ängstigen, wenn du nicht nach Hause kommst! Hast du denn schon Abendbrot gegessen?"

„Oach – deswegen können Sie uns das ruhig erzählen. Die ängstigen sich nicht, die sind das ja gewöhnt. Abendbrot krieg ich immer noch."

„Na, dann kommt man rein!" Kantor Kannegießer verschwand vom Fenster und ging an sein Bücherschapp.

„Mensch", flüsterte Johannes auf dem Flur, „erst den ollen Ritter und dann vielleicht noch 'ne Stulle bei ihm! Wenn der Preester das alles wüßte!" Doch der Freund hörte nicht zu, der brannte auf die Bekanntschaft mit dem windigen Herzog, der so schöne Lieder gemacht hatte, die alle Welt kannte, bloß der Pastor von Kummerow nicht.

Der letzte Vers

Pastor Breithaupt hatte mißmutig sein Abendbrot gegessen. Bei solcher Stimmung sagte seine Frau klugerweise nichts. Sie wußte, die schlechte Laune der letzten Tage kam von dem Bericht, den er schreiben sollte, und ihr besonderer Grad heute abend hing sicher zusammen mit Ulrikens hastigem Hereinstürzen vorhin. Prüfend sah sie ihre Tochter an. Doch Ulrike, gut trainiert auf des Vaters Gesicht, hatte gleich bei seinem Eintreten bemerkt, daß inzwischen eine Ablenkung eingetreten sein mußte, an Haue war nicht mehr zu denken, höchstens noch an Anbrüllen. Aber daraus machte sie sich nichts. Nun blieb auch das aus, und sie war schrecklich neugierig, wer die Wandlung wohl zustande gebracht haben mochte.

Pastor Breithaupt ging nach dem Essen in sein Studierzimmer, ohne daß dem Amen des Tischgebets auch nur ein freundliches Wort gefolgt wäre. Ja, er hatte sich über den Kantor geärgert und ärgerte sich nun über sich selbst. Zu allem andern Ärger noch. Er trat an den Bücherschrank und zog den Band M des Lexikons heraus. Mal Marlbo – er mußte doch mal nachsehen, ob der alte Narr ihn nicht gar zum besten gehalten hatte. Nein, da stand es wirklich: Marlborough, Herzog von, englischer Feldherr, geboren 1650 – und auch von dem Lied stand etwas da, und die Melodie soll sogar noch aus dem frühen Mittelalter stammen.

Pastor Breithaupt haute das Buch zu und warf es beiseite, er ärgerte sich nun am meisten darüber, daß er das nicht gewußt hatte.

Aber schließlich kam es ja auch gar nicht auf das Lied, seine Melodie und seinen Text an, sondern darauf, daß es mit anderen, ähnlichen Liedern in Kummerow jedes Jahr im September von den Mägden zu einem bestimmten Zweck gesungen wurde, den sie Locken nannten. Mit anderen Liedern zusammen, schön, aber doch zu diesem Zweck. Halt, da konnte er den Kantor doch noch kriegen, der wußte ja, was dieses Singen der Mädchen im September bedeutete, und er würde ihm schon die Ausrede versalzen, daß hier ja unwissende Kinder gesungen hätten. War da bei der letzten Schulvisitation nicht dieser dreizehnjährige Bengel Hermann Wendland auch schon bussig gewesen, daß er es sogar gewagt hatte, als sie vom September als dem schönsten Monat gesprochen hatten, das Heumachen und das Locken in einem Atem anzuführen? Und was hatte er, Pastor Breithaupt, nicht schon alles aufgeboten, um die Kummerower von den unheiligen Bräuchen der verdammten Heidenzeit zu befreien. Das Locken war auch so eine Sache, schamlos und unzüchtig, und sie schlugen auch alle die Augen nieder, wenn er von der Kanzel dagegen andonnerte, die Mädchen und die Burschen, die alten Weiber und die Greise, die Schulkinder auch; aber die Alten wußten, sie hatten es ebenso getrieben, die Jungen wußten, es ist immer so gewesen, und die Halbwüchsigen freuten sich, daß sie nun bald mittun konnten. Genau wie bei dem Heidendöpen, dem Wettstehen im kalten Mühlbach. Oder bei der Heumahd. Wie es überhaupt alles mit dem verdammten Heumachen im Bruch zusammenhing. Wenn es auch richtig war, daß das Kummerowsche Heu das beste in ganz Vorpommern war. Bloß die Menschen, diese Menschen – Bullen in Schafpelzen – na, es war wieder mal Zeit für ein Donnerwetter.

Sagt solch Lausebengel einfach in der Schule vor Kantor, Pastor und Superintendent, der September sei schön wegen des Lockens. Ein Glück, daß der sanft Lebende nicht weiter gefragt hatte, der Bengel wäre imstande gewesen, es ihm ganz genau zu erklären.

Pastor Breithaupt stand auf und ging in seinem großen Studierzimmer auf und ab.

Wenn man es recht besah, hatten die Kinder in einer Hinsicht gar nicht so unrecht mit dem September als dem schönsten Monat. Weil da alles reif wird! hatte einer gesagt, der Martin Grambauer. War das nicht wirklich das schönste Ergebnis aller Arbeit, das Reifwerden? Nicht auch des Lebens überhaupt? Weil da alles reif wird! Einfacher konnte das kein Weiser sagen. Aber diese Toren da oben – na, laß sie! Das Heu war reif, Grummet sagen sie in den anderen Gegenden und Dörfern, die Kummerower sagen zu ihrem Grummet Heu wie zu dem im Juni, und wenn sie drei Schnitte machen, so sagen sie immer noch Heu, und es ist wohl auch so, daß das Grummet aus Kummerow immer noch besser ist als das Juniheu aus einer anderen Gegend. Ist er denn nicht dieses herrlichen Bodens wegen in Kummerow geblieben und hat die Plackerei mit dem Volke auf sich genommen? Würde er nicht heute, wenn sie ihm die Wahl stellten, Pfarrer in der Stadt oder Bauer in Kummerow zu sein, das letztere wählen? Jetzt noch, mit fünfzig Jahren?

Drüben die Kirche, klobig aus Feldsteinen gebaut, reckte sich aus Dunkel in Dämmerung. Auf dem Kirchhof war noch eine einzige Grabmalspitze zu erkennen, eine Steinurne. Darunter schlief sein Amtsvorgänger Vierkant, neben ihm drei andere Pastoren, und jeder von ihnen hatte mehr als ein Menschenalter in diesem Amt ausgehalten, und jeder war hinter dem Pflug gegangen, und wenn die alten Bauern heute von ihnen sprachen, so wußten sie noch, daß der den besten Bullen gehabt und der die ersten Kartoffeln ohne Schorf, und der alte Vierkant soll bis zu seinem siebzigsten Jahr zur Tochtergemeinde geritten sein, sommers und winters. Und gepredigt soll er haben und gegessen und getrunken und die Weibsleute…

Pastor Breithaupt riß das Fenster auf, es war ihm mit einemmal zu eng und dumpf in der Stube. Immer wieder machten die Weiber wegen der paar Herbstfliegen die Fenster zu. Fliegendreck auf dem Bild des Herrn sieht nicht gut aus, das ist schon richtig, aber mein Gott, was haben die Menschen mit dem Herrn in natura gemacht? Was machen sie heute noch mit ihm in ihren papierenen, bürokratischen Auslegungen und Predigten, diese Herren vom Konsistorium, die ihm Spitzel in die Kirche schickten, damit sie nachschrieben, wie er predigte, und die glaubten, ihn wegen Derbheit vermahnen zu müssen. Sie sollten ihm alle – und da er, wenn er sich in Gedanken mit den Herren von der hohen Behörde unterhielt, wegen des experto-credite immer ins Lateinische verfiel, so sprach er es nun laut aus: „Naturam expellas furca, tamen usque recurret!“ Das heißt: Das Natürliche möget ihr mit Gewalt unterdrücken, es wird doch stets zurückkehren!

Es kam zurück, in diesem Augenblick, und zu ihm, der es auch oft genug hatte unterdrücken wollen. Zuerst als wohliges Gefühl, das er auf die warme, weiche Nacht zurückführte, dann in einer Streichelung seiner Gedanken. Er hielt still, gab sich dem Seltsamen und Wundervollen, das da Gefühl und Verstand immer mehr vermischte und doch eine klare Gewißheit leuchten ließ, ganz hin: Wie herrlich ist doch das Unbewußte dem Bewußten überlegen, das Ungewisse dem Gewissen, die Nacht dem Tag! In der Stille hört der Mensch mehr als im Lauten, in der Nacht kann er weiter sehen als am Tag, fühlt und hört er die Seelen der Dinge, sieht er die Gegenwärtigen zu einer verschwommenen Masse sich vermengen und hinter und über ihnen die Gewesenen lebendig und groß einherkommen und die Ungezeugten die Erde bevölkern. Stärker als das Vergehen ist das Dasein, stärker als das Sein ist das Werden, und das Leid aller Kranken und die Angst aller Sterbenden ist nichts gegen den ungeheuren ewigen Zeugungswillen der Natur, der im Atem der Nacht lebt!

Das Natürliche – wer könnte es umgrenzen? Eine vorgesetzte Behörde von Sanftleben nicht, aber könnte er es? Was den meisten da im

Dorf doch natürlich ist, ist für ihn schon – nein, Sünde nicht, aber Selbstzerstörung. Dann aber kann auch ein Konsistorialpräsident mit Fug und Recht – ach, hol der Teufel das ganze Grübeln, er wird um eine Flasche Rotspon läuten und die nächste Sonntagspredigt bedenken.

Von fern noch, vom Zoll-Ende wohl, kam Gesang durch den Abend, gleichsam auf dem Duft des Heues, der aufstieg aus dem leichten Abendtau; aus vielen jungen Mädchenkehlen kam der Gesang und mehr noch aus sentimentalen Mädchenherzen, die nicht wußten, warum sie sentimental waren. Ganz dunkel war das Dorf, kein Laut weiter zu vernehmen als ein leises Kuhbrummen und das Klirren einer Kette im Stall. Darüber schwangen die Stimmen hinweg und schleppten in der Dehnung der Verse das ganze junge Übermaß eines Gefühls, das Liebessehnsucht hieß, in die gleichgültigen Worte eines Schmachtliedes. Wie jedes Jahr, wenn im September das Heu im Bruch auf Haufen lag:

Es kann ja nicht immer so bleiben
Hier unter dem wechselnden Mond,
Der Krieg wird den Frieden vertrei-ei-ben,
Und im Kriege wird keiner verschont.

Da gingen sie nun, die jungen Mädchen und Mägde, untergefaßt in breiter Reihe zu zehn, zwanzig und mehr, über die ganze Straßenbreite, sangen in den Abend vom Krieg, der den Frieden vertreiben wird, und dachten doch mit keinem Wort an Krieg. Sie dachten auch nicht an Frieden, sie dachten überhaupt nicht, sie fühlten nur: das Reifsein fühlten sie. Sie sangen wohl auch mal im Sommer, aber das war etwas anderes. Da war zuviel zu arbeiten, und der Tag war zu lang. Nun es um neun dunkel war, hatte man Stall und Haus früher in Ordnung, zum Schlafengehen war es zu zeitig, also wurde noch einmal ein besseres Gewand angezogen, und dann stellte man sich vor die Haustür und wartete auf das nächste Mädchen, das vorbeikam. Und bald war die Kette gebildet, und es begann das Singen, das sie seit urdenklichen Zeiten das Locken nannten.

Sie waren wohl schon in die Mitte des Dorfes gelangt, eine andere Kette schien vom Ziegelei-Ende herunterzukommen, richtig, ganz deutlich hörte der Mann am dunklen Fenster das andere Lieblingslied der Jugend, das, wie hieß es doch, das Marlborough-Lied:

Ich hab ihn sehn begraben,
Vidibumsvallera, juchheirassa,
Ich hab ihn sehn begraben
Von vieren Offiziers,
Von vie-ieren Offiziers...

Jahrhundertealt sollte das also sein. Und es sei durch ganz Europa gegangen und bis nach Kummerow gekommen. Aufmerksam lauschte der Pastor auf das Lied. Es ist doch seltsam, dachte er, es sind in diesem Lande immer Soldatenlieder. Ob es die Alten sind, die Mädchen oder die Burschen oder die Kinder, es sind Soldatenlieder. Ob das bei den anderen Völkern auch so war?

Der erste Zug war nach dem Schlosse zu abgeschwenkt, immer schwächer ertönte es:

Napoljum, du Schustergeselle,
Du stehst ja nicht fest auf deinem Thron,
In Deutschland, da warest du so schnelle,
In Rußland bekamst du deinen Lohn.

Die von dem andern Ende, die Gutsmägde, die waren nun wohl am Dorfplatz und hatten den Fähnrich schon zum zweiten Male umgebracht:

Dein Fähnrich liegt erschossen,
Vidibumsvallera, juchheirassa,
Dein Fähnrich liegt erschossen,
Ist tot und lebt nicht mehr,
Ist tot und lebt nicht mehr...

Nun würde das noch lange Zeit so weitergehen, und immer mehr trauriges Verlangen würden die jungen Herzen in den dunklen Abend senden. Trafen sich die beiden Mägdezüge, so zogen sie vereint weiter, und es ging von vorn los mit:

Wir sitzen so fröhlich beisammen
Und haben einander so lieb
Und wünschen im frohen Gefüh-ühle:
Ach, wenn es doch immer so blieb!

Und noch zwei- oder dreimal würden sie so untergefaßt in breiter

Reihe durch die Straßen des Dorfes ziehen und in den weichen Abend singen:

Was nützet mi-i-ir ein schönes Mädchen,
Wenn andre drin spazieren gehn...

Weiß Gott, so verdrehten sie die Verse auch noch. Und die Alten würden einen Augenblick hinhören und denken: Nun ist es all wieder soweit; und die Kinder würden auf die Straße laufen und die Lieder für sich singen. Seine eigene Tochter sogar; und nichts würde sich ändern, nichts. Es war eben die Zeit der Reife, und in dem großen Mustopf des Herrn machte es nichts aus, ob da mal ein überreifes Stück dabei war, ein wurmstichiges oder auch mal ein halbreifes.

Nachdem sie ihre Lieder vom Fähnrich und vom Napoleon auf und ab durch die Septembernacht getragen hatten, scholl es jetzt wesentlich gröber vom Schloß-Ende herauf. Das waren die Burschen, die antworteten. Und es kam dem Pastor ganz gelegen, daß sie nun wirklich ein unanständiges Lied sangen, um den Grafen zu ärgern, weil der nun mal in dem Rufe stand, kein Kostverächter zu sein. Sie sangen, und vielleicht sangen es gar schon leise die Kinder mit:

Es schlief ein Graf bei seiner Magd
Bis an den Morgen,
Und als der helle Ta-ag anbrach,
Und als der helle Ta-ag anbrach,
Da fing sie an zu weinen.

Nein, nun ärgerte Pastor Breithaupt sich doch wieder. Er machte das Fenster zu, öffnete die Tür und rief: „Licht!"

Eine Weile später kam seine Frau mit der Lampe. „Wo ist denn Frida?" fragte er mißtrauisch. Frida war das Dienstmädchen und hatte abends, wenn der Pastor so gewaltsam die geliebte Dämmerdenkstunde abbrach, die Lampe zu bringen. „Wo wird sie denn sein", antwortete Frau Pastor ein wenig spitz, „wo sie heute abend schließlich alle sind: im Bruch."

Kaspar Breithaupt sah seine Ehefrau nachdenklich an, dann nickte er ein paarmal anklagend mit dem Kopfe. „Und das sagst du so leicht hin? Das duldest du so einfach? Das Frauenzimmer ist doch höchstens neunzehn."

„So alt war ich, als du mich heiratetest." Frau Pastor wendete sich wieder zum Tisch, und als sie nun so im sanften Schimmer der Petroleumlampe stand und lächelte, fand der Pastor, daß sie eigentlich noch immer ein charmantes Weibsbild war. Wie alt war sie doch gleich? Vierzig, einundvierzig – da sehen andere schon wie Großmütter aus. „Ich will dir mal etwas sagen, Kaspar", begann sie nun auch noch, „etwas, was ich von dir vor mehr als zwanzig Jahren hören mußte, als du mich hierherlocktest."

Ein wenig unwillig fuhr der Pastor bei dem letzten Wort auf. „Doch, doch", lächelte die Frau weiter, „locktest! Ich wähle das Wort gerade, weil heute heute ist. Was hast du damals gesagt? ‚Die Menschen in meinem Pfarrdorf, meine liebe Johanna, sind zwar ein wenig sonderbar in ihrer Natürlichkeit, aber du kommst dafür auch mitten in ein ehrliches, saftvolles Leben hinein. Das wird uns jung erhalten, wenn wir schon Großvater und Großmutter sind!' Das waren deine Worte. Es ist mir zuerst gar nicht leicht geworden, das Leben unter deinen seltsam natürlichen Menschen in Kummerow. Womit ich nicht nur die Bauern und Tagelöhner meine, sondern auch die Grafen und Pastoren und – nun ja, du weißt es schon, auch meinen Ehemann. Denn auch für den hat es die Jahre mehr Lockungen gegeben als nur solche aus Schmachtliedern zur Heumahd. Nicht wahr, Alterchen?" Kaspar Breithaupt war zu ihrem Erstaunen gar nicht mehr ärgerlich. „Wenn du damit auf den Rotspon und so weiter anspielen willst, meine liebe Johanna..."

Sie nickte lächelnd. „Nicht nur auf den Rotspon. Nicht einmal auf den Kognak, das Kartenspielen und die Jagd- und Geburtstagsnächte beim Herrn Kirchenpatron. Da waren zuerst auch ähnliche Abende im Gasthof. Na, und die Weiberwirtschaft auf dem Schloß –" Sie lächelte bitter, doch nun unterbrach der Pastor: „Damit kannst du aber mich nicht in Verbindung bringen, Johanna. Ich bin dir in all den Jahren ein, sagen wir, leidlich treuer und liebevoller Ehegatte gewesen. In den letzten Jahren, mein Gott, man wird älter, die Arbeit, die Kinder – ach, geh doch ab, du machst einen ja ganz bussig mit deinem Angucken."

Er wußte nicht, warum er das Fenster wieder aufmachte. Hätte er es nur nicht getan. Nun drang der Heuduft überwältigend herein und mit ihm fernes Lachen und Kreischen. Da waren sie nun wohl aneinandergeraten, die beiden breiten Reihen der Burschen und Mädchen, wie das so Brauch war an diesen Abenden. Dem Pastor war, als könnte seine Frau das Lachen und Kreischen und Rennen und Kichern am Ende gar sehen, und er pustete rasch die Lampe aus.

Doch nun hörte man das Singen noch deutlicher:

Wo willst du hin, du schöne Magd,
Was machst du hier alleine?
Willst du die Nacht mein Schlafbuhle sein,
So reit du mit mir heime.

„Da hörst du es", sagte der Pastor ärgerlich, „wenn sie es schon so treiben, müssen sie es dann auch noch groß in ihren Liedern bekanntmachen?"

Obwohl es fast dunkel im Zimmer war, sah er doch, daß sie lächelte. Und da kam es auch schon: „Vorsicht, lieber Kaspar! Wenn ich mich nicht sehr irre, ist dieses Lied von deinem hohen Amtsbruder Johann Gottfried Herder, weiland Generalsuperintendent in Weimar, für wert gehalten worden, in seine Sammlung alter Volkslieder aufgenommen zu werden."

„Was du nicht alles weißt." Mehr konnte Pastor Breithaupt zunächst nicht sagen.

„Ich war doch in Weimar in Pension", antwortete sie. „Wenn ich mich ein zweites Mal nicht irre, hat mich dort ein Theologiestudent aus Jena heimlich besucht."

Er antwortete nicht. Und sie stand bei ihm, und wenn sie auch mit ganz anderen Gedanken und Absichten in das Zimmer gekommen war und versucht hatte, in leichtem Scherzton bestimmte Erinnerungen zu zerplaudern, so stand sie nun doch etwas beklommen und fühlte, wie der Atem der Spätsommernacht schwül und betörend nach ihrem zwar gealterten, aber keineswegs alten Herzen griff. Ein törichtes Mädchengefühl kam über sie, erschreckend verwandt jenem, dem sie einmal zum Verdruß ihrer Familie gefolgt war, als dieser vierschrötige Kandidat um sie angehalten hatte, bei einem abendlichen Spaziergang im September, an einer gemähten Wiese vorbei. Es half ja nichts, sie hatte ihn schließlich immer liebbehalten, wegen seiner Bärenkraft und seiner groben Zärtlichkeit, in der es freilich keinen Raum gab für die anmutigen Dinge. Stunden wie jetzt, da er gar den Arm um ihre Schultern legte, waren zu zählen gewesen. Und daß er einmal eine Weile so ganz still neben ihr gestanden hatte, daran konnte sie sich nicht erinnern.

Sie wollte es auch nicht, sie wollte ja nur so stehenbleiben und in den Abend hineinhorchen und sich überfluten lassen von dem ungeheuren Strom des zeugenden Lebenswillens, der über das Bruch wehte.

Das Kreischen und Lachen hatte aufgehört. Sie sangen wieder. Nun allerdings auf dem Hirten-Ende, das hinunter ins Bruch führte, wo die Heuhaufen standen. Es war jetzt sozusagen ein gemischter Chor.

„Ich weiß nicht, Kaspar", sagte die Frau leise, als fürchte sie das ferne Singen zu stören, „was du gegen das Singen der alten Lieder hast. Ich finde sie schön."

„Ach Gott" – Pastor Breithaupt wollte sich nicht wieder eine Blöße geben wie vorhin mit dem Lied von Herder, zumal nun auch noch der Kantor mit dem Fähnrich-Lied vor ihm auftauchte, und so sagte er nur, denn etwas mußte er nun mal noch dagegen sagen – „wäre ich hier als Privatmann! Und außerdem mußt du mir doch zugeben, liebe Johanna, daß trotz Herder und Goethe fast alle Lieder einen reichlich deutlichen letzten Vers haben." – Der letzte Vers. Der Pastor schwieg.

Der Gesang verbröckelte, nun hatte sich der doppelreihige Chor wohl schon in Duos aufgelöst, und die hatten was anderes in der Seele als Abschiedsschmerzen. So dachte jedenfalls Pastor Breithaupt, doch er sprach es nicht aus, er war froh, daß der letzte Vers ausgeblieben war. Und war doch auch wieder nicht froh, ein seltsames Gefühl von Bedauern durchrieselte ihn, als er so im Dunkeln reglos mit seiner Ehefrau stand und einem Leben nachlauschte, das schon fast verklungen war, eigentlich ohne einen kraftvollen letzten Vers gehabt zu haben. Immer hatte er gehofft, jung zu bleiben auch im Altern, nun fragte er sich beunruhigt, ob er denn eigentlich richtig jung gewesen war. Die Frau an seiner Seite – er hörte ihr Herz schlagen, ihr trotz allem jung gebliebenes Herz. Sie konnte sein Gesicht nicht sehen, doch sie fühlte, wie der Druck seiner Hand auf ihrer Schulter langsam stärker wurde.

Im Bruch nahmen zwei Stimmen, eine männliche und eine weibliche, den Gesang wieder auf. Sie wollten ihren letzten Vers bekennen, und es klang hell und klar und fest wie triumphierend als das einzige Laute aus dem Dunkel über das Dorf hin:

Sie sagt, er soll sie lassen,
Die Lieb', die böse Lieb'.
Er sagt: Ich will dich fassen,
Das Kränzlein mußt du lassen,
Ich bin der Vogel Grip...

Es war, als bliebe die Melodie der letzten Worte am nächtlichen Himmel hängen wie eine Sternenkette. Bis sie langsam und leise erlosch.

Dann stand die weiche Nacht still, als zöge sie einen Vorhang oder eine Bettdecke über das Geschehen der Natur.

Frau Johanna Breithaupt erbebte am ganzen Leibe, und in ihre schönen braunen Augen traten Tränen. Warum, das wußte sie nicht. Auch nicht, warum ihr Kopf gegen die Schulter des Riesen an ihrer Seite fiel. Sie fühlte nur, wie eine schwere Pranke über ihren Scheitel strich, und hörte zu ihrer Verwunderung aus dem rauhen Munde ihres Gatten einen Satz voll so unfaßlicher Zartheit, daß sie einen Augenblick erschrak und zurückweichen wollte, sich dann aber wieder sanft gegen den erregten Mann fallen ließ. Und er hatte doch nur gesagt: „Komm, min leeve Deern, wir wollen schlafen gehen."

Die Kletterstange des Erfolges

Das Kinderfest in Kummerow hatte eine besondere Bedeutung. Bei keiner Feier waren die Kummerower so einig, nicht mal zu Weihnachten, am wenigsten im Gesellschaftsverein Harmonie; zwei Erntefeste mußten sie haben, bis zum Dreißigjährigen Krieg hatten sie zwei Kirchen gehabt, jetzt zwei Schenken. Selbstverständlich hatte es auch, als Gottlieb Grambauer den Gedanken eines alljährlichen Kinderfestes mit Kantor Kannegießer ausheckte, zwei Parteien gegeben, die sich wegen des Für und Wider einer solchen Veranstaltung befehdeten. Bis nach dem ersten Fest im ganzen Kreis Randemünde ein Hallo und Maulaufreißen einsetzte über die Heiden von Kummerow, die wieder mal etwas Besonderes haben mußten vor allen anderen Dörfern, und der Landrat sollte man solche Hoffart, die sehr nach Sozialdemokratie und Umsturz aussähe, verbieten. Da hielten die Kummerower mit einem Male zusammen, und so wurde denn immer an einem Sonntag im September das Kinderfest gefeiert, für die Kinder auf der Wiese, für die Alten nachher als Sedan-Tag in den Schenken, und keiner ließ sich lumpen.

Johannes Bärensprung besaß seit seinem sechsten Lebensjahr ein einziges Paar Lederschuhe, und er war jetzt zwölf. Sie paßten immer noch, und sie waren auch immer noch gut. Für dies Wunder gab es eine natürliche Erklärung. Es war ein Paar abgelegter Stiefel von Inspektor Schneider, der gemeint hatte, er selbst habe einen kleinen Fuß und der Junge einen großen, und falls noch freier Raum sei, so werde Johannes schon hineinwachsen. Nun waren sie zwar heute noch zu groß, aber sie waren gut geblieben, da Johannes den Sommer über barfuß ging und den

Winter über Holzschuhe trug. Die Lederschuhe zog er nur zu Weihnachten, Ostern, Pfingsten und zur Austköst an. Und zum Kinderfest. Aber da mit Widerwillen, gewissermaßen unter gesetzlichem Zwang. Und das hatte seinen guten Grund.

Als sie im letzten Jahr die Reihe der Überraschungen und Wettkampfmöglichkeiten durch eine Kletterstange bereichert hatten, war ausgerechnet Johannes ohne Preis geblieben, obwohl er, was jedermann wußte und besonders die Bauern, die hohe Obstbäume hatten, der beste Kletterer unter den Jungens war. Stand da auf dem Festplatz eine hohe geschälte Stange, oben mit einem Holzkranz versehen, und daran hingen die feinsten Dinge. Wer raufkam, konnte sich eins davon aussuchen. Johannes hatte schon von der Erde aus Inventur gemacht, wie alle Jungens, nur hatte er sich gleich sechs oder noch mehr Sachen zusammengesucht. Zweifelte er doch nicht daran, so viele Male an die Reihe zu kommen. Er war sogar dafür, daß die Stange eingeseift werden sollte. Und als dann das Klettern losging, die Jüngeren zuerst, und tatsächlich von seinen zwölf Vordermännern nur zwei raufkamen, setzte Johannes mit Lachen an. Doch er hatte im Eifer des Besitzergreifens nicht bedacht, daß er hier mit Schuhen klettern mußte, während seine ganze Kunst auf Klettern mit nackten Füßen aufgebaut war. Und die Jungens wußten, daß er Affenzehen besaß, die hatte er von seinem Vater geerbt, der ein Matrose auf dem Kriegsschiff „Deutschland“ gewesen sein sollte und außer den Zehen nur die roten Haare an den Jungen von Luise Bärensprung gegeben hatte. Nicht mal seinen Namen. In halber Höhe der Stange versuchte Johannes sich die Stiefel auszuziehen; allein die erregte Jugend protestierte, und wenn sich Johannes auch nicht darum kümmerte, sondern tatsächlich die Schuhe von den Füßen brachte und sie sogar auf die kakelnde Versammlung hinunterschmiß, so gebot ihm doch die Stimme von Kantor Kannegießer Einhalt. Sicher war ihm auch schon die Puste im Ausgehen: Klammere sich einer um eine geschälte und eingeseifte Stange und ziehe sich dabei die Schuhe aus, lasse sich bedrohen, beschimpfen und kommandieren und achte doch auf nichts, weil da oben ein Ziel winkt.

Johannes hatte es an jenem Tage geschafft, nach oben zu kommen; als er seine langen, großen Zehen einsetzte, ging es ruckzuck; er brachte es auch fertig, oben hängenzubleiben und langsam und bedächtig seine Auswahl zu treffen; ja, er hängte sogar Stücke, die er schon ausgewählt und abgenommen, wieder an den Kranz und kam schließlich herunter mit einer Mundharmonika. Die aber wollte ihm Kantor Kannegießer wieder abnehmen, denn es ginge, so meinte er, und der Gemeindevorstand stimmte ihm darin bei, wirklich nicht an, daß ein einzelner Junge barfuß klettern durfte, die anderen hingegen nicht.

„Dann können die ja auch so", weinte Johannes trotzig und rief nach seinem Großvater Bärensprung. Der hatte schon seinen Liter Schluck in sich, schlug mit dem Krückstock abwechselnd gegen sein Holzbein und gegen die Stange und sagte, er ginge bis ans Reichsgericht, wenn sie hier wieder ein Unrecht gegen armer Leute Kind verübten, und rauf sei rauf, und das Gesetzbuch sollten sie ihm mal zeigen, wo da stehe, daß einer nicht barfuß klettern dürfe. Und wenn die Jungens von den Reichen zu steifbeinig seien zum Klettern, so käme das bloß daher, daß deren Alte ihre Beine nicht beim Todesritt von Massatur gelassen hätten wie er, und wenn er selbst darauf auch einen Dreck gäbe, so sei er es doch seinem Enkelkind schuldig. Ehre, wem Ehre gebührt, und das ganze Kaiserreich könne ihm sonst gestohlen bleiben.

Als Pastor Breithaupt etwas von Nach-Fusel-Stinken und noch was vom Schandfleck der Gemeinde sagte, baute Andreas sich kerzengerade auf und brüllte: „Was heißt hier Fusel? Wenn Sie einen geschmettert haben, riechen Sie auch nicht nach Weihrauch und Myrten. Sünde ist Sünde, und vor Gottes Thron wird Fusel und Bier nicht schlimmer angerechnet als Kognak und Schlampagner." Worauf der Pastor still weiterging, Andreas Bärensprung aber auf dem Schlachtfeld aushielt.

Er verfolgte aufmerksam die Diskussion unter den Gemeinderatsmitgliedern und Kantor Kannegießer, ob jeder Junge klettern dürfe, wie er wolle, mit oder ohne Stiefel, mit oder ohne Strümpfe, denn Johannes war auch ohne Strümpfe geklettert, allerdings wohl nur, weil er in den Schuhen keine Strümpfe gehabt hatte. Aus Prestigegründen einigte man sich darauf, es müsse beim Klettern mit Stiefeln bleiben und Johannes Bärensprung habe die Mundharmonika wieder herauszurücken.

Großvater Bärensprung randalierte und beschimpfte den Gemeinderat, bis ihn zwei Mann vom Platze führten. Der Junge heulte, dann trotzte er und sagte: Nein, die Mundharmonika gäbe er nicht wieder raus! Und als der Kantor sie ihm wegnehmen wollte, riß er aus. Das war freilich nur das Signal für die anderen Jungens, ihm nachzujagen. Aber Johannes konnte wie ein Deika sausen, und da er barfuß war, sauste er auch durch die Gräben und durch den Gutsteich und konnte seine Mundharmonika in Sicherheit bringen. Wofür er sich allerdings von weiterer Teilnahme an den Veranstaltungen des Festes und den in Aussicht stehenden Gewinnen ausschloß.

Die Stange war längst leergeklettert, sie hatten schon Sacklaufen und Ringschmeißen hinter sich und waren gerade bis zum Wursthopsen gekommen, als Johannes wieder erschien. Ganz still legte er die Mundharmonika unter der Kletterstange nieder und stellte sich, die Schuhe wieder an den Füßen, mit in die Reihe der Jungens. Wurstbeißen war nämlich eine Sache, die konnte Johannes' ewig hungriger Magen nicht ausschlagen, eine Wurst ging auch ihm noch über eine Mundharmonika. Diese hatte er ja nun auch eine ganze Zeit gehabt und sich in der Ahnung, er müsse sie doch wieder abgeben, den Mund fusselig gespielt. Mochten sie also ihren Fressenhobel wieder hinnehmen, eine Wurst, und er hatte sie, die sollten sie nachher suchen. Johannes öffnete im Vorgefühl des Sieges sein großes Mundwerkzeug – ja, leicht würde es die Wurst nicht haben, dieser Klappe zu entgehen, und da die Zähne ebenfalls in Ordnung waren, blieb der Wurst auch wenig Aussicht, sich wieder loszureißen. Es war daher besonders grausam für Johannes, daß einige der Jungens auf strikter Befolgung des Beschlusses des Schul- und Gemeindevorstandes bestanden: Der Harmonikaräuber sei vom Kinderfest ausgeschlossen, weil er gegen das Recht gehandelt habe.

Kantor Kannegießer befand sich in einer schwierigen Lage. Ihm tat der arme Bengel schon leid, aber gesagt war gesagt, und vielleicht erlaubte er sich gar einen neuen Streich. „Erst mußt du die Mundharmonika wieder abgeben“, sagte der Kantor daher mit sanfter Strenge, und es schien, als plinkere er dem Sünder zu, „sonst darfst du nicht mehr mitspielen.“

Johannes sah seinen Erzieher erstaunt an: „Die hab ich ja schon lange nicht mehr.“ Wo er sie denn habe? „Ooch, die hab ich ja schon vor 'ner Stunde abgegeben. Da liegt sie ja, da an der Stange!“

Doch da lag sie nicht mehr. Traugott Fibelkorn hatte sie sich in diesem Augenblick geschnappt. Aber Martin Grambauer hatte es noch gesehen und bestand nun seinerseits darauf, daß dann auch Traugott nicht mehr mitspielen dürfe, denn wenn Johannes mit der Mundharmonika ausgerissen sei, so habe er sie doch als Preis gewonnen gehabt, wenn auch mit barften Füßen, aber Traugott habe sie nun einfach geklaut und Traugott sein Vater sei im Gemeinderat, und Traugott sei reich und Johannes arm.

Weder Kantor Kannegießer noch die Männer vom Gemeinderat kamen dazu, nach dem Rechten zu sehen: Johannes war wie ein Tiger auf Traugott zugesprungen und hatte schreiend die Herausgabe seiner Mundharmonika gefordert. In den Kampf mischten sich gleich noch ein Dutzend Jungens für und wider ein, und als die Großen die Schlacht beendeten, ergab es sich, daß Blut geflossen war, wenn auch nur aus Nasen und Schrammen, daß Hosen und Jacken in Fetzen hingen und daß vor allen Dingen der Gegenstand des Kampfes, die Mundharmonika, zerdrückt und krumm in die Hände des Siegers gelangt war. Der Sieger aber war Johannes Bärensprung: Er sprang mit der Beute vier, fünf Schritte beiseite, setzte sie an den blutenden Mund, unter die blutende Nase, und versuchte krampfhaft, ihr Triumphtöne zu entreißen. Sie jammerte jedoch nur. Darüber ergrimmte Johannes aufs neue, nahm das Instrument und warf es Traugott mit solcher Wucht an den Kopf, daß der nun wirklich ein richtiges Loch bekam. Da nach allgemeiner Meinung Traugott die Schuld an dem Kampf trug, bestand die ganze Teilnahme für ihn nur darin, daß der Kantor zwei der im Vorjahr Eingesegneten heranrief und sie beauftragte, dem Jungen das Blut im Bach abzuwaschen; Johannes aber durfte inmitten der anderen Jungens zum Springen nach den an einer Schnur baumelnden Würsten antreten. Das also war beim letzten Kinderfest in Kummerow im Vorjahre passiert.

Auch in diesem Sommer hatten die Kummerower bei aller Erntearbeit abends Zeit gehabt, drei Gemeinderatssitzungen abzuhalten und zu beraten, was sie Neues zum Kinderfest machen könnten, um die Bauern in den anderen Dörfern noch mehr aufzubringen. Schließlich waren sie auf Wettreiten für Schuljungens auf richtigen großen Pferden und für Mädchen auf ein Wettstricken von Strümpfen gekommen. Kantor Kannegießer schlug, um das Geistige zu retten, noch den Vortrag von Gedichten vor. Er sagte eins auf: „Gott grüß Euch, Alter, schmeckt das Pfeifchen?“ und meinte, Martin Grambauer würde das sehr gut machen. Sie waren einverstanden, nur der Schulze nicht so recht, weshalb Gottlieb Grambauer wohlwollend sagte: „Christian, eigentlich müßte deiner das ja machen, denn er ist der Älteste in der Schule!“ Und als der Schulze Christian Wendland darauf nur ein ärgerliches Gesicht zeigen konnte, sprach Gottlieb Grambauer beruhigend weiter: „Na ja, die Gaben sind eben verschieden verteilt. Sieh mal, du hast dreihundert Morgen und bist Schulze, was braucht dein Junge da einen hellen Kopf? Meiner kriegt mal nur dreißig Morgen von seinem Vater, da hat die Natur ihm wohl so'n kleinen Ausgleich gegeben. Oder willst du durchaus tauschen?“ Worauf Schulze Wendland ganz ehrlich ablehnte und sagte: „Das könnt’ dir so passen.“

Johannes Bärensprung wußte, daß er im Reiten und im Gedichtaufsagen keine Preise erringen konnte, und trainierte dafür um so eifriger darauf, mit Stiefeln einen Baum zu erklettern; er hatte es auch fertiggebracht, die glatteste Kiefer raufzukommen. Wobei er eine wunderbare Entdeckung machen konnte.

Es war in der Woche vor dem Kinderfest, als Johannes im Walde gewissermaßen sein Training abschließen wollte. Martin war dabei und machte mit. Da löste sich, als Johannes gerade den Stamm einer Kiefer zur Hälfte bezwungen hatte, die Sohle an seinem rechten Schuh, und drei nackte Zehen kamen hervor. Martin, der an der Nachbarkiefer etwas unterhalb hockte, lachte vor Vergnügen so laut, daß er loslassen mußte. Auch Johannes kam herunter und besah sich den Schaden. Und da empfingen sie die Idee, von der Johannes nachher behauptete, Martin habe sie zuerst gehabt. Sie schnitten mit Martins Taschenmesser von Johannes’ beiden Schuhen die Spitzen der sehr dünnen Sohlen so geschickt heraus, daß, hatte Johannes die Schuhe an, kein Mensch von oben das Fehlen der Sohlenspitzen bemerken konnte. Es war Johannes auch möglich, damit zu gehen, und dennoch konnte er beim Klettern seine nackten Zehen nach unten herausstrecken und als Greiffinger benutzen. Die Probe, die sie sogleich machten, verlief gut, so gut, daß auch Martin die seltsamen Kletterschuhe anzog und eine glatte Buche enterte. Worauf er lange überlegte, ob er das Patent nicht auch bei seinen Schuhen anwenden sollte. Aber nein, das war wohl nur für Johannes erlaubt, weil der ein Armer war.

Als das Fest herangekommen war, stolzierte Johannes tapfer im Umzug mit, ängstlich bemüht, die Schuhspitzen nach unten zu drücken und die Beine nicht gerade paradeschrittmäßig zu schmeißen. Seinen Fußsohlen machte es nichts aus, daß die Straßen nach dem großen Regen nicht sehr sauber waren und seine Füße naß und schmutzig wurden. Er hatte sie in kluger Berechnung sowieso vorher nicht nur nicht gewaschen, sondern auch noch jene Stellen, die durch die Lücken in den Schuhsohlen sichtbar werden konnten, mit Tinte angepinselt. Eine Erfindung, mit der sich nach seiner Meinung ein Strumpfersatz für arme Kinder herstellen ließ, einer, der nicht mal Löcher bekam.

Das Fest verlief leider wieder mit einem Krach, und der kam durch Johannes, doch hatten seine Klettertricks keine Schuld, wohl aber sein ewig hungriger Magen. Im Reiten wurde Hermann Wendland Erster, worüber der Schulze so stolz war, daß er für den Abend ein Viertel Helles versprach und immer wieder herausfordernd fragte: „Na, da haben andrer Leut Kinder auch noch Gaben, nicht wahr?“ Grambauer hätte ihm die Freude gern gegönnt, da aber sein Martin im Reiten erst nach Traugott Fibelkorn und gar noch nach Friedrich Bobermins Daniel kam, also Vierter wurde, war er ärgerlich und erwiderte: „Gewiß, bei einem sitzen die Gaben im Kopf, beim andern im Hintern!“ Mit welchen Worten er der edlen Reitkunst unrecht tat, was er wußte, denn er war wie alle Kummerower ein Pferdenarr. Martin tröstete sich mit Johannes, der als Elfter unter „Ferner liefen“ rangierte. Aber das kränkte sie beide nicht, was war denn das schon für ’n Wettreiten, wenn bloß zwei Pferde zur Verfügung standen, alte Kracken, die immer wieder denselben Weg machen mußten. Und ob Wilhelm Trebbins Taschenuhr, die noch mit’m Schlüssel aufgezogen werden mußte, richtig anzeigte, das war auch noch zu bezweifeln.

Johannes tröstete sich mit seinen Erwartungen im Klettern und bestand darauf, daß die Stange ganz besonders gründlich eingeseift wurde. Martin war der Sonderpreis für das Gedichtaufsagen sicher: ein Buch, von Kantor Kannegießer ausgesucht, „Weltall und Menschheit“, und beim Springen und Schießen auch noch allerhand.

Außer Johannes konnte diesmal keiner mit Stiefeln die glatte Stange schaffen, so daß Johannes zum zweiten Male ansetzen durfte. Das erstemal hatte er ein Paar Hosenträger gewählt, über den zweiten Preis war er sich noch unklar. War ja auch egal, es blieb ihm sicher der ganze Geschenk-Kranz; Johannes zweifelte nicht daran, daß kein Mensch außer ihm mit Schuhen bis nach oben kommen würde.

Die Gier, die unbändige Gier, die ihm schon so viel verdorben hatte! Das erstemal hatte Johannes bei keinem Zug vergessen, daß er seine Zehen nicht zeigen durfte, und hatte sie nur so weit aus den Schuhen gestreckt, um den Stamm fühlen zu können. Nun aber war er mit seinen Gedanken nur bei den Preisen, und da geschah es: Die nackten Zehen wurden sichtbar, denn Johannes streckte sie im Eifer zu weit durch, und es gab gleich einige, die „Halt, halt!“ schrien und von Betrug redeten. Johannes hielt auch an, ehrlich erschrocken sogar, und sah nach unten. Dort entschied Gottlieb Grambauer: „Schuhe hat er an! Dafür, daß sie nicht heil sind, ist er aus dem Armenhaus. Siehe, so hat auch die Armut ihren Vorteil!“ Und er rief nach oben: „Weitermachen!“

Diesmal wählte Johannes sich am Kranz der Stange eine Trompete aus, probierte sie gleich oben, denn vielleicht hatten sie ihm eine hingehängt, die nicht ging, und rutschte blasend herunter. Welche kindhafte Fröhlichkeit einen sehr guten Eindruck machte, denn die Schuhe ohne Sohlen hatten etwas peinlich gewirkt, wegen der Gäste von auswärts, und so fanden die meisten es in Ordnung, als nun Schulze Wendland, der in guter Stimmung war und Gottlieb Grambauer zuvorkommen wollte, ums Wort bat und auch gleich sagte: „Ich eröffne die Sitzung – ich wollte sagen, die Sammlung für ein Paar neue Schuhe für das ortsarme Kind Johannes Bärensprung, und es soll ein jeder nach seinem Einkommen und Vermögen geben. Ich meinerseits gebe eine Mark!"

Einige fanden zwar, sie hätten zu Hause noch abgelegte Schuhe, die sehr gut wären, und bisher habe man es doch immer so mit denen im Armenhaus gehalten, aber Schulze Wendland ging mit seinem Zylinderhut sammeln, und da er als ein schlauer Hund immer wieder etwas davon sagte, daß jeder nur nach seinem Vermögen geben solle, bekam er eine schöne Summe zusammen. Besonders als er laut gerufen hatte: „Heinrich Oßmann gibt bloß zwanzig Pfennige. Wenn er es nicht aus Geiz tut, was ich nicht glaube, wird es ihm wohl wirklich dreckig gehen. Na, da müssen wir das nächste Mal auch für ihn sammeln!" Worauf Heinrich Oßmann noch einen Fünfziger zulegte.

Als sie den Ertrag zählten, stellte der Schulze fest, es reiche für zwei Paar Schuhe und Strümpfe und auch noch für ein Hemd. In diesem Augenblick sah er vor sich einen ausgestreckten Arm und eine geöffnete Hand: Andreas Bärensprung stand da und verlangte als der rechtmäßige Erzieher von Johannes die Aushändigung des Geldes. „Damit du es versäufst, Andreas!" lachte der Schulze gutmütig. „Nein, alter Bursche, dafür ist nicht gesammelt." Der Schulze war sein Vorgesetzter, Andreas wußte, sein Nachtwächteramt hing sowieso an einem dünnem Faden, er brummte daher etwas von armen Leuten, mit denen man es ja machen könne, und wenn die mal zu Geld kämen, dann kriegten sie es nicht, und er möchte nicht nachzählen, wieviel von dem Kapital unterwegs nun wohl noch hängenbleiben werde.

Sie hörten nicht auf ihn, sie hatten, da keiner der andern Jungens die Stange erklimmen konnte, Rat gehalten, ob nun jeder die Schuhe von Johannes anziehen oder ob die Stange abgerieben werden sollte, und hatten sich für das letztere entschieden. Nun kamen auch die andern hinauf, und Johannes, der schon zweimal drangewesen war, sah keine Aussicht mehr auf weitere Preise. Da lief er zum Schulzen und verlangte sein Geld. Doch der Schulze holte mit der Hand aus, und wenn Johannes, der diese Bewegung seit Jahren kannte und die Geschicklichkeit, ihr rechtzeitig auszuweichen, hoch entwickelt hatte, nicht durch rasches Ducken reagiert hätte, wäre ihm am Ende ein Ausgang des Kinderfestes bereitet worden wie ein Jahr vorher. Es war besser, sagte er sich, wenigstens das Wurstspringen noch mitzunehmen, denn darauf hatten Martin und er trainiert, im Wald, nach aufgehängten Tannenzapfen.

Als er die Würste hängen sah, gingen die Augen wieder mit Johannes durch und rissen seinen Mund mit. Nicht nur seinen Mund. Dreimal durfte jeder hopsen, dann mußte er mit dem Mund ein Wurstende gepackt und festgehalten haben. Dreimal hopste Johannes, und zwei Würste waren seine Beute; die dritte entging ihm, weil er noch im Hochspringen das Ziel gewechselt hatte, da es ihm vorgekommen war, als sei die nächste Wurst größer als die von ihm ausersehene. So biß er fehl. Er schoß dem mündlichen Fehlschuß zwar die rechte Hand nach und eroberte sich auf diese Art die dritte Wurst auch, mußte dann aber sich und seine Beute in Sicherheit bringen. Womit er allerdings endgültig auf weitere Teilnahme an den noch ausstehenden Genüssen des Tages verzichtete. Dieses Betragen von Johannes Bärensprung konnte zwar die allgemeine Festfreude nicht erheblich beeinträchtigen, doch war Martin Grambauer nicht mehr so recht bei der Sache. Er sagte noch das Gedicht auf. „Gott grüß Euch, Alter, schmeckt das Pfeifchen?", allein es kam so lustlos heraus, daß sein stolzer Vater Gottlieb Grambauer ihm nachher mitteilte, er habe beim Vortragen ein Bild abgegeben, das er sich auf keinen Pfeifenkopf wünsche, nicht mal auf den Teil, den man den Abguß nenne und in dem der Sabber aufgefangen werden.

Martin Grambauer litt, weil seine fünfjährige Freundschaft mit dem roten Johannes aus dem Armenhaus, aus der Not ihrer ersten Schulstunde entstanden und durch treue Kameradschaft gefestigt, in der letzten Zeit immer stärkeren Belastungsproben ausgesetzt war. Martin hatte seine Gefühle zwischen Braut und Freund stets sehr reell abgewogen, doch fand er sich immer häufiger im Grübeln darüber, ob die Armen wirklich dadurch, daß sie arm sind, auch die Guten sind, wie er das bisher geglaubt hatte. Aus Büchern und aus den Worten seiner frommen Mutter hatte er das angenommen und war in seiner Abneigung gegen die Reichen und die Großen, die es fertigbrachten, seinen Freund so zerlumpt umhergehen zu lassen, bis zu bodenlosem Mißtrauen gekommen, fest überzeugt, Gott werde die Reichen später einmal für ihr Verhalten kneifen. Nun glaubte er entdeckt zu haben, daß auch die Armen den Teufel in der Brust haben konnten. Wenn Johannes' Großvater, der im Armenhaus wohnte und immer betrunken war, als Nachtwächter heimlich Kohlen aus der gräflichen Brennerei klaute, so mochte das als Wiederherstellung der von den Reichen verletzten göttlichen Gebote gelten; daß er bei jeder Gelegenheit seine Tochter Luise prügelte und ihr Unanständiges vorwarf, weil sie Johannes ohne Vater zur Welt gebracht hatte, war weniger anständig. Und daß nun Johannes allzu reichlich den Ausgleich in der Verteilung der irdischen Güter vornahm, wie auf dem vorigen Kinderfest mit der Mundharmonika und nun wieder mit den drei Würsten, wo er doch schon das mit den nackten Zehen voraus hatte, das zeigte, Johannes stand im Begriff, ein Sünder zu werden wie die Reichen und die Pharisäer und Zöllner.

Wie sein Großvater, der auch nach dem Wurstbeißen wieder dagestanden und alle Leute beschimpft hatte, weil es ein Unrecht sei an dem ganzen Stand der Armen, seinen Johannes wegzujagen, und er werde dagegen schärfste Berufung einlegen, denn sein Johannes habe sein ehrliches Geld für das Fest ebensogut bezahlt wie die Gören von den reichen Fettsteißen, und er verlangte, daß sein Enkelkind auch entsprechend dafür beliefert werde. Dabei mußte der alte Bärensprung doch wissen, daß Johannes bloß einen einzigen Groschen in die Schule mitbekommen hatte als Beitrag zur Anschaffung von Preisen, während keins der anderen Kinder unter fünfzig Pfennig gegeben hatte, er, Martin, zwei Mark, Hermann Wendland sogar drei Mark, Pastor Breithaupt fünf Mark. Drei Würste, ein Paar Hosenträger und eine Trompete, alles für einen Groschen, und dann noch Lärm und Stunk – nein, die Anständigkeit schien nicht ein für allemal mit der Armut verbunden zu sein.

Als Martin seinen Vater danach fragte, konnte der nur sagen: „Erst mal ist ein Groschen, den ein Armer gibt, genausoviel wert wie ein Goldstück, das ein Reicher gibt. Also hat Johannes am meisten eingezahlt. Na, und daß er ein Gierschlung sein soll – er ist elf Jahre lang nicht richtig satt geworden und hat keine richtigen Sachen angehabt, sieh mal, da hat er eben noch sehr viel nachzufordern: Ein Armer, und er schummelt ein bißchen, der ist immer noch ein Gerechter, wenn ein Reicher, der schummelt, schon ein Gauner ist. Jawoll, mein Sohn!"

An diesem Abend nahm Martin Grambauer endgültig Abschied von seinem durch fromme Lektüre gewonnenen Kinderwunsch, einmal auf dem Wege über die Armut ein Gerechter zu werden.

Traurig ging er nach Hause, und als seine erschrockene Mutter nach dem Grund fragte, da konnte seine Schwester Anna auch noch hämisch sagen: „Ach, der mault bloß, weil er nicht genug Preise gekriegt hat, der Schlappschwanz." Gewiß, auch seine fehlgeschlagenen Hoffnungen auf viele Preise waren mit die Ursache seiner Traurigkeit, aber nur, weil er nun vor Ulrike seine Prahlerei, er werde die meisten Preise erobern, nicht wahrgemacht hatte, denn zusammengerechnet waren ihm Hermann Wendland und Traugott Fibelkorn über. Außer Johannes. Und Ulrike hatte, als er sich am Schluß des Festes zu ihr gesellte, schnippisch gesagt: „Geh man lieber zu deinem roten Lumpenbruder!" und hatte ihn stehengelassen und war als artiges Kind zu ihrem Vater gegangen. Der aber hatte Gottlieb Grambauer angesprochen und ihm voll Schadenfreude versichert, so laut, daß es Martin hören mußte: „Na, Herr Grambauer, nach dem Vortrag von Martin heute glaube ich nicht, daß es bei ihm mal mit der Redekunst bis zum Pastor langen wird." Das bezog sich auf Frau Grambauers sehnlichen Wunsch, Martin solle Pastor werden. Da das aber wieder gar nicht der Wunsch des Vaters war, konnte der noch lauter erwidern: „Der Meinung bin ich auch, Herr Pastor. Der Junge ist wohl, wie sein Vater, des Glaubens, daß man seinem Herrgott lieber mit Taten als mit Worten dienen soll."

Störche, Hammel und Kanonen

Die zwei Erntefeste in jedem Jahr verdankten die Kummerower den Störchen. Das klingt seltsam, aber es findet wie alles Seltsame in diesem Dorf eine natürliche Erklärung. Jahrzehntelang hatten der Gutsherr mit seinen sechstausend Morgen und die Gemeinde mit ihren dreitausend Morgen zusammen gefeiert, die Gutsherrschaft gab Fleisch und Bier, die Gemeinde den Kaffee mit Kuchen und den Schnaps, getanzt wurde bis zum Abend auf dem Dorfplatz und nachher in den Sälen. Und alle, Graf, Pastor, Kantor, Schulze, Bauern, Tagelöhner und Knechte, waren wenigstens an dem einen Tag nach außen hin ein Herz und eine Seele gewesen. Da kamen die Störche dazwischen. Und das war so.

Die Trebbins waren die reichsten Bauern in Kummerow, nun, wenn nicht die reichsten, so doch die dicksten, wenn man nach den Morgen geht. Der alte Preisgott Trebbin, der Vater von Wilhelm Trebbin, der jetzt den Hof hatte, war Schulze geblieben, obwohl er schon auf dem Altenteil saß. Das war etwas ganz Neues gewesen, was es wohl nicht ein zweites Mal gab, und der Graf als Amtsvorsteher hatte auch etwas dagegen gehabt, jedoch klein beigegeben, da die Bauern nun mal ihren alten Preisgott behalten wollten, weil er als der einzige galt, der gelegentlich gegen den Grafen anzustänkern wagte. „Denn siehe", hatte Preisgott Trebbin mal vor allen Leuten zum Grafen gesagt, „wir Trebbins haben hier schon als Weizenbauern gesessen, als Ihre Vatersleute, Herr Graf, noch in der Walachei Maiskuchen aßen!"

Die Geschichte mit den Störchen nun ereignete sich, als Wilhelm Trebbin, des alten Preisgott Sohn, schon einige Jahre verheiratet und stark beunruhigt war, es könne ihm der Erbe ausbleiben, ganz abgesehen von der ewigen Stichelei im Dorf. Und so hatte Wilhelm es für richtig gehalten, auf den Giebel seiner alten Strohdachscheune ein hölzernes, reifenloses Rad zu legen und ein heimatloses Storchenpaar zu ersuchen, sich ein Nest zu bauen. Sein Vetter in Bietikow schwor Stein und Bein darauf, seine fünf Jungens wären nur auf diese Art zustande gekommen. Es siedelte sich auch bei Trebbins ein Storchenpaar an und schmiß pünktlich jedes Jahr ein Kindchen in Trebbins Schornstein, aber, verdammt noch mal, immer wieder ein Mädchen. Nun waren es schon vier.

Die Scheune stand mit ihrem Giebel zum Schloßgarten, und wie Störche nun mal sind, oder besser, wie Frösche sind, wenn sie gewesen sind: Sie hinterlassen schreckliche Spuren. In der Hölle kann es nicht schlimmer stinken als unterhalb eines Storchennestes. Es war also zu verstehen, daß der Schloßgärtner Meinert sich über die Nachbarschaft ärgerte und Wilhelm Trebbin vorschlug, die Störche umzusiedeln auf den anderen Giebel der Scheune. „Vielleicht, daß es dann auch Jungens statt Mädels gibt!" Dies hatte der Graf gesagt, der dazugekommen war. Wilhelm Trebbin, in seinen heiligsten Gefühlen gekränkt, hatte erwidert: „Vielleicht, daß ich es auch mal mit den Stubenmädchen ausprobieren müßte!" und hatte Graf und Gärtner stehengelassen. Es war dann noch das fünfte Mädchen bei Trebbins einpassiert und an einem Apriltag wieder das Storchenpaar. Und wieder hatte Wilhelm neue Hoffnung geschöpft. Doch dann war, gerade als das Storchenpaar sich einrichten wollte, ein dritter Storch dazugekommen und schließlich noch ein vierter, und es hatte eine erbitterte Schlacht zwischen den vieren gegeben, so daß keiner mehr wußte, wer ein Anrecht auf Trebbins Scheune hatte.

Zwei, drei Tage lang war der Kampf hin und her gegangen, und Wilhelm hatte um den Ausgang gebangt. Ja, und da war es geschehen.

Graf Runkelfritz, wie sie den Herrn von Runcowricz wegen seiner vielen Zuckerrunkeln nannten, war durch den Garten gekommen und in sehr guter Stimmung gewesen. Das ging ihm immer so, wenn er auf Jagd war. Und er hatte auch jetzt das Schießgewehr um und hörte nun zu, wie sein Gärtner ihm erklärte, was da auf Trebbins Scheune vorging. Und angeblich, weil er Wilhelm Trebbin eine Freude machen wollte und der Gärtner ihm den unrechtmäßigen Storch genau bezeichnete, wahrscheinlich aber, weil er seine Schießlust nicht dämmen konnte, legte er an und knallte den zudringlichen Storch ab. Die dazugehörige Ehefrau zog gleich darauf von dannen, und Wilhelm Trebbin hätte zufrieden sein können. Aber da geschah es, daß auch das nun in seinem Besitz gesicherte zweite Storchenpaar das Nest verließ und sich in dem ganzen Jahr auch kein anderes sehen ließ.

In dem darauffolgenden Herbst feierten sie im Dorf noch gemeinsam das Erntefest. Als aber im nächsten Frühjahr zwar die Störche wieder sehr zahlreich nach Kummerow kamen – gab es doch nirgends so viele und so fette Frösche wie im Kummerower Bruch –, jedoch kein Storchenpaar das Nest auf Trebbins Scheune bezog, begehrte Wilhelm Trebbin auf, und sein Vater wagte es, noch nachträglich Anzeige gegen den Grafen wegen verbotenen und widerrechtlichen Abschießens eines nicht jagdbaren Tieres zu erstatten. Der Graf, als Amtsvorsteher sein erster Richter, entschied erst mal, daß die Sache verjährt sei, und als dann gar eine Anzeige beim Landrat einlief, entschied der Landrat, nach genauer Untersuchung des Falles habe eine erlaubte Handlung vorgelegen, da der dauernde Kampf der vier Störche als eine Belästigung der Anwohner anzusehen sei. Worauf sie alle im Dorf der Meinung waren, daß zwar Störche sich bis auf den Tod mit Schnabelhieben traktieren, jedoch eine Krähe nicht der anderen die Augen aushacke. Dennoch ging der Antrag des Alt-Schulzen noch nicht durch, mit Personen, die einen den Menschen heiligen Vogel ausrotten, nicht zusammen Austköst zu feiern, und sie brauchten sich von denen im Schloß nichts schenken zu lassen, und sie sollten ihnen vielmehr zeigen, was 'ne Harke ist. Worauf Wilhelm Trebbin, Herr über vierhundert Morgen besten Rüben- und Weizenbodens und feinster Bruchwiesen und über nunmehr sechs Mädchen, ein ganzes Extra-Erntefest für alle Bauern, Freimänner, Einspänner und ihre Leute und überhaupt für alle stiftete, die mit denen im

Schloß nichts zu tun hatten. Denn Wilhelm hatte zu seinem Schmerze seine Hoffnung auf den Erben aufgeben müssen: seit die Störche seine Scheune nicht mehr aufsuchten, war seine Frau in Zurückhaltung verfallen und hatte den Betrieb überhaupt eingestellt. Da sie ihn einst erst mit dem Erscheinen der ersten Störche auf ihrer Scheune aufgenommen hatte, war es nicht bloß für Wilhelm Trebbin erwiesen, daß der Graf schuld hatte an dem Ausbleiben eines kleinen Trebbin. Darüber waren nun wohl mehr als zehn Jahre vergangen, der alte Preisgott Trebbin war längst gestorben, und Christian Wendland war Schulze geworden, aber das Extra-Erntefest für die Bauern von Kummerow war geblieben.

Es gehörte zur Tradition, daß die Austköst angeschossen werden mußte. Schießen war eins von den Dingen, die man in Kummerow liebte. Und nun gar Schießen mit einer Kanone. Sie stand sonst mit ein paar anderen vor dem Schloßeingang und war eigentlich mehr ein Mörser, vielleicht gar nur ein Böllermörser. Aber am Austkösttag wurde sie von den Schuljungens auf den Dorfplatz gezottelt und dort von dem Gutsmaschinisten, der auch Sprengmeister war, geladen. Punkt zwei Uhr brannte der Maschinist sie dann mit einer Lunte ab, es gab einen gewaltigen Bums, der sollte den Leuten anzeigen: Heraus nun aus den Häusern zum festlichen Umzug! Es machte nichts aus, daß die Leute stets schon vorher vollzählig auf die Straße gekommen waren, um das Schießen mit anzusehen. Hinter der Kanone stand die Musikkapelle, die sofort mit einem Marsch einsetzte. Hatte sich dann der Zug formiert, zogen die Jungens die Kanone zum Gutshof.

Ohne diese Kanone wäre die Austköst nicht richtig gewesen. Als nun aber die Bauern ihr eigenes Erntefest feierten, fehlte ihnen das Geschütz, und sie waren mit Ausnahme von Preisgott Trebbin und Wilhelm alle der Meinung, sie machten sich ohne Kanone lächerlich. Wilhelm Trebbin wollte schon eine Kanone stiften, als er jedoch erfuhr, was solch Ding kostete, ließ er davon ab. Da stellte der Graf, um die Bauern wieder für sich zu gewinnen und Wilhelm Trebbin zu ärgern, seine Kanone lächelnd auch für die feindliche Austköst zur Verfügung. Und die Kummerower Bauern nahmen die Leihgabe an. Beinahe wäre es noch zu einem neuen Krach gekommen, weil der Gemeinderat sich gegen die Verwendung des feindlichen, weil gräflichen, Geschützmeisters auf einem bäuerlichen Erntefest verwahrte, der Graf seine Kanone aber nicht dem Gemeindewächter Bärensprung anvertrauen wollte. O ja, das waren einmal für wichtig gehaltene Probleme auf unseren Dörfern.

Auch manchem Bauern war der Gedanke nicht ganz geheuer, den an Festen immer betrunkenen Großvater Bärensprung mit Schießpulver hantieren zu sehen. Freilich, wenn es nach ihm gegangen wäre, er hätte ein ganzes Artillerieregiment übernommen. Er prahlte: „Mit so 'ner Knallbüchse, was die sich haben! Dunnemals, bei Massatur, da hab ich mit mein' Pferd 'ne ganze Batterie allein genommen! Aber so ist das, da wollen sie von keiner Heldentat was wissen. Meinetwegen, ich faß das Ding nicht an, das können die Schuljungens machen, das ist ja man bloß 'n Kinderspielzeug!" Als der Graf jedoch einen Kompromiß vorschlug, der Sprengmeister solle bei der Gemeindeaustköst die Kanone laden, der Nachtwächter sie abbrennen, waren alle zufrieden, auch Vater Bärensprung, der schon eine halbe Stunde vorher mit geputztem Spieß, Säbel und Horn antrat, damit keiner an das geladene Untier herankam.

Einmal freilich hatte ihm der Schnaps einen bösen Streich gespielt, und das war auf dem gräflichen Erntefest. Da hatte der Sprengmeister die Kanone, die diesmal seine war, geladen und war dann noch fix in den Krug gegangen, weil es erst eins war. Ja, und da war Vater Bärensprung auf die Straße gekommen, hatte das Geschütz gesehen und wohl geglaubt, er könne seine Pflicht versäumen, war zu der Kanone getorkelt, hatte auch die Lunte gefunden und in Brand gesetzt und solchermaßen um ein Uhr fünfzehn losgeballert. Diesmal war der Schuß wirklich das Signal zum Antreten geworden, sie waren alle auf die Straße gestürzt, des Glaubens, die Zeit verpaßt zu haben, mitten vom Kümmelfleisch weg, noch nicht mal angezogen, manche der Frauen noch in Unterrökken, ach, es hatte eine grausliche Verwirrung gegeben, die auch den Pastor, Kantor und selbst das Schloß ergriffen hatte. Und der Sprengmeister hatte böse einen reingehängt bekommen, und seit der Zeit ließ er die Kanone nach dem Laden nicht mehr aus den Augen.

Vorher aber hatte er sich gerächt, acht Tage nach dem Schabernack, der ihm gespielt worden war. Diesmal also galt es dem bäuerlichen Erntefest und dem Nachtwächter Bärensprung. Und der Maschinist Dübelkow zahlte gut heim. Er lud die Kanone mit einer ganz schwachen Pulverladung, so daß sie gerade noch einen leichten Bumm machen und ein wenig pusten konnte, und dann schüttete er einen ganzen Sack voll Mitgebrachtes in das Rohr. Sie sahen wohl, daß er da mit einem Sack hantierte, aber sie glaubten, was er den Kindern erzählt hatte, daß dies ein ganz besonderes Schießpulver wäre, und es würde einen Krach geben, daß sie bis nach Randemünde hörten, in Kummerow feiern die Bauern

Austköst. Es sprach sich schnell herum, und sie waren alle sehr stolz auf den kommenden Schuß, und einige Bauern gaben für Dübelkow gleich einen aus, nahmen sie doch an, der Graf würde sich ärgern, wenn es beim Erntefest der Bauern mächtiger bumste als bei seinem.

Großmächtig war Nachtwächter Bärensprung angetreten, die Kapelle stand mit den Instrumenten vor den Gesichtern, der Festausschuß stand um den Mörser herum, der wie immer seine Mündung halb gegen den Himmel richtete. Der Schulze sah auf die Kirchturmuhr, es schlug zwei, und Nachtwächter Bärensprung schritt mit der brennenden Lunte auf das Geschütz zu. Es war jedesmal ein Moment gewaltiger Spannung, bei den Großen ebenso wie bei den Kindern, und diesmal war er besonders stark. Manche hielten sich schon vorsorglich die Ohren zu und machten den Mund auf, damit das Trommelfell nicht platze. Ach, hätten sie sich nur die Gesichter zugehalten. Denn es gab nur einen ganz schwachen Bumm, dafür aber spie das Geschütz in einem flachen Bogen einen dikken Regen von zerstäubtem Pferde- und Kuhmist aus, so daß alle, die in der Schußrichtung gestanden hatten, wunderbar gesprenkelt aussahen und manche sich sogar verschluckten. Der Schuß hatte ausgerechnet dem Festausschuß das Fest ganz wortwörtlich versaut, so sehr, daß Dübelkow es mit der Angst kriegte.

Die Gemeinde wurde von richtiger Empörung ergriffen, glaubten doch alle, die vom Schloß hätten den Dübelkow zu seiner Schandtat angestiftet. Nun war die Ehre aller verletzt, sie legten zusammen und kauften sich eine eigene Kanone. Sie war zwar auch nur ein Mörser und ein ganz alter dazu, aber er war größer als der vom Schloß, darauf hatten sie gesehen, und es war ihr eigener! Und sie waren alle sehr stolz darauf, bis auf den alten Bärensprung, der das Ding nicht ansah, da zu seiner Bedienung Ewald Voßbieter bestimmt worden war, der das Jahr gerade bei der Artillerie ausgedient hatte.

Das ist nun die Vorgeschichte der zwei Erntefeste in Kummerow. Nun wurde wieder mal zu der gräflichen Austköst gerüstet. Sie galt für die Kinder und für die Tagelöhner und Knechte, die Bauern mußten es zugeben, als die feinere und vor allem – interessantere.

Am Freitagmorgen, vor Schulbeginn, stand Johannes Bärensprung dann auch schon um drei Viertel sechs auf dem Guts-Ende und wartete auf Berta Lenz. Und stürzte ihr entgegen mit der Frage: „Sind sie schon geschlachtet?“ Sie, das waren Hammel, und Berta war die Tochter des gräflichen Schäfermeisters. Berta schüttelte verwundert den Kopf.

„Aber eingetrieben sind sie doch schon, nicht?" Johannes wollte wenigstens wissen, daß die Hammel ihrem Schicksal nicht entgehen würden. Ja, eingetrieben waren sie, gestern nachmittag, und geschlachtet würde heute morgen. Aufatmend ließ Johannes das kleine Mädchen stehen und rannte zum Schulhaus, wo er den versammelten Jungen stolz verkündete, die Hammel würden gerade geschlachtet, und es seien diesmal viel mehr als vergangenes Jahr.

Mit den Hammeln war das so: Der Graf ließ am Vortage der Austköst an alle seine Familien Hammelfleisch verteilen, ein Pfund für jeden Erwachsenen und ein halbes Pfund für jedes Kind, und als erwachsen galt jeder, der konfirmiert war. Sie konnten sich das leisten auf dem Gut, denn es war als Deputat im Lohn mit einkalkuliert. Auch der halbe freie Tag. Erntefest war am Sonnabend, es wurde nur bis zwölf gearbeitet, dann sollten die Leute zu Hause ein Festessen vorfinden, sich nachher in feine Kluft werfen und um zwei Uhr antreten zum festlichen Umzug. Am Mittag gab es also in ganz Kummerow Hammelfleisch. Nun war da wohl ein kleiner Standesunterschied: Im Dorfe aßen sie den Hammel alle als Kümmelfleisch; Pastors bekamen immer eine Hammelkeule, die bereitete Frau Pastor mit Knoblauch und Rosmarin; der Kantor erhielt ein Stück Hammelrücken, davon mußte ihm seine Tochter, die ihm die Wirtschaft führte, Eier in Schuh kochen, ein komisches Gericht, denn es hieß bloß so, die Fleischstücke waren die Eier und die großen Kohlblätter die Schuhe; schreiben mußte man es: Irish Stew. Pastor, Kantor, Grambauers und Bärensprungs bekamen als einzige im Dorf außer den Instleuten Hammelfleisch, weil sie mit dem Gut zu tun hatten: Gottlieb Grambauer war zwar Bauer, aber er hatte nebenbei die gräfliche Milchverwaltung, und Großvater Bärensprung saß zwar im Armenhaus, und das gehörte der Gemeinde, aber er war Nachtwächter auch für das Gut und rechnete somit auch wieder zum Gutsbetrieb. Und so hatten Martin, Johannes und Ulrike als einzige Kinder im Dorfe das Glück, zwei Austkösten im Jahre mitmachen zu dürfen. Wobei für Johannes nur betrüblich war, daß die Bauern kein Hammelfleisch verteilten, denn ihre Leute aßen ja sowieso mit ihnen zusammen. Doch war es schon Sitte geworden, daß Johannes an dem Tag des bäuerlichen Erntefestes bei seinem Freunde Martin zu Mittag aß, wobei er auch nicht zu knapp kam. Johannes war nun mal ein Gierschlung, aber, liebe Leute, er war zwölf Jahre und stämmig wie ein Fünfzehnjähriger, und im Armenhaus gab es wirklich nicht oft fettige Schüsseln. Da er schon im Armenhaus geboren war, hatte er das Leben aus dieser Perspektive anzusehen gelernt, und das hieß bei ihm: Du bist nichts und mußt vor allen Menschen Angst haben; Geister gibt es nicht, keine guten und keine bösen; das Schönste, was das Leben hat, ist Geld und Essen! Und für dieses Ziel hätte Johannes schon als Siebenjähriger seine Seele verkauft, es war nur keiner in Kummerow und Umgegend, der sie hatte haben wollen.

Mit dem Schulunterricht war es an dem Freitag vor der Austköst nichts, und so ließ Kantor Kannegießer die Bande gern um neun Uhr los. Johannes sauste sofort zum Gutshof, um Inspektor Schneiders Langschäfter zu holen, die er jeden Tag zu putzen hatte, wofür er wöchentlich dreißig Pfennig bekam. Sonst hatte er es damit nicht so eilig, heute war das etwas anderes: Johannes wollte versuchen herauszukriegen, ob sie schon das Fleisch von der Schäferei in die Gutsküche gebracht hatten, wo es immer ausgegeben wurde. Er hatte Pech, es war noch nicht da, und Johannes befürchtete schon, der Teufel könne dazwischengeraten und die ganze Austköst verderben, als er einen Gedanken bekam. Er ging ganz einfach in die Gutsküche und sagte, er solle für seine Mutter das Fleisch abholen, und sie wären drei Erwachsene. Die alte Mamsell griff nach einem der großen Holzlöffel, und so hielt Johannes es für besser, wegzuflitzen, bevor sie heran war. Aber der Herr ist wohl mit den armen Kindern: Auf dem Gang war inzwischen ein Frühstückstablett abgestellt worden, das war das zweite Frühstück für Fräulein Hüttlein, die Erzieherin von Komteß Jutta; wahrscheinlich hatte das Stubenmädchen inzwischen noch etwas besorgen wollen. Ein Brot mit Schinken, eins mit Wurst, eins mit Mus – lieber Himmel, und die alte Hüttlein war mindestens so alt wie sein Großvater. Und dann morgens schon drei Stullen und einen Pott Kakao. Johannes warf ein paar Blicke in die Gegend, dann hatte er die Schinkenstulle in seiner unergründlichen Hosentasche. So, nun konnte er es noch etwas aushalten. Rümpfe ein anderer darüber die Nase.

Als Johannes Inspektor Schneiders schmutzige Langschäfter abgeholt hatte, befiel ihn erneut die Unruhe, mit den Hammeln könnte heute etwas nicht klappen, und er machte sich auf den Weg zur Schäferei, nachzusehen, ob die auch wirklich schlachteten. Und das war nun ein Genuß für Johannes Bärensprung, ein seelischer und ein leiblicher. Berge von Hammelfleisch lagen da auf den Brettern, und immer noch wurden Hammel geschlachtet. Johannes hatte gar kein Mitleid mit den ängstlich blökenden Tieren, im Gegenteil, er stellte Inspektors Langschäfter ab und machte sich nützlich, indem er half, die widerspenstigen Hammel zum Schlächter zu zerren und wie die Großen zu rufen: „Hä, wüstu woll, das könnt dir so passen, was, ausreißen! Wüstu woll laufen und dich schlachten lassen, du Aas!“

Da er so anstellig war, achteten sie nach einiger Zeit nicht mehr genau auf ihn. Welche Tatsache Johannes nützte und vom Befassen mit lebendem Fleisch überging zum Wegtragenhelfen der geschlachteten Stücke. Leider schnitten sie hier auf der Schäferei das Fleisch nicht gleich in die Portionen für die einzelnen Familien, sie machten bloß halbe und viertel Hammel, höchstens noch Keulen und Rücken, und da war wenig zu erben. Aber ein junger Mensch muß Glück haben: Ein paarmal wurde ein Tier auch zerschnippelt, wie Johannes es nannte, und es gab Stücke von einem und mehreren Pfund. Heran kam man da schon, aber wie sollte man sie wegbringen? Johannes fand es nach einigem Nachdenken: Er band Inspektors Langschäfter mit den Ohren zusammen und nahm sie über die Schultern, einen vorn, einen hinten, und tat, als müsse er nun nach Hause und wolle nur noch ein bißchen zusehen. Und als sie mal nicht hinschauten, da hatte er einen ziemlichen Batzen erwischt. Er war zwar blutig und glitschig, aber er hatte richtig taxiert, er konnte gerade in einem der Langschäfter verschwinden. Den Stiebel würde er nachher schon wieder inwendig sauber putzen. Als wäre nichts geschehen, stand er noch eine Weile da und fing sogar an, zu bestimmen, von welchem Hammel er nachher gern die Bärensprungschen Portionen gehabt hätte. Dann ging er gleichgültig ab. Doch als er außer Sicht war, fegte er im Galopp los, als wäre der Schafbock hinter ihm her.

Beim Tanger mußte er haltmachen, die Jagdfreude war zu groß, sie zwang ihn, sich die Beute noch einmal in Ruhe anzusehen. In einem dichten Fliedergebüsch zog er das Stück Fleisch heraus, betrachtete es liebevoll und bedauerte schließlich, daß er es nicht verkaufen konnte, denn Fleisch gab es ja morgen sowieso zu Hause, und nun würde Großvater bloß das meiste essen. Da sich jedoch keine Möglichkeit einer Handelstätigkeit bot, wurstelte er sein Taschenmesser heraus und sägte sich ein Stück herunter. Es schmeckte roh nicht besonders, aber es war Fleisch.

Die Mutter war nicht zu Hause, Großvater war gerade aufgestanden. Er besah sich das Stück Fleisch und schimpfte auf die Reichen, die ihm, der für die Sicherheit von denen ihren Reichtümern zu wachen und seine Gesundheit zu opfern habe, so wenig Fleisch schickten, das sei wieder mal gegen das Recht, und zerfetzt sei es auch. Johannes ließ ihn ruhig ausreden, bevor er bekannte, daß es eine zusätzliche Portion sei, und er habe sie ihnen verschafft. Großvater Bärensprung, Hüter des Eigentums in der Nacht und Dorfpolizist am Tage, sah seinen Enkel mißtrauisch an: „Wie willste denn das gemacht haben?“ Stumm, breit grienend, wies Johannes auf den Inspektorstiefel. Großvater Bärensprung sah ganz genau in den blutigen Stiefel, darauf in den anderen, der innen sauber war, dann schüttelte er den Kopf und raunzte: „Da bild dir nu mal recht was in, Döskopp, du! Wo du doch zwee Stiebel gehabt hast!“ Doch dann hielt er es für richtig, das Fleisch in seinem Bett zu verstauen, am Ende kamen die noch und suchten nach.

Es kam keiner, sie bemerkten nicht einmal, daß etwas fehlte, denn es hatte sich bei dem zerschnittenen Hammel um ein nicht ganz gesundes Tier gehandelt, das sie lieber nicht verteilen wollten. Es hat aber weder Johannes noch seinem Großvater etwas geschadet.

Disteln im Erntekranz

Wie sein Freund Johannes Bärensprung am Freitag, war Martin Grambauer am Sonnabend nachmittag unruhig umhergelaufen, doch kreisten seine Gedanken nicht um das Hammelfleischessen. Er hatte andere, schwerere Sorgen. So schön es war, als einziger Bauernsohn die gräfliche Austköst mitmachen zu können, im besten Anzug, mit weißem Kragen und kniehohen Lackstiefeln, was half das alles, wenn er nicht tanzen konnte und Ulrike Breithaupt davon alles abhängig gemacht hatte. Pastors Ulrike war nun mal, das wußten sie alle im Dorf und respektierten es, Martin Grambauers Braut. Sie waren beide elf Jahre, und alles war zwischen ihnen abgesprochen, und er hatte ihr zuliebe seinen Lieblingsplan aufgegeben, Bauer zu werden, nicht Freimann wie sein Vater, mit bloß zwei Pferden, nein, richtiger Bauer, mit vier oder gar sechs Pferden, das hatte er aufgegeben, weil sie keinen Bauern wollte, und ihr versprochen, etwas Feines zu werden, wenn auch nicht Pastor. Und so war er auch damit einverstanden gewesen, von nächsten Ostern ab die höhere Schule in der Stadt zu besuchen. Und so selbstverständlich das Brauten mit Ulrike gegenüber den Großen war, vor dem Mädchen selbst war Martin schüchtern geblieben und hatte es beim letzten Erntefest nicht gewagt, mit ihr zu tanzen, und als Damenwahl kommandiert worden war, war er ausgerissen. Da hatte sie, um ihn zu ärgern, immerzu mit Graf Eberhard getanzt, der war dreizehn, und es stand zu erwarten, er kam auch diesmal aus seinem Internat zur Austköst.

Martin Grambauer hatte gleich nach dem Kinderfest und seinem bösen Traum von durchgetanzten Schuhen angefangen, seiner Ostern konfirmierten Schwester Anna alles mögliche zu versprechen, wenn sie ihn tanzen lehrte. Im Schweiße seines jungen Angesichts hatte er geübt: Walzer, Polka, eins – zwei – drei, Rheinländer nach dem schönen Lied: „Siehste wohl, da kimmt er, lange Schritte nimmt er ...“, Polka nach dem nicht weniger vertrauten „Rixdorfer“ und Walzer nach dem Text „Auf dem Baume, da hängt 'ne Pflaume“. Johannes mußte dazu singen und pfeifen. Und während Anna unbarmherzig den Bruder herumschwenkte und ihn traktierte: „Mensch, du peddst einem ja die Zehen ab, Herrgott nochmal, ist der ungeschickt, als wenn August Schumacher tanzen geht“, sang Johannes mit Inbrunst: „So nimm se du se dir se, so nimm se du se doch!“ Er tanzte sogar dabei, er brauchte das nicht zu lernen, er riskierte es eben und war überzeugt, ein großartiger Tänzer zu sein und sein Glück bei den Mädchen zu machen.

Im Schießen, Schwimmen, Reiten, Rennen und Hauen fürchtete Martin Grambauer keinen Gegner, im Brautwerben fürchtete er erheblich. So weit kannte er die Welt und die Frauen, um zu wissen, daß alle nach dem besseren Leben strebten. Zum besseren Leben aber gehörte Tanzenkönnen. Eberhard, der Grafensohn, und die beiden Pastorensöhne hatten reiche Eltern, die was Feineres waren als Bauern, sie gingen auf die höhere Schule, sie hatten Benimm und konnten gut tanzen. Fraglos konnten sie nicht so gut fischen wie er, auch nicht so gut klettern, hauen auch nicht, trommeln schon gar nicht, sicher auch nicht so gut Geschichten erzählen, und Ulrike hatte auch gesagt, daß sie nur ihn heiraten werde. Er war entschlossen, sein Glück zu verteidigen und so gut zu tanzen, wie es nur ging. Als ihn die Mutter am Sonnabendmittag herausgeputzt hatte, ging er in die Scheune und übte still für sich noch einmal Walzer, Polka, eins – zwei – drei, und Dienermachen und Armreichen. Bis Anna ihn überraschte und sagte, er solle doch lieber in den Kuhstall gehen, die olle Liese, die passe zu ihm, die trampse genauso rum wie er.

Richtig fuhr denn auch zum Einuhrzug der gräfliche Jagdwagen durchs Dorf zur Station, und als er wiederkam – Martin hatte vergeblich auf ein Eisenbahnunglück gewartet –, saßen sogar vier Jungens darin: Graf Eberhard, Pastors Bernd, der war auch dreizehn, sein Bruder Dietrich, der war zwölf, und ein anderer Junge, der ebenfalls eine Schülermütze aufhatte, den Martin aber nicht kannte. Und wie die sich hatten, als sie Kantor Kannegießer trafen, so mit Mützeabreißen und Bückling und – Martin sah schwarz ... Er kannte Ulrikes empfängliches Herz.

Als sie nach dem Böllerschuß antraten, die Gutsmägde mit den bunten Tüchern über den Harken und Kornblumenkränze darauf, die Männer mit den Kornforken und Ährenbüschen auf den Zinkenspitzen, einen Strutz auf der Brust und einen Strutz mit Bändern an der Schluckflasche, und vorneweg Großknecht Dinkelmann mit der mächtigen Krone aus Weizen – woanders war sie immer aus Roggen, die Kummerower machten sich den Prott und ließen ihre Erntekronen aus dicken Weizenähren flechten –, vornweg die Kapelle mit Tschingbumm, angeführt von Statthalter Penkuhn im Bratenrock und Zylinder mit einem Kornkranz drum herum, nach dem Gutsvolk die Kinder mit der girlandengeschmückten Krone – ach, das war schön, wenn es Martin auch vorkam, es sei vielleicht nicht ganz fein, denn die Pastorssöhne und der Fremde fehlten beim Umzug, sie standen an Pastors Hoftür und grienten, und auch Ulrike war dabei, die kamen wohl erst zum Kindertanz um die Kaffeezeit.

Sonst war Ulrike immer mitmarschiert, heute nicht, sicher war da schon was im Gange. Martin hätte am liebsten das Tau der Kanone losgelassen, wäre hinübergerannt und hätte allen Bengels rechts und links ein paar heruntergehauen; wenn Ulrike dagegen aufgemuckt hätte, hätte sie auch welche beziehen können. Was da auf dem Schloßplatz vor sich ging, sah er gar nicht, außerdem kannte er es ja, er kam erst wieder zu sich im Malzkeller der Brennerei, wo das Fest mit Tanzen und Trinken seinen Fortgang nehmen und somit das Schicksal seiner Liebe sich entscheiden sollte.

Der Malzkeller war wie immer mit Girlanden und Kränzen geschmückt. An der einen Wand stand ein langer Tisch, fein gedeckt für die Gutsherrschaft und ihre besonderen Gäste, an der Wand gegenüber auf einem Podium saß die Kapelle Bachmann, da war auch der Bier- und Schnapsausschank, den Sprengmeister Dübelkow unter sich hatte; an den Wänden dazwischen saßen auf Bänken rechts die Frauen und Mädchen, links die Männer, soweit sie nicht am Tresen standen, denn heute war alles frei. Tische für die Leute gab es nicht, denn in der Mitte wurde getanzt.

Bis vier Uhr dauerte zunächst das Tanzen der Großen, es ging dabei noch gemäßigt zu, es war sozusagen das Warmlaufen. Um vier Uhr gab es Kaffeepause, und von fünf bis sechs war Kindertanzen.

Martin Grambauer hätte am liebsten schon beim Betreten des Malzkellers den Zeiger der Uhr angehalten, solche Angst hatte er vor dem Augenblick, an dem er vor Ulrike hintreten und seine Verbeugung machen sollte. Die Großen mochten ruhig zusehen, das genierte ihn nicht, aber Eberhard war da und die Pastorsjungen mit ihrem Besuch, und die hatten sicher alle richtige Tanz- und Anstandsstunde gehabt. Wie sich Ulrike schon jetzt anstellte, erst bei Grafens und mit Eberhard und dann mit den anderen, und für ihn hatte sie bloß ein Kopfnicken übrig. Aus lauter Verwirrung ging er an den Tresen und tat, als interessierte ihn mächtig, wie Meister Dübelkow das Bier einschenkte. Und er machte sich das Vergnügen, zu zählen, wieviel Glas Vater Murkelmann in einer halben Stunde hinuntergoß und wie er immer, wenn er das leere Glas hinstellte, log und sagte: „Na, ich hab zwar schon drei, aber eins kann ich wohl noch!“ Und er hatte doch in der Zeit, in der Martin ihn beobachtete, schon sechs hinuntergegossen. Nun sagte er gar: „Geh weg, du Lausebengel, willst du am Ende einem die Schlucke zählen?“ Aha, dachte Martin befriedigt, es beißt ihn das schlechte Gewissen – aber er hatte doch keine Freude an seiner Feststellung und sah nun lieber zu, wie Schneider Querrieder (Querschieter nannten sie ihn in Falkenberg) an seiner Posaune hin und her schob.

Plötzlich knuffte ihn einer in den Rücken. Es war Eberhard. Er wollte ihm nur erzählen, daß er jetzt einen Tesching habe, mit einem gezogenen Lauf, und wenn er in den Oktoberferien komme, dann könnte Martin sein anderes Gewehr kriegen, und dann wollten sie beide auf die Herrgottsinsel im Schwarzen See und wilde Tauben schießen.

„Warum kommste denn nicht an unsern Tisch?“ fragte Eberhard. „Biste böse mit Ulrike?“

Da hatten sie also schon von ihm gesprochen. Einen Augenblick schwankte Martin, ob er Eberhard nicht gestehen sollte, daß er seinetwegen nicht komme, weil er annehme, er wolle ihm Ulrike wegnehmen, und wenn er ein echter Freund wäre, dann würde er nicht mit ihr tanzen; aber dann griff er doch lieber ins Heldenleben und sagte, indes er schluckte: „Warum ist sie denn nicht auch beim Umzug mitgewesen? Ich werde – ich will dafür auch nicht mit ihr tanzen! Meinetwegen kannste immerzu mit ihr tanzen!“

Doch Eberhard lachte bloß. „Weißte, Martin, ich werde diesmal gar nicht tanzen. Ich hab eine da bei uns im Internat, unserm Hausmeister seine Tochter. Der hab ich geschworen, daß ich diesmal nicht mit Ulrike tanze!"

Martin hätte den wiedergefundenen Freund am liebsten vor allen Leuten umarmt. Doch Eberhard schwärmte ihm weiter von seiner Flamme vor, sie sei man bloß eine Beamtentochter und habe kein Geld, doch er habe gelobt (Eberhard erbat sich Martins Ehrenwort fürs Schweigen), sie und keine andere würde einmal Gräfin auf Kummerow. Denn wüßte sein Papa es, der schlüge ihn tot und nähme ihn von der Penne. Martin gab sein Ehrenwort reihenweis, so glücklich war er über den beseitigten Nebenbuhler. Doch da war ein Bedenken, und er sprach es aus: „Du wirst aber mit Ulrike tanzen müssen, weil ihr doch Gutsherren seid und müßt heute mit allen tanzen!" Eberhard antwortete schnippisch, dann könnte ja sein Papa mit Ulrike tanzen; doch auf Martins Bitte sagte er zu, wenigstens einmal mit Ulrike rumzutanzen.

„Man bloß", sagte Eberhard und sah zum Tisch hinüber, „da ist noch einer!"

Ja, da war noch einer. Sofort waren Martins Augen wieder verdunkelt. „Wer ist'n der?"

Maximilian heiße der und sei von ihrer Schule, bei den Breithaupt-Jungens, und nun sei er immer hinter Ulrike her. Martin war sofort entschlossen, Ulrike dem Fremden abzutreten und es erst gar nicht darauf ankommen zu lassen, sie tanzend zu verlieren. Doch nun war Eberhard dagegen. „Das darfste nicht, Martin, das verstößt gegen den Ehrenkodex. Ulrike ist deine Braut, und wenn er sich dazwischendrängelt, hat er dich beleidigt. Wenn du schon auf der höheren Schule wärst, könntste ihn ja zum Duell fordern. Nun kannste ihn bloß in die Schnauze hauen. Aber verzichten, das geht nicht!"

Nein, an die Ehre wollte Martin sich nicht greifen lassen, wenn er auch nicht durchschaute, daß Eberhard nur darauf aus war, dem Fremden, den er ja kannte, eine Wucht besorgen zu lassen. Der hatte nämlich in der Schule so getan, als sei das gar nichts, eine Austköst, und was die Kummerower wohl schon zu bieten haben würden! Wirklich, zu bieten haben würden, hatte er gesagt. Da nun aber Eberhard zwar ein Graf war und ein Festgebersohn dazu, doch zuerst auch ein Kummerower, hatte er sich vorgenommen, es dem Großstadtbengel zu besorgen. Selbst wollte er es nicht machen, schließlich hatte man ja auch seine Leute;

Martin, dessen Eifersucht er kannte, schien ihm der geeignete Stellvertreter zu sein. Der war auch innerlich schon fest entschlossen, es dem Fremden zu verschaffen, als ein neuer Stellvertreter auftauchte: Johannes. „Mensch, Johannes“, sagte Eberhard, „dein Kopp wird immer röter. Geh man bloß nicht an Trebbins Strohscheune vorbei, die fängt am Ende zu brennen an.“

Bei jedem anderen hätte Johannes bei einer Anspielung auf seinen Fuchskopf mit einem Rammstoß geantwortet, und selbst Pastor Breithaupt wagte so etwas nicht mehr, seit er einmal in die haßfunkelnden Augen des Jungen gesehen. Verhauen konnten die Erwachsenen ihn, das war ihr Recht, jedenfalls dann, wenn sie Großvater, Preester oder Kantor hießen, oder Schulze oder Schöffe; aber jede Beziehung auf seinen roten Haarschopf und auf seinen fehlenden Vater nahm Johannes als eine tödliche Beleidigung. Der nun vor ihm stand, war jedoch ein Graf, und vor hohen Personen hatte Johannes nun mal einen absoluten Respekt. Und außerdem war er Juttas Bruder, und Johannes hatte seine Absichten.

Sie gingen sehr weit. Seine Phantasie, immer unterwegs nach Möglichkeiten, dermaleinst reich und mächtig zu werden, machte vor keinem Hindernis halt. Heute sah sie keins, denn daß er heute mit Komteß Jutta tanzen würde, das war gewiß, einmal, zweimal, fünfmal, sie durfte es heute ja nicht ablehnen. Alles andere würde sich dann schon finden. Und Johannes hatte schon dauernd auf die große Uhr im Malzkeller gesehen, und er konnte es im Gegensatz zu seinem Freund Martin gar nicht abwarten. Nun war er herangekommen, in der richtigen Ahnung, Eberhard würde Martin an den herrschaftlichen Tisch holen wollen, und darauf legte auch Johannes großen Wert. War er erst einmal am Kaffeetisch mit Grafens, durfte Jutta sich weniger zieren beim Tanzen, und die andern alle im Dorf konnten sich krumm ärgern, daß gerade er, Johannes aus dem Armenhaus, mit Grafens Kaffee trank und mit dem Preester und dem ganzen Besuch sozusagen auf du und du stand. Dafür, daß es auch die Bauernjungens erfuhren, wollte Johannes schon sorgen, freute es ihn doch, daß immer mehr von ihnen vor den offenen Kellerfenstern hockten und hineinsahen. Gerade war auch Traugott Fibelkorn gekommen. Dann war sicher auch Hermann Wendland nicht weit.

„Du, Eberhard“, sagte Johannes, „kannste nicht Meister Dübelkow befehlen, daß er uns jedem ’n Glas Bier gibt? Oder doch ’n Richtenberger?“

Eberhard erfaßte nicht die tiefen Hintergründe des Wunsches, er glaubte, Johannes habe lediglich Durst. „Weißte Johannes, 'n Bier – von mir aus – aber Papa könnte vielleicht sein Veto einlegen. Vielleicht 'ne Selter, ja?“

Johannes begriff zwar nicht, was Eberhards Papa in das Bier einlegen könnte, es war ihm auch ganz gleich, ob Bier oder Selter, wenn er nur mit Eberhard am Tresen stehen und sich was einschenken lassen konnte. Gut erzogen, wie er war, ging aber Eberhard doch erst zum Tisch und fragte seinen Vater. Meister Dübelkow sah erstaunt auf, daß da einer Selter verlangte, ein paar Flaschen hatte er nur für die Mädchen, wenn sie duhn waren und um zwölfe rum glaubten, eine Selter mache sie wieder nüchtern. Als er den jungen Grafen sah und Martin, seinen Freund, daneben, nahm er an, die Selter sei für die beiden, und goß sie in zwei Biergläser. Daß Johannes dazugehören könnte, kam ihm nicht in den Sinn, er hätte es sogar ungehörig von Eberhard gefunden, ihn dazuzunehmen. Aber Dübelkow hatte nicht mit Johannes Bärensprung gerechnet. „Sie“, brüllte Johannes, „ich krieg das! Und alleine! Nich, Eberhard?“ Dübelkow blickte ihn verbiestert an. Dann hob er die Hand: „Einen ins Genick kriegste, verstehste mir?“ Aber da brauste Johannes erst richtig auf: „Wo Herr Graf es extra befohlen haben? Fragen Sie doch Eberhard, Sie!“ Eberhard bestätigte es ihm.

Dübelkow konnte dazu nur den Kopf schütteln. „Wegen dem nu 'ne ganze Flasche Selter?“ Aber da kam ihm Johannes entgegen: „Nee, brauchen Sie nicht, Herr Dübelkow! Geben Sie mir man 'n Glas Helles! Da haben Sie keine Arbeit nicht von!“ Dübelkow schob ihm wirklich ein Glas Bier hin, und nun konnte Johannes sogar darauf verzichten, Eberhard und Martin zuzuprosten, wo sie doch bloß dämliches Wasser hatten; er drehte sich gegen das Lokal und rief: „Prost, Herr Graf! Prost, Jutta!“ Und dann noch gegen die Fenster, an denen er die Bauernjungens vermutete: „Prost! mit richtig Bier, ihr Schiethammels!“

Johannes hätte am liebsten noch eine halbe Stunde allen Mitgliedern der Gemeinde Kummerow einzeln zugeprostet, am Trinken lag ihm weniger, doch da sah er Pastor Breithaupt aufstehen, und er zog es vor, mit seinem Bierglas in der Hand hinter den Rücken der dichtgedrängt stehenden Knechte zu verschwinden. Sie hatten seinen Sprung ins Erwachsene alle miterlebt und fanden, da Johannes mit gräflicher Erlaubnis Bier trinken durfte, nun nichts dabei, ihm einen Schnaps dazu zu offerieren, was konnte schon so 'n kleiner Richtenberger ausmachen?

Doch da hatten sie die Rechnung ohne den alten Bärensprung gemacht. Der war jetzt schon ziemlich voll, jetzt, vor dem Kaffee, allein das machte er immer so, denn zwischen Kaffee- und Abendbrotzeit torkelte er stets nach Haus und schlief sich bis zehn Uhr, dem Beginn seiner Nachtwächtertätigkeit, ein wenig aus. Betrunken mußte er sein auf der Austköst, und wenn er es forcieren mußte: „Hab ich denn Zeit wie ihr? Ihr könnt euch besaufen, und ich muß in Dienst! Das wäre ja noch schöner, daß ich dem Ausbeuter was schenken tu! Nä, das wäre keine Gerechtigkeit nich. Immer grad die Armen, was?“ Und so betrank sich Großvater Bärensprung eben im Galopp. So weit freilich war er nun noch nicht, daß er es nicht für einen Mißbrauch geistiger Getränke gehalten hätte, wenn ein zwölfjähriger Junge Schnaps trank, war es auch sein Enkel. Er nahm Johannes das Schnapsglas aus der Hand und donnerte ihn an: „Schämst du dich nicht? Bist wohl noch nicht runtergekommen genug, was? Meinst wohl, ich laß mich deinetwegen im Dorf rumtragen, was? Willst wohl auch ’n Suffkopp werden, was? Und denn Großvatern zur Last liegen, was?“ Er sah das Glas an und dann die Männer. „Na, eingeschenkt ist er nu ja. Umkommen braucht das nu auch nicht. Ich opfer mich denn. So bleibt er in der Familie.“ Und er kippte ihn hinunter.

Bei der Kaffeetafel saß Martin neben Jutta, die dauernd versuchte, ihm seine große Schleife aufzuziehen. Ulrike sah ihn kaum an, sie war wütend, Eberhard hatte tatsächlich Johannes, den Lumpenkönig, mit an den Tisch gebracht und neben sie gesetzt. Als sie aufstehen wollte, hatte ihr Vater sie geknufft. So verdarben sie ihr die Freude, und sie hatte doch wirklich am meisten mit Martin tanzen wollen. Der Bengel aus der Stadt gefiel ihr gar nicht, wenn er auch recht hatte, als er sagte, solche Schleifen unterm weißen Kragen trüge in der Stadt kein Junge und solche Stulpenstiefel auch nicht. Auf Martins Stulpenstiefel aus Lack war freilich auch Ulrike stolz, das sah nun mal nach Ritter aus, aber die olle Schleife nach Mädchen. Wo er doch schon das lange Haar hatte, gar nicht wie ein richtiger Junge. Und nun hatte er sich auch noch neben Jutta gesetzt, und sie mußte bei dem roten Johannes sitzen. Da sollte er man auch mit Jutta tanzen, am liebsten mit oll Mutter Kuklatsch, der Hexe. Und sie wendete sich dem Freund ihrer Brüder zu, und Martin war ebenso Luft für sie wie Johannes. Der bemerkte die Abneigung nicht, er war viel zu sehr damit beschäftigt, einesteils die Ehre, am herrschaftlichen Tisch zu sitzen, andernteils die vielen Stücke Kuchen zu genießen, von denen er fest überzeugt war und es anderntags auch verkündete, es wäre ein viel besserer Kuchen gewesen als der für die gewöhnlichen Leute.

Doch dann blies Kapellmeister Bachmann ein Signal und rief: „Kindertanz! Wir fangen mit Walzer an!“ Gott sei Dank, dachte Martin, Walzer ist das leichteste! und die Töne kullerten durch den Saal:

Du lutschst ja schon wieder Bonbons,
Und du weißt doch, ich kann das nicht leiden ...

Dietrich Breithaupt schnellte hoch und machte vor Frau Gräfin eine Verbeugung. „Aber Dietrich“, sagte sie und lachte, „mich doch nicht, Junge, es ist doch Kindertanz!“ Doch Dietrich verbeugte sich unbeirrt noch einmal: „Ich bitte um Erlaubnis, Frau Gräfin, mit Jutta tanzen zu dürfen.“ So etwas von Benimm, sie waren alle platt. Jutta war riesig stolz auf ihren Kavalier, die anderen verblüfft, Pastor Breithaupt lachte schallend, und der Graf sagte: „Herrje, Dietrich, pedd di man nich up ’n Schlips! Bitte um Erlaubnis, Frau Gräfin – Mensch, nimm die Deern bei der Hand und los, sonst kommt dir Martin dazwischen, und weg ist sie.“

Aber Martin war von der Art, wie sie in der Stadt eine Dame zum Tanz auffordern, so verwirrt, daß er vergaß, Ulrike zu bitten, im Zweifel, ob er vorher nicht auch Frau Pastors Erlaubnis einholen müsse. Er war gar nicht traurig, daß der fremde Bengel ihm die Entscheidung abnahm, indem nun er Ulrike um den Tanz bat. Allerdings auch wieder mit solcher affigen Verbeugung. Das beste wäre nun, sich mit einem von den andern Mädchen einzutanzen, und er hatte auch schon Berta Penkuhn, die dreizehn war und gut tanzen konnte, aufs Korn genommen, als Emil Raschbieter sie holte. Martha Fenzke, die dann noch in Frage kam, wenn es nicht richtiger gewesen wäre, Julchen Krusewitz zu nehmen, ging gerade mit Willi Kabelow und nun auch Julchen mit dem Schmierpeter. Na, dann eben das nächste Mal. Bloß, da würde es nun sicher einen Rheinländer geben, und das war das schwerste. Nein, den Rheinländer wollte er auslassen und tun, als müßte er mal raus. Aber eine Polka, die wollte er mit Ulrike tanzen. Am besten wäre, es käme nach dem Rheinländer gleich wieder ein Walzer. Wenn er nun so lange draußen bliebe, bis wieder ein Walzer dran war? Aber dann fingen sie schon zu tanzen an, und Ulrike war vielleicht wieder weg? Ach, lieber Gott, welcher Verrückte hatte bloß das dammliche Tanzen erfunden!

Wie der dämliche Bengel aus der Stadt sich mit Ulrike hatte, und wie sie immer herguckte und lachte! Sie war doch 'n Biest! Aber welche sollte er sonst nehmen als Braut? Keine konnte so stromern und alles mitmachen, und sie hatten sich doch auch ewige Treue geschworen wie im Roman „Mario, der große Doge".

Der Walzer war zu Ende, und der Fatzke brachte Ulrike an den Tisch zurück. Martin stand auf und ging langsam und betont gleichmäßig durch den Keller. An der Treppe drehte er sich noch einmal um, gleich würden sie ja nicht wieder zu spielen anfangen. Da flitzte Johannes zu ihm her: „Wo willsten hin, Martin?" Nun, das konnte Martin nicht laut sagen, und außerdem war es ja ein Vorwand. Da mußte ausgerechnet sein Vater für ihn antworten: „Den laß man laufen, Johannes, der hat die Büchsen schon wieder voll!"

Die Pforte, die vom Hofe der Brennerei in den Schloßgarten führte, stand halb offen. Martin ärgerte sich darüber, denn Gärtner Meinert hatte, das wußte Martin, den strikten Befehl, sie an diesem Tage zu schließen, damit nicht bei Dunkelheit die erhitzten Paare ausgerechnet in den Lauben und Büschen Abkühlung suchten. Sicher trieben sich da jetzt schon welche herum, und in seinem Zorn auf alle Liebespaare hielt es Martin für seine Pflicht, nachzusehen oder doch wenigstens Gärtner Meinert zu sagen, das das Tor noch nicht zu war. Auf diese Art hatte er auch einen anständigeren Grund für sein Fernbleiben, als das mit dem Austreten gewesen wäre. Wenn er es ein bißchen ausdehnte, könnte er vielleicht eine halbe Stunde hier draußen verbringen; dann bliebe immer noch eine halbe Stunde übrig, und die genügte ihm vollauf für das alberne Tanzen.

Langsam schlenderte Martin Grambauer durch den Schloßgarten. Der Schloßpark war heute das Paradies. Genauso mußte es einmal ausgesehen haben, so still und warm und alles so voller Früchte, und keine Menschen und bloß Tiere: nicht Löwen, Tiger, Wölfe und Schafe, wie im richtigen Garten Eden, aber ein Igel, der langsam durchs Gras lief, eine dicke gelbe Kröte, an der Pappel am Bach ein Wiesel und von Vögeln eigentlich nur noch Schwalben. Nein, war es denn möglich? Ein schwerer Klumpen schlug in die Erle am Graben; Martin stellte erstaunt fest, es war eine Ringeltaube. Das war also der Horchposten, den sie bezog, das Nest mußte somit in der Nähe sein. Sonst kamen die Ringeltauben nie bis in den Schloßpark, nun war es mal geschehen, und es hatte bis zum Herbst gedauert, bis einer es merkte. Der dämliche Gärtner wußte es sicher heute noch nicht. Martin sah schon Eberhards verwundertes Gesicht, wenn der erfuhr, daß er, um Tauben zu schießen, nicht erst bis zum Schwarzen See und auf die Lustinsel zu laufen brauchte. Da sie nun wohl das Terrain erkundet hatte, wagte sich die Taube an ihr Nest, das Martin richtig in der großen alten Kastanie vermutet hatte. Dort fiel sie ein, weit oben, und kroch dann förmlich tiefer. Martin überlegte, ob er nicht sofort einmal hinaufsteigen und nachsehen sollte, morgen konnte es schon zu spät sein. Wäre er nur nicht so festlich angezogen! Die Lackstiefel könnte er ja ausziehen, aber der schöne Anzug, die alten Kastanienbäume färbten immer so ab. Es war doch wohl besser, bis morgen zu warten, diesen einen Tag würden sie ja nicht wegfliegen.

Da stand er nun hier im Garten und döste, und da drinnen im Malzkeller tanzte Ulrike sicher schon zum zehnten Male mit dem Fatzken. Und er hatte doch nur den Rheinländer verpassen wollen und deshalb das von dem Austretenmüssen erfunden und dann, weil der Garten offen war, Herrn Meinert sagen wollen, er solle sie zumachen, und nun hatte er am Ende hier eine ganze Stunde gestanden, und sie tanzten vielleicht gar nicht mehr. Sollte er nun rasch zurücklaufen oder erst zum Gärtner? Zum Gärtner, das war besser, denn sonst könnte er das nicht sagen und müßte doch mit dem Austreten anfangen.

Martin jagte die Wege entlang, jetzt kamen die Treibhäuser, jetzt das Gärtnerhaus. „Herr Meinert – Herr Meinert – die Tür ist auf, Sie müssen sie fix zumachen!“ Er hatte es schon zweimal gerufen, bevor er heran war. Doch Vater Meinert sah nicht zum Fenster heraus, seine Frau auch nicht, dafür war die Haustür zugeschlossen. Nanu, der war gar nicht zu Hause? Dann müßte er ihm doch begegnet sein. Sicher war er vorn zum Garten rausgegangen, nach dem Gutshof zu. Martin beschloß, das gleiche zu tun und so vielleicht den Gärtner noch einzuholen. Doch als er an die Tür des Parkes zum Hof kam, war sie verschlossen, und ein Übersteigen war nicht möglich. So blieb denn nur übrig, durch den ganzen Park zurückzusausen und durch die Pforte an der Brennerei, durch die er gekommen, den Park wieder zu verlassen.

Die Ringeltauben gurrten noch immer auf der Kastanie, als Martin vorbeikam, gelohnt hatte sich die Sache immerhin. Zufrieden kam er an die kleine Pforte – gottverdammich, jetzt war sie zu! Vielleicht war dieser Schweinekerl von Gärtner über den Gutshof gekommen und hatte gesehen, daß die Tür noch offen war, und hatte sie von außen zugemacht. Und nun saß er, Martin Grambauer, im Schloßpark gefangen.

Zu anderen Tagen wäre das mehr ein Spaß gewesen, da hätte er schon einen Weg über die Ziegelmauer gefunden, war die auch drei Meter hoch; aber heute, mit dem guten Zeug an – und dann wartete doch auch Ulrike mit dem Tanzen. Es fiel ihm ein, daß an der Bachseite keine Mauer war, bloß ein Drahtzaun, und daß er dort bestimmt über den Graben hinüberkommen konnte. Es wäre auch gelungen, nur lag da liederlicherweise ein langes Ende Stacheldraht im Gras, das verfing sich in seinem rechten Lackstiefel und zerkratzte ihn, und als er es wegdrücken wollte, hakte es sich an der Jacke fest und riß ihm einen Dreiangel gerade in die Seite. Nein, hier ging es nicht, wegen diesem verfluchten Draht konnte man keinen Anlauf nehmen und sauste am Ende doch in den Bach.

Daß er auch nicht darauf gekommen war! Zwischen Schweinestall und Geflügelstall war ein Bretterzaun, der war niedrig, da konnte er rüber. Zwar war diese Stelle des Schloßparkes nicht schön, da standen Brennnesselbüsche, und es lief auch immer Jauche durch, aber rüber kam man schon. Die Brennesselbüsche hätten Martin nicht zurückgehalten, die Jauche aus dem Schweinestall hatte jedoch das ganze Gebiet dahinter sumpfig gemacht. Am Ende ging er mit den Stiefeln bis an die Schäfte rein, und das stank nachher wie dem Deubel seine Großmutter, da war es aus mit der Austköst.

Nachdenkend stand Martin und erwog, ob er warten sollte, bis Herr Meinert zum Abendbrot nach Hause kam, oder ob er gar die Nacht im Gewächshaus verbringen sollte. Endlich fiel ihm der richtige Ausweg ein. Auch der Kuhstall stieß mit der einen Längsseite an den Schloßpark, und die ganze Seite war mit Spalier benagelt, und daran wuchs Wein. Die Fenster vom Kuhstall standen immer offen, kletterte er nun im Spalier rauf und durch ein Fenster, so kam er in den Kuhstall. Die Türen des Stalles zum Hof waren offen, und wenn ihn einer sah, wie er aus dem Kuhstall kam, so schadete das auch nichts, da hatte er eben seinen Vater gesucht.

Martin Grambauer war jung, und die festesten Hindernisse auf seinem Weg schrumpften gewöhnlich vor seinem Willen zusammen. Aber die Hindernisse waren diesmal alt und brüchig, und das sind meist die schlimmsten. Als der Junge so weit hochgeklettert war, daß er nach dem offenen Fenster des Kuhstalls langen konnte, brach das mürbe Spalier, und mit Knistern und Knastern sauste Martin Grambauer in den Park zurück, sanft abgefangen von einem Wust sich bauschender Weinranken. Mit Schmerz und Wut im Gesicht starrte er das Stallfenster an und dann die nackte Wand und übersah so das Loch in seinem rechten Hosenbein. Er fand auch keine Zeit, über seine Lage nachzudenken, denn zu seinem grenzenlosen Erstaunen erschien nun ein menschlicher Kopf in dem Stallfenster über ihm, ein brennendroter Haarschopf, wie es in Kummerow nur einen gab, und darunter das zornige Gesicht seines Freundes Johannes.

Johannes war über den Anblick, der sich ihm bot, ebenso erstaunt wie sein Gegenunter. Und so wandelte sich beider Erstaunen zunächst in Grienen, bis Johannes endlich sagte: „Ach, du bist das man bloß gewesen – warste klauen?" Und bevor Martin antworten konnte, verschwand Johannes' Kopf, und es tauchten dafür seine Füße auf, seine Beine, sein Hinterteil, und dann rutschte Nachtwächters Enkel an der Wand in den Park, fiel heftig hin und schimpfte wie ein Wilder, denn er hatte damit gerechnet, daß er an dem Spalier Halt finden würde, und nun war kein Spalier mehr da. Er jammerte über seine zerschundenen Schuhe und besah sich ängstlich und sorgfältig seine Hosen, und wenn Martin auch fand, daß das ein bißchen viel Gewese sei um geflickte Sachen, so sagte er doch nichts, zumal er nun auch seine eigenen zerrissenen Hosen entdeckte. Die Frage „Wo kommst du denn her?" stieg dann zu gleicher Zeit in beiden auf, und obwohl sie sie nur knapp beantworteten und ängstlich um die Wahrheit herumgingen, brauchten sie doch nicht lange, um zu einer Übereinstimmung zu kommen darüber, daß man mit Tanzen weder sein Schicksal beeinflussen noch sein Glück machen könne.

Der Tanz ums Glück

War Martin mehr durch sein Zaudern und seine Verträumtheit in die Lage gekommen, in welcher Johannes ihn gefunden hatte, so hatte der Freund es seinem Draufgängertum zu verdanken. Aber mit dem Tanzen hing es bei beiden zusammen. Martin war vor dem Tanzenmüssen ausgekniffen, Johannes durch das Tanzenwollen grausam aus seinen Träumen von Aufstieg und Ansehen gerissen worden. „Vom Armenhaus ins Grafenschloß" – was er in so vielen schönen Geschichten, die sein Freund Martin beschaffte, gehört hatte und nun erleben wollte, das hatte sich nicht nur als Lüge erwiesen, es hatte sich sogar gegen den Armen gekehrt. Und Johannes war wie sein Freund Martin gesonnen, die ganze Literatur für einen dummen Lügenkram zu halten.

Und alles hatte so schön angefangen. Noch beim Umzug war es Johannes nicht in den Sinn gekommen, die Komtesse Jutta von Runkelfritz zu begehren; mal mit tanzen, ja, das durfte sie nicht ablehnen, aber das andere wäre auch für ihn ein Traum aus Martins Schmökerbüchern geblieben. Da war nun das gekommen mit Eberhard und Martin und dem Glas Bier am Tresen. Die lungernden Bauernjungen an den Fenstern hatte er ärgern wollen und nur deshalb mit Eberhard vertraulich getan. Natürlich hatte er gern mit an Grafens Tisch sitzen mögen, schon wegen des Kuchens und um den Preester zu ärgern, der heute nichts zu sagen hatte, und deshalb hatte er sich an Martin gehängt. War ja auch alles sehr gut gegangen, Eberhard hatte ihn mitgenommen und neben Ulrike gesetzt. Und wenn die dumme Zicke auch so getan hatte, als sähe sie ihn nicht, so hatten ihn die andern da sitzen sehen. Und Frau Gräfin hatte ihm noch zwei Stücke Kuchen gegeben. Und wenn Jutta auch übern Tisch gerufen hatte: „Johannes, du frißt rein, bis du platzt!", so hatte ihn das gar nicht geniert, er sah darin nur die allgemeine Verbrüderung und hatte daher auch nur wie Großvater antworten können: „Einmal ist bloß Austköst, Jutta!" Und sie hatten alle gelacht. Was wußte Johannes, daß Frau Gräfin ihren Sohn immerhin leise gefragt hatte, warum er ausgerechnet Johannes mit angebracht habe, und wie der Sohn geantwortet hatte: „Na, Martin ist doch immer mit ihm zusammen, und außerdem ist heute Austköst!" Was wußte Johannes davon, daß Eberhard zwar als Kummerower Junge eine klassenlose Gesellschaft für eine natürliche Einrichtung gehalten hatte, nun aber doch schon der Meinung seines Vaters war, daß es genüge, sie dreimal im Jahr zu bekennen: am Heiligabend, am Geburtstag des Grafen und bei der Austköst. Johannes sah sich dafür heute als vollwertiges Mitglied der besseren Gesellschaft und brannte immer mehr darauf, das auch darzustellen. Wie aber konnte er es besser und deutlicher als durch das Tanzen? Und während Martin dem Vorrücken des großen Zeigers auf der Uhr über dem Schanktisch mit immer größerer Verwirrung entgegengesehen hatte, war Johannes bereit gewesen, der Uhr noch einen Stups zu geben, damit sie rascher gehe, denn dann würde er mit Jutta tanzen, einmal, dreimal, zehnmal. Und Johannes war überzeugt, ein sehr guter Tänzer zu sein, hatte doch Anna Grambauer gesagt: „Martin, deinen Kopp und Johannes seine Beine, da könnte einer vorwärtskommen!"

Und wenn die Preesterjungens und der fremde Bengel solche Posementen machten, das konnte er noch alle Tage, und Angst hatte er schon gar nicht, dafür aber mehr Schmiß als die Affen aus der Stadt. Johannes war entschlossen, auch vor Frau Gräfin einen Bückling zu machen und zu sagen: „Darf ich mal mit Jutta'n?" Ach, er hätte sogar die Gräfin zum Tanze geholt.

Das erstemal war es nicht geglückt, nun gut, so konnte er zusehen und lachen, wie der langbeinige Dietrich Breithaupt dahinlatschte. Sie sollten ihn erst mal ranlassen, da würde er ihnen schon zeigen, was 'ne Harke ist. Wodurch hatte denn August Buntsack soviel Glück bei den Mädchen? Weil er sie feste umfaßte und mit Schwung rumwirbelte und die Beine schmiß, daß ihnen die Puste verging. Hinter dem waren sie alle her, das wußte Johannes wie jeder andere im Dorf. So einer müßte man auch werden.

Als er dann aber mit Jutta antrat und ihr auf das leicht gekräuselte Schnäuzchen schaute, verlor er doch etwas die Traute. In der Aufregung hatte er auch vergessen, Frau Gräfin um Erlaubnis zu bitten, hatte er doch immerzu wie ein Vorstehhund auf Lauer stehen müssen, um Jutta mal zu schnappen. Es war auch nur geglückt, weil sie gar nicht darauf gekommen waren, er könnte solche Absichten haben. Die kleine Komteß hatte fragend ihre Mama angesehen: Muß es sein? Doch Frau Gräfin hatte streng genickt, und Eberhard hatte unbarmherzig gelacht. Dafür freilich hatte der alte Graf anerkennend gesagt: „Ist doch ein Düwelsbengel, der Johannes! Pastor, der wird's mal zu was bringen!" Es war freilich nicht nötig gewesen, daß Jutta, als sie schon angetreten waren und als erste standen und Kapellmeister Bachmann gerade die Trompete heben wollte, laut sagen mußte: „Zeig mal deine Pfoten, Johannes" und dann hinzusetzte: „Die sind ja dreckig, und all den Schmadder von dem Kuchen, den haste auch noch dran und willst'n nu an mein Kleid wischen!" Das war nicht nötig. Aber er hatte geistesgegenwärtig sich die Hände an seinem Hosenboden abgewischt, und dann war es losgegangen. Das rechte Vertrauen hatte zuerst gefehlt; nun hatte er, Johannes aus dem Armenhaus, die kleine Gräfin umgefaßt, und die war so zimperlich und so fein angezogen und drückte ihn auch mit ihrer linken Hand ziemlich energisch und weit ab. Doch als er zweimal rum war, hatte Johannes sich so weit gefaßt, daß er das Mädchen enger faßte. Na, das mußte ihm der Neid lassen, Johannes hatte sich gut benommen und empfing auch, als er Jutta zum Tisch zurückbrachte und einen Bückling machte, ein wohlwollendes Lächeln der Gräfin.

Johannes hatte vorgehabt, seine Tänzerin sofort wieder zu holen, mußte sich aber belehren lassen, daß sich das nicht schicke. So langte er sich denn während des nächsten Tanzes noch zwei Stück Kuchen. Dann dauerte es drei weitere Tänze, bei denen er nicht rankam. Und schließlich sagte Frau Gräfin, er müßte auch mal mit den anderen Mädchen im Saal tanzen. Nun lag es Johannes heute gar nicht, die Töchter der gewöhnlichen Pferdeknechte zu schwenken, aber schließlich tat er es doch. Keinen Tanz ließ er mehr aus, und er schwenkte sich selbst in den Glauben hinein, August Buntsack zu sein. Und zweimal noch erwischte er auch Jutta, obwohl sie sich beim drittenmal beharrlich geweigert hatte. Doch Johannes hatte getrotzt: „Is heute Austköst, oder is heute nich Austköst, Herr Graf?“ Worauf der Graf gesagt hatte, es sei heute Austköst. Und wenn Jutta sich bei diesem Rheinländer auch bemüht hatte, ihm immerzu auf die Füße zu treten, so hatte er sich doch durch das Hopsen in den Wahn hineingeschwungen, sie tue das aus Zuneigung.

Ach, Johannes, wenn der Weg zum Glück allzu rosig aussieht, hat der Teufel in der Regel verborgene Scheinwerfer angebracht. Und die Menschen sehen deinen Weg und werfen dir Fallstricke entgegen. Und als es jetzt hieß: „Damenwahl!“, forderte der übermütige Graf, der sein stolzes Töchterlein ein bißchen piesacken wollte, es auf, Johannes zu holen. Es traten ihr zwar die Tränen in die Augen, und sie trampste wütend mit dem Fuße auf, aber ein kurzer, strenger Blick des Vaters sagte ihr, daß das Maulen keinen Zweck habe. Sie versuchte es noch mit einem Appell an die Mutter: „Warum soll ich denn immerzu mit Johannes tanzen? Ulrike hat ja noch gar nicht mit ihm getanzt!“ Ulrike hatte, da ihr Vater gerade nicht am Tische war, geantwortet: „Hast ja vorher auch mit ihm getanzt! Ich tanz mit so ’nem Lumpenkönig erst gar nicht! Und das ist ja auch eure Austköst!“ Worauf auch die Gräfin nur ergebungsvoll genickt hatte.

Johannes, gewillt, die Welt zu erobern, und veranlagt, nicht leicht verblüfft zu sein, erschrak doch mehr, als er erstaunte, als Komteß Jutta vor ihm stand und ihn anknickste. Er hatte sich, als er hörte, es komme Damenwahl, auf seinen Teller gebeugt und Krümel aufgefischt, denn er legte gar keinen Wert darauf, von einer der Tagelöhnergören, mit der er hatte tanzen müssen, geholt zu werden. Nun stand Jutta da und forderte ihn auf. Die dicken Wände des Malzkeller barsten auseinander und wichen zurück, immer weiter und weiter, die gewölbte Decke hob sich und flog zum Himmel hinauf, Helligkeit stand umher, als wenn einer in die Sonne sehen muß, eine Orgel spielte, Engel sangen, der Himmel war aufgetan, und der Herrgott selber nahm Johannes Bärensprung an die Hand, deutete auf ein Grafenschloß und sagte: „Dies alles will ich dir geben, denn die Letzten sollen die Ersten sein!“ Johannes, ganz geblendet schon, begriff doch die Auszeichnung des Himmels nicht ganz, denn er sagte sich mit seinem realen Sinn noch in diesem Augenblick, daß er zwar arm war, der Ärmste in Kummerow, aber dafür auch keineswegs der Frömmste. Besser war schon, er dachte nicht daran, vielleicht hatte Gott sich da beim Nachsehen in seinem dicken Buch geirrt, es war schon besser, ihn nicht erst aufmerksam zu machen. Und so federte Johannes hoch, gerade als die kleine Gräfin sagte: „Willste nu oder willste nich?“

Es war eine Polka! Johannes faßte diesmal seine Tänzerin fester, unterlag es doch für ihn nun keinem Zweifel mehr, daß Jutta etwas für ihn übrig hatte. Und während er seine heimlichen Gedanken und Wünsche, dermaleinst gräflicher Schwiegersohn zu sein, immer näher und näher kommen sah, so nahe nun schon, daß er sie festhielt, erwachte auch wieder seine Eitelkeit. Er scherte aus dem Reigen aus und tanzte sozusagen die Ecken des Kellers aus, langsam und doch mit Schwung, immer dicht an den Bänken vorbei, damit sie auch alle sehen sollten, wer da mit der Komteß tanzte, und als er die Bauernbengels draußen vor den Fenstern sah, da nahm er an, die wüßten nicht, was hier vorgeht, und er rief es hinaus, und immer wieder: „Damenwahl!“ Das sollte heißen: Jawohl, nicht ich habe Jutta geholt, sie hat mich geholt, jawohl, ich bin wer, ich, Johannes Bärensprung!

In Rixdorf ist Musike, Musike, Musike,
In Rixdorf ist Musike,
Musike in Berlin!

Die Beine waren Johannes in den Kopf gestiegen, er fing an zu singen:

„Da tanzt die lahme Rieke, die Rieke, die Rieke,
In Rixdorf bei Berlin.“

„Wenn du nich's Maul hältst mit deinem ordinären Lied, laß ich dich stehen“, drohte Jutta. Doch das störte Johannes gar nicht.

„Fidelhi, fidelha, fidelhumtata,
Die Rieke, Musike,
Fidelhumtatitata!“

„Pfui“, protestierte Jutta, „wie ist das unfein! Na ja, so einer!“

Das half, unfein wollte Johannes nicht sein, und er ließ das Singen. Aber nun begann er zu pfeifen, er konnte und konnte sich eben nicht bremsen, sein Glück war schon in der Aussicht, es zu kriegen, zugroß. Doch da Jutta ihm nun auch das Pfeifen als noch unfeiner verbot, obwohl auch August Buntsack beim Polkatanzen immer pfiff, hörte Johannes damit auf. Vielleicht auch nur, weil eine Trompete in den Rixdorfer hineinschmetterte und Kapellmeister Bachmann rief: „Kreuzpolka"

Die Musik setzte den Rixdorfer mit einem Ruck ab, und Jutta wollte das nutzen, indem sie dem Damenwahltanz als beendet erklärte. Aber da rauschte schon die berühmte pommersche Kreuzpolka durch den Keller, und Johannes hielt seine Tänzerin fest, indem er sie anschnauzte: „Bist woll dammlich, das gehört doch dazu!"

Er war im Recht, so wurde es immer gehalten mit der Kreuzpolka, von der sie auch in Kummerow wußten, daß sie in der ganzen Welt bekannt ist und daß hundert Verse dazu gesungen werden: ‚Siehste woll, da kommt er, lange Schritte nimmt er' und so weiter, wenn auch die plattdeutschen Verse die ältesten und echtesten sind.

Und Johannes stieß einen lauten Juchzer aus, das gehörte zur Kreuzpolka, er hatte es den Großen abgeguckt. Und da er sich nun wohl ganz erwachsen fühlte, riß er die kleine, zierliche Tänzerin enger an sich und hielt sie um so fester, je mehr sie sich dagegen stemmte, und glitt so in einen richtigen Taumel hinein. Er schwenkte das Mädchen und wiegte sich und drückte seine Schultern abwechselnd tief zu Boden, mal nach links runter, mal nach rechts runter, und warf die Füße in die Luft, knallte sie auf den Boden und schickte seine wilden Juhus durch das Lokal.

Einige der kleinen Paare hatte er schon umtanzt, andere in die Ecken geschubst, nun wurden auch die Großen aufmerksam, denn immer mehr Paare hörten auf. Allein Johannes sah das nicht, „es hatte ihn", und wenn er an der Kapelle vorbeikam, rief er: „Schneller, schneller!", genau wie es August Buntsack immer machte. Und da er nur an dieses erfolgreiche Vorbild dachte, kam Johannes auch wieder auf das Singen, denn August Buntsack sang stets bei der Kreuzpolka. Auch die meisten anderen Großen. Und so sang auch Johannes Bärensprung die alten Verse:

„Scheepermäken Dickbuck,
Wies mi dinen Kuckuck!

Minen Kuckuck wies ick nich,
Scheepermäken bliew ick nich!“

Und immer wieder mit Schulterwiegen und Beineschmeißen das Scheepermäken Dickbuck. Die kleine Komteß weinte, doch Johannes schleifte sie weiter durch den Saal, stampfte den Boden, juchheite und warf die Füße bis über den Kopf: Dies Glück mußte gehalten werden, koste es, was es wolle.

Ach, es kostete sehr viel, es kostete alles, es kostete das Glück, bevor es da war. Als Johannes wieder einmal nach einem wilden Aufstampfen mit einem gewaltigen Juchzer das rechte Bein hoch in die Luft schmiß, löste sich der Schuh von seinem Fuß und flog weit in den Tanzsaal und Minchen Dreibein an den Kopf. Sie schrie auf und fiel hin. Sofort hörten alle zu tanzen auf. Aber das war gar nicht die Sensation, denn Minchen stand gleich wieder auf, und ihr Tänzer, Penkuhns Fritze, faßte den Schuh von Johannes am Ohr und schmiß ihn zurück gegen seinen Besitzer, traf ihn auch vor den Latz, obwohl er um ein Haar hätte Jutta treffen können. Doch dafür waren sie in Kummerow wohl zu gute Schützen. Es war aber auch dies noch nicht die Sensation, sondern Johannes' nunmehriger Zustand.

Der Gemeindevorsteher hatte nämlich beschlossen, das auf dem Kinderfest für Johannes gesammelte Geld nicht in Schuhen anzulegen, sondern aufzuheben und in anderthalb Jahren für seine Einkleidung zur Konfirmation zu verwenden. Die alten Schuhe sollten auf Gemeindekosten besohlt werden. Da Adam Rodewald das nicht mehr bis zur Austköst schaffte, hatte Kantor Kannegießer sich von einem Paar seiner eigenen getrennt, denn auch ein Armenhausjunge kann zum Erntefest nicht barfuß oder in Holzschuhen gehen. Kantor Kannegießer hatte einen verhältnismäßig kleinen Fuß und Johannes einen unverhältnismäßig großen, und so wurde die Differenz zwischen den Lebensjahren einigermaßen überbrückt. Wenigstens so weit, daß Johannes die Schuhe nicht gerade verlor. Er hatte auch noch einen Dreh herausgefunden, indem er bei allen etwas stürmischen Fußbewegungen seine Zehen krümmte und dadurch, daß er sie zwischen Sohle und Oberleder spannte, einen gewissen Halt schuf. Es waren nämlich Gummizugstiefel, andere trug Kantor Kannegießer nicht, und der Gummi war lasch geworden, mein Gott, Kantor Kannegießer hatte sie ja auch schon zwanzig Jahre, und sie waren somit älter als der ganze Johannes.

Nun kann natürlich auch mal ein eifriger Tänzer einen Schuh verlieren, in den Geschichten verlieren sogar Prinzessinnen ihren Schuh beim Tanzen, und da wird es erst recht schön. Man bloß, die Prinzessinnen hatten dann noch einen Strumpf an, und der fehlte bei Johannes. Es ergab sich, und es war nicht zu widerlegen. Johannes Bärensprung war auf die Austköst tanzen gegangen und hatte nicht mal Strümpfe an, mit barften Füßen in den Schuhen, es war unglaublich! Komteß Jutta selbst war es, die das nicht nur erstaunt, nein entsetzt hinausschrie. Und wie sie nun alle um den verdutzten Johannes herumstanden und ihm auf den nackten Fuß sahen, den die lange Beutelhose trotz aller Einknickungsversuche ihres Trägers nicht bedecken wollte, war Jutta es auch, die noch etwas viel Furchtbareres entdeckte: „I, dat olle Schwien! Nicht mal die Füße hat er sich gewaschen, ganz voll Dreck sind die!“ Und sie rannte weg zum Tisch und berichtete mit Abscheu, was sie gesehen und wie sie sich ekele, daß so einer sie angefaßt habe.

Alle Tänzerinnen und Tänzer und auch einige Große stellten daraufhin laut fest, Johannes hätte sich die Füße wirklich nicht gewaschen. Ja, Fritze Penkuhn, bestrebt, Johannes noch besser zu treffen als vorhin mit dem Schuh, lärmte sein besonderes Wissen los: „Da hat er ja noch den gälen Schiet von'n Voßberg dran, das is all vier Wochen her, daß wir da gewesen sind.“

„Na, und von unten erst“, schrie Friedrich Bandlow, der sich runtergebückt hatte und vom Fußboden her aufsah, „das is so schwarz als 'n Schornsteinfeger seine.“

Ganz von fern kam das zu Johannes her; ganz von fernher, wenn auch inwendig noch, kam ihm die Gewißheit, daß Friedrich log; das Schwarze unten war bloß Tinte! Dann war die Entschuldigung im Lärmen und Lachen wieder ertrunken, und der unglückliche Tänzer stand da und begriff nicht, wie einer so jäh stürzen konnte. Doch die schadenfrohen Lichter, die rings um ihn in den Augen aufleuchteten, erhellten sein Gemüt langsam, und er sah, daß er unter den Trümmern seines Schlosses lag. Sein Blick kreiste ein paarmal über die ihn umgebenden Gesichter, dann suchte dieser hilflose Blick Halt oder gar Trost am Grafentisch. Wegen eines Paar fehlender Strümpfe und, zugegeben, eines nicht gewaschenen Fußes würden sie doch nichts sagen, wo heute Austköst war? Aber Jutta schnitt ihm ein Gesicht, als habe sie eine Kröte angefaßt, und Ulrike trompetete: „So 'n olles Schwein!“ Und als nun gar seine Mutter auftauchte und mit funkelndem, rotem Gesicht auf ihn zueilte, hielt Johannes es für das richtigste auszureißen. Warum auch hatte er seiner Mutter Befehl, sich die Füße zu waschen, jeden Abend dadurch umgangen, daß er sie belog, er habe es getan? Und sogar heute, wo er Schuhe anziehen mußte? Nun würde die Mutter ihm vielleicht noch eine kleben.

Johannes hob seinen Schuh auf, gewillt, sich in Sicherheit zu bringen, als er des Grafen laute Stimme hörte: „Luise!" Das galt seiner Mutter – Johannes blieb stehen und hoffte wieder. Aber es war nichts. „Luise", dröhnte der Graf, „wenn er sich schon die Füße nicht wäscht, dann sorg wenigstens dafür, daß sie so dreckig werden, daß jeder glaubt, er hat schwarze Strümpfe an!" Sie lachten alle sehr über den Witz, den Herr Graf so leutselig machte, auch die Gören. Johannes wollte seine Ausreißabsichten wieder aufnehmen, als er seine Mutter sah, wie sie mitten im Keller stehenblieb, sich zum gräflichen Tisch wendete und hinausschrie: „Jawoll, Herr Graf, das will ich machen. Und in den Strumpf aus Dreck kratz ich ihm dann eine Grafenkrone rin und schreib darunter: Solche Strümpfe müssen armer Leute Kinder im Armenhaus in Kummerow tragen!"

Donnerwetter, die gab es denen aber. Frau Gräfin und Frau Pastor sahen sich ganz empört an und dann ihre Männer, als sollten sie es der armen Luise nun mächtig besorgen. Pastor Breithaupt stand sogar auf, das Gesicht in zornigen Falten, und donnerte: „Es steht wohl gerade der Sünde an, frech zu werden, was?" Doch da war der Graf schon wieder beim Lachen „Dunnerkiel, Luise, aufs Maul biste wirklich nicht gefallen. Aber wärste damals drauf gefallen und nicht auf'n Hintern, hättste jetzt den Ärger mit dem Bengel nicht!" Das verstanden nun zwar die wenigsten, aber die lachten dafür um so mehr, und nur Frau Gräfin und Frau Pastor fanden es vom Herrn Grafen unangebracht. Luise Bärensprung antwortete jedoch nicht mehr, im Grunde hatte sie ja auch nur eine böse Wut auf ihren roten Sprößling, weil er ihr diese Schande mit den dreckigen barften Füßen angetan hatte, und sah sich um, wie sie ihn vor allen Leuten verdreschen konnte. Johannes aber hatte den Umschwung der mütterlichen Angriffslust bemerkt und war mit dem Stiefel in der Hand die Treppe hinaufgeflitzt.

Hinter dem Kesselhaus der Brennerei saß er, den Schuh noch immer in der Hand, und betrachtete zornig seinen ungewaschenen Fuß. In solch einem bißchen Dreck war nun seine Glückskarre steckengeblieben. Denn, daß es jetzt mit Jutta aus war, ein für allemal aus, davon war auch Johannes überzeugt. Nun gab es in der Welt und in Kummerow noch andere Mädchen für einen Tänzer und Draufgänger wie er, nur – und das dämmerte ihm schmerzlich – sie wußten ja alle von seinen Füßen und würden ihn nun für ewig auslachen und verachten. Eine wilde Wut stieg jäh in ihm auf, er nahm den Schuh am Anzieher hoch und schleuderte ihn wütend auf den dreckigen Fuß, ach, hätte er ein Beil gehabt, er hätte sich den Fuß abgehackt wie Trina Kleipoot sich ihre sechste Zehe. Aber er hatte kein Beil, und so besann er sich und zog den Schuh wieder an. So war die Schande erst mal verdeckt.

Doch es stand für Johannes fest, daß er etwas tun mußte. In den Keller zurückkehren war ausgeschlossen. Am besten wär, ein Faß Spiritus ans Fenster zu rollen und auslaufen zu lassen und dann ein Streichholz nachzuschmeißen und alle zu verbrennen, Grafens und Pasters und Jutta und Ulrike und alle. Man bloß, die Fässer, die da herumlagen, waren leer. Na, dann die Scheune anstecken, besser noch das Grafenschloß. Man bloß, ins Schloß ließen sie ihn nicht rein, und die Scheune, da könnten am Ende die Kühe mit verbrennen. Die Kühe – da tat Johannes' schwarze Seele einen Freudensprung; er hatte etwas gefunden zur Rache an der Menschheit von Kummerow: Er würde in den Kuhstall gehen und den großen Bullen losmachen, ihn bis vor die Brennerei treiben, ordentlich wütend machen und dann in den Keller rufen, auf dem Hof sei Feuer, und wenn sie dann rausgerannt kämen, würde der Bulle es ihnen schon besorgen. Johannes ging auch in den Kuhstall, als er aber dem Bullen gegenüberstand, von dem er wußte, daß er der böse Adam hieß, da wagte er es doch nicht, sich dem gefährlichen Kopfe zu nähern. In seine Überlegung hinein hörte er den Lärm draußen an der Kuhstallwand und steckte den Kopf durchs Fenster, zu sehen, was los sei. Und da hatte unten im Garten eben Martin gelegen.

Nun hatten die beiden Freunde Zeit, sich zu trösten. Da sie im Schloßgarten waren und gewiß sein konnten, es würde sie heute keiner stören, war es nur recht und billig, daß die Kosten des Trostes der Graf zu zahlen hatte. Die Weintrauben schmeckten noch nicht, aber es waren Birnen genug da. Zu seiner Verwunderung stellte Martin fest, daß Johannes noch besser im Garten Bescheid wußte als er selbst.

Der Vorschlag Martins, die Nacht im Gewächshaus zu verbringen, fand zunächst Johannes' Zustimmung. Jedoch nur so lange, wie in diesem Haus noch eine undurchforschte Ecke war. Nachher war es langweilig, und Johannes schlug vor, doch den Weg über den Bach in das Freie zu nehmen. Er kam auch hinüber, die Schuhe versanken zwar bei dem festen Aufsprung und blieben stecken, als Johannes weiterkugelte. Doch er konnte sie herausziehen und retten. Einen Augenblick war ihm der Gedanke gekommen, nachzusehen, ob sein linker Fuß auch so drekkig sein mochte wie sein rechter, doch dazu war es zu spät, denn nun steckten beide Füße in einem frischen schwarzen Schmadder. Gleichmütig spülte Johannes seine Füße ab, und da er nun einmal dabei war, nahm er einen Span und schabte sie ordentlich sauber. Es dauerte jedoch sehr lange, denn er mußte sie erst aufweichen. Zeit hatte er ja, Martin konnte und konnte sich nicht entschließen loszuspringen. Als er dann sprang, blieben seine Stiefel zwar auch im Schlamm stecken, aber er selber kollerte nicht hinaus, sondern fiel um und setzte sich dabei in den Schlick. Auch er spülte seine Stiefel ab, zusätzlich auch noch seine Hosen, und dann saßen die beiden Freunde still im Gras und dachten über die Unwirklichkeit der Träume nach.

Aus den geöffneten Fenstern des Malzkellers drang lustiges Singen, Lachen und Musik. Sie horchten ein Zeitlang still hinüber. Dann sagte Martin, und es klang, als spräche einer am Grabe eines entschlafenen Lieben: „Ein Walzer ... ‚Drum sag ich's noch einmal, schön sind die Jugendjahr' ... Das spielen sie bloß für die Großen – da ist das Kindertanzen schon vorbei."

Johannes, der auf etwas anderes als die Musik gelauscht hatte, antwortete gar nicht.

Augenbinden der Justitia

Wie Johannes Bärensprung sich um sein Glück getanzt hatte, davon redeten sie noch eine ganze Weile in Kummerow, und wenn auf einem Vergnügen August Buntsack bei der Kreuzpolka wieder die Beine schmiß, juchheite und das Scheepermäken sang, riefen sie ihm lachend zu, ob er auch schwarze Strümpfe anhabe wie Johannes. Aber dann deckte die Pferdegeschichte des Müllers Düker die Blöße des Nachtwächterenkels zu, denn der Termin zur Verhandlung gegen den Müller war bekannt geworden, und das halbe Dorf war geladen. Sie waren sich alle darüber einig, daß der Müller böse drinsitze, Gendarm Niemeier hatte bei einer Haussuchung in der Mühle eine Jagdflinte gefunden und etliche Fischkescher und so. Der Müller allerdings war nicht ungerüstet, er hatte sich einen gerissenen Advokaten genommen, und der sollte beweisen, daß die Bauern von Kummerow dem braven Müller schon fünf

Jahre lang nach Ehre und Frieden getrachtet hätten, wohingegen er selbst ein friedliebender Mann sei, der keine Fliege töten könne.

Dies wenigstens erzählte Gottlieb Grambauer in der Gemeinderatssitzung, die sie wegen des nahen Termins einberufen hatten, von den Absichten des Müllers und seines Advokaten. Ein bißchen mulmig war den Bauern schon zumute; es war zwar alles Quatsch, was der Düker vom Nach-dem-Leben-Trachten gesagt hatte, nur waren nach der Pferdegeschichte noch ein paar andere böse Sachen im Dorf passiert: Wilhelm Trebbins Fausthieb zum Beispiel.

„Daß du ihm eine verpaßt hast, die ihm die ganze Visage verknautschte, wirst du wohl zugeben müssen", ermahnte Schulze Wendland daher Wilhelm Trebbin. Der kratzte sich den Kopf: „Kann ich es nicht als Notwehr hinstellen, Christian?"

Der Schulze begrübelte es lange, fand dann aber den besseren Ausweg: „Laß man, da ist der Graf dran verinteressiert, gegen den kommt der Düker nicht durch."

Nur, dem Grafen wollte Wilhelm Trebbin nichts zu verdanken haben. „Dann mußt du es so sagen", belehrte Bauer Kienbaum ihn, „daß du gar nicht richtig zugeschlagen hast, und er hat sich die blutige Fresse und daß er ohne Besinn gewesen ist, das hat er alles erst beim Fall abgekriegt!"

Das ging nun gegen Wilhelm Trebbins Stolz. Nein, lieber wollte er blechen, aber was wahr ist, müsse wahr bleiben, und daß der starke Müller auf einen einzigen Hieb hin nicht mehr habe aufstehen können, das erzählten sie ja schon im ganzen Kreis, und diese Ehre, die könne er sich nun nicht mehr nehmen lassen.

Wollte Wilhelm Trebbin so das Seinige verantworten, so waren andere Vorkommnisse doch angetan, die Angaben des Müllers und seines Advokaten von dem gewalttätigen Sinn der Kummerower zu bestärken. Zum Beispiel das mit den eingeschmissenen Fensterscheiben. Es war nicht zu bestreiten, daß die Burschen das gemacht hatten. Und das Jauchefaß des Müllers hatten sie vors Dorf gefahren und mit Sand gefüllt.

Und dann der Geisterzauber, den die Bengels wochenlang jede Nacht vor der Mühle verübt hatten, so daß der Müller nach seinen Angaben gezwungen gewesen war, mit der Schrotflinte zu schießen. Welche unbedachte Handlung jedoch wieder den Ring der gegenseitigen Beschuldigungen geschlossen hatte, denn allein diesem Schrotschuß verdankte es der Müller, daß Wachtmeister Niemeier auf das Jagdgewehr kam und es beschlagnahmte und gegen den Müller eine uralte Untersuchung wegen

Wilddieberei wieder aufnahm. „Die Sache geht bis ans Reichsgericht", orakelte der Schulze, „das kann euch kein gewöhnliches Gericht auseinanderpolken!"

Sosehr es sie unter anderen Umständen mit Stolz erfüllt hätte, Mittelpunkt einer Sache zu sein, die ganz Deutschland anging, so peinlich war es wegen der Geschichten, die mitpassiert waren, und besonders wegen der dunklen Sache mit Krischan, dem alten Kuhhirten. Die würde in dem Termin eine Hauptrolle spielen, und aus ihr konnten sich auch ohne Krischan, Wachtmeister Niemeier blieb dabei, schwere Folgen für die Gemeinde ergeben. Die Sitzung heute sollte ihr Verhalten festlegen, und Gottlieb Grambauer als ihr pfiffigster Kopf und Rechtsbelehrer war gebeten worden, den Ankergrund zu finden.

Vorläufig freilich nutzte er die Gelegenheit, seinen Freund, den Schulzen, zu kochen, denn der war ihm vor acht Jahren bei der Schulzenwahl zuvorgekommen. Dafür ließ Gottlieb Grambauer ihn in jeder Gemeinderatssitzung zappeln. Heute nun machte er keine Anstalten, sich zu äußern, und Schulze Wendland mußte ihn daher direkt fragen, wie es denn nach seiner Ansicht mit der Sache stehe, den Müller würden sie doch sicher los? Gottlieb Grambauer nahm schweigend ein paar Züge aus seiner Pfeife und dachte nach und sprach gelassen: „Es ist so, Christian, als wärst du bannig hungrig und sollst ein deftiges Mittagessen kriegen, und es ergibt sich, daß die Erbsen man bloß halb gargekocht sind, und die Schinken-Enden, die waren schon ranzig."

Damit konnten sie nichts anfangen. Aber sie kannten ihren Gottlieb Grambauer so weit, um zu wissen, daß er in der Sache Krischan schwarz sah. Das Gericht hatte zu ihrem Schreck den als verzogen gemeldeten Hirten als Hauptbelastungszeugen gegen den Müller laden lassen, und da er nicht aufzutreiben war, die Zustellung einfach an den Schulzen von Kummerow geschickt. Dann hatten sie um Auskunft ersucht, wo denn besagter Klammbüdel sich aufzuhalten pflegte, wenn er nicht Kuhhirte in Kummerow war. Und nun hatte das Gericht auch noch Zweifel geäußert, ob der Zeuge überhaupt Klammbüdel hieße.

„Siehste", nahm Christian Wendland wieder das Wort, „das nu auch noch. Ich hab auch immer gesagt, wir müssen sehen, daß er Papiere mitbringt. Meine Schuld ist das nicht. Ich hab das mit dem Klammbüdel so übernommen von meinem Vorgänger."

„Willst du damit einen Verdacht gegen meinen seligen Vater aussprechen, Schulze?" fuhr Wilhelm Trebbin auf.

Christian Wendland, aufs höchste gereizt, ging auch hoch: „Was heißt hier Verdacht! Ist dein Vater damals Schulze gewesen, oder ist dein Vater damals kein Schulze gewesen? Dies bejahe mir!“

Wilhelm Trebbin suchte nach einem Ausweg. „Mein seliger Vater ist damals Schulze gewesen. Aber er ist damals Schulze gewesen, als er schon auf dem Altenteil gesessen hat. Und damit ist er zu Unrecht Schulze gewesen. Ist das an dem, oder ist das nicht an dem?“ Und er sah Gottlieb Grambauer an.

Der fühlte seine Stunde gekommen. „Es ist an dem, und es ist auch wieder nicht an dem. Ich meine das so: Dein seliger Vater ist Schulze gewesen, als er ein Altenteiler war, welches wohl keine gesetzliche Zulassung ist. Also fallen alle seine Handlungen als Schulze nicht ihm, sondern der Gemeinde zur Last, die ihn ungesetzlich gewählt hat.“

Wilhelm Trebbin klatschte in die Hand und rief: „Bravo, bravo! Hört, hört!“ Doch die meisten der anderen Gemeinderatsmitglieder sprangen auf und protestierten energisch gegen Gottlieb Grambauers Behauptung, daß nun die ganze Gemeinde für die Amtshandlungen des Altenteiler-Schulzen haften solle.

„Dieses ist ganz meine Meinung“, rief Gottlieb Grambauer.

„Hört, hört!“ riefen die meisten Gemeinderatsmitglieder.

Da aber fuhr Wilhelm Trebbin dazwischen: „Ich erhebe einen Protest gegen Gottlieb Grambauer, dieweil er vorhin eine andere Meinung gesagt hat!“

Das war nicht zu leugnen, doch Gottlieb Grambauer beirrte das nicht: „Wenn ihr einen nicht ausreden laßt? Ich habe gesagt, daß es an dem ist und daß es auch wieder nicht an dem ist. Nämlich für alle Amtshandlungen von unserm vorigen Schulzen Preisgott Trebbin, welche derselbe begangen hat in der diesbezüglichen Amtsperiode, in welcher er schon Altenteiler war. Ich meine, wenn er da Schaden gemacht hat, da haftet wohl die Gemeinde dafür. Dieses meinte ich mit dem, daß es an dem ist. Das andere, das nicht an dem ist, das meine ich so: Preisgott Trebbin ist zwar Schulze von Kummerow gewesen, als er besagten Krischan Klammbüdel zum erstenmal als Kuhhirten angenommen und nicht nach Papieren gefragt hat, aber damals ist er ein rechtmäßiger Schulze gewesen, gewählt als Besitzer, und kein Altenteiler. Und ich meine daher, daß er demzufolge ganz allein für den Schaden zu haften hat. Wenn es einer ist, daß besagter Klammbüdel vierundzwanzig Jahre ohne Papiere in Kummerow hat die Kühe gehütet.“

Sie hatten es nicht alle verstanden, aber Gottlieb Grambauers Ruf, ein schriftkundiger und gelehrter Mann zu sein, den Pastor und Advokaten gleichermaßen zu fürchten hatten, war so stark, daß sie lieber schwiegen und überzeugt waren, er würde schon das Richtige gesagt haben. Bis den Schulzen Christian Wendland doch wieder der Hafer oder das schlechte Gewissen stach. Da nun jetzt er der Schulze von Kummerow war, wollte er die Frage klarstellen, daß aus den Handlungen seines Vorgängers auf keinen Fall der heutigen Gemeinde eine Belastung erwachsen dürfe und daß, stellte das hohe Gericht so etwas fest, die Trebbinschen Erben herangezogen werden müßten. Dies leuchtete den meisten ein, jedoch Wilhelm Trebbin ging gleich wieder hoch und beantragte Verjährung. Gottlieb Grambauer sollte es entscheiden.

Der entschied: „Preisgott Trebbin ist tot. Oder nicht? Tote Sachen, die laßt ruhen, dieweil ein Toter sich nicht verantworten kann. Beunruhige dich weiter nicht, Willem, du kannst da nicht zu Verantwortung gezogen werden. Sie können aber auch der Gemeinde nichts von wegen dem Altenteiler-Schulzen. Denn siehe, wir dummen Bauern haben ihn ungesetzlich gewählt, aber die klugen Herren von der Regierung haben ja diesen ungesetzlichen Schulzen bestätigt! Also kann höchstens das Landratsamt dafür verantwortlich gemacht werden, wenn es einen Schaden verursacht hat, daß besagter Klammbüdel keine Papiere gehabt hat!"

Donnerwetter, daß sie darauf nicht gekommen waren! Der Gottlieb, der wäre wohl wirklich der richtige Schulze für Kummerow gewesen. Sogar Christian Wendland sah ihn respektvoll an: „Hör mal, Gottlieb, dies schreib mir nachher mal auf. Ich will da gleich eine Eingabe an das Landratsamt machen. Und schreib es gleich so, daß es eine Beschuldigung für die Herren ist wegen mangelhafter Amtsnachprüfung. Dann haben sie die Hosen voll und lassen uns in Ruh!"

„Man bloß ..." Gottlieb Grambauer versank in tiefes Nachdenken, und die zusammengezogene Stirn zeigte an, daß er noch mit schweren Sorgen zu kämpfen hatte. Aufs neue beunruhigt, blickten sie ihn an. Er ließ sie noch eine ganze Weile zappeln, bevor er langsam begann: „Man bloß – es ist an dem, daß wir besagtem Klammbüdel in all den Jahren keinen Lohn gezahlt haben. Dieses könnte unsere Sache sein. Aber es ist auch an dem, daß wir für besagten Klammbüdel keine Marken geklebt haben. Dieses ist strafbar. Nun kann man sich ja dumm stellen und fragen, wie hoch man denn die Klebemarken nehmen soll, wenn man keinen Lohn gezahlt hat? Es müßte da wohl die Frage untersucht werden, ob wir überhaupt verpflichtet sind, Lohn zu zahlen? Ich meinerseits möchte sagen, daß es mir doch ganz schnurz und piepe sein kann, wenn einer kommt und sagt, ich will umsonst bei dir arbeiten! Das wär doch eine verrückte Welt, wenn ich da sagen sollte: Nein, mein Lieber, das geht nicht so für umsonst, siehe, ich will dich als Kuhhirte beschäftigen, aber sei so gut und nimm dafür hundert oder tausend Taler an! Den Bauern, der das tut, den kauf ich für hunderttausend Taler und verkauf ihn für eine Million an ein Panoptikum!"

Gottlieb machte eine Pause, und sie nutzten sie, über den von Gottlieb Grambauer ihnen vor Augen gestellten seltsamen Bauern sich herzhaft auszulachen. „Man bloß", Gottlieb hatte noch etwas sehr Ernstes, „wer als vernünftiger Mensch arbeitet für umsonst? Ein Verrückter! Müssen doch schon die Menschen, die für Lohn arbeiten, gezwungenermaßen fast umsonst arbeiten. Ist besagter Krischan Klammbüdel ein Verrückter? Dieses kann keiner mit ehrlichem Gewissen sagen. Es arbeiten aber auch dunkle Gesellen für umsonst, wenn sie sich verstecken wollen! Siehe, hier könnten sie uns beim Kanthaken kriegen. Sie können sagen, ihr müßt euch gesagt haben, besagter Klammbüdel will sich verstecken, darum will er für umsonst arbeiten, und darum hat er keine Papiere. Ihr habt somit dem Verbrechen Vorschub geleistet, dieweil ihr nicht nach seinen Papieren gefragt habt. Und nun müßt ihr für allen Schaden aufkommen. Ja, das können sie sagen."

Das waren ja herrliche Aussichten. Da hatten sie sich mehr als zwanzig Jahre über ihren billigen Kuhhirten gefreut, und nun kam die dicke Rechnung nach. Als er den Eindruck seiner Worte merkte, setzte Gottlieb Grambauer seine Rechtsbelehrung fort: „Dadurch, daß wir den Klammbüdel dieses Jahr vierzehn Tage früher weggeschickt haben, ist gewissermaßen ein Indizium geschaffen worden – so nennen sie bei Gericht das, was da ist, wenn es auch nicht da ist. Ich meine, die Gemeinde hat dadurch zugegeben, daß sie gefürchtet hat, besagter Klammbüdel wird ihr an die Rockschöße gehängt. Ich muß auch sagen, Schulze Wendland hat, obwohl er mein Freund ist, mit dem Abschieben des Kuhhirten ein bißchen zu rasch gehandelt."

Der Schulze schlug mit der Faust auf den Tisch. „Das ist nu aber eine Sache – dieses nenn ich nu wirklich eine Sache! Und wer hat mir zugeraten, den Klammbüdel rasch abzuschieben? Die Gemeinderatssitzung und Gottlieb Grambauer auch!"

Allein, die Gemeinderäte erinnerten sich nicht mehr genau, und Gottlieb schüttelte ernst den Kopf. „Dieses muß ein Irrtum in deinem Kopfe sein, Christian“, sagte er mit bedauerndem Wohlwollen, „denn ich habe meine Stimme gegen das Abschieben von Krischan in die Waagschale gelegt. Ich und Wilhelm Trebbin. Das bezeugt schon unser gutes Gewissen und würde uns bei eventuellem Schadenersatz ausnehmen. Siehe, so lohnt sich ein christliches Verhalten den Armen gegenüber.“

Sie protestierten gegen das Vorrecht, das Gottlieb Grambauer für sich und Trebbin in Anspruch nahm, am aufgebrachtesten war der Schulze. Grambauer winkte ab: „Du hast meinen Worten nicht folgen können, Schulze. Aber mit deinem Kopf, da hapert es ja manchmal. Du hast dir da am Ende doch zuviel aufgeladen mit dem Schulzenamt. Ich habe dich damals bei der Schulzenwahl gewarnt. Christian, habe ich gesagt, sieh nicht bloß auf die Ehre, bedenk, was da alles von dir verlangt wird! Und die Gaben sind nun mal verschieden verteilt! Nicht daß ich mich gegen dich ausspielen wollte, nein, das nicht, ich habe ja damals freiwillig verzichtet, als du partuh ran wolltest. Laß ihn, sagte ich, er hat zehnmal soviel Morgen als du, da darf er auch zehnmal so dicke Kartoffeln haben. Da wäre es nun unfein von mir, wenn ich sagen wollte, wo du dich mit deiner Geschäftsführung festgefahren hast und die Gemeinde hat am Ende den Schaden zu besehen, da wäre es nun unfein, wenn ich sagen wollte, bei Gottlieb Grambauer als Schulzen, da wäre das nicht passiert. Nein, für seine geistigen Gaben kann keiner. Ich sag das auch bloß, weil es sich nun wieder bei unsern Kindern so bewahrheitet. Da wird deiner zu Ostern eingesegnet und sitzt Zweiter. Und meiner ist zweieinhalb Jahre jünger und sitzt Erster, und ich muß ihn zu Ostern runternehmen und auf die hohe Schule schicken. Nein, so meine ich das nicht, daß ich mich an deiner Not weide. Man bloß – wenn die vom Gericht einen hängen wollen, da finden sie noch allemal einen Strick.“

Eine Weile schwiegen sie. Dann hatte der Schulze einen Lichtstrahl entdeckt: „Ich kann es bezeugen, daß Wachtmeister Niemeier mir den Rat gegeben hat, ich soll den Klammbüdel heimlich wegschicken, damit er nicht die Schererei hat mit der Untersuchung.“

Gottlieb Grambauer rang beschwörend die Hände: „Aber Christian, ich bitte dich, meine Herren, ich bitte: Wachtmeister Niemeier sollte den Klammbüdel einvernehmen, wie sein reeller Name ist und was er für eine Vergangenheit hat und ob das wahr ist, daß derselbe früher ein paar Jahre im Zuchthaus abgemacht hat, und warum er nach Kummerow gekommen ist und warum die Gemeinde ihn nicht geklebt hat und so weiter. Und dieweil er aus Krischan nichts hat rausholen können und es auf jeden Fall an der Gemeinde wär hängengeblieben, daß wir ihn nicht geklebt haben und haben ihn beschäftigt ohne rechtmäßige Papiere, da hat Wachtmeister Niemeier uns für die vielen Schnäpse, die er hier bei guter Gesundheit auf unser Wohl für unsere Kosten getrunken hat, da hat er Christian Wendland den Freundesrat gegeben, er soll den Klammbüdel verschwinden lassen."

„Weiter hab ich ja auch nichts behauptet", sagte der Schulze ärgerlich.

„Dieses ist es eben", verwunderte sich Gottlieb Grambauer. „Dieweilen du es eben nicht behaupten darfst! Denn siehe, es könnte Wachtmeister Niemeier sein Amt kosten. Ist das der Lohn für seine Freundestat? Christian, ich muß doch sagen, ich verwundere mich immer mehr über dich! Sieh mal, daß deine geistigen Gaben in Verwirrung kommen bei einer so schwierigen Geschichte, das kann auch andern passieren, das passiert auch studierten Herren. I, das könnte sogar mir passieren. Aber daß du nun auch mit dem Anstand in Schwulitäten kommst, das verwundert mich doch sehr. Denn ich meine und habe es meinen Kindern immer gepredigt, daß es gar nichts mit dem Anstand zu tun hat, ob einer gescheit ist oder dumm, ob einer dreißig Morgen hat oder dreihundert, im Gegenteil, habe ich gesagt, wer dämlich ist, der muß erst recht darauf achtgeben, daß er ein anständiges Leben führt. Was soll denn dein Hermann sich da ein Beispiel an seinem Vater nehmen, das sag mir, Christian?"

Der Schulze hatte verdrossen mit den Fingerspitzen auf den Tisch getrommelt und seinen Freund und Nachbar und Gegner mißtrauisch angesehen. Die Blicke, die er dann noch auf die Reihe der paffenden Gemeinderatsmitglieder warf, überzeugten ihn nicht ganz davon, daß Grambauer sich über ihn lustig machte. Immerhin, es war bekannt, der pfiffige Hund liebte solche Sachen. Hatte er doch auch dem Pastor und sogar dem Herrn Grafen böse mitgespielt, wenn er ihnen mit scheinheiligem Gesicht öffentlich seine Belobigung für angeblich gute Taten aussprach und dabei seine Niederträchtigkeiten anbrachte. Wäre er nur nicht so schwer zu fassen, denn sein Mundwerk war allen über. Doch da zuckte es in dem Schulzen auf: Warum hatte Grambauer immerzu Hermann Wendland, des Schulzen Sohn, mit hineingebracht, doch sicher nur um ihn lächerlich zu machen, denn Hermann war nun mal ein bißchen mit dem Klammerbeutel gepudert. Und Christian Wendland fuhr hoch und schrie: „Herr Gemeinderat Grambauer, ich verbiete Ihnen hiermit, unschuldige Kinder in die Debatte zu ziehen. Zum ersten, zweiten und dritten Mal. Und wenn Sie es noch mal tun, entzieh ich Ihnen das Wort!"

So, da hatte er sich endlich mal gewehrt, hoffentlich machte der Kerl es nun nicht gar zu schlimm mit ihm.

Sie waren alle von dem plötzlichen und ganz ungewohnten Ausbruch des Schulzen überrascht und sahen betroffen und neugierig auf Gottlieb Grambauer. Der aber lächelte nur und stand auf. Aber nicht, um loszudonnern, er nickte nur allen einzeln freundlich zu, auch dem Schulzen, nahm seine Mütze und schritt zur Tür.

Dies war nun das Allertollste. Anstatt ihnen den Spaß zu machen und sich mit dem Schulzen herumzuhakeln, stand er auf und ging fort. Und ließ sie in dem Dreck sitzen, den er erst aufgerührt hatte. „He, Gottlieb" – Wilhelm Trebbin war der erste –, „was soll denn das?" Doch Gottlieb wies nur stumm auf die Tür. Trebbin verstand noch nicht. „Mußte mal raus, oder willste raus?" Jetzt zeigte Gottlieb auf seinen fest zugemachten Mund. Ein paar begannen zu lachen. Als Grambauer aber die Tür wirklich öffnete, sprang Heinrich Fibelkorn auf und hielt ihn fest. „Sag mal, Gottlieb, willst du uns in dem Schiet sitzenlassen? Ich kann ja verstehen, daß du beleidigt bist. Aber dann bleib doch wenigstens unsertwegen!" Statt zu antworten, zeigte Gottlieb nur auf den Schulzen und dann auf seinen Mund und zuckte mit den Schultern.

„Ich bitte ums Wort!" rief Trebbin und behielt es auch gleich. „Ich stelle den Antrag, der Schulze ist zu weit gegangen, als er seinen Sohn Hermann hier in die Debatte geworfen hat. Jawohl, er hat das getan, nicht der Gemeinderat Grambauer. Ich kann wohl auch sagen, daß solche Sitzungen unter meinem seligen Vater als Schulze nicht möglich gewesen wären. Wenn der zuletzt auch man bloß ein Altenteil-Schulze gewesen ist. Wofür er ja auch hat abgehen müssen, weil andere Leute es nicht mehr haben erwarten können, um ranzukommen. Ich will da keinen mit Namen nennen, aber daß ich damit nicht Gottlieb Grambauer meine, das wird ja wohl jeder verstehen. So, und nun kann mir der Schulze auch das Wort verbieten. Ich komm dann gleich mit, Gottlieb!"

„Ich glaub", besänftigte erneut Hermann Fibelkorn und trat zu dem Schulzen, „du bist da wirklich ein bißchen zu weit gegangen, Christian! Sieh mal, wir verstehen ja deinen Vaterschmerz wegen Hermann seine nicht besitzenden Schulkenntnisse. Aber mein seliger Vater hat immer gesagt: Wer Grütze in'n Kasten hat, der braucht keine im Kopf zu haben! Na, und daß Hermann im Leben mal seinen Mann stehen wird, dafür leg ich meine Hand ins Feuer. Dies muß ich aber noch sagen: Als Schulze möcht ich ihn ja auch nicht haben."

Jetzt stand Großvater Raschbieter auf und murmelte: „Dieses – fürwahr" – er schüttelte den Kopf – „ich kann mich da nicht besinnen. So lang als Kummerow stehen tut. So was. Ist dieses hier ein Reichstag, he? Setz dich hin, Gottlieb! Schulze, bin ich der Älteste? Wie? Was?" Großvater Raschbieter setzte sich und begann, zufrieden mit sich, seine lange Pfeife neu zu stopfen. Es war die längste Rede seiner langen Gemeinderatslaufbahn. Der Schulze hielt es für richtig, klein beizugeben. Vielleicht war er wirklich zu weit gegangen, und außerdem wußte er nicht, wie er aus der Geschichte mit dem Kuhhirten Klammbüdel, den die Gemeinde vierundzwanzig Jahre lang ohne Papiere und Lohn beschäftigt und nun rasch weggeschickt hatte, fertig werden sollte. Er klingelte.

„Meine Herren, ich erteile Martin Grambauer wieder das Wort!"

Gottlieb machte ihm eine kleine Verbeugung und sagte: „Ich ziehe meinen Antrag zurück."

Damit war nun auch nichts anzufangen, denn der Schulze konnte beim härtesten Nachdenken sich an keinen Antrag erinnern, den Grambauer gestellt haben sollte. Allein, er verzichtete darauf zu fragen, aus Angst, der Kerl könnte wieder mit seinem Kopf anfangen. Aber sagen mußte er etwas, und so sagte er, und der Himmel gab ihm ein: „Daß der Krischan gar nicht Klammbüdel heißt, das ist wohl sicher. Wie ist es aber dann, wenn in einem amtlichen Schriftstück – i, in ein paar Dutzend – die obere Behörde ihn immer so benennt? Wenn die das tut, warum dürfen denn wir das nicht, he? Was meinst du dazu, Gottlieb?"

Der tat noch ein wenig gekränkt. „Da du mir so direkt die Ehre einer Frage gibst, Christian, will ich dir meine maßgebliche Meinung auch sagen. Ich sehe in der Benennung des besagten Inkulpaten von Amts wegen mit dem Namen Klammbüdel meinerseits ein Indizium gegen die Behörde. Wenn die den Klammbüdel so benennen, als ein Landratsamt und ein Landgericht, steht es einem einfachen Schulzen nicht zu, an diesem Namen Zweifel zu hegen. Da bist du ganz im Recht, Christian, ich bewundere da direkt deine Gedanken!"

Angekurbelt durch diese Anerkennung, ließ der Schulze seinen Verstand weiterlaufen. „Und wenn er nun wirklich nicht Klammbüdel heißen tut, wer sagt denn aber, daß er dann – wartet mal, ich kann den dammlichen Namen nicht lesen, na, lesen schon, bloß nicht aussprechen." Er nahm eins der amtlichen Papiere auf. „Hier, da schreiben sie nun, daß er sicher nicht Klammbüdel heißt, und er wäre ein – ich muß es direkt buchstabieren: Pe – es – eu – de – o – en – üpzilon – em! Ja, mein Gott, woher wissen sie denn nun mit einemmal, daß er so einen Namen hat und so einen dämlichen dazu? Kannst du das hersagen, Gottlieb?" Er reichte ihm das Schriftstück herüber. „Laß dir Zeit zum Studieren. Ich geh mal fix raus und hol uns einen lütten Richtenberger!"

Es hat keinen Zweck und verstößt gegen alle Gesetze des Buchverfassens, die Sitzung weiter abzuschreiben. Jawohl, abzuschreiben. Denn dies hier ist nicht die Erfindung eines in großen Übertreibungen schwelgenden, humorvoll sein wollenden Schriftstellers, sondern ein Auszug aus dem Protokoll, das sich nach dem Tode von Gottlieb Grambauer in seinem Nachlaß vorfand. Er hatte es seinerzeit für eine vom Kantor geplante Dorfchronik angefertigt, um zu zeigen, mit welchen Fragen und in welcher Art sich um die Jahrhundertwende eine dörfliche Volksvertretung beschäftigte. Es wäre aber ungerecht an seinem Andenken gehandelt, unterschlüge man die von ihm im Jahre 1928 angefügte Schlußbemerkung: „Sieht man vom Thema ab, so ist kein großer Unterschied festzustellen zu einer Reichstags-Sitzung von heute." Die Gemeinderatssitzung damals in Kummerow also dauerte fünf Stunden und kostete den Schulzen zwei Flaschen Richtenberger und einen Kasten Bier. Aber der Erfolg war ihm die Unkosten wert, denn gegen elf Uhr abends hatten sie unter Gottlieb Grambauers Anleitung so viele Augenbinden für die Göttin des Gerichts genäht, daß die Dame, wie Gottlieb sich ausdrückte, ihr Leben lang außerstande sein würde, auch nur einen einzigen Blick auf Kummerow zu tun.

Es war Heinrich Fibelkorn gewesen, der diese Augenbinden der Göttin sozusagen in ihre Waagschale geworfen hatte. Er hatte von Gottlieb eine Aufklärung über die Figur verlangt, die da im Gericht auf dem Flur steht, mit einem Säbel und einer Waagschale in der Hand und einer Binde vor dem Kopf, als wolle sie Blindekuh spielen. Gottlieb hatte sie ihm als die Göttin des Gerichts erklärt. Heinrich Fibelkorn war es nicht allein, der kein Vertrauen zu ihr hatte. Wie sollte sie einen wiegen, wenn sie nicht sehen konnte, wie schwer er ist? Da wäre es ja nur in Ordnung, wenn der Müller beim Mehlwiegen immer beschuppte. Und was einem ein Säbel nützte bei verbundenen Augen: Warum hatte dann nicht auch

Wachtmeister Niemeier Scheuklappen um? Vielleicht habe sie auch noch Watte in den Ohren?

„Das nun nicht." Gottlieb Grambauer hatte es bedacht. „Ich denke es so: Offene Ohren muß sie haben, wegen der Zeugenaussagen. Die müssen sein. Augen braucht sie nicht zu haben, denn keiner kann dem andern ansehen, ob er ein schlechter Kerl ist. Da sind die Augenbinden also etwas, was man unter Gebildeten ein Symbol nennt. Ich denke mir, als sie die Figur machten, da waren die vom Gericht schon so schlau, wie wir auch sind. Nämlich, daß die Zeugenaussagen imstande sind, sich wie eine Binde vor die Augen zu legen und das Gericht blind zu machen. Sollten wir Kummerower nun so dumm sein und uns selber reinreißen?"

„Ich empfehle daher", beschloß Gottlieb seine Belehrungen, „laßt euch nicht zuviel ausfragen und antwortet nicht zu klug, weil ihr euch einbildet, nicht dumm sein zu dürfen. Je dümmer und einfältiger einer vor Gericht ist, um so klüger ist er. Das beste ist also am Termin, wir lassen unseren Schulzen für uns reden. Dann wird's schon klappen."

Das große Gericht

Das Gericht hatte wirklich als Zeugen fast das halbe männliche Dorf geladen, dazu die vier Schuljungen Martin Grambauer, Johannes Bärensprung, Hermann Wendland und Traugott Fibelkorn. Das sollten alles Belastungszeugen gegen den Müller sein, und die Zeugen waren auch gewillt, es ihm nach Kräften zu besorgen. Pastor Breithaupt war nachträglich auch geladen worden, obwohl er von dem Vorgang mit dem Pferd nichts gesehen hatte. Er sollte am Tage darauf gesagt haben: Die Bauern sind auch nicht ohne Schuld! Und das war dem Müller zu Ohren gekommen, der seinen Advokaten bestimmte, den Pastor laden zu lassen. Als sie in Kummerow erfuhren: „Unser Pastor ist dem Müller sein Entlastungszeuge" – der Müller hatte das so erzählt –, war der Deubel los, Pastor Breithaupt ließ zwar sofort erklären, er habe das ganz anders gemeint, aber es nutzte ihm nichts, die Bauern bestraften ihn da, wo er am empfindlichsten war: Kein Bauer, der geschlachtet hatte – und sie schlachteten den sogenannten „Vorläufer" fast alle schon in den ersten Oktobertagen, wegen der Kartoffelernte –, schickte ihm diesmal Geschlachtetes.

In seinem Sonntagsanzug und dreist grienend, erschien der Müller auf dem Bahnhof. Er sagte zu keinem der Bauern guten Morgen, versuchte dafür, sich mit dem Stationsvorsteher zu unterhalten, und als der Pastor auf den Bahnhof kam, scharwenzelte der Müller so lange um ihn herum, bis er seinen Morgengruß anbringen konnte. Pastor Breithaupt dankte mürrisch und wendete sich ab, denn er fühlte, wie die Bauern ihn scharf beobachteten, ob er es wirklich mit dem Müller hielte. Den Müller verdroß das alles nicht, er lief neben dem Pastor her und sagte recht laut: „Schöner Morgen heute, so richtiges Wetter zum Kartoffelbuddeln. Wo man so im Rückstand ist. Eine Schande, daß man da alles im Stich lassen muß wegen so einer Niederträchtigkeit!“ Dabei tat er, als sei das auch die Meinung des Pastors und er bestätige es nur nochmals für die Bauern. Pastor Breithaupt merkte die Absicht, sah den Müller grimmig an und sagte noch lauter, als der Müller geredet hatte: „Das hätten Sie sich früher überlegen sollen! Jetzt können Sie Ihre Lage nur verbessern, wenn Sie vor Gericht zugeben, daß Ihr Tun niederträchtig gewesen ist!“

Der Müller machte ein Gesicht, als verstehe er die Worte seines Seelenhirten nicht, und blieb scheinheilig an des Pastors Seite, bis sie bei den Bauern angekommen waren. Dann sagte er so nebenbei: „Gesagt ist gesagt, Herr Pastor! Da hilft Ihnen nu kein Deubel mehr. Die Bauern haben schuld, das haben Sie gesagt! Dafür sind Sie auch mein Entlastungszeuge!“

Doch da platzte die Bombe. Pastor Breithaupt fuhr herum, und wenn der Müller nicht rasch einen Schritt zurückgetreten wäre, so hätte es ihm passieren können, daß er hier in aller Frühe auf dem Bahnsteig der Station Kummerow von seinem Entlastungszeugen, Herrn Pastor Kaspar Breithaupt, eine Ohrfeige gekriegt hätte. So blieb es bei einem fürchterlichen Anpfiff: „Sie hergelaufenes Rübenschwein – Sie Fischdieb und Wilderer – Sie Tierschinder – Sie wagen es, mich für Ihre Verbrechen zu reklamieren? Heben Sie sich weg von mir, sofort!“ Und er ging mit erhobenem Stock auf den Müller zu.

Der retirierte, rief aber in das freudige Lachen der Bauern hinein: „Sie – Sie – wer sind Sie denn, daß Sie glauben, Sie können mich beleidigen? Was Sie sind, bin ich noch alle Tage! Da so ’n bißchen Hokuspokus machen und dafür fette Taler einstecken und anständige Leute beleidigen!“ Er wendete sich zu den Bauern. „Ihr habt es gehört, ihr müßt es vor Gericht beschwören! Schinder und Fischdieb hat er gesagt – und Schwein –, ins Zuchthaus bring ich den!“

Etwas betreten sah der Pastor umher. Verdammt, da war er in seinem Zorn wirklich zu weit gegangen, denn so zutreffend alles war, es waren

Beleidigungen. Mit dem Gericht würde er schon fertig werden, und sollten sie ihm ein paar Taler aufbrummen, so war das die Erleichterung wert. Aber das Konsistorium, das ihm nicht grün war und wegen seines unzulänglichen Berichtes über das „landfriedensbruchähnliche Verhalten der Schuljugend" einen neuen Pik hatte. Dann noch verurteilt wegen öffentlicher Beleidigung eines Gemeindemitgliedes, das konnte den Herren Kollegen im Konsistorium gelegen kommen.

Zornig drehte er sich um – und war augenblicklich besänftigt. Nein, nicht alle könnten oder sollten ihn – er sah seine Bauern stehen, die ihn diesmal bei den Frühschlachtungen übergangen hatten und die nun doch wieder geschlossen für ihn eintraten. Sie hatten sich beim Anruf des Müllers wie auf Kommando weggewendet, und als der Müller es nun wagte, einige mit Namen zu nennen und ihnen ins Gedächtnis zurückzurufen, sie hätten die Beleidigungen gehört, die der Pastor gegen ihn ausgestoßen habe, und müßten sie beeidigen, da sagte der Schulze laut: „Was soll er gesagt haben? Wir haben nichts gehört."

„Fischdieb hat er mich genannt und Schinder und Schwein – ich kann beschwören, daß ihr das gehört habt!" lärmte der Müller.

Gottlieb Grambauer tat, als besänne er sich. „Doch ja, mir ist so, von Schwein hab ich was gehört. Man bloß, da der Herr Pastor so friedlich mit dir dahergekommen ist, da hab ich gedacht, die unterhalten sich wohl über Herrn Pastors Aussage vor Gericht, denn er ist doch dein Entlastungszeuge."

Auch Fibelkorn hielt es für angebracht, ein paar Worte zu verlieren. „I ja, da ist wohl auch noch die eine und andere Betitelung gefallen. Von Fischdieb war da auch was mit mang. Man bloß, ich hab gedacht, da du ihn als Entlastungszeugen geladen hast, mußt du doch glauben, daß er dich gut kennt, Düker! Ansonsten haben wir alle nichts gehört."

Als hätten sie die Aufgabe, Herrn Pastors Worte vor dem Vergessenwerden zu bewahren, verfielen die vier Jungens auf ein seltsames Spiel. Sie riefen sich laut eins der bösen Worte zu, und der Angerufene mußte mit einem anderen Wort antworten. Und so ging es eine ganze Weile rundum: „Wilddieb – Fischräuber – Tierschinder – Rübenschwein!" Die Alten verboten es den Sprößlingen nicht, im Gegenteil, Gottlieb Grambauer sagte, als der Pastor ärgerlich „Ruhe jetzt!" rief: „Was ist'n los mit euch, wollt ihr denn alle Müller lernen?"

Als der Zug einlief, stieg Pastor Breithaupt mit ins Abteil zu den Bauern. Düker war frech genug, zuletzt auch noch in dieses Abteil zu klettern. Wahrscheinlich hielt er es für richtiger, bei den Zeugen zu bleiben, um herauszukriegen, was sie wohl noch alles gegen ihn vorbringen wollten. Er kam nicht auf seine Kosten, denn die Unterhaltung bestritt Gottlieb Grambauer mit der Aufzählung von Prozessen wegen Tierquälerei und den ihm bekannten Verurteilungen.

So geschlossen, wie sie ausgerückt waren, kamen die Bauern nicht heim nach Kummerow, der Müller mußte sogar in Randemünde bleiben. Und das wurde der Hauptgrund, daß die meisten der Zeugen freiwillig noch eine ganze Zeit dablieben. Das große Ereignis des Tages mußte an Ort und Stelle besprochen und begossen werden. Ort und Stelle war noch immer Randemünde, allerdings nicht mehr das Gerichtsgebäude, wo sie der Justitia abwechselnd Binden umgebunden und abgenommen hatten, sondern der Schwarze Adler. Dort feierten sie ihren Sieg und die Wiederversöhnung mit ihrem Pastor.

Herrgottnochmal, hatte der losgelegt! Als der Advokat des Müllers sich den Pastor vorgenommen hatte, er sei doch Entlastungszeuge und habe gesagt – Zeugen seien dafür vorhanden –, die Bauern hätten schuld an dem Skandal mit dem Pferd, da hatte Pastor Breithaupt so ganz selbstverständlich geantwortet: „Jawohl, ich habe die Bauern beschuldigt, mitschuldig zu sein!“ Dann hatte er sich aufgereckt und laut und heftig gesprochen: „Warum, so habe ich gesagt, habt ihr dem Müller, als der sein Pferd zu prügeln anfing, nicht sofort ins Genick geschlagen? Nun seid ihr mitschuldig, daß solche Schande auf Kummerow gefallen ist!“ Der Anwalt des Müllers war ganz verdattert. Dann faßte er sich und fragte ironisch: „Sie als Geistlicher billigen also den tätlichen Angriff des Zeugen Trebbin auf den Müller?“ Und darauf der Pastor: „Ich mißbillige ihn – wegen der Verspätung.“

„Bravo!“ hatten ein paar Zuschauer gerufen und sich vom Vorsitzenden einen Verweis geholt. Durch des Pastors Auftreten auf dem Kummerower Bahnhof war den vier Jungens wohl erst der richtige Mut gewachsen, ohne Ängstlichkeit auszusagen. Nachher bedauerten sie, es dem Müller nicht noch besser besorgt zu haben. Das war, als sie mit angehört hatten, was Förster Drosselberg aussagte. Und auch Gendarm Niemeier stand wieder hoch in Ehren bei den Kummerowern. Er hatte das mit dem Jagdgewehr des Müllers herausgekriegt, da lag es auf dem Zeugentisch, und Förster Drosselberg konnte erst daraufhin die Geschichte vom vergangenen Herbst erzählen, als er zwei Wilddiebe gestellt und einer auf ihn mit Schrot geschossen hatte. „Wollen sie damit sagen, der da schoß, das ist der Müller gewesen?" hatte der Advokat giftig gefragt. Aber Vater Drosselberg war nicht zu verblüffen und hatte ohne Zögern mit Ja geantwortet. Worauf der Vorsitzende die Sache wieder in die Hand nahm. „Und welche Beweise haben sie dafür?" Förster Drosselberg hatte sich nun zwar etwas gewunden: „Ich hab mal Schlingen gefunden."

Das sei noch kein Beweis, oder wisse er mehr? Hier hatte sich der Angeklagte Müller Düker eingemischt und gesagt, gar nichts wisse der sogenannte Zeuge, der ja nicht einmal ein richtiger Förster sei, sich bloß immer so nennen lasse. Da aber war Vater Drosselberg aufgefahren: Das gehe den Müller einen Dreck an, er werde vom Grafen so genannt und habe sich in dreißig Jahren das so angenommen, da verstünde ein Jagdhüter sehr oft mehr als ein gelernter Förster. Und der Gekränkte hatte, vor Zorn bebend, hinzugefügt: „Hätt ich das Aas damals man übern Haufen geschossen, als ich ihn beim Fischestehlen erwischt habe."

Erwischt? Richtig erwischt? Das hatte die erste Sensation ergeben. Der Vorsitzende blätterte in den Akten und fragte verwundert: „Ich finde aber keine diesbezügliche Vorstrafe des Angeklagten!"

Der Förster, zögernd: „Nein, angezeigt habe ich ihn damals nicht."

Der Vorsitzende: „Und warum nicht? Das ist doch seltsam!"

Der Förster: „Weil – ich mich geschämt habe."

Der Vorsitzende: „Geschämt? Sie sich geschämt? Weil der Angeklagte Fische stahl? Erzählen Sie das mal genauer."

Der Förster: „Je nun, Herr Vorsitzender, Sie kennen die Kummerowschen nicht. Wenn die was zu lachen kriegen – ich meine, wo ich doch gewissermaßen und quasi eine Respektsperson bin."

Förster Drosselberg stockte, als er die Gesichter der Kummerower vor Neugierde fast platzen sah. Aber nun half es ihm nichts mehr, er mußte aussagen.

„Das war so: Es war im Dezember letztes Jahr und bannig kalt. Ich dachte, ich muß den verfluchten Hund doch kriegen, der uns immer die Karpfen holt. Da bin ich also viele Nächte lang zum Schwarzen See gegangen. Na, ein paarmal ist mir da einer ausgerissen. Das letztemal aber hab ich den Kerl überrascht. Es war so schummrig und duster, und ich sah deutlich, wie einer am Ufer vom Fischteich steht und einer bis zum Leib im Wasser. Im Winter, vor Weihnachten, ich bitt Sie! Ich pirsch mich ran, da merkt der Kerl, der draußen steht, doch was, und ritsch, ist er im Gebüsch verschwunden. Ich laß ihn sausen, hab mich aber bannig verjagt, denn ich hätt wetten mögen, ich hab ihn erkannt. Doch das konnte eigentlich nicht möglich sein. Das wär ja dann beinah so, als wär's unser Herr Pastor selbst gewesen."

Der Pastor: „Erlauben Sie mal, Drosselberg, sind Sie betrunken?"

Der Förster: „Frühmorgens, Herr Pastor? Und vor Gericht? Da muß ich doch sehr bitten. Ich meinte das doch nicht hinsichtlich Ihrer werten Person persönlich, sondern man bloß wegen des Amtes und der Frömmigkeit im Predigen. Ob da nun einer studiert hat oder nicht, wenn er öffentlich Gottes Wort verkündet, so meine ich –"

Der Vorsitzende: „Bleiben Sie bei der Fischsache. Wer war das, der da fortlief?"

Der Förster: „Das kann ich ja eben nicht aussagen, Herr Vorsitzender. Ich hab ihn nicht direkt erkannt, ich hab ihn bloß vermutet, aber das kann ein Irrtum gewesen sein, dafür kann ich einen sonst geachteten Mann nicht ins Gerede bringen."

Der Vorsitzende: „Aber den Angeklagten Düker haben Sie erkannt? Ist der auch davongelaufen?"

Der Förster, lachend: „Diesmal nicht. Der wollte wohl, aber da war ich schon zu dicht ran ans Wasser. Na, und da hat der Kerl sich einfach in das kalte Wasser geduckt und hat wohl gedacht, ich hab ihn nicht gesehen und seh ihn nun erst recht nicht. Ich hab ihn aber wohl gesehen, den Kopf hatte er nämlich von der Nase ab draußen, und so duster war es nun auch wieder nicht. Na, denke ich, diesmal kommste mir nicht weg. ‚Komm raus!' rufe ich. Er antwortet nicht. ‚Komm raus, oder ich schieße!' rufe ich. Er muckst nicht. Na, schießen wollte ich ja nu wegen der Fische nicht. ‚Dann bleib drin bis Heiligabend', sage ich, ‚mal wird dir der Hintern schon mit Grundeis gehen.' Na, was soll ich Ihnen sagen, so nach Minuten fünfer macht er schlapp. Das heißt, er richtet sich auf und sagt, ich soll doch keinen Quatsch machen wegen der paar kleinen Kaulbarsche. ‚Nein', sage ich, ‚aber wegen der Karpfen.' ‚Die paar', sagt er, ‚ich hol mir ja den Tod für.' ‚Komm raus', sage ich, ‚das Weitere wird sich finden.' Er kommt dann auch raus. Es war, wie ich ja wußte, der dortige Angeklagte." Förster Drosselberg machte eine Pause, weil der Lärm im Zuschauerraum zu groß war. Erst als der Vorsitzende Ruhe geschafft hatte, konnte er fortfahren. Das heißt, erst fragte noch der Vorsitzende: „Und dennoch haben Sie den Mann nicht zur Anzeige gebracht?"

Förster Drosselberg wand sich. „Das ist es ja. Wegen dem Lachen, das ich gekriegt hätte in Kummerow. Sie kennen die nicht."

„Ich finde an einem Fischdiebstahl wenig zu lachen", sagte der Vorsitzende ärgerlich. „Aber fahren sie fort."

Und Vater Drosselberg fuhr fort: „Der Müller brachte aus dem Wasser einen großen Kescher mit raus, den er mit nach unten gehabt hatte. Dieweil er nun so erbärmlich fror und das Wasser man so an ihm ablief, hatte ich keinen Arg, als er neben meine Seite trat. Grad will ich ihn wegen seincs Komplicen ausfragen, da haut er mir den Kescher doch über den Kopf, dreht ihn hin und her, und das Netz verwickelt mir Kopf und Schultern und beide Arme, ein paar kleine Fische quabbeln mir im Gesicht rum, und dann reißt er mich mit dem Kescher um und läuft weg. Bevor daß ich mich befreit hatte und mein Gewehr nehmen konnte, da war er über alle Berge."

Der Vorsitzende: „Aber Sie hätten dennoch Anzeige machen müssen, Zeuge!"

Der Förster: „Hätt ich müssen, Herr Rat, weiß ich. Man bloß, Karpfen hatte er noch nicht rausgeholt. Und dann die Blamage, daß der Förster ihm ins Garn gegangen ist, sozusagen. Wollen Sie sich dem aussetzen in Kummerow? Aber ich hab mir geschworen, ich krieg ihn!"

Einstweilen kriegte der Müller vier Wochen Gefängnis wegen der abscheulichen Tierquälerei am Pferd. In der mündlichen Begründung hatte der Richter die Tat des Angeklagten als besonders verabscheuungswürdig bezeichnet und es als durchaus verständlich hingestellt, daß die Bauern von Kummerow sie als Schande für ihr Dorf ansahen. Gerade sie, die seit langer Zeit unter einem nicht nach christlicher Tugend aussehenden Spottnamen leiden müßten, hätten auf ihr Ansehen zu achten. Darum wolle er auch an dieser Stelle besonders hervorheben, daß sich die Kummerower den Dank aller anständigen Menschen verdient hätten. Gewiß sei der Zeuge Trebbin nicht gerade zart vorgegangen, aber man müsse berücksichtigen, daß er anders die bedrohten Kinder nicht habe retten können. Er musterte finster den Angeklagten, hob dann das Haupt und sprach, wie es Herr Pastor auch nicht sanfter gekonnt hätte: „Und damit komme ich zu dem Hauptmerkmal dieser Verhandlung, zu dem alten Hirten und den Schuljungens. Es ist mir zwar unverständlich, warum der Hirte abgelehnt hat, seinen wahren Namen anzugeben, denn nach allen Recherchen liegt gegen eine Person, wie er sie verkörpert, nichts vor. Und wenn es nun auch Wahnwitz eines Sektiererpriesters ist, ihn wegen seiner Sanftheit und Bedürfnislosigkeit als den wiedererstandenen Heiland zu bezeichnen und die Menschen damit zu schrecken, so ist es doch auch ebenso Unsinn, in dem ‚Krischan' genannten alten Mann einen verfolgten Verbrecher zu sehn, der sich verbergen will. Ein Verbrecher, der sich verbergen will, der kommt nicht zwanzig Jahre lang immer wieder zu bestimmten Terminen in dasselbe Dorf. Ganz abgesehen davon, daß es eine Beleidigung der Justiz ist, anzunehmen, sie hätte einen solchen Menschen nicht längst gefunden. Und hier hat sich die Gemeinde nicht ganz richtig benommen, als sie den alten Mann entließ und abschob. Ich würde es für angebracht gehalten haben, diesen treuen Knecht und Freund der Tiere wegen seines selbstlosen Eintretens für ein armes geschundenes Pferd und wegen seines in so langen Jahren bewiesenen gutes Herzens für Tiere überhaupt öffentlich zu belobigen und zu belohnen, und ich bin sicher, daß Herr Landrat als Vorsitzender des Tierschutzvereins hätte dem Hirten die große Tierschutzmedaille verliehen. Was eine Ehrung für die ganze Gemeinde Kummerow bedeutet haben würde." Er musterte ermahnend die Zeugen, hob dann das Haupt und sprach, wie es Herr Pastor so sanft und feierlich nie gekonnt hatte:

„Zum Schluß will ich der Jugend gedenken, als deren sympathische Vertreter ich hier die kleinen Zeugen Grambauer, Bärensprung, Wendland und Fibelkorn kennengelernt habe. Sie haben, als die Großen ziemlich dabei waren zu versagen, die Ehre nicht nur ihres Dorfes, sondern des menschlichen und christlichen Herzens gerettet. Und das unter eigener Lebensgefahr. Wegen eines mißhandelten Pferdes und eines geschlagenen alten und armen Mannes warfen sie sich einem rasenden Wüterich entgegen, der sie zerschmettern konnte und es wohl auch wollte. Pastor, Lehrer und Eltern können stolz sein, eine solche Jugend zu haben. Wir im ganzen Kreis sind es mit, ich spreche das an dieser Stelle ausdrücklich aus. Und ich bin überzeugt, mit mir denken alle, die bisher das Gerede von den Heiden von Kummerow mitgemacht haben, von nun ab anders, denn mit viel mehr Berechtigung können sich diese Jungens die Gerechten von Kummerow nennen."

So sprach er, denn er war nicht umsonst zweiter Vorsitzender des Kreistierschutzvereins von Randemünde. Und dann winkte er zu einem Wachtmeister hinüber, der wohl schon alles wußte, denn als der Müller höhnisch lachend gehen wollte, verhaftete ihn der Wachtmeister wegen dringenden Verdachts der fortgesetzten Wilddieberei und des Mordanschlags auf den Förster Drosselberg. Das gab einen Tumult, wie ihn die Justitia auch mit abgenommener Binde in diesem ihrem Tempel noch nicht gesehen hatte. Man konnte gerade noch verstehen, was der Müller brüllte, als er abgeführt wurde: „Ich komm ja wieder raus. Dann werd ich es allen besorgen, die heut gegen mich aufgetreten sind. Dem sogenannten Förster und dem sogenannten Pastor zuerst! Da verlaßt euch drauf!"

Da sie nun im Schwarzen Adler dabei waren, alles das noch einmal zu bereden und zu belachen – Förster Drosselberg hatte klug getan und war mitgegangen –, kamen sie auch auf seine Aussage wegen des Komplicen vom Müller. „Sagen Sie mal, Drosselberg", bohrte der Pfarrer, „wenn ich mir das so überlege mit Ihren Worten von der heiligen Person, die Sie da beim Fischestehlen erwischt haben und die Ihnen davongelaufen ist: Da Sie mich nicht gemeint haben wollen, ist das am Ende auf Adam Rodewald gezielt gewesen?"

Förster Drosselberg hob beide Hände: „Wenn ich da gezielt haben soll, so haben sie abgedrückt, Herr Pastor. Ich meinerseits habe keinen Namen genannt. Und wenn Sie denselben für einen heiligen Mann halten, dann übernehmen Sie man auch die Verantwortung. Ich kann da vielleicht noch reinfallen wegen meiner Angabe mit dem Müller."

„Du hättest dir das müssen besser zurechtlegen", belehrte ihn Gottlieb Grambauer. „Weißt du, so, daß es zwar deutlich ist, aber du doch nichts gesagt hast." Und das gab Anlaß, eine Frage zu erörtern, an der sich schon andere die Köpfe zerbrochen hatten. Die Frage nämlich: Was ist ein Jesuit? Niemals hätte sich in Vorpommern ein Mensch um so etwas gekümmert, aber dieser Müllerprozeß brachte eben alles in Unordnung. Sie kannten wohl einen ähnlichen Ausdruck: „Dat is'n Jesewitter!" Aber sie wären nicht darauf gekommen, daß das ein Jesuit sein könnte. Ein Jesewitter – das war einer, der ganz hanebüchen lügen konnte, so daß er niemals zu fassen war; ein Jesuit, das mußte doch ein Jünger des Herrn sein. Also konnte das gar nichts miteinander zu tun haben.

Der die Sache aufgebracht hatte, war der Verteidiger des Müllers gewesen. Als der Vorsitzende den Bauern Wilhelm Trebbin gefragt hatte, ob er zugebe, den Müller geschlagen zu haben,

und ob er das getan habe, weil er ihm die Kinder entreißen wollte, oder nur, weil er sich über die Mißhandlung des Pferdes geärgert habe.

oder weil er aus einer Gebärde des Müllers vielleicht sich bedroht gefühlt habe –,

da hatte Wilhelm Trebbin, dem in seinem Leben noch keiner eine vierfache Frage in einer einzigen vorgelegt hatte, ganz verwirrt den Kopf gesenkt und dann nach langem Überlegen geantwortet: „Ich kann es nicht anders leugnen!" Und alle Versuche des Vorsitzenden, durch Teilung seines Frageungeheuers Wilhelm Trebbin zu einer Enträtselung seiner dunklen Antwort zu bringen, hatten nur zur Folge gehabt, daß Trebbin wiederholte: „Es ist an dem, und ich kann es nicht anders leugnen!" Worauf der Gerichtshof nur seine Köpfe schütteln konnte, der Verteidiger des Müllers jedoch die laute Bemerkung anbrachte: „Dieser Bauer redet wie ein Jesuit!" Worüber sich Wilhelm Trebbin und die anderen Kummerower freuten, denn sie nahmen an, es müsse etwas Frommes sein.

Nun, im Schwarzen Adler, sollte Pastor Breithaupt ihnen erklären, was das sei, ein Jesuit. Da ergab es sich, es war im Grunde doch dasselbe wie ein Jesewitter.

„Wie aber kommt nun das, Herr Pastor", fragte scheinheilig der Schulze, „daß die Jesewitters, die so verdammt geschickt mit Lügen umgehen können, ausgerechnet Priesters sind?" Pastor Breithaupt, gerade im Begriff, in der von ihm gestifteten Runde anzustoßen, erwiderte kurz, es handele sich nicht um Priester, sondern um Mönche und außerdem nicht um Lügen in jenem ordinären und klobigen Sinne, wie sie das in Kummerow machten.

Sie tranken seine Runde, doch dann wollte Heinrich Fibelkorn wissen, wie denn so eine echt jesewittische Lüge sei; Herr Pastor solle doch mal so eine als Beispiel hersagen. Der Pastor merkte, sie wollten ihn hochnehmen, und antwortete freundlich: „Als Heinrich Fibelkorn neulich zu mir sagte: ‚Ich will hier nicht gesund neben Ihnen stehen, Herr Pastor!', und er hatte in Wirklichkeit neben mir gesessen, da war das ein plumper Betrugsversuch. Hätte er aber diese seine Beteuerung so sehr umschrieben, daß ich den Schwindel nicht merkte, dann hätte er tatsächlich eine echt jesewittische Antwort zustande gebracht!"

Sie lachten über Heinrich Fibelkorn, blieben aber dabei, doch mal eine echt jesewittische Antwort hören zu wollen. Pastor Breithaupt schmunzelte: „Also so: Der Schulze verspricht mir alles und hält es nicht. Das kann man höchstens Unzuverlässigkeit nennen. Nun könnte er aber sein Versprechen in eine Form kleiden, die ehrlich aussieht und auch fast jeden täuscht. Er könnte sagen: Ich bin ein Mann – ein Mann, ein Wort –, was ich verspreche, das bleibt versprochen!"

Als der Pastor schwieg, dauerte es eine ganze Zeit, bis sie begriffen, daß etwas, das versprochen bleibt, eben nicht erfüllt worden ist.

Gottlieb Grambauer wollte nun auch seine Schlauheit bekunden, und es war ihm gleich, ob er dabei in ein schiefes Licht kam. Beispielsweise machte er das gelegentlich so: Seine Frau wollte nicht, daß er schon am frühen Morgen auf nüchternen Magen einen Schluck trinke. Er tue es aber heimlich doch. Man bloß so'n kleinen Kümmel mit Rum. Er sah den Pastor an: „Sie kennen ihn ja, Herr Pastor, es ist ja auch Ihre Alltagsmarke!" Ja, und da habe ihn seine Frau nun mitunter gefragt, wenn er in ihrer Nähe geatmet habe: „Gottlieb, du hast ja doch einen Schnaps getrunken?" Und da habe er ein System gefunden, einen Schnaps zu trinken und doch nicht lügen zu müssen. Er habe sein treuestes Gesicht gemacht und manchmal direkt ein beleidigtes und habe geantwortet: „Mutter, ich habe nicht einen Schnaps getrunken!" Da habe sie geschnüffelt und gesagt: „Aber ich rieche es doch, du hast einen Schnaps getrunken!" „Mutter, tu mir nicht Unrecht, ich kann dir schwören, ich habe nicht einen Schnaps getrunken!" Worauf sie es dann geglaubt habe.

„Na und?"

Die Frage sprach zwar der Pastor aus, aber sie streckten alle zugleich fragend ihre Köpfe vor.

„Ich hatte wirklich nicht einen Schnaps getrunken, sondern gleich zwei. Und dabei blieb es dann für immer."

Sie lachten wiehernd über ihren klugen Gottlieb und nahmen es sich vor, in Zukunft ähnlich zu antworten, und Pastor Breithaupt gab sich vergeblich Mühe, ihnen zu beweisen, daß eine Lüge nicht durch Worte geboren werde, sondern durch die Absicht der Täuschung. So konnte er nur noch auf Gottlieb deuten und sagen: „Ihr habt mich vorhin nach einem Jesuiten gefragt. Da habt ihr einen vom reinsten Wasser!" Aber Gottlieb Grambauer nahm es nicht übel, schmiß vielmehr noch eine Runde und sagte: „Jaja, das hat schon meine gute Mutter gesagt. ‚Der Junge', hat sie gesagt, ‚der kann euch die Worte stellen, an dem ist rein ein Pastor vorbeigegangen!' "

Auch die vier Jungens, die da Zeugen gewesen waren, hatten – wegen ihrer Belobigung – die väterliche Genehmigung erhalten, ein paar Züge zu überspringen und sich in Ruhe Randemünde anzusehen. Es blieb allerdings bei der Besichtigung des Denkmals, wo Kaiser Wilhelm und Kaiser Friedrich draufstehen, sich die Hand geben und sich guten Tag sagen. Sie paßten noch das Aufziehen der Wache ab und flitzten dann zum Bahnhof, um den Zug nicht zu versäumen, der in einer Stunde abging. Leider wurde ihnen der Aufenthalt im Wartesaal, die Heimfahrt und der Marsch durchs Bruch nach Kummerow verdorben, weil ausgerechnet mit ihrem Zug auch Pastor Breithaupt fahren mußte. Er hielt es sogar für richtig, mit ihnen zusammen von der Station nach Hause zu gehen, für welche Ehre sie nicht das geringste Verständnis aufbrachten. Aber Pastor Breithaupt war in einer zu guten Stimmung. Am liebsten hätte er ja mit den Bauern im Schwarzen Adler weiter den Sieg gefeiert, besonders da Gottlieb Grambauer zum Schluß in einer kleinen Ansprache den Pastor von Kummerow den wahren Vater der Gemeinde genannt hatte, aber er kannte sich, und es war besser, gerade diesem Grambauer keine Gelegenheit zu geben, ihn vielleicht zum dritten Male in – hm – hilflosem Zustande nach Hause bringen zu müssen. Pastor Breithaupt fühlte sich durch diesen Gedanken verpflichtet, der um ihn marschierenden Jugend von Kummerow, vertreten durch ihre vier würdigsten Bengel, einen kleinen moralischen Vortrag über die unerbittlichen Folgen der schlechten Lebensweise zu halten. Siehe den Müller Düker, der nun von Stufe zu Stufe falle und vom Schwert der Gerechtigkeit zerschmettert werde.

Er hatte so gut und laut gesprochen, daß sie ihn ergriffen anstarrten, und Johannes Bärensprung, der sonst nie in Gegenwart des Pastors den Mund aufzumachen wagte, es diesmal tat: „Wird ihm nu der Kopp abgehauen, Herr Pastor?“

Pastor Breithaupt schüttelte ärgerlich den seinen, und Martin Grambauer, bemüht, seine juristischen Kenntnisse zu zeigen, belehrte den Freund: „Doch wegen so’n bißchen nicht! Kopp ab, das ist bloß, wenn er Förster Drosselberg umgebracht hätte.“

Hermann Wendland mußte auch etwas sagen: „Wenn er’n nu aber kaltmacht, wenn er wieder raus ist, wird er dann in Randemünde hingerichtet?“

Der Pastor wollte gegen diese jugendlichen Spekulationen, die ihm keinesfalls aus moralischer Entrüstung der neuen Gerechten von Kummerow gekommen zu sein schienen, schon angehen, als Traugott Fibelkorn auch etwas hatte: „Man bloß wenn das Aas rauskommt, der macht gleich ’n paar kalt!“

Und nun sprengte die Phantasie von Johannes alle Schranken: „Ja, alle, die gegen ihn sind, hat er gesagt. Wilhelm Trebbin und Krischan und 'n Schulzen und am meisten Förster Drosselberg und Herrn Paster!“

Johannes sah mit unverhohlener Freude auf seinen Seelsorger, was der zu dieser lieblichen Aussicht wohl sagen mochte. So zu wissen, da kommt einer mal wieder aus dem Kittchen – noch ein Jahr, noch ein halbes, nur noch drei Monate, einen, eine Woche, zwei Tage – und dann lauert der Kerl so hinterm Busch, und Messer raus und kicks – verdammt noch mal, schön war das nicht. Und sicher hatten sie alle vier jetzt den Gedanken und freuten sich alle vier über die Maßen, daß sie nicht Pastor Breithaupt waren. „Sie sollten man immer bloß mit'm Schlachtmesser ausgehn, Herr Paster“, beriet Hermann Wendland seinen Pastor.

Ja, ist denn das möglich? Pastor Breithaupt war nicht leicht verwundert, wenn er Seelenforschung in Kummerow trieb, aber dies überschritt auch seine Erwartungen.

„Besser ist aber 'n Revolver!“ fand Traugott. „So einer wie der Müller, denkst du denn, der geht dicht an Herrn Pastor ran? Auch mit'm Messer nicht. Wo Herr Pastor so stark ist! Der wird euch was aufs Hackbrett legen. Der sitzt hinterm Stubben, und wenn Herr Pastor vorbei ist, dann – paff, und er hat 'n Ding in'n Rücken. Nä, Herr Pastor muß auch 'n Revolver haben.“

Mit einem Ruck blieb der Pastor stehen und schrie sie an: „Ja, seid ihr denn verrückt? Ist das eure Liebe zu eurem Seelsorger, daß ihr euch hier in seiner Gegenwart mit Wohlgefallen ausmalt, wie das ist, wenn er ermordet wird?“ Sein zorniger Blick deutete ihre jähe Verblüffung als verspätete Scham und faßte nun Martin Grambauer: „Und du als der Erste, du hast dazu auch weiter nichts zu sagen? Ist auch bei dir kein anderer Gedanke aufgestiegen als der von Überfall und Mord? Feine Gerechte seid ihr, das muß ich sagen.“

Martin hielt dem Blick stand und brachte es sogar fertig zu lächeln. Ach so, der Pastor wollte etwas von Liebe und Treue und so hören. Und Martin Grambauer sagte mit tröstlichem Wohlwollen: „Ach, Herr Pastor, da haben Sie man keine Angst vor dem Müller. Wenn der wieder raus ist und Sie fürchten sich, da gehen wir immer mit, wenn Sie ausgehen müssen. Jeder dann mit so'n richtigen Knüppel!“

„Ja“, krähte Johannes ihn nieder, „und dicke Steine in den Taschen, denn wenn der Müller sein Gewehr hat ...“

Pastor Breithaupt war entwaffnet. Da waren sie von seiner Ermordung und der Hinrichtung des Müllers nun glücklich auf die eigenen geplanten Gewalttätigkeiten gegen den Müller gekommen. Er sah sie der Reihe nach noch einmal an, schweigend, denn vor diesem betrachtenden Blick schwiegen sie nun auch. Und dann sah er weithin über das Bruch, über das schon die Nebel wuchsen und weiße Kränze um die Riesenbuketts der Weiden- und Erlenbüsche legten. Die Pappeln auf dem Damm glänzten feucht, und die schwarze Erde war glitschig. In langen Reihen krochen unweit Frauen auf dieser Erde entlang und rodeten Kartoffeln, eine schwere, mühselige, knochenzermürbende Arbeit. Männer schleppten Zweizentnersäcke zu den Wagen, Pferde prusteten, und dazwischen, ja er wußte es, auch ohne daß er sie verstand, stießen Männerworte in den nassen Tag und scheuchten Weibergelächter auf, das wie ein Schwarm Vögel, na, sagen wir, Krähen, emporstieg und verkakelte. Um was werden sich Rufe und Lachen schon gedreht haben? „Es muß am Boden liegen", sagte der Pastor laut. „Wenn die Natur gesund und stark ist, wird sie hitzig, und wenn sie hitzig gewesen ist, muß sie schließlich ferkeln. Das ist der Lauf der Welt!"

Er sah auf die Bengels und wurde sanft: „Bleibt jetzt etwas zurück, meine Kinder. Ich muß allein sein. Ich habe mir noch die nächste Predigt zu überlegen."

Na, das war ja nun das Schönste. Mit einemmal ist er so sanft wie der Heilige Geist in Gestalt einer Taube. Sie blieben stehen und sahen ihm nach, wie er mit gesenktem Kopf dahinschritt, Kummerow zu, über dessen breite rote Dächer die dunkeldachige Kirche ragte, eine große liegende Faust mit drohend hochgerecktem Zeigefinger.

„Mensch", sagte Johannes Bärensprung schließlich, „ich glaub, nun hat er doch Schiß von wegen dem Müller."

„Kaltmachen braucht 'n der Müller ja nicht", überlegte Hermann Wendland, „aber so richtig mal verdreschen – wo er uns doch auch immer haut!"

Martin Grambauer, in dem des Pastors Appell an den Ersten, der auch Kirchenjunge war, und das Lob des Gerichts für die Gerechten noch nachwirkte, war entrüstet: „Das ist gemein, Wendland! Ich werde Herrn Pastor beschützen. Nicht wahr, Johannes, wir werden ihn beschützen!"

Johannes Bärensprung nickte zwar eifrig, doch sah man ihm an, er hätte auch gern erlebt, was aus einem Zusammenstoß zwischen dem bä-

dem Brink ihre Sommertage verbracht, für ihn Lebensmittel und auch mal ein Paar Strümpfe gemaust und sich aus der schönen weiten Welt erzählen lassen. Sie hatten kein schlechtes Gewissen, mochte er ruhig der Herr Jesus gewesen sein. Ein bißchen unheimlich war es aber doch. Denn fest stand, daß Krischan spurlos verschwunden war, wie weggehoben von der Erde, kein Gendarm und kein Gericht hatte ihn finden können.

Auch Martin Grambauer und seine engeren Freunde, die eigentlich Krischans Leibgarde gebildet hatten, waren nicht unberührt von dem Spektakel geblieben, der das ganze Dorf aufzuwühlen begann. Bis Martin sich erinnerte, daß Krischan Klammbüdel Seemann in aller Welt gewesen sein wollte und, als sie es mal bezweifelten, ihnen die Beweise gezeigt hatte: lauter Tätowierungen auf seinem Leib, den ganzen Rücken, die Brust und die Arme voll von Löwen, Schlangen, Palmen, Haifischen, Wolkenkratzern, einem Kürassier, vielen von Pfeilen durchbohrten Herzen, nackten, fetten Negerinnen und ganzen Girlanden von Mädchenköpfen mit Namen darunter, alles Bräute von Krischan. Nein, so ein Futteral würde sich der Herr bestimmt nicht für einen irdischen Spaziergang aussuchen, wenn auch der, der jetzt darin steckte, ein Armer und ein Gerechter sein mochte.

Hinzu kam, daß Adam Rodewald in Martins Augen durchaus kein Gerechter mehr war, schon gar kein Heiliger, wie die alten Weiber sagten. Johannes hatte schon im Frühjahr behauptet, gesehen zu haben, wie der Müller dem Adam einen Korb mit Kiebitzeiern zum Mitnehmen nach Randemünde gegeben habe; als Johannes dazukam, habe der Adam rasch von Hühnereiern gequatscht. Er, Johannes, kenne doch wohl Kiebitzeier. Er wisse nun auch, warum er selbst dieses Frühjahr keine gefunden habe, die hätte alle der Müller gesucht und dem Adam verkauft. Es hatte nun zwar der Müller kein Recht, Kiebitzeier zu suchen. Johannes aber auch nicht, alle Kiebitzeier gehörten ins Schloß, und so konnte Johannes von der Entdeckung keinen rechten Gebrauch machen. Und nun war Martin acht Tage vor dem Müller-Prozeß in Adam Rodewalds sogenannten Laden gekommen, um Seife zu holen, vom Hof aus, weil vorne zu war, einfach so durch die Küche, und da hatte er den Müller gesehen, wie der rasch einen Korb zudeckte, in dem Rebhühner waren. Jeden Eid hätte Martin darauf schwören können. Sie hatten ihn auch gleich ausgeschimpft, warum er nicht warte, bis vorne auf sei, und der Müller hatte ihm eine runterhauen wollen. Dann hatten sie von jungen Hähnchen gesprochen, aber gesehen war gesehen. Schade, daß sein Vater ihm verboten hatte, es weiterzuerzählen, da mit diesen frommen Gaunern nicht zu spaßen sei, aber der Krug geht so lange zum Wasser, bis die Pumpe leer ist. Martin hatte sich gefügt, seinen Kameraden jedoch erzählt, was er gesehen, und sie hatten sich vorgenommen, sobald sie den Müller aus dem Dorfe hatten, es ganz groß dem Adam zu besorgen, der ein Heuchler und Gotteslästerer sei.

Der Termin gegen den Müller war am Sonnabend gewesen, am Sonntag hatten Adam in seiner Scheune und Pastor Breithaupt im Krug über Krischan gepredigt. Es ist zu verstehen, daß die Kinder am Montag sehr aufgeregt in die Schule kamen. Und richtig – gleich nach dem Gebet ließ sich Kantor Kannegießer Bericht erstatten und fragte: „Krischan ist also nicht zum Termin erschienen?"

„Nein", referierte Martin, „Krischan ist nicht gekommen. Die vom Gericht haben ihn überall suchen lassen, aber kein Krischan ist zu finden gewesen."

„Aber er kann doch nicht vom Erdboden verschwinden", sagte Kantor Kannegießer ernst und blickte versonnen durchs Fenster nach oben.

Diese Geste und der ungewohnte Ausdruck „vom Erdboden verschwinden" ließ manches Kinderherz erschauern. Es war mit einem Male ganz still in der Schule. Wenn der Lehrer schon so etwas sagte, dann kann Adam Rodewald auch recht haben mit dem, was er von Krischan gepredigt hat. Die Kinder, deren Eltern zu Adams Gemeinde der Erhellten gehörten, sahen triumphierend auf ihre ungläubigen Kameraden. Wenn Herr Kantor jetzt selbst so was sagt! Lisbeth Zühlke bekannte ruhig und laut: „Uns' Mutter sagte, wenn Krischan man nicht doch aufgefahren ist zum Himmel." Wütend fuhr Kantor Kannegießer wieder zur Erde: „Gerade dachte ich daran, was der verrückte Rodewald wohl noch alles mit seinem Unsinn anrichten wird, da geht es schon los. Sage deiner Mutter, sie solle keine Gotteslästerung begehen. Krischan ist kein Heiliger gewesen und erst recht kein Sohn Gottes. Er war ein Vagabund sein Leben lang."

Da erhob sich Martin Grambauer: „Aber ein Gerechter ist er!"

Martin war sehr unzufrieden mit Kantor Kannegießer, weil der für die Stelle in seinem Bericht, sie seien nunmehr statt der Heiden die Gerechten von Kummerow, gar kein Verständnis gezeigt, vielmehr gelacht und gesagt hatte: „Ich fürchte, da werde ich von nun an noch einen Extrarohrstock anschaffen müssen! Beruft es bloß nicht auch vor Herrn Pastor, es könnte sein, er müßte sich für die neuen Gerechten von Kummerow seinen Kleinen Katechismus neu einbinden lassen!“ Das sollte sich auf die Backpfeifen mit dem frommen Buch beziehen. So waren sie nun mal, die Großen: Wenn sie nicht antworten konnten, hauten sie.

Martin war gewillt, den Kantor nicht so einfach entwischen zu lassen. „Wenn Krischan kein Gerechter sein soll, wer ist dann einer? Dann nennen Sie doch mal ein paar Gerechte, Herr Kantor!“

Vorsichtig raunte es in Kantor Kannegießer, er will was! Und er sagte sich, daß es in solchen Fällen immer besser sei, aus besonderen Namen in allgemeine Begriffe zu flüchten: „Beispielsweise Menschen, die über das Recht zu wachen haben, die Richter.“

Einen Augenblick dachte Martin nach, dann fragte er zurück: „Auch Amtsrichter Bockelmann?“

Das war der in Randemünde. Kantor Kannegießer fand keinen Grund, ihn auszuschließen. Da frohlockte der Junge: „Und wenn der als ein Gerechter sagt, Krischan ist auch einer, und Traugott und Hermann und ich und Johannes sind auch Gerechte, dann lachen Sie uns aus!“

Kantor Kannegießer seufzte und war froh, daß seine Unbedachtheit nicht mit einer neuen Frage geendet hatte. Doch da kam sie schon nach und war von ganz besonderer Art. „Sind Sie ein Gerechter, Herr Kantor?“

Vor lauter Verwunderung und Verlegenheit konnte der Lehrer seinen Schüler nur ansehen und den Kopf schütteln.

„Warum werden Sie's denn nicht?“

Es wurde immer schlimmer. Was soll ein Mensch auf solche Frage antworten? „Ich bemühe mich lediglich, möglichst gerecht zu sein“, entgegnete er schließlich.

„Ist Herr Pastor ein Gerechter?“

Die Frage war noch schwieriger und peinlicher dazu, und ihre Beantwortung konnte gefährlich werden, so oder so. Doch der Kantor konnte mit einem fröhlichen Lachen ausweichen.

„Weißt du was, frag ihn doch mal selbst danach. Aber ich rate dir, geh nicht zu dicht ran dabei!“

Die Kinder lachten alle mit, nur Martin war wütend und stampfte zornig mit dem Fuß auf. „Ist es denn etwas Schlechtes, ein Gerechter zu sein?“

Das mußte der Kantor verneinen, und er dachte: Wohin will er denn nur?

„Warum soll er mich dann hauen, wenn ich frage, ob er einer ist?“

„Weil er in der Frage eine Verhöhnung sehen könnte.“ Kantor Kannegießer war gesonnen, die Geschichte mit einem offenen Wort zu Ende zu bringen. „Also hör mal, das darf kein Mensch von sich selbst sagen, daß er ein Gerechter ist. Das wäre Hochmut und Pharisäertum.“

„Wer soll es dann aber von einem sagen?“

„Das müssen immer die anderen Menschen tun.“

„Amtsrichter Bockelmann hat's ja getan!“

Das war richtig, Kantor Kannegießer wand sich. „Er hat es nicht so wörtlich gemeint, wie du das auslegst. Er weiß, daß wir Menschen im Sinne der Bibel keine Gerechten auf Erden sein können.“

Martin schien mit sich zu kämpfen, aber schließlich hatte ja der Kantor die Bibel selbst angeführt. Und so traf den Lehrer die schon lange fällig gewesene Frage seines Quälgeistes: „Warum sagt denn Amtsrichter Bockelmann so etwas, wenn er es nicht so meint? Und wenn die Menschen keine Gerechten auf Erden sein können, warum steht dann in der Bibel, sie sollen es sein, und er läßt seine Sonne scheinen über Gerechte und Ungerechte? Wenn's doch gar keine Gerechten gibt?“

Ja, warum? Kantor Kannegießer wußte es auch nicht. Inzwischen folgerte sein Rebell weiter. „Wenn es keine gerechten Menschen auf Erden gibt, dann kann Herr Jesus auch nicht wiederkommen.“

Nun aber fragte der Lehrer ärgerlich: „Willst du eine Verheißung der Heiligen Schrift anzweifeln?“

Das wollte Martin nicht, und er schwieg. Kantor Kannegießer ahnte nicht, daß heute ein kindlicher Geist zum ersten Male versucht hatte, an die Tür zu pochen, die aus der Zeit in die Ewigkeit führt und zurück aus der Welt des Glaubens in die der Erscheinungen. Und daß ihm die Pforte dazu wohl nicht mehr so ausschließlich die christliche Glaubenslehre zu sein schien. Schnurgerade würde der Weg zurückführen auf die Erde, und der Wanderer würde nur die Werke ansehen.

Ja, nickte Kantor Kannegießer nach dieser Schulstunde, als er den Zusammenhang ganz erfaßt hatte, wie kann es anders sein? Es sollte eigentlich nie anders sein.

Und er empfand es schmerzlich, daß er der Folgerichtigkeit eines Kinderherzens und der unerbittlichen Logik eines zum Absoluten drängenden Knabenhirns die ganze Unaufrichtigkeit des sogenannten erfahrenen Lebens und des Amtsglaubens hatte entgegensetzen müssen – erfolglos, wie er fühlte.

Der Junge hatte ihm leid getan, und er hatte daher von sich aus das Gespräch weiterführen und beenden wollen. „Es steht nichts davon in der Bibel, daß der Herr nur in der Gestalt eines Gerechten wiederkommen will."

Martin war auch sofort wieder bei der Sache. „Na, als ein Heide von Kummerow doch auch nicht." Darüber konnten sie alle erst mal lachen. Doch der Junge war als erster wieder ernst. „Wenn es nun keine Gerechten auf Erden gibt, dann kann er doch nur in Gestalt eines ganz Armen kommen."

Dies sei wohl anzunehmen, gab der Kantor zu.

„Das kann nicht anders sein", entschied Martin, „denn Herr Jesus wird sich hüten und wird wieder auf Erden kommen und ein Vierfürst sein oder ein Graf oder ein Reicher oder auch bloß ein Pastor!"

Alles hatte Kantor Kannegießer gelten lassen; gegen die Behauptung, es sei unmöglich, daß Gott in Gestalt eines Pastors wiederkomme, mußte er einschreiten, da diesmal von Pastoren ganz allgemein, nicht von Pastor Breithaupt gesprochen war. „Ein Pastor oder ein Priester, das ist ein Diener Gottes, ein frommer Mann, warum soll Gott nicht als sein eigener Künder wiederkommen können?"

Martins Stirn war düster zusammengekrampft. Dann hob er den Kopf mit einem Ruck: „Gott haut nicht!" Er schleuderte es förmlich heraus.

„Du haust ja auch, Martin?" fragte der Kantor, nachdem er die gewaltige Wahrheit des lapidaren Satzes ganz erfaßt hatte, den kleinen Selbstgerechten. Allein, er durchstieß den Panzer nicht. Die Röte der Scham, die Martin überflutete bei dem Gedanken, der Kantor könnte am Ende glauben, er, Martin Grambauer, glaube von sich, Gott könne sich seiner als Wohnung bedienen, ließ den Jungen so erzittern, daß er förmlich schwankte. Strafte ihn der Herr da schon wegen seiner Vermessenheit? Nein, der Herr gab ihm in diesem Augenblick die Erleuchtung, ein göttliches Gebot zu verkünden: „Ich hau keine, die schwächer sind als ich! Es ist eine Gemeinheit, wenn Große Kleine hauen!"

Nun runzelte sich auch die Stirn des alten Lehrers. „So, sieh mal an, Martin! Dann bin ich wohl auch gemein, wenn ich mitunter einige von euch hauen muß?"

Daran hatte der Junge nicht gedacht. „Nein", stieß er erregt hervor. „Sie nicht, Herr Kantor! Dann haben die es wohl verdient!"

„Siehst du, und genauso ist es mit Herrn Pastor. Jedenfalls glaubt er, es ist zum Besten der Kinder, die er züchtigen muß. Sieh, auch Gott züchtigt die Menschen, und sie sind doch klein ihm gegenüber. Und es heißt in der Schrift, er züchtigt am meisten die, welche er liebt!“

Einen Augenblick nur war der Knabe durcheinandergebracht, dann hatte er den Kopf wieder im Genick. „Glaub ich nicht!“Und als er den verweisenden Blick seines Lehrers sah: „Dann müßten Sie ja auch die am meisten gern haben, die Sie verwimsen! Warum haben Sie mich dann nicht ein einziges Mal gehauen?“

Backs! Die rechte Hand des Kantors, die sich soeben auf den flachsigen Jungenkopf hatte legen wollen, war vorgezuckt: Martin Grambauer hatte eine leichte Ohrfeige bezogen, die erste in seiner ganzen Schulzeit. Sie waren beide, der Lehrer und der Junge, so verbiestert über diese Tatsache, daß sie einander wortlos anstarrten.

Kantor Kannegießer hat es auch nachher in langem Grübeln nicht herausbekommen, wie es zuging, daß ihm die Hand ausrutschen konnte, und Martin Grambauer hat sich nicht zwischen den zwei Fragen entscheiden können: Hat er mich gehauen, weil ich so frech gefragt habe? Oder hat er mich gehauen, weil er mich gern hat?

Vorerst beendeten sie die Szene, über welche sich die ganze Schule noch mehr aufregte als die beiden zunächst davon Betroffenen, damit, daß Martin die Tränen in die Augen schossen und Kantor Kannegießer über Martins Haarschopf strich und dann den Jungenkopf an sich drückte und ihn so eine Weile festhielt. Dies wurde aber nur von ihnen beiden bewertet, für alle anderen in der Schule stand es fest, und sie prahlten die Neuigkeit auch gleich im Dorf aus: Martin Grambauer hat von Kantor Kannegießer Backpfeifen gekriegt, weil er Freches über Herrn Jesus und Herrn Pastor gesagt hat!

Sehr rasch hatte es auch Pastor Breithaupt erfahren und Martin kommen lassen und, da er einen wahrheitsgetreuen Bericht gab, ihm einen, wenn auch leichten, Katzenkopf gegeben. Ulrike erzählte es im Dorf, sie hatte sich geärgert, daß Martin mit brennendrotem Kopf das Pfarrhaus verließ, ohne sich um ihren Anruf zu kümmern. Daß gleich nach Martin sein Vater im Pfarrhaus erschienen war und Aufklärung verlangt hatte, erzählte sie nicht. Es war auch nicht nötig, das besorgte Gottlieb Grambauer.

Mutter Grambauer versuchte vergebens, herauszukriegen, was denn ihr Junge Schlimmes in der Schule gesagt haben mochte; sie hielt ihn zwar für fromm und gottesfürchtig und war sicher, gelästert wird er nicht haben, aber er hatte nun mal diese schreckliche Angewohnheit, den Erwachsenen mit Fragen zuzusetzen und dann, gereizt, seinerseits Behauptungen aufzustellen, die nicht immer mit den Anschauungen, die man vom christlichen Leben zu haben hatte, in Einklang zu bringen waren. Mit Bangen hatte sie dann immer in ihm den Heiden durchschimmern sehen und für sein Seelenheil gebetet. Nun vermehrte eine andere Frage ihre Seelenangst und pflanzte sich geradezu als ein Ungeheuer mit Hörnern und Krallen vor ihr auf und griff nach den Grundfesten ihres Glaubens, die besagten, der Mensch werde immer nach Verdienst gerichtet: Warum hatte ihr Junge, solange er als Anführer der Heiden von Kummerow galt, niemals einen Schlag von Pastor und Kantor bekommen? Warum aber, nachdem er zu ihrem Stolz vom Gericht als einer der Gerechten von Kummerow erklärt worden war, mußte er an einem Tage gleich zweimal gehauen werden? Sollte es doch so sein, wie ihr Mann immer sagte, daß alles Himmlische sich in sein Gegenteil verkehrt, sobald es auf Erden angewendet wird? Würde dann vielleicht auch alles, was auf Erden gesagt oder getan wird, im Himmel umgekehrt bewertet werden als auf Erden?

Unsere guten Werke

Waldemar Blasemann oder, wie er früher hieß, der schöne Waldemar oder, wie er jetzt hieß, Oll Blasemann war der einzige Sohn des vorletzten Gastwirtes in Kummerow und ein Künstler. Zu erzählen, was das Leben alles mit ihm angestellt hat, würde allein ein dickes Buch machen. Und er war doch nur einer jener verschrumpelten Feldsteine, die auf dem Wege liegen und über die sich jeder aufhält, ohne daß einer sie jedoch aufhebt und beiseite legt. Vor langen Jahren ist solch ein Stein mal beim Pflügen mit nach oben gekommen, dann von Jahr zu Jahr vom Tritt der Pferde, von der Pflugschar oder dem wütenden Stiefel der Bauern beiseite geschubst worden; es hat ihn wohl auch mal einer genommen, in weitem Bogen auf den Rain geworfen, und ein Bengel hat ihn bis zum Weg gestoßen. Jahrelang ging dann sein Dasein gleichförmig weiter. Im Herbst versank er in den lehmigen Spuren, die Wagen drückten ihn fest; im Frühjahr und Sommer kam er wieder hervor, wurde von Pferden und Rädern kreuz und quer über den Weg gestoßen und konnte auf diese Weise gar eine ganz hübsche Strecke zurücklegen. Ach, es passierte ihm auch, daß ihn mal ein Mensch zornig ergriff und in den Graben am Wege warf oder, um den Nachbarn zu ärgern, über den Graben auf den Acker. Worauf der Geärgerte oder der Mann, der ihn beim Grabenräumen fand, ihn wieder auf den Weg zurückschmiß, dabei aber nur den Fußsteig traf und nun den Stein warten ließ, bis ihn eine Stiefelspitze erneut in den Fahrweg stieß.

Es ist eine lehrreiche Geschichte, die der schöne Waldemar gelebt hatte, und Pastor Breithaupt hielt sie gelegentlich, allerdings durch ein reichlich moralisches Sieb gegossen, der reiferen männlichen Schuljugend zur Warnung vor. In den letzten Stunden des Konfirmandenunterrichts geschah das. Groß stand darüber geschrieben: „Von Stufe zu Stufe", klein: „Der Fluch der Unsittlichkeit". Daß die Bengels unbewußt die Typen der beiden Überschriften auswechselten und daß in ihren Augen die Jugendsündenjahre des schönen Waldemar seine tugendhaften Greisenjahre golden beglänzten, ahnte Pastor Breithaupt nicht. Der Leib hat nun mal eine andere Moral als die Seele, und in Kummerow erst recht.

Und so trug eigentlich Pastor Breithaupt dazu bei, daß Oll Blasemanns verschimmeltes Leben immer wieder neu poliert wurde, und am meisten jene Abschnitte, die der Pastor schamhaft verschwiegen oder stirnrunzelnd nur angedeutet hatte. Doch wozu gab es die Älteren und Alten im Dorf?

Es war für die Kinder schon spaßig, daß der alte Mann Waldemar heißen sollte; so ein piekfeiner Name aus der Stadt und Oll Blasemann, der ein Lumpensammler war! Sie mußten eben erst erfahren, daß er zur Zeit, da er ganz allgemein der schöne Waldemar hieß, und auch noch später, als er nur noch Waldemar genannt wurde, ein Trompeter mit hohen Lackstiefeln und aufgewichstem Schnurrbart bei den Dragonern in Schwedt an der Oder gewesen war. Die Liebe hatte ihn nach seinem Abgang vom Militär als Musiker der Stadtkapelle nach Randemünde gepustet, und dort soll ihm die bräutliche Liebste den Marsch geblasen haben. Er hätte, erzählte man, bei den Tanzvergnügen auf den Dörfern, wo er immer noch mit den Lackstiefeln des Dragonertrompeters und dem feschen Schnurrbart erschien, zu sehr den Mädchen aufgespielt. Das kann stimmen, denn in Banekow hat ihm mal ein eifersüchtiger Bursche die Faust in den Mund hauen wollen und übersehen, daß da noch die Trompete vorsaß. Was zur Folge hatte, daß der schöne Waldemar die Vorderzähne verlor und ein Loch in der Gaumendecke gewann, so daß er nun, wie sie spotteten, Nebenluft hatte.

Mit dem Trompeteblasen war es aus, mit der Liebe noch nicht. Waldemar kam nach Hause, nach Kummerow, heiratete ein braves Mädchen aus dem Nachbardorfe und richtete in der Gastwirtschaft seines Vaters einen kleinen Materialwarenladen ein. Und da er mit einem Male sehr aufs Vorwärtskommen erpicht war, schaffte er sich einen Planwagen an und ein Pferd, fuhr fünf Tage in der Woche die Dörfer ab und verkaufte Kaffee, Zucker, Heringe und Schmierseife, und es ging ihm gut. Kam er in einem Dorfe an, so zückte er seine Trompete und blies, nicht mehr so rein wie früher, aber noch ebenso laut, ein Signal. Sonderbarerweise meistens: „Zu Bett, zu Bett, wer keine hat; wer eine hat, muß auch zu Bett, zu Bett, zu Bett!" Das war nun zwar der Zapfenstreich und hatte nichts mit der erzweckten Ankündigung zu schaffen: „Der Waldemar ist da, mit Schmierseife, Kaffee und Heringen!" Aber irgendwie muß in der Seele Waldemars doch ein Zusammenklang, eine Harmonie bestanden haben. War es in der Erinnerung an die Abendstunden in Schwedt, war es im Gedenken an das Bett und die Erfolge des Trompeteblasens auf den Dörfern? Genaueres hat keiner erfahren, und es bleibt nur die Annahme übrig, Waldemar versuchte, mit der Trompete die Vergangenheit an die Gegenwart zu nähen. Das wird schon so sein, denn immer, wenn er auf Tour ging, rüstete Waldemar sich außer mit der Trompete auch mit dem Zubehör aus: Die sonstigen Langschäfter wurden gegen die Lackstiefel vertauscht und der Schnurrbart gewichst und in die Höhe gezwirbelt: Waldemar war trotz Hering und Schmierseife der Trompeter. Und tatsächlich kamen die Frauen und Mädchen sofort aus den Häusern, wenn das Signal ertönte, und Waldemar machte zum Verdruß der örtlichen Händler sehr gute Geschäfte. Der grünlackierte Planwagen soll in mancher Frühlings- und Sommernacht sogar vor den Dörfern auf Feld- und Waldwegen gestanden haben.

Warum wieso – eines Tages, es waren nun Jahre hingegangen, hieß es auf den Dörfern: Waldemar kommt nicht mehr, er bläst nicht mehr, er brummt. Böse Sachen. Die Frau zog weg aus Kummerow, das Geschäft verkaufte sie, den grünen Planwagen auch. Den kaufte billig der Schuster Adam Rodewald, ließ die Schusterei bleiben und fuhr als Händler dieDörfer ab. Trompete blies er nicht. Er gab Traktätchen und fromme Worte und wirkte damit auf seine Weise. Besonders, wenn er den Frauen dazu Schandgeschichten vom schönen Waldemar erzählte, der von Gott geschlagen, verdorben und gestorben sei.

Aber Waldemar tauchte eines Tages wieder auf, zu Fuß, er war Pferdeschneider geworden, einer mußte ja schließlich aus den kleinen Hengsten Wallache machen. Sie sagten, er hätte das beim Militär, bei den Dragonern, gelernt; kann aber sein, es bestand auch hier in der Tiefe der Seele ein dunkler Zusammenhang zwischen Veranlagung und Betätigung. Immerhin erlebte Waldemar noch einmal ein Aufblühen seiner Beliebtheit beim weiblichen Geschlecht, denn daß sein neuer Beruf romantisch war und auch wohl ganz einträglich, das ließ sich nicht bestreiten. Er sah ordentlich aus, Lackstiefel trug er zwar nicht mehr, aber gute Langschäfter und Reithosen, der Schnurrbart war gewichst wie früher, und die Trompete tat das übrige. Dazu erzählte er von einer Wohnung, die er in Randemünde habe, und ließ durchblicken, er sei geschieden und im Grunde nicht abgeneigt.

Aber es hieß nun doch, wenn er in die Dörfer kam, einfach: „Waldemar ist da!" Das Beiwort „schön" war verlorengegangen, und das Trompetensignal war auch nur ein letzter Versuch, die Vergangenheit zu erhalten. In seinem Drang, mehr zu verdienen, nahm Waldemar noch das Ferkelschneiden hinzu, denn Ferkel gibt es in Vorpommern nun mal mehr als Fohlen. Er hätte es nicht tun sollen, ein Ferkelschneider steht im Verhältnis zu einem Fohlenschneider wie ein Tüncher zu einem Raffael. Die Pferdezüchter verloren das Vertrauen, obwohl Waldemars Kunstfertigkeit nicht gelitten hatte, und die Weiblichkeit verlor das verschämte Plinkern, denn schließlich ist ein Ferkel nun mal ein Ferkel und kein junger Hengst. Da wirkte bald kein aufgewichster Schnurrbart mehr und kein Trompetensignal, es ging mit Waldemar abwärts. Und als er bald nur noch Ferkelschneider war, war er auch für die Weiblichkeit ganz allgemein aus dem Waldemar der Blasemann geworden. Das hatten wohl die Kinder aufgebracht, die seine Vergangenheit noch nicht kannten, oder die Zugezogenen, die nur das Trompetensignal kannten, mit dem der Schwienschnieder sich ankündigte.

Und so ging es weiter mit ihm bergab. Noch einmal kam ein Schwung nach oben: Blasemann hatte mit seiner Tätigkeit in der Schweinezucht den Beruf des Hausierers verbunden, trug eine hochbepackte Kiepe auf dem Rücken und einen breiten Korb vor dem Bauch und verkaufte Stoffe und Leinen und Garn und Knöpfe und all den lütten Schietkram, den man auf dem Lande braucht. Es gibt ihrer viele dieser Art, sie führen ein geachtetes Leben, ihre Kinder besuchen gute Schulen, und sie hinterlassen etwas, wenn sie sterben. Zu diesen Verhältnissen brachte Blasemann es freilich nicht. Als Ersatz für die frühere handfeste Lust an der Weiblichkeit hatte er sich eine zierliche Art ausgesucht, sich mit den kleinen Süßen, wie er sie noch immer nannte, zu befassen. Er stach Löcher in die Ohrläppchen und verkaufte die Ohrringe dazu.

Bei dieser Gelegenheit hatte er wohl versucht, die eine oder andere Dirn noch in der altgewohnten Art beim Ohrläppchen zu nehmen, jedenfalls war er eine nicht wieder losgeworden, und es hieß, Blasemann hat auf seine alten Tage noch einmal geheiratet. Aber es dauerte nicht lange. Blasemann, von dem keiner wußte, wo er eigentlich sein Zuhause hatte, blieb verschwunden, und es mag schon sein, was sie erzählten: Sie hätten ihn wegen Bigamie verdonnert.

Aber noch einmal kehrte Blasemann zurück. Er hatte jetzt einen kleinen Wagen und einen Esel davor und handelte Lumpen ein. Dafür gab er nicht Geld, sondern Knöpfe, Band und für die Kinder Johannisbrot. In diesem Johannisbrot steckten zwar immer Würmerchen, aber dafür war es auch so trocken, daß man die kleinen Dinger herausschütteln konnte, und Blasemann gab auch, wie er versicherte, mehr davon als die Konkurrenz. Mitunter hatte er auch Lakritzen mit, dann war es ein großer Tag. Der Mann war nun schon grau geworden und hieß Oll Blasemann. Das Schweineschneiderhandwerk hatte er aufgeben müssen, seit seinem letzten Zusammenbruch trank er, und seit er trank, zitterte er, und das war mitunter den kleinen Schweinchen nicht gut bekommen, der Gendarm hatte ihm daher das Handwerk verboten. Seine Trompete konnte Oll Blasemann noch immer halten, und wenn er Geduld hatte, fand er auch mit dem Mundstück den Mund, und wer das Signal kannte, der verstand auch, daß es heißen sollte: Zu Bett, zu Bett!

In den Jahren, da Martin Grambauer und seine Freunde den Ton der männlichen Schuljugend in Kummerow angaben, war Oll Blasemann ein krummer, zerlumpter Greis und hatte statt des Eselsfuhrwerks einen kleinen armseligen Wagen, den zwei noch armseligere Hunde zogen. Noch immer sammelte er Lumpen und Knochen und gab dafür Johannisbrot und Lakritzen. Bänder und Garn hatte ihm wohl keiner mehr liefern wollen, und so war die Kundschaft der Erwachsenen ausgeblieben. Oll Blasemann hatte versucht, statt Garn und Band fromme Bilderchen und Traktätchen zu geben, was Adam Rodewald als Gotteslästerung anprangerte. Als keiner die Blasemannschen Frömmigkeiten haben wollte, stellte Waldemar sich noch einmal um und gab für die Jungens kleine Soldatenbilder und für die kleinen Mädchen Puppenbilder. Nun war auch das längst weggefallen. Wo der alte arme Mann den Winter zubrachte, das blieb für die Kummerower ein Geheimnis. Es fragte keiner danach. Es hatte auch keiner bei Krischan danach gefragt.

Und die guten Werke? Ach, Leute, es ist mitunter schon eine Last mit den guten Taten. Auch mit denen, die reinen Herzens vollbracht werden. Da hatte der Termin gegen den Müller wegen Tierquälerei den Vorsitzenden veranlaßt, in wunderschönen Worten der armen Tiere zu gedenken, die unsere Diener und Freunde seien und die man schützen und lieben müsse. Kummerow werde nun für immer der Begriff für eine warmherzige Tierliebe sein, wie sie der heilige Franziskus ...

Nämlich ohne den heiligen Franziskus geht es nicht. Wo immer ein Mensch sich rühmt, seinem Kettenhund genügend Futter gegeben zu haben, scheint er verwandtschaftliche Beziehungen zum heiligen Franz zu fühlen. Das empfand auch Kantor Kannegießer, als nach dem Termin gegen den Müller Martin Grambauer um das Buch von dem Leben der Heiligen bat und seine Bitte mit dem Hinweis des Herrn Gerichtsrates auf den heiligen Franziskus begründete. Es war übrigens nicht das Gericht allein, auch im Bericht des Kreisblattes über die Verhandlung gegen den Müller hatte gestanden, wie vorbildlich die Kummerower ihre Tiere behandelten und wie sich dort schon die kleinen Kinder auf den Tierschutz verstünden. Bei Menschen mit solchen Auffassungen müßten die Tiere wirklich wieder ein Paradies haben.

Dennoch war es nachher eigentlich nur Schulze Wendland, der ganz zufrieden war. Er dachte an die alten Geschichten in den Büchern, in denen bewiesen wird, das irdische Paradies habe in Vorpommern gelegen, und das konnte nach seiner Meinung nur bei Kummerow im Bruch hinterm Berge gewesen sein. Nun hatte ähnliches sogar im Kreisblatt gestanden. Er fragte den Pastor danach, der doch in solchen himmlischen Dingen Bescheid wissen mußte. Aber Pastor Breithaupt hatte sich schon in seinen ersten Kummerower Jahren genug über das Geschwätz geärgert, das einmal in einer Zeitung breitgetreten worden war und, wie er sagte, eine ganze Landschaft voll Wilder und Scheinheiliger zu noch größeren Pharisäern und Böcken gemacht habe. Und mit ihrer Tierliebe, da sollten sie sich nicht zu dicke tun, er erinnerte nur daran, daß, von Pferden abgesehen, auch in Kummerow kein Tier etwas zu lachen habe. Gut behandeln, nun selbstverständlich, denn dann frißt es besser, und wenn es besser frißt, wird es rascher fett, und man kann es rascher verkaufen oder schlachten und verzehren. Das Gedudele des Herrn Amtsrichters sei ihm zu weit gegangen, es stamme wahrscheinlich daher, daß er zu

rowern schon immer ein Dorn im Auge gewesen. Sie duldeten es, weil ja die Regierung es Oll Blasemann erlaubt hatte, aber gern sahen sie es nicht. Sie hatten sich schon über den Esel aufgeregt, denn nach Kummerower Begriffen gab es nur ein Tier, das ziehen durfte, und das war das Pferd. So gebot es ihnen der Bauernstolz, von dem auch Knechte und Tagelöhner nicht frei waren. Zwar ließen sie noch den Ochsen gelten, aber nur für das Gut; die Knechte und Tagelöhner des Grafen Runkelfritz, die konnten mit Ochsen fahren, ein Kummerower Bauer selbst hätte es unter seiner Würde angesehen. Na, und gar eine Kuh vor den Pflug oder den Wagen zu spannen, das durfte sich keiner getrauen, denn hier kam zu der Verachtung noch der Ärger, daß einer ein armes Tier, das Milch zu geben und Kälber zur Welt zu bringen hatte, zu Dingen ausnutzte, zu denen der liebe Gott es nicht geschaffen hatte. Genauso hielten sie es mit der Ansicht über den Hund vorm Wagen. Aber Oll Blasemann war eine zu Kummerow und Umgegend gehörende Einrichtung, und sein Wagen war ja auch man leicht. Wie er die Hunde ernährte, darüber dachte keiner nach, es war schon viel, wenn sich mal eine Frau erbarmte und den Tieren eine Schüssel voll Pellkartoffeln gab.

Martin, Johannes und Traugott kamen vom Tangerwäldchen, wo sie die Fuchsfähe vergrämen wollten, damit der Graf sie nicht schieße. Früher, da war das ein Bärenvergnügen gewesen, anzusehen, wenn Reineke Voß eins auf den Pelz gebrannt kriegte, und zur Treibjagd im Januar hatten sie sich blaufrieren lassen, um nur ja umsonst mittreiben zu dürfen und zuzuschauen, wie die Hasen koppheister purzelten, und wenn mal einer noch zappelte und quäkte, dann war es eine geübte Sache, ihm mit einem Schlag der Handkante ins Genick das Lebenslicht ganz auszublasen. Nun aber war das anders, sie waren durch das Lob, Vorbild der Jugend zu sein, und das alles ohne Anstrengung, bloß wegen so'n bißchen Tierliebe, ganz bussig geworden. Gottlieb Grambauer hatte schon an seinen Sohn die Frage gerichtet, wie ihm denn die Wurst von dem Vorläufer schmecke und ob er denn nun nicht dagegen sei, daß im November die Vierzentnersau dran glauben sollte. Martin verzichtete sofort auf Wurst und Schinken aufs Brot und sagte seiner Mutter, sie könnte ihm dafür ja etwas dicker Schmalz aufstreichen. Johannes fand das nun zwar dämlich, er war der ganz richtigen Meinung, ein totes Schwein fühle es gar nicht mehr, wenn man es aufesse, und auch wenn es anders gewesen wäre, so hätte doch für Johannes die Tierliebe und der Ehrgeiz, Vorbild der Jugend zu sein, vor einem ordentlichen Schacht Speck aufgehört.

Martin aber strebte nach Vollendung, und Traugott, der in der Schule nicht recht vorankam, machte die Sache mit, weil er hoffte, dadurch den weiteren Abrutsch nach unten aufhalten zu können. Denn es mußte doch egal sein, ob einer mit dem Kopfe gut war oder mit dem Herzen.

Sie hatten, so glaubten sie, die alte Fuchsfähe dem Grafen gründlich verstänkert, denn in jede der drei Röhren hatte sich einer von ihnen hingehockt. Dann hatte Martin ihnen noch aus dem Buch der Heiligen, das er vom Kantor geliehen hatte, die Geschichte von der Vogelpredigt des heiligen Franziskus vorgelesen, und es hatte sie zuerst auch richtig durchschauert. Bis auf Johannes, der es einfach nicht glaubte, daß die Vögel so was verstehen. Sie hatten darauf begonnen, den heiligen Franz zu kopieren, und den Sandschwalben Bibelsprüche aufgesagt und Gesangbuchverse. Martin hatte sogar eine kleine Predigt riskiert, doch waren sie alle drei zu der Überzeugung gelangt, daß es nicht klappte. Entweder verstanden die Vögel wirklich keine Bibelstellen, oder sie waren, was in Kummerow nicht verwunderlich war, die reinen Heiden. Weder die Sandschwalben, die noch immer unmittelbar über ihnen umherschwirrten, noch die Spatzen, noch die Fasanen am Bruchrand, keiner von ihnen kümmerte sich um die verzweifelten Bemühungen der drei guten Jungens, die hier mit wohl unzulänglichen Mitteln eine Büchersache nachprüften. Bis Johannes feststellte: „Ich glaub, das ist alles Schwindel mit dem Franz. Der hat sich das ausklamüsert, damit daß er ein Heiliger werden konnte!“

Die Stimmung war somit nicht ganz gut, als sie dem Dorf zuzogen, Martin Grambauer in Gedanken, ob er morgen Kantor Kannegießer ihre Zweifel an den Taten auch noch dieses Heiligen vorsetzen sollte. Da kam ihnen Oll Blasemann entgegen. Sie hatten zuerst ein Bedauern, daß sie ihn nicht im Dorfe erwischt hatten, wegen des nun entgangenen Johannisbrotes, und Johannes, der schon durch seine Namen ein Anrecht darauf zu haben glaubte, wollte gerade versuchen, Oll Blasemann zu einem Vorschuß zu verleiten, als Martin Grambauer loslief, auf das nahende Fuhrwerk zu. Die anderen setzten hinterher, denn so hatten sie die Fuhre noch nie gesehen. Auf dem kleinen Wägelchen lagen zwei volle Säcke Lumpen, und darauf, den Kopf hinten auf der Schütt, lag Oll Blasemann und ließ sich ziehen. Die schmalen Räder waren oft tief in den feuchten Lehm eingedrungen, und den armen Hunden hingen die Zungen weit heraus.

Der alte Blasemann erschrak über die Maßen, als die Bengels ihn unsanft aufrüttelten und der eine ihn anschrie, ihn einen Tierschinder nannte und ihm mit einer Anzeige und mit furchtbaren Strafen drohte. Er bemühte sich, den jungen Anklägern sein Recht zu beweisen, aber er wußte wohl, daß er nur das Recht hatte, die Hunde vor den Wagen zu spannen, nicht aber, sich ziehen zu lassen. Als er merkte, daß seine Ankläger darüber Bescheid wußten, verlegte er sich aufs Bitten, er sei so müde und ein alter Mann.

Er drang nicht durch, sie sahen keinen alten, müden, gebrechlichen Mann, sie sahen überhaupt keinen Menschen, sie sahen nur gequälte Tiere. Und da war auch schon der Plan gefaßt. Sie schirrten die Hunde ab und jagten sie in die Freiheit. „So“, sagte Martin, „nun braucht ihr euch nicht mehr für den alten Saufkopp zu quälen, nun seid ihr frei!“ Und da die Köter bloß bis zum Wegrand gingen, nahm sich Traugott einen Knüppel und jagte sie ins Bruch hinaus; und da sie immer wieder stehenblieben, schmiß Johannes mit Steinen hinterher, zielte gut und traf auch einen am Hinterteil. Sie sollten nun mal frei und glücklich sein.

Der Alte jammerte und schimpfte, aber er machte es dadurch nur schlimmer. Sie stießen den Wagen um und stellten ihn auf den Kopf. Mit den Lumpensäcken fiel auch der armselige Kasten heraus, der die Waren enthielt, mit denen Oll Blasemann seinen Handel zu finanzieren pflegte. „Mein Kapital“, jammerte er, „ich bin ruiniert! Gott soll euch strafen, ihr verfluchten Hunde, ihr sollt im ganzen Leben nie einen Groschen verdienen!“ Aber sie lachten ihn aus, machten ihm lange Nasen und zogen ab.

Johannes nur blieb ein wenig zurück, er hatte gesehen, daß der Kasten aufgegangen war und Johannisbrot und Lakritzen herausgefallen waren. Martin durchschaute den Freund und forderte ihn heran. Aber Johannes schämte sich seines Vorhabens keineswegs: „Wo er doch ein Tierschinder ist, und wir machen heilige Taten? Da braucht er doch das Johannisbrot nicht, da kann er uns doch ruhig belohnen für!“ Allein, auch Traugott war der Ansicht, daß sie nichts anrühren dürften, und sie würden schon belohnt werden, wenn Kantor Kannegießer und Pastor Breithaupt und die vom Gericht das hörten. Sie gingen sogar etwas eiliger, um es ja recht bald erzählen zu können.

Dennoch hatten sie sich wiederholt umgewendet und ihre Freude an dem jammernden und mit den Armen drohenden Alten gehabt. Er rief seine Hunde, aber die freuten sich ihrer Freiheit, wenn sie auch nicht davongestürmt waren, wie die drei sich das gedacht hatten. Nun sie sich am

Marienkirchhofsweg noch einmal umwendeten, sahen sie, daß die beiden dummen Viecher wieder herangekommen waren und daß der Alte gerade dabei war, sie anzuschirren, worüber die dämlichen Tölen sich auch noch zu freuen schienen, denn sie wedelten wie wild mit den Schwänzen. Na schön, sie hatten jedenfalls ihr Werk getan, und wenn Oll Blasemann noch einmal mit seinem Hundewagen nach Kummerow kommen sollte, dann wollten sie ihn vor den Wagen spannen und die Hunde reinsetzen. Das hatte Johannes herausgefunden.

Im Gefühl ihres gerechten Tuns und in der menschlichen Sucht, damit zu glänzen, prahlten sie auch sofort in Kummerow, was sie mit dem alten Blasemann gemacht hatten. Vater Grambauer hatte wohl nicht richtig hingehört und nur etwas von Dummenbengelsstreichen gesagt, aber Martins Mutter hatte ganz entsetzte Augen gekriegt und gefragt, ob er denn nicht bedenke, was er da einem alten armen Manne angetan habe? Nein, daran hatte Martin nicht gedacht, und er begriff es auch jetzt noch nicht, denn schließlich war es doch ein Mensch gewesen, und der hatte arme Tiere, die sich nicht wehren konnten, so gequält, daß ihnen die Zunge heraushing. „Warum läuft denn das alte Luder nicht?" hatte er zornig gefragt. Da hatte die Mutter gesagt: „Lauf du man, wenn du siebzig Jahre alt bist und arm und hungrig und schwach und hast kein Haus und keine warme Stube!" Das war nun zwar ein Argument, doch genügte es nicht, die Zufriedenheit zu verscheuchen und damit den Schlaf. Martin schlief wie seine beiden Kumpane den Schlaf des Gerechten.

Allein, die Vergeltung nahte. Sie hatte sich dazu die Gestalt von Gendarm Niemeier genommen. Der hatte Oll Blasemann eine Stunde nach dem Überfall überholt und, da Gendarm Niemeier sich darüber gefreut hatte, daß der Alte nicht auf dem Wagen saß, was verboten war, aber immer gemacht wurde, ein paar freundliche Worte mit dem Lumpensammler gewechselt. Und der hatte die gute Stimmung der Polizei benutzt, eine furchtbare Geschichte von einem Raubüberfall zu erzählen, und es wäre Grambauers Junge dabeigewesen und der rote vom Nachtwächter und noch einer. Und sie hätten ihm seine ganzen Waren weggenommen und auch versucht, die Hunde zu stehlen, aber die wären aus lauter Treue zu ihm zurückgekommen, weil solch Tier doch fühle, wo es ihm gut geht. Gendarm Niemeier wollte sofort zurückgehen nach Kummerow und den Alten als Ankläger mitnehmen, doch der schwor Stein und Bein, dieses Dorf nie wieder zu betreten, und wenn die in ihren Lumpen umkämen. „Aber Sie machen Anzeige?" hatte der Gendarm noch ge-

fragt. „Jawoll, die mach ich!“ Oll Blasemann witterte Konjunktur. „Und ich verlange Schadenersatz. Alle meine Ware, das war wohl für Stücker zehn Taler!“ Aber damit kam er nicht durch, Gendarm Niemeier schnauzte ihn an, dafür solle er sich einen Dümmeren aussuchen als ihn, und sein Kram sei höchstens eine Mark wert und auch dann bloß eine falsche. Sie einigten sich aber doch auf einen Taler, und Blasemann sagte: „Ich kann ja vor Gericht immer noch was ablassen!“
„Was heißt vor Gericht?“ Gendarm Niemeier schüttelte ärgerlich das Amtsgesicht. „Das bringe ich morgen in Ordnung.“

Die gute Tat wurde, es half alles Begründen nichts, ein Verbrechen. Eltern, Kantor und Pastor verurteilten sie einmütig. Martin verteidigte sich hartnäckig und wies auf den Gerichtsvorsitzenden hin, und es sei Tierquälerei, Hunde vor einen Wagen zu spannen, und erst recht sei es Tierquälerei, wenn sich ein Mensch dann noch auf den Wagen raufsetzte und die Hunde müßten ihn durch feuchten Lehm ziehen. Man antwortete ihm, das sei zwar eine Übertretung der Vorschrift, aber Hunde vorm Wagen seien erlaubt. An die Beraubung glaubte übrigens keiner, als den Jungens das vorgehalten wurde, schrien sie alle drei auf, und Martin bekam einen richtigen Anfall, und sie schlügen dem alten Lügner die Knochen kaputt, käme der noch mal nach Kummerow, und wäre der Gendarm auch dabei.

Und Martin sagte, als er sich etwas beruhigt hatte, und tat, als sei der Wachtmeister Luft: „Wenn der Gendarm man nicht von dem ollen Lumpenkerl einen Schnaps angeboten gekriegt hat, daß er so gegen uns ist!“

Entsetzt hatte der Pastor den Gendarmen angesehen und dann Martin zornig gefragt: „Was sagst du da? Wen meinst du damit?“ Doch Martin Grambauer hatte weder vor Herrn Pastors entrüstetem noch vor Gendarm Niemeiers verwundertem Blick die Augen niedergeschlagen, im Gegenteil, er hatte diesmal ganz laut gesagt: „Na, Gendarm Niemeier meine ich! Bei uns läßt er sich ja auch immer erst einen geben und bei Schulze Wendland immer zwei. Nicht wahr, Hermann?“ Hermann Wendland, nicht so sehr bereit, Martin Grambauer zu helfen, sondern mehr stolz, seinen Vater als spendablen Mann erscheinen zu lassen, antwortete: „I, mit zwei machen die das nicht ab! Sagt mein Vater: ‚Na, Niemeier, auf ein Bein kann man nicht stehen‘, dann sagt der Wachtmeister gleich hinterher: ‚Na, Schulze, aller guten Dinge sind drei!‘ “

Es ließ also auch Gendarm Niemeier die Anzeige wegen Straßenraubs fallen und sprach von Sachbeschädigung und war für einen Ausgleich durch Zahlung von einem Taler, zu leisten von den Vätern des Martin Grambauer, Traugott Fibelkorn und Johannes Bärensprung. Worauf erst wieder Johannes hochging, denn er hatte doch nun mal keinen Vater und nahm an, auch der Gendarm wolle sich dieserhalb über ihn lustig machen, denn das mußte nach Johannes' Ansicht jeder Mensch in Deutschland wissen, daß er, Johannes Bärensprung, keinen richtigen Vater besaß und sein Großvater ihm erlaubt hatte, jedem einen Stein an den Kopf zu schmeißen, der ihn danach fragte. Schmeißen konnte er den Gendarm nun nicht, es war auch kein Stein da, aber losschimpfen konnte er, wo es doch gar nicht stimmte mit dem Johannisbrot. Und Johannes blökte los: „Sie, Sie – Sie meinen wohl, weil Sie 'nen Säbel umhaben, Sie? Mein Großvater hat auch 'n Säbel, und mein Großvater ist auch Polizist. Wenn Sie das noch mal sagen, dann spunnt er Sie ins Spritzenhaus, Sie!" Es wirkte sehr durch den Ton der echten Entrüstung. Zumal Martin Grambauer nun wieder sich verteidigte, sie wären keine Stehldiebe, und es sei gemein, sie für eine gute Tat so zu beschimpfen, und er würde nach Randemünde an das Gericht schreiben.

Nur Kantor Kannegießer sah, was in der Brust des Knaben vorging, und er suchte den Weg, die widerstreitenden Gefühle zu entwirren. „Darf ich mal zu den Kindern sprechen?" fragte er den Pastor. Der nickte. „Martin", begann der Kantor, „wir verstehen alle, warum ihr das getan habt. Ihr wolltet euch der Hunde erbarmen, denn es heißt in der Schrift: ‚Der Gerechte erbarmt sich seines Viehs.' Wir sind alle in Kummerow und wohl in ganz Deutschland eurer Meinung, daß es eine Tierquälerei ist, Hunde vor einen Wagen zu spannen, denn Hunde sind keine Zugtiere. Aber seht mal, es gibt kein solches Verbot."

„Warum gibt's denn keins? Da kann ja einer auch mit Katzen ankommen. Oder mit Rehen? Wenn es eine Tierquälerei ist, Hunde vorzuspannen, dann muß es auch verboten sein."

„Das hat seinen Grund: Man gestattet es armen, alten Menschen, sich Hundewagen zu halten. Weil sie doch ihre Sachen nicht mehr tragen können."

„Wenn die ihre Sachen nicht mehr tragen können, dann sollen sie zu Haus bleiben!"

„Das ist richtig. Allein, du vergißt, daß es arme Menschen sind, die zu Haus nichts zu essen haben. Sollen die nun verhungern?"

Martin dachte nur einen Augenblick nach: „Warum läßt man sie denn hungern?"

Kantor Kannegießer lächelte still. „Ja, mein Junge, warum läßt man alte, schwache Menschen hungern? Darauf wäre viel zu antworten, doch hier ist nicht der Ort dazu. Es wird auch mal eine Zeit kommen, da die armen Menschen nicht zu hungern brauchen. Aber sieh, ich will dir nur vor Augen führen, daß du mit deiner Tat, die ohne Zweifel gut gemeint war und aus guten Gründen geschah, einem alten, armen Mann Unrecht und Schmerz zugefügt hast. Dies sollst du einsehen und ein anderes Mal dir auch eine gute Tat erst überlegen! Hast du mich verstanden?"

Es waren nicht die Worte und nicht der Sinn, der Martin Grambauer schweigen und sogar nicken ließ, es war, Kantor Kannegießer kannte seinen Schüler zu gut, nur der warme, väterliche Ton gewesen, der ihn besänftigt hatte. Und richtig, es kam noch nach: „Und die Hunde? Die gelten wohl gar nichts?"

Doch da griff Pastor Breithaupt ein. „Schließlich sind Tiere nun mal Tiere, verstanden? Zuerst kommt der Mensch. Und wenn armen Menschen dadurch geholfen werden kann, daß ihnen ein Tier dient, so ist das ganz in Ordnung, und daß solch ein Mann ein paar Ziehhunde hat, ist eine Wohltat für ihn. Und nun Schluß damit. Die Sache ist wohl erledigt, Niemeier?"

Der Gendarm sah sich nach dem Kantor und nach dem Schulzen um. Da sagte Martin Grambauer noch: „Wir sollen aber keine Wohltaten tun auf andrer Kosten, das haben Sie vorgestern gesagt, Herr Pastor!"

„Hältst du jetzt deinen Mund?" Pastor Breithaupt tat, als hole er aus, aber er tat nur so, und deshalb blieb der Arm wohl etwas in der Luft stehen. Es wäre dem Pastor auch nicht gut bekommen, denn just in diesem Augenblick betrat Gottlieb Grambauer die Schule. Die Hand des Pastors sank herab, aber Gottlieb hatte noch etwas gesehen. Er griente und sagte: „Ach, da komm ich wohl schon zu spät?" Und er machte eine Handbewegung nach oben.

„Wie meinen Sie das?" fragte der Pastor schroff.

„Na, dieweil doch der Segen immer erst am Schluß kommt, wenn mich nicht alles täuscht, so hab ich da noch gerade so den Schwanz von der wohlbekannten segnenden Gebärde von Ihrer Hand gesehen, Herr Pastor?"

„Herr Grambauer ..." Doch Pastor Breithaupt hielt es für besser, die Sache zu beschließen. Er wendete sich an den Gendarm: „Das mit der Sachbeschädigung halte ich übrigens für Unsinn. Da will der alte Liederjan sicher nur was herausschlagen. Für uns hier dreht es sich mehr um die moralische Beurteilung der Sache. Die ist erfolgt, und damit ist die Geschichte beendet."

Wachtmeister Niemeier ließ die Sachbeschädigung fallen, bestand nur auf einem Verweis der Schuljungen.

„Der ist bereits erfolgt!" sagte Kantor Kannegießer.

Dann nahm Schulze Wendland das Wort: „Meine Herren, da gibt es Sachen, die sind so, und die sind so. Diese mit dem Hundefuhrwerk ist so eine. Sie geht mich ja direkt nichts an, dieweil meiner diesmal merkwürdigerweise nicht dabeigewesen ist. Was ihm sicher schon sehr leid tut. Aber was Recht ist, das muß Recht bleiben, denn Ende gut, alles gut. Und darum meine ich, das beste ist, wir nehmen den Taler, den der alte Blasemann nun ja nicht gekriegt hat, den wir in Gedanken schon berappt haben, und tragen ihn in den Krug. Ich meinerseits beteilige mich an der Aufbringung, indem daß ich den Anteil von Andreas Bärensprung übernehme. Wie denkst du darüber, Gottlieb, und du Heinrich?"

Die nickten beide, das war wieder mal eine Gelegenheit.

Da kam Nachtwächter Bärensprung in die Schule. Schon an der Tür lärmte er los: „Was geschieht hier wieder mal gegen die Armen, was? Zuerst gegen den armen Blasemann, meinen Freund. Dann gegen mein Enkelkind, eine arme Waise. Und alles zugunsten von den Reichen, was? Ich erhebe meinen Protest, und wenn wir unser Recht nicht kriegen – da können zehn Pastöre kommen, und du, Niemeier, du kannst mir gar nischt sagen! Was du bist, das bin ich schon lange gewesen, verstehste mir?"

„Wenn du meinst, besoffen", sagte Fibelkorn, „so stimmt das nicht, Andreas! Wachtmeister Niemeier trinkt nie mehr als zehn kleine Richtenberger."

Der alte Bärensprung richtete sich gerade: „Willst du mich beleidigen? Ich stell den Antrag, daß ich erfahren tu, was hier geschehen soll!"

Gottlieb Grambauer trat zu ihm: „Das weiß ich auch nicht, Andreas. Aber soviel als ich vernommen habe, ist beschlossen worden, daß wir jetzt zum Krug gehen und einen Taler auf'n Kopp kloppen!"

Es klappte eine Tür. Pastor Breithaupt war hinausgegangen. „Gehen Sie nun auch, meine Herren", sagte Kantor Kannegießer, der für seinen Respekt vor den Schulkindern fürchtete. Und er drängte sie wohlwollend auf den Flur. Es hatten sich aber schon einige Kinder aus dem Fenster gebeugt, und so hörten sie doch, wie Andreas Bärensprung aus der Schultür guckte und hinter dem Pastor herrief: „He, Herr Pastor, man nich so stürmisch! Bevor wir nich da sind, wird nich eingeschenkt!“

Für Martin Grambauer freilich blieb die Sache unbereinigt. Es war beides berechtigt, das Eintreten für die Tiere und das Ausnutzen der Tiere für alte, schwache Menschen. Seine Tat war somit gut und doch schlecht. Woran lag das nur, und wie sollte man es anstellen, um nur gute Taten zu vollbringen?

Als er selbst es nicht ergründen konnte, fragte er seinen Vater. Der sagte: „Das ist ganz einfach. Man muß weniger gute Taten tun wollen, einfach bloß Taten. Dann tut man gleichzeitig weniger schlechte Taten. Und wenn, dann hebt sich alles auf.“

Das war vielleicht nur wieder ein Gespaße vom Vater. Martin stöberte in dem Buch, das ihm Kantor Kannegießer geliehen hatte: „Das Leben der Heiligen“, klappte es aber bald unwillig zu und trug es zurück.

„Hast du es denn schon ganz durchgelesen?“ fragte der Lehrer verwundert. Der Junge druckste. „Na, frag schon!“ ermunterte ihn der Kantor.

„Ich glaub das nicht alles“, antwortete Martin. „Wenn die heute lebten, dann könnten die mit ihren guten Taten schon was besehen. Mein Vater sagt ...“ Und nun wiederholte Martin die Auslegung Gottlieb Grambauers über das Verhältnis der Menge unserer Taten zu ihrer Bewertung als gute und schlechte und fragte seinen alten Lehrer, was gut und was schlecht sei. Der hatte gewußt, daß das kommen würde, und sich seine Antwort parat gelegt: „Was dein Vater dir da gesagt hat, ist bequem, aber eines edlen Menschen nicht würdig. Denn es ist weder gut noch schlecht. Tu nur deine guten Taten, wenn du überzeugt bist, sie sind gut. Aber dann mußt du, damit sie auch vor deinem Gewissen gut bleiben, von vornherein damit einverstanden sein, dafür zu leiden!“

„Leiden? Für gute Taten?“ Der Junge fragte es fassungslos.

Kantor Kannegießer lächelte schmerzlich, und obwohl sie beide allein in der Stube waren, sah er sich doch um, bevor er leise sagte: „Mein Junge, wenn du so alt bist wie ich, kommst du in Versuchung zu antworten: Nur für gute Taten!“

Der Junge starrte seinen alten Freund erschrocken an. „Und das war immer so auf Erden? Und das muß auch immer so sein?“

Der Kantor legte ihm die Hand auf den Kopf. „Nein! Aber nun geh man nach Hause.“

Die Geschichte von der beabsichtigten guten Tat Martins und seiner Freunde, die sich als eine schlechte erwiesen hatte, führte in diesem gründlichen Dorfe auch andere Leute als Kantor Kannegießer zur Erörterung der Frage, ob umgekehrt eine geplante unrechte Tat, wenn sie eine gute Wirkung habe, noch verurteilt werden dürfe. Und endlich zum Streit darüber, ob zur Erreichung eines guten Zweckes ungute Mittel erlaubt seien. Pastor Breithaupt benutzte die günstige Zeit und predigte gegen das Wort, nach welchem der Zweck die Mittel heilige, denn so etwas sei nicht christlich. Auch nicht, wenn es sich bei den Mitteln nur um Worte handele und bei den Zwecken um kleine Annehmlichkeiten, wie eine Ausrede, einen Schnaps oder dergleichen.

Das war unstreitig auf Gottlieb Grambauer gerichtet. So daß nun alle, die von der Geschichte mit den zwei Schnäpsen wußten, die nicht mal als einer galten, wenn man richtig antwortete, sondern als gar keine, die Sache ihren Frauen erzählten. Bald lachten sie im ganzen Dorfe darüber, wie Gottlieb Grambauer seine Frau beschwindelte. So daß schließlich die Jungens den Dreh in unzählige Variationen abwandelten und sich sogar daran wagten, Kantor Kannegießer in der Schule im jesewitterschen Sinne von Gottlieb Grambauer zu antworten. Worauf Kantor Kannegießer eine ganze Schulstunde daran wendete – ohne Namen zu nennen, aber doch mit gelegentlichem Hinsehen auf den mit rotem Kopf dasitzenden Martin Grambauer –, ihnen klarzumachen, was Gut und Böse, Wahrheit und Lüge sei und daß schon die geringste Absicht, die Unwahrheit zu sagen, ja die Wahrheit zu verschweigen, eine Sünde bedeutete, auch dann, wenn dadurch kein Schaden angerichtet werde.

In seiner Scham wegen seines Vaters Schnapsschwindel kam Martin auf den Gedanken, das vom Kantor Gesagte nicht als volle Wahrheit gelten zu lassen, sondern mehr als ein Drumherum. Wie die Predigt neulich, die der Kantor ihm allein gehalten hatte.

Als Kantor Kannegießer geendet hatte, hob Martin den Finger hoch. Der Kantor erschrak direkt, fürchtete er doch, der Junge würde ihn jetzt wegen der kleinen Jesewitterei angreifen.
Aber Martin fragte nur scheinheilig: „Herr Kantor, schwindeln heilige Männer auch?“

Verwundert schüttelte der Kantor den Kopf. „Aber nein, Martin, sonst wären sie doch nicht heilig!“

Martin holte zum zweiten Wurf aus. „Sind die heiligen Männer heilig geworden wegen ihrer Worte oder wegen ihrer Taten?"

„Wegen beider Äußerungen ihres Tuns, mein Junge, warum fragst du?"

„Was ist schlimmer, zu lügen oder zu stehlen, Herr Kantor?"

Der Kantor brachte bei angestrengtem Nachdenken nicht heraus, wo der Bengel hin wollte, er suchte Fährten in Kummerow, indessen Martin Grambauer auf himmlischen Gefilden wandelte, „nämlich wegen ein paar Wörter, und sie stimmen nicht ganz, und es war doch von Vatern bloß ein Spaß um einen Schnaps, darum gleich ein Jesewitter und Lügner! Und die andern Männer alles Heilige!"

Martin Grambauer begann zu schlucken. Und plötzlich schrie er in die Schulstube hinein: „Wenn da jedes Wort stimmen muß, das einer sagt, dann darf das auch nicht in den Büchern stehen! Petrus, der ist ein Heiliger und steht an der Himmelstür, und der hat gelogen und hat gesagt, ich kenne ihn nicht, und hat ihn dreimal verleugnet! Und in Ihrem Heiligenbuch einer, Herr Kantor, Krispin heißt er, der hat sogar gestohlen, Leder hat er gestohlen, und weil er gesagt hat: ‚Es ist für die Armen, und ich mache Schuhe daraus', da ist er ein Heiliger geworden. Warum dürfen denn Heilige das alles? Und als der das Leder geklaut hat, da war er ja auch noch gar kein Heiliger. Da hätte er doch ebensogut ins Kittchen wie in den Himmel kommen können. Und in der Bibel, da steht –"

„Halt!" Kantor Kannegießer war augenblicks heran. „Sogleich setzt du dich hin! Willst du hier lästern? Es scheint mir doch, es wird Zeit, daß du auf die höhere Schule kommst, da werden sie dir den Widerspruchsgeist schon austreiben!" Martin setzte sich gehorsam. Jedoch nicht, ohne nachher im Sitzen noch zu sagen: „Es steht aber drin in den Büchern. Warum denn? Wenn ich für Johannes Bärensprung, der auch ein Armer ist, wenn ich für den würde Schuhe stehlen, he? Und als wir für Krischan von Vatern eine Jacke gemaust haben, und das war ein ganz Armer, da hat sogar meine Mutter geschimpft! Und Krischan wird bestimmt eher ein Heiliger als – als", er hatte sagen wollen, „als Sie und ich", aber den Lehrer wollte er nicht kränken, und so sagte er, „als Herr Pastor und Herr Superintendent und die alle!"

So, nun war es gesagt, und nun mochten sie mit ihm machen, was sie wollten. Das wäre ja noch schöner, sein Vater ein Jesewitter wegen dem Spaß mit Muttern und dem Schnäpschen! Die ganze Schulstube johlte und gelobte, um es den Heiligen gleichzutun, alles, was nicht niet- und nagelfest wäre, von zu Haus wegzutragen und Krischan zu bringen, wenn er wieder als Kuhhirte nach Kummerow käme. Und Johannes, der sich schon am weitesten auf der Laufbahn als Heiliger vorgedrungen fühlte, war er doch ein Armer, Johannes prahlte, denn die Geschichte mit dem ollen Krispin und seiner Schusterei hatte es ihm angetan, er würde Herrn Inspektor die Langschäfter ausspannen und Krischan bringen, dann würde er ein doppelter Heiliger. Und Kantor Kannegießer mußte ein paarmal mit dem Stock auf das Katheder hauen und mächtig schreien, um die erregte Unterhaltung über die Aussicht, durch fleißiges Klauen für die Armen zu heiligen Menschen zu werden, abzuwürgen. Als er es geschafft hatte, fand er es angebracht, noch eine Viertelstunde Religions- und Morallehre zuzugeben, des Inhalts, der Lederdiebstahl des heiligen Krispin sei nur eine erfundene Geschichte, zweitens, daß es für einen Diebstahl oder eine Lüge keine Entschuldigung gebe, nicht die Sorge um die Armen und nicht die Ausrede, man habe lügen müssen, weil man sonst sich oder andere geschädigt hätte. Man dürfte auch kein gutes Werk mit unguten Mitteln tun oder auf Kosten anderer, denn sofort sei das Werk schlecht und schade jemandem. Sei es auch nur der eigenen Seele. Und für heute sei Schluß, und wer morgen oder übermorgen noch einmal mit Fragen nach der Jesewitterei oder wegen Krischan oder dem Schuster Krispin komme, der könne sich auf etwas gefaßt machen. Und wohl, weil er annahm, das sei noch zu zart gesagt, hängte er noch ein in seinem Munde ungewöhnliches Wort an: „Himmeldonnerwetternochmal!“ Worüber er sich am meisten verwunderte.

Gottlieb Grambauer brachte die Sache mit den Jesuiten übrigens wieder in Ordnung. Auf eine echt Gottlieb Grambauersche Art allerdings. Er benutzte dazu Herrn Pastors Geburtstag, an dem es Sitte war, solange sie in Kummerow einen Seelenhirten hatten, daß der den Kirchenvorstand, den Kantor in seiner Eigenschaft als Organist, den Gutsherrn als Patron und die Kinder, die am Konfirmandenunterricht teilnahmen, einlud. Die Kinder am Spätnachmittag zu Kaffee und Kuchen, wofür sie singen mußten, die Männer abends zum Gänsebraten.

Es war das durchaus keine so kostspielige Sache, wie es den Anschein hat, da die Eingeladenen ein paar Tage vor dem Geburtstag sozusagen gratulierten – mit einer dicken Wurst vom Vorläufer, ein paar Mandeln Eier, manche gar mit einer Gans, der Patron mit einer Kalbskeule. Jedenfalls gratulierten sie immer so nachdrücklich, daß dem Pastor die

Freude des Gastgebers auf dem Gesicht stand und er sicher bedauerte, nicht zwölfmal im Jahre Geburtstag zu haben und ein Festessen rüsten zu dürfen.

Gottlieb Grambauer hatte diesmal, was noch nie einer getan, ein großes selbstgebackenes Brot geschickt und eine Flasche richtigen Kognak mitgebracht. Über den Sinn, der sich hinter dem Brot verbergen mochte, hatte Pastor Breithaupt lange nachgedacht, ihn jedoch nicht herausgefunden. Es litt ihn aber nicht, er mußte fragen, denn sicher steckte etwas dahinter. Die zusätzliche Flasche echter teurer Kognak – seine Lieblingsmarke dazu, Pinet, Castillon & Co., drei Sterne – hatte ihn versöhnlich gestimmt, ganz abgesehen von der Ehre, die er über den Besuch des ewigen Querpfeifers empfand.

„Warum gerade ein Brot, mein lieber Grambauer?" Gottlieb hatte richtig gerechnet, er kannte doch die Neugierde seines Freundes. Und er machte ein verwundertes Gesicht und fragte zurück: „Warum denn gerade eine Flasche Kognak, mein lieber Pastor?"

Kantor Kannegießer war es peinlich, daß die Kinder noch da waren. Sie hatten zwar ihren Kaffee und Pflaumenkuchen schon lange bei sich, aber es war nun mal ihre Pflicht, bis zum Beginn des Männeressens dazubleiben und während der Futterei noch drei Lieder zu singen, an welcher Einrichtung Kantor Kannegießer jahrelang Anstoß genommen hatte, aus pädagogischen, aber auch aus egoistischen Gründen; er mußte diese drei Lieder am Klavier begleiten und kam so um die knusprigen und guten Stücke vom Gänsebraten, denn noch jedes Jahr hatten sie ihm den Stütz und eine dünne Bauchwand übriggelassen, dafür dann freilich liebevoll die Schüsseln mit Kartoffeln und Rotkohl hingeschoben. Diesmal aber besann sich der Kantor dankbar auf die Einrichtung, stand rasch auf, setzte sich ans Klavier und sagte: „Liebe Kinder, wir beginnen: Dies ist der Tag des Herrn!"

Als es verklang, machte Frau Pastor die Tür auf, und Frida brachte die Suppe herein. Dann, damit sich keiner den Mund verbrenne, hielt der Schulze die Geburtstagsrede, die zwar jedesmal die gleiche war, zu der aber alle ein bitterernstes Gesicht machten und Frau Pastor und Ulrike und Frida in der leicht geöffneten Tür stehen durften. Worauf, wenn das „Hoch!" verklungen und das erste Glas gekippt war, Frau Pastor zu sagen hatte: „Nun aber nicht säumen, meine Herren, sonst wird die Suppe kalt!" Was, wie Martin von seinem Vater wußte, eine Art Jesewitterei war, denn die Suppe war dann immer schon kalt. Bei Kantor Kannegießer wurde sie jedesmal sogar ganz kalt, denn er mußte nach dem „Hoch!“ erst noch das Lied begleiten, das nun fällig war: Schier dreißig Jahre bist du alt! Es paßte zwar ganz und gar nicht, aber es war Herrn Pastors Lieblingslied, und die Männer kamen dabei immer schon richtig in Stimmung, sangen mit und brachten die Kinder aus dem Takt. Wenn Kantor Kannegießer seine kalte Suppe endlich hinunter hatte und wieder ans Klavier mußte, erschienen gewöhnlich die beiden Gänse.

Diesmal kam vorher die Überraschung, die Gottlieb Grambauer sich ausgedacht hatte. Er wies auf die von ihm mitgebrachte Flasche Kognak, die auf dem Tisch stand, und sagte: „Die Flasche da bringt mich auf einen Gedanken, Herr Pastor. Vielleicht können Sie mir einen Druck von der Seele nehmen. Nämlich das mit der Jesewitterei. Oder wie Sie neulich gepredigt haben, daß eine kleine Schwindelei, und schadet sie auch keinem, doch eine Sünde ist, ja sogar dann, wenn damit einem armen Menschen geholfen wurde. Verstehen Sie mich richtig – geholfen wurde, ohne einem anderen auch nur um einen Pfennig zu schaden! Nämlich so was hab ich gemacht, und nun plagt mich mein Gewissen, und ich kann gar nicht mehr richtig schlafen.“

Nachdem er sie so alle neugierig gemacht hatte, begann er, und auch die Kinder reckten die Hälse. „Nämlich, das ist so, daß ich Gewißheit haben will, ob auch eine kleine Schwindelei eine Sünde ist und nicht ebensogut ein Gott wohlgefälliges Werk sein kann. Wie meinen Sie darüber, Herr Pastor?“

Der Pastor sagte, niemals könne eine Schwindelei, und sei sie noch so gut gemeint, ein Gott gefälliges Werk sein. Aber er bezweifle auch, daß Gottlieb Grambauer solche Schwindeleien mache. Im übrigen sei er der Ansicht, es wäre besser, sie machten jetzt ihre Mäuler nicht zum Reden, sondern zum Essen und Trinken auf. Und er öffnete seins und rief: „Kommt ein Vogel angeflogen!“, worüber sie alle laut lachten, am meisten die Kinder. Und da er nun auch noch in die Hände klatschte, kam von draußen die fröhliche Antwort aus Frau Pastors Mund: „Gleich, gleich, ich muß sie bloß noch tranchieren!“ Worauf der Schulze rief: „Schicken Sie sie nur ganz rein, Frau Pastor, wir werden sie schon zertrümmern!“ Schulze Wendland stand auf und demonstrierte mit der rechten Hand: „Ein Schnitt lang, ein Schnitt quer, dat macht veer!“, was eine Anspielung auf die bei ihnen übliche Aufteilung der Gans für vier Personen sein sollte. Da es diese großzügige Einrichtung hier nicht gab, hielt es Pastor Breithaupt für richtig, Gottlieb Grambauer abzulenken, und er fragte, was er denn in Gottes Namen für einen Schwindel gemacht habe, der sein Herz so bedrücke. Und Gottlieb berichtete:

„Es war, als ich die Flasche Kognak da holte. Da war nun der Eisenbahnwagen voll. Letzte Station vor Stettin, nein, wir waren schon weiter und fingen an, zum Aussteigen zu rüsten, da schreit mit einemmal eine Frau: ‚O Gott, o Gott, o Gott, was mach ich bloß, was mach ich bloß?‘ Wir waren nu alle sehr neugierig, und schließlich, da bringt sie es ja auch raus, daß sie ihr Billett verloren hat. Na, wir sehen sie uns alle erst mal neugierig an, und dann zockeln wir jeder unser eigen Billett raus und sahen es an, und dann sehen wir uns alle wieder an, und dann stecken wir alle unsre Billetter wieder weg und genießen die Zufriedenheit, daß wir unsere Billetter haben.

‚Ja, liebe Frau‘, sage ich, ‚dieweilen sie immer weiterschreit, ‚da hilft das nichts, da müssen Sie eben ein neues kaufen!‘ Und die andern nicken dazu, und es war ja auch klar, was bleibt einem denn übrig, wenn einer sein Billett verliert? Aber ich sage noch, sie soll doch erst noch mal überall nachsehen. Und einer, der hinter mir saß, der fragte noch, ob er ihr behilflich sein sollte. Nämlich, sie war grad dabei und hatte ihre Plünnen hoch und wühlte nun so in ihrem Unterrock rum.“

„Aber Herr Grambauer ...“, mahnte Pastor Breithaupt und deutete mit der Gabel, die er schon für jeden Fall in der Hand hielt, zu den Kindern hinüber.

„I, das hat nichts zu bedeuten“, beruhigte ihn Gottlieb Grambauer, „es war ja 'ne Ollsch! Na, sie sucht nu ihre Sachen auch durch, aber wo nischt ist, hat auch der Kaiser sein Recht verloren. ‚Wo kommen Sie denn her?‘ fragte einer. Sie nennt da so'n Ort in der Uckermark. ‚Na‘, sage ich, ‚das ist doch nicht so teuer, da lösen Sie sich ein neues Billett.‘ Aber da fängt sie an zu heulen, und das wäre es ja, sie hätte doch kein Geld nicht, bloß noch einen Groschen für die Straßenbahn. Und zurück, da würde es ihre Tochter bezahlen, und sie sei ganz arm.

Ja, da stehen wir nun da. Das heißt, wir sitzen alle, und nur das Unglücksmensch steht und jammert. Ich schlage vor, wir wollen alle zusammenlegen, und frage, was denn das Billett gekostet hat. Aber mit einemmal gucken alle weg und fangen an miteinander zu reden. ‚Ja, liebe Frau‘, sage ich, ‚Sie sehen, es ist nichts mit der christlichen Nächstenliebe und den guten Werken auf Erden, und den Armen beißen alleweil die Hunde! Aber‘, sage ich, ‚wenn es nicht mit der Reellität geht, dann geht es am Ende mit Gottes Hilfe.‘ Und ich nehme mein Billett, dreh mich um, geb es ihr dann und sage: ‚Da, nehmen Sie mein Billett! Geben Sie's ab, und alles ist gut!' “ Wohl eine halbe Minute lang genoß Gottlieb Grambauer die Bewunderung seines edlen Tuns. Da fragte Schulze Wendland richtig entsetzt: „Gabst ihr einfach dein Billett?“

Gottlieb Grambauer zuckte die Schultern: „Ja, was soll ich sagen, sie war wohl wirklich eine gute, arme Frau, denn sie wollte es partout nicht annehmen, und sie könnte mich nicht berauben, und nun hätte ich doch keins und müßte nachlösen. ‚Das lassen Sie man meine Sache sein', sage ich zu ihr. ‚Der liebe Gott möge es ihnen vergelten', sagt sie und setzt hinzu: ‚Nee, nee, was es doch für gute Menschen in der Welt gibt!' Und dann gelobt sie mir, sie will nu jede Nacht für mich beten! Ich sage, das soll sie man tun, das könnte ich alter Sünder wohl gebrauchen. Aber sie will das nicht wahrhaben mit dem alten Sünder, ich sei ein guter Mann, und wenn alle Christenmenschen auf Erden so gut wären, dann brauchte es am End gar keine Pastors nicht zu geben! Ja, das hat sie gesagt! Ich bin da ja andrer Meinung drüber. Sie doch auch, Herr Pastor?“

Frau Pastor kam und mit ihr Frida und die Gänse. „Donnerwetter“, sagte der Schulze, „ich hab zwar bannigen Hunger, aber ich bin auch verdammt neugierig, Grambauer, wie die Geschichte ausgegangen ist.“

„Ja, das waren die zwanzig Mann in dem Eisenbahnwagen auch. Die hatten nu mit einemmal keine Eile mehr auszusteigen und blieben alle dicht bei mir, denn ich hatte leider gesagt, als sie mich für dumm erklärten, weil ich für einen wildfremden Menschen nun selbst ein Billett nachzulösen hätte – da hatte ich gesagt, weil man doch eher schlecht als dumm sein will, daß ich gar nicht daran dächte, ein neues Billett zu lösen. Ohne Billett käme aber keiner vom Perron nicht, kakelten sie. Ich sagte: ‚Ich komme durch!' Na, da waren sie nun sehr neugierig, und das hätte mir die Sache beinah hinfällig gemacht.“

„Aber, meine Herren, Sie müssen anfangen“, mahnte Frau Pastor, „Herr Grambauer kann seinen Eisenbahnwitz ja nachher weitererzählen.“

„Gewiß doch, Frau Pastor“, antwortete Gottlieb, „ist ja man auch bloß ein dummer Witz von einer schlechten Tat. Und Gänsebraten-Essen ist kein Witz und eine bessere Tat. Darum nehme ich mir nun mit Verlaub eine Keule!“

„Nu sag, Gottlieb“, fragte Christian Wendland und angelte sich ein Bruststück, „der Kerl da an der Sperre, der hat dich doch nicht durchgelassen?“

„Er hat mich durchlassen müssen, Christian“, antwortete Grambauer.

„Müssen? Wieso?“ Dies fragte der Pastor.

„Weil ich sagte, ich heiße Gottllieb Grambauer und bin aus Kummerow! Aber wir wollen man nicht Frau Pastor ärgern und lieber erst essen.“

„Na denn man zu“, tröstete sich der Schulze, „mit den zwei kleinen Vögelchen werden wir schon bald aufgeräumt haben.“

Sie fragten aber doch gleich wieder nach dem Verlauf der seltsamen Hilfsaktion Gottliebs. Doch der schüttelte nur den Kopf und aß in Ruhe seine Gänsekeule. Da aber die unterbrochene Geschichte alle interessierte, am meisten die Kinder, vergaß Kantor Kannegießer, daß er nun eigentlich am Klavier zu sitzen und zu spielen hatte, „Freut euch des Lebens“, und blieb auch am Tisch, und da Frida gerade neben ihm stand, nahm er sich von der Platte und erwischte das letzte Bruststück, so daß der Stütz diesmal einem anderen zufiel, und ausgerechnet Wilhelm Trebbin, dem größten Bauern. Der sah darin eine Herabsetzung seiner Person, das heißt, er nahm zwar den Bürzel, aber er wendete ihn recht augenfällig hin und her und sagte: „Man gut, daß ich zu Hause schon vorgelegt habe!“ Und dann sah er mißgünstig auf den Teller vom Lehrer.

Sie hatten alle getan, als hätten sie Trebbins Stänkern nicht gehört, doch Gottlieb Grambauer fing den etwas unruhigen Blick vom Kantor auf und sagte: „Sehen Sie, Herr Kantor, so ist das mit den guten Werken. Ihr gutes Stück Gänsebrust ist nun indirekt auch eine Folge von meiner Tat, und war dieselbe auch mit Unwahrheit gefüllt. Da ist erst eine arme Frau durch gerettet worden, und nun kriegen Sie dafür, daß Sie wegen meiner Erzählung das Klavierspielen vergessen haben, statt ’n Stütz noch ’n Stück Gänsebrust. Freut euch des Lebens, sage ich, und fragt nicht immer, wie es zustande gekommen ist!“

Die Anspielung auf sein unterbliebenes Spiel veranlaßte den Kantor, rasch aufzustehen und ans Klavier zu gehen. Und es kümmerte keinen, daß er ein halbes Stück Fleisch liegengelassen hatte und es nachher kalt essen mußte.

Schneller noch als sonst waren sie mit dem Essen fertig, und zwischendurch schon hatte Gottlieb Grambauer seine Geschichte weitererzählen sollen. Und noch eine Abweichung von der Gewohnheit war eingetreten: Die Kinder hatten gebeten, noch so lange dableiben zu dürfen, bis sie erführen, ob Gottlieb Grambauer nun wirklich ohne Billett durch die Sperre gekommen war oder ob ihn ein Schutzmann festgenommen hatte. Gottlieb antwortete mit Achselzucken: „Ich bin ja dafür, daß gerade ein kindlich Gemüte diese Geschichte anhören kann, aber wir müssen da wohl Herrn Pastor fragen!"

Der wollte erst noch wissen, ob die Geschichte keineswegs unmoralisch ende, und als Gottlieb ihm bescheinigte, sie ende zur Zufriedenheit aller, konnte er wieder beginnen: „Als ich nun ausgestiegen war, da blieb ich ein bißchen zurück und luchse so hin, bis die Frau durch die Sperre durch ist. Na, da seh ich denn mehrere von den Leuten aus meinem Wagen an der Sperre stehn und auf mich warten. Ich tu, als seh ich die gar nicht, und geh den Bahnsteig nach hinten zu, als muß ich mal austreten. Als ich dann nu wiederkomm, da sind sie auch durch, und ich geh nu rasch an die Sperre, so als letzter. Na, und da nehm ich meine Hand, und dieweil ich doch kein Billett habe, da drück ich dem Schaffner, der da steht, so recht nett die Hand und lächle ihn dabei an und geh durch. ‚He, Sie', ruft er mir nach, ‚Ihr Billett!' Ich bleib auch stehen und komm sogar zurück und seh ihn verwundert an und sag dann: ‚Mein Billett? I, Mann, das haben Sie ja!' Er aber sagt böse: ‚Reden Sie keinen Unsinn nicht, Sie haben mir kein Billett gegeben!' ‚Man ruhig', sage ich, ‚das wird sich ergeben. Ich behaupte, Sie haben mein Billett gekriegt!' Na, was soll ich sagen, er schreit mich an, ob ich ihn verhohnepiepeln will, und er wird mich zur Anzeige bringen, und ich sei ein Betrüger, und das koste Gefängnis!

Nun waren da einige von den letzten stehengeblieben, und es kamen auch noch andere dazu, weil er doch so schrie und lamentierte: ‚Mann', sage ich, ‚machen Sie sich nicht unglücklich und beleidigen Sie nicht einen Menschen, der ein Freund der Armen ist und seine Zeit und Ruhe und sein Hab und Gut für andere opfert und sich dafür auch noch beschimpfen läßt!' Dieses durfte ich ruhig sagen, denn siehe, ich hatte doch mein Eigentum gewissermaßen als das Scherflein der armen Witwe weggegeben, nicht wahr, Herr Pastor?"

Gottlieb Grambauer machte eine Pause und trank erst mal in langen Zügen sein Bier aus und langte sich ebenso langsam eine Zigarre.

Fibelkorn konnte sich nicht mehr zügeln und wollte zunächst wissen, ob sie ihn eingesperrt hätten. „Denn sieh mal, du hast dem Mann doch kein Billett nicht gegeben, und da war er doch im Recht!"

Gottlieb Grambauer sah über ihn hinweg. „Ich habe der Wahrheit gemäß geantwortet, daß er mein Billett bereits hat. Und dies war an dem. Da ist von keiner Unwahrheit zu reden, das verbitt ich mir. Du, Fibelkorn, bist ein Geizhals, und du hättest dich den Deubel um eine arme Witwe gekümmert. Na, Prost! ... Also will ich den Mann nun beruhigen und sage ihm noch einmal, daß er mein Billett hat. Da ruft er, ich müsse mit ins Amtszimmer kommen, und das andere würde sich finden. Ich geh auch seelenruhig mit und seh noch, wie sich die Leute draußen über meine Ruhe wundern und durchaus überzeugt sind, daß der Schaffner sich irrt. Na, in dem Amtszimmer wird nun der Bahnhofsvorsteher gerufen, und noch zwei Beamte sind da, und der Schaffner erzählt lang und breit, daß ich ihm keine Karte gegeben hab, man bloß so die Hand gedrückt, und das sei eine doppelte Schweinerei gewesen. Ich verbitte mir solche Beleidigungen und sage, wem ich die Hand gebe, dem ist es ehrlich gemeint, und er hätte mein Billett gekriegt, da könnte ich jeden Eid drauf schwören. Dieses verbiestert nun doch wohl den Bahnhofsvorsteher etwas, aber er sagt: ‚Lieber Herr, der Beamte würde doch dergleichen nicht behaupten!' Ich sage: ‚Da irrt er sich eben, denn er hat mein Billett gekriegt!'

Da sagt der Vorsteher: ‚Das ist nicht zu beweisen, Sie müssen nachzahlen!'

Ich tu, als denk ich einen Augenblick nach. Dann sag ich: ‚Wo sind denn jetzt die Billetter?' Er zeigt auf einen großen hölzernen Kasten, den der Schaffner mit reingebracht hat und wo er die Karten bei der Abnahme reingeschmissen hat. Ich sage: ‚Meine Herren, wir können uns alle irren, ich auch, wenn das auch fast niemals vorkommt. Nu hören Sie mal zu: Ich heiße Gottlieb Grambauer und bin aus Kummerow und bin daselbst im Kirchenrat. Und ich bin heute nach hier gereist, um unserem Herrn Pastor zum Geburtstag eine Flasche Kognak zu kaufen, Pinet, Castillon, drei Sterne, diese Marke liebt er sehr, und die gibt es in Randemünde nicht."

Pastor Breithaupt klopfte mit dem Messer auf den Tisch. „Das mit dem Kognak brauchten Sie ja da nun auch nicht gerade anzubringen!"

„Es ist doch aber die reine Wahrheit, Herr Pastor!"

„Wenn schon, es hat Sie doch keiner danach gefragt." Pastor Breithaupt sah drohend auf die leise kichernde Kinderschar.

„Dieses ist wohl richtig. Aber man soll auch nichts verschweigen, heißt es beim Eid, und das haben Sie neulich auch in der Predigt gesagt.

Und das ist doch wohl maßgeblich, mein ich. Ja, also ich sag, wer ich bin und daß ich die Reise mache wegen dem Kognak für unsern Herrn Pastor. Er sagt noch, ich müßte es dicke haben, wegen einer Flasche Kognak so weit zu reisen. Ich sage: ,Dicke habe ich es gar nicht, aber wir in Kummerow, wir lieben unsern Herrn Pastor, und schließlich hat er ja auch bloß einmal im Jahr Geburtstag! Ja', sage ich, ,da hab ich mir nun heute zum Neunuhrzug mein Billett in Kummerow gekauft, vierter Klasse, kostet eine Mark und vierzig. Das kann ihnen Ihr Kollege in Kummerow, der Bahnhofsvorsteher Heinrich Pegelow, welcher ein Freund von mir ist, bezeugen. Und er kann es auf seinen Diensteid nehmen. Dies ist ja wohl ein Beweis.'

Der Vorsteher denkt einen Augenblick nach und sagt dann: ,Ich will ja gar nicht bestreiten, daß Sie in Kummerow ein Billett gekauft haben. Aber das ist kein Beweis, daß Sie hier eins abgegeben haben. Sie können es doch verloren haben, wie? Und dann müssen Sie es eben doch nachlösen!'

Ich denke wieder nach und sage: ,Herr Vorsteher, das sehe ich zwar nicht ein, denn dann würde sich der Fiskus doch unanständig bereichern? Aber lassen Sie man, wir brauchen Ihren Kollegen Heinrich Pegelow in Kummerow gar nicht zu bemühen. Mir fällt da was bei, und davon können wir wohl alles von abhängig machen. Mein Billett muß nämlich in dem Kasten da sein, wenn der Schaffner sie alle wirklich reingeschmissen hat.'

Nun geht der doch noch einmal los, aber ich bleibe freundlich und sage, er soll sich man nicht aufregen, es wird sich ja alles erweisen, es muß ja da drin ein Billett aus Kummerow sein.

,Ja', lacht da der Vorsteher, ,das kann schon sein, aber das braucht nicht Ihres zu sein!'

,Doch', sage ich, ,denn der Vorsteher Heinrich Pegelow in Kummerow kann bezeugen, daß er zum Neunuhrzug bloß ein Billett verkauft hat, nämlich an mich. Aber wir brauchen das wahrscheinlich gar nicht, denn ich habe da noch einen andern Beweis. Allerdings weiß ich nicht genau, ob ich ihn werde führen können. Sehen Sie, Herr Vorsteher', sage ich, ,ich heiße Gottlieb Grambauer und habe da so eine Angewohnheit, es ist eine dumme Angewohnheit von Kindheit an, aber wir haben ja alle unsern kleinen Zislawäng, Sie sicher auch. Also meiner ist, daß ich immer gern kritzeln tu, wenn ich Langeweile habe. Na, und wer langweilt sich nicht in Ihrer Eisenbahn? Na, und da hab ich es mir angewöhnt, so auf Sachen, die mir gehören, meinen Namen zu kritzeln. Auch auf die Billetter.‘

‚Das dürfen Sie nicht‘, sagt der Schaffner, ‚ein Billet ist Staatseigentum und darf nicht beschädigt werden!‘

‚Ist gut‘, sag ich, ‚werd ich mir merken, denn ich bin bekannt als ordentlicher Staatsmann. Also, ich glaube ganz bestimmt, ich hab da auch heute morgen hinten auf mein Billett ganz klein mit Bleistift – hier ist er, ja, mit dem muß ich's gemacht haben, Sie können es ja nachher vergleichen –, ich hab da wohl hintendrauf meinen Namen Gottlieb Grambauer geschrieben. Nun ist das vielleicht eine verbotene Handlung, aber wie das so manchmal ist mit den verbotenen Früchten, ich glaube, diesmal könnte ich damit die Wahrheit beweisen, daß der Schaffner mein Billett gekriegt und in den Kasten geschmissen hat! Ist es aber nicht drin, will ich gern nachlösen, Recht muß sein. Ist es aber drin, dann, meine Herren, bezahle ich nicht noch einmal, und Sie haben mich unschuldig verdächtigt, kein Billett gelöst zu haben.‘

Na, was soll ich lange sagen, der Schaffner hat den Kasten schon umgestülpt, bevor daß noch der Vorsteher den Befehl geben konnte. Und was soll ich weiter sagen, es dauert gar nicht lange, dann haben sie das Billett rausgepolkt, auf welchem steht: Kummerow bis Stettin, und auch fix umgedreht, und da steht wahrhaftig mit Bleistift in der Ecke: Gottlieb Grambauer. ‚Sehen Sie‘, sage ich, ‚daß ich die Wahrheit geredet hab? Oder soll ich meinen Namen noch einmal schreiben, zur Vergleichung?‘

Der Vorsteher hat einen roten Kopf gekriegt und der Schaffner einen weißen. ‚Wie ist so was möglich, Schröder?‘ fragt nun der Vorsteher. Der Schaffner steht ganz verbiestert und sieht bloß immer die Fahrkarte und mich an.Dann sagt er: ‚Aber ich kann beschwören, er hat mir keine Karte gegeben!‘

‚Mann‘, sage ich wohlwollend, ‚irren kann sich jeder, ich auch mal, wenn es auch noch niemals passiert ist. Aber im Irrtum ausharren, das ist nicht schön! Oder glauben Sie, daß ich ein Hexenmeister bin? Dann hätte ich ja auch die Karte in Ihre Hand statt in Ihren Kasten hexen können, nicht? Nu machen Sie ein andermal Ihre Augen besser auf. Und sie bitte ich, Herr Vorsteher, daß Sie es ihm nicht weiter nachtragen. Er sieht ja sonst ganz zuverlässig aus. Und mir ist ein pflichtgetreuer Beamter, der sich mal irrt, viel lieber als ein schlumpiger, dem es egal ist, ob einer 'n Billett hat oder nicht.‘

Na, der Vorsteher hat sich noch vielmals bei mir entschuldigt, und ich möchte es der Eisenbahn nicht für übel nehmen. Und wir haben uns alle die Hand gegeben, und als ich nachmittags nach Hause fuhr, da hab ich für den Schaffner Schröder noch 'n paar gute Zigarren mitgebracht. Die hat er angenommen, aber erst ängstlich angeguckt, und mein neues Billett, das hat er nach allen Seiten gedreht. Dann hat er gesagt: ‚Diesmal steht doch Ihr Name nicht drauf?' Ich aber sagte lächelnd: ‚Wozu auch, Herr Schröder?'

Ja, und nun frage ich, ob ich dadurch, daß ich auf mein Billett, bevor ich es der Witwe aushändigte, fix meinen Namen geschrieben hab, ob ich dadurch eine schlechte Tat begangen habe? Es hat keiner einen Schaden gelitten, auch die Eisenbahn nicht, aber ich hab eine arme Witwe vor Schaden und Kummer bewahrt. Und warum soll ich nun ein schlechter Mensch sein, wo ich doch die Scherereien auf mich geladen habe für andere? Dies hätt ich gern mal gehört, gerade weil Herr Pastor der lieblichen Kinderschar neulich gesagt hat, so was wär schon Jesewitterei! Ich meine, ich hab eine gute Tat getan und sehe darüber dermaleinst dem himmlischen Schöffengericht da oben mit Ruhe entgegen."

Pastor Breithaupt schickte doch erst die aufgeregten Kinder nach Hause, bevor er antwortete. Er konnte sich Zeit lassen, denn die Bauern diskutierten den Fall und waren sich darin einig, daß er die gewaltigsten Ausbaumöglichkeiten enthielte. „Denn siehe", sagte schließlich Wilhelm Trebbin, „wenn da auch dem Herrn Fiskus ein Billett entsteißt wird, das er ja gar nicht zweimal zu verlangen hat – meine Herren, wer von uns ist von ihm nicht schon angemeiert worden, he?" Er faßte sein leeres Schnapsglas und hob es gegen das Licht und dann gegen Gottlieb Grambauer: „Ick seih di im Glase, Gottlieb!"

Der verstand sofort. Er nahm sein ebenfalls leeres Glas – sie waren sämtlich noch leer – und antwortete: „Dann is ja wenigstens etwas im Glase, Wilhelm!"

Da verstand auch Pastor Breithaupt. Er griff schweren Herzens mit der Linken nach der Flasche Pinet, Castillon & Co., mit der Rechten in die Hosentasche und langte einen Korkenzieher heraus. Aber er stiftete doch nur ein Gläschen für jeden, dann tat er, als wolle er die Flasche kühlstellen, ließ sie draußen und kam mit einer Flasche Richtenberger zurück. Beim Einschenken des Korns vergaß er dann wohl, die Frage nach dem moralischen Wert der Gottlieb Grambauerschen Handlung zu beantworten.

So holte es dieser selbst nach. Er hob das Glas mit dem weißen Richtenberger gegen das Licht und sprach: „Ein Jesewitter, meine Herren: Erst ist er gelb wie Kognak und nachher weiß wie Korn, und keiner hat der Verwandlung geachtet. Und warum nicht? Dem einen sin Uhl ist immer dem andern sin Nachtigall! Oder auf deutsch: Laß deine linke Hand nicht wissen, was deine rechte tut. Prost, Herr Pastor!"

Ob Gottlieb Grambauer die Geschichte mit der Fahrkarte nun wirklich selbst erlebt, ob er sie erfunden oder als Witz gelesen hat, ist nie offenbar geworden. Sie blieb aber mit ihm verbunden, solange er lebte, und er brachte es immerhin auf zweiundneunzig Jahre. In den Monaten nach ihrem Entstehen soll übrigens mehr als ein Kummerower versucht haben, das, was Gottlieb aus gutem Herzen getan hatte, zum Nutzen des eigenen Geldbeutels zu unternehmen. Sie machten das, wenn sie zu zweit eine längere Fahrt vorhatten. Bis die Behörde zwei erwischte und das Gericht sie verknackte. Aber da war auch der Knabe Martin Grambauer bereits zu der Überzeugung gekommen, die seine Mutter von Anfang an gehabt hatte – daß ein Mensch besser seine Hände von der Jesewitterei und ihren Wohltaten auf Kosten anderer läßt, hat diese auch so angesehene Vertreter wie den heiligen Krispin und Gottlieb Grambauer.

Das Duell

Da Martin Grambauer mit seiner großen Tierliebe nicht nur die Liebe der Menschen nicht gefunden hatte, sondern sogar noch in den Verdacht gekommen war, ein schlechter Mensch zu sein, ließ er von der Nachfolgeschaft des heiligen Franz. Die Tierliebe blieb wirksam, nur nahm sie wieder jene kameradschaftliche Färbung an, die sie vor dem Termin gehabt hatte – ein Gemisch der Gefühle des Jägers für Hund und Wild.

Aber es war nicht allein die Enttäuschung über den Mißerfolg seiner Missionstätigkeit, die Martin dazu veranlaßte, es war wirklich die Stimme der Natur. Nämlich, er war mit Leib und Seele Jäger. Das hatte mit dem Blasrohr angefangen, das er bekam, bevor er noch zur Schule ging. Schöne kleine Geschosse mit Metallspitzen und bunten Puscheln konnte man damit gegen die Scheibe blasen, und wenn man kräftig pustete, so knallte es direkt. Für Martin war das Blasrohr ein Gewehr, und es war selbstverständlich, daß es schon nach ein paar Wochen langweilig war, die Pfeile gegen die Pappscheibe zu pusten, da doch die Balken der

Stubendecke, die Bilderrahmen, Gardinenstangen, Bücherrücken und schließlich auch die menschlichen und tierischen Figuren auf Mutters schönen Öldruckbildern bessere Ziele darstellten. Solange er die Pfeile immer selbst aus den Zielen ziehen konnte, ging es gut, die kleinen Löcher bemerkten die andern nicht. Aber von den Gardinenstangen und aus der Decke kriegte er sie selbst nicht heraus, und eines Tages war sein Vater auch dahintergekommen, warum der graue Esel auf dem Wandbild, das die heilige Familie auf der Flucht darstellte, ein so punktiertes Fell hatte. „I", hatte der Vater gesagt, „da hab ich immer gedacht, warum akkurat gerade der Esel soviel Fliegenschisse gekriegt hat, und dabei hat der infamigte Bengel nach dem heiligen Tier geschossen." Und nun entdeckte Mutter auch, daß sogar die heilige Familie einige Schüsse abbekommen hatte. Und dann machte sie dieselbe Feststellung bei allen Bildern, die von keiner Glasscheibe geschützt waren. Sogar die kaiserliche Familie hatte herhalten müssen – nicht nur am Höchsten, nein, auch am Allerhöchsten hatte der Junge sich vergriffen. Da saß Kaiser Wilhelm so schön und friedlich im Kreise seiner Familie, und alle, alle hatten sie Löcher, sogar der Windhund zu Füßen des kaiserlichen Herrn. Und hatte die Mutter bei dem Bild der heiligen Familie die Hände gerungen und fassungslos gesagt: „Daran vergreift er sich, na, das laß man Herrn Pastor sehen, und dann komm mal in die Schule!", so hatte der Vater bei dem kaiserlichen Bild gesagt: „Mutter, das ist dir ein Revoluzzer! Der greift Thron und Altar an! Von wem hat er das bloß?"

„Nimm ihm das Blasrohr weg", forderte die Mutter. Und als der Vater meinte, nicht das Blasrohr habe schuld, sondern die Bilder, nahm die Mutter das Blasrohr und zerhackte es.

Worauf Gottlieb Grambauer seinem Sohn den ersten Flitzbogen machte. Das war nun schon etwas anderes, doch die Rohrpfeile, deren Köpfe aus Holunderstücken bestanden, bereiteten keinen einwandfreien Spaß. Traf man mal einen Spatz damit, so war das zwar eine Sache, aber von all den Jungens, die sich rühmten, mit dem Flitzbogen Spatzen geschossen zu haben, konnte keiner einen Zeugen beibringen. Na, und mit den Pfeilen bloß gegen die Stalltüren zu ballern, das war auch keine reine Freude, denn immer wurde bezweifelt, daß man getroffen hatte, und zu beweisen war es nicht, da ja die Pfeile nicht steckenblieben. Nun gab es allerdings ein Mittel, sie dazu zu zwingen, indem man eine Nagelspitze in den Holunderkopf trieb, aber das war sehr schwer. So mußte man sich mit Gottlieb Grambauers Einrichtung, die

Pfeilköpfe vorher in Wagenschmiere zu drücken, behelfen; da hatte man wenigstens an der Treffstelle eine Spur hinterlassen. Bloß, wer will sich an den beschossenen Stalltüren, den Wänden und Bänken dauernd die Hände und Kleider mit Wagenschmiere versauen?

Nach dem Flitzbogen kam als selbstverständliche Weiterführung der Schießkunst die Knallbüß. Aber sie war saisongebunden; ihre Zeit ist der Herbst, weil es da Meerrettich gibt. Die Knallbüchse ist ein Stück Holunderholz, einen Viertelmeter lang und je dicker, je besser. Das lokkere Mark wird mit einem glühenden Draht ausgebrannt, das Kaliber durch Bohren vergrößert, dann ein Sticksel gemacht, ein Stößer, der sich leicht hineinschieben läßt. Eine Verdickung gebietet ihm Halt, wenn er bis etwa zwei Zentimeter an die Mündung eingeführt ist. Geladen wird das Instrument mit zentimeterlangen kegelig geschnittenen Pfropfen aus dem wilden Meerrettich. Der Pfropfen wird am unteren Ende der Knallbüß in die Öffnung gesetzt und mit dem dicken Ende des Sticksels hineingeschlagen. Dann wird der so verkleinerte und zusammengepreßte Pfropfen langsam mit dem Sticksel durch die Knallbüß gedrückt, so daß er nun den Verschluß der oberen Öffnung bildet. Darauf wird ein neuer Pfropfen in das unter Ende der Knallbüß gesetzt, eingeschlagen und mit dem Sticksel bis etwa zur Hälfte hineingeschoben. Dazu muß einer schon ebensoviel Kraft wie Geschick haben, denn die zwischen den beiden Pfropfen in der Knallbüß zusammengepreßte Luft bremst mächtig. Aber nun ist das Dings geladen, und der Schütze setzt sich das Stickselende auf die Magengrube, umspannt mit beiden Enden die Knallbüß und versucht mit einem kräftigen Ruck sie gegen sich zu ziehen. Ist er dazu stark genug und hat seine Bauchwand die richtige Widerstandsfähigkeit, so gelingt die Geschichte. Die Mündung der Knallbüß wird auf den Gegner gerichtet, und der obere Pfropfen pfliegt ihm mit mächtigem Knall ins Gesicht. Das heißt, wenn der andere mit seiner eigenen Knallbüß nicht fixer ist.

Nun ist aber die Beschaffung der Munition schwer, und der Versuch, Pfropfen aus Kartoffeln oder Rüben zu verfeuern, mißlingt immer, es kommt kein Knall zustande, höchstens ein feuchtes Schmatzen. Darum wird die Knallbüß oft in eine Schnirkse verwandelt. Zu diesem Zweck wird in die obere Öffnung ein kleiner Weidenpropf eingesetzt, der wieder eine kleine Öffnung hat; das Ende des Sticksels aber wird mit Woll- und Garnfäden umwickelt, bis es, angefeuchtet, gerade noch in die Knallbüß hineinpaßt. Steckt man die Spitze der Knallbüß, die nun

Schnirkse genannt wird, in ein Wassergefäß und zieht den Sticksel zurück, so saugt sich die Schnirkse voll Wasser. Wie sie es wieder los wird, ist einfach, bei den Kämpfen in und um Kummerow hat das jeder Junge zur Genüge erfahren. Schwierig ist nur die Munitionsbeschaffung und ihr Transport, denn umgehängte Blechkannen mit Wasser stören und schülpern bei rascherem Laufen, und es ergab sich noch immer, daß der ritterliche Kampf sehr rasch ausartete und der bedrängte Schütze schließlich sein Munitionsdepot ergriff und es dem unvorbereiteten Gegner mit einemmal über den Kopf goß.

Nun brauchte Gottlieb Grambauer freilich die Anwendung dieser Waffen seinen Sohn nicht zu lehren, das lernte immer ein Jahrgang vom andern. Kantor Kannegießer, der den Holunder liebte, konnte sich nur wundern über die Fruchtbarkeit der Kummerower Erde auch hinsichtlich des Sambucus nigra. Dennoch lebte er in dauernder Angst um die Ausrottung des edlen Holzgewächses, dessen Blüten er zu dem beliebten schweißtreibenden Fliedertee sammelte, welcher bei Bauchkneifen und anderen peinlichen Störungen von wunderbarer Wirkung ist und für dessen Beeren man eine dreifache Verwendung kannte: eingekocht zu Gelee, bitter eingekocht als Suppenwürze und in seinem edelsten Bestandteil als Fliedermus der Fischsoße. Ja, der alte Lehrer konnte schon die Schätze der Natur nützen, und im Schloß und im Pfarrhaus waren sie auch hinter dem Holunder her und nicht minder in den Bauernküchen. Das meiste aber verbrauchten die Jungens. Und dennoch wurde der Holunder nicht müde, die Umgegend von Kummerow zu verschönern. Kantor Kannegießer liebte ihn so sehr, daß er eine Sammlung aller Lieder über den Holderstrauch besaß und die geeigneten auch seine Schulkinder in der Singstunde lehrte. Leider eigneten sich nur wenige zum Schulunterricht, in den meisten kamen zu anstößige Dinge unterm Holunderstrauch vor.

Dennoch verdankte der Holunder seine weitere Existenz wohl nur der zeitlichen Begrenztheit der Knallbüß und der Schnirkse als Kampfwaffen. Hätte man mit ihnen einen Gegner ernstlich gefährden können, wäre sicher jeder Jahrgang also bewaffnet umhergelaufen. So endete die Vorliebe für die Knallbüß meistens mit dem zehnten Lebensjahr. Es trat dann wieder der vergrößerte Flitzbogen auf, zu dem nun schon drei Hasenprügel zusammengebunden wurden, und Pfeile schnellten, die ihre Dreizöllerspitze verdammt tief in einen Baum einschlagen konnten.

Aber auch der große Bogen stillte nicht das Verlangen nach männlichem Aussehn und Tun, und wer es sich irgendwie leisten konnte, hatte eine Armbrust. Die selbstgemachten taugten nicht viel, die vom Tischlermeister Kreibohm hergestellten waren für die meisten zu teuer. Es war daher selbstverständlich, daß Gottlieb Grambauer für seinen Sprößling eine Armbrust machen ließ, unter Durchbrechung aller alten Überlieferungen bekam er sie schon zum neunten Geburtstag. Das war so neu, daß es sogar im Gemeinderat als Verstoß gegen die Tradition bezeichnet wurde, denn verschiedene Söhne der Herren Gemeinderatsmitglieder hatten sich bei ihren Vätern beschwert, und andere wieder verlangten, obwohl sie das Alter noch nicht erreicht hatten, nun auch eine Armbrust. Gottlieb Grambauer zog sich aus dem Handel, indem er erklärte, sein Junge sei ja auch in anderer Hinsicht den meisten voraus. Worauf Schulze Wendland seinem Hermann eine Armbrust mit extra starkem Bogen machen ließ, den die kleineren Bengels überhaupt nicht spannen konnten. Worauf Gottlieb Grambauer seinem Sohn eine Armbrust mit einem stählernen Bügel kaufte, mit einem metallenen Lauf, den er als „gezogen" bezeichnete.

So schön nun auch eine Armbrust mit Stahlbügel war, sie war doch man ein Schiet gegen ein Tesching. Das Tesching war die Sehnsucht aller Jungens, seit Eberhard vom Schloß eines hatte und es einigen auserwählten Freunden gestattete, daraus mal einen Schuß abzugeben. Und nun hatte Eberhard gar ein Tesching mit gezogenem Lauf bekommen und hatte Martin versprochen, ihm sein altes Gewehr zu überlassen, wenigstens für Wildtauben.

Dann gab es noch eine Waffe: die Schleuder, oder auf plattdeutsch: „Schlura". Eine Rute, von der man Kartoffeln schoß. Doch das wollen wir nach dem Leben erzählen, und die Geschichte heißt: Das Duell von Kummerow.

Mit dem jungen Grafen Eberhard waren zu den Kartoffelferien die beiden Pastorenjungen aus dem Internat nach Kummerow gekommen und mit ihnen wieder der fremde Stadtjunge, der bei der Austköst dagewesen war. Ulrike Breithaupt schien Martins schlechtes Benehmen auf dem Erntefest gerade so weit verziehen zu haben, daß sie sich erneut bei Grambauers einfand, wenn auch nur, um die kleine Lisa zu besuchen. Obwohl das dumme Güssel erst acht Jahre war und Ulrike schon elf. Nein, es war schon so, wie Martin mit freudigem Herzen angenommen: Ulrike war seinetwegen wiedergekommen. „Nächste Austköst tanz ich aber bestimmt, Ulrike", hatte Martin beim Auseinandergehen gesagt.

Und von ihr zur Antwort bekommen: „Ach, ich mach mir gar nichts aus Tanzen!“ So schien dem Glück nichts im Wege zu stehen. Da war nun wieder dieser Bengel aus der Stadt gekommen, der ihm bei der Austköst Ulrike abspenstig gemacht hatte.

Schon am zweiten Tage kam der Zusammenstoß. „Dämlicher Dorfbengel“, hatte der Stadtaffe zu Martin gesagt. Sicher wollte er noch mehr sagen, aber da lag er schon auf der Erde und bezog mordsmäßig Dresche. Nicht genug, denn Dietrich Breithaupt eilte seinem städtischen Schulfreund zu Hilfe; wenn darauf auch Ulrike Miene machte, ihrem Dorffreund Martin beizustehen, so kam sie doch nicht dazu, denn ihr anderer Bruder Bernd schmiß sie beiseite, daß sie nur so trudelte; worüber sich wieder Eberhard dermaßen ärgerte, daß er Bernd Breithaupt, der sein Altersgenosse war, eine klebte. Es wäre noch weitergegangen, denn schon kam Johannes Bärensprung angerannt, barfuß, Inspektors schmutzige Langschäfter, die er putzen sollte, übern Hals gehängt. Er hatte den Krach von weitem gehört und den weißen Schopf seines Freundes Martin ganz zuunterst auf der Erde entdeckt. Das genügte für Johannes.

Doch bevor Johannes einschreiten konnte, erschien Pastor Breithaupt, geholt von seiner Tochter. Pastor Breithaupt griff blindlings in den Klumpen und erwischte den, der oben lag, riß ihn hoch, und haute ihm erst mal eine runter. Als er ihn darauf beiseite schmiß, um sich den zweiten zu langen, sah er, daß der erste der Junker vom Schloß gewesen war. Er wußte, in solchen Dingen kannte der Herr Kirchenpatron keinen Spaß. Sein Sohn Eberhard konnte so viel Dresche beziehen, wie auf seinen jungen gräflichen Rücken nur raufging, aber er mußte sie von den anderen Jungen kriegen; für Erwachsene war er der zukünftige Schloßherr und Kirchenpatron und durfte, wenigstens in Kummerow, von bürgerlichen Händen nicht angerührt werden. Um den Schaden wiedergutzumachen, tat Pastor Breithaupt, als hätte er ihn nicht erkannt, erbarmte sich seines Ältesten und verbimste den nach Strich und Faden. Dazwischen schimpfte er: „Ihr wollt höhere Schüler sein? Schlimmer seid ihr als die dreckigsten Dorfbengels! Ich will euch lehren, wie sich höhere Schüler zu benehmen haben!“

Und da seine beiden Jungens außer Armweite gerückt waren, langte er sich den Besuch aus der Stadt und haute dem erst mal eine. „Er hat angefangen, Papa“, krähte Ulrike, „kleb ihm man noch eine!“

Doch der Pastor war für Gerechtigkeit und klebte erst mal seiner

Tochter eine, die auch nicht von schlechten Eltern war. Was wieder Martin so verdroß, daß er Herrn Pastor anschrie, obwohl er aus dem Munde blutete: „Wo sie ganz unschuldig ist, pfui Deubel!“ Doch dem ausgestreckten Arm seines Seelsorgers entzog er sich, der faßte nun Johannes Bärensprung, der sich zu weit nach vorn gewagt hatte, aus Neugier, nur ja nichts zu übersehen. Johannes heulte wild auf, riß sich los, ergriff seine Stiefel und retirierte mit der Drohung, das alles seinem Großvater zu erzählen. „Ja“, rief Pastor Breithaupt, „das ist der richtige Umgang für euch. Das ist die richtige Art für euch. Wenn ihr so weitermacht, kann der versoffene alte Bärensprung euch noch Anstand lehren! Benehmen sich so höhere Schüler? Vor einem Pfarrhaus noch dazu?“

Sie heulten zwar nicht alle, als er fort war, aber sie standen alle mit todernsten Gesichtern. Ulrike war wütend über Martin, denn seinetwegen war alles so gekommen; sie war fuchtig auf ihre Brüder, weil sie den Jungen aus der Stadt mitgebracht hatten; Johannes grollte, weil er sich nicht hatte beteiligen können und doch eins hinter die Ohren gekriegt hatte; Eberhard fühlte, daß ihm von seinem gräflichen Ansehen etwas verlorengegangen war, und Pastors Jungen schämten sich, so öffentlich von ihrem Vater Ohrfeigen bezogen zu haben. Leer ausgegangen war eigentlich nur Martin, aber in ihm wühlte der Zorn über die Besserstellung der sogenannten höheren Schüler. Warum sollten die sich gegen den Anstand benommen haben – und er nicht? Hieß das etwa, höhere Schüler durften sich nicht hauen? Dann sollten sie ihm mit der höheren Schule vom Halse bleiben, da könnte er ja gleich in eine Mädchenschule gehen. Er reckte sich und krähte: „Von wegen Hauen ist nicht fein für höhere Schüler! Ist ja man bloß, daß die sich nicht trauen. Nicht wahr, Ulrike?“

„Oach“, antwortete Ulrike, „wenn ich ein Junge wär, ich ging da auch nicht hin. Die hau ich ja alle gleich in Klump!“

„Die kannste auch als Mädchen in Klump hauen“, bestätigte es ihr Johannes, „die haben auch vor dir die Hosen voll!“ Dietrich Breithaupt sah ihn verächtlich an: „Du kannst sie auch nicht voll haben, weil deine Hosen ja nicht ganz sind, du olle dreckige Pottsau!“

Das ging nun wieder Eberhard zu weit. „So was darfst du nicht sagen, Dietrich, dafür kann Johannes nicht, daß er arm ist.“ Er hatte schon so viel herrschaftliche Erziehung, daß er wußte, man darf arme Menschen zwar in ihrer Armut weiterleben lassen, es ist aber unvornehm, ihnen ihre Armut vorzuwerfen.

„Ich hau mich aber nicht mit so einem", beharrte Dietrich, und der Stadtjunge gab durch eifriges Kopfnicken zu verstehen, er teile diese Ansicht.

„Höhere Schüler hauen sich überhaupt nicht", echote Eberhard des Pastors Worte nach.

„Was tun denn die?" fragte Martin ironisch.

„Die schlagen sich!" antwortete Eberhard, und er sagte es mit einer Gewichtigkeit, der man das Bewußtsein einer besonderen Satisfaktionsfähigkeit ansah.

Martin sagte: „Als wenn das nicht dasselbe ist, Hauen und Schlagen. Da kannste auch noch Prügeln sagen oder Vertobacken!"

Nun mischte sich auch wieder der Stadtjunge ein: „Die wissen ja nicht mal, was ein Duell ist!" In seinem Blick, mit dem er Martin und Johannes ansah, lag eine so gewaltige Geringschätzung, daß sie sich schließlich auch auf den Gesichtern der beiden Pastorenjungen breitmachte.

Doch das Wort „Duell" hatte bei Martin gezündet – ach, so meinten sie das! Ein Duell – da schoß immer einer den andern tot oder schlug ihn doch mit dem Säbel kreuzlahm, das kannte er aus den Geschichten in den Zeitschriften und Büchern, es hatte ihn dabei immer am meisten der Augenblick interessiert, wenn man an dem betreffenden Morgen im feuchten Nebel zum letztenmal aus seiner Stube ging und nicht wußte, kommst du wieder oder nicht? Und er hatte es nie leugnen können, so schön und romantisch das war mit den Helden, die sich umzubringen versuchten, angenehmer war ihm doch immer die Rolle der anderen Teilnehmer erschienen, der, wie hießen sie doch, der „Sekundaner", die nur zuzusehen brauchten.

Sekundaner – Martin erschrak, wozu nahmen sie dazu nur immer höhere Schüler mit? Graf Eberhard und Dietrich Breithaupt würden, so hatten sie erzählt, im nächsten Jahr auch Sekundaner sein, dann könnten sie also bald bei solchen Sachen zusehen? Und wenn er selbst erst die höhere Schule besuchte, holten sie ihn hoffentlich auch mal zu einem Duell. Es schien doch so, als bildete man sie auf den höheren Schulen schon dazu aus, sonst hätten sie auch nicht so selbstverständlich von einem Duell gesprochen. Martin konnte sich nicht enthalten, Eberhard nach dem Zusammenhang von höherer Schule und Duell zu fragen. Das aber brachte Eberhard auf eine glänzende Idee. „Dietrich", rief er, „Maximilian hat Martin beleidigt. Martin muß ihn fordern. Dann müssen sie ein Duell austragen!"

Donnerwetter – Martin war zwar nicht furchtsam, aber so plötzlich vor der Aussicht zu stehen, einen Menschen umbringen zu müssen, das war hart. Und außerdem verstand er doch nichts von der Sache. Da enthob ihn der Stadtjunge Maximilian der Not, indem er erklärte, mit so einem schlage er sich nicht, der sei nicht satisfaktionsfähig. Mein Gott, dachte Martin, was ist denn das nun wieder? Da er annahm, der Bengel habe ihn erneut beleidigen wollen, rief er: „Die Hosen hat er voll. So man bloß Sekundaner sein, das würde er schon wollen."

Dietrich sah sich scheu nach dem Pfarrhaus um, ob da nicht am Ende noch der Vater stehe, und dann wies er auf Ulrike. „Wollt ihr so was in Gegenwart von Weiberohren bequatschen?"

Eberhard nickte: „Du mußt weg, Ulrike!"

Doch die dachte nicht daran. „Ich werde euch was husten und weggehen. Und wenn, dann sag ich's Papa!" Was, wußte sie nicht, sie hatte noch nichts von der Duell genannten Entartung des ritterlichen Zweikampfes gehört, die es Ehrenmännern gestattet, sich von einem Schubiak beleidigen und obendrein umbringen zu lassen. Wäre sie mit den Dingen vertraut gewesen, hätte sie sicher dem Duell zugestimmt, allerdings nur, wenn sie hätte zugucken dürfen. Martin nickte ihr anerkennend zu, worauf sie an seine Seite trat und den Stadtjungen herausfordernd ansah.

Da die vier höheren Schüler das hinnahmen, hielt es auch Johannes für seine Pflicht, dem Freund nahe zu bleiben, und er stellte sich auf Martins andere Seite. Da aber zog Maximilian die Nase kraus und sagte: „Wenn ich das gewußt hätte, daß ihr solchen gewöhnlichen Verkehr habt, wäre ich lieber zu Hause geblieben!" Eberhard, der nicht gern von seinem Duell lassen wollte, fand einen Ausweg: Ulrike, als die Dame, um welche die Beleidigung gekommen war, könne bleiben und auch Johannes als Zuschauer. Bernd sollte Martins Sekundant sein und Dietrich der von Maximilian. Er selbst wollte den Unparteiischen machen. Ulrike verlangte zwar erneut, auch mitspielen zu dürfen, doch ihr ältester Bruder verwies ihr das, hier werde nicht gespielt, hier sei es bitterer Ernst. Maximilian widersprach noch einmal: Mit einem Jungen von der Dorfschule duelliere er sich nicht, dazu sei er nicht verpflichtet, das dürfe er gar nicht, das sei gegen die Ehre seiner Schule! Dietrich stimmte ihm darin bei, Dorfschüler seien nicht satisfaktionsfähig.

Es war für Martin klar, sie meinten damit etwas Minderwertiges. Es würde das beste sein, dem Bengel gleich ein paar hinter die Ohren zu schlagen, damit man wenigstens den Trost hatte, es ihm auch ohne Duell besorgt zu haben. Er sprang auch los, doch Dietrich riß ihn zurück. Und da fand Eberhard die Lösung: „Maximilian hat recht, aber ich hab auch recht. Nämlich Martin geht noch in die Dorfschule, aber er ist schon angemeldet in der höheren Schule, und zu Ostern geht er, und das ist bei einem Duell genauso gut, als wenn er jetzt schon geht!“ Nun, er wußte es zwar auch nicht so genau, aber er hatte von seinen Vätern die Selbstverständlichkeit geerbt, in Fragen der Ehre etwas zu behaupten und es dann als Gesetz hinzustellen. Es wirkte auch diesmal: Die Zuhörer aus dem geistigen Bürgerstand, aus dem Kaufmannsstand, aus dem Bauernstand, aus dem Proletarierstand, sogar die Weiblichkeit fügten sich augenblicks der gräflichen Ansicht.

War diese schwierige Frage somit rasch gelöst, so war eine andere schwerer – die Wahl der Waffen. Im Internat hatten sie ihre Duelle mit nassen Handtüchern ausgetragen, die sie sich um die nackten Oberkörper schlugen. Das ging hier nicht, denn sie hatten keine Handtücher. Ulrike versprach zwar sofort, aus Mutters Wäscheschrank ein paar zu holen, aber sie fürchteten nicht zu Unrecht, das Heranschaffen der Wassereimer, und was alles zu einem solchen Duell gehörte, könne die Sache ruchbar machen und die Staatsgewalt in Gestalt des Herrn Pastors auf den Schauplatz rufen. Und das mußte vermieden werden, denn Duelle waren gesetzlich verboten, das wußte auch Martin aus seinen Lesegeschichten. Außerdem war das alles ja lächerlich, in diesen Geschichten gab es keine nassen Handtücher, sondern nur Pistolen oder Säbel.

Und so stellte Martin zum Erschrecken seines Gegners die Forderung nach Schuß- oder blanken Waffen. Blanke Waffen, das hatte er auch gelesen. Und er beantwortete Dietrichs Frage, ob er vielleicht ein paar Pistolen bei sich habe, mit dem trotzigen Hinweis auf Eberhard, der seine beiden Teschings holen könne.

Einen Augenblick schien Eberhard zu schwanken, und Johannes hatte schon ermunternd gefordert, daß Martin aber den mit dem gezogenen Lauf kriegen müßte, als Eberhard ablehnte. Teschings wären keine Duellwaffen, und Martin wisse das auch. Es war richtig, in keiner der Duellgeschichten, die Martin kannte, hatten die Helden mit Teschings aufeinander geschossen. „Aber Säbel haben wir doch auch keine!“ rief er resigniert. Ulrike fragte, ob es nicht mit Taschenmessern ginge, und Johannes, der mit Bedauern die Sache immer ungefährlicher, immer unblutiger verlaufen sah, schlug Sicheln vor.

Da sagte Dietrich: „Nun macht keinen Quatsch, Blut darf überhaupt nicht fließen!“ Worauf sich das Näschen seines Schwesterchens verächtlich in die Höhe zog und ein bedauernder Blick die Mannsleute streifte. Sie hatte an so vielen Dorfschlachten der Bengels teilgenommen, sie, ein Mädchen, Pastors Tochter dazu, und ohne Blutvergießen war es eigentlich nie zugegangen, auch sie hatte Schrammen genug gekriegt und Nasenbluten und so weiter. Ulrike verlor das Interesse. Um die Männer noch einmal aufzubringen, wendete sie sich an Johannes, der ähnlich enttäuscht war wie sie: „Dann können sie sich ja mit Wasser beschnirksen, nich, Johannes?“ Der war immerhin noch für Knallbüssen, weil es dabei doch wenigstens knallte.

Martin schlug einen Ringkampf vor, Bernd Flitzbogen, Ulrike wollte nun die Armbrüste sehen, und mit Vierzöllern, sie kannte die Treffsicherheit ihres Freundes Martin. Aber da das alles zu gefährlich war und ins Auge gehen konnte, machte Eberhard seinen letzten Vorschlag: Sie sollten sich mit nacktem Oberkörper gegenübertreten, mit der Schlura, der Schleuder, als Waffe, Distanz zwanzig Schritt, und jeder müsse in seinem Kreis bleiben und dürfe keinen Fuß weitersetzen.

Nun, das sah nach keinem homerischen Zweikampf aus, aber wer einmal eins mit der Schlura gekriegt hat, der wird zugeben, daß eine kastaniengroße harte Kartoffel, von der Spitze einer starken Rute mit Wucht auf den nackten Körper geschleudert, einen verdammt umschmeißen kann. Da sie die Wirkung der Schlura kannten, fand Eberhards Vorschlag Billigung.

Nur Maximilian muckte, es seien keine Duellwaffen, und er könne das nicht. Sie gestanden ihm drei, fünf, ja sogar zehn Probeschüsse zu. Und als er noch nicht wollte, schlug Martin vor, der andere dürfe immer zweimal schießen, während er einmal schoß.

In Pastors Gemüsegarten wurde das seltsame Duell ausgetragen. Pastors Haselnußhecke mußte die Waffen abgeben und Pastors Kartoffeln die Munition. Maximilian durfte üben; als er beim fünften Schuß die Stalltür traf, erklärte Eberhard den Beginn des Duells.

In Kreisen von einem Meter Durchmesser, die mit der Fußspitze markiert waren, standen die Gegner, zwischen sich zwanzig durch Eberhard nicht gerade weit bemessene Schritte Distanz. Die Placierung der Sekundanten machte Schwierigkeiten, sie wollten durchaus möglichst entfernt von ihren Duellanten stehen, denn die Gefahr, eins auf den Balg zu kriegen, war für sie größer als für die Kämpfer. So nahmen sie denn sehr seitlich Aufstellung, indessen Ulrike und Johannes ziemlich dicht an Martin herangingen, vor den Schüssen des Stadtjungen hatten sie keine Angst. Da standen sie nun. Martin lang, hager und mager, die Hosenträger auf den nackten Schultern. Er machte ein ernstes Gesicht, das gehörte sich so bei einem Duell, und er ärgerte sich, daß sich durchaus keine traurigen Gedanken an dem vielleicht letzten Tag seines Lebens einstellen wollten. So wippte er denn nervös mit seiner Rute. Maximilian hatte ziemlich Fett auf dem Balg, und statt der Hosenträger wurden seine Unaussprechlichen von einem Gürtel gehalten. Eberhard war gerade mit Dietrich dabei, auszumachen, wer anfangen sollte; er war für Martin, Dietrich für beide zugleich. Martin rief dazwischen, der andere solle in Gottes Namen den ersten Schuß haben – so hieß das in seinen Büchern –, seinetwegen auch gleich zwei oder drei Schüsse oder alle hintereinander, als es Bernd einfiel, sie hätten ja vergessen, wievielmal Kugelwechsel sein sollte.

Das stimmte. Eberhard schlug zehnmal vor, doch dagegen protestierten Ulrike und Johannes. Mindestens zwanzigmal. „Bis zur Kampfunfähigkeit!" rief Martin, der sich auch diesen Satz gemerkt hatte, da es ihm dabei im Lesen immer so angenehm gruselig über den Rücken gelaufen war, denn dann wußte man schon im voraus, daß einer bleiben würde. Aber gegen die Kampfunfähigkeit war Eberhard, und so einigte man sich auf zehn Schuß für Martin und zwanzig für Maximilian.

Eberhard zählte, Maximilian schoß. Er schoß schlecht; die erste Kugel rutschte sogar nach hinten von der Rute ab. Die zweite sauste steil in die Luft. „Das gilt nicht", rief Martin, großmütig und des Sieges gewiß, „er darf noch mal!" Und er sprang in seinem Kreis hoch: „Der schießt ja in die Luft, der denkt wohl, ich sitz auf eurem Birnbaum!"

Worauf Maximilian ganz reglementwidrig rasch noch eine Zusatzkugel auf seinen Gegner abschoß; sie patschte sanft an Inspektor Schneiders Langschäfter, die Johannes noch immer um den Hals gehängt trug. Der krähte: „He, du, wenn du noch mal Herrn Inspektor seine Langschäfter triffst, dann schmeiß ich sie dir an'n Kopf!"

Welche durchaus ernstgemeinte Warnung Maximilian damit quittierte, daß er aus seinem Kreis trat und erklärte, er weigere sich weiterzukämpfen. Dabei blieb er auch und wurde erst weicher, als Eberhard ihm drohte, er würde es auf der Schule erzählen, daß er gekniffen habe. Vielleicht hätte auch das nicht gewirkt, und es war nötig, daß Ulrike sachlich feststellte: „Laß ihn man, Eberhard, er hat Schiß!"

Das konnte Maximilian sich nicht aus holdem Damenmunde sagen lassen. „So was kenne ich nicht, und so was Ordinäres sagt man bei uns nicht. Es ist bloß –"

„Bei euch, da sagt man: Du hast die Hosen voll, nicht?" Martin wollte den Nebenbuhler in Ulrikes Augen ganz vernichten.

Aber der Hinweis auf die Hosen brachte Maximilian die Rettung. „Es ist bloß – es ist nicht gerecht, darum ist es!" Und als sie wissen wollten, was hier ungerecht sei, erklärte er es ihnen und hatte es soeben erst gefunden: „Er hat seine breiten Hosenträger über der Brust, und das ist ein Schutz. Wie ein Panzer ist das. Wenn ihn da eine Kugel trifft, da fühlt er nichts. Ich bin oben ganz frei!"

Tatsache, er hatte nicht unrecht. Selbst Ulrike gab das zu. Sie war aber nicht gewillt, auf den Kampf zu verzichten. „Dann muß Martin auch seine Hosenträger abknöppen!"

Nun ja, das wäre gegangen, doch es ging nicht. „Da rutschen mir doch die Buxen runter!" bekannte Martin und sah, als er es gesagt, verschämt beiseite.

„Dann kann ja Dietrich seine Hosenträger Maximilian pumpen", schlug Ulrike vor.

Doch Dietrich protestierte: „Und meine Hosen? Meinst du, ich kann die auf'n Hüftknochen aufhängen?" Bernd wollte seine auch nicht hergeben, und Eberhard trug keine, er hatte einen Gürtel wie Maximilian. Johannes hingegen wollte seine Hosenträger opfern, er könne ja, meinte er, seine Hosen so lange mit der Hand festhalten, da er doch nicht zu kämpfen brauche; doch der feine Städter lehnte es entrüstet ab, die grau-schwarzen Bänder von Johannes, deren Strippen Bindfadenenden waren, an seinen vornehmen Hosen zu befestigen.

Das Duell drohte, sich in nicht ganz festen Hosen zu verlaufen. Da schlug Ulrike vor, Eberhard solle Martin seinen Gürtel borgen, er als Unparteiischer könne seine Hose doch mit der Hand festhalten. Nach einigem Überlegen gab der Junker den Gürtel her, und Martin bekam ihn umgelegt und überreichte seine Hosenträger Ulrike zum Halten.

Das Duell begann erneut. Wieder verschoß Maximilian zwei Kugeln, von denen die eine mitten ins Kampffeld fiel, die andere weit über Martins Kopf hinflog.

Endlich war nun Martin dran. Sorgfältig wählte er unter den zehn Kartoffeln, die ihm zur Verfügung standen, und hielt dann die Rute im halb erhobenen, mäßig eingeknickten Arm. Eberhard zählte: Eins – zwei –

drei –, das heißt, er zählte etwas langsamer, denn er als Kummerower kannte die Technik des Schießens mit der Schlura. Eins, da streicht die Hand gegen den Gegner vor, und die Rute neigt sich ohne Schwung, so macht man die Richtung aus, man zielt. Zwei, man hat die Rute zurückgenommen, den Schwung, mit dem sie nun in Richtung des Gegners vorzuckt, weit vorgestreckt, verstärkt, doch nicht so, daß sich das Geschoß lösen kann. Drei, nun ist die Rute wieder zurückgegangen und bei drei mit hartem Schwung gerade nach vorn geschnellt. Beim Niedersausen jedoch wird sie zurückgerissen, dadurch löst sich die Kugel und pfeift in die Gegend. Es saß bei Martin eine ziemliche Wucht dahinter, die Kugel pfiff wirklich, aber – eine halbe Elle links an Maximilian vorbei. Die Höhe war richtig, sie hätte ihn direkt an die Brust getroffen. Maximilian hatte nicht gezuckt, auch nicht den Oberkörper weggebeugt, was er tun durfte, aber der Wahrheit zur Ehre muß gesagt werden, es war ihm alles nur zu überraschend gekommen. Nun er noch das Pfeifen der Kugel im Ohr hatte, bibberte er ein wenig, und als Eberhard sachlich feststellte: „Donnerwetter, da saß was hinter!“ und auf die Narbe deutete, die die Kugel weiter hinten der unschuldigen Erde beigebracht hatte, da bekam Maximilian eine Ahnung von der Gefahr, in der er steckte.

Sein Gemütszustand wurde nicht besser, als er Martin sagen hörte: „Ich muß mich natürlich erst einschießen!“ So war es kein Wunder, daß Maximilians nächste zwei Schüsse wieder Löcher in die Luft stießen, ach, nicht einmal das, dazu waren sie viel zu schwach, sie machten wohl nur Beulen in die Luft. Dafür saß Martins nächster Schuß haargenau und ganz dicht rechts von seinem Gegner, es war ein richtiges Gegenstück zum ersten.

Sie fieberten alle dem weiteren Verlauf entgegen. Ulrike hatte schon beim zweiten Schuß Martins die Faust in den Mund gesteckt und draufgebissen; das tat sie immer, wenn die Spannung nicht mehr zu ertragen war. Dieser Schuß hatte noch mehr Kraft gehabt als der erste. Und nun wußten sie eigentlich alle, was Martin etwas prahlerisch ankündigte: „Der nächste sitzt, wetten?“

Es war Maximilian nachzufühlen, daß er merkte, der Vorteil, den ihm die doppelte Schußzahl bot, war gegen diese Siegessicherheit zuwenig. Aber wie sollte er nun noch raus? Er nahm sich vor, da der erste Schuß Martins zu weit links, der zweite zu weit rechts gesessen hatte, beim dritten sich zu ducken. Aber das Ducken würden sie als Feigheit auslegen. Besser war also, leicht in die Höhe zu springen, dann könnte die Kugel höchstens am Bauch oder an den Beinen treffen, und da hatte er Hosen an. Dieses Vorhaben, auf das er sich ja vorbereiten konnte, denn er brauchte doch nur, wenn Eberhard drei sagte, hochzuspringen, beruhigte ihn so, daß er sogar seine Kraft zum eigenen Schuß sammeln konnte. Er wählte eine besonders dicke Kartoffel, was töricht war, schwippte auch richtig beim Zählen und schoß mit leidlichem Schwung.

Allein, er hatte schlecht gezielt, und die Kugel traf Ulrike an den Kopf. Bei Martins Schuß hätte das wohl ernste Folgen haben können, so war es mehr der Schreck, der Ulrike aufschreien und taumeln ließ. Alle, Duellanten und Zeugen, Unparteiischer und Zuschauer, liefen hin und umringten die weinende Ulrike, die sich den Kopf hielt.

So was war nun wohl wirklich noch nicht vorgekommen, seit es eine Duellgeschichte gibt, daß ausgerechnet die Dame, um die es geht, die Zeche mit ihrem Blute bezahlen muß. Denn Ulrike blutete, wenn auch Johannes mit seiner Frage: „Is es aus'm Mund oder aus der Nase?" das Interesse mehr auf die physische Quelle des roten Saftes lenkte. Ulrike schüttelte den Kopf, doch sollte das weniger eine verneinende und mehr eine reinigende Gebärde sein, und in der Tat spritzten Tropfen umher und färbten den Rasen rot. Für Martin wurde es noch schauerlicher und echter in der Romantik, als er bemerkte, daß er einen großen Tropfen auf seine nackte Heldenbrust bekommen hatte. War es auch nicht das Herzblut der Geliebten, so war es doch ihr Nasenblut, dies hatte er nun fachkundig festgestellt, und es kann einen Liebhaber wohl genauso stark erschüttern.

Zu allem Unglück sagte der bedepperte Schütze Maximilian auch noch: „Nun heul man nicht so, dumme Liese, das ist ja bloß ..." Was es bloß ist, erfuhr keiner. Wie eine angeschossene Tigerin war Ulrike losgesprungen und hatte ihre vom Griff an ihre Nase rötlich gefärbten Hände, in deren einer noch Martins Hosenträger baumelten, dem seltsamen Tröster ins Gesicht gekrallt. Ob das Rot auf seinen Backen nun auch von Ulrike stammte oder eigener Färbung war, wurde nicht untersucht, sanft war ihr Ansprung nicht gewesen, denn Maximilian stieß wütend zurück und gleich so heftig, daß Ulrike purzelte.

Da entrang sich ihrer geschundenen Ehre nur ein Schrei: „Martin!"

Aber der zündete. Im Nu war Martins Rute auf den nackten feisten Rücken des schändlichen Bengels niedergezischt und hatte auch gleich eine schöne rötliche Spur hinterlassen. Aber sie hatte auch das lange genug gequälte Gemüt des Stadtjungen entzündet, dem nun alles egal war.

Er schlug mit seiner Waffe zurück und traf Martin über den Kopf. Der warf die Waffe weg und griff zum Kampfmittel seiner Väter: Er nahm die Fäuste. Und darin war er dem Städter über. Sie überkugelten sich ein paarmal, dann, als Martin aufsprang, hielt der andere sich an Martins Hosen, die rutschten, und Martin Grambauer stand paradiesisch da, mit nichts bekleidet als mit seinen Strümpfen, einem Lederriemen um den nackten Leib und seinen Schuhen. Denn bei dem Versuch, sich den Klammergriffen des am Boden liegenden Gegners zu entziehen, hatte er die Füße auch noch aus den kurzen weiten Hosenbeinen gezogen.

Vor Scham und Wut schrie nun auch Martin auf, und da er keine Zeit hatte, sich zu überlegen, aus welchen Rachemotiven er handeln sollte, blieb er bei der Wut und setzte den Kampf fort, unbekümmert um die schamhaft abgewendete Braut. Die hatte ihren eigenen Schmerz vergessen, auch ihre eigene Kampfeslust, und war wieder ganz sittsames Mädchen geworden; und da sie kein anderes Mittel wußte, den schaurigen Kampf zu beenden, schrie sie plötzlich laut: „Papa kommt!"

Mit Hosen wäre das Martin egal gewesen, aber ohne Hosen war es doch genierlich, nach allem, was in den letzten Tagen passiert war; und da Ulrike sogar tat, als liefe sie aus Furcht vor ihrem Vater davon, ließ Martin den Gegner los, entriß ihm die Hose, erwischte auch noch sein Hemd und rannte in entgegengesetzter Richtung, bis hinter den Komposthaufen.

Dietrich und Bernd, die den Vater zur Genüge kannten, fegten gleich zur hinteren Gartenpforte hinaus. Johannes setzte mit Inspektors Langschäftern über die Mauer, zum Friedhof hinüber, Maximilian nahm sich Zeit, sein Hemd und seine Jacke zu ergreifen und hinter Eberhard herzulaufen, der sich die Hose mit der Hand halten mußte und immerzu „Martin, mein Gürtel!" schrie.

Es hatte nicht eine Minute gedauert, und der Schauplatz des Duells war leer; nur ein Paar blutbenetzter Hosenträger lag auf der Walstatt.

Der Freischütz

Auch ohne daß Martin es immer wieder versicherte, stand es für alle, die Zeuge des Kampfes gewesen waren, fest: Wenn Martin Grambauer zum dritten Schuß gekommen wäre, hätte er den Gegner um und um geschossen. Sie waren höchstens verschiedener Meinung über die Stelle, an der er ihn getroffen hätte. Ulrike entschied es, sie habe gesehen, wie

Martin bereits das erstemal darauf gezielt habe; worauf Johannes es bestätigte. Er wisse, daß Martin immer dahin ziele; beides hieß: Er hätte dem Stadtjungen gerade ins Maul geschossen. Sie bedauerten alle, den Schuß nicht erlebt zu haben, und konnten sich nun lediglich in Ausschweifungen ausmalen, welche Folgen er gehabt hätte. Daß die Zähne wie Hagelstücke geflogen wären, war das wenigste. Es war gemein, daß Herr Pastor sie um den Genuß gebracht hatte. Eigentlich nicht mal Herr Pastor, sondern Ulrike, denn der Pastor war gar nicht gekommen. „Ich hab ihn aber gesehen", behauptete Ulrike und setzte hinzu, ein wenig schuldbewußt, da sie sich mit dem Schwindel um den Genuß des dritten Schusses gebracht hatte: „Unsere Tür ist aber gegangen, das hab ich deutlich gehört!" Martins Ruhm als unerreichter Schütze stand auch so fest.

Eberhard machte schon am nächsten Tag sein Versprechen wahr und zeigte Martin das neue Tesching. Mit der großsprecherisch angekündigten Jagd auf Wildtauben hielt Eberhard jedoch zurück. Er wußte, sein Vater sah es nicht gern, wenn man ihm das Wild vergrämte, und jetzt war die Zeit für Rebhühner, Fasanen und Feldhasen. Auf jeden Fall mußte also zunächst der Kreis der Wissenden vermindert werden, was bedeutete, die beiden Pastorenjungens und ihr Besuch durften nicht mit. Ließ sich das nun auch einrichten, so konnten sie doch einen anderen Jagdlüsternen nicht abschütteln: Ulrike. Sie bestand darauf, mitzumachen, sonst würde sie Eberhards Vater verraten: „daß ihr was Unrechtes macht". Das war nun mal ihre Taktik: Sobald sie nicht mitmachen durfte, geschah etwas Unrechtes, zum mindesten etwas Verbotenes, und man konnte oder mußte es durch Anzeigen verhindern. Martin war schon wieder bereit nachzugeben, doch Eberhard blieb fest. Jagdliche Dinge machte er mit Ulrike nicht mehr mit. Sie hatte ihn zu böse blamiert.

Vergangenes Jahr war es gewesen, bei der väterlichen Rebhuhnjagd. Da hatten Eberhard und Martin Erlaubnis bekommen, hinterm Schloßpark mit Teschings nach Krähen zu schießen. Sie hatten sich wie richtige, zünftige Jäger gefühlt, denn was sie taten, geschah gewissermaßen unter den Augen der eingeladenen Gäste. Der Landrat und der Sanitätsrat hatten sogar, da ihre Jagd beendet war, ihre Jagdtaschen zur Verfügung gestellt und Spaß daran gefunden, daß an die Fransen statt Rebhühner mal Krähen geknüpft werden sollten. Damit aber bereitete sich Eberhards Schande vor.

Sie trafen Ulrike und waren einverstanden, daß sie die Jagd auf Krähen mitmachte, es war so doch ein Augenzeuge ihrer Taten und Künste da. Nur die Taten und Künste waren nicht da, wenigstens nicht bei Eberhard. Sooft er auch knallte, er traf nicht eine einzige Krähe, und auch Martin hatte es nur auf eine gebracht. Da die Sache eine Blamage zu werden drohte, schlug Eberhard vor, das Krähenschießen zu lassen und lieber auf dem Hofe ein Scheibenschießen zu veranstalten. Und da die Jagdtasche beuteleer war, hatte er nichts dagegen, daß Ulrike sie sich umhängte. Ihr machte es nichts aus, mit einer leeren Tasche heimzukehren. Sie nahmen noch die Haselnußbüsche mit, und dabei war Ulrike verschwunden. Als sie nach einer Stunde nicht zurückkam, mußte man den Weg zum Schloß allein antreten. Das war nun peinlich, ohne die Tasche des Landrats zurückzukehren; war schon nichts angeknüpft, mußte doch wenigstens die Tasche zurückgebracht werden. Sie drückten sich noch eine Weile in den Ställen herum, bis Ulrike dann auch ankam. Sie trug einen Stock über die Schulter, wie ein Gewehr, und an der Jagdtasche war kaum eine Franse, an der nicht Beute hing. Sie stürzten auf sie zu, und in dem Lärm, den sie machten, kamen einige der Gäste auf die Treppe. Es war furchtbar, Eberhard wollte vor Scham in die Erde versinken, Ulrike hatte unterwegs eine Maus erwischt und, da es ein böses Mäusejahr war, den durchaus richtigen Gedanken gehabt, eine geglückte Vertilgung von Mäusen mochte wichtiger sein als eine mißglückte von Krähen und Rebhühnern.

Falsch war vielleicht nur, daß sie die Mäuse mit den Schwänzen an die Fransen der Jagdtasche band. Doch es war auch wieder nicht falsch, denn die erste angebundene Maus entfachte ja erst den Jagdeifer der Kummerower Diana. Hätte man sie wenigstens vor dem Gutshofe erwischt, so aber konnte sie bis auf die Schloßtreppe vordringen und sich vor den Jagdgästen in aller Unschuld mit ihrer Beute präsentieren.

Es gab ein gewaltiges Weidmannsheil und Hallo, bis auch der Graf und der Landrat herauskamen und der seine Jagdtasche erkannte. Da sie nun gewissermaßen entweiht war, schenkte er sie großmütig der Jägerin, mit allen daran baumelnden Mäusen. Gebot ihr aber, sie dem Pastor mit einem schönen Jagdgruß vorzuweisen. Stolz kehrte Ulrike ins Pfarrhaus zurück und begriff nicht, daß sie nach dem ruhmreichen Verlauf ihres ersten Jagdtages vom Vater ein paar hinter die Ohren bekam. Er hatte befürchtet, diesmal Mäuse statt Rebhühner vom Schlosse erhalten zu haben.

Ulrike schenkte die Tasche ihrem Freund Martin. Es war also zu verstehen, daß Martin sich ihr etwas verpflichtet fühlte. Doch Eberhard blieb mit seiner Ablehnung fest, er hatte an dem Mäuseabend zuviel Spott von seinem Vater und den Jagdgästen erdulden müssen. Außerdem wollte er diesmal die Geschichte mit den Freikugeln ergründen.

Eberhard hatte die Jagdleidenschaft im Blute oder doch das Gefühl, ein Gutsherr müsse auch ein Jäger sein, aber er war nun mal kein guter Schütze. Und so war er geneigt, Martins Gerede von Freischützen und ähnlichem Zauberkram zu glauben; zu glauben und anzuwenden. Martin hatte zwar schon längst ein leichtes Gruseln bei seinen Prahlereien mit den geheimen Kräften, über die er angeblich gebiete, verspürt, aber sein Ehrgeiz, über den gräflichen Freund zu glänzen, dessen geringen geistigen Besitz er kannte, hatte alle Bedenken unterdrückt, so war Martin Grambauer immer tiefer in die Wolfsschlucht der Flunkerei geraten.

In die Wolfsschlucht, jawohl, denn aus dem „Freischütz" stammten alle die Kräfte und Kniffe Martins. Eberhard hatte auch schon Geschichten von Wildschützen, die Freikugeln gießen können, gelesen, aber Martin war auf dem Umwege über Carl Maria von Webers schöne Musik bereits in die Unterwelt eingetreten. Er hatte in einer Zeitschrift das Wort Freischütz gelesen und, da er sich nichts darunter vorstellen konnte, andern Tags Kantor Kannegießer gefragt, was das sei. Der gute alte Musiknarr hatte bei dem Wort Freischütz nur an die Oper gedacht, sich ans Klavier gesetzt und dem verdutzten Martin allerhand vorgeklimpert und dazu etwas von Mädchen und Jägerburschen erzählt. Alles aus lauter Freude, daß sein Musterschüler nun auch noch – endlich, dachte Kantor Kannegießer – Interesse für die höhere Musik zeigte, und gleich so gründlich. So erklärte er ihm nun umständlich, was eine Oper ist, und wenn er auch merkte, daß sein Zuhörer nur Ohren für die Handlung hatte, so freute es ihn doch, und er nahm auch den Einwand nicht ernst: „Dann sind das also gar keine richtigen Jäger und so, sondern man bloß Puppenspeeler?" Und Kantor Kannegießer ahnte nicht, warum der Junge sich am meisten für die Wolfsschlucht interessierte, für das Gießen der Freikugeln, und wie er zu zittern begann, als der Kantor, als wäre es gar nichts, das furchtbare Wort: „Samuel, hilf!" aussprach. Warum ausgerechnet Samuel einem Jäger helfen konnte, faßte Martin nicht, er getraute sich aber auch nicht, danach zu fragen. Samuel war sonst ein alter Kleiderhändler aus Randemünde und hatte vor zwei Dingen eine fürchterliche Angst: vor einem Stück Schweinefleisch und vor einem Gewehr, sogar vor einer Armbrust. „Gott der Gerechte“, schrie er auf, wenn sie ihn in Kummerow damit erschreckten, und das gehörte zum jedesmaligen Empfang, „was sein die Herren in Kummerow for schröckliche Männer!“ Und ausgerechnet der sollte nun der Herr von den Freischützen sein?

Aber vielleicht war er bloß so der Vermittler mit dem Bösen. Martin Grambauer, der plötzlich wieder eine große Scheu vor Geistern fühlte, kämpfte lange mit sich, ob er in die Wolfsschlucht hineinsteigen sollte. Es war besser, erst mal zu lesen, was da alles noch passierte. Kantor Kannegießer borgte ihm ein Textbuch der Oper, und Martin setzte sich nachher nur deshalb nicht gleich hinter der Kirchhofsmauer zum Lesen nieder, weil er das bei diesem Stoff für zu gewagt hielt. Zu Hause aber sperrte er für längere Zeit den Abtritt. Tatsache – auch in dem Buch stand das von Samuel, der helfen sollte. So war der Kerl wirklich der Obere von den Freischützen! Wer aber war der Herr von Samuel? Das konnte doch nur der Beelzebub sein, der Leibhaftige oder so. Martin entschloß sich, Samuel das nächste Mal zu stellen und zu fragen, in wessen Dienst er stehe. Und sollte er ihm sein Geheimnis nicht anvertrauen, so würde er ihn mit einem Gewehr dazu zwingen. Er weihte Eberhard in die Geheimnisse der Freischützentätigkeit ein, und des besseren Eindrucks wegen und weil Eberhard bezweifelte, daß Martin wirklich schon in die schwarze Kunst eingedrungen sei, flunkerte Martin, er habe schon mal Freikugeln gegossen. „In einer Wolfsschlucht?“ fragte Eberhard erregt. Martin wich aus: „Nicht gerade, darum klappte es auch noch immer nicht. Man bloß im Hasenkrug.“

Nun war der Hasenkrug auch schon eine unheimliche Angelegenheit. Er war eine Schlucht im Tanger, in der es spukte, weil dort mal ein Wilddieb einen Förster erschossen haben sollte, wenn sich auch keiner mehr darauf besinnen konnte. Da man die Kugeln jedoch in der Mitternachtsstunde gießen mußte, war der, der das um diese Zeit im Hasenkrug machte, auch schon ein Held.

Noch einmal fragte Eberhard: „Martin, Ehrenwort, daß du Freikugeln gegossen hast?“ Nur einen Augenblick brauchte Martin zu zögern, da hatte ihn der Jesewitter beim Bein, und er konnte ehrlich sagen: „Ehrenwort, Kugeln nicht, aber anderes zum Schießen hab ich gezaubert!“ Und er erzählte rasch, wie er es gemacht und worauf er damit geschossen, allerdings bloß aus der Armbrust, und deshalb habe er wohl nicht immer getroffen. Aber die Schwalbe im Flug – und Krähen – und einmal auf fünfzig Schritt Wendlands Sau in den Schinken. Das alles wußte Eberhard bereits. Es mochte also auch wahr sein, daß Martin auf einem Blechlöffel Blei dünn gemacht und in feuchtem Sand Kugeln gegossen hatte. Da Eberhard nicht weiterfragte, brauchte Martin es ja nicht herauszuprahlen, daß seine Zaubereien nicht im Hasenkrug geschehen waren, auch nicht in der Mitternachtsstunde um zwölf, sondern in Mutters Küche mittags um zwölf. Martin hatte gedacht, die Geister würden es nicht so genau nehmen, zwölf Uhr ist zwölf Uhr, und die Küche als Schauplatz war schließlich unheimlich genug gewesen!

Dort hatte er nach der Schule zwar nur Kartoffeln aufzusetzen gehabt. Gestunken hatte es aber nachher den ganzen Tag, denn Martin hatte in der Aufregung vergessen, Wasser in den Kartoffeltopf zu geben. Sie waren angebrannt und schrecklich verkohlt. Zuerst hatte er den Gestank mit wohliger Nase eingesogen und, ein wenig angstbebend, gedacht, es seien die Geister, die sich nahten. Dann hatte er wirklich „Samuel, hilf!" gerufen, allein es war ihm nichts erschienen als Nachbar Kienbaum, der gekommen war, nachzusehen, ob es bei Grambauers brenne, denn es stinke über zwei Höfe.

Als Martin dem Gefährten gelobte, ihn nach der Jagd, nein, schon auf der Insel den Zauberspruch zu lehren, war Eberhard bereit, die Taubenjagd zu riskieren. Sie tauschten einen Schwur, niemals nichts zu verraten, auch an Ulrike nicht, und sich wegen der Zauberei in Not und Tod nicht zu verlassen, schraubten die Teschings auseinander und zogen los. Da Martin keinen Hut hatte und bis zum Winter keine Mütze trug, borgte ihm Eberhard eine von seinen, denn mit bloßem Kopf konnte man nicht auf die Jagd gehen. Martins weißer Schopf hätte sicher das Wild vergrämt. Martin, der nicht gern etwas auf dem Kopf hatte, sträubte sich und gab erst nach, als der schlaue Eberhard mit einer alten Klassenmütze ankam, die er nicht mehr trug, da er ja Tertianer war und das hier eine Mütze für Quarta. Wie das klang: Quartaner! Und wie das aussah! Da konnte Martin doch nicht widerstehen, er mußte sogar in Grafens großen Spiegel gucken. Und passen tat sie auch. Ach, Martin, die geistige Eitelkeit ist stets noch schlimmer gewesen als die körperliche oder die auf Stand und Besitz.

Als der Wald sie umfing, blieb Eberhard stehen und drehte sich um: „Wollen wir nicht erst in den Hasenkrug gehen?"

Martin bekam einen leichten Schreck und wehrte ab: „Was wollen wir denn da?"

„Du kannst versuchen, ob du Freikugeln machen kannst!"

„Jetzt, mittags, am hellichten Tag?"

Eberhard ließ nicht locker. „Hast ja selbst gesagt, das ist mittags um zwölfe so wie in der Nacht."

In der echten Wolfsschlucht mag es unheimlicher sein, mehr stinken kann es dort auch nicht. Im Grunde ist der Hasenkrug nur eine große und tiefe Kuhle, ein verschwundener See soll sie sein, und da der Boden ganz mit hohem Gras und Buschwerk bestanden ist, kann das wohl stimmen. Geheimnisse sind da sicher mit versickert, das fühlt einer, der zwischen den verfilzten Büscheln steht und zu den hohen Rändern der Senke emporschaut, die von unten aussehen wie gewaltige Berge. Wilde Tiere leben freilich nicht mehr im Hasenkrug, nicht mal ein Hase, nur Krähen. Die aber gleich in so gewaltigen Mengen, daß die Bäume, meist sind es hohe, starke Kiefern, voll Nester hängen wie ein Weinstock voll Trauben. Und die Trauben wieder sind ganz dick von schwarzen Beeren, und das sind die Krähen. Davon stinkt es so mächtig, und jeder meidet den Hasenkrug. Schon die ganz Alten in Kummerow wissen das nicht anders, und wenn mal ein neuer Inspektor auf das Gut kommt und wundert sich, warum der Gutsherr hier niemals Holz schlagen läßt, so hört er nach ein paar Jahren mit dem Verwundern auf und glaubt wie die anderen an die Geschichten von alten Verbrechen und Gelübden und macht einen Bogen um den Hasenkrug.

„Wenn ich erst Herr auf Kummerow bin, dann wird hier ausgemistet!" Eberhard reckte sich auf. „Oder glaubst du, ich habe Angst?" Und um zu beweisen, daß er keine Angst habe, durchstreifte er die Kuhle nach allen Seiten. Die Krähen verstärkten ihr Geschrei, flogen aufgeregt zwischen den Bäumen hin und her, und eine warf Eberhard etwas, das unbestreitbar Krähendreck war, auf seine neue Mütze. Der zukünftige Herr von Kummerow ergrimmte darüber so, daß er etwas retirierte, dann aber flugs sein Tesching zusammensetzte und anfing, ein paar der schwarzen Gesellen herunterzuholen. Ein paar waren es wirklich nur, obwohl es zehnmal geknallt hatte. Das hatte auch genügt, die ganze Krähenstadt in wilden Aufruhr zu versetzen, doch taten die wehrhaften Bürger dieser Stadt etwas, was Eberhard und Martin noch nie an Krähen gesehen hatten: Sie flogen bei den Schüssen nicht auf und davon, wie Krähen das sonst immer tun, bewahre, sie schienen sich gegenseitig aufzumuntern, sausten hin und her und kamen schließlich in ganzen Zügen ziemlich dicht nach unten.

Es war kein Zweifel, sie hatten die Furcht verlernt, sie waren an diesem unheimlichen Ort in ihrem Reich und in ihrem Recht.

„Siehst du“, sagte Martin, „nu haste den ganzen Zauber gestört, nu hilft der Spruch nicht mehr.“

„Is ja Quatsch!“ Der Edle von Runcowricz wollte sich damit aus der eigenen Bänglichkeit retten. „Hast ja noch gar nicht angefangen gehabt!“

„Doch, hab ich! Ich hab für mich schon den Spruch aufgesagt und bloß noch auf die Kugeln gewartet. Nu haste die verschossen.“

„Kannst ja andere kriegen!“ Eberhard sah prüfend auf Martins Platz. Da war von Vorbereitung zu einer Zauberhandlung nichts zu sehn. „Was haste denn schon gemacht?“

Martin wies auf einen Aschenhaufen, da hatte ein Landstreicher wohl mal ein Feuer angemacht, das Gras, das sonst bis an den Leib ging, war niedergetreten und sogar bis auf den Boden ausgebrannt. „Da ist der Platz, da wär es gegangen!“ Und obwohl ihm das alles erst im Augenblick eingefallen war und er selber nicht wußte, wie hier eine Feuerstelle herkam, tat Martin, als sei es ihm von früheren Besuchen und Zaubereien vertraut, und ging auf die unheimliche Stelle zu. „Siehst du nicht die drei Kreuze?“ Nein, Eberhard sah sie nicht. „Da doch, mitten in der Asche!“ Richtig, wenn man genau hinsah und etwas Glaubenswilligkeit bezeigte, konnte man in der Asche einige Vertiefungen sehen. „Das ist das Zeichen. Hier hat er gearbeitet!“ Wer, das sagte auch Martin nicht. „Schade, daß du den Zauberbann gebrochen hast, Eberhard!“

Das schien, angesichts all der guten Vorzeichen, nun auch Eberhard zu bedauern, und er bat, es noch einmal zu versuchen. Sie wählten sorgfältig zwei Kugeln aus, mehr durften es das erste Mal nicht sein, nur eine für jeden, und legten sie in die kalte Asche. Nun mußte Martin den Zauberspruch beten, aber er fürchtete sich. Die Krähen spektakelten noch immer wie verrückt, in die Pausen hinein hämmerte ein Specht, und einmal kreischte unvermutet etwas ganz Lautes dazwischen, so daß sie entsetzt hochfuhren. Doch es war nur die Lokomobile auf dem Fuchsberg, es war wohl gerade zwölf Uhr Mittagszeit. Martin sagte den geheimnisvollen Spruch auf:

Sollst treffen alles, was da fliegt
Und was da rennt und läuft und kriecht,
Sollst treffen um die Ecke,
Sollst treffen im Verstecke.

Die Menschen und die Tier'
Gehören alle dir.
Daß ich kein Ziel verfehle,
Verschreib ich Leib und Seele
Dem großen …

Da stockte er. „Na, wem denn?“ rief Eberhard unbeherrscht, denn er fieberte vor Erregung. Und da Martin noch immer zögerte, setzte Eberhard hinzu: „Haste Schiß?“

Was wußte der robuste Eberhard von den Bedenken, die Martin befallen hatten! Er fürchtete den Kampf mit Personen nicht, auch nicht mit geheimnisvollen, er würde auch seinen Leib dem Großen, den anzurufen er im Begriff gewesen war, verschreiben. Aber die Seele? Das Bild seiner frommen Mutter stand plötzlich vor Martins Augen – nein, auf seine Seele wollte er nicht Verzicht leisten wegen irdischer Vorteile. Mochte Eberhard ihn auch für feige halten.

Zu seiner Verwunderung zeigte Eberhard Verständnis für Martins Bedenken, er teilte sie sogar in gewisser Hinsicht. Er selber gab auf den Besitz einer Seele und auch der eigenen gar nichts, doch viel auf die Intaktheit seines Leibes. Mit einem kaputten Leib konnte Eberhard nicht Herr auf Kummerow werden, das sah nun wieder Martin ein. Wer aber sollte den Vers zu Ende sprechen?

Dann hatte Martin es: sie beide! Sie waren ja zwei, da gelobte der eine dem großen Unbekannten den Leib, der andere die Seele, das war so gut, als wenn einer beides versprach. Für sie aber war es besser, denn nun war jeder in einem Punkt unversehrt, und das gab vielleicht die Möglichkeit, dem Geheimnisvollen später einmal zu entwischen. Sie waren direkt fröhlich über ihre Entdeckung, den Fürsten der Finsternis auf etwas jesewittersche Art hineingelegt zu haben, und fürchteten nichts mehr. Und Martin reckte sich auf und sprach seinen Vers zu Ende:

Daß ich kein Ziel verfehle,
Verschreib ich meinen Leib
Dem großen Herrn der Nacht.
Nun hab' ich es vollbracht.
Samuel, hilf, hilf, hilf!

Eberhard bibberte doch ein wenig, als die beschwörenden Worte verklangen und Martin das eine Geschoß aus der Asche nahm. Er sah sich auch scheu um, bevor er begann, Martin den Vers nachzusprechen:

miger Eiferer, der kein Fleisch aß, keinen Schnaps trank und nicht rauchte, hatte die Sache mit Krischan zu großen Schlägen benutzt und zuerst durch Andeutungen, dann durch Ausdeutungen die Frage verbreitet und schließlich beantwortet: „Warum kann der namenlose, alte, gute und gerechte Hirte, von dem keiner weiß, woher er gekommen und wohin er gezogen ist, nicht der Herr Jesus selbst gewesen sein, der doch versprochen hatte wiederzukommen?“ Sie hatten über den Unsinn zuerst entweder gelacht oder geschimpft, dann aber nachgedacht und sich schließlich gefragt: Warum nicht? Adam Rodewald, der früher in seiner Stube und nun schon auf der Tenne seiner Scheune predigte, räumte denn auch am Sonntag nach dem Termin die letzten Zweifel hinweg: „Soll der Herr etwa in der Gestalt eines Reichen wiederkommen, von denen er gesagt hat, daß eher ein Kamel durch ein Nadelöhr geht, denn daß ein Reicher in den Himmel kommt? Nun wohl! Soll er sich etwa die Gestalt eines hochmütigen Grafen wählen, eines protzigen Dorfschulzen, eines gewalttätigen Pastors? Nun wohl! Nur als ein Armer kann er wieder auf Erden erscheinen, denn er ist ja ein Kind ganz armer Leute gewesen. Es gibt viele Arme, gewiß, aber sehen wir sie uns an: Kann er in meiner Gestalt kommen und als Händler in einem Planwagen über Land ziehen? Nein! Er könnte wohl bei uns im Armenhaus wohnen, aber kann er in der Gestalt eines Nachtwächters Bärensprung erscheinen? Nein, der Herr ist zwar auch ein Wächter, aber er trinkt keinen Schnaps. Wohl aber kann er in Krischans Gestalt wiedergekommen sein, als ein Hirte und Gerechter, der die rechte Backe hinhält dem, der ihn auf die linke schlug. Darum sage ich euch, daß er strafen wird alle, die ihn nicht erkannten, als er unter ihnen wandelte, und ihn austrieben in Nacht und Elend!“

So hatte Adam Rodewald am Sonntagvormittag gepredigt, und mit den alten Frauen waren auch Männer zu der Ansicht gekommen, es könne immerhin so sein. Und wenn Pastor Breithaupt auch gleich am Sonntagnachmittag im Krug gegen den Wahnsinn gewettert und sie alle Gotteslästerer genannt hatte, dem Geraune der bedrückten Seelen, die es nun schon offen bereuten, daß sie den Herrn zwanzig Jahre lang auf dem Heuboden bei Krüger hatten schlafen lassen und ihm beim Reihum-Essen nicht immer frisches Essen gegeben hatten, war dadurch kein Abbruch geschehen. Die Jungens waren immer geschlossen für Krischan eingetreten, aber da war er eben bloß der alte Kuhhirt Krischan gewesen. Den hatten sie geliebt, mit ihm zusammen an seiner Hütte auf renstarken Pastor und dem auch nicht gerade schwachen Müller geworden wäre. Zum direkten Beschützer hatte Johannes, jetzt, da Hermann an die Backpfeifen erinnert hatte, die Herr Pastor gern austeilte, keine große Lust mehr.

„Ich glaub", sagte er langsam, „da wird der liebe Gott schon 'n bißchen aufpassen. Wo Herr Pastor doch bei ihm angestellt ist."

Martin Grambauer nickte befriedigt: Man konnte den Pastor ruhig mit Gott allein lassen und brauchte sich in die mögliche Auseinandersetzung mit dem Müller nicht einzumischen. Und im übrigen ging ja auch Herr Pastor niemals ohne seinen dicken Knüppel aus.

Haut der liebe Gott?

Der Müllerprozeß wühlte nun, da er sozusagen erledigt war, das Dorf erst recht auf. In dem Strudel, den er verursacht hatte, trieben immer deutlicher zwei Männer und langten, bewußt der eine, unbewußt der andere, nach Opfern. Es waren das der Schuster und Händler Adam Rodewald und der verschwundene Kuhhirte Krischan Klammbüdel. Immer mehr Menschen in Kummerow bekannten sich zu der Ansicht, man habe mit der raschen Abschiebung des alten Hirten einen schweren Fehler gemacht. In der Begründung ihrer Meinung waren sie sich freilich nicht einig, aber wann wäre das in Kummerow der Fall gewesen? Sie zerfielen diesmal in eine Gruppe der Diesseitigen und in eine der Jenseitigen. Die Diesseitigen zerfielen noch wieder in zwei Gruppen: Die eine, größere, erkannte, daß sie einen so guten und so billigen Kuhhirten niemals wiederbekommen würde, und beklagte seit dem Termin, daß ihrem Dorfe die Ehre entging, einen Hirten mit einem Orden zu haben, denn den hätte er gekriegt, hatte der Richter gesagt; die zweite Gruppe der Diesseitigen, die Gottlieb Grambauer führte, war angerührt von dem Unrecht, das man trotz aller Erkenntnis an einem armen Mann zugelassen hatte; die Jenseitigen sahen lediglich ihr ewiges Leben durch die Behandlung gefährdet, die sie Krischan in Kummerow hatten zuteil werden lassen. Es waren dies hauptsächlich die Mitglieder und Anhänger der Gemeinde der Erhellten, die Adam Rodewald um sich versammelt hatte, alles Leute, die unzufrieden waren mit den Einrichtungen der irdischen Welt, soweit der Staat sie ordnete, und den Einrichtungen der jenseitigen Welt, soweit sie im Diesseits durch die Landeskirche und einen Pastor wie Kaspar Breithaupt vertreten war. Adam Rodewald, ein grim-

des Hirn versuchte, einen Zusammenhang zwischen Krischan, der alle Tiere liebte, und den Tieren zu finden, denn für umsonst hatte es sich doch nicht ereignet, daß Krischan nach Kummerow gekommen war und nun hier wegen eines Tieres das alles hatte erleiden müssen. Von nichts war es auch nicht gekommen, daß ausgerechnet der Apostel Adam Rodewald, der sich so für Krischan eingesetzt und die Meinung weiterbehielt, Krischan könne sehr gut unser Herr selbst sein, daß Adam in seinen Predigten nun auch der armen Tiere gedachte, wenn er auch sagte, sie hätten es in Kummerow genauso schlecht, wie Krischan es gehabt hätte, und der Herr werde Feuer und Brand auf Kummerow regnen lassen und es austilgen von der Erde. Nur Buße und gute Taten könnten das Urteil noch abmildern.

Nur Buße und gute Taten! Und zwar an den Armen und an den Tieren. Martin Grambauer wartete stundenlang, ob nicht irgendein Bettelweib oder eine Zigeunerin käme, damit er ihr etwas schenken könnte. Er hatte seiner Schwester Anna schon ein paar Wollstrümpfe heimlich aus dem Kommodenkasten genommen und seiner Mutter eine Taille und hielt beides im Stall versteckt, um es der ersten, die kam, zu schenken. Und hatte geschwiegen, als Mutter und Schwester wie wild im ganzen Haus nach ihren Sachen suchten, und hatte auch noch geschwiegen, als Anna einen Verdacht gegen Rieke Kienbaum aussprach und gelobte, sie würde es schon rauskriegen, und sollte sie den Kienbaums den Laden aufmachen. Und seine Schwester Lisa hatte, als sie den Schäferhundwachtelspitz Flock mit dem Griffelkasten haute, eine anständige Portion auf den Hintern bekommen; mit derselben Weidengerte, die Martin einmal für Flock besorgt und mit der er ihn erzogen hatte, bevor der Termin ihn in die andere Bahn stieß.

Es wäre wohl noch schlimm mit der Tierliebe und der Armenfürsorge in Kummerow geworden, hätte das Leben den jugendlichen Selbstgerechten nicht eine harte Nuß zu knacken gegeben. Das Leben liebt das nun einmal, und seine Nüsse sind am härtesten, wenn die Menschen, die sie aufknacken sollen, noch Milchzähne oder gar keine mehr haben.

Nämlich, so sehr die Kinder auch Oll Blasemann mochten, wegen der Lakritzen und des Johannisbrots, und man das alles doch gewissermaßen für umsonst bekam, da die Lumpen einem ja nichts kosteten, man auch mal Muttern zerschlissene Sachen wegnahm, die sie noch gar nicht als Lumpen angesehen haben wollte, oder Vatern einen zerrissenen Kartoffelsack, so war doch das Hundefuhrwerk des Alten den Kumme-

Hause einen fetten Ammi hätte und abends auf die Straße führen müßte. Ein Tier habe immer ein Tier zu bleiben, wobei er jedoch sagen wolle, daß er auch jedem Lümmel hinter die Ohren schlage, der ein Tier quäle oder ihm eine Arbeit zumute, die es nicht ausführen kann.

Sie waren also in Kummerow wohl nicht besser als in anderen Dörfern, aber wie das so ist mit dem Belobtwerden: Da der Gerichtsrat das nun mal gesagt und es in der Zeitung gestanden hatte, hielten sie sich für besser und unterdrückten die Erinnerung an manchen unnützen Peitschenhieb und manches Anbrüllen. An die vielen Gedankenlosigkeiten dachten sie überhaupt nicht. Sie fühlten sich und waren im Krug ganz Gottlieb Grambauers Meinung, daß ein Gesetz kommen müßte, in dem es heißt, es steht Zuchthaus darauf, wenn einer – und dann handelten sie mit jedem Glas Bier und jedem Schnaps die Reihe der Handlungen, die verboten sein müßten, immer weiter zusammen, denn schließlich, sieh mal an, man kann doch nicht immerzu, und schließlich ist ein Tier ja auch man bloß ein Tier. Bis sie bei anderen Dingen angekommen waren.

Nur in den vier Jungens, die zur Verhandlung gewesen waren, wirkte das Lob weiter. Und im Gegensatz zu ihren Vätern verstärkte es seine Kraft, und sie liefen in Kummerow umher und suchten, wo sie einem Erwachsenen an den Kragen könnten, weil er seinem Pferd oder seiner Kuh einen übergezogen hatte. Hermann Wendland, lüstern, es diesmal allein zu schaffen, schnauzte oll Mutter Hanisch furchtbar an, als sie mit einem Stück Holz nach den fremden Hühnern warf, die in ihren Garten kamen, und Traugott Fibelkorn stellte sogar Herrn Inspektor Schneider zur Rede, als der seinem Reitpferd einen Jagdhieb versetzte: „He, Sie, Herr Schneider, das dürfen Sie nicht!“ Johannes Bärensprung dachte mit keinem Gedanken mehr an die vielen ausgenommenen Vogelnester, gelobte sich aber dafür, wenn er im nächsten Jahr Kuhhirte in Kummerow sein sollte, es seinem Hunde zu verbieten, die Kühe in die Hessen zu beißen. Und wenn der Schill vom Krüger, der das nun nicht anders kannte, nicht parierte, dann wollte er ihm schon das Fell ausklopfen.

Der Ärgste unter ihnen war Martin Grambauer. Nicht nur, daß er Kantor Kannegießer in der Schule mit seinen tierfreundlichen Forderungen schon zu langweilen begann, er hatte es auch fertiggebracht, tatsächlich eine Art Evangelium aus dem in Randemünde genossenen Lob zu machen und und die meisten Kinder anzustecken. War bis dahin Krischan Klammbüdel Gottes Stellvertreter auf Erden, jedenfalls in Kummerow, gewesen, so waren es nun die Tiere. Sein verzweifelt arbeiten-

Daß ich kein Ziel verfehle,
Verschreib ich meine ...

Martin hütete sich, nun statt „Leib“ „Seele“ zu sagen, und machte Eberhard darauf aufmerksam, er müsse selbst die Auswechslung des Wortes vornehmen. Es dauerte eine Weile, bevor es klappte. So, nun hatten sie den Dunklen überlistet. Eberhard steckte seine Freikugel ein. Äußerlich gefaßt, innerlich erregt wie noch nie, eilten sie dem Schwarzen See zu.

Sie sprachen nicht miteinander, das half vielleicht, die Ruhe wiederzugewinnen. Martin fand schließlich einen Schutz gegen die Folgen seiner Tat in dem Gedanken, daß die ganze Sache eigentlich gar nicht gültig sein konnte, war sie doch im Grunde keine Wirklichkeit, sondern nur von ihm aus den alten Büchern zusammengestellt. Und den Zauberspruch, den hatte er selbst gedichtet, weil der ja so ähnlich gelautet haben mußte. Und alles eigentlich nur, um vor Eberhard etwas zu gelten. Nur der Samuel war echt, der existierte, wenn auch bloß in der Verkleidung des alten Kleiderhändlers in Randemünde. Martin lächelte, der sollte mal kommen und den ihm verschriebenen Leib einfordern.

Eberhard fand seine Beruhigung auf nüchterne Art. Er sagte sich: Wenn ich so bibbere, dann treff ich auch mit der Freikugel nichts! Und mußte lachen, wenn er sich ausmalte, der große Herr der Nacht könnte den alten Samuel schicken, damit der die Seele des Grafen Eberhard hole. Da brauchte Eberhard bloß den lauflosen Kolben seines Teschings zu zeigen, und Samuel würde laufen, daß er die Hosen verlöre. Und überhaupt – Eberhard fand, zunächst müßten die Freikugeln ja erst beweisen, daß er eine Verpflichtung eingegangen war.

Der Schwarze See ist das verlorene, lockende Paradies der Kinder von Kummerow. Verloren deshalb, weil es nur noch für Mutige zugänglich ist, die eine Wanderung durch dichtes Unterholz, hohes Schilf, über moorigen und morastigen Boden nicht scheuen oder das Schwimmen über den See riskieren oder dreist genug sind, den morschen Kahn des Fischmeisters loszumachen und eine Fahrt damit zu wagen. Paradies deshalb, weil hier eine seit Jahrzehnten oder Jahrhunderten sich selbst überlassene Natur in vielen Geheimnissen zum empfänglichen Kindergemüt spricht. Lockend auch noch, weil geschichtliche Überlieferung, längst zur Sage geworden, um den Schwarzen See ein Netz von kühnen, derben und gespensterhaften Geschichten gesponnen hat. Denn dies war ja wohl sicher, und jeder konnte es nachprüfen, daß der Schwarze

See für die Menschen, die vor Jahrhunderten hier gelebt hatten, von großer Bedeutung gewesen sein mußte.

Ein See war der Schwarze See überhaupt nicht mehr. Schilf und andere Wasserpflanzen hatten ihn in unzählige Weiher und Tümpel zerlegt. Reiher und Wildtauben hausten hier, Singvögel aller Arten; die Rohrdommel, der Moorochs, brüllte im Schwarzen See lauter als anderswo. Der Uhu hatte an einem Zipfel des Wassers seine Residenz, Habichte in einem andern. Karpfen gab es und Hechte, einmal hatte der Fischer sogar einen Wels gefangen. Eidechsen, Blindschleichen und Kreuzottern raschelten durch Gras und Binsen. Am Rande wohnten Füchse und Dachse. Gelegentlich suchte das Rehwild hier Schutz, und Wildschweine hatten ihre Suhle. Haselnußbüsche gab es in großen Mengen; Kantor Kannegießer bezog seine Erziehungshelfer nur vom Schwarzen See. Die Gabeln für die Klöppel der Kirchenglocken wurden hier geschnitten und Tannenzweige für die Kränze der Toten. Seltsame Blumen und Pflanzen brachte der Kantor von seinen Spaziergängen mit. Er trocknete sie und soll sie sogar ins Museum geschickt haben. Ach, es war eine zaubervolle Welt, die da aus dem Schwarzen See zu den Kindern von Kummerow sprach.

Der Kern allen Zaubers aber war die Lustinsel, die in der Zeit vor dem Dreißigjährigen Krieg die Herrgottsinsel geheißen hatte: ein fester, von Pappeln und Tannen bewachsener Hügel inmitten all der Weiher und Sümpfe. Früher soll da ein Lustschloß oder doch ein üppiges Jagdhaus gestanden haben, der Sitz eines Fürsten oder Grafen, Stätte wilder und sündhafter Feste. Da wären sie nachts in heidnischer Unbekleidung in geschmückten Kähnen und mit Fackellicht über den See gefahren und hätten aller christlichen Tugend gespottet. So lange, bis die ergrimmten Bauern die Herren erschlugen und der zürnende Gott den Sündenpalast mit allen Menschen, Herren und Dienern im See versinken ließ. Ein paar Mauerreste nur sind übriggeblieben.

Auf der Insel wollten Martin und Eberhard ihre Tauben schießen, denn es war eine Eigentümlichkeit aller Tiere im Schwarzen See, ob sie nun in der Luft, auf der Erde oder im Wasser lebten, daß sie nicht soviel Scheu vor den Menschen zeigten wie ihre Genossen an anderen Stätten.

Die beiden Jungen zogen, an der Niederung angekommen, Schuhe, Strümpfe und Hosen aus, hoben das Bündel übern Kopf und wateten durch Wasser und Morast zur Insel hinüber. Martin wollte die überflüssigen Kleidungsstücke am Rande liegenlassen und gleich auf die Jagd gehen, doch Eberhard belehrte ihn, daß dies unzünftig sei. Heute, da sie mit richtigen Feuerwaffen arbeiteten, durften sie nicht wie Indianer oder Buschneger schleichen. Also zogen sie sich wieder an.

Die erste Streife verlief ohne ein rechtes Ergebnis. Die Tauben waren doch scheuer, als sie es sich gedacht hatten. Und auf eine zu große Entfernung wollten sie ihre Freikugeln nicht erproben. Martin, der in diesem Gelände mehr zu Hause war als Eberhard, der Sohn des Besitzers von Grund und Boden, hatte bald gemerkt, daß er nicht zum Schuß kommen würde, blieben sie beieinander. Denn immer, wenn Martin eine Taube ausgemacht hatte, drängte Eberhard ungestüm voran und verscheuchte sie. Er schlug dem Freunde daher vor, sie sollten sich trennen und von zwei entgegengesetzten Seiten aus die Insel durchpirschen. Bei der Hütte an der alten Eiche könnten sie sich wieder treffen.

Allein mit Vogelgezwitscher, Käfergesumm und dem leisen unkörperlichen Rauschen der Natur hatte der Junge, der mit großen Augen in die grüne Wunderwiege des Lebens sah, bald den Zweck seines Wanderns und auch die Zaubervorbereitungen dazu vergessen. Ein paar kurze Augenblicke lang wurde es ihm sogar klar, daß die Geschichte vom Freischütz mit all dem Spuk und den geheimnisvollen Wirkungen ja nur ein Theaterpuppenspiel war oder, wie Kantor Kannegießer gesagt hatte, eine Oper. Höchstens noch ein Buch zum Lesen, mit Liedern zum Singen. Es mochte schon sein, daß es irgendwo in der Welt und in früheren Zeiten Männer gegeben hatte, die sich dem Teufel verschrieben und dafür auf Erden Erfolg und Reichtum erwarben. Aber dann mußte der Teufel doch vorher den Männern erschienen sein und ihnen Seele oder Leib abgefordert haben. Ihm aber war er nicht erschienen, und auch der geheimnisvolle Samuel, der der Diener des Teufels sein sollte, hatte noch nie etwas von ihm verlangt. Sicher stimmte die Sache nicht. Der alte Samuel aus Randemünde konnte gar nicht der Diener des Herrn der Nacht sein, denn dann brauchte er nicht mit Kleidern und Schürzen zu handeln. Martin Grambauer schämte sich ein wenig des Spaßes, den er mit Eberhard gemacht. Er faßte in die Tasche, um die Zauberkugel herauszuholen, und mußte lachen, als er entdeckte, er hatte sie einfach zu den anderen gesteckt und konnte sie nun nicht mehr erkennen. Er nahm sich auch vor, Eberhard nach der Jagd zu beichten, daß er an alle solche Geschichten nicht mehr glaube.

Martin Grambauer wäre wohl ganz ins Träumen gekommen, hätte das dichter werdende Unterholz ihn nicht gezwungen, sich bückend und kriechend, Dornengestrüpp und verfilztes Unterholz umgehend, einen Weg nach dem Innern der Insel zu bahnen. Als er wieder einmal ein paar Kuscheln zur Seite schob, befand er sich auf einer kleinen Lichtung, an die er sich nicht zu erinnern vermochte. Am andern Rand der Lichtung ragte eine Tanne hoch auf. Und Martin war verwundert, sie von keiner andern Stelle aus gesehen zu haben. Er versuchte, ihre Höhe abzuschätzen, und erschrak freudig: Auf ihrer Spitze, frei und von allen Seiten sichtbar, saß eine prächtige Taube.

Nun schlug der Jagdeifer jäh durch, und Martin Grambauer überlegte, auf welche Weise er näher heran könnte, um sie auch sicher zu bekommen. Daß sie da oben so ganz frei aufgebaumt hatte, was Wildtauben nie taten, erregte ihn noch mehr. Sein Blick glitt an dem Baum herunter und blieb, vor Entsetzen erstarrend, am Erdboden haften. Dort lag unverkennbar eine große Wildsau. Ein Rehbock, ein Rothirsch, und wäre er selbst in der Brunft, machen einem Kummerower Jungen nichts aus; er ist bereit, einen gefangenen und um sich beißenden Fuchs aus dem Eisen zu nehmen. Er würde aber eher einem Löwen begegnen wollen als einer Wildsau. Immer wieder hatte man die Geschichte der Großen über angreifende Wildsauen mit anhören müssen. Da lag nun solch ein Vieh, groß, schwer und sicher gefährlich. Vielleicht war es ein Keiler. Das waren die schlimmsten. Aber auch einer Sau, wenn sie Junge hat – und wer konnte das von hier aus sehen? –, begegnete man lieber nicht. Martin, der sein Tesching schon halb erhoben hatte, ließ es vorsichtig sinken, indessen die Gedanken durch seinen Kopf schossen, wie er sich am besten aus dem gefährlichen Bereich brächte.

Noch schien ihn das Untier nicht bemerkt zu haben. Es lag behaglich in der Sonne und stieß den Kopf in den Boden. Wo eins ist, sind in der Regel mehrere. Martin hielt es somit nicht für ratsam, den Weg, den er gekommen, gebückt oder gar kriechend zurückzugehen. Scheu, ratlos blickte der Knabe um sich, ob nicht ein Baum in der Nähe wäre, der im Falle eines Angriffs Zuflucht bot. Nein, er stand an einer Stelle, an der sich nur Buschwerk befand. Samuel hilf! dachte Martin und erschrak im selben Augenblick, denn er hatte ja eigentlich beten wollen. Hatte ihn der Böse doch schon so weit in Besitz?

Da knallte ein Schuß, und nun ging alles sehr schnell. Die Taube flog von der Spitze der Tanne auf. Es war wohl Eberhard, der sie von der anderen Seite aus erblickt und beschossen hatte. Die Wildsau aber sprang hoch, stürzte über die Lichtung, geradewegs auf Martin Grambauer zu. Der schrie auf und hatte keine Zeit, an Abwehr zu denken. Wenn er nur eine Saufeder hätte oder eine Axt oder ein richtiges Gewehr, aber ein Tesching und eine Wildsau! Da war das Untier schon nahe heran. Ausreißen hatte keinen Zweck, sie ist ja viel zu schnell. Wehren also, aber womit? Wenn man einen dicken Knüppel hätte und damit die Schnauze träfe, da können sie nichts vertragen. Das ist wie bei den Hunden. Da hatte Martin Grambauer auch schon sein Tesching beim Lauf gepackt, hatte ausgeholt und auf die Schnauze der vor ihm auftauchenden Wildsau gezielt. Und hatte zugeschlagen und den Schweinekopf verfehlt, den Erdboden getroffen, und es hatte einen Knall gegeben. Und alles war aus gewesen.

Erst nach einer halben Stunde fand Eberhard den Freund. Er hatte den Knall gehört und angenommen, nun hätte Martin wohl die Taube geschossen, und er war sofort losgegangen, um nachzusehen. Aber er war in die Irre gegangen, und es war mehr ein Zufall, daß er schließlich doch auf die Lichtung kam. Da lag nun Martin Grambauer, mit einem Loch in der Stirn, neben sich ein zerbrochenes Tesching. Eberhard vergaß den Freischütz, die Zauberkugel, die verbotene Jagd und alles, rannte in seinen Kleidern durch den Sumpf aufs Feld, wo er Leute wußte, und berichtete ihnen, Martin Grambauer sei tot und habe sich erschossen. Die Leute gingen mit, holten den Jungen und fuhren ihn auf einem Ackerwagen nach Hause. Das ganze Dorf war im Nu in Aufregung und Verwirrung, ob Martin nun wirklich tot oder nur bewußtlos wäre. Ein Wagen raste nach Falkenberg und holte den Doktor.

Tot war Martin Grambauer nicht, aber übel dran und hätte von Rechts wegen, wie Doktor Braun sagte, tot sein müssen. Die Kugel hatte ihn direkt in die Stirn getroffen. Aber sie hatte den Weg durch den ledernen Mützenschirm genommen, von der unteren Kante des Schirms bis an die obere, und das hatte ihre Kraft so weit gebremst, daß sie den Kummerower Dickkopf nicht mehr durchschlagen konnte. Sie war im Stirnknoten steckengeblieben, und Doktor Braun hatte sie herausgezogen. Und das mit der Bewußtlosigkeit, das sei nur auf den Schreck und den Blutverlust zurückzuführen. Aber Ruhe sei geboten, das gelte für alle im Hause.

Da habe einer Ruhe! Wenn man als Vater oder Mutter weiß, wie dünn die Wand gewesen ist, die da trennend vor dem Gehirn des Jungen gestanden hat. Da habe einer Ruhe, wenn dieser Junge im Fieber von

Wolfsschluchten, Zauberkugeln und unheimlichen Wildschützen erzählt. Da habe einer Ruhe, wenn Kantor Kannegießer Krankenbesuche macht und, kopfschüttelnd und ohne ein einziges Wort zu sagen, still wieder davongeht. Oder wenn Pastor Breithaupt mit Ulrike kommt und sein Trost zwar von einer sicheren Gesundung spricht, aber auch davon, daß beunruhigende Kräfte in dem Jungen tätig seien und ihn in der gedeihlichen Entwicklung behinderten. Und wenn Ulrike, die still weinend auf den bleichen Freund und dann auf auf den predigenden Mund ihres Vaters gesehen hat, nun laut aufheult: „Martin soll nicht sterben! Martin soll nicht sterben!" Und hinausrennt.

Mutter Grambauer konnte keine Ruhe finden. Es war klar: Seit der Junge ein Gerechter war, ging es mit ihm bergab. Sie betete und gelobte alles mögliche, aber sie mußte, sozusagen im gleichen Atemzuge, auch ihren Mann ausschelten, daß er mit seinem Schießkram, mit dem Pusterohr, Flitzbogen, Armbrust und Tesching, das ganze Unheil vorbereitet hatte. Und je mehr sich Gottlieb Grambauer dagegen verwahrte und sogar etwas wie Stolz laut werden ließ darüber, daß sein Junge mit dem Teschingkolben hatte eine Wildsau erschlagen wollen, um so mehr war er doch im stillen dankbar für die Wendung, die das Schicksal genommen hatte.

Eberhard saß schon längst wieder in seinem Internat und erzählte tolle Geschichten über den Schwarzen See und die Jagdabenteuer mit Wildsauen. Er hatte an dem Abend des Unglücks von seinem Vater böse Dresche bezogen. Einmal wegen des Unglücks, dann wegen der verbotenen Jagd und schließlich wegen seines unweidmännischen Benehmens. „Du wirst ebensowenig ein Jäger werden, wie du in der Schule etwas lernst! Welchen Nutzen hat das bloß, daß ich dich aufs Gymnasium schicke!" hatte der erboste Vater geschimpft.

Am andern Tag, als ihm Gottlieb Grambauer die durchgeschossene Quartanermütze Eberhards brachte, drehte der Graf sie lange hin und her und betrachtete sie aufmerksam. Dann sagte er: „Sehen Sie, Vater Grambauer, man sollte nicht voreilig urteilen. Da habe ich doch immer geschimpft, das Geld für die hohe Schule für meinen Bengel sei rausgeschmissen. Nun hat das Gymnasium doch einen Nutzen: Hätte Eberhard nicht diese Schülermütze mit dem dicken Schirm gehabt, wer weiß, was dann mit Martin passiert wäre!"

Was Pastor Breithaupt bei seinem Besuch von dem Kampf der guten und bösen Geister in Martin gesprochen hatte, traf zu. Wenn auch nicht in dem Sinne des Pastors. Nun Martin genaß, ließen zwar die Fieberphantasien über Wolfsschluchten und Zauberkugeln nach, dafür kehrte die Beunruhigung in anderer Gestalt ein. Martin Grambauer lag seltsam lange still in seinem Bett und sah mit feuchtglänzenden Augen zur Decke. Und es war, wie seine Mutter sagte, als sähe er dort durch ein Loch und suche fern am Himmel etwas. Er suchte auch etwas. Er suchte wohl ein Tau, an dem er sich aus dem Wirrwarr der Gefühle und Gedanken emporziehen konnte. Daß es ihm nicht gelang, lag weniger an seinem Willen. Aber wie sollte ein elfjähriger Junge zwischen Glauben und Zweifeln den Weg und die Aufgabe der Menschen im wundersamen Gewebe der Schöpfung erkennen, wenn seine Vorfahren, Menschen von gereiftem Verstand und ruhigem Gefühl, jahrhundertelang von guten und bösen Geistern wie mit Hetzhunden hin und her gejagt worden waren? Pastor und Lehrer nannten diese Vorfahren deshalb dumme Menschen und sprachen von finsterem Aberglauben; und sprachen im selben Augenblick von Himmel und Hölle und von Engeln und Teufeln und nannten es hellen Glauben. Und sagten von ihm, er sei verwirrt oder gar schlecht, wenn er einmal nicht alles glaubte, was sie sagten, und das andere Mal viel mehr glaubte, als sie gelten lassen wollten. Wo waren denn die Gerechten, die wirklich wußten, was die Wahrheit war? Das wäre doch eine bösartige ewige Gerechtigkeit, die ausgerechnet von einem kleinen Jungen verlangte, das alles ganz genau zu wissen, und ihm eine wütend gemachte Wildsau auf den Hals schickte, wenn er es nicht wußte.

So weit kam Martin Grambauer in seinem Grübeln, doch gelang es ihm nicht, den Ausweg aus dieser ersten Einkesselung seines jungen Lebens dadurch zu finden, daß er sah: Alle diese Geister sind ja gar nicht vorhanden! Nun konnte er zwar schon lächeln, wenn sein Vater ihn mit den Abenteuern in der Wolfsschlucht aufzog, er konnte auch den ganzen Spuk als Traum oder Schwindel ansehen, aber soviel er abstrich, von den guten und bösen Geistern, die in seinem Innern ihr Wesen treiben sollten, ein ganz großer Geist, der Allgeist sozusagen, war unstreitig vorhanden. Das war der, der die Erde gemacht hatte, denn die Erde war schön. Und das schönste an ihr war, daß man sie sehen konnte.

Sein Vater bestätigte es ihm, nur fügte er hinzu: „Man bloß, die eine Sorte Menschen hat sie für die andere Sorte Menschen zu einem Jammertal gemacht!“

„Warum lassen die sich das denn gefallen?“ fragte der Junge zurück.

Der Alte pfiff durch die Zähne. „Weil die einen den andern sagen, wenn die noch Kinder sind, das müsse so sein auf Erden, das habe der liebe Gott so gewollt.“

„Haha“, sagte Martin, „dann ist er am Ende darum von der Erde weg in den Himmel gezogen.“

Gottlieb Grambauer erkannte, daß er hier vielleicht noch ein wenig ackern könnte, und sagte nebenbei: „Der Kaiser wohnt ja auch nicht in Kummerow in einem Bauernhaus, sondern in Berlin in einem Schloß! Würdest du denn nicht auch lieber in Berlin in einem Schloß wohnen?“

„Nein!“ antwortete Martin Grambauer, und zur Bekräftigung richtete er sich im Bett auf. Dann lachte er: „Ein Kaiser kann doch nicht in jedem Dorf wohnen. Dafür hat er doch lauter Gendarmen, die für ihn aufpassen.“

Gottlieb Grambauer nickte. „Woll, woll! Und der liebe Gott kann auch nicht überall wohnen, dafür hat er doch lauter Pastoren! Na und Gendarm Niemeier so als kleine Majestät und Pastor Breithaupt so als kleiner Herrgott . . .“ Darüber mußten sie beide lachen.

„Man bloß“, sagte der Vater und wurde wieder ernst, „ob das die richtigen Streiter für das Gerechte und Gute sind?“

Martin schüttelte energisch den noch immer brummenden Kopf.

„Siehst du, und so ist die Erde eben für viele Menschen so lange ein Jammertal geblieben.“

Als der Vater gegangen war, faßte Martin den Entschluß, das Schlechte und Böse, das er getan, zu sühnen. Immer geneigt, einen neuen Entschluß und eine Sache gleich ganz zu machen, war er bereit, in seinem zukünftigen Leben es nicht bei dem Unterlassen von schlechten Taten und Gedanken bewenden zu lassen, sondern ein echter Streiter für das Gute zu werden wie seine beiden großen Namensvetter, der heilige Martin mit dem zertrennten Mantel und der Martin aus Wittenberg mit der verbrannten Bannbulle. Vielleicht könnte er der dritte große Martin werden, zu dem katholischen und dem evangelischen nun der – doch da schauderte Martin Grambauer zusammen – beinahe hätte er gedacht, als dritten einen heidnischen Martin zu nehmen. Und bloß wegen des dummen Spottnamens. Dabei hießen sie doch gar nicht mehr die

Heiden von Kummerow. Martin lachte. Einen heidnischen Gottesstreiter konnte es ja auch nicht geben! Er beschloß, als dritter großer Martin den Namen Martin der Gerechte zu verdienen. Er dachte nach, welchen Gegenstand er wohl mit seinem Namen verbinden könnte. Mantel und Bannbulle waren ihm nicht streitbar genug, und er kam auf das Schwert der Gerechten. Jawohl, und darauf mußte eingraviert stehen: „Für Wahrheit und Gerechtigkeit!“

Der neuerstandene Streiter sah sich im Geiste nach Gegnern und Feinden um und erschrak. Als er krank lag, hatten ihn viele Menschen besucht, und alle hatten sie betuliche Worte gesprochen, viel langsamer und feierlicher als der Pastor, und zu guter Letzt mußten sie eine gute Ermahnung daranhängen. Dies aber hatte ihm schon immer an den Erwachsenen nicht gefallen und ihn schon vor seinem Unfall mit Mißtrauen erfüllt. Er hatte nur nicht weiter darüber nachgedacht, warum die Menschen mal so und mal so reden. Nun wußte er es: um zu betrügen! Wenn die Großen untereinander reden, dann sprechen sie so, wie sie alle Tage reden und wie man sie kennt, vom Pflügen, Holzhauen, Kartenspielen. Wenn sie aber mit Kindern sprechen, dann betun sie sich, reden albern oder von oben herab, immer geschwollen, gerade so, als hätten sie sich über ihre Alltagsjoppe den Gehrock gezogen, wie damals der Pastor seinen Talar über die schmutzigen Ackerstiefel. Fast alle großen Menschen machen es so. Martin fand, daß die Erwachsenen den Kindern gegenüber immer Sonntag spielen und sich einbilden, man erkenne ihre schwarzen Hände und ihre Ackerstiefel nicht wieder. Wenn die Großen ehrlich sind, so kann das sicher nur am Alltag sein. Wahrscheinlich sind die Menschen überhaupt nur bei schwerer Arbeit ehrlich, sind so, wie sie sind.

In langer Reihe zogen die Erwachsenen seiner Umgebung an Martin vorüber, und er fand, daß sie alle ein ganz anderes Leben von den Kindern fordern, als sie selbst führen, alle: Graf, Pastor, Kantor, die Bauern, die Tagelöhner, auch Vater und Mutter. Jawohl, auch die Mutter. Martin zögerte ein wenig, sie einzubeziehen, die Mutter predigte nicht und gebrauchte nie harte Worte, sie war immer gütig, aber war sie auch immer gerecht? Nein, er konnte keine Ausnahme bei den Erwachsenen zulassen. Hatte nicht die Mutter ihm immer wieder Vorwürfe gemacht, daß er seine Frühstücks- und Vesperstullen so oft verschenkte, und hatte sie nicht verlangt, er solle sie selbst essen? Dabei gab gerade sie alles mögliche weg, keinen Armen ließ sie vom Hofe gehen, ihre eigenen Sachen verschenkte sie und verheimlichte es Vatern. Warum sollte er dann seine Brote selbst essen? Er würde schon genug essen, um groß und stark zu werden. Jawohl, richtet euch nach meinen Worten, aber nicht nach meinen Taten. So sind sie, die Großen. Auch in den Büchern. Warum bloß?

Das Grübeln zog ihn in den Schlaf und in einen Traum hinüber, der ihn vollends verwirrte: Alle Streiter der Gerechtigkeit, der Ungerechtigkeit und der Unwahrheit erscheinen ihm, eine ganze Versammlung kleiner schwarzer Gestalten, und der große Geist der Gerechtigkeit übergibt Martin feierlich ein Schwert und befiehlt ihm, sie zu bekämpfen. Als Martin gegen sie vorgeht, sind es mit einemmal lauter schwarze Rohrkolben und stehen im Schwarzen See. Sie haben sich, feige, wie sie sind, rasch verwandelt. Aber Martin der Gerechte läßt sich nicht täuschen; mit seinem scharfen Schwert führt er eine wilde, erbitterte Schlacht gegen die Rohrkolben. Hei, wie sie dahinsinken von seinen Streichen, da hat ihnen alles Verstecken nichts geholfen. Einige kann er nicht erreichen, und als er vordringt, ziehen sie sich grinsend immer weiter zurück und ihn tiefer und tiefer ins Wasser, so daß er fast ertrinkt. Er muß sie entweichen lassen und sich ans Ufer retten. Höhnisch lachend sehen sie ihm nach und vermehren sich im Augenblick wieder zu großer Zahl. Als Martin sich hinter einem Busch auszieht, um seine Sachen zu trocknen, sieht er, wie drei Männer ankommen, und erkennt in ihnen Graf Runcowricz, Pastor Breithaupt und Adam Rodewald. Sie zanken miteinander und schimpfen, der Graf auf den Pastor, der Pastor auf den Sektenprediger, der Adam auf den Grafen und den Pastor und die beiden wieder auf den Erhellten. Und alle zusammen auf die Menschen in der Welt und auf die Geister der Unwahrheit und Ungerechtigkeit. Dann sehen die drei das Schlachtfeld, bleiben stehen und beklagen kleinmütig die armen abgeschlagenen Rohrkolben, loben sie wegen ihrer Schönheit und schimpfen auf den unbekannten Zerstörer. Martin will schreien, das seien keine Rohrkolben, sondern eben die Geister der schlechten Dinge, aber er ist so verwundert über die Unfähigkeit der weltlichen und geistlichen Herren, das Böse und Schlechte zu erkennen, daß er nicht schreien kann.

In seinem Eifer aber, sich des sicheren Beistandes der Herren zu versichern, läuft er zu ihnen hin und sieht nicht, daß er nackt ist. Sie aber sehen es, schreien auf, da sei ja der Frevler, ein sündiger Knecht des Bösen, rebellisch, schamlos und verdorben mit dem Mund und den Händen. Und sie verdreschen ihn mit ihren Spazierstöcken, alle drei, und es ist ein Wunder, daß sie ihn nicht totschlagen. Wehren kann er sich nicht, er ist ja nackt und bloß und sein scharfes Schwert liegt bei seinen Kleidern hinter dem Busch. Schwerverwundet und lahm entkommt er ihnen mit Mühe. Und sieht dann von weitem, wie sie sich auf das Kampffeld begeben und jeder sich einen ganzen Armvoll von den schwarzen Rohrkolben mitnimmt. Und die Kolben, die sie unterwegs verlieren, die sammelt Nachtwächter Bärensprung auf und trägt sie ins Armenhaus, und Johannes freut sich noch besonders darüber, da sie doch vom Grafen und vom Pastor stammen.

Nein, mit diesem Traum konnte Martin Grambauer nichts anfangen. Er wollte gerade darüber nachdenken, ob die drei Männer wohl schuld hätten an der Ungerechtigkeit auf Erden, als die Tür aufging und mit der Mutter Adam Rodewald hereinkam. Der Junge erschrak, glaubte er doch, der Apostel sei durch eine hinterirdische Macht herbeigeholt worden. Adam war jedoch nur gekommen, um hinter dem Pastor nicht zurückzustehen. Wenn sein Besuch auch auf Gottlieb Grambauer nicht wirken würde, die Mutter war eine fromme Frau, und Krischan war bei Grambauers gut angeschrieben; man konnte nicht wissen, ob nicht am Ende doch noch eine neue Seele zu gewinnen sein mochte. Adam sagte nichts von den guten und bösen Geistern, die in Martin Grambauer um die Oberhand kämpften, wie Pastor Breithaupt das getan hatte, Adam dankte nur dem Herrn für die Errettung des jungen Lebens. Martin war ihm schon dafür dankbar und erst recht seine Mutter. Aber auch Adam mußte noch etwas hinzugeben, er predigte noch rasch ein bißchen gegen das Schießen und gegen die Gewehre.

Mit einem Male lachte Martin unbekümmert, ihm war der andere Adam eingefallen, der Händler, der mit dem Müller und Wilddieb Düker eine so verdächtige Freundschaft gehalten hatte. Er fragte Adam, womit einer denn Rehe und Hirsche und Hasen und Wildsauen schießen solle. „Es braucht sie ja keiner zu schießen“, antwortete Adam, „der Mensch soll kein Leben zerstören.“

„Und wenn sie nun Ihren Roggen abgrasen und Ihre Kartoffeln auffressen?“ Darüber konnte Adam nur sanft lächeln. „So wird der Herr meine Ernte um so vieles wieder erhöhen.“

Aber Martin hatte noch einen ganz großen Gedanken im Hinterhalt, damit mußte er Adam schlagen. „Wenn das Schießen eine Sünde ist, warum kaufen Sie dann die totgeschossenen Hasen und Rebhühner auf?“

Mit einem Schlag hatte sich Adams Haltung verändert. Zornig schrie er den Jungen an: „Wer sagt dir, daß ich dem Müller etwas abgekauft habe?“

Nun war Martin ehrlich verwundert: „Ich hab ja gar nichts vom Müller gesagt. Aber früher, als der Müller noch die Jagd hatte, da haben Sie seine Hasen doch gekauft?“

Der Besuch atmete auf. Mutter Grambauer auch. Adam wendete sich an sie. „Der Junge ist vom Bösen bedroht, er spioniert hinter Menschen her, deren Lebenswandel ein reiner Dienst am Herrn ist. Ich sage euch, hütet euch und rettet eure Seelen! Die ihr in Finsternis wandelt, ihr wisset nicht, in welcher Gestalt der Herr unter euch weilet und euch prüft.“

„Wenn Sie damit wieder Krischan meinen, so ist das Gotteslästerung, sagt Herr Pastor!“ Martin nahm sich rasch mal den Pastor als Bundesgenossen.

Adam Rodewald gab Mutter Grambauer die Hand, nickte schwer und traurig und ging, ohne sich von Martin zu verabschieden.

Und dann legte er in seiner Betstunde los gegen den Pastor und nannte ihn den Antichrist. Diese bezahlten Herren in den schwarzen Röcken, predigte Adam, seien vielleicht des Glaubens, in einem von ihresgleichen könne sich das Wort der Schrift erfüllen: „Und er wird wiederkommen auf Erden!“ Und als er seinen Gläubigen immer wieder die Frage vorlegte, was wahrscheinlicher sei als Wohnung des Herrn – die dürre Gestalt eines armen Hirten oder die feiste eines wohlgenährten Pastors, und nicht nur die Gemeinschaft der Erhellten in Kummerow, sondern auch die Kirchengänger wenigstens in diesem einen Punkte Adams Ansicht zu teilen schienen, da erstattete Pastor Breithaupt Strafanzeige wegen Beleidigung. Vorher freilich hatte er noch von der Kanzel herab gegen die Wölfe im Schafspelz gepredigt, die in die Herde des Herrn einfallen und nicht bloß alte Schafe übertölpeln, sondern auch alte Böcke. Das letzte ging, so deuteten sie es alle, auf die Mitglieder des Kirchenrates, die sich herbeigelassen hatten, in ihrer letzten Sitzung die Frage Adam Rodewalds nach der wahrscheinlichen Gestalt des wiederkehrenden Heilands zu erörtern.

Pastor Breithaupt ging aber noch einen Schritt weiter und ließ durchblicken, von wem er annehme, der Förster habe ihn bei seiner Aussage vor Gericht als Mittäter des Müllers Düker bei dem Fischdiebstahl verschwiegen. Der Hehler sei ebenso schlecht wie der Stehler, sagte Pastor Breithaupt und knüpfte daran Betrachtungen über den betrügerischen

Sinn der Händler. Adam Rodewald unterließ es nicht, in seiner großen Predigt die unerhörte Kränkung, die ihm der bezahlte Diener Gottes zugefügt habe, zu brandmarken. Solche Leute scheuten sich nicht, christliche Menschen, die dem Herrn aus freien Stücken dienten und ihm opferten, zu besudeln. Aber mitschuldig sei eine Gemeinde, die einen derartigen Apostel des Antichrist dulde. Und er sehe voraus – und Adam Rodewald hob die Arme gegen den Himmel und drehte dann abwehrend die Handflächen gegen Kummerow –, daß der Herr einen feurigen Engel auf Kummerow herabsenden werde, die Stätte zu strafen, in der solche Frevel geschehe.

Da er nicht aufhörte, von dem feurigen Engel zu predigen, im Gegenteil von Woche zu Woche mehr ihnen die Schrecken der nahenden Vernichtung ausmalte, wurden sie bei kleinem beunruhigt, und es wurden ihrer immer mehr, die zu Adam in seine Betstunde kamen, hoffend, bei einer möglichen Heimsuchung Kummerows wenigstens etwas besser wegzukommen. Denn Adam hatte es nun nicht mehr bei dem Bild des feurigen Engels bewenden lassen, er hatte schon deutlicher davon gesprochen, daß der Herr Feuer und Schwefel vom Himmel auf Kummerow fallen lassen werde.

„Er ist verrückt“, sagte Gottlieb Grambauer, und er war seit langem mal wieder einer Meinung mit Pastor Breithaupt. Jedoch nicht lange, denn als Pastor Breithaupt im Kirchenrat seine Absicht bekanntgab, beim Landrat den Antrag zu stellen, Adam Rodewald in eine Anstalt bringen zu lassen, erhob Gottlieb Grambauer Einspruch.

Er sagte: „Muß denn immer gleich der Gendarm geholt werden, wenn einer Unsinn redet? Und von einem Pastor nun gar gegen einen Mann, der sozusagen und quasi ein Kollege von ihm ist?“

„Ich verbitte mir solche Vergleiche, Herr Grambauer“, fuhr Pastor Breithaupt auf.

„Das sollten Sie nicht tun, Herr Pastor“, antwortete Gottlieb und blieb seltsam ruhig. „Denn sehen Sie, die Menschen werden auf jeden Fall sagen, Sie handeln solchermaßen aus Konkurrenzneid, dieweilen zur Zeit dem Adam sein Geschäft besser geht als Ihres, obwohl Sie den größeren Laden haben. Darum meine ich, Sie sollten den Adam ausstechen durch eine bessere Belieferung Ihrer Kundschaft. Vernichten Sie ihn also mit dem Sturmwind des Wortes Gottes in Ihrem Munde, mit dem Feuer des Glaubens in Ihrem Herzen und mit dem Hochwasser Ihrer guten Werke . . .“

Er sah sich um und tat erstaunt: „Wo ist er denn?“

Pastor Breithaupt hatte die Kirchenratssitzung verlassen. Martin Grambauer war gerade wieder ganz gesund geworden, als der Tag oder besser die Nacht kam, da Adam Rodewalds düstere und leidenschaftliche Prophezeiungen eine furchtbare Bestätigung erfuhren. Es fiel wirklich Feuer vom Himmel und entfachte den großen Brand in Kummerow, von dem sie noch lange im Kreise redeten. Pastors Scheune, Fibelkorns Stall, Wendlands Scheune, Trebbins große Strohscheune und der Spieker für den Altsitzer sowie ein Insthaus des Gutes brannten nieder, und es hätte nicht viel gefehlt, und auch die Kirche wäre ein Opfer geworden, vielleicht das ganze Dorf. Da immer mehr Männer vom Schrecken geschlagen auf dieses verkündete Strafgericht des Himmels geschaut und untätig verharrt hatten, war es erst gelungen, den großen Brand einzudämmen, als aus den umliegenden Dörfern Spritzen herangebullert waren.

Aber das Gerede und Gejammere die nächsten Tage und Wochen! Das war kein Feuer gewesen wie sonst, verursacht durch Fahrlässigkeit oder durch einen, der nicht mehr aus und ein wußte und gut versichert war. Dies Feuer war wirklich vom Himmel gefallen. Man denke – ein Gewitter im Oktober! Donnern hatte es keiner gehört, aber die alte Hanisch hatte den Blitz gesehen. Zuerst sei er eine feurige Kugel gewesen und dann ein feuriges Schwert, und das sei hin und her gesprungen, und beim Pastor habe es angefangen.

Der nun, der als amtlicher Zeuge die Wahrheit hätte bekunden können, Nachtwächter Andreas Bärensprung, fiel aus. Ihn hatte das Strafgericht als ersten vernichtet. Es hatte ihm wenigstens das Amt genommen. Sie waren sich alle einig in seiner Verurteilung, und es war lediglich Gottlieb Grambauer, der öffentlich zugestand, die Art, in der Andreas Bärensprung sich geholfen habe, zeuge für erhebliche geistige Gaben, die ihn, wäre er ein Besitzer, befähigten, sogar Schulze oder Graf in Kummerow zu werden.

Andreas Bärensprung hatte das Feuer in der Nacht zuerst gesehen, denn die alten Frauen, die sonst bei jedem Gewitter aufstehen, hatten, bis auf Mutter Hanisch, dieses verschlafen. Andreas Bärensprung hatte gesehen, daß Pastors Scheune brannte, und pflichtgetreu zu seinem Horn gegriffen, um Feueralarm zu blasen. War es seine Schuld, daß er nicht blasen konnte? Wohl hatte er ein Horn, aber es war kein richtiges Horn, es war eine alte Trompete, die ihm der Schulze aus seinem Privatbesitz vor einem halben Jahr gegeben hatte, als Johannes das Nachtwächterhorn auf dem Gotenfeldzug der Kummerower Jungens nach Randemünde verloren hatte.

Nun wäre die Trompete sogar ein besseres Alarminstrument gewesen als das alte Horn, aber sie hatte einen Fehler – es fehlte ihr das Mundstück. Sie sollte ja auch nur so lange Ersatz sein, bis ein neues Horn beschafft worden war, sollte nicht ein Instrument zum Blasen sein, sondern nur zur Equipierung des Nachtwächters dienen. Denn darauf hielten sie im Gemeinderat: Der Nachtwächter in Kummerow mußte einen Spieß, eine Laterne, ein Horn und eine Flöte haben. Und dann war das geschehen, was Gottlieb Grambauer als ein Zeichen großer geistiger Gaben an Andreas Bärensprung rühmte: Nachdem der Nachtwächter sich lange abgequält hatte, aus der mundstücklosen Trompete Alarmsignale herauszuholen, war er auf einen Gedanken gekommen. Er hatte bei Grambauers ans Fenster geklopft und war dabei zuerst auf Mutter Grambauer gestoßen. „Frau Grambauer! Frau Grambauer!“ hatte er gerufen. „Geben Sie mir fix eine Gießkanne!“ Es war natürlich, daß Mutter Grambauer nicht ohne weiteres gesonnen war, das Verlangen zu erfüllen, daß sie vielmehr den Nachtwächter Bärensprung mal wieder für betrunken hielt. Lasse sich ein anderer nachts um ein Uhr durch Trommeln am Fenster aufschrecken und um eine Gießkanne bitten, wenn es draußen regnet. Und so hatte es dann wohl eine Viertelstunde gedauert, bis Mutter Grambauer begriff: Nachtwächter Bärensprung ist nicht betrunken, er will durchaus eine Gießkanne haben – und sich bereit gefunden hatte, ihm die Kanne zu holen. Die Unterhaltung hatte inzwischen auch ihren Mann und die Kinder geweckt, und sie waren alle nicht minder neugierig, was Nachtwächter Bärensprung in der Nacht im Oktober mit einer Gießkanne anfangen wollte. Bis sie es dann sahen. Andreas Bärensprung drehte, ohne die Frage Gottlieb Grambauers zu beachten, den Spritztrichter ab, warf ihn in Grambauers Flur, rannte auf die Straße, setzte das Rohr der Kanne an den Mund und versuchte, auf der Gießkanne zu blasen. Nach einiger Zeit gelang ihm dies auch, und es klang dumpf und schaurig durch Kummerow. Zwar wußten die, die es hörten, nicht, was es zu bedeuten hatte. Aber da alles Ungewöhnliche die Menschen aufmerksam macht, erfüllte die Gießkanne als Blasinstrument doch ihren Zweck. Sie liefen auf die Straße und sahen, daß es brannte.

Insofern hatte Gottlieb Grambauer also recht, wenn er die Findigkeit des Nachtwächters lobte. Mehr freilich hatte er mit einer trockenen Bemerkung recht, Andreas Bärensprung wäre ohne die Gießkanne schneller zum Ziel gekommen, hätte er an die Fensterscheiben geklopft und „Feuer! Feuer!“ gerufen. Das hatte nun Gottlieb Grambauer besorgt, der, als er dem Nachtwächter nachblickte, die brennende Pastorenscheune sah. Sie waren dennoch alle ziemlich rasch am Werk. Aber da nun, als sie zu spritzen begannen, der Regen aufhörte, dafür aber der Wind stärker blies, konnten sie die Ausbreitung des Feuers nicht verhindern.

In der Nacht erschien auch noch Wachtmeister Niemeier und begann mit der Untersuchung. Er stand ihnen, während sie noch eifrig löschten, überall im Wege und störte durch seine nächtlichen Vernehmungen ihren nun wild entfachten Feuereifer. Dann, als sie am Morgen noch einmal die schwelenden Trümmer abgegangen waren, verkündete der Wachtmeister das Resultat seiner Feststellungen: Ursache – Blitzschlag. Der Herr hatte also seinen feurigen Engel gesandt, er hatte Feuer und Schwefel vom Himmel fallen lassen.

Stumm und finster, aber doch triumphierend, ging Adam Rodewald durch das Dorf, als wäre er nun nicht mehr Prophet, sondern der rächende Gott selbst. Scheu sahen sie ihn an, und als er in das Debattieren der Männer über die angerichteten Schäden und die Halunken von den Versicherungsgesellschaften, die nun wieder nicht genug bezahlen würden, und in das Jammern der Frauen über das verbrannte Vieh doch endlich seinen Mund öffnete, da geschah es mit den Worten: „Der Herr hat gnädig an euch gehandelt, es ziemt euch nicht zu klagen, es ziemt euch, niederzufallen und ihm zu danken und Buße zu tun und Besserung zu geloben; sonst wird er wiederkehren und euch austilgen von dieser Erde!“

Wachtmeister Niemeier hatte in seine amtlichen Feststellungen noch hineingeschrieben, es sei zu spät Alarm gegeben worden, und dadurch habe der Brand diesen Umfang annehmen können. So blieb die Schuld mit einem Widerhaken an Andreas Bärensprung hängen. Der Schulze, besorgt, man könne ihn und den Gemeinderat wegen des fehlenden Nachtwächterhorns zur Verantwortung ziehen, war durchaus nicht bemüht, für seinen Beamten einzutreten. Im Gegenteil – sie sahen die geniale Art, in der Andreas Bärensprung sich mit einer Gießkanne zu helfen gewußt hatte, als Beweis dafür an, daß er mal wieder betrunken gewesen sei. Es ließ sich auch nicht leugnen, daß dieser Zustand wenigstens gegen Morgen vorhanden war. Aber das konnte auch geschehen sein aus Gram über das nicht mehr aufzuhaltende Unheil. Andreas Bärensprung wies jedenfalls nach, bei Ausbruch des Brandes nüchtern wie ein junges Reh gewesen zu sein, denn im Dienst trinke er nie etwas. Als er erfuhr, der Wachtmeister habe ihn mit ins Protokoll genommen, bezeichnete Andreas Bärensprung dieses Protokoll als Quatsch. Denn er nehme jeden Diensteid auf sich, daß kein Blitzschlag in Kummerow hineingefahren sei. Hier sei ein verfluchter Brandstifter im Gange gewesen, und nur weil er zuerst habe Alarm geben und sich um die Rettung kümmern müssen, sei er nicht dazu gekommen, dem Kerl auf die Spur zu gelangen.

Da der Nachtwächter auch den nächsten ganzen Vormittag bei seinem Brandstifter blieb, war es für alle erwiesen, er war in der Nacht noch schwer betrunken gewesen. Wachtmeister Niemeier drohte mit Anzeige, und da Bärensprung ihm die Richtenberger vorwarf, die der Wachtmeister vor seinen sichtlichen Augen so oft in Kummerow getrunken habe, die, zählte man sie zusammen, ein ganzes Faß voll ausmachten, gelobte der Wachtmeister, diese Sache nicht mehr auf sich sitzen zu lassen, und sie werde in ihrem Gefolge der Gemeinde noch schwer zu schaffen machen. Jeder Tag und jede Nacht, in der ein solches Individuum weiterhin polizeiliche Gewalt in einer Ortschaft habe, sei ein Verbrechen gegen die öffentliche Sicherheit, und die Gemeindeverwaltung, die so etwas dulde, mache sich wegen Mitschuld strafbar.

Schulze Wendland improvisierte noch in der Schenke, in der sie endlich ihre rauchgesättigten Kehlen waschen konnten, einen Gemeinderat, und man beschloß, Andreas Bärensprung bis zum Abschluß der Untersuchung seines Dienstes zu entheben. Als sie es Andreas verkündeten, war er nicht mehr fähig, es zu begreifen. Am Nachmittag aber erfaßte er es, und wenn er nun auch nicht wie Adam Rodewald Feuer und Schwefel auf Kummerow herabprophezeite, so sagte doch auch er den Untergang voraus, denn eine Gemeinde, die ihren treuen Diener so behandele und an einen Blitzschlag glaube, wo ganz bestimmt einer, der nicht mehr aus und ein gekonnt habe, mit dem Streichholz nachgeholfen habe, die sei nicht wert, im deutschen Vaterland zu existieren. Er werde auch ohne das Nachtwächteramt leben können. Denn aus dem Armenhaus könnten sie ihn ja nicht rausschmeißen, das sei sein gutes Recht als Ortsarmer. Und eine Aufgabe habe er auch: Er werde den Halunken von Brandstifter, der ihm das eingebrockt habe, schon herausbekommen.

Sie hatten noch viel zu klagen und zu jammern, denn die Versicherungsgesellschaften glaubten weder an den Blitzschlag noch an den Umfang der Schäden, der ihnen vorgerechnet wurde. Nun ja, alle diese Gebäude seien zwar abgebrannt, und man könne bei Kühen und Schafen auch feststellen, wie viele mitverbrannt wären. Aber bei dem Geflügel, bei den Maschinen und bei all dem sonstigen Kram – wer hatte das gezählt, und wer garantierte denn, daß alles noch in gutem Zustand gewesen war?

Die von der Versicherung angekündigte große Untersuchung brachte freilich nichts heraus. Auch die Versicherung getraute sich nicht, einen der Abgebrannten zu verdächtigen, denn das waren der Graf, der Pastor, der Schulze, Großbauer Trebbin und Bauer Fibelkorn, alles rechtschaffene und wohlhabende Leute. Also war es doch wohl ein Blitz gewesen, wenn auch im Oktober.

Zu dem täglichen Gespräch darüber kam die Drohung Adam Rodewalds, dies sei erst eine Mahnung des Himmels gewesen. Seine Predigtstunden waren überfüllt, die Tenne seiner Scheune reichte nicht mehr aus, sie saßen und standen auf seinem kleinen Hof, und Pastor Breithaupt hatte das Nachsehen. War es denn nicht auch an dem? Wessen Scheune war verbrannt? Die von Adam Rodewald oder die vom Pastor? Wessen Bethaus war angesengt? Adam Rodewalds Strohscheune, die den Dorfgläubigen als Gotteshaus genügen mußte, oder die steinerne Kirche, in der Herr Breithaupt predigte? Gegen diese Argumente konnte auch Pastor Breithaupt nicht anders an als mit Händeringen und tiefen Seufzern und einem kleinen tröstlichen Schluck vom Rest der Flasche Pinet, Castillon & Co.

Adam Rodewald war mit seiner Klage gegen den Pastor wegen Beleidigung abgewiesen worden. Das heißt, Wachtmeister Niemeier hatte die Anzeige nicht angenommen und gesagt, es sei das keine öffentliche Angelegenheit. Adam müsse eine Privatklage einreichen. Da er das aber in derselben Stunde sagte, in der Adam Rodewald eine Aufforderung des Gerichts erhalten hatte, in Randemünde vor dem Amtsgericht zu erscheinen und sich wegen öffentlicher Beleidigung des Pastors Breithaupt zu verantworten, war Adams Empörung über die Ungerechtigkeit der Mächtigen zu begreifen. Auch für das Empfinden der meisten Bauern von Kummerow wurde wieder mal mit zweierlei Maß gemessen. Denn warum war das einmal eine Beleidigung, was zum andernmal keine war?

„Aber so geht es zu in der Welt!“ predigte Adam Rodewald zornig auf der Tenne seiner Scheune. „Nun wohlan, ich bin nur ein armer Mann und Diener des Herrn, ich bin bereit, den Weg in Not und Kerker zu gehen. Bevor ich ihn aber betrete, wird mein neues Bethaus herrlich dastehen wie der Tempel Salomonis. Hingegen wird von dem Turm des Baal“ – und Adam deutete zur Kirche hinüber – „kein Stein mehr auf dem andern sein.“ Den Kummerowern sagte er nur, sie hätten die erste Mahnung des zornigen Gottes überhört, so müßten sie denn nun sein himmlisches Strafgericht verspüren.

Zunächst bekam Adam Rodewald das irdische Strafgericht zu spüren: In Randemünde verurteilten sie ihn wegen öffentlicher Beleidigung des Pastors Breithaupt zu fünfzig Mark Geldstrafe. Die Privatklage hingegen, die Adam Rodewald nun doch gegen den Pastor anstrengte, endete mit der Freisprechung des Beklagten, denn Förster Drosselberg, als Entlastungszeuge vom Pastor geladen, sagte nach vielem Drucksen aus, es sei ihm in der Nacht, in der er den Müller beim Fischestehlen überrascht habe, wirklich so vorgekommen, als habe es sich bei dem davongelaufenen Mittäter um einen Mann gehandelt, der in seinem Aussehen, soweit man das in der Nacht habe feststellen können, eine gewisse Ähnlichkeit mit Adam Rodewald gehabt hätte. Er seinerseits wolle damit keinen Verdacht aussprechen, aber da ihn das hochwohllöbliche Gericht gezwungen habe, auszusagen und nur die reine Wahrheit zu berichten, glaube er, dies angeben zu müssen. Da das Gericht Adam Rodewalds sogleich vorgebrachten Antrag, den Förster wegen Beleidigung zu verurteilen, ablehnte, im Gegenteil den nunmehr zornig das Gericht kritisierenden Prediger wegen Ungebühr vor Gericht noch einmal mit dreißig Mark bestrafte, kannte die Erbitterung Adams keine Grenzen mehr. Wäre es sein Geld, so beteuerte er laut, er pfiffe darauf, und wenn sie ihm das letzte Hemd auszögen, aber dies Geld sei das Scherflein der armen Witwe, und er habe es gespart, um dermaleinst ein neues, würdiges Bethaus in Kummerow für die Gemeinde der Erleuchteten zu errichten. Gott werde furchtbare Rache üben.

Nachtwächter Bärensprung blieb gegenüber Adam, allen Gläubigen, Gendarmen und Gerichten bei seiner Ansicht von sagenhaften Brandstiftern. Und einer war in Kummerow, der über des Nachtwächters „Phantasien“ nicht lachte, das war Martin Grambauer. Zu dieser Haltung war er so gekommen: Als es in der Schreckensnacht brannte, erst

Pastors Scheune, dann Fibelkorns Stall, Trebbins Strohscheune, und ein großes Bündel Rohr vom Dach dieser Scheune wie ein feuriger Engel durch die Nacht flog und auf dem Kirchendach landete, war Martin in seiner Herzensangst, ganz Kummerow könne untergehen und die Prophezeiung Adam Rodewalds sich schaurig erfüllen, zu dem Apostel gerannt und hatte vorgehabt, ihn flehentlich zu bitten, das Unheil durch Fürsprache beim lieben Gott abzuwenden. Um rascher hinzukommen, war er hinter den Gehöften herum durch die Gärten nach dem Bruch gelaufen und so von hinten an Adam Rodewalds Grundstück gelangt. Da hatte er zu seinem Schreck einen Mann aufgestöbert, der sich an Rodewalds Scheune zu schaffen machte. Der Mann war hochgefahren und hatte sich in den Schatten des alten Birnbaums gedrückt, der hart an der Scheunenecke steht. Aber Martin hatte ihn doch gesehen, und mehr aus Angst vor dem Fremden als aus dem Bestreben, ihn zu beobachten, war Martin stehengeblieben. Das aber hatte den andern wohl in Furcht versetzt, denn mit einemmal war er davongelaufen, hinter Rambows Stall rum und nach dem Dorf zu. Martin aber war herangegangen an die Stelle, an der der Kerl gesessen oder gelegen hatte, und hatte da ein Bündel Stroh, einen Haufen Hobelspäne und eine Flasche Petroleum gefunden.

Die Entdeckung, daß hier ein gottloser Mensch in dem Augenblick, in dem das halbe Dorf durch einen ungesehenen Blitzschlag niederzubrennen drohte, hinging und extra noch das Gehöft des frommen Adam Rodewald, der allein durch sein Gebet die Not beschwören konnte, anstekken wollte, hatte den Jungen so verwirrt, daß er still umgekehrt war. Da sie alle im Dorf über die Möglichkeit einer Brandstiftung lachten, war ihm der Mut geschwunden, von seiner Entdeckung etwas zu sagen. Auch schämte er sich, zu gestehen, was ihn veranlaßt hatte, in der Nacht zu Adam zu gehen. Was würde Pastor Breithaupt mit ihm machen, erführe er, sein Kirchenjunge habe zu einem Gebet des Sektenpredigers mehr Vertrauen als zu dem des verordneten Dieners des Herrn! Außerdem war Pastor Breithaupt Ulrikens Vater. Am Ende würden sie gar sagen, Martin Grambauer habe noch einmal im Fieber phantasiert und gehöre auf die gleiche Stufe wie Nachtwächter Bärensprung. Und so verschwieg Martin Grambauer seine Entdeckung, und da sie ein anderer nicht machte, blieb es für die Kummerower bei dem Blitzschlag im Oktober. Wenn das auch etwas Ungewöhnliches war.

Bei kleinem beruhigten sie sich im Dorf über das Umglück und seine

Folgen. Nur Andreas Bärensprung beruhigte sich nicht. Trank er früher einen Liter am Tag, so trank er jetzt zwei. Denn er mußte sich beleben für die große Aufgabe, seine gestohlene Ehre wiederherzustellen. Das aber konnte nur geschehen, wenn er den Brand von Kummerow aufklärte. Und obwohl jetzt der Sprengmeister vom Grafen den Nachtwächterdienst versah, ging Andreas Bärensprung doch jede Nacht ohne Pike, Horn und Laterne, bewaffnet lediglich mit einem dicken Stock und einer Flasche Schluck, durch Kummerow, spürte in jedes Gehöft, ließ nicht einmal die Feldscheunen aus, immer nur bemüht, den Brandstifter zu fassen. Was er so über Mörder gehört, bezog Andreas Bärensprung auch auf Brandstifter: daß sie zum Ort ihrer Schandtaten zurückkehren müßten.

Aber der Brandstifter kam nicht, und es kam auch keine Genugtuung für Andreas Bärensprung. Im Gegenteil – seine provisorische Absetzung war endgültig geworden. Andreas Bärensprung gab den nutzlosen Kampf auf, doch er wollte es den Kummerowern noch eintränken. Sie, die nicht wert waren, einen Nachtwächter und Ortspolizisten wie ihn zu haben, und die zu geizig waren, ihm eine Pension zu geben, und wenn es auch nur so viel war, daß es zu einem Schluck reichte, sie sollten zum mindesten ein schlechtes Gewissen kriegen und Unkosten dazu. Andreas Bärensprung beschloß, aus dem Leben zu scheiden. Dann würde ganz Deutschland sagen, man habe ihn in den Tod getrieben, und außerdem müßten die Kummerower die Kosten seines Begräbnisses bezahlen. Andreas kam sich mit seinem Opfer so edel vor, daß er kein Beispiel fand, nicht im Geschichtsbuch, nicht in der Bibel. Höchstens noch in Krischan. Der war auch ein Armer und war vielleicht der Herr selbst gewesen. Vielleicht bedienten sich die Himmlischen auch noch mal seiner Gestalt, er wollte sie ihnen allen zurücklassen und nur seine Beamtenehre mitnehmen.

Als Andreas Bärensprung es beschlossen hatte, brauchte er noch einige weitere Tage, um über die Art seines Selbstmordes ins reine zu kommen. Normalerweise kam Aufhängen in Frage oder Ertränken. Aber das war nicht nach Andreas Bärensprungs Sinn. Ertränken taten sich die Weiber, und dann auch das viele Wasser schlucken und ausgerechnet als Letztes auf der Erde; na, und aufhängen taten sich eigentlich nur immer Leute, die etwas ausgefressen hatten und denen der Teufel schon an der Kehle saß. Nein, Andreas Bärensprung, der allezeit ein Held gewesen war, beschloß, sich zu erschießen. Aber womit? Denn er hatte kein Gewehr und keine Pistole, und in der ganzen Gemeinde würde ihm keiner eine Waffe dazu borgen. Doch, einer: Gottlieb Grambauer. Das war der einzige, mit dem man über solche Dinge sprechen konnte. Andreas Bärensprung ging zu Gottlieb Grambauer.

Mit ernster Miene, verständnisvoll nickend, hörte Gottlieb Grambauer die Klagen über die Ungerechtigkeit des Lebens im allgemeinen und des Lebens in Kummerow im besonderen an und stimmte Nachtwächter Bärensprungs Entschluß, aus dem Leben zu gehen, zur großen Freude von Andreas zu. Ja, sagte der Bauer, er sehe ein, ohne Ehre könne der Mensch nicht leben.

„So wirst du mir dein Gewehr oder deine Pistole dafür borgen, Gottlieb, nicht?" fragte Andreas, ergriffen von dieser Kameradschaftlichkeit.

Doch da schüttelte Gottlieb Grambauer den Kopf: Er habe kein Gewehr und auch keine Pistole, nur einen alten Revolver, aber dem fehle die Trommel. Zwar sehe er ein, daß ein Mann wie Andreas Bärensprung nicht ins Wasser springen oder zum Strick greifen könne. Aber da bliebe doch noch ein anderes, ein Mittelding zwischen Erschießen und Ertränken oder Aufhängen, etwas, was durchaus männlich sei, was viele große Männer, Könige und Helden, in ihrer Not gemacht hätten, nämlich sich zu vergiften. „Und sieh mal, Andreas, wenn sich ein Mensch aufhängt, weißt du, wir haben doch da neulich den Schmiedegesellen abgeschnitten, na, möchtest du so vor unsern Herrgott hintreten? Und wenn du auch zu ihm sagst: ‚Ich bin unschuldig, die Kummerower haben mich dazu getrieben', er würde dir doch sagen: ‚Warum aber hast du sich so verunstaltet, daß du für alle Ewigkeit so herumlaufen mußt?' Nein, Andreas! Und weißt du, so 'ne Wasserleiche, das ist auch keine Form für einen Engel. Ja, gewiß, mit dem Erschießen, das ginge. Die Soldaten werden ja erschossen, richtig. Und ein Bein haben sie dir sowieso schon abgeschossen. Ein Veteran sieht auch ohne Bein nach was aus. Aber sieh mal, du bist doch schon ein bißchen taperig, und wenn du dann mit der Pistole so an deinem Kopf rumfummelst und schießt dir am Ende Verschiedenes weg, und es reicht doch nicht, na, was dann? Soll ich etwa dabeistehen und erst wieder neu laden? Und wie siehst du aus, wenn es wirklich geklappt hat? Ich rate dir, Andreas, mach es mit Gift!"

Andreas Bärensprung war gewillt, den Freundesrat anzunehmen. „Na, denn gib mir man welches, Gottlieb!"

Gottlieb Grambauer bedeutete ihm, kein Gift zu haben; denn Rattengift und dergleichen, das komme für einen Selbstmord aus Ehre nicht in Frage.

„Dann häng ich mich doch auf", drohte Andreas, „dann ist mir das puttegal mit dem Aussehen im Himmel!"

Gottlieb Grambauer dachte nach. Er fahre morgen nach Falkenberg und habe sowieso beim Apotheker zu tun. Der sei ein Freund von ihm und werde ihm für Andreas sicher eine Portion Gift mitgeben. Nur mit Unwillen fügte Andreas sich darein, die Schande noch einen Tag weiter zu schleppen.

Als Grambauer am anderen Nachmittag vom Hofe fuhr, stand zu seiner Überraschung Andreas Bärensprung am Torweg. Er wollte mitfahren, er möchte sich selbst das Gift vom Apotheker holen. „Hm", antwortete Grambauer, „du traust mir wohl nicht? Na, meinetwegen, fahr mit!" Aber da fiel Grambauer ein, daß er etwas vergessen hatte. Er ging noch einmal in seine Wohnung. Nach einiger Zeit kam er wieder, und sie fuhren nach Falkenberg.

Auf der ganzen Fahrt war Andreas Bärensprung sehr redselig. Er mußte noch einmal und ein drittes Mal den Hergang seines Unglücks schildern und sich ein viertes Mal bestätigen lassen, daß ein Mann von Ehre so handeln müsse wie er. „Und ich werde dir das in meinem ganzen Leben nicht vergessen, Gottlieb!"

„Was ich noch sagen wollte", begann Gottlieb Grambauer langsam und paffte aus seiner Pfeife, „du mußt in der Apotheke nu nichts sagen, Andreas, denn sieh mal, er darf dir ja direkt kein Gift geben, und für so was, was du vorhast, schon gar nicht. Ich habe es darum auf einen Zettel geschrieben und so getan, als besorg ich das für einen andern. Also red du man lieber gar nicht!" Der lebensmüde Nachtwächter versprach das auch und fing schon unterwegs zu schweigen an. Desto öfter nahm er einen Schluck aus der Flasche.

Gottlieb Grambauer gab dem Apotheker seinen Zettel und blickte ihn ernst an. Man konnte nicht sehen, was hinter den Brillengläsern des Apothekers vorging, als er nun den schweigend dastehenden Andreas betrachtete. Der nickte dem Pillendreher schließlich aufmunternd zu. Aber der Apotheker schien auch noch eine menschliche Verpflichtung zu spüren, er fragte mahnend: „Muß es denn wirklich sein?"

Andreas, seines Versprechens gedenkend, antwortete nur mit Nicken und sah Gottlieb Grambauer an. So antwortete denn Gottlieb für ihn: „Wir sind ja ohne Zeugen. Also ich habe es ihm wollen ausreden, er will nicht."

„Nun", sagte der Apotheker und zuckte mit den Achseln, „ich will es dir zuliebe tun, Gottlieb Grambauer, aber ich kann da Unannehmlichkeiten von haben."

Da trat Andreas Bärensprung rasch einen Schritt näher, öffnete seinen Mund und fragte: „Wieso denn, Herr Apotheker? Wenn ich tot bin, kann ich doch nicht sagen, wo ich das her hab? Na, und Gottlieb wird ja wohl so dumm nicht sein. Oder wollen Sie mir was geben, was nicht gleich wirkt?"

Der Apotheker schüttelte den Kopf. „Das nicht, da geb ich nur beste Ware. Aber gerade, weil das so schnell wirkt, muß ich sichergehen. Du mußt dafür sorgen, Gottlieb Grambauer, daß die Geschichte nicht auf Falkenberger Feldmark vor sich geht. Weißt du, es ist wegen der Kosten für Beerdigung und Reinigung und so. Macht das also erst im Kummerow ab."

Grambauer versprach es ihm, und als der Apotheker nach einiger Zeit mit einer ziemlich großen Flasche voll einer dunklen Flüssigkeit zurückkehrte, übergab er sie Grambauer mit der Verpflichtung, sie dem Selbstmordkandidaten erst nach Überschreiten der Kummerower Gemarkungsgrenze auszuhändigen. In aller Ruhe besorgte Gottlieb Grambauer seine Einkäufe, und auch Andreas Bärensprung schien es nun nicht mehr gar zu eilig zu haben.

Bevor sie die Heimfahrt antraten, lud der Bauer den langjährigen Gemeindebeamten zu einem Abschiedstrunk ein. Andreas Bärensprung hatte sich zwar für sein Vorhaben bereits den nötigen Mut angetrunken, aber er war der durchaus richtigen Meinung, daß es diesmal ja auf etwas mehr oder weniger nicht ankomme und ihm der Schritt außerdem leichter gemacht werde. Auf dem Heimweg jedoch war er ziemlich still, und Gottlieb Grambauer glaubte sogar eine leichte Unruhe zu verspüren, als sie am Pötterberg die Grenze Kummerows überschritten.

Es dämmerte bereits stark, als sie am Tanger vorbeikamen. Da Andreas Bärensprung keine Miene machte, diesen gewiß geeigneten Ort zur Ausführung seines Vorhabens zu benutzen, hielt Grambauer an und wies stumm in den dunkel ragenden Wald. Eine Weile starrte Andreas Bärensprung hinüber, dann schüttelte er schwer den Kopf: „Da möcht ich nicht, von wegen daß da die vielen Füchse sind. Sieh mal, die könnten einen anknabbern, bevor man gefunden wird."

„Hüh", sagte Gottlieb Grambauer und ließ seine Pferde weitergehen.

Sie kamen an den anderen Zipfel des Waldes, und wieder hielt Gottlieb Grambauer an. „Der Hasenkrug“, sagte er und zeigte mit der Peitsche hinüber.

Andreas Bärensprung nickte versonnen. „Das wäre schon der richtige Platz, Gottlieb, man bloß, da ist das viele Krähenzeug, das bemacht einen von oben bis unten. Und dann sieh mal, da kommt doch nie ein Mensch nicht hin.“

Gottlieb Grambauer sah ihn von der Seite an: „Soviel ich mich auskenne mit Selbstmördern, Andreas, die suchen grad immer Plätze, wo sie allein sind.“

Andreas bedeutete ihm, daß er es so nicht meine. Allein wolle er schon sein mit dem Sterben, bloß nachher: „Denn sieh mal, da könnt einer doch vielleicht ein Vierteljahr lang liegen und noch länger, und die Gemeinde kommt dann am Ende um die Begräbniskosten rum.“

Gottlieb Grambauer dachte eine Weile nach. Darauf sagte er tröstend: „Was das angeht, Andreas, da kann ich dir ja versprechen, daß ich übermorgen so ganz zufällig durch den Hasenkrug gehen will, und wenn ich dich dann finde, werde ich das alles in Ordnung bringen.“

Ein Weilchen noch saß Andreas Bärensprung still neben seinem Freund und Gönner. Grambauer reichte ihm die Giftflasche. Prüfend hielt Andreas sie gegen das schwindende Licht, kluckerte ein wenig und versuchte auch, daran zu riechen. Er wollte sie in die Tasche stecken, doch das ging nicht, da war bereits eine Flasche drin.

„Verwechsle man bloß die beiden Flaschen nicht“, ermahnte ihn Grambauer, „und nu steig man ab.“

Andreas Bärensprung stieg ab und tapste schwer, aber doch männlich über das dunkle Feld und auf den Waldzipfel zu, in dem tief unten der Hasenkrug eines neuen unheimlichen Vorganges harrte. Gottlieb Grambauer saß still auf seinem Wagen. Nun war das Gesicht nicht mehr ernst. Es wetterleuchtete darauf nach allen Richtungen. Erst als ihm zeterndes Krähengeschrei, das vom Wald herüberdrang, anzeigte, Andreas Bärensprung habe den Ort seines Unterganges erreicht, trieb Grambauer seine Pferde an und fuhr auf Kummerow zu.

Gottlieb Grambauer brauchte nicht nach zwei Tagen in den Hasenkrug zu gehen, um zufällig den toten Nachtwächter von Kummerow zu finden. Schon am Tage nach ihrer Fahrt wurde Andreas Bärensprung gefunden, wie er sich nach Hause schleppte. Er war so schwach, daß er wiederholt hinfiel, und wenn Wilhelm Trebbin, der ihn zuerst bemerkte, zunächst auch nichts unternahm, da er der Meinung war, Andreas Bärensprung sei wieder mal betrunken, so stieg Heinrich Fibelkorn, der ihm begegnete, doch ab und stellte fest, daß Andreas Bärensprung nicht betrunken, sondern nur schwach war. Was ihm fehlte, bekannte er jedoch nicht. Er phantasierte etwas vor sich hin von Sterben und Gemeinheit und Kranksein und Hunger haben, und es sei nichts als Betrug in der Welt. Heinrich Fibelkorn versuchte, den Alten auf den Ackerwagen zu bugsieren und nach Hause zu fahren. Aber das war nicht so leicht. Und Heinrich Fibelkorn mußte sich sehr überwinden dabei, und die, die nachher sich mit Andreas Bärensprung befassen mußten, bestätigten gern, was Heinrich Fibelkorn zuerst gesagt hatte: „Hi, denke ich, was ist denn das? Krank ist er nicht, tot ist er auch nicht, aber er stinkt, als hätte er schon ein paar Jahre in der Erde gelegen!"

Da Gottlieb Grambauer, der um die Geheimnisse dieser Krankheit wußte, den Nachtwächter nun nicht im Hasenkrug zu suchen hatte, ging er an dem Tag, den er dafür in Aussicht gestellt hatte, ins Armenhaus. Er hatte wieder eine Flasche bereit, aber sie enthielt kein Gift, sie war mit einem guten Richtenberger gefüllt.

Der alte Veteran sah erbarmungswürdig aus und wendete das Gesicht ab, als Grambauer vor seinem Bette stand. Luise Bärensprung aber jammerte: „So 'ne Schande, so 'ne Schande! Jahrelang nu das mit dem Saufen, dann wird er weggejagt und sauft noch mehr! Und kein Ansehen nicht in der Gemeinde! Und unsereins hat die Last! Und nu das noch! Nu muß man sich wieder rumtragen lassen!" Gottlieb Grambauer sah sie fragend an: „Was ist denn los, Luise, warum heulst du denn?"

Sie blickte ihn giftig an: „Tun Sie man nicht so, als wüßten Sie nichts davon, das weiß doch jeder im Dorf!" Aber vor dem harmlosen Blick des Bauern besänftigte sie sich: „Wenn er's man bloß getan hätt!"

Gottlieb Grambauer beugte sich über das Bett: „Soso, Andreas, und warum hast du es nicht getan?"

Da fuhr der dem Tode Entronnene herum, und Zorn und Empörung waren in seiner Stimme: „Weil das bloß Betrug ist in der Welt! Weil der Apotheker uns betrogen hat mit seinem Gift. Mit einem armen Menschen, da können sie es ja machen, da geben sie einem Schund für sein teures Geld!"

Gottlieb Grambauer tat zweifelnd: „I, das mußt du nicht sagen, Andreas. Erst mal hast du keinen Groschen bezahlt, das mußten andere für dich tun. Zweitens, der Apotheker, den kenn ich, der ist ehrlich! Man bloß, dir hat wohl die Traute gefehlt, und du hast bloß daran genippt oder hast am Ende die beiden Flaschen nicht ganz ohne Absicht verwechselt?"

Aber nun richtete sich Andreas Bärensprung in seinem zerwühlten Bette auf, und während Luise mit aufgerissenen Augen und dummem Gesicht dem ihr unverständlichen Gespräch lauschte, bekannte der Nachtwächter zornig: „Daß du mich sozusagen noch in den Tod beleidigst, Gottlieb, das hab ich nicht von dir erwartet. Ich hab alle beiden Flaschen ausgetrunken, da ist Gott mein Zeuge für! Und dann war ich auch weg, und alles war aus. Aber da bin ich wieder aufgewacht, und es war düstere Nacht. Und ich hab gar nicht gewußt, wo ich bin. Und hab bloß so schreckliche Bauchwehdag gehabt, und das ist immer schlimmer geworden. I ja, und bevor daß ich noch aufstand, da ist das schon losgegangen, so nach allen Seiten. Und dann bin ich wieder eingeschlafen. Aber sieh mal, wenn du sagst, er hat uns reelle Ware verkauft, wie soll das nu innewendig zum Tode wirken, wenn ein Mensch es nicht bei sich behalten kann?"

Gottlieb Grambauer nickte schwer: „Dieses sehe ich ein; aber dann ist das nicht die Schuld von dem Apotheker, Andreas, sondern von deiner schwächlichen Verfassung. Oder es liegt an dem Schnaps, dieweil du das Gift zu sehr verdünnt hast damit. Wie dem auch ist – die Schuld hast du!" Er klopfte ihm auf die Schulter: „Ich seh das nu so an: Der liebe Gott will nicht, daß du auf solche Art zu Ende gehst, und ich will das auch nicht. Darum werde ich dafür sorgen, daß du auch deine Ehre wiederkriegst!"

Mit Augen, die seit zwanzig Jahren nicht so hell unter seinen verfilzten Brauen aufgeschaut hatten, sah Andreas Bärensprung den Gönner an. Dann griff er nach seiner Hand: „Meinst du, Gottlieb, daß du das fertigkriegst? Dann sehe ich in dem, was da mit mir im Hasenkrug geschehen ist, das Walten vom lieben Gott. Aber ein Blitzschlag ist das nicht gewesen, da kann ich jeden Eid drauf leisten!"

Mit einemmal brach Luise in ein höhnisches Gelächter aus. „Der liebe Gott hat euch was geschissen und hat den alten Saufaus behütet! Von oben bis unten hat er sich vollgemacht, und so haben sie ihn mir nach Hause gebracht. Ich hab ihn müssen ausziehen und habe das Dreckzeug waschen müssen. Und wenn das nu wieder von vorn losgeht mit dem Saufen, ich sag Ihnen, ich mach das nicht wieder mit! Dann mag die Gemeinde sehen, wie sie mit ihm fertig wird, bei mir hat's geschnappt! Und wenn mir die Gemeinde jeden Tag 'ne Mark gibt, ich leg euch was aufs Hackbrett mitsamt eurem Kummerow."

Es war Weihnachten. Das Gut hatte an Adam Rodewald den Bestand eines Schlages junger Fichte abgetreten, und Adam war beim Abholzen. Die Gemeinde der Erhellten lehnte Weihnachtsbäume zwar ab; einmal war es nach Adams Meinung ein heidnischer Unfug, dann aber auch ein kirchlicher Götzendienst. Welche Auffassungen ihn jedoch nicht hinderten, den Fichtenbestand zu erwerben, lediglich, um die Fichten als Weihnachtsbäume nach Randemünde zu verkaufen. „Für Silberlinge verraten nicht nur Judasse ihren Herrn!" spottete Gottlieb Grambauer. Doch Adam hatte für das Weihnachtsbaumgeschäft die Rechtfertigung, die er für seine ganze Händlertätigkeit anführte – mit dem Erlös den Bau des neuen großen Bethauses für die Gemeinde der Erhellten zu bestreiten.

Der Schnee lag noch nicht hoch und war gefroren. Die Sonne schien warm, und Adam war schon in der Frühe losgefahren. Noch früher des Tages hatte sich Wachtmeister Niemeier von Falkenberg aus in Marsch auf Kummerow setzen müssen. Verdroß ihn nicht schon die Wilddiebsgeschichte mit dem Müller Düker, zu deren Aufklärung er trotz aller Nörgeleien des Landrats und des Gerichts nicht beitragen konnte, so hätte ihn schon der dienstliche Befehl, sich bei nachtschlafender Zeit auf den Marsch nach Kummerow machen zu müssen, gegen die Menschen eingenommen, mit denen er sich befassen sollte. Das aber waren diesmal der Händler Adam Rodewald und der Nachtwächter Andreas Bärensprung. Seit Adam für den so schimpflich entlassenen Nachtwächter eintrat, sah sich wiederum Andreas veranlaßt, überall das Loblied des Sektenpredigers zu singen und – das Angreifen lag nun mal in seiner Natur – gleichzeitig gegen alle Feinde Adam Rodewalds anzugehen. Diese Feinde waren nunmehr auch seine Feinde. Und der Hauptfeind beider war für sie Pastor Breithaupt. Da hatte es denn wieder eine Anzeige des Pastors gegeben, diesmal wegen öffentlicher Aufwiegelung, und Wachtmeister Niemeier konnte sich kalte Füße holen.

Nun war dieser Rodewald auch noch draußen im Wald. Wachtmeister Niemeier fluchte in den heiligen Hallen des Kramladens so garstig, daß Adam, hätte er es vernommen, sein Haus neu geweiht haben würde. „Und wann kommt er wieder?" schnauzte der Gendarm die erschrokkene Frau Rodewald an.

„Er will über Mittag wegbleiben", antwortete sie zaghaft, „ich habe ihm müssen sein Essen in die Kalit packen." Wachtmeister Niemeier rümpfte verächtlich die Nase: „Essen – ich hör immer Essen! Was der schon ißt!" Er trat einen Schritt näher an die Frau heran: „Sagen Sie mal, machen Sie und Ihre Kinder denn den Schwindel mit dem Essen auch mit?"

Bleich und mit scheuer Angst im Gesicht starrte die Frau die Polizeigewalt an. Sie verstand anscheinend nicht, was er meinte. Wachtmeister Niemeier half ihr denn auch: „Ich meine, fressen Sie auch bloß trocken Brot und Pflaumenmus und all so'n Kuhfutter?" Noch immer wußte die Frau nicht, was er wollte. Aber zur Abwechslung wurde sie nun glührot. „Können Sie denn nicht antworten?" Niemeier lachte breit und behaglich: „Eine komische Familie seid ihr. Der Mann hält das Maulwerk von morgens bis abends nicht still, und die Frau kann die Zähne nicht auseinanderkriegen."

Da hielt die Frau des Propheten es doch für richtiger, etwas zu sagen. Sie sagte nach Niemeiers Ansicht etwas sehr Dummes, sie fragte und schlotterte dabei direkt vor Aufregung: „Sind Sie denn bloß deshalb gekommen, wegen dem, was wir essen?"

Darauf konnte Wachtmeister Niemeier sie nur mitleidig ansehen. Aber er mußte doch mit dem Finger auf die Stirn zeigen, obwohl eine solche Gebärde einer Amtsperson nicht zukam. Mit der Alten war wirklich nichts anzufangen. Es war also richtiger, er ging erst mal ins Armenhaus zu Nachtwächter Bärensprung.

Andreas Bärensprung lag noch im Bett, und als der Wachtmeister ihn aufjagte, verbat er sich das mit dem Bemerken, ein Nachtwächter müsse am Tage schlafen. Andreas hatte diese Einrichtung auch noch seiner Verabschiedung beibehalten. Im übrigen lehnte er jeden Verkehr mit einer Behörde ab, die einen rechtschaffenen Mann und Helden, der bei Mars-la-Tour sein Bein verloren habe, während andere mit ihren gesunden Beinen nicht schnell genug hinterm Zivilversorgungsschein hätten herlaufen können, zu nachtschlafender Zeit aus dem Bett hole.

Johannes stand an Großvaters Bett und hörte begierig zu. Wenn Wachtmeister Niemeier kam, mußte entweder etwas Besonderes geschehen sein oder zu erwarten stehen. Doch diesmal kam er nicht auf seine Rechnung. Sein Anblick brachte den Wachtmeister auf einen Gedanken: „Du gehst mal gleich in den Wald", sagte er, „der Rodewald schlägt da Holz. Sag ihm, er soll sofort zur Vernehmung in den Krug kommen."

Johannes verzog unwillig den Mund, und sein Großvater protestierte gegen den amtlichen Mißbrauch von seinem Fleisch und Blut; vor der drohend erhobenen Hand des Wachtmeisters verdrückte sich Johannes jedoch aus der Stube. In der Tür freilich greinte er noch: „Wo ich noch gar nicht gefrühstückt hab heut morgen!"

Der Gedanke an sein Frühstück, das doch nur in einem Stück trocknen Brotes bestanden hätte, brachte Johannes auf den Gedanken, die Neuigkeit, die der Besuch des Wachtmeisters darstellte, geschäftlich auszunutzen. Er ging zu Martin Grambauer und berichtete: Wachtmeister Niemeier sei gekommen und wolle seinen Großvater und Adam Rodewald verhaften. Er aber, Johannes, habe den Befehl bekommen, den Rodewald aus dem Wald zu holen! Martin war sofort bereit mitzugehen. Leider kam Johannes mit seiner Spekulation auf ein gutes Frühstück nicht ganz zurecht. Martin hatte schon gefrühstückt, und so war Mutter Grambauer nur bereit, den beiden ein paar große Musstullen zu streichen und einzupacken. Nun, ein dickgestrichenes Musbrot ist immer noch besser als ein trockener Kanten. Johannes rechnete es dem Gott der Armen schon dankbar an, sich wenigstens zu diesem Dienst bereit gefunden zu haben.

Adam Rodewald hatte sein Pferd ausgeschirrt und mit dicken Decken zugepackt. Sie hörten schon von weitem das Kreischen der Säge und das Tacken der Axt. Und dann sahen sie ihn, wie er eifrig arbeitete und sich bereits richtig in die Schonung hineingefressen hatte. Martin verlangsamte beim Anblick des Arbeitenden seine Schritte. Was der Vater mit dem Hinweis auf die Macht des Geldes, die auch andere als Judasse zu Verrätern macht, erklärt hatte, trat deutlich vor seine Augen. Da hatte der Rodewald die Weihnachtsbäume als Sünde und Götzendienst hingestellt und sorgte doch nun eigentlich dafür, daß andere sündigten, bloß damit er verdiente. Es war damit bewiesen, daß er ein falscher Apostel war. Martin Grambauer verstand nicht, warum er ihn nicht dem Schwert des Gerechten auslieferte. Der Kerl hatte früher mit dem Müller zusammen Geschäfte gemacht; wenn er ein Heuchler war, dann war ihm alles zuzutrauen. Mit einem Ruck blieb Martin stehen und fühlte, wie ihn ein kalter Schauer überlief. Als Adam sich jetzt aus seiner hockenden Stellung hastig erhob, um zu seinem Wagen zu gehen, machte er ein anderes Bild in dem Jungen lebendig. Genauso hatte der Mann sich bewegt, der damals im Dunkel der Nacht, als es im Dorfe brannte, an Rodewalds Scheune aufgesprungen und davongelaufen war.

„Willste nu nicht mit rankommen?“ rief Johannes, der schon ein Stück voraus war, zurück. Da erst wurde Adam Rodewald aufmerksam, hörte auf zu arbeiten und sah den Jungen entgegen. Umständlich und mit sehr viel Nachdruck berichtete Johannes, was Wachtmeister Niemeier ihm aufgetragen. Seine Phantasie steigerte sich, ihm unbewußt, an dem Erstaunen und dem Unwillen, wohl auch an der Unsicherheit des Predigers. Und so stand denn schließlich auch vor Adam Rodewald als Abschluß seines Besuches im Krug seine Verhaftung. Aber nur einen Augenblick. Denn in seinem Eifer, die durch Wachtmeister Niemeier zu erforschenden Taten möglichst umfangreich darzustellen, hatte Johannes auch seinen Großvater mit ausgeliefert. Und damit war es für Adam Rodewald nun doch klargeworden, daß Johannes Bärensprung Unsinn redete, was Martin Grambauer ihm auch bestätigte. „Vorhin hat Johannes nur was von einer Vernehmung gesagt, Herr Rodewald!“ Martin war eben wieder dabei, den Gerechten zu spielen und in Adam Rodewald den frommen, wenn auch etwas verrückten Apostel zu sehen. Einen Augenblick noch dachte Adam nach. Dann aber bat er die Jungens, solange bei dem Pferd zu bleiben, er werde ganz rasch zurückkommen. Und wenn sie wollten, könnten sie ja inzwischen ein paar Bäume runtermachen. Bäume abzuschlagen war an sich schon ein Vergnügen; Weihnachtsbäume zu fällen war sicher kein Heidendienst, sondern ein heiliges Werk. Als Adam Rodewald ihnen gar für jeden Baum, den sie in der Zeit abschlügen, einen Sechser versprach, griffen sie sofort zu den Werkzeugen.

Harzige Fichten abzusägen ist nicht so einfach, wenn man erst zwölf Jahre alt ist. Da klemmt die Säge, und um besser hin und her ziehen zu können, muß man sich in den Schnee setzen, sie versuchten es daher schon nach den ersten Bäumen mit der Axt. Aber das war noch schwieriger. Aufatmend reckte sich Martin und sah dem Hauch nach, der aus seinem Munde in den klaren Winterhimmel stieg und wie ein schöner weißer Pilz eine Zeitlang stehenblieb. Dann stand ihm wieder Adam Rodewald vor Augen, doch diesmal als Händler, und das gab ihm einen händlerischen Gedanken ein: „So dumm, Johannes, da haben wir uns die dicksten Bäume ausgesucht, und er gibt einen Sechser auch für die dünnen, wo er doch gesagt hat, für jeden Baum gibt er einen Sechser!“ Dieses Argument wurde von der merkantilen Begabung des Johannes sofort erfaßt, und er brauchte nur zehn Minuten, um die allerdünnsten Bäumchen in der Schonung herauszusuchen. Sie bekamen denn auch zehn herunter. Bis Johannes eine noch bessere Idee hatte. Er war zu dem Wagen gegangen, auf den Adam Rodewald die von ihm schon geschlagenen Bäume geladen hatte. Um recht viel aufpacken zu können, hatte er sie eng zusammengebündelt. Johannes war kein großer Rechner, aber dies sah er doch, daß es unmöglich war, zu sagen, wieviel Bäume auf dem Wagen lagen. Und ohne seinen Freund Martin erst noch aufzuklären, machte sich Johannes daran, einige Bäume herauszuzupfen und zu denen zu legen, die sie beide geschlagen hatten.

Ein Weilchen nur brauchte Martin, um sein Gewissen zu beruhigen. Es war das, was sie taten, nicht ehrlich. Aber es war auch nicht ehrlich, was Adam machte, der Weihnachtsbäume für eine Sünde erklärte und diese Sünde dadurch förderte, daß er solche Bäume verkaufte. Und Martin bremste schließlich auch nicht aus moralischen Gründen, sondern aus Klugheit, denn er sah ein, Johannes würde in seiner Verdienerwut den halben Wagen abladen, und das würde Adam merken. So blieb es denn bei zehn gemogelten Bäumen. Da lagen nun also zwanzig, und sie hatten eine Mark verdient. Johannes ermunterte zwar den Freund, immer noch mehr Bäume herunterzumachen, aber Martin hatte keine Lust mehr. Die Arbeit hatte Hunger gemacht, und er schlug vor, erst mal zu frühstücken.

Martin Grambauer hatte die Musstullen noch nicht ausgewickelt, da war Johannes Bärensprung auch schon an der Kalit Adam Rodewalds, die er beim Abladen der Bäume mit vom Wagen gezogen hatte. Seit sie mal erfolgreich dem Pastor das Vesperbrot vertauscht hatten, war Johannes für fremde Essenkörbe empfänglich. Er machte die Kalit auf, hielt aber inne, als Martin laut lachte: „Die laß man zu, wo er doch keine Wurststullen mag. Da sind unserer Mutter ihre Musstullen noch hundertmal fetter als dem sein Heiligenfraß."

Johannes verharrte unschlüssig mit dem Kalitdeckel in der Hand: Ja, gewiß, es war bekannt, der Adam würde sich auch von Heuschrecken und wildem Honig nähren wie der Täufer Johannes, wenn es so etwas bei Kummerow gäbe. Aber dann siegte doch die Neugierde. Johannes öffnete die Kalit und staunte: „Menschenskind, kieke da!" Zwei dicke Doppelstullen rund ums Brot hielt Johannes hoch, in jeder Hand eine. Dann zog er sie an die Nase und brüllte: „Wurst ist auf der einen und Schinken auf der andern!"

Martin ließ vor Schreck seine Musstulle fallen und federte heran. *Das* war ja unmöglich! In der Kalit von Adam Rodewald, der kein Fleisch aß und Leute verschmähte, die schlachteten, waren Schinken- und Wurststullen? Und es war kein Zweifel – es war sein eigenes Frühstück. Ob hier am Ende eine Verzauberung vorging, bestimmt, sie zu verführen, da sie bei einem unrechten Tun begriffen waren? Aber Johannes hatte schon die Zähne in die Schinkenstulle geschlagen, und zwischen Kauen und Schlucken schmatzte er hervor: „Und ganz fetten Schinken!"

Martin nahm ihm die Wurststulle aus der Hand. Einen Augenblick saßen die Finger von Johannes noch fest an der Stulle, doch dann ließ er sie fahren, nicht so ganz zufrieden: „Wo ich sie doch beide gefunden habe, und du hast ja auch schon gefrühstückt."

Martin machte ein verächtliches Gesicht und sagte: „Ich brauch keine gestohlenen Butterbrote zu essen!" Das kam so ablehnend heraus, daß Johannes mit dem Kauen aufhörte.

Aber nicht, weil der Vorwurf des Diebstahls seine Seele bedrückte. Johannes plinkerte: „Nun willste es ihm wohl sagen?"

Martin schwieg. Er hatte gar nicht die Absicht, Adam Rodewald etwas zu verraten. Ihn beschäftigte vielmehr die Lust der Entdeckung. Wenn Adam Rodewald, der da angab, als ein heiliger Mann zu leben, Weihnachtsbäume als heidnischen Götzendienst hinstellte und doch welche verkaufte, bloß um Geld zu verdienen, und wenn er Fleischessen als Sünde bezeichnete und dann heimlich Wurst- und Schinkenstullen aß, dann war endgültig bewiesen, daß er kein heiliger Mann, sondern ein Heuchler war. Dann war aber auch möglich, daß das stimmte, was der Förster gesagt hatte, von dem Spießgesellen des Müllers beim Fischestehlen. Und dann war auch möglich, daß der Mann damals an Rodewalds Scheune – wie gebannt starrte Martin in den Wald, als nahe sich ein Gespenst und er allein in ganz Kummerow müsse es erblicken.

Johannes hatte die Schinkenstulle aufgegessen. Sie war größer und fetter gewesen, als seine ewig hungrigen Augen das abgeschätzt hatten. Und so sagte er denn wohlwollend: „Kannst die Wurststulle von mit aus ganz allein aufessen!"

Ob es wirklich richtige Wurst war? Und wenn? Dann war es keine Sünde, daß er einen Betrüger bei seiner Lust am Fleische strafte. Und Martin Grambauer, der zwar schon gefrühstückt hatte, machte sich über die Stulle her und stellte fest, es war Schlackwurst drauf.

Inzwischen hatte Johannes aus der Kalit noch etwas geholt – eine Flasche mit Milchkaffee. Er nahm ein paar gewaltige Schlucke, obwohl er nicht eigentlich Durst hatte, und stellte sie wieder in die Kalit zurück. Dabei klapperte es, und die suchende Hand zog ein kleines Fläschchen hervor, rund, wie Medizinflaschen sind. Johannes wollte es schon ohne nähere Untersuchung zurücklegen, als er nach einem kurzen Riechen am Korken es doch für richtiger hielt, es zu öffnen. „Richtenberger!" Auch davon mußte sich Martin erst überzeugen. Also Schnaps trank der Rodewald auch, der alte Schwindler! Und kam in den Krug nur immer, um zu stänkern und gegen Schnaps und Bier zu predigen.

Eine zornige Wut erfüllte ihn, er hob die Flasche und wollte sie zerschlagen. Dann lachte er auf und blickte umher. Hier dichtbei mußte doch der Salzgraben sein. Mit ein paar Sprüngen war er dort, trat die dünne Eisschicht durch, goß den Inhalt der Flasche fort und füllte sie mit Wasser. „So", sagte er grimmig, „nun soll er glauben, der liebe Gott hat ihn wegen seiner Lügerei gestraft." Und da Johannes satt war, fiel auch ihm ein Beitrag ein, durch den Gottes Strafgericht noch glaubwürdiger gestaltet werden könnte. Er nahm die von Mutter Grambauer in Zeitungspapier gewickelten Musstullen und steckte sie in die Kalit. Bevor er den Deckel überzog, besann er sich jedoch noch einmal und nahm eine der Stullen wieder heraus. „Für so 'nen Betrüger ist eine auch genug!"

In Martin Grambauer lieferten sich große und kleine, hohe und niedrige Gedanken eine hitzige Schlacht. Er fühlte, er konnte ihrer nicht Herr werden. Wenn Adam Rodewald zurückkam, würde er sich sofort verraten. Daher schlug er vor, die fünfzig Pfennig, die sie sich durch das Fällen der Bäume verdient hatten, im Stich zu lassen und zu verduften. Aber Johannes dachte nicht daran: Erstens mal hätten sie nicht fünfzig Pfennig, sondern eine Mark zu kriegen, denn sie hätten zwanzig Bäume hingelegt, und zweitens würde Adam sich freuen, daß sie so fleißig gewesen waren, und drittens würde er ja auch nicht gleich zu frühstücken anfangen und was merken. Aber Martin Grambauer blieb bei seinem Vorhaben. Unter dem Vorwand, mal nachzusehen, ob der Schwarze See schon zugefroren sei, entfernte er sich vom Schauplatz seiner großen Entdeckung und ließ Johannes allein.

Adam Rodewald hatte im Krug keinen guten Empfang. Sein Versuch, aufzutrumpfen und sich erst mal gegen diese unwürdige Stätte als Vernehmungsplatz zu verwahren, wurde von Wachtmeister Niemeier so brüsk abgelehnt, daß der Prophet es für richtiger hielt, bei der Vernehmung sogleich klein beizugeben. Gewiß, ja, er habe früher auch mal

Eier vom Müller gekauft, dafür sei er Händler und kein Staatsbeamter mit Gehalt und Pension.

„Und was haben Sie sich dabei gedacht?“ Wachtmeister Niemeier machte sein harmloses ziviles Kriminalgesicht.

„Gar nichts, ich hab all die Jahre Eier von ihn gekauft.“ Ganz sanft kam es von Adams Lippen.

„Kiebitzeier sind aber keine Hühnereier!“ Wachtmeister Niemeier donnerte sozusagen uniformiert und schlug mit der Faust auf den Tisch.

Auf ein solches Benehmen konnte Adam nur mit den Schultern zukken: „Er hat mir Hühnereier verkauft. Früher, als er noch die Jagd hatte, auch Kiebitzeier und ab und zu einen Hasen oder ein paar Rebhühner.“

„Seit drei Jahren hat er aber keine Jagd mehr, und die Kiebitzeier, das war erst in diesem Frühjahr!“ Wachtmeister Niemeiers Blick hatte bei kleinem Uniform angezogen.

Adam Rodewalds sanftes Gesicht aber war unverändert geblieben: „Ich kann mich da nicht mehr erinnern, ich brauche bei meinen Einkäufen auch nicht zu fragen, ob er die gekauft oder man bloß weiterverkauft oder ob er sie gefunden hat.“

Darauf stand Wachtmeister Niemeier auf, hakte seinen Zeigefinger in die Joppe von Adam Rodewald und zog den Propheten dicht zu sich heran. Und dann drückte er ihm mit der linken Hand das Kinn hoch, blickte ihm in die Augen und zischte: „Wenn ich deinetwegen noch einmal in aller Herrgottsfrühe nach Kummerow muß, dann bloß, um dich mitzunehmen, da verlaß dich drauf!“

Adam Rodewald konnte nur kopfnickend zuerst den Wachtmeister, dann den Krüger anblicken und wie ein Dulder antworten: „Es ist das Los der Gerechten, daß sie unschuldig leiden müssen!“ Und er ging, und der Wachtmeister und der Krüger sahen einander an, dumm und unsicher.

Und nun stand Adam vor Johannes und freute sich über den stattlichen Haufen Bäume. Sorgfältig zählte er sie. „Es sind zwanzig Stück, Herr Rodewald“, trompetete Johannes, „macht eine Mark.“

Doch Adam Rodewald war aus einem duldenden Apostel schon wieder ein handelnder Geschäftsmann geworden. Er sagte barsch: „Für die dünnen Dinger gebe ich aber nicht fünf Pfennig.“

In Abwesenheit von Martin Grambauer glaubte er wohl den Handel billiger beenden zu können. Johannes brauste auf und bewies ihm, daß er nicht gesagt hätte, sie sollten nur die ganz dicken Bäume absägen. Und er solle sich was schämen, als ein heiliger Mann arme unschuldige Kinder zu betrügen. Aber Adam Rodewald fuhr ihn an, wie der Wachtmeister das auch nicht besser gekonnt hätte: „Halt'n Maul, ich geb dir fünfzig Pfennig, und dann mach, daß du weiterkommst!" Er nestelte auch die fünfzig Pfennig heraus.

Einen Augenblick lang war Johannes versucht, sie ihm aus der Hand zu schlagen und ihm seine große Entdeckung mit der Kalit entgegenzubrüllen. Aber dann besann er sich, daß fünfzig Pfennig schließlich fünf Groschen sind und daß die Sache mit der Kalit nicht ganz erlaubt war. Er nahm das Geld und beschränkte sich darauf, in einiger Entfernung sich noch einmal umzudrehen und zu rufen: „Solche, die führen immer den Namen vom lieben Gott im Mund und beschieten arme Leute, die wird der Teufel schon noch holen!" Und dann nahm er die Beine in die Hand und rannte davon. Adam Rodewald aber ging in die Schonung und setzte sein frommes Werk der Christbaumbeschaffung fort.

Auf dem Weg, der dicht an der Schonung vorbeiführte, kam Gottlieb Grambauer, der Holz holen wollte, daher. Nun ging es ihm wie seinem Sohn: Der Anblick des Christbaumfeindes, der da eifrig Weihnachtsbäume schnitt, beeindruckte ihn. Gottlieb Grambauer lenkte seinen Wagen aus dem Weg, machte „Prr!", nahm seine Kalit und kam heran. Als er am Wagen des Händlers angelangt war, sah Adam Rodewald auf. Sein Gesicht verriet Verwunderung. Doch der Bauer bot ihm freundlich guten Morgen.

Adam dankte nicht. Er fragte zurück: „Was willst du?"

Gottlieb Grambauer machte ein wohlwollendes Gesicht: „Zuerst mal will ich dir guten Morgen wünschen. Ich hab von weitem dein Fuhrwerk gesehen und das abgeschirrte Pferd und keinen Menschen und hab gedacht: Nanu, das ist doch Adam seins; wer läßt denn Pferd und Wagen allein im Wald stehen!"

Adam Rodewald richtete sich auf: „Das war nicht allein. Als ich ins Dorf mußte, da waren dein Junge und der Bärensprung dabei."

Grambauer wollte wissen, ob er denn was vergessen hatte im Dorf. Finster sah Adam Rodewald den harmlos Rauchenden an. Es war schon besser, er baute vor. Drohend stieß der ausgereckte Arm gegen Kummerow: „Ich werde das Maß der Verdächtigungen zum Überlaufen bringen! Alle werden sie gestraft werden, die sich an der Verfolgung eines Unschuldigen beteiligen!"

Gottlieb Grambauer nickte gelassen: „Wenn ich dir dabei helfen kann, Adam, dann tu ich das gern. Für die Unschuldigen bin ich immer zu haben. Aber sag mal, wen meinst du denn damit?“ Adam Rodewald starrte den Mann, der da zehn Meter von ihm entfernt an seinem Wagen stand, an. War es möglich, daß der von nichts wußte?

Gottlieb Grambauer hatte sich auf die Deichsel des Rodewaldschen Wagens gesetzt, und seine Hand spielte mit den Zweigen der aufgeladenen Weihnachtsbäume. Dann klang es sanft und kameradschaftlich zu dem aufhorchenden Propheten herüber: „Es geht auf Weihnachten, Adam, und wenn du nun auch gegen den Lichterglanz bist und was damit zusammenhängt, so bist du doch für das Fest der Liebe. Und das mit deinem Predigen gegen den Weihnachtsbaum, das nehm ich dir auch nicht weiter krumm. Ich denk mir: Das ist wohl bloß so eine Marotte von ihm, wie das Schimpfen auf das Fleischessen und auf das Schnapstrinken. Siehe, denke ich mir, wir Kummerower haben zu wenig Sünde im Leibe, und da muß der Adam künstlich welche finden, sonst kann er nicht zur Buße aufrufen. Ich nehme dir das nicht übel und halte sogar deinen Part. Darum kann mich der Schwarze ja auch nicht leiden. Und sieh mal, wenn sie nun jetzt wieder gegen dich anstänkern, da ist es vielleicht gut, wenn ein Mann von meinem Ansehen öffentlich für dich zeugen kann. Und da mein ich, laß uns das mal besprechen.“ Er stand auf und stellte seine Kalit, die er bisher an der rechten Hand baumeln hatte, auf den Rodewaldschen Wagen. Dann sah er auf seine Uhr: „Es ist Frühstückszeit; das beste ist, wir frühstücken zusammen und bereden es da.“

Erschrocken kam Adam Rodewald ein paar Schritte näher, die Säge in der Hand. „Ich hab noch keinen Hunger, ich will erst noch ein paar Stunden arbeiten!“

Gottlieb Grambauer senkte den Kopf, nickte ein paarmal und sah dann sein Gegenüber an: „Daß du mir nicht die Ehre des gemeinsamen Essens geben willst, das ist nicht schön, Adam.“

Adam Rodewald wendete sich wieder seiner Arbeit zu. Bevor er sich jedoch niederließ, blickte er noch einmal zurück: „Mein einfaches Mahl würde dir am Ende bloß den Appetit verderben, Grambauer!“

„Du bist voller Hoffart, Adam, du prahlst mit Entbehrung und trokken Brot und Not, die du nicht hast. Aber wenn du nicht willst ...“

Adam Rodewald saß schon wieder am Boden und zog die Säge durch einen neuen Stamm. In aller Ruhe und eigentlich ohne hinzusehen, streckte Gottlieb Grambauer die Hand nach seiner Kalit aus, die er auf

Adam Rodewalds Wagen gestellt hatte. Und es war vielleicht nur Zufall, daß er sich dabei vergriff und statt seiner die Kalit des Propheten faßte. Sie sehen sich ja alle so ähnlich, die vorpommerschen Essenkörbe. Noch einmal blieb Grambauer stehen. Dann rief er hinüber: „Dann erstick man nicht an all den Fettigkeiten!“

Mit einem Ruck blieb die Säge in der Fichte stecken, und Adam Rodewald starrte, die Hand am Bügel, dem langsam davonschreitenden Grambauer nach. Seine Lippen murmelten ein ungnädiges Wort. Adam war heute mal wieder gesonnen, alle Kummerower in einem Topf zu kochen.

Als Grambauer seinen Wagen wieder bestiegen hatte, gab er den Pferden die Peitsche und jagte schnell den Waldweg entlang. Beunruhigt von diesem Tun – denn der Bauer fuhr sonst immer nur Schritt – stand Adam auf und sah ihm nach. Was hatte der Kerl eigentlich gewollt? Eine seltsame Macht zog ihn zu seinem eigenen Wagen. Besorgt nahm er die Kalit hoch, wog sie in der Hand und drehte sie. Jäh verzerrte sich sein Gesicht und wurde bleich. „Grambauer! Grambauer!“ schallte es durch den Wald, so heftig und laut, daß ein Schwarm Krähen, der in der Nachbarschaft hausen mochte, zu spektakeln begann. Unruhig schnaubte auch das Pferd auf, denn Adam Rodewald war, die Kalit in der Hand, in der Richtung davongestürzt, in der Gottlieb Grambauer verschwunden war.

Eine Ecke entfernt, hinter der alten Kiesgrube, zog Grambauer seine trabenden Pferde an. Er band die Leine fest, nahm die Kalit in die Hand und schmunzelte: „So, das wäre geglückt. Nun wollen wir doch mal feststellen, ob der heilige Mann echt ist.“

Er hatte den Deckel gerade von der Kalit gezogen, als Adam Rodewald auch schon den Weg entlanggekeucht kam. „Grambauer!“ schallte es her. „Hier ist deine Kalit!“

Gottlieb Grambauer holte aus der Kalit, die er vor sich hatte, die in Papier gewickelte Stulle und rief: „I, bewahre, meine ist hier.“

Da war Adam Rodewald heran und langte nach seinem Kober. „Das ist meine, sofort gibst du sie her!“

Die Kalit mit der Linken hochhebend, in der Rechten die eingewickelte Stulle, trat Grambauer einen Schritt auf seinem Wagen zurück und sagte verwundert: „Da müßte ich ja die Dinger akkurat verwechselt haben.“

„Gib mir sofort meine Kalit her!“ forderte Adam und machte Miene, auf den Wagen zu steigen.

Noch einen Schritt trat der Bauer zurück auf die andere Seite des Wagens: „Was du bloß aufgeregt bist, Adam! Da könnt einer ja denken, du hast ein reines Festessen drin, wo du doch bloß trocken Brot frißt und so.“ Er setzte die Kalit beiseite und begann die Stulle auszuwickeln.

„Faß mein Mahl nicht an mit deinen sündigen Händen, Grambauer!“ Entsetzen sprang aus Adams hastigen Worten.

Gottlieb Grambauer antwortete ernst: „Vorerst weiß ich noch nicht, ob dies deine Kalit ist, das wird sich ja erweisen, wenn ich jetzt die Stulle auspacke.“

Adam Rodewald war auf den Wagen geklettert und langte mit beiden Händen: „Grambauer, ich bitte dich!“

Aber Gottlieb Grambauer wickelte die Stulle aus.

Da schrie Adam auf, und alle Not seines Herzens war in seinen Worten: „Grambauer, deine Hände sollen verflucht sein!“ Er stürzte sich auf den Bauern und wollte ihm die Stulle entreißen. Aber Gottlieb Grambauer hatte sich inzwischen bis an das Hackbrett seines Wagens manövriert und sprang nun mit Kalit und Stulle ab. Adam Rodewald sprang zwar hinterher, er erreichte den Bauern aber erst, als er die Stulle ausgewickelt hatte.

„Tatsächlich bloß Musstulle!“ Das war Gottlieb Grambauer gegen seinen Willen entfahren. Nun sah er verwundert und schuldbewußt auf den Händler.

Seine Erwartung, einem empörten Strafgericht ausgesetzt zu werden, wurde jedoch enttäuscht. Auch in Adams Gesicht war nur ein großes, ratloses Erstaunen zu finden.

Verwundert drehte Grambauer die Kalit hin und her. „Ja, du hast recht, da hab ich deine Kalit ergriffen.“ Dann hörte er die beiden Flaschen klappern, drückte Adam Rodewald die Stulle in die Hand und hielt die kleine Flasche gegen das Licht. Nun leuchteten seine Augen doch schadenfroh auf. War es mit dem Fleischessen nichts, so war es doch wohl etwas mit dem Schnäpschentrinken. „Musstulle, na ja, aber dies hier, was ist das?“

Er hatte die Flasche entkorkt und an die Nase gehalten, als Adam Rodewald auch schon seinen Arm ergriff und mit aller Kraft nach unten zwang. Grambauer ließ die Kalit fahren und drückte den ungestümen Bedränger zurück. Nun glaubte er bestimmt, das schlechte Gewissen des anderen erkannt zu haben. Die Flasche würde er sich nicht entreißen lassen.

Unter dem ehernen Griff ließ Adam Rodewald los, und Gottlieb Grambauer hatte Zeit, ein weniges aus der Flasche auf seinen Handteller zu gießen und aufzulecken. Er spuckte, und vor Schreck ließ er die Flasche fallen. Und tonlos fast kam das Bekenntnis: „Wasser!“ Leise gluckerte die Flasche ihren Inhalt in den Schnee.

Ganz konnte sie ihn nicht vergießen, da hatte Adam Rodewald die Flasche aufgenommen. Aber er roch daran und stand ebenfalls starr, Als hätte ihn eine ungeheure, von ferne wirkende Macht angerührt. So verharrten sie eine Zeit, hilf- und ratlos beide.

Dann trat Gottlieb Grambauer, schuldbeladen und den andern scheu anblickend, näher heran. „Also, Adam, ich will dir beichten, ich hab dir Unrecht getan in meinen Gedanken. In meinen Handlungen auch. Weißt du, ich hab die Kaliten mit Absicht vertauscht. Ich wollte deine untersuchen, ich wollte mal feststellen, ob du wirklich ...“

Vor dem ihm ganz rätselhaft erscheinenden Blick des andern schwieg er. Adam hatte den Kopf gesenkt und ließ die Augen abwechselnd zwischen seiner linken und rechten Hand, in denen er die Musstulle und die kleine Flasche hielt, hin und her gehen.

Gottlieb Grambauer reichte ihm die Hand hin, und da Adam weiter regungslos verharrte, hängte er ihm die Kalit über die Schultern und sprach: „Du bist ein Apostel, Adam!“

Langsam ging er zu seinem Wagen, auf den Adam die andere Kalit gelegt hatte, wickelte die Leine ab und drehte sich noch einmal um: „Nu sei man nicht böse mit einem armen Sünder! Hast du denn gar kein Wort der Verzeihung für mich, Adam?“

Aber der Heilige antwortete noch immer nicht und regte sich auch nicht, als der Bauer mit einem leisen „Hüh!“ in den Wald hineinfuhr.

Nach einer Weile erst erwachte Adam Rodewald aus seiner Erstarrung. Sein Blick ging noch einmal zwischen der Musstulle und der Flasche hin und her, hob sich dann und durchstieß den dunkel schweigenden Wald. Adam öffnete die Lippen und stammelte: „Es ist ein Wunder geschehen, der Herr hat mich errettet!“

Dann sank er, Musstulle und Wasserflasche in den erhobenen Händen, in die Knie.

Am Nachmittag des Wundertages kam Trebbin zu Grambauers. Er hatte von der Vernehmung Rodewalds durch den Wachtmeister gehört und wollte nun besprechen, wie man am besten hinter die Geheimnisse der Hehlergeschäfte Rodewalds mit dem Müller käme. Doch Gottlieb Grambauer winkte mit beiden Händen ab und sagte: „Er mag ja verrückt sein, Wilhelm, aber er ist ehrlich." Und er berichtete, was sich am Vormittag bei dem Kalitentausch ergeben hatte. „Was soll ich dir viel sagen: Er hatte wirklich bloß eine Musstulle drin und Wasser!"

„Dann frißt er zu Hause Fleisch und säuft Schnaps!" erboste sich Wilhelm Trebbin und stampfte mit dem Fuß auf. „Ich laß mir das nicht ausreden, der Kerl ist ein Pharisäer!"

Doch mit Gottlieb Grambauer war heute nichts anzufangen. So gern er zu Streichen wie dem mit dem Kalitentausch bereit war, so nachwirkend war doch der Eindruck geblieben, den der stille und ganz erstarrte Prediger gemacht hatte. „Du tust ihm Unrecht, Wilhelm, er ist ein frommer Mensch. Wie der heute vor mir gestanden hat –"

In diesem Augenblick lachte es in der Stube. An einem Tisch am Fenster saß Martin und machte Schularbeiten. Das Lachen aber war nicht aus einer Arbeit entsprungen, sondern, das fühlte Grambauer, aus des Vaters Worten über Adam Rodewald. Martin kam grinsend nach vorn, druckste erst ein bißchen und bekannte: „Vater, dein heiliger Mann schwindelt!" Er weidete sich noch ein wenig an seines Vaters Gesicht und bekannte: „Johannes und ich, wir sollten ihn heute vormittag doch holen. Aus dem Wald, wo er Weihnachtsbäume schnitt. Als er weg war, zur Vernehmung, da hat Johannes seine Kalit aufgemacht, und da haben wir zwei Klappstullen gefunden, eine mit Schinken und eine mit Wurst. Die haben wir aufgegessen und ihm eine von unseren Musstullen reingelegt. Und Schnaps hatte er auch drin, den haben wir aber nicht ausgetrunken, den habe ich in den Schnee gegossen und ihm Wasser vom Salzgraben reingefüllt." Martin, ungewiß, ob er nun einen Rüffel oder ein Lob bekommen würde, und auch im Zweifel, was er besser verdiente, entschuldigte seine Handlung moralisch: „Wenn einer sich immer so heilig anstellt und dann so lügt –"

Er wußte nicht, wie ihm geschah, so plötzlich fühlte er sich ergriffen. Wilhelm Trebbin hatte ihn hochgerissen, umhergewirbelt und beinahe mit dem Kopf an die Decke gestoßen. „Mensch, Martin, komm her! Was würde aus Deutschland ohne die Jungens von Kummerow!“ Und er setzte ihn ab: „Hier hast du einen blanken Taler! Kannst Johannes was von abgeben!“ Wilhelm Trebbin warf den Taler auf den Tisch und tanzte, selbst nun ein Junge, in der Stube umher: „Nun haben wir den Schweinehund!“

Still und nachdenklich verharrte Gottlieb Grambauer. Dann hob sich sein Zeigefinger gegen die Nase: „Kann er das Frühstück nicht für einen andern mitgenommen haben?“

Sein Sohn lachte ihn aus: „Er hat doch gar keine Leute!“

Es war so. Da richtete sich auch Gottlieb Grambauer in seiner ganzen Höhe auf. „Hm“, sagte er, „was ich für Frömmigkeit gehalten habe heute mittag, das war also nur das schlechte Gewissen. Das soll ja oft so sein im Leben.“ Über sein Gesicht zog eine gefährliche Heiterkeit: „Na warte – nu kommt Gottlieb!“

Adam, im Rausch seiner lichtbringenden Mission und seines himmlischen Behütetseins, bereitete seinen Sturz in die Finsternis selbst vor. Das Wunder, das offenkundig an ihm geschehen war, barg für ihn die Verpflichtung, nunmehr maßlos in seiner Selbstzufriedenheit zu werden. Kaum hatte Wilhelm Trebbin durchblicken lassen, er wisse etwas von heimlichen Fleischfressern und Schnapstrinkern, als Adam Rodewald auch schon gegen den Verleumder losschlug und zum Beweis für seine Enthaltsamkeit keinen Geringeren als Gottlieb Grambauer anführte. Dieser Mann sei zwar sein Gegner, predigte Adam, habe aber nach seinem eigenen reumütigen Geständnis durch einen Überfall sich überzeugt, daß bei dem Prediger der Erhellten zwischen Worten und Taten kein Unterschied sei. Und Adam gab vor den Erhellten ausführlich preis, wie Grambauer mit der entwendeten Kalit geflüchtet sei, wie er sich aber habe überzeugen müssen, daß sie wirklich nur Musbrot und eine Flasche unschuldigen Wassers enthielt. Vor ganz Kummerow, ja vor der ganzen Welt, vor dem Himmel selbst rufe er Gottlieb Grambauer zum Zeugen für seine Worte an. Wilhelm Trebbin sei ein Verleumder, und schwere Strafe werde ihn im Diesseits und im Jenseits treffen.

Wilhelm Trebbin hatte zunächst vor, den Apostel beim Kanthaken zu nehmen und mal tüchtig zu verhauen. Dann hielt er es für richtiger, Gottlieb Grambauer aufzufordern, gegen den Mißbrauch seines Ansehens einzuschreiten, und gleich vierkantig. Gottlieb Grambauer brauchte nicht erst aufgefordert zu werden, er war nur nicht für ein grobes Auftreten. „Wenn du einen Halunken brutal behandelst, wird er dadurch in den Augen der andern halb und halb reingewaschen. Laß man, ich mache das viel feiner!"

Gottlieb Grambauer erschien am nächsten Sonntag zur Überraschung des Apostels und seiner Gemeinde in der Scheune zur Predigt. Langsam und bedächtig war er durchs Dorf gekommen, angetan mit Bratenrock und Zylinder, und hatte jedem, den er traf, erzählt, wohin er ginge. Das hatte ein gewaltiges Aufsehen gemacht. Denn wenn sie auch alle wußten, Gottlieb Grambauer steht mit Pastor Breithaupt verquer, so kannten sie doch ebenso gut seine Gegnerschaft zu dem Apostel und seine Spottlust. Und nun ging Gottlieb Grambauer nicht nur in die Predigtstunde, er erzählte auch allen, daß er den Erhellten eine große Überraschung zu bereiten gedenke. Verwunderlicher noch war, daß er sogar seinen Sohn Martin, der ebenfalls sonntäglich herausgeputzt war, an der Hand führte. Wollte er am Ende auch das unschuldige Kind schon dem Pastor entfremden? In der Aufregung darüber beachteten sie gar nicht, daß neben Martin noch Johannes Bärensprung ging, einigermaßen gewaschen und gebürstet. Der halbe Taler, den er von Martin erhalten hatte, überzeugte Johannes, daß auch der Kampf gegen die Schlechten etwas einbringen könne. Der seltsame Aufzug und Grambauers Worte bewirkten jedenfalls, daß immer mehr Neugierige sich zu Adam begaben.

Als Gottlieb Grambauer die Tenne der Rodewaldschen Scheune betrat, war die Gemeinde vollzählig versammelt. Adam Rodewald hatte schon begonnen und, wie das bei ihm üblich war, zunächst eine Abrechnung mit seinen Gegnern angefangen. Es verschlug ihm etwas die Rede, als er Gottlieb Grambauer hereinkommen sah. Doch der nickte ihm nur freundlich zu und machte ein so demütiges Gesicht, daß Adams leichte Besorgnis schwand und ein Gefühl der Freude und Genugtuung sein Herz durchströmte. Er ließ die Gegner los und pries dafür in schäumenden Worten den Erfolg, der ihm da erblüht war, und kam von dem reumütigen Tun eines gewesenen Feindes gar nicht wieder herunter. Ein wenig beunruhigte ihn anscheinend, daß sich immer noch ungewohnte Besucher einfanden. Fibelkorn kam, Kienbaum kam und schließlich sogar Schulze Wendland. Die Aufregung darüber zerriß dem Prediger für einen Augenblick den Faden. Aber die Gewißheit, dies alles seien Früchte der Bekehrung von Gottlieb Grambauer, knüpfte ihn sofort wieder.

Einmal noch stolperte er, diesmal gründlich. Das war, als nun gar Wilhelm Trebbin erschien. Da brach Adam jäh ab und trat von seiner Kanzel – es war die Häcksellade – herab, sein Gesicht war verfinstert, und es schien, als wolle er den Besucher hinausweisen. Doch Wilhelm Trebbin, obwohl er nicht im Kirchenanzug war, hatte sein Gesicht so tief gesenkt, daß er die drohende Gebärde des Predigers nicht bemerkte. Der verhielt den Schritt, und Gottlieb Grambauer sah, wie ein Kampf in Adams Innerem sich austobte und nur langsam verlohte. Adam Rodewald blieb eine Weile wie im Gebet stehen, überwand sich und erlebte die stolzeste Stunde seines Predigerdaseins. Langsam drehte er sich um, und als er seine Häcksselladenkanzel wieder betreten hatte, leuchteten seine Worte wie seine Augen: „Dieser Tag krönt mein Werk! Nun sogar die ganz Verfinsterten den Weg zu den Erhellten gefunden haben, ist es nicht mehr nötig, Buße und Strafe zu predigen." Die Stimme wurde zur Fanfare: „Nun kann der Baalspriester in seinem Turm da drüben allein sitzen, bis ihn die Finsternis verschlingt. Wir haben den Weg zum Licht gefunden!"

Die Aufregung in der gedrängt stehenden Menge wuchs von Minute zu Minute. Als nach dem Singen eines Liedes die Stunde des Bekennens gekommen war, hielten sich die Gläubigen zurück und starrten nur alle auf die Neuen. Adam führte mit gütigem Lächeln Gottlieb Grambauer in den Kreis und sagte sanft: „Bekenne, lieber Bruder!"

Mit zerknirschter Stimme beichtete der neue Bruder die Geschichte der vertauschten Kaliten. „In gemeiner Schadenfreude habe ich die Stulle und die Flasche herausgenommen. Ha, dachte ich, nun hast du den Apostel erwischt. Einen Heuchler wollte ich entlarven, der anderen Entsagung predigt und selber im Fett schwimmt. Und was mußte ich erleben? Das Schwert, das ich auf euren Prediger gezückt hielt, kehrte die Vorsehung gegen meine eigene Brust. Er aber stand da, still wie ein Märtyrer am Pfahl, da krümmte ich mich wie ein Wurm unter dem Fußtritt des rächenden Schicksals. Schinken- und Wurststullen und Schnaps hatte ich vermutet und hielt Musbrot und Wasser in den Händen. Dies hier öffentlich zu bekennen, hielt ich für meine Pflicht, denn über allem muß in Kummerow eins stehen, und das ist der Mut des Mannes zur Wahrheit."

In ihrer großen Begeisterung über den Triumph des Apostels spürten doch auch einige der klügeren Altgläubigen, Gottlieb Grambauer habe gar nicht so übel seinen schlechten Streich gutgemacht. Adam aber trat zu dem Reumütigen, breitete beide Arme aus und zog ihn an die Brust. Es war, als seien die Liebe und das Verzeihen kübelweise ausgegossen worden, so schwamm alles in Seligkeit.

Der Apostel erkannte, ein Tag wie dieser würde so schnell nicht wiederkehren, es wäre gut, auch noch die anderen distelndurchsetzten Garben aufzubinden, zu reinigen und in seiner Scheuer zu bergen. Er wendete sich an den Schulzen; dann schien es ihm jedoch ratsamer, erst den Gefürchtetsten zu bearbeiten, und er winkte Wilhelm Trebbin in den Kreis der Bekenner. Doch Trebbin wehrte erschrocken ab. Da sprach Gottlieb Grambauer schon wieder und forderte seinen Sohn Martin und Johannes Bärensprung auf, in den Kreis zu treten und zu bekennen. Die Gemeinde fand das zwar neu, aber erst recht aufregend und hatte nichts dagegen. Die meisten glaubten wohl auch, Gottlieb Grambauer wolle mit dieser Einbeziehung von Kindern nun gleich den Großangriff auf Pastor Breithaupt eröffnen. Ein wenig befangen, wenn auch nicht eingeschüchtert, trat Martin neben seinen Vater; breit und ganz im Bewußtsein der Rolle, die er spielen sollte, folgte ihm Johannes Bärensprung.

In den Augen des Apostels glomm ein dunkles Feuer. Gottlieb Grambauer ließ keinen Blick von diesem Gesicht. Und er merkte sehr wohl, daß der andere sich damit beschäftigte, ein Rätsel zu lösen.

Martins Gesicht glühte in einem dunklen Rot. Ihm war, als könne er kein Wort hervorbringen. Ein rötlicher Nebel wogte um ihn, die Scheune brannte, und hinter den flackernden Flammen sah er einen hastig hinwegrennenden Mann. Das aber riß ihm den Kopf in die Höhe, und nun traf sein Blick den Apostel.

„Bekenne, mein Sohn“, tönte des Vaters Stimme, „verpfände das Heil deiner jungen Seele für die Wahrheit deiner Worte!“ Auch Gottlieb Grambauer konnte feierlich predigen.

Und Martin öffnete den Mund und bekannte klar und laut: „Und es waren zwei große Doppelstullen in Adam Rodewalds Kalit, eine dick mit Schinken und eine dick mit Wurst. Johannes hat die eine gegessen und ich die andere. Und Diebstahl war das nicht, denn er hat ja gesagt, daß er nur Musstullen ißt. Eine Musstulle von unseren haben wir ihm auch reingelegt. Das war Johannes seine. Und in der einen Flasche war Kaffee, und in der kleinen Flasche war Schnaps, Richtenberger! Den hab ich ausgegossen und hab Wasser reingemacht.“ Und da Martin von dem Termin gegen den Müller her wußte, daß man eine so feierliche

Aussage bekräftigen muß, setzte er aus eigenem noch hinzu: „So wahr mir Gott helfe. Amen!“

Zehn Blitzschläge zu gleicher Zeit hätten nicht furchtbarer wirken können. Alles stand gelähmt, leblos. Dahinein tönte Gottliebs Stimme: „So kam es, daß ich in seiner Kalit nur Brot und Wasser fand.“

Nun aber schrie die Gemeinde und rannte durcheinander. Ein paar Frauen hatten Martin gepackt, schüttelten ihn, und es schien, als wollten sie ihn schlagen. Doch Vater Grambauer hatte nicht nötig, seinen Sohn zu befreien. Das besorgte Wilhelm Trebbin wieder mit ein paar festen Handgriffen. Schulze Wendland enterte indes die Häcksellade und rief mit gewaltiger Stimme: „Ruhe! Ruhe!“ Es wirkte nicht. Erst als er mit noch mehr erhöhter Stimme brüllte: „Wir sind noch nicht zu Ende!“, wurde es stiller. Was da noch kommen sollte, konnte sich zwar keiner vorstellen, doch die Neugierde siegte über die Empörung.

Es war in Gottlieb Grambauers Programm jedoch nichts mehr vorgesehen. Als es daher still wurde und nur das Schluchzen der enttäuschten Erhellten die Tenne durchdrang, fühlte Johannes Bärensprung sich zum Auftreten verpflichtet. Schließlich hatte er sich nicht gewaschen und von Mutter Grambauer kämmen und bürsten lassen, um hier gar nichts zu machen. Und Johannes, da er in den Bekennerkreis nicht treten konnte, denn der stand voll Erwachsener, sprang auf die Kanzel und schrie: „Jawohl, und so dick hatte er Schinken drauf und Wurst, wie ’n kleiner Finger dick, und wer weiß, ob in der großen Flasche man bloß Kaffee war. Erst hat er gesagt, wir kriegen für jeden abgehauenen Weihnachtsbaum einen Sechser, und als wir ihm dann zwanzig Stück hingelegt hatten, da hat er uns angeschissen und bloß fünfzig Pfennig gegeben für alles und mich weggejagt. Jawoll, so einer ist das! Amen!“ Auf eine feierliche Bekräftigung seiner Aussage verzichtete Johannes nun mal nicht.

Inzwischen hatte Gottlieb Grambauer das große Scheunentor nach der Straße zu aufgemacht. „Ich tue es“, sagte er, „damit das liebe Tageslicht von außen herein kann und auch die Erhellten trifft. Und damit die Wahrheit, die zum erstenmal in diesem Bethaus gepredigt wurde, den Weg besser in die Straßen und Häuser findet. Du warst ein schlechter Heiliger, Adam, drum werde wieder das, was du mal gewesen bist: ein guter Schuster.“ Damit setzte er seinen Zylinder auf und ging ernst und würdig, gefolgt von Schulze Wendland und Wilhelm Trebbin, hinaus. Eine Anzahl Männer und Frauen, Tagelöhner meist, folgten kopfschüttelnd oder weinend nach.

Martin und Johannes blieben in der Scheune. Die Sache war zu interessant. Man mußte doch sehen, was der Apostel nun machen würde. Der stand an einen Eckbalken gelehnt und hielt das Haupt tief gesenkt, unbeweglich; genauso, wie er vor Grambauer gestanden hatte, als er des Wunders offenbar geworden war. Mag sein, daß er die Blicke der Gemeindemitglieder fühlte, die ihn fragend, zweifelnd oder anklagend an den Pfahl genagelt hielten. Kann aber auch sein, daß er gar nicht an das Heute und Morgen dachte, sondern nur mehr an das Gestern und daß ihn die Erklärung des Wunders, an das er bis zu dieser Minute geglaubt hatte, so schwer traf. An dem Geräusch der sich entfernenden Schritte war ihm jedoch offenbar, daß sein Werk ihn für immer verließ.

Diese Erkenntnis ließ ihn den Kopf mit einer so trotzigen Gebärde hochwerfen, daß er gegen den Balken schlug und es, wie Johannes nachher erzählte, nur so knallte. Blitze schossen ihm aus den Augen. Seine rechte Hand griff nach dem hinter ihm stehenden schweren Häckselmesser. Wie ein feuriges Schwert schwang er es hoch. Johannes und auch Martin hielten es für richtiger zu türmen. Der Rest der Gemeinde aber war augenblicks durch diese Gebärde gebannt. Und als Adam mit den Worten: „Lügner! Verleumder! Teuflische Mächte!" seine Waffe wild hin und her schwenkte, pflügte er damit förmlich den Acker neu. „Alles ist Lüge, Ausgeburten der Hölle sind es. Meine Feinde haben die Mächte der Finsternis aufgeboten und einen Feldzug der Verleumdung gegen mich begonnen. Ein höllisches Spiel haben sie gegen mich eingeleitet und sich dazu der Bosheit eines ungläubigen Menschen und der verführten Gemüter von Kindern bedient. Nun aber ist das Maß der Schlechtigkeit in Kummerow voll. Nun wird der Herr Gericht halten und eine Brutstätte des Lasters und der Sünde von der Erde vertilgen!"

Es ist nichts anderes zu berichten, als daß es dem Apostel gelang, wenigstens den Rest seiner Gemeinde neu im Glauben an ihn zu festigen.

Untergang

Es half Adam Rodewald nicht mehr viel. Die da aus seiner Gemeinde gegangen waren, blieben fort, und außerdem sorgten Gottlieb Grambauer, Wilhelm Trebbin, der Schulze und schließlich auch Pastor Breithaupt mit den unterschiedlichsten Mitteln dafür, daß Adams verzweifelter Feldzug erfolglos blieb. Martin und Johannes und mit ihnen bald der ganze Heerbann der Kummerower Jugend lauerten Adam Rodewald auf, umtanzten seinen Wagen und prosteten ihm mit Wasserflaschen und Wurststullen zu. Und wie es nun mal mit Gerüchten ist: Ohne daß sich einer der Sache annahm, wußten sie bald in den umliegenden Dörfern, in denen Adam seinen Warenhandel betrieb und Erhellten-Filialen zu gründen versucht hatte, von den mit Wurst und Schinken belegten Musstullen und der Wasserflasche voll Richtenberger. Adam schränkte seine Händlertätigkeit ein. Dafür aber erweiterte er sein Predigertum und hielt nun auch schon wochentags abends für die paar Gläubigen Betstunden ab. Und es war keine, in der nicht mit der Beteuerung seiner Unschuld der Untergang von Kummerow als gerechte Strafe prophezeit worden wäre.

Und dann, in der Woche vor Weihnachten, brannte es im Dorf. Wilhelm Trebbins neue Scheune, die er wieder mit Rohr hatte decken lassen, war hochgegangen. Zum Glück war kein großer Wind, aber der Kuhstall wurde doch ergriffen. Und während sie noch dabei waren, wenigstens den Pferdestall und das Haus zu schützen, und vor lauter Diskutieren über den Brandstifter nicht zum richtigen Löschen kamen, ging hinter ihnen, gar nicht so weit entfernt, ein neues Feuer auf.

Dieses Feuer aber warf alle ihre kühnen Vermutungen, in deren Licht klar und deutlich für die meisten von ihnen der Brandstifter gestanden hatte, zurück in tiefste Finsternis. Es brannten Scheune und Haus von Adam Rodewald, den man kurz vor Ausbruch des Feuers noch auf Trebbins Hof gesehen hatte. Er hatte sich gar nicht versteckt. Laut und klar hatte er vielmehr seiner Freude Ausdruck gegeben über das himmlische Strafgericht. Nun war sein eigenes Gehöft hochgegangen.

Auch Gottlieb Grambauers Herz erschrak, und er schämte sich, so ganz unbedacht und ungeprüft den Apostel der furchtbaren Tat verdächtigt zu haben. Wilhelm Trebbins Haus und Pferdestall waren nicht mehr bedroht. An Scheune und Kuhstall aber war nichts zu retten. Also stürmten sie alle Mann zur neuen Brandstätte auf Adams Grundstück, und im Schein der hochlodernden Flammen verschwanden die düsteren Schatten, die sie über den Apostel gehängt hatten. Nun er da an einem großen Apfelbaum lehnte, den Kopf gesenkt, vernichtet und unfähig, auch nur eine Hand zu einer Rettungsarbeit zu rühren, tat er allen leid. Und es war in ihrem Sinn, daß Gottlieb Grambauer zu ihm ging, ihn rüttelte, ihm die Hand hinhielt und sagte: „Adam, nu mach Schluß mit dem alten Streit. Nu bist du in Not, und nu sind wir nichts weiter als Kummerower!“

Doch Adam nahm die Hand nicht, er rührte auch die eigene nicht. Und so sehr sie sich mühten, seine Scheune konnten sie nicht retten, und von seinem Haus nur die Hälfte. Und auch das nur, weil inzwischen mit viel Gelärm und Geschrei die Spritzen aus Barnekow und Bietikow angerasselt gekommen waren.

Was ihn zu seinem Tun bewogen hatte, konnte Martin Grambauer auch später, als die Ereignisse längst vergessen waren, nicht sagen. Es lag in der Natur des Geschehens und im Wesen der Jungens, daß sie bei einer Feuersbrunst möglichst dicht dabeisein mußten. Und was war das für ein Feuer! Erst Trebbins neue große Scheune und der Stall und dann Rodewalds Scheune und Haus, und Vieh war mitverbrannt. Mit Mühe und Not hatte man Sachen herausschleppen können. Und Frau Rodewald hatte nur immerzu geschrien und geweint, daß sie nun den Bettelstab nehmen müßten. Und Adam, der zwar ein Heuchler war und ein Pharisäer, der hatte da an seinem Apfelbaum gestanden, als sei er gekreuzigt. Und das ganze Dorf war auf den Beinen. In der Windrichtung saßen sie auf den Dächern und paßten auf, daß die feurigen Engel, die da umherflogen, sich nicht niederließen. Einmal war ein großes Garbenbund übers halbe Dorf geflogen und hatte sich auf das Kirchendach gelegt. Das hatte angefangen zu schwelen und zu glimmen, und sie mußten erst einige Leitern zusammenbinden, bevor sie hinaufkommen konnten. Und als sie dann zu lange berieten, wer den Anfang mit dem Klettern machen sollte, da hatte Pastor Breithaupt die Zögernden beiseite gestoßen, einen Eimer mit Wasser ergriffen und war als erster hinaufgestiegen. Sie aber, die Jungens, hatten auf der Leiter eine Kette gebildet, ihm Wasser hinaufgereicht und so die Kirche gerettet. Und dann war Pastor Breithaupt auf dem Gehöft von Adam Rodewald erschienen, da gesagt wurde, Rodewald sei nicht versichert, und der Pastor hatte zum Schulzen gesagt, seine Absicht sei, dem geprüften Manne Trost zuzusprechen. Gerade da war es in Martins Brust und Kopf gefallen, denn da war Adam Rodewald nicht mehr an seinem Apfelbaum gewesen. Als sie es bemerkten und ihn nicht gleich fanden, glaubten einige schon, er habe sich ein Leid angetan. Doch Gottlieb Grambauers Meinung, niemals werde Adam eine solche Sünde auf sich laden, überzeugte sie.

Martin Grambauer aber war das Bild in der Scheune, als er gegen den Apostel zeugen mußte, nicht losgeworden. Sein Vater, Wilhelm Trebbin und Adam Rodewald, die drei, die hatten die Geschichte ausgetragen. Nun hatte es bei Wilhelm Trebbin gebrannt und bei Adam Rodewald auch – der dritte fehlte noch. Martin Grambauer erschrak so sehr, und die Glut vor ihm brannte so bedrängend, daß er die Augen zumachen mußte und doch immer noch Flammen sah. War dies wirklich ein Strafgericht des Himmels für ein Unrecht, das noch nicht zu erkennen war, dann waren sie alle schuldig, und dann konnte und mußte es auch bei Grambauers brennen, denn sein Vater hatte ja die Geschichte mit der Demütigung des Apostels vor seiner Gemeinde veranlaßt.

Es kann aber auch sein, Martin Grambauer sah vor seinen Augen wieder jene gekrümmt weglaufende Gestalt, die er bei dem Brand im Oktober an Rodewalds Scheune aufgescheucht hatte. Martin lief zu seinem Vater und beschwor ihn, sofort mit nach Hause zu kommen und lieber bei ihnen zu Hause mit aufzupassen, ob es da nicht brenne. Der Vater jedoch sah sich nur um, schüttelte den Kopf und sagte, das sei unmöglich, der Wind stände verquer.

Da lief Martin zu Johannes Bärensprung, der zwar auch nicht wollte, aber doch mitkam, als Martin andeutete, es würden heute sicher noch mehr Gehöfte brennen, und wenn nicht durch Flugfeuer, dann durch neues Anstecken. Auf Rodewalds Scheune und Haus sei ja auch kein Feuer von Trebbins aus geflogen. Die Möglichkeit, einem Brandstifter auf die Spur zu kommen, bestimmte Johannes Bärensprung, den fesselnderen Schauplatz eines großen Feuers wenigstens vorübergehend zu verlassen. Hermann Wendland, den Martin auch noch aufforderte, lehnte ab. Doch Traugott Fibelkorn ging mit, aber nur für einen Augenblick, und auch nur, wenn sie zugleich auch noch zu Fibelkorns gingen.

„Wenn wir nun“, flüsterte Martin den Freunden zu, und er war so erregt, daß er zitterte, „wenn wir nun den, der das macht, überraschen wollen, müssen wir von hinten durch unseren Garten gehen.“

Vorsichtig und leise wie Indianer kletterten sie über den Zaun und schlichen an den Johannisbeersträuchern entlang, als sei da ganz bestimmt ein Brandstifter zu belauschen, und kamen an die Scheune. Auf dem Hof schien kein Mensch zu sein. Die Mutter und die Schwester waren ebenfalls auf der Brandstätte, und auch nebenan, bei Kienbaums, war keiner daheimgeblieben. Johannes richtete sich auf und sagte laut: „Na siehste, daß das Quatsch ist? Wer soll denn da sein bei euch?“ Und auch Traugott, der etwas zurückgeblieben war, rief, daß sie jetzt gleich zu ihnen mitkommen sollten.

In diesem Augenblick sah Martin, wie von dem Haufen Erlenholzscheite am Giebel ihrer Scheune ein Mann heruntersprang und zum hohen Bretterzaun lief, der den Kienbaumschen Hof von dem ihren trennte. Er schwang sich hinauf, hatte das eine Bein auch schon rüber, als Martin heran war und das andere Bein umklammert hielt. Verzweifelt stieß dieses Bein dem Jungen gegen Bauch und Brust und auch gegen den Kopf. Er hielt fest und schrie dabei aus Leibeskräften um Hilfe. Gleich war auch Johannes heran, und da er nicht auch das Bein fassen konnte, erkletterte er den Zaun und faßte den Mann am Arm. Traugott kam mit einer Stange und stieß auf den oben hängenden Mann ein. So verzweifelt sich der Unbekannte auch wehrte, sie ließen nicht los, zerrten und schrien und hingen schließlich zu dritt an ihm, und er fiel mit ihnen zurück in Grambauers Garten. Da aber waren sie über ihm, und während jetzt Traugott den einen Fuß des Mannes fest umklammert hielt und nach rückwärts bog, drückte Johannes seinen rechten Arm gegen die Erde. Martin aber hatte seine linke Hand in den zottigen Bart gekrallt und schlug mit der rechten ununterbrochen in das Gesicht. Laut aber gellten ihre Hilferufe aus dem Garten über den Hof auf die Straße.

Ob sie des Mannes mächtig geworden wären, weiß keiner. Sie behaupteten zwar, sie hätten ihn schon überwältigt gehabt, als Andreas Bärensprung angekommen sei, doch der Nachtwächter behauptete, er habe ihn dingfest gemacht. Jedenfalls hatte Andreas Bärensprung als einziger der Erwachsenen von Kummerow das Schreien und Rufen der Jungens gehört, und mit seinem geübten Nachtwächter-Ohr hatte er auch sofort die Richtung ausgemacht. Und diese Richtung wies über Grambauers Gehöft hinweg auf Grambauers Garten. Und da Grambauers Hoftür offen gewesen sei und er doch Bescheid wisse, sei er durch die Scheune gegangen und habe da die Bescherung gefunden. „Es hat meiner Hände Kraft gelähmt, als ich erkannte, wen ich da dingfest gemacht habe. Aber da war er ja schon dingfest und konnte nicht mehr entwischen.“ Es hätte wohl auch anderen nicht bloß den Mund, sondern auch die Arme geschlossen, wäre ihnen in der dunklen Nacht, die schon so angefüllt war von schrecklichem Geschehen, plötzlich diese Feststellung gelungen. Wen die Jungens da gefangen und übel zugerichtet hatten und wer nun auch nach verzweifeltem letztem Widerstand gebrochen und mit Stricken gebunden in Grambauers Garten lag, war der Apostel Adam Rodewald. Noch brannten sein Haus und sein Stall, weinte und jammerte seine Frau, da hörten die Männer und Frauen von Kummerow mit dem Löschen und Bestaunen der Brandstätten auf und zogen zu

Grambauers Hof. Aber da war nichts weiter zu sehen als im Scheine einer Laterne ein gebundener Mann, dem der Kopf herabhing und der kein Wort sagte. Sie freilich sagten um so mehr. Und als nun nach dem erregten Bericht der drei Jungens der Holzstapel an Grambauers Scheunengiebel auch noch den Beweis erbrachte, daß im letzten Augenblick die dritte Brandstiftung dieses Abends verhindert worden war, da überlärmten das Verwundern, Spektakeln und Schreien eine ganze Weile den immer wiederholten dreifachen Befehl des Schulzen, erstens: den Verbrecher in das Spritzenhaus zu tragen und zu bewachen, zweitens: sofort wieder die Bekämpfung des Feuers bei Rodewald aufzunehmen, und drittens: sofort einen Reiter nach Falkenberg zu schicken und Wachtmeister Niemeier zu holen.

Es schlief keiner in dieser Nacht in Kummerow, auch die Säuglinge nicht. Das Vieh mußte am Morgen auf Futter warten. Die Kühe wurden erst gemolken, als sie wild um Entledigung ihrer Last brüllten. Feuer im Dorfe ist schon an sich das Höchstmaß des Schreckens. Aber Feuer zweimal innerhalb eines Vierteljahres, und dann noch durch Brandstiftung, und gleich zwei- oder dreimal am selben Abend, und außerdem noch angelegt von dem Manne, der jahrelang als der Frömmste im Orte galt, als ein Apostel gar – das war zuviel auch für die robusten Männergemüter. Zumal es nur natürlich war, daß noch vor Tageshelle der Gedanke Wort, Diskussion und Glaube wurde: Dann ist vor acht Wochen das Feuer auch nicht durch Blitzschlag entstanden, dann hat er es damals beim Pastor auch gelegt!

Nachtwächter Bärensprung hatte es nicht mehr nötig, jedem zu versichern, er habe das mit dem Brandstifter von Anfang an gewußt, aber für seine Meinung sei er verfolgt und entlassen worden. Seine Ehre habe man angetastet, und was nun? Wie stehe er nun da? Er habe nicht nur recht behalten, er habe sogar den Brandstifter ermittelt, er ganz allein! Indessen sie das Gehöft des Verbrechers bewacht und belöscht hätten, wäre er dem Unhold auf die Spur gekommen. Dem zum Lohn verlange er von der Gemeinde die Wiederherstellung seiner Ehre!

Wachtmeister Niemeier hatte am Morgen nicht mehr viel zu tun. Er konnte eigentlich nur Martin Grambauer anschnauzen, daß er damals seine Wahrnehmung über den geheimnisvollen Mann an Rodewalds Scheune nicht bekannt hatte. „Hättest du Lümmel das gesagt, ich hätte den Kerl schon festgenommen. Da wär es für mich gar kein Zweifel gewesen, daß nur der Rodewald selbst es gewesen ist!“

Zwar widersprach ihm Andreas Bärensprung und bewies ihm, der Wachtmeister habe damals eine andere Meinung gehabt. Doch Wachtmeister Niemeiers Befehlswort und Andreas Bärensprungs schwankende Haltung ließen den Streit nicht weitergehen. Andreas zog sich mit der ihm vom Schulzen großmütig bewilligten Literflasche voll Schluck nach Hause zurück, um den großen Tag seiner Rehabilitierung zu beschlafen, und Wachtmeister Niemeier trank im Schulzenhaus einen Richtenberger nach dem anderen, zerkratzte sich mit der Linken den Schädel und schrieb mit der Rechten das Protokoll.

Wintergeschichten

„Weihnachten ist das Fest der Liebe", predigte Pastor Breithaupt am ersten Feiertag, „und so will ich sanft sein und milde und meinem berechtigten Zorn über das fluchwürdige Verbrechen, das von der Hand eines heuchlerischen Subjekts und teuflischen Unholds gegen unser geliebtes Kummerow geplant war, keinen Ausdruck verleihen, ich will zur Ehre der Kreatur Gottes vielmehr annehmen, daß diese Ausgeburt der Finsternis dem Irrsinn verfallen war."

Es war das bei ihm wohl schon sanft und milde. Er holte tief Atem, und auch die Gemeinde nahm frische Luft. Die Kirche war überfüllt. Aber nicht allein wegen des hohen Festes. Sie waren gekommen in der Erwartung einer zünftigen Predigt, einer Großabrechnung mit dem Abtrünnigen. Daß er da mit der christlichen Liebe ankam, war gar nicht in ihrem Sinn. Sie hoben die Köpfe. Er aber hob die rechte Hand und stieß sie, während er weitersprach, in die Kirche, hierhin und dorthin. Wie eine Schwertspitze zuckte der Zeigefinger auf die Menschen, die sich schon wieder ängstlich duckten. Er traf sie doch. „Friedrich Graßmann seh ich hier und Berta Zühlke, Hermann Bandelow und Richard Roloff, Marie Rambow und Guste Dickmann, Ernst Heinefeld und Pauline Seggebrecht! Dort duckt sich Ferdinand Pribbernow, aber ich sehe ihn doch. Er hätte sich vorher ducken sollen, wie alle die Nachläufer eines Verrückten, die erst erhellt wurden, als ein Brandstifter ihnen das Heimatdorf ansteckte. Ihr Schafsköpfe, seht ihr nun ein, daß nur ein total verfinsterter Hirnkasten, wie ihr ihn tragt, imstande war, sich von Adam Rodewalds Tranfunzel erhellt zu fühlen? Wer lief ihm denn nach aus meiner Gemeinde? Die Dämlichsten waren es! Wo ist nun euer Hochmut gegenüber den treuen Christen geblieben? Nun kommt ihr angekrochen wie die verprügelten Hunde und drückt euch in die Bänke und versteckt euch vor den Augen eures Gottes hinter den Rücken eurer Brüder! Wäre heute nicht das Fest der Liebe, wahrlich, ich würde schimpfen, denn ihr hättet sogar Prügel verdient. So aber wollen wir euch wieder als liebe Brüder und Schwestern aufnehmen in unsere Mitte!“

So, nun hatte er sie wieder fest in der Hand. Am liebsten hätten sie auch alle Bravo gerufen, wußten sie doch, mit dieser großen Abreibung war es vorüber. Nach der Predigt ließ er nur Kantor Kannegießer und Martin in die Sakristei kommen und kanzelte sie ab. Aber nicht wegen Adam Rodewald, sondern wegen einer Lawine. Weil die ihm um ein Haar die ganze Weihnachtspredigt verdorben hätte. Das war so gekommen:

In der ganzen Welt konnte kein Winter so schön sein wie in Kummerow. Da war einfach alles, was zu einem richtigen Winter gehört. Erst einmal unendlich viel Schnee, fester Schnee. Meilenweit deckte er das Bruch, und Kantor Kannegießer hatte den Schulkindern noch jedes Jahr bewiesen, daß es ein törichtes Gefasele sei, vom Schnee als von einem Leichentuch der Erde zu reden. Nein, eine schöne, weiße und weiche Bettdecke sei der Schnee, und die liebe Erde schlafe darunter, damit sie frisch und fröhlich wieder auferstehen könne. Es gab viel Rauhreif in und um Kummerow, und da die abgehärteten Heiden unter der Kälte nicht litten, nahmen sie die Wunder, die der Rauhreif an Bäumen, Büschen und Gräsern schuf, als einen zusätzlichen Blütenzauber. Von morgens bis abends klingelten die Pferdeschlitten, die Bauern wetteiferten, die schönsten Schlitten und Geschirre zu haben, es war schon so weit gekommen, daß die gräflichen Kutscher hinterherhinkten. Immer höher wurden die Schellenträger auf den Rücken der Pferde, immer länger die farbigen Haarschweife an diesen Schellen; seit Jahren schon gab es kaum noch eine Stelle am Geschirr, an der nicht eine Schelle saß. Und als bekannt wurde, der Graf habe an einem Geschirr silberne Glocken, fing Wilhelm Trebbin auch mit silbernen Glocken an. Und kein Sonntag war, an dem sie nicht durch die Gegend gondelten, meistens in langer Reihe und mit einem richtigen Protz durch die anderen Dörfer, damit die sich fuchsten. Und dies war das Verwunderlichste: Während in den anderen Dörfern die Bauern sich über die protzigen Kummerower erbosten, waren die Kummerower Armen, die Knechte und Tagelöhner noch stolz auf ihr fettes Dorf, obwohl dieses Fett doch nicht ihnen gehörte. Und Hügel gab es und Berge zum Schliddern auf Holzschuhen und zum Rodelschlittenfahren. Und Teiche und Bäche und Seen zum Schlittschuhlaufen. Der Winter war fast ebenso schön wie der Sommer, sein einziger Fehler waren die kurzen Tage.

Am letzten Schultag vor Weihnachten hatte Kantor Kannegießer wieder mal über den Winter gesprochen, diesmal aber auch über seine Schrecken für arme Leute und für Gegenden, in denen der Winter nicht nur Vergnügen bringe. Dabei hatte er erklärt, was eine Lawine sei und welches Unheil sie anrichten könne. Und hatte aus dem Lesebuch eine traurige Geschichte lesen lassen. Nun ist das für Dorfkinder ein komisches Wort: Lawine, und nicht nur Lisbeth Zühlke sagte eine Zeitlang Alwine. Kantor Kannegießer erklärte, wie eine Lawiene werde und wachse, wobei er allerdings nur eine rollende erklärte: „Ihr braucht bei Tauwetter nur einen festen Schneeball aufs Dach zu werfen, aber so, daß er nicht im Schnee steckenbleibt, sondern herunterrollt. Dann werdet ihr sehen, wie er sich mit jeder Umdrehung vergrößert und schließlich so groß wie ein Kürbis wird. Nun denkt euch ein Dach wie das Kirchdach, nein, noch hundertmal, tausendmal höher, einen Berghang in den Alpen. Wenn dann die Lawine unten ankommt, ist sie so groß, daß sie ganz Kummerow unter sich begraben kann." Hermann Wendland hatte zwar eingewendet, daß es solche großen Dächer wie ein Berghang gar nicht gäbe, und Traugott Fibelkorn, etwas schlauer, hatte darauf hingewiesen, bei Kummerow hätten sie nicht so große Berge; es war jedoch nicht zu leugnen: Die Geschichte mit den Lawinen hatte sie alle gepackt, zumal Kantor Kannegießer noch mehr schreckliche Unglücksfälle durch Lawinen aus der Schweiz zu berichten wußte.

Nachher stellten sie freilich fest, daß sie eigentlich nichts Neues erfahren hatten, es sei denn das Wort Lawine. Denn die Geschichte mit dem aufs Dach geworfenen harten Schneeball kannten sie alle, wurden doch von ihnen auf diese Art jedes Frühjahr die Hausdächer abgedeckt. Sie nannten das bloß anders: Schneescheeten. Aber der Kantor hatte sie auf einen feinen Gedanken gebracht, indem er das Kirchendach erwähnte. Schade nur, daß heute der Schnee nicht backte.

Am ersten Weihnachtstag tat er es. Sie stellten es eigentlich ohne Absicht fest, als sie vor Kirchenbeginn an der Nordseite der Kirche standen und warteten. Das taten sie immer, denn sie mußten ja noch läuten. Eberhard und die beiden Pastorssöhne Bernd und Dietrich waren auch dabei. Nun, und da warf Traugott Fibelkorn eigentlich nur aus Verdruß, weil Eberhard so mit seinen Geschenken prahlte, einen Schneeball auf das Kirchendach, und der kam als Lawine wieder herunter. Im Nu waren sie alle dabei, und die Größeren konnten bald höher und höher langen. An der Nordseite hatte die Kirche keine Tür, eine ging durch den Turm an der Westseite, und die für den Gottesdienst geöffnete war an der Südseite, durch sie kamen immer der Graf und Pastor Breithaupt. Den Wettstreit, den Schneeball immer höher zu werfen, gewann Hermann Wendland, er kam als erster sogar über die Dachspitze hinweg. Das wollte schon etwas sagen, denn das Dach der Kummerower Kirche war sehr hoch. Und weil es Hermann gelungen war, gelang es schließlich auch Eberhard, Bernd, Martin und Johannes und dann noch einigen anderen. Schließlich kamen ein paar Erwachsene um die Kirchenecke gefegt, und trotz Gehrock, Zylinder und Gesangbuch und erstem Weihnachtstag fluchten sie mordsmäßig. Die Lawinenmacher nahmen zunächst an, sie hätten zuviel Lärm gemacht, bis sie erfuhren, was los war. Nämlich das halbe Kirchendach hatten sie auf der drübigen Seite abgedeckt, Lawinen von der Größe einer Mistfuhre heruntergeholt und ausgerechnet die allergrößten direkt vor die Kirchentür gelegt. Der Graf war noch hinübergeklettert, Frau Gräfin hatte die Tür auf der Turmseite nehmen müssen, Bauer Fibelkorn eine Ladung direkt auf den Zylinder gekriegt, und Pastor Breithaupt hatte sich schimpfend den Talar aufraffen müssen, wie Frauensleute sonst auf der nassen Straße ihre Röcke; dann war der Pastor noch ausgerutscht und bis ans rechte Knie versackt, und ausgerechnet Nachtwächter Bärensprung hatte ihm herausgeholfen. In seinem Zorn hatte der Pastor beinahe seine Weihnachtspredigt vergessen; möglicherweise war nur durch die Lawinen seine Entrüstung über die Erhellten zur Lawine angeschwollen.

Kantor Kannegießer und Martin Grambauer sollten nun in der Sakristei den Frevel, der einer Kirchenschändung gleichkomme, verantworten, denn Johannes Bärensprung hatte berichtet, Herr Kantor habe ihnen das mit der Alwine auf dem Kirchendach gesagt. Es war gut, daß Martin es richtigstellen konnte, unter dem warmen Blick seines alten Freundes und Lehrers taute auch auf Martins Haupt das eisige Gefühl, das sich gegen den Pastor wegen dieser harten Extrapredigt am ersten Weihnachtstag gebildet hatte. Er wußte auch gleich, wie er den Zornigen, der noch schwere Bestrafung der unerzogenen Schuldigen vom Kantor gefordert hatte, kleinkriegte; er sagte so nebenbei: „Eberhard hat die meisten Bälle rübergekriegt, so stark ist der geworden! Bernd hat bloß drei geschafft.“ So, nun konnte er sich ja an den Sohn des Kirchenpatrons heranwagen und seinen eigenen Sohn erziehen. Angeben war das diesmal nicht. Sonst hätte Kantor Kannegießer hinterher ihn nicht belobt.

Am zweiten Weihnachtstag gab es in Kummerow immer ein großes Schlittschuhlaufen auf dem Schwarzen See, zuerst den Mühlbach entlang, über den Mühlenteich und die Fischteiche, das Ziel war auf der Insel. Alles zusammen eine Meile, gleich siebeneinhalb Kilometer. Wer keine Schlittschuhe hatte, nahm den Piekschlitten unter die Füße und den Piekstock zwischen die Beine und holte damit auf den schmalen Gräben das wieder auf, was die anderen auf den Teichen voraushatten. Eberhard, Bernd, Dietrich, Ulrike, Johannes waren dabei und einige zwanzig andere. Unbestrittener Meister im Piekschlittenlaufen war Johannes; kein Wunder, denn seit seinem vierten Jahr hatte er kein anderes winterliches Vergnügungsmittel gekannt. Stahlbänder hätte er jetzt unter dem selbstgemachten Schlitten, verkündete er diesmal.

Es ging heiß her, waren es doch nur so null Grad, und Johannes hatte auf dem Mühlgraben gut vorgelegt. Der Mühlenteich machte jedoch alles wieder gleich, denn auf einen Schlag mußten alle aufhören, so knackte das Eis zu der Rohrseite zu. Die aber mußte passiert werden, wollte man den Einfluß wieder gewinnen. Eberhard, als Schlittschuhläufer unbestritten der Beste, wollte sich den Sieg nicht entreißen lassen, sagte etwas von Bangbüxen und sauste los. Martin Grambauer gleich hinterdrein. Dann, wie ein Wilder arbeitend, daß die Eissplitter nur so stoben, Johannes mit Piekschlitten. Als vierter Hermann Wendland mit den langen Beinen, Martins gefährlichster Konkurrent. Eile tat not, denn in der Reihenfolge, in der sie jetzt den nicht breiten Zuflußgraben gewannen, war der Sieg zu erwarten, da ein Überholen nur erst wieder auf der letzten freien Strecke zu erwarten war.

Es knisterte und knackte, und dann war Eberhard im Mühlenteich verschwunden. Martin bremste wie irrsinnig, es half nichts, fast genau in Eberhards Einbruchstelle verschwand auch er. Johannes hatte ihm auf den Fersen gesessen, aber Johannes war besser dran und bewies außerdem Geistesgegenwart. Er hopste von seinem Schlitten und wurde nun lediglich von der Wucht seines Fahrtschwunges vorwärts getrieben. Den Schwung hätten die rauhen Holzschuhsohlen gebremst, doch Johannes war mit solchem Wuppdich abgesprungen, daß das Eis auch unter ihm brach. Sein Schlitten rutschte weiter ins Wasser, den langen Piekstock nahm Johannes mit hinein. Hermann Wendland riskierte den kühnsten und kürzesten Bogen seines Lebens und konnte haarscharf an der ersten Wasserstelle vorbeischwenken.

Vielleicht wäre die Geschichte böse abgelaufen, hätte Johannes nicht seinen langen Stock fest in den Händen behalten. Während Eberhard und Martin immer wieder mit der Eiskante abbrachen und die meisten der Kinder, besonders die Mädchen, schrien und weinten, hatte Johannes dadurch, daß er seinen Stock vor sich auf das Eis legte, sich herauswinden können. Nun hielt er, auf dem Bauche liegend, erst Martin den Stock hin, dann holten sie gemeinsam Eberhard heraus, der schon ziemlich schlapp war, sich aber tapfer hielt. Und dann verließen sie alle den Mühlteich und standen auf freier Feldmark. Der Mühlteich hieß nur so, ohne daß bei ihm eine Mühle war. Es half also nichts, sie mußten naß zurück zum Dorf, und das dauerte zu Fuß etwa eine Stunde. Obwohl heute Weihnachten war, ach, wahrscheinlich weil Weihnachten war, würde es zu Hause schwer etwas setzen. Martin sah traurig auf seinen neuen Anzug. Eberhard fiel ein, daß seine neue Mütze unterm Eis liegengeblieben war, Johannes hatte einen Holzschuh eingebüßt. Und gewinnen würden sie alle eine Erkältung oder, wie Johannes sie nannte, eine „Filenza“.

Da wußte Hermann ein probates Mittel: Man müsse sofort alle nassen Kleider ausziehen und auswringen, zöge man sie wieder an, wäre man sofort ganz warm. Er konnte sein Mittel so dringend empfehlen, da er es nicht auszuprobieren brauchte. Eberhard weigerte sich, vielleicht aus Rücksicht auf die Damen, Martin und Johannes genierten sich nicht: Zuerst kam die Gesundheit. Ziemlich rasch standen die beiden nackend auf dem Feld und sprangen in der Kälte wie die Indianer beim Kriegstanz, indessen die Kameraden die Sachen auswrangen. Wenn sie allerdings gewußt hätten, wie schwer und fast unmöglich es war, die nassen und eiskalten Sachen wieder anzukriegen, sie hätten wohl lieber die Erkältung riskiert. Außerdem froren sie jetzt doppelt, und es war wie ein schwacher Trost, daß Eberhard vierfach zu frieren schien. Der hatte dafür auch eine wirklich wärmende Idee, durch die sie nicht nur bald trokken werden konnten, die auch verhinderte, daß die Eltern etwas erfuhren. Es war ganz einfach. Sie würden so rasch wie möglich zurücklaufen, sich von hinten durch den Schloßgarten in die Brennerei schleichen, und den Brennermeister bitten, die Sachen im Kesselhaus zu trocknen. In wilder Fahrt ging es wieder gen Kummerow. Eberhard vorneweg, dann Martin, dann Johannes, genau die Reihenfolge von vorhin. Johannes hatte von einem anderen Jungen in edler Kameradschaft einen Piekschlitten geborgt bekommen, allerdings erst, nachdem er vor Zeugen das Ehrenwort gegeben hatte, ihn wieder abzuliefern. Auf dem Graben am Schloßpark blieben die Trockenen zurück.

Ganz so, wie sie es sich gedacht, verlief die Sache nicht. Obwohl alle Wissenden feierlich gelobt hatten, nichts zu Hause zu erzählen, war es schon am Abend in ganz Kummerow bekannt. Es wäre allerdings auch so nicht verborgen geblieben, jedenfalls nicht bei Eberhard und Martin. Denn der Brennermeister hatte ihnen zwar Hemden, Unterzeug und Anzüge getrocknet und die Nackedeis so lange auf dem großen Heizkessel untergebracht, aber er hatte die Anzüge vorher noch einmal ausgewrungen, und nachher hatte er sie nicht bügeln können, und so sahen sie noch am Leibe aus wie überzogene Harmonikabälge. Nur bei Johannes' Anzug hätte man nichts gemerkt. Es ging aber noch alles gut ab. Bei Grambauers waren sie froh, daß wieder mal der Schaden nicht den Hals gekostet hatte, und bei Grafens, daß Eberhard genug Strafe hatte, denn er mußte wegen seiner Erkältung fast seine ganzen Weihnachtsferien im Bett verbringen. So war der einzige richtige Leidtragende nur wieder mal der Allerärmste, der hatte einen Holzschuh und einen Schlitten verloren. Ja, so geht es zu in der Welt. Es war nur gut, daß sein Großvater diesmal nicht genügend Zeit hatte, seine Ersatzforderungen in gewohnter Weise zu vertreten. Er hatte noch immer mit sich zu tun, er hatte ausschließlich mit sich zu tun. In den nüchternen Stunden, die ihm das Feiern seiner durch die neue Einstellung als Nachtwächter wiederhergestellten Berufsehre ließ, pochte er immer lauter auf die Anerkennung seiner alleinigen Verdienste bei der Entdeckung und Festnahme des Brandstifters, bis der Gemeinderat beschloß, ihm ein Ehrengeschenk zu machen. Die Sitzung dauerte lange. Andreas wollte durchaus einen Orden haben, Schulze Wendland schlug ein neues Horn vor, Trebbin war für einen Ehrenspieß. Schließlich einigte man sich auf Grambauers Vorschlag: ein Ehrengeschenk von fünf Talern. Andreas nahm die fünf Taler an, aber nur unter Protest, auf seinem Orden müsse er bestehen.

Er war wütend, daß Wachtmeister Niemeier, auf den er seine Entlassung zurückführte, jeden Tag kam und so tat, als habe er schon immer gewußt, daß nur Brandstiftung in Frage komme und wer der Täter sei. Wirklich sah der Wachtmeister in jedem Erhellten einen Komplicen des Brandstifters und stellte ihm seine mögliche Verhaftung noch vor Gericht in Aussicht. Daß sie alle in der großen Verhandlung gegen den Apostel als Zeugen würden auftreten müssen, war ja wohl erwiesen.

Sie kamen jedoch um die Sensation, die Kummerower und alle im Kreis Randemünde. Adam Rodewald hatte in der Untersuchungshaft die Brandstiftung eingestanden und als Grund angegeben, er habe sich als Rachewerkzeug Gottes gegenüber den sündigen Kummerowern gefühlt. Befragt, warum er denn aber sein eignes Gehöft angezündet habe, zögerte Adam Rodewald mit der Antwort. Da er inzwischen auch seine Hehlergeschäfte mit dem Müller Düker eingestanden hatte, nahmen sie für die Brandstiftung den üblichen Versicherungsbetrug an. Denn entgegen der von Adam in Kummerow verbreiteten Annahme war er sehr hoch versichert. Versicherungsbetrug lag auch vor, doch Adam nannte für ihn ein besonderes Motiv. Es war das gleiche, aus dem er seinen Handel und seine Hehlergeschäfte machte. Er hatte jeden eingenommenen Taler zurückgelegt, um für seine Gemeinde aus eigenen Mitteln ein großes schönes Bethaus zum Lobe Gottes bauen zu können; um Gott besser dienen zu können, war er zum Brandstifter und Betrüger geworden. Als das Gericht an diesen Aussagen nicht mehr zweifeln konnte, steckte es den Propheten zur Beobachtung ins Irrenhaus. Man behielt ihn dort, und das Gericht verzichtete auf Weiterführung der Untersuchung.

Am meisten bedauerte das Nachtwächter Bärensprung, denn nun fiel der große Tag der Verhandlung aus, von dem Andreas sich eine allerhöchste Belobigung seiner Verdienste um die Entdeckung und Festnahme des Brandstifters und eine Blamage für den Wachtmeister erhofft hatte. Da die fünf Taler zudem nur die Wirkung hatten, daß Andreas sich kerniger als sonst betrank und nachts an jedem Gehöft Lärm schlug und einen Brandstifter suchte, ein paar Nächte später aber gar Alarm blies, hielt Pastor Breithaupt es für richtig, gegen den Beschluß des Gemeinderates anzugehen und die erneute Absetzung des Nachtwächters zu verlangen. Die Belohnung sei unter falschen Voraussetzungen erfolgt, denn nicht der Nachtwächter habe den Brandstifter entlarvt und festgenommen, sondern die Jungens von Kummerow. Wenn hier schon eine Belohnung ausgesprochen werden solle, so komme sie den Jungens zu, die sich auch schon vorher gegenüber dem falschen Propheten klarere Köpfe bewahrt hätten als die meisten der Alten. Denn durch die Entlarvung des Heuchlers mit dem Wurstbrot und dem Schnaps hätten sie die ganze Geschichte ins Rollen gebracht.

Als Andreas Bärensprung von diesem neuen Angriff auf seine Ehre erfuhr, verlangte er von Gottlieb Grambauer eine Eingabe an das Reichsgericht gegen den Pastor Breithaupt wegen Beamtenbeleidigung.

Doch Gottlieb Grambauer redete ihm das aus und legte ihm nahe, neben dem eigenen Verdienst auch das der Jungens gelten zu lassen. Er werde jedenfalls im Gemeinderat durchsetzen, daß auch die Jungens zu ihrem Rechte kämen. Andreas Bärensprung schwor zwar Stein und Bein, keinen Pfennig von seinen fünf Talern herauszugeben, aber der Hinweis, daß sein Enkel Johannes unter den zu ehrenden Jungens wäre und somit zwei Mitglieder der Familie Bärensprung öffentlich als verdienstvoll gepriesen würden, veranlaßte Andreas doch, den Jungens ein kleines Mitverdienst an der Aufdeckung des Verbrechens zuzugestehen. Pastor Breithaupt hatte es aber verstanden, zum erstenmal die Zuneigung der Kummerower Jugend und besonders ihrer Anführer zu gewinnen. Und um diese Position zu festigen, schrieb er für das Kreisblatt einen kleinen Aufsatz gegen das Sektenwesen, das zum Glück keinen Einlaß in den gesunden Sinn unserer Landjugend finde, wie das die Kummerower Jungens bewiesen hätten, als sie den Heuchler und Brandstifter Rodewald entlarvten und festnahmen und dem Schwert der Gerechtigkeit auslieferten. Da stand es. Martin wurde glührot, als er es das erstemal so gedruckt las, bezogen auf ihn und seine Freunde. Dann wuchs Unruhe in ihm hoch: Woher wußte der Pastor das von dem Schwert der Gerechtigkeit, dem Martin sich vor vielen Wochen angelobt hatte? Immer wieder mußte er den schönen Artikel lesen, und bald konnte er ihn auswendig und seiner Mutter, den Schwestern und den Freunden hersagen. Es war nicht zu leugnen, Martin Grambauer bespiegelte sich jeden Tag im blanken Schwert des Gerechten, bis er als ein Selbstgerechter dastand.

Die Großen hatten reichlich Mitschuld. Gottlieb Grambauer bat dem Pastor wegen des Artikels manches ab, und da sie im Kreis mal wieder was hatten, um futterneidisch auf die Kummerower zu blicken, lobten bald alle Bauern von Kummerow ihren Seelenhirten. Der aber bereute schon seine öffentliche Belobigung. Denn nicht nur Martin Grambauer, auch Traugott Fibelkorn und Johannes Bärensprung hatten nun schon in der Schule darauf Bezug genommen, Herr Pastor selbst habe ihnen bescheinigt, die Gerechten von Kummerow zu sein. Auch war wieder einmal Andreas Bärensprung im Pfarrhause erschienen und hatte ebenfalls einen Satz in der Zeitung verlangt, weil er als die Hauptperson nicht mitgenannt worden sei, und er pfiffe auf solche Gerechtigkeit, und es sei schnöde Undankbarkeit von Leuten, die ohne ihn in ihren Häusern verbrannt wären.

Andreas sah sich, da der Pastor ihn hinauswarf, gezwungen, seine großen Verdienste um die öffentliche Ordnung und Sicherheit weiterhin allein auszuposaunen und sich in der richtigen Stimmung zu halten. Die fünf Taler lösten eine Art Dauerrausch aus. Andreas erklärte jedem, daß er weiterhin auf der Suche nach Brandstiftern sei. Was auch der Fall war, denn Nacht für Nacht ging er mit der Laterne auf die Höfe, und als die Bauern es sich verbaten, weil sie Angst hatten, er könnte in seinem Zustand ihnen die Häuser über dem Kopf anstecken, suchte Andreas Bärensprung die geheimnisvollen Brandstifter in den abseits gelegenen Feldscheunen.

Und da geschah es denn, daß es eines Nachts wieder Feueralarm gab, wenn auch kein Nachtwächter blies und nur die letzten, die aus dem Krug kamen, den Brand entdeckt hatten. Eine kleine hölzerne Strohscheune, die dem Krüger gehörte und hinterm Graben gleich im Bruch lag, brannte. Sie ließen sie in Ruhe abbrennen, was sollte man da erst noch lange die Spritze holen? Zu retten war nichts, passieren konnte nichts, und im übrigen war der Krüger versichert.

Was passieren konnte, war auch schon passiert, und sie entdeckten es am andern Vormittag, als sie aufräumten. Da fanden sie die Reste ihres ehemaligen Nachtwächters Andreas Bärensprung. Wahrscheinlich hatte er auch in der kleinen Feldscheune einen Brandstifter gesucht, war in seinem Dusel eingeschlafen und hatte sich mit der umgestürzten Laterne ein angemessenes Ende bereitet.

Bei der Beerdigung ließ sich die Gemeinde nicht lumpen. Der Kriegerverein trat an und schoß am Grabe, der Vorsitzende hielt dem alten Veteranen von Mars-la-Tour eine schneidige Gedenkrede, so daß sie alle etwas wie Stolz auf ihren toten Nachtwächter fühlten. Luise schluchzte herzzerbrechend, achtete aber sehr darauf, daß die Tränen nicht auf das neue schwarze Kleid fielen, das Mutter Grambauer ihr geschenkt hatte. Johannes hatte dauernd den Kopf im Nacken und ließ die Augen umhergehen, er prüfte, ob auch alle hörten, was für ein Großvater der seine gewesen war. Nur Pastor Breithaupt enttäuschte sie. Er hatte sich geweigert, in seiner Leichenpredigt von einem pflichtgetreuen Diener der Gemeinde zu sprechen, der im Dienst verunglückt sei. Das hatte der Schulze auf Gottlieb Grambauers Rat von ihm verlangt. Als sie nachher im Krug das Fell des Toten vertranken, stimmten sie gern Gottlieb Grambauer bei: Einen Nachtwächter wie Andreas Bärensprung bekommen wir nicht wieder! Bei welcher Feststellung Gottlieb Grambauer mit keinem Buchstaben von der Wahrheit abzuweichen brauchte.

Dieser Winter hatte es in sich mit seinen Aufregungen. Einige Tage nach der Beerdigung des Vaters war Luise Bärensprung verschwunden. Einen Brief nur ließ sie zurück. In ihm stand, sie habe es satt, auf dem dreckigen Dorfe zu leben und ihre Jugend hinter Kuhhintern zu vertrauern. Ihre Wohnungseinrichtung vermachte sie ihrem Jungen Johannes, den Jungen aber der Gemeinde Kummerow.

Die Einrichtung bestand aus zwei wurmstichigen, durch aufgenagelte Latten haltbar gemachten Bettstellen, einem wackligen Tisch, zwei Schemeln und einem Eckschapp. Andreas Bärensprung hätte Luise verprügelt, wäre zu seinen Lebzeiten das Wort von ihrer Einrichtung gefallen. Denn was da in der Armenhausstube herumstand, waren die Reste seines Hausrates, und er war immer sehr stolz darauf gewesen. Woraus der Junge bestand, den sie der Gemeinde vermachte, das wußte diese wohl. Johannes stellte ohne Frage einen gewissen Wert dar, unter Umständen auch ein kleines Kapital, doch war noch nicht sicher, wie hoch und wie wertbeständig es war und wie es sich verzinsen würde. Bisher hatten sie in Kummerow angenommen, Johannes würde nach seiner Konfirmation umsonst die Kühe der Gemeinde hüten und so etwas von den Kosten abarbeiten, die seine Aufzucht als Armenhauskind gemacht hatte. Nun war die Frage, was mit Johannes zu geschehen habe, früher akut geworden. Krischan Klammbüdel, ihr alter Kuhhirte, kam nicht wieder, das war nach dem rauhen Abschied im Herbst als sicher anzunehmen. Man konnte es im Frühjahr vielleicht schon mit dem strammen Bengel versuchen. Johannes mußte zwar noch zwei Jahre zur Schule gehen, und der Schulbesuch behinderte ihn in seinem Amt als Kuhhirte. Vielleicht ließ sich jedoch mit Lehrer und Pastor über eine vorzeitige Schulentlassung sprechen. Fürs Kühehüten hatte Johannes nach ihrer Ansicht genug gelernt. Nach seiner auch.

Sie setzten rasch eine Gemeinderatssitzung an und beschlossen, die alte Hanisch aus dem Nachbarhaus, die halb und halb von der Gemeinde erhalten wurde, habe für Johannes zu sorgen und der Pastor habe ihn zu Ostern zu konfirmieren.

Als Johannes von diesem Beschluß hörte, trauerte er weder seinem Großvater noch seiner Mutter nach. Er ging zum Krüger und verlangte den Hund Schill, der bisher als Hütehund Krischan Klammbüdel den Sommer über immer untergeben gewesen war. Dann zog er mit Schill zu der Hütte auf dem Brink. Sie war, wie noch in jedem Winter, zerfallen, bestand sie doch nur in einem aus Tannenästen gestellten, mit Reisig und Grassoden belegten Dach. Und Krischan hatte sie noch jedes Jahr im Frühjahr neu aufbauen müssen. Nun war es erst Februar, und auf den Äckern und am Tanger lag noch Schnee. Johannes kümmerte das nicht. Er sah sich als stolzen Hausbesitzer und begann die Hütte herzurichten. Immer mehr wuchs er in das romantisch umschimmerte Hirtenleben hinein. Krischan war nicht umsonst jahrzehntelang Respektsperson, Erzieher und Freund der Jugend gewesen. Das alles sollte von nun ab er sein, Johannes Bärensprung.

Sein Stolz trieb ihn immer weiter voran. Er prahlte mit Neuerungen, die er einzuführen gedenke, und drohte in der Schule damit, welchen Jungens er den Zutritt zum Brink und zur Hütte verbieten würde. Daß er zu Ostern konfirmiert werden mußte, stand für Johannes fest, und die zwei gesparten Schuljahre waren mit das Schönste an der Geschichte.

Johannes wollte nichts versäumen, inspizierte daher schon jetzt die Kuhställe der Bauern, um seine späteren Schützlinge kennenzulernen. So hatte er es von Krischan Klammbüdel gesehen. Er hatte auch gehört, was Krischan über den Zustand der einzelnen Kühe sagte und daß er den Bauern Ratschläge gab. Johannes, im Glauben, dies gehöre nun mal zu seinem Amt, versuchte es auch. Aber wenn dies auch bei Gottlieb Grambauer noch gutging, so doch nicht mehr bei Ferdinand Kienbaum. Der warf ihn hinaus. Johannes gelobte sich, Kienbaums Kühe nur auf den schlechtesten Stellen des Brink weiden zu lassen.

Als Johannes dann gar in der Schule Kantor Kannegießer bedeutete, er brauche nichts mehr zu lernen, er werde ja Ostern konfirmiert, und die im Gemeinderat hätten auch gesagt, daß er genug wisse, da hielt es der alte Lehrer doch für richtiger, mit dem Pastor darüber zu sprechen. Auf diese Weise erfuhr Pastor Breithaupt erst die ihm vom Gemeinderat zugedachte Aufgabe der vorzeitigen Schulentlassung von Johannes Bärensprung. Und er erklärte, der Verwilderung des verwaisten Jungen nicht zusehen zu können. Er denke nicht daran, ihn auch nur einen Tag früher aus der Schule zu entlassen.

Als die Bauern es hörten, waren sie ärgerlich und ersuchten den Pastor, dann solle er den Johannes Bärensprung die zwei Jahre bis zu seiner Konfirmation durchfüttern. Pastor Breithaupt erbot sich dazu, wenn ihm die Gemeinde schriftlich bestätige, daß sie selbst zu arm oder zu geizig dazu sei. Auf Martins Drängen erbot sich seine Mutter, Johannes auf den Hof zu nehmen, doch nun wurde es Martin erst richtig klar, daß das Zusammensein mit dem Freund nur bis Ostern dauern würde, denn dann sollte er selbst auf die höhere Schule in der Stadt.

Inzwischen hatte Kantor Kannegießer, der zum Vormund für Johannes bestellt worden war, eine Bleibe für den Jungen gefunden. Ein Bauer aus dem Dorfe Muddelkow hinter Falkenberg, ein Verwandter seiner verstorbenen Frau, fand sich bereit, Johannes Bärensprung umsonst in Kost und Logis zu nehmen. „Und wer ersetzt uns unsere Auslagen, die wir für seine Erziehung aufgewendet haben?" fragte der Schulze. Der Bauer in Muddelkow ließ sich herbei, fünf Taler dafür zu opfern. Er machte nur zur Bedingung, daß Johannes nach seiner Konfirmation noch drei Jahre als Jungknecht bleibe.

Da erst merkten sie in Kummerow, daß sie sich mit der Bewertung der Kraft Johannes Bärensprungs verrechnet hatten. Würde sonst ein fremder Bauer fünf Taler investieren? Es meldeten sich sogleich Bauern, die Johannes aufnehmen wollten, allerdings ohne fünf Taler zu bezahlen. Dagegen war wieder der Schulze, und er gab dem Bauern in Muddelkow den Zuschlag. Als sie dann aber hörten, daß der Bauer in Muddelkow gar nicht daran gedacht hatte, die fünf Taler aus eigener Tasche zu bezahlen, daß vielmehr ihr alter Lehrer Kannegießer das Geld hergegeben hatte, strichen sie den Betrag, denn von Kantor Kannegießer wollten sie sich nichts schenken lassen. So waren sie nun mal.

Obwohl, ganz genau genommen, hinter dem Kantor wieder Gottlieb Grambauer gestanden hatte. Der hatte die fünf Taler bereitgestellt, um Johannes, da er nun mal nicht Kuhhirte werden konnte, gut unterzubringen; in Kummerow, ohne Martin, hatte er ihn nicht belassen wollen, da hinge ihm doch immer das Armenhaus an und würde ihn, wäre er mal ein junger Mann, schwer schädigen. Was von Gottlieb Grambauer ganz richtig gefühlt war. Bei dem Geld hatte er dann den Kantor vorgeschoben, weil er wußte, dem Bauern Gottlieb Grambauer erließen sie die fünf Taler nicht! Dafür war der Antrag, die Gemeinde werde doch von Kantor Kannegießer kein Geld annehmen, wieder von ihm. Es hatte schließlich mal wieder alles geklappt. Und so waren sie alle froh, Johannes nicht nur auf eine anständige Art loszuwerden, sondern auch seine Zukunft gesichert zu haben.

Nur Johannes, als er es erfuhr, war nicht froh. Dies konnte ja nicht sein, daß sie ihn nicht nur als Kuhhirten absetzten, bevor er den Posten angetreten hatte, daß er auch noch aus Kummerow weg sollte. Johannes lief zu Martin, und beide versuchten, über Gottlieb Grambauer eine Änderung des Beschlusses zu erreichen. Aber Vater Grambauer konnte nur mit den Schultern zucken und sagen, sie kämen zu Ostern ja doch auseinander, denn Martin müßte auf die Schule in der Stadt.

Zum erstenmal wurde ihnen grausam klar, was das neue Frühjahr für sie bereithielt: die Trennung. Die Trennung einer Jugendfreundschaft und die Trennung von der Heimat. Kantor Kannegießer hatte seine liebe Not, und sie bedrückte ihn um so schwerer, als er nicht wußte, ob er denn auch wirklich ganz richtig gehandelt hatte. Johannes Bärensprung wurde von Tag zu Tag trotziger und verbockter. Martin Grambauer einsilbiger und zerstreuter. Mit den Konfirmanden in diesem Jahr war auch nicht viel los. Kantor Kannegießer, so froh er innerlich war, mit Ostern eine lange Tätigkeit als Dorfschulmeister beenden zu können, wurde doch traurig bei dem Gedanken, daß sein letztes Lehrvierteljahr so lust- und freudlos ausklingen sollte.

Nur die Natur kümmerte das alles nicht. Lebenskräftiger, saftvoller und damit zeitiger als sonst sprach sie als Vorfrühling aus dem Gras der Wiesen, aus den Werftsträuchern im Bruch, sogar aus den Bäumen im Dorfe, aus den Hasen auf dem Felde, den Sperlingen auf den Höfen, den Meisen in den Gärten, den Krähen in den Wäldern und auch aus den jungen Menschen, die ihrer Einsegnung lauter als sonst entgegenlebten.

Dies hatte bei den Konfirmanden einen besonderen Grund. Unter ihnen war der lange Hermann Wendland. Er hatte sein vierzehntes Lebensjahr bereits vollendet und damit das von allen anerkannte Recht erworben, sich als Erwachsener zu betrachten. Dann war er auch noch des Schulzen Sohn. Und Hermann hatte dafür gesorgt, daß bekannt wurde, was sein Vater plante und was sie ohnehin voraussetzten, nämlich das Wendlands aus dieser Einsegnung ein großes Fest machen wollten. Immer war es so in Kummerow, daß einer der Bauernväter, der einen Jungen konfirmieren ließ, alle Konfirmanden zum festlichen Mittagessen einlud. Und ein anderer Bauernvater, der ein Mädchen aus der Schule bekam, lud die Schar der Mitkonfirmanden zum Abendessen. Die übrigen Väter liefen nun gewissermaßen mit. In ihre Häuser kamen die Konfirmanden zum Kaffeetrinken. Das war aber mehr eine Qual als ein Vergnügen, denn wer will schon fünfzehnmal an einem Nachmittag Kaffee trinken und Kuchen essen? Es hatte sich daher in Kummerow immer mehr der Brauch herausgebildet, den Appetit auf den Kaffee durch ein Gläschen Johannisbeerwein oder auch mal durch ein Schnäpschen aufzufrischen. Die Krone des Festes blieb das Mittagessen, und je nach dem Vaterstolz wurde der Bauernstolz angestachelt, mit diesem Essen die Vorgänger auszustechen. Nun war Schulze Wendland an der Reihe. Und es war sein Ältester, den er konfirmierte.

Ein Mastkalb, ein Doppelender, und ein halbes Dutzend Hühner sollten ihr Leben für die Verschönerung des großen Tages lassen. Dazu hatte Hermann Wendland von Wein, Bier und Schnaps geredet, und wenn das mit dem Schnaps wohl auch nicht stimmte, so hatte er doch den Zweck damit erreicht, der auch seinem Vater genehm war: daß sie im Dorf schon wochenlang vorher von den festlichen Genüssen sprachen, die Wendlands vorbereiteten.

Es war nicht nur üblich, es war auch eine selbstverständliche Regung des menschlichen Herzens, und besonders des jugendlichen, daß die Schulkinder, die nicht konfirmiert wurden und daher nicht an der Völlerei des Tages teilnehmen konnten, neidisch waren und dieses Gefühl unverhüllt äußerten. Die einen in weitaufgemachten Augen, leckenden Zungen und schluckenden Mündern, die anderen in Versuchung, zu spotten und herabzusetzen. Hermann Wendland selbst bot da eine gute Gelegenheit, ihm seine Prahlereien heimzuzahlen.

Seit gut zehn Jahren wurde die männliche Jugend von Kummerow in schwarzen Jackettanzügen eingesegnet wie in den anderen Dörfern schon seit undenklichen Zeiten. Nur in Kummerow hatte sich ein Brauch lange erhalten, von dem Gottlieb Grambauer behauptete, er stamme noch aus der Heidenzeit – der Brauch nämlich, daß die Knaben bei ihrem Eintritt ins Leben der Erwachsenen in einem Gehrock paradierten, der allerdings respektlos Schniepel genannt wurde. Nun waren auch die Kummerower zu der Ansicht gekommen, daß dreizehn- und vierzehnjährige Jungens in dem großväterlichen Kleidungsstück weder jungenhaft noch erwachsen, sondern lediglich komisch aussahen. Und so hatte ein Vater nach dem andern von der Befolgung des alten Brauches abgesehen, meist wohl nur auf Bitten der Jungens. In den letzten zehn Jahren hatte man am Einsegnungstage keinen Schniepel mehr gesehen. Und nun hieß es – und an Hermann Wendlands verstörtem Gesicht konnte man sich die Bestätigung holen –, Schulze Wendland bestehe auf einem Schniepel für seinen Sohn. Ein Schniepel war teurer als ein Jackettanzug und war außerdem etwas Feineres. Das genügte für Christian Wendland, seinen Dickkopf durchzusetzen.

Hermann versuchte alle Wege, die es gab, dem Unheil, das er als ein fürchterliches Gelächter des Dorfes heraufkommen sah, zu entgehen, doch es half ihm nichts. Nicht das Bitten und Weinen und nicht das zornige Aufbegehren. Nicht die Androhung, er werde in Hemdsärmeln zur Kirche gehen oder sich im Schwarzen See ertränken. Auch der Appell an den bäuerlichen Geldinstinkt, der da aus dem alten Bauernblut zum erstenmal in Hermann sprach und sagte, ein Schniepel koste doppelt soviel wie ein Anzug, und man könne ihn nur ein- oder zweimal anziehen, schlug nicht durch. Christian Wendland blieb fest, und er legte gewissermaßen noch einen Deckel auf den Topf mit dem Zusatz, es käme selbstverständlich zum Schniepel auch kein Schlapphut in Frage, sondern nur ein steifer Hut.

Die Aussicht auf diesen Hut ließ Hermann sogar eine Zeitlang den Schniepel vergessen. Denn die Melone, der Kürbis oder die Pauke, wie sie die nur an Städtern bekannte Kopfbedeckung nannten, bedrückte ihn mit schlimmen Ahnungen. Hermann beschäftigte sich so eingehend mit Plänen, um den steifen Hut herumzukommen, daß er darüber in der Tat den Gehrock vergaß. Und als er den Ausweg gefunden hatte, nämlich die Melone den ganzen Einsegnungstag über nur unterm Arm zu tragen, war er direkt froh. Er wollte als letzter zur Kirche gehen, und dort, an der heiligen Stätte, konnte man ihm ja nicht viel antun. Bei ihm zu Hause dann, wo sie seine Gäste waren, auch nicht. Höchstens später, auf dem Spaziergang zum Tanger und bei dem Umhergehen im Dorf zum Kaffeetrinken. Abends, beim Essen, würde er den Schniepel mit einem Jackett vertauschen.

Hermann Wendland war es aber nicht allein, der angesichts seines großen und so lange ersehnten Tages traurig umherlief. Martin Grambauer und Johannes Bärensprung ging es ebenso. Sie wurden zwar nicht eingesegnet, sie mußten noch zwei Jahre warten, aber es war eben nicht mehr die Schule von Kummerow. Ja, es war nicht einmal mehr Kummerow selbst. So gern Martin Grambauer auf die höhere Schule wollte, daß dies nun mit einem Abschied von Kummerow verbunden sein mußte, war zum Jammern und mußte ihm alle Freude am Lernen verleiden.

Zunächst hatte er geglaubt, er könne morgens von der Station aus mit dem Zug in die Stadt fahren und abends zurückkommen. Dann war das alles ein schöner Spaß, und Kummerow blieb, was es bisher gewesen war. Aber nun hieß es, die Schulstunden lägen so schlecht, daß es besser wäre, den Jungen in der Stadt in Kost zu geben. Nur ein paar Tage lang erzählte Martin mit Stolz im Dorf, daß er von Ostern ab das gleiche wäre wie Pastors beide Jungens und Graf Eberhard. Dann, gewissermaßen beim ersten Quarren der Haubentaucher und bei der ersten Knospe an den Weiden im Bruch, wurde ihm offenbar, was er verlieren sollte. Und von Tag zu Tag mehr wurde das Dorf und das Bruch lebendiger und lockte und langte nach dem Jungen wie eine Mutter nach ihrem Kinde. Im Herbst noch hatte Kantor Kannegießer bei Grambauers gesagt, er wolle nach seiner Pensionierung in die Stadt ziehen und Martin in sein Haus nehmen, aber dann, nach einem Besuch in der Stadt, hatte der Kantor sich anders besonnen und sich im Dorfe eine Wohnung gemietet, in der er sein Leben beschließen wollte. Er könne, sagte er, sich nicht von den Kranichen trennen, die im Frühjahr immer ins Bruch kämen.

Ganz schlimm aber war es mit Johannes. Die Schule ließ er gern fahren. Und er hatte auch eine ganze Woche lang geprahlt mit dem Los, das ihn auf dem fremden Bauernhof hinter Falkenberg erwartete. Johannes fühlte sich in diesen Tagen schon als eine Art Erbsohn des Bauern in Muddelkow. Was hatte er denn auch in Kummerow zu verlieren? Eine Schule, die er am liebsten mit dem Rücken ansah. Ein Haus, in dem Zank und Lärm geherrscht hatten, wenn nicht gar Mutters Hand und Großvaters Stock. Nicht mal ein Bett hatte er bisher für sich gehabt. Und keinen Groschen Taschengeld, keinen neuen Anzug und keinen heilen Schuh. Das Stromern im Bruch, nun ja. Aber wenn Martin nicht gewesen wäre, dann hätten ihn die Jungens wohl auch da ausgeschlossen, wie ihn ihre Eltern nicht gern an ihrem Tisch sahen. Und nun ging Martin weg. Die Aussicht, wenn nicht sofort, doch in ein, zwei Jahren Kuhhirte zu werden und Krischan Klammbüdels hohes Amt ausfüllen zu können, hätte Johannes Bärensprung in Kummerow zu halten vermocht. Doch damit war es aus, Kuhhirte würde er hier nicht werden. Warum also sollte Johannes Bärensprung dem Dorf im Bruch hinterm Berg nachtrauern? Es war nur natürlich, daß seine rege Phantasie ihm dieses ferne Dorf Muddelkow als das Land der Erfüllung ausmalte.

Bis sich an der immer größer werdenden Traurigkeit Martins auch sein hoffnungsvolles Herz verkühlte. Eine Woche noch trug er den Zustand als Unsicherheit, dann aber, als Martin zu sprechen begann, wankte auch Johannes. Und je mehr sie erörterten, was ihnen das Schicksal zerschlug, um so ungemessener wuchs der Verlust. Martin hatte nicht einmal Lust, auf die Spötteleien seines Vaters und seiner Schwestern zu antworten, die seine Traurigkeit mit Angst vor der Stadtschule übersetzten. Johannes ritt auch hier raschere Pferde, indem er erklärte, lebendig ginge er nicht nach Muddelkow. Aber er war nur der Junge aus dem Armenhaus, und sie achteten nicht auf seine Rede.

Einmal aber mußte Gottlieb Grambauer doch über die seelische Verfassung seines Jungen nachgedacht haben, denn es war nicht so, wie sie es im Dorf nachher erzählten, daß er nur aus protziger Laune gehandelt hatte. Gottlieb besprach sich mit seiner Frau, und dann wurde bekannt, was er plante. Obwohl sein Junge noch nicht eingesegnet wurde, verließ er doch die Schule in Kummerow, und deshalb wollte Gottlieb Grambauer dem Martin und seinen gleichaltrigen Mitschülern privatim eine Art Einsegnungsfeier bereiten, und die sollte zum mindesten, da er die Kinder ja nicht konfirmieren konnte, in einem großen Festessen zu Mittag, einem großen Kaffee mit Kuchen am Nachmittag und einem Abendessen bestehen. Und die Stunden zwischen den Mahlzeiten sollten mit Wettspielen, wie Laufen, Schießen, Klettern, ausgefüllt werden. Und das alles wollte er allein bezahlen.

Daß Gottlieb Grambauer immer einen mehr hatte als die anderen, wußten alle im Dorf. Dies aber war nun doch das Verrückteste, daß da einer seinen Jungen mit elf Jahren gewissermaßen privatim einsegnete und sich das einen solchen Batzen Geld kosten ließ.

Schulze Wendland befürchtete in dieser zweiten Konfirmation eine Beeinträchtigung nicht nur des Ansehens seiner eigenen Zurüstungen, sondern sogar die unkameradschaftliche Absicht, sein Fest zu stören. Als sein Versuch, Gottlieb davon abzubringen, fehlschlug, berief der Schulze den Gemeinderat ein. Doch der konnte nichts ausrichten. Das wäre mehr eine kirchliche Angelegenheit. Aber auch der Kirchenrat erklärte sich nicht für zuständig. Und Pastor Breithaupt, der als letzte Instanz das Gewicht seiner Persönlichkeit und seines Amtes einlegen sollte, verzichtete dankend auf das undankbare Geschäft.

Alle diese Versuche hatten nur den nicht erwünschten Erfolg, daß Gottlieb Grambauer den Kreis seiner jungen Gäste von Woche zu Woche vergrößerte. Mit Ausnahme der wirklichen Konfirmanden hatte er nun schon fast die ganze Schule eingeladen. Wenn der Schulze ein halbes Dutzend Hühner schlachtete, so werde er ein ganzes Dutzend nehmen, und eine Brühe soll das geben, hinter der sich die gräfliche verstecken müsse. Was sei denn schon groß ein Doppelender? Er werde den Kindern einen Karpfen polnisch kochen lassen und hinterher jedem noch ein Stück Filet vorsetzen. Und eine Bowle werde er machen, deren Geruch allein den Pastor mindestens bis ans Hoftor locken würde.

Das Gefühl, Mittelpunkt einer Feier zu sein, von der die ganze Umgebung spricht, kann auch älteren Menschen in anderen Positionen, als es die elfjährigen Schuljungens sind, schmeicheln und ihnen die dunklen Wolken beglänzen. Kantor Kannegießer mußte sich die letzten Tage in der Schule noch ärgern, wenn bei dem Wort Einsegnung zurückgefragt wurde, welche er denn meine. Und Pastor Breithaupt wußte sich schließlich doch keinen anderen Rat, als daß er an Gottlieb einen Brief schrieb und ihn ernstlich ersuchte, mit seinem Possenspiel die heilige Bedeutung des Konfirmationstages für die schulentlassene Jugend nicht herabzusetzen. Grambauer hatte erreicht, was er wollte: Sein Junge war wieder fröhlich, ging mit Glanz zur Schule, und im Dorf würden sie noch lange von diesem Tage reden.

Märzenschnee

Der Frühling kam über das Bruch. Nicht wie sonst gekrochen oder gar geschlichen, zag geduckt und mit angehaltenem Atem, nein, geradezu dreist rannte er über das Bullereis der Gräben und alten Torfstiche, trat es nieder mit den balzwarmen Ständern der Enten und ließ die letzten Schneeflocken des März in den gaukelnden Liebeskapriolen der Kiebitze versprühen. Okuli, da kommen sie – bewahre, da gingen sie in diesem Jahre schon wieder, die Vögel mit den langen Gesichtern; Palmarum tralarum – paßt nur auf, Ostern werden schon die Störche dasein! Das Heidendöpen im Mühlbach, dieses lange Wettstehen im kalten Wasser, konnten diesmal die jüngsten der Schulkinder auskämpfen, da hätten die Konfirmanden und Martin und Johannes aus ihrem Verzicht gar nicht erst eine Tugend zu machen brauchen.

Wehmütig gestimmt ging Kantor Kannegießer durch das Dorf hinunter ins Bruch. War es nun auch kein Abschied mehr von Kummerow, so war es doch ein Abschiednehmen von einer Last, die er vierzig Jahre lang getragen hatte und nach der er sich – er fühlte es – gelegentlich sehnen würde wie der Mülleresel in der Fabel, als er keine Lasten mehr zu tragen hatte und das Gnadenbrot essen sollte. Ein Segen, daß er das Bruch behielt.

Da lag es vor ihm, er hemmte den Schritt, und er lächelte. Die Worte der Schöpfungsgeschichte fielen ihm ein, die er vierzig Jahre lang hatte lehren müssen. Und die er wegen der Sprache der Dichtung auch immer wieder gern gehört hatte: „Und Gott sprach: Es errege sich das Wasser mit webenden und lebendigen Tieren, und Geflügel fliege auf Erden unter der Feste des Himmels. Da ward aus Abend und Morgen der fünfte Tag. Und Gott sprach: Die Erde bringe hervor lebendige Tiere, ein jegliches nach seiner Art: Vieh, Gewürm und Tiere auf Erden. Und Gott schuf den Menschen ihm zum Bilde. Und sah an alles, was er gemacht hatte, und es war sehr gut. Da ward aus Abend und Morgen der sechste Tag!"

Vierzig Jahre lang hatte Kantor Kannegießer beim Lehren der Schöpfungsgeschichte ein anderes Bild gesehen, ein Bild, in dem Wasser und Erde nicht umgrenzte Ursprungsgebiete des schöpferischen Willens waren, in dem nicht getrennte Tage die einheitliche Schöpfung teilten, sondern alles in einem unendlichen Tag enthalten lag und ihm in beseligendem Flusse entstieg: das Bruch. Das Bruch war Wasser und Erde und Feuer dazu. In ihm hatten die Worte der Bibel Platz und die Lehren von Heraklit bis Arrhenius, von Thales bis Darwin, von Anaximander bis Lamarck und Haeckel. Für Kantor Kannegießer war das Protoplasma, der sagenhafte Urschleim, noch heute im Bruch zu finden, und das gewaltige Urstromtal, das dieses Bruch darstellte, floß als Strom des Lebens weiter vor seinem Blick hin. Schloß er die Augen, konnte er auf dem Strom zurückfahren bis zum Ursprung, vom Olympier Goethe über den Brontosaurus bis zum Geißeltierchen und Wurzelfüßer, ja bis zum Odemhauch des Schöpfers. Alles war Entwicklung aus Satz und Gegensatz, wie es von Ewigkeit gewesen; die Ursymbiose mit ihrem Gemeinschaftsleben zwischen Tier-, Pflanzen- und Mineralwelt wirkte noch immer im Bruch. Und wenn, wie heute, eine rotglutende, formlos zerfließende Sonne durch die dunkelglühende Schleierstimmung wellte, dann erschauerte der alte Mann tief und selig in der Gewißheit, an jenem Schöpfungstage dabeigewesen zu sein, an dem sich der Urnebel zum ersten Male lichtete und das Diesseits dem fortschaffenden Zeugungswillen freigab. Audhumbla, die Allkuh der nordischen Väter, trat sichtbar aus den roten Schleiern der Ewigkeit und leckte den ersten Menschen aus dem Eise und die Bäume aus dem Gestein.

Gütig und heiter ging Kantor Kannegießer nach Hause und trat, wie so oft, demütig vor die lange Reihe seiner Bücher, die vierzig Jahre lang einem kleinen Dorfschullehrer in einem vergessenen vorpommerschen Winkel die Möglichkeit gegeben hatten, die Welt und das Leben zu bereisen und ab und zu noch eine junge Menschenseele auf dem Flug über den Alltag mitzunehmen.

Fröhliches Lachen und Singen schwang vom Dorfplatz her über ganz Kummerow: „Wenn wir nach zwei Jahren richtig eingesegnet werden", fragte Ulrike den Freund, mit dem sie auf dem Fest, das Gottlieb Grambauer den Kindern bereitete, dem Sacklaufen der Kleinen zusah, „wird uns dein Vater dann wieder einladen?" Sie hatte bei den Wettkämpfen der weiblichen Jugend zwei Bleistifte, ein Schreibheft, ein Poesiealbum und eine Holzpistole gewonnen, ein wenig mit Unterstützung ihres Freundes und Festgebers. Johannes nahm Martin das Antworten ab. „Na klar, daß es Martin sein Vater macht. Paß man auf, Ulrike, da futtern wir noch viel mehr als heute!" Er schluckte schon im Vorgefühl das Mahl. Doch Ulrike riß ihn hart aus seinem Traum. „Du bist dann ja gar nicht mehr in Kummerow", rief sie laut und setzte noch einen Kolbenschlag auf die verwundete Brust hinzu, „wo du doch morgen schon abgeholt wirst nach Muddelkow!"

Das hatte Johannes ganz vergessen. Morgen schon war es aus mit Kummerow, aus – für immer? Er hatte mit Fleiß nicht mehr daran gedacht, vielmehr gehofft, der liebe Gott werde schon noch irgend etwas dazwischenschmeißen. Wie heute das Grambauersche Fest. Oder wenn der neue Kuhhirte, von dem einige behaupteten, er wäre fest gemietet, und die anderen, es würde nur so gesagt und er käme gar nicht, wenn der nun die Kummerowschen sitzenließe, da möchten sie am Ende doch den Johannes Bärensprung nehmen? Leider war es heute schon Palmsonntag, und morgen wollte also der Bauer aus Muddelkow kommen und ihn abholen. Er wollte Ulrike etwas Scharfes erwidern, irgendwie mußte er seine Angst vor dem Gedanken an morgen doch verscheuchen; aber was sollte er ihr sagen? Und anstatt den Mund aufzumachen, machte er das Herz auf, und da Großvaters dämlicher Tod schuld war an dem trostlosen Zustand seines Enkels, griff Johannes nach der Ursache von Großvaters Tod, und das war das Feuer. Und er bat wortlos den lieben Gott, er möchte doch in der einzigen Nacht, die ihm noch verblieb, Muddelkow in Asche legen oder, wenn das zuviel verlangt war, wenigstens das Gehöft des Bauern Gripenkerl, zu dem er sollte.

Er brauchte den Wunsch nicht weiter zu beflügeln, es drangen Worte an sein Ohr, die klangen schon wie eine Verheißung. Ferdinand Kienbaum, Grambauers Nachbar, stand in der Nähe neben Gottlieb und sagte gerade: „Was meinst du, Gottlieb, bei dem Wetter könnten wir eigentlich schon morgen das Vieh austreiben!" Gottlieb sah prüfend den Himmel an, nickte zustimmend und antwortete: „Hast recht, Nachbar, mit dem Winter ist es vorbei! Man bloß, wir haben doch noch keinen Hirten."

Da schoß Johannes hervor, dies war der große Augenblick, Gott hatte geholfen und dazu nicht nötig gehabt, des Bauern Gripenkerl Hofstatt in Muddelkow abzubrennen. „Ich kann das ja machen", bat er und nahm zur Verstärkung seines Angebots Gottlieb Grambauers Hand, und als er merkte, so einfach war die Sache wohl doch nicht, fügte er erläuternd hinzu: „Der andere, der kann doch bis Michaelis warten!" Er meinte damit seinen neuen Pflegevater in Muddelkow. Gottlieb Grambauer aber glaubte, Johannes meine den neuen Kuhhirten. Und so antwortete er ohne Schonung: „Denkst du dir so. Nee, nee, der ist fest gemietet!"

Johannes ließ die Hand los, sie war nicht nur leer gewesen, sie hatte sogar einen Stein umschlossen gehabt. Ferdinand Kienbaum öffnete die seine. „Ich meine immer, wir hätten es vielleicht doch mit Johannes versuchen können, wenn er auch noch zur Schule muß. Das wäre uns viel billiger gekommen als mit dem fremden Kerl! Hast du dir denn dem seine Papiere angesehen?" Das hatte Gottlieb Grambauer nicht, und noch einmal gaukelte fern an Johannes' Seele eine Möglichkeit vorbei. Er nahm diesmal Ferdinand Kienbaums Hand. „Wenn der nu aber auch keine Papiere hat, wie Krischan, Herr Kienbaum?"

Vor dem Jüngsten Gericht könnte Johannes Bärensprung nicht erwartungsvoller stehen und Seligkeit oder Verdammnis nicht bibbernder erwarten als jetzt hier vor den beiden Bauern. Nur hätte den lieben Gott vielleicht das unausgesprochene Verlangen des kümmerlichen Erdenwurms nach einem bißchen Glückseligkeit gerührt und zu einer Änderung seines Schicksalsspruches noch in letzter Minute veranlaßt. Die Bauern dagegen sahen dieses Verlangen nicht und fühlten es auch nicht, für sie stand da ein Armenhausjunge, den sie gut versorgt wußten; von einer Seligkeit im Diesseits durch eine Rasenhütte auf dem Brink, auch wenn man dafür ein halbes Jahr im Heu schlafen und reihum essen mußte, hätten sie sich auch bei einer deutlicheren Forderung keine Vorstellung machen können. Und so sagte denn Ferdinand Kienbaum, lediglich vom Sachlichen an der Geschichte bewegt: „Nee, der hat Papiere, und der kommt schon. Man bloß erst am Sonntag Quasselmutter!" Das war der Sonntag nach Ostern, Quasimodogeniti, an dem Hirten und ähnliches Volk anzutreten pflegten, den Jungens in Kummerow so geläufig, weil es seit vierundzwanzig Jahren der Ankunftstag von Krischan Klammbüdel war, Quasselmuttergehnichschief genannt.

Johannes ließ auch die Hand Kienbaums los und senkte ergeben den Kopf. Vielleicht nur, weil ihm das Wasser in die Augen trat und er das nicht zeigen wollte. Verdammnis also, nicht aufzuhalten. Doch er war nicht umsonst der Enkel von Andreas Bärensprung, dem Helden von Mars-la-Tour und Kummerow, wie das beim Begräbnis noch bescheinigt worden war, und der Sohn eines zwar unbekannten, aber sicher kühnen Seefahrers.

Johannes langte, da er kein Brot bekommen konnte, nach einem Stück Rinde: „Wo Sie doch selber sagen, Herr Kienbaum, das mit dem Wetter diesmal! Kann ich da nicht von morgen an so lange hüten, bis der andere kommt?"

Nun ahnte wohl Gottlieb Grambauer den Kampf, den hier einer um sein kleines Glück führte, und er wollte gerade etwas wie einen Ausweg suchen, da verbaute ihm Ferdinand Kienbaum das mit einer Bemerkung, an der nicht gerüttelt werden konnte, war man zuerst Bauer und nicht Waisenvater. Kienbaum sagte: „Du hast zuwenig Kuhverstand, Johannes, was du da sagst! Sollen sich die Kühe denn erst an dich und in vierzehn Tagen wieder an einen andern gewöhnen? Nee, dann müssen wir lieber so lange warten, bis der Richtige zu uns kommt!"

Langsam ging Johannes zurück zu den Kindern, die sich um den Stand zum Armbrustschießen drängten. Sie waren schon dabei, und er hatte es nicht einmal gemerkt, obwohl er sich gerade darauf gespitzt hatte, denn da war unter anderem ein Taschenmesser zu gewinnen. Aber wenn schon. Der „Richtige", hatte Kienbaum gesagt. So konnte also ein ganz Fremder, den keiner bisher gesehen, der Richtige sein. Indessen er, in Kummerow geboren und groß geworden, ausgetrieben wurde. Wie Krischan Klammbüdel, obwohl der so viele Jahre der Richtige gewesen war. Und sicher bloß, weil auch er ein ganz Armer war wie Krischan.

Eine heiße Sehnsucht nach Krischan stieg in Johannes auf, so übermächtig, daß seine viereckige, feste Gestalt zitterte, als er den Kolben der Armbrust an die Backe legte. Sie lachten daher schon alle, als er noch zielte, und es war kein Wunder, daß er ein Loch in die Luft schoß. Nicht einmal die abgenommene Stalltür, auf die die Scheibe genagelt war, hatte er getroffen. Sogar auf den Trost, daß er ja noch zweimal rankomme, verzichtete Johannes. Geholfen hätte es auch nicht, die beiden andern Schüsse gingen ebenfalls vorbei. Daß er sich nachher wieder einigermaßen zurechtfand, war allein Mutter Grambauers gutem Kuchen zuzuschreiben. Johannes stopfte hinein, was nur hineinging, es war schon so, wie Vater Grambauer bemerkte: „Wenn ich's dir nicht gönnte, Johannes, dann würde ich sagen, du willst wohl ganz Kummerow auffressen!"

Der volle Bauch schuf Wohlbehagen, die Welt sah nicht mehr ganz so düster aus. Johannes brachte es sogar fertig, auf dem Spaziergang zum Tanger, der sich an das Kaffeetrinken anschloß, mit den Aussichten, welche die nahe Zukunft bot, zu prahlen. Aber daran hatten die anderen schuld, am meisten Martin. Sie waren dem Trupp der Konfirmanden begegnet, von denen einige die erste Zigarre probiert hatten, spuckten und in dem Bestreben, vor den Mädchen nicht merken zu lassen, daß das Rauchen eine schrecklich schwere Heldentat war, die Gelegenheit des Zusammentreffens zum Reden und Prahlen, jedenfalls zum Nichtrauchenmüssen, nutzten. Wir haben gehabt – ihr habt bloß gehabt – das Berichten über die beiden Festessen ging eine Zeitlang hin und her. Da die Wendlandschen einsahen, die Grambauerschen waren ihnen in der Reichhaltigkeit des Mittagessens über, begannen sie mit der Lobpreisung ihres zukünftigen Lebens, das dem Leben der anderen auf jeden Fall das eine voraushatte, daß ihnen nach Ostern nicht wieder eine Schultür offenstand.

Martin ließ sich hinreißen, das ihn erwartende Leben im Internat in der Stadt zu schildern, die höhere Schule, na und überhaupt sei er nun dasselbe, was Pastors Bernd und Dietrich und Graf Eberhard seien. Als er schwieg und die anderen seiner engeren Genossen nichts weiter anzupreisen hatten als das Heidendöpen und das Kinderfest, da wurde in Johannes bei der Erkenntnis, daß ja auch dies ihm verlorengehe, wieder das Verlangen übermächtig, wenigstens etwas zu besitzen. Und er malte den großen Hof von Muddelkow aus, und wie er da als Hofsohn gehalten werde; im Schwunge seiner Phantasie brachte er sogar eine Verwandtschaft zwischen den armen Bärensprungs und den reichen Gripenkerls zustande. Es unterlag schließlich für ihn selbst keinem Zweifel mehr, daß er einmal die große Wirtschaft erben werde. Und dabei überspannte er wieder mal den Bogen der Wirklichkeit, mit dem er die Pfeile seiner Wünsche schoß.

In seinen Träumen schon so ganz Mann und Bauernerbe geworden, bat er Hermann Wendland, ihn doch mal ein paar Züge aus seiner Zigarre machen zu lassen. Hermann war froh, das Ding auf solche ehrenvolle Weise loszuwerden, und händigte Johannes, nachdem er ihn gefragt hatte, ob er sich auch die Hosen zugebunden habe, den Glimmstengel mit den lässigen Worten aus: „Behalt sie man, ich steck mir nachher 'ne andre an!“ Und Hermann faßte, erwachsen wie er nun war, Zühlkes Lisbeth um die Taille.

Hätte die dumme Pute nicht hell aufgequiekt, wo es doch ganz harmlos war, es wäre alles anders gekommen. Sie quiekte aber, wie sie das als schicklich von den Großen gelernt hatte, und entwand sich Hermanns Arm mit den vorwurfsvollen Worten: „Mensch, wo es noch so hell ist!“ Welcher Satz in Ulrike Breithaupt sittliche Entrüstung weckte, so daß sie die andere anfuhr: „Das laß man meinen Papa hören, wo du heute am Tisch des Herrn gewesen bist!“

Richtig, der Pastor hatte die Konfirmanden ausdrücklich ermahnt, den großen Tag ernst zu begehen; und die Eltern hatte er aufgefordert, den Kindern die Feier nicht mit alkoholischen Getränken und Tabakqualm zu vergiften. Doch wie das so ist, auch bei den Alten: Nun sie die Erzeugnisse ihrer wenigen guten Minuten so aus den gröbsten Lasten von vierzehn Jahren heraus wußten, biß sie der Stolz, und sie sagten: „Herrje, wo sie doch nu ingesegnet sind, da wird woll so'n Gläschen auch nicht schaden!“ Und so kam es denn, daß noch in jedem Jahr einige der ausgeschulten Pflänzlinge gegen Abend nicht mehr ganz standfest waren und die Schlappheit der Beine durch eine betonte Forsche des Mundes zu ersetzen trachteten. Es fand denn auch die von Ulrike getadelte Lisbeth Zühlke den Mund zu einer Antwort: „Du dämliche Schulgöre, sei du man still! Wo deiner noch nicht mal lange Hosen hat!“

Martin wollte ihr dafür eine kleben, aber Hermann stellte sich dazwischen, und wenn das nun auch für Martin Grambauer kein Grund war, von seiner Absicht zu lassen, so sah doch Ulrike rechtzeitig ein, daß eine Keilerei am Konfirmationstage selbst für Kummerow etwas Neues und Unmögliches bedeuten mochte. Sie rümpfte die Nase, faßte Martins Hand und sagte schnippisch: „Laß doch die Popels, mit solchen haut sich kein Sekundaner!“ Damit zog sie den Freund fort. Die anderen folgten unter dem Gelächter der Konfirmanden und ihren Spottreden auf Kantor Kannegießers Rohrstock.

Johannes hatte sich neutral verhalten. Er konnte das Gefühl nicht unterdrücken, daß er lieber bei den Wendlandschen wäre. Da hätte ihm keiner was zu sagen, Großvater und Mutter waren nicht mehr da, der Priester und der Kantor besaßen kein Recht mehr über ihn, überhaupt keiner im Dorf, um ihnen das zu zeigen, würde er an seinem Einsegnungstage eine Zigarre nach der anderen rauchen und sich richtig einen ankübeln, und die Mädchen, na, da sollte sogar August Buntsack sich wundern. Und um seine späteren Absichten wenigstens zu demonstrieren, steckte Johannes die Zigarre in den Mund, gewillt, ein paar gewaltige Züge zu machen, sosehr das Zeug auch biß. Aber sie biß nicht mehr, sie war ausgegangen.

Hermann aber, verärgert über die Grambauerschen, lachte ihn aus, da sehe er ja, daß solche dummen Schulbengels nicht rauchen könnten, er solle sich einen Lakritz in die Fresse stecken, und er schlug dem verdutzten Johannes die Zigarre aus der Hand und zertrat sie. Im nächsten Augenblick saß Johannes' Hand am Kragen, und im übernächsten lag dieser Kragen mitsamt dem Vorhemd und dem eisernen Schlips unter Johannes' Füßen. Eigentlich unter seinem ganzen Leib, denn mit einem wilden Aufschrei hatte Hermann Wendland den Schänder seiner Konfirmationsehre gepackt und umgelegt. Sicher wäre Johannes ganz gründlich verwalkt worden, denn ein paar Kollegen sprangen Hermann zu Hilfe, doch Johannes hatte einen besseren Verbündeten und Helfer, und das war Hermanns Schniepel. Davon hatte er einen Schoß erwischt und hielt ihn nicht nur ehern fest, er riß auch daran, daß es gar nicht erst der entsetzten Rufe der Mädchen bedurft hätte, um Hermann auf die Gefahr aufmerksam zu machen. Zum Vorhemd auch noch den Schniepel zu verlieren, so verhaßt das Biest auch war, das ging nicht; und so verlegte sich Hermann aufs Verhandeln und schließlich aufs Bitten. In seiner Not, als Johannes durchaus nicht losließ, versprach Hermann dem unterlegenen Angreifer eine neue Zigarre. Das war in Kummerow noch nicht vorgekommen, daß ein Besiegter die Friedensbedingungen machen konnte. Zwei Zigarren forderte Johannes und bekam sie auch zugesagt. Hermann hielt sogar Wort, als er sich überzeugt hatte, der Schniepel war nur zerknautscht, sonst aber heil geblieben, und kramte in der Brusttasche nach den Zigarren. Doch da kamen nur Tabakkrümel heraus, die Zigarren waren nicht für Ringkämpfe gewickelt gewesen. Abwechselnd starrte Hermann die zerdrückten Männlichkeitsbeweise in seiner Hand an und die nicht minder ramponierten Stücke des ehemaligen Schmuckes seiner Heldenbrust, die ihm Lisbeth Zühlke hinhielt. Johannes fühlte das Ende des Burgfriedens und rannte seinen Genossen nach.

Zum Abendbrot waren bei Grambauers nur die engeren Altersgenossen von Martin geladen, so alles, was zwischen elf und dreizehn war. Gottlieb hatte darauf gehalten, daß es mehr waren als die Konfirmanden, die zum Abend Heinrich Fibelkorn bewirtete, da er eine Tochter konfirmiert hatte. Es freute Gottlieb daher auch, als Traugott Fibelkorn sich von zu Hause gedrückt hatte und zu Grambauers gekommen war. Und besonders, als Traugott berichtete, bei ihnen gebe es man bloß Wurststullen und so'n labbrigen Heringssalat und zu trinken Malzbier. In seiner Genugtuung darüber entging Gottlieb der andere Teil von Traugotts Bericht, in dem von Hermann Wendlands komischem Vorhemd und Kragen die Rede war, da die Mädchen alles mit Sicherheitsnadeln zurechtgeflickt hatten. Die „Pauke", die hätte Hermann in den Graben geschmissen und gesagt, wenn sein Vater ihn morgen frage, wo sein Einsegnungshut sei, werde er sagen, den müsse ihm einer geklaut haben. Und aus Wut habe sich Hermann Wendland richtig einen angenuckelt, doch dann mußte er lange draußen in ihrer Scheune stehen und stöhnen. Die Erzählung ließ alle Kinder in Grambauers Stube laut lachen, und Gottlieb, der gerade seine Joppe überzog, war zufrieden: So sollte der Tag für seinen Jungen verklingen.

Gottlieb Grambauer war ehrlich der Überzeugung, seinem Martin die Trauerstimmung ausgetrieben zu haben, und wollte, als er die Kinder wohlversorgt sah, in den Krug gehen, um sich von den anderen anstänkern zu lassen und wiederzustänkern. Er hatte seinen jungen Gästen einen Punsch gebraut, wenigstens nannte er das Getränk so, das da aus Mutters großer Suppenterrine dampfte. Es bestand zwar nur aus selbstgemachtem Apfelsaft und Himbeersaft, mit Zimt gekocht, aber es sah aus wie ein richtiger Punsch; und wenn es auch keinen Tropfen Alkohol enthielt, so hatte Gottlieb als Kenner der menschlichen Psyche doch richtig spekuliert: Da es aussah wie Punsch, wurde es als Punsch getrunken, ja es wirkte auch so, denn die kleinen Zecher kamen richtig in einen gehobenen Zustand und fühlten sich als Männer. Der alte Spötter nikköppte und sagte zu seiner Frau: „Mudding, akkurat so machen es die Pasters mit den Menschen! Wer da glaubt, wird selig! Ich meinerseits als Heide ziehe natürlich gelegentlich einen Schluck direkt aus der Pulle unseres Herrgotts vor. Na, adjüs denn!"

War das ein Vorfrühlingsabend! Der Bauer blieb, als er die Haustür hinter sich zugezogen hatte, auf dem Hofe stehen und blickte umher. Die Luft hielt ohne Laut und Hauch, gesättigt von einer feuchten Wärme, wie sie sonst erst acht Wochen später vom Bruch zu kommen pflegte, nicht jetzt, Ende März. Möglicherweise lag aber doch noch Nebel im Bruch, dann war mit Schnee zu rechnen, und es wäre falsch, in

Bohnen, Gurken und Tabak anders als sonst zu disponieren. Märzenschnee tut nicht nur den jungen Saaten weh. Das Viehzeug draußen hatte allerdings eine neue Ordnung für dieses Jahr angekündigt. Die Märzhasen waren schon in ziemlicher Größe unterwegs, kein Wunder, denn die komischen Hochzeiten zu dritt hatten ja entsprechend früher stattgefunden. Gottlieb Grambauer wunderte sich, daß so wenige Menschen auf dem Lande auf so etwas achteten. Er ging nicht zum Hoftor hinaus, sondern durch die kleine Pforte neben der Scheune in den Garten. Der stieß unten ans Bruch, da konnte man sich mit einem Rundblick Gewißheit holen über die so wichtigen Witterungsaussichten für die nächste Zeit.

Der Mond kam gerade heraus, eine sanfte dunkelrote Scheibe, groß und fast rund. Morgen oder übermorgen war Vollmond, Frühlingsvollmond, nun wohl, den ersten Sonntag danach war doch Ostern. Die weiß gekalkten Obstbäume schimmerten golden, lauter erdenfremde Männerchen, dicke und dünne, große und kleine, gerade und krumme. Er hatte sie gepflanzt, möglichst gleichaltrig, doch der Herr hat sie alle gemacht, es stimmt nicht, daß es nur auf den Willen des Menschen ankomme und auf seine Kunst. Ein dicker Stein tief in der Erde, ein Quadratmeter toniger Lehm, ein paar Wühlmäuse, Dinge alles, unsichtbar dem menschlichen Auge, und es war um die Trächtigkeit geschehen. Wie bei dem Vieh und den Menschen. Andreas Bärensprung zum Beispiel, Krischan Klammbüdel in anderen Verhältnissen oder er selbst, Gottlieb Grambauer, wenn er bei seinen Gaben in die Stadt gepflanzt worden wäre, wie er das gewollt hatte in der Jugend – aber Martin, sein Junge, der sollte es einmal besser haben.

Weit, unendlich weit lag das Bruch gebreitet. Nebel stand nicht darauf, nur schwacher Dunst. Der Bauer sog die Luft ein, sie schmeckte feucht, aber nicht wässrig. Es stimmte also mit den Hasen; Märzenschnee bedrohte den Lebenswillen in diesem Jahr nicht.

Nun der Mond höher gekommen war, leuchtete er silbern statt rot, und deutlich waren die großen Pappeln weit hinten am Bach zu erkennten, wie Palmenwald standen sie über dem dunklen Hintergrund des fernen Höhenrückens hinaus gegen den hellen Himmel. Und endlich kam auch ein Ton über das Bruch daher, es war, als verstärke er sich in seinem Näherkommen und wecke überall das Leben aus der stummen Verwunderung über dieses seltsame Frühjahr. Eine Krickente war es wohl nur, doch ihr wohliger Ton trug auf dem flaumigen Rücken einen dunklen Laut aus dem moorigen Wasser des Bruchweihers mit: Der erste Frosch wachte auf und reckte die starren Glieder. Der Bauer lächelte, als er bedachte, daß der Schrei sicher mehr aus einem leeren Magen als aus einem vollen Herzen gekommen war. Aber wie ein Protest gegen seinen Gedanken umwogten ihn andere Klänge, ein versponnenes Zirpen, Wispern und Rascheln, der Schrei eines Käuzchens, Katzenjaulen, das Heulen eines fernen Hundes und das Wiehern eines Pferdes. Bis alles von weither umfaßt wurde von einem Rufen, das Brüllen und Klagen in einem war, eine Kuh in Todesnot und ein Bulle in Zeugungswut; und es war doch nur ein verhältnismäßig kleiner Vogel, der da rief, die Rohrdommel im Teufelsmoor.

Wie die Äußerungen der Kreaturen doch alle so dicht nebeneinanderliegen, die Laute der Furcht vor dem Tode und der Lust am Leben, die Schreie aus Hunger und die aus Liebe, dachte der Bauer. Genauso, wie die Bilder sich gleichen, die das Bruch gibt, im Frühling, wenn es erwacht und sich zum Leben saftvoll räkelt, und im Herbst, wenn es sich müde zum Schlafen niederlegt. Immer ist dann auch dieser mattsilbrige Dunst da, und das Licht, das auf Vollmond geht, bestäubt sein eigenes Glänzen, und nur die Sterne funkeln fern und kalt wie im Sommer und Winter.

Es gibt am Ende gar nicht Not und Fülle, Jammer und Freude, Tod und Geburt; es ist alles nur ewige Wiederkehr, sind alles nur untrennbare Teilstücke vom Ganzen, das allein Sinn des Lebens ist, von der Dauer! Und es sind wohl wirklich nur die Menschen, die es den Menschen so schwer machen. Die unfaßliche Stille vorhin, nun war sie durchlebt von immer stärkerem Rufen eines nicht neuerstandenen Lebens, von einem Leben nur, das neu erwacht war; und von einem Ziehen in der Luft, das, fast nur ein Hauch, vom Bruch her über den Garten strich, über den Hof, über die Felder und mit der sanften Hand einer liebenden Mutter die keimende Frucht der Erde aus tausendfachem Gleichmaß zum einhaften Maß hob.

Die Hand streichelte das Herz des verarbeiteten Mannes, der sinnend stand, und ein Leuchten, heller, als der rasch steigende Mond es verlieh, floß um ihn als Freude. Es war doch wunderschön, war Erfüllung des menschlichen Lebens, so auf dem erarbeiteten Eigenen zu stehen und den Frieden, den man in der schweren Arbeit so oft grollend gesucht hatte, nach Feierabend als Besuch fröhlich empfangen zu können.

Ohne sich zu rühren, hatte der Bauer in seinem Garten gestanden;

nun er sich umwenden wollte, um in den Krug zu gehen, war es ihm , als hätte er von dort unten am Gartenrand, dicht am Graben, einen Laut gehört, der nicht in das friedliche Bild des lebendrängenden Frühlings paßte. Ein verhaltenes Weinen schien es zu sein.

Er stand wieder still und lauschte. Von rechts her, über den Hof, kam das Handharmonikaspiel und das Singen und Lachen der Kinder. Ganz besonders lustig schien es augenblicklich herzugehen. Martin hatte wohl seine Trommel geholt und Traugott Fibelkorn die Flöte. Da würde Johannes bald mit der Trompete einstimmen, die er als einziges Erbstück aus des Großvaters Nachlaß hatte behalten dürfen. Doch die Trompete kam nicht, die Musik hörte auf, und in dem abschwellenden Stimmenlärm war nun deutlich wieder das Weinen aus dem Garten zu hören.

Vorsichtig ging Gottlieb Grambauer weiter, bis er den Ursprung ausgemacht hatte. Mit den Ohren wie auch mit den Augen. Im ersten Erstaunen wollte er auf das Menschlein, das da auf der Bretterbank unter der Eiche am Graben saß, zugehen und fragen: Ja, bist du denn ganz verrückt geworden? Aber nach wenigen Schritten hielt eine Hand aus dem Inwendigen ihm den Fuß auf der Erde fest, der Bauer verharrte noch einen Augenblick betreten, dann drehte er sich leise um und kehrte in sein Haus zurück. Er ließ seinen Sohn auf den Flur kommen und flüsterte mit ihm. Martin erschrak, und seine Augen weiteten sich. Dann ging Gottlieb Grambauer aus der vorderen Tür auf die Dorfstraße, Martin eilte über den Hof in den Garten.

Nun verhielt auch er den hastenden Schritt. Das war nicht nur alles so unwirklich in dem hellen Licht, so verwirrt und verwirrend in seinen Maßen und Entfernungen, geisterhaft fast, es rief, lachte und schrie auch von allen Seiten. Und dahinter, unbegreiflich weit, das Bruch. Der grenzende Höhenzug hinten war im Dunst verschwunden, das Bruch hatte kein Ende. Wie ein Meer so weit, und weiter noch, wie ein Himmel. Es war der Himmel selbst, vorn, rechts, links und über einem, allüberall, das Bruch und der Himmel waren eins geworden. Martin stand, als hielte ihn ein Zauber fest, und als er sich sagte, daß dies seines Vaters Garten sei, abends im Mondlicht und ohne Spuk, stand er noch eine Weile, denn er konnte sich einfach nicht zurechtfinden so auf einen Ruck. Bis er das Weinen hörte. Dann war er auch schon unten an der Bank.

Dort saß Johannes und kehrte der Welt den Rücken zu. Er hatte die Lehne der Bank mit seinen Armen umklammert und den Kopf auf die

Arme gelegt und weinte laut und ungehemmt. Keiner in Kummerow hatte bisher gesehen, daß Johannes Bärensprung weinen konnte, nicht mal seine Mutter. Sie hatten es alle als Verstocktheit ausgelegt, und Kantor Kannegießer hatte in den ersten Jahren jedesmal die letzten Hiebe mit dem Haselnußstock stärker gezogen, weil auch er der törichten Ansicht war, den verhärteten Burschen dadurch weich machen zu können. Es war keinem gelungen. Nur Martin wußte, daß auch Johannes mitunter feuchte Augen gehabt hatte, aber das war immer aus Wut gewesen. Nun saß er hier in der Nacht ganz allein und weinte schlimmer als ein Mädchen, dem der Schatz davongelaufen ist, indessen sie drinnen sangen und tanzten.

Martin Grambauer sah verbiestert auf den Freund. Der mußte doch gemerkt haben, daß da einer gekommen war, er hörte aber nicht auf. So rief ihn Martin denn an, und als auch das nichts half, faßte er ihn an. Aber Johannes zog nur die Schultern ein, als habe ihn etwas Feindliches berührt. Da setzte sich Martin neben den Freund auf die Bank und wartete still, die Hand auf der Schulter des anderen. Es dauerte noch eine gute Weile, und erst als Martin, von dem strömenden Kummer des anderen völlig ratlos gemacht, mit seinen Gedanken die Nacht durcheilte und in den Morgen stieß, empfing er den Schlüssel zum Leid des anderen: Johannes weinte, weil er morgen fort mußte von Kummerow! Und verließ doch nur ein Armenhaus, um dafür in ein Bauernhaus einzuziehen.

Es war, als hätte Johannes die Gedanken des Freundes erfühlt, er schluchzte: „Wo ich nu immer allein bin!"

Martin Grambauer war nie traurig gewesen, wenn er hatte allein sein müssen. Im Gegenteil, die mit Flock, seinem Hund, verstromerten Tage im Bruch und im Wald waren die schönsten gewesen. Er hätte wohl gar gelacht, wenn jemand weinte, weil er allein sein mußte. Hier nun aber, als das Weinen in der unendlichen Weite des Landes und der Nacht umherirrte wie ein kleiner verlaufener Märzhase, der, von tausend Gefahren bedroht, in Lebensangst schrie, erkannte Martin Grambauer zum ersten Male den Unterschied zwischen Alleinsein und Vereinsamung. Noch weiter wurde der Raum um ihn, über Erde und Himmel hinaus reichte er schon, weitete sich immer mehr und wurde heller und kälter; und kleiner und hilfloser wurde der Mensch, der in der Mitte auf einem Sandkorn saß und weinte.

Martin erschauerte, und der Frost schüttelte ihn. In seiner Herzensnot griff er zu einem Trost, den er soeben doch als nicht passend erkannt hatte. Er stieß den Freund in den Rücken. „Wenn ich in die Stadt muß, bin ich doch auch allein." Es war kein überzeugendes Argument, Johannes hatte schon recht, als er unter Schlucken antwortete: „Du hast aber die bei euch zu Hause. Du kannst da immer wieder hin. Ich hab nu gar nichts mehr!" Und plötzlich stand er auf, sah ins Bruch hinein, und es schien, als wollte er über den Graben springen: „Wenn die mich holen, dann versauf ich mich im Schwarzen See!"

Entsetzt griff Martin zu und hielt den Freund fest. Er wollte etwas sagen – daß so etwas eine schwere Sünde sei –, doch nun konnte auch er nur bitterlich weinen. Nicht einmal zornige und trotzige Gedanken über das Tun der Großen kamen ihm, wie sonst so leicht, nur weinen konnte er, jämmerlich weinen. Es half immerhin so viel, daß Johannes nach einem anderen Ausweg griff. „Oder ich reiß da wieder aus!" Und da er wohl selber einsah, das würde auf die Dauer nichts nutzen, kam der ganz große Weg: „Oder ich lauf nach Stettin, zu Krischan!"

Er wußte ebensowenig wie Martin oder einer der Großen in Kummerow, wo Krischan im Winter wirklich immer in der großen Stadt sich aufhielt, sie nahmen es nur an, weil er mal etwas gesagt hatte von Schiffen und Kähnen. Aber das Wort Krischan öffnete wie ein Feuerschwert eine Straße aus dem Gefängnis ihrer Seelen, die gefühlte und allein richtige Straße; die Armen und die Verstoßenen gehören zusammen. Glänzend und lockend lag nun die Straße da, von Kummerow im Bruch hinterm Berge bis an die Ostsee. Krischan, das war Heimat und Sicherheit, alle anderen von den Großen waren doch fremd und feindlich.

Martin stand so verblüfft und benommen von dem Gedanken, daß er noch immer kein Wort zu sagen wußte. Doch Johannes deutete das Schweigen richtig, als er fragte: „Kommst du mit, Martin?" Alles, was Martin Grambauer in den letzten Wochen an Ausreden vor sein Heimweh gestellt hatte – die hohe Schule, die Ferienbesuche daheim, Ulrikes Forderung und Verheißung –, alles wehte fort in dem Wind, der nun stärker und wärmer durch das Bruch zog. Sie jagten ihn im Grunde von hier genauso fort, wie sie Johannes wegschafften, wie sie Krischan ausgetrieben hatten. Er nahm des Freundes Hand und sagte feierlich: „Ich verlaß dich nicht, Johannes, niemals, im ganzen Leben nicht."

„Ich steh dir auch immer bei", verhieß Johannes. Mehr hatte er nicht zu vergeben.

Der Mond streifte eine große weiße Wolke, die lange vor seinem Gesicht gehangen hatte, beiseite, und der weiche Silberschatten der Wolke zog langsam über das ganze weite Bruch hin; wie der Saum vom gestickten Gewand des großen Geistes der Güte schleifte er über die erwachende Erde und ließ auf ihr das Frühlingsleuchten eines kindhaften Vertrauens zu einem geschützten Wachsen und Reifen zurück, mochten in den Kuhlen der Äcker auch noch die Reste vom Märzenschnee liegen.

Die Flucht

Als Martin Grambauer am ersten Ostertag früh in die Scheune ging, ein paar Bunde Stroh zu holen, denn er wollte dem Vater im Pferdestall helfen, glaubte er ein verdächtiges Geräusch zu hören. Seit der Geschichte mit dem Müller und mit Adam Rodewald war die frühere Sorglosigkeit der Jungens von Kummerow gewichen; sie hatte sogar der Überzeugung Platz gemacht, der Mensch tue besser, hinter jeder Undeutlichkeit in seiner Umgebung zunächst einen Bösewicht zu vermuten. Vorsichtig stieg Martin die Leiter zum Heuboden hinauf, und als sich das Geräusch wiederholte, legte er die Forke stoßbereit vor. Doch da wurde sein Name aus dem Heu gerufen, ein bißchen dumpf und weit klang es, aber ganz deutlich: „Martin! Bist du es, Martin?“ Dem Angerufenen polterte vor Schreck die Forke aus der Hand, denn der Heuberg spaltete sich, und heraus kletterte Johannes Bärensprung. Er war gestern abend von Muddelkow ausgekniffen, die Nacht durch gewandert und gegen Morgen in Kummerow eingetroffen.

Im Hause wunderten sie sich, daß Martin an diesen Ostertagen so gar keine Lust zeigte, zum Waleien mit den andern Kindern in den Wald zu gehen. Er trieb sich nur immer auf dem Hofe umher, in den Ställen und in der Scheune. Und Vater Grambauer war des Lobes voll über den so ungewöhnlich hilfsbereiten Sohn. Alles wollte Martin die Ostertage über allein machen; sogar für die Schwester holte er früh das Stroh aus der Scheune. Die Arbeit schien ihm gut zu bekommen, er hatte immer einen roten Kopf und einen Hunger für zwei. Nicht nur der Kuchen schmolz dahin, auch das Brot. Seinen Morgenkaffee trank er sogar während der Arbeit in der Scheune.

Daß er dort gleich nach dem Mittagbrot auch noch ein übriggebliebenes Schweinekotelett verzehren wollte, heimlich gar, machte seine Schwester stutzig. Sie schlich ihm nach, und so kam es heraus. Johannes wechselte ins Haus hinüber. Sie benahmen sich anständig, wie Martin feststellte, wenn er auch überzeugt war, es kam von seinem Ultimatum:

„Wenn ihr Johannes rausschmeißt, geh ich mit!" Doch Gottlieb Grambauer kratzte sich nur den Kopf. Und als Anna gehässig gesagt hatte, der rothaarige Bengel würde ihnen mit seinem Schopf noch das Gehöft anstecken, bekam sie von der Mutter zu hören, sie könne lachen, sie habe Vater und Mutter und ein warmes Bett.

Mutter Grambauer war es, das hatte sie vor acht Tagen überall erzählt, durch und durch gegangen, als Johannes vom Wagen des Bauern Gripenkerl herab einen letzten todestraurigen Blick zu ihr geschickt hatte. „Haben die in Muddelkow dich geschlagen?" fragte sie. Nein, das konnte Johannes nicht behaupten. Ein paar Katzenköpfe hatte es zwar gegeben, doch die rechneten in Johannes' gepufftem Leben nicht. Da hatte er bei Großvater gelernt, schwerere Sachen nicht als Schläge anzusehen. „Haben sie dich hungern lassen?" Nein, zu essen gab es reichlich, besser und mehr als in Kummerow. „Hast du zuviel arbeiten müssen?" Nein, das auch nicht, man bloß so mitgeholfen auf dem Hof. „Aber Junge!" Mutter Grambauer begriff nicht, wie er da so undankbar sein und ausreißen konnte. Und ihr Mitgefühl begann nachzulassen. „Warum läufst du denn weg und betrübst die guten Leute?"

Johannes sah sich hilflos um. „Ich will ja gar nicht hier im Hause sein", lenkte er ab, „ich kann ja immer auf dem Heuboden schlafen." Doch nun wurde Gottlieb Grambauer streng: „Warum du ausgerissen bist, will ich wissen!" Schuldbewußt senkte der Flüchtling den Kopf: „Weil ich – da hab ich doch so'n Heimweh gekriegt."

Eigentlich sprach das ja nun für das junge Gemüt. Einer aus dem Armenhaus hat Heimweh. Gottlieb Grambauer empfand es als einen guten Zug. Aber eine Lösung war es nicht. Und so sagte der Bauer wieder einmal über sein Gefühl hinaus: „Einstweilen kannst du hierbleiben, aber die werden dich schon wieder holen." Damit hatte wohl auch Johannes gerechnet. Doch das Wort „einstweilen" war wie eine Morgensonne aufgegangen und stand nun groß und leuchtend über Johannes' Tag.

Von dem Bauern Gripenkerl aus Muddelkow kam ein Brief an den Schulzen Wendland, in dem gefragt wurde, ob Johannes Bärensprung in Kummerow sei. Er habe schmählich die ihm erwiesenen Wohltaten mit Undank vergolten und sei in der Nacht zu Ostern heimlich ausgerückt. Er, der Bauer Gripenkerl, rühre keinen Finger mehr für das undankbare Subjekt und verlange, daß die Gemeinde Kummerow es ihm wieder zubringe. Der Schulze Wendland war mit dem Brief bei Grambauers erschienen, hatte Johannes ein paar heruntergehauen und ihm verheißen, daß er am nächsten Sonntag durch den neuen Nachtwächter nach Muddelkow gebracht werde. Sollte es ihm einfallen, noch einmal auszureißen, so werde ihn der Gendarm holen. In Kummerow dürfe er sich überhaupt nicht mehr sehen lassen. Kantor Kannegießer kam auch, haute zwar nicht, stellte aber auch die Rückkehr nach Muddelkow als unabwendbar hin.

Bis zum Sonntag waren es nur noch drei Tage. Mit diesen drei Tagen beschäftigte sich Johannes in Gedanken, als Schulze Wendland ihn losgelassen und Kantor Kannegießer seine Rede beschlossen hatte. Und so kam es, daß nur Martin verstand, was Johannes auf die Worte des Schulzen und des Kantors zu erwidern hatte. Er sagte, zu Martin gewendet: „Siehste, wer hat nu recht?“ Gottlieb Grambauer legte ihm das als Unbeteiligtheit am eigenen Schicksal aus, und selbst Kantor Kannegießer war verwundert, daß da einer sich anscheinend mit einem andern über Nebensächlichkeiten gestritten hatte, anstatt über seine Zukunft nachzudenken.

Martin hatte die Worte sehr wohl verstanden. Seine Augen brannten ihm, er sah gar nicht mehr recht, was in der Stube vorging. Dafür sah er ein Bild, das sie sich in den ersten Tagen der Woche bunt und abenteuerlich ausgemalt hatten, bis es sie langsam mit Unruhe und fast mit Schrekken erfüllt hatte und sie beide schließlich hofften, es möchte ein Bild bleiben. Nun aber trat es ohne ihr Zutun ins Leben, man mußte zu ihm stehen oder feige untergehen und alles, was man sich gelobt hatte, als nur so dahingesprochen hinnehmen.

Sie sahen sich an, unbekümmert um die erwachsenen Menschen in der Stube. Martins Blick war unsicher, in Johannes’ Augen lagen Kummer und Erwartung. Da nickte Martin ihm zu, und nun kam des andern Blick geradezu als ein Leuchten zurück. Schulze Wendland verstand es falsch und empörte sich. „Was, du Lümmel, du lachst auch noch?“ Und patsch! hatte Johannes noch eine hinter die Ohren. „Sie, Herr Wendland“, brauste Martin auf und ging auf den Schulzen zu, „was hat denn Johannes jetzt getan, daß Sie ihn noch mal hauen?“ Doch hatte ihn sein Vater am Rockkragen gepackt und zurückgezogen. Und Gottlieb Grambauer dröhnte durch die Stube: „Wenn du ihn noch bestärkst in seiner Verbocktheit, dann kriegst du, weiß Gott, von mir deine erste Maulschelle! Basta!“

„Komm, Johannes!“ Martin verließ mit dem Freund die Stube.

„Mein Gott, Mann!“ Mutter Grambauer sah mit beunruhigtem Herzen den beiden Jungens nach. Auch dem Vater war nicht wohl zumute.

„Meinst du, Mutter, mir ist das recht mit dem Johannes? Er könnte ja bei uns auf dem Hof bleiben, man bloß, der Martin kommt doch weg!"

Kantor Kannegießer strich seinen Bart. „Das beste ist wohl wirklich, Sie übernehmen ihn, Herr Grambauer. Zwar fehlt Martins Einfluß, aber wenn ich es bedenke ..."

Schulze Wendland räusperte sich und spuckte auf das Ofenblech, eine Angewohnheit, die Mutter Grambauer ihm nie verzieh und immer dadurch zu verhindern suchte, daß sie sich, wenn der Schulze kam, vor den Ofen stellte oder das Blech hochkantete. Heut, in der Aufregung, hatte sie es vergessen. Als Gottlieb das erschrockene Gesicht seiner Frau bemerkte, ärgerte er sich über den Schulzen und verwies ihn. „Du, Christian, ich hab dir schon mal zu verstehen gegeben, ein gebildeter Mensch spuckt andern Leuten in ihrer Stube nicht aufs Ofenblech!"

Schulze Wendland verstand das nicht, schüttelte den Kopf und sagte: „Ist es vielleicht gebildeter, wenn ich euch auf den Fußboden spucke?" Dann aber ärgerte ihn der Vorwurf, nicht gebildet zu sein, und er mußte es Grambauer geben: „Das hat dir wohl dein gebildeter Sohn beigebracht, was? Der hetzt doch den Bärensprung bloß auf; es ist höchste Zeit, daß die beiden aus dem Dorfe kommen!" Und als er sah, Grambauer begehrte nicht auf, gab er noch einen zu: „Deiner hat man immer zuwenig von dir gekriegt, Gottlieb!"

Er irrte sich, wenn er geglaubt hatte, Gottlieb Grambauer damit zu ärgern. Der nickte nur wohlwollend: „So ist es, Christian, und dein Hermann hat von dir zuviel mitgekriegt."

Kantor Kannegießer nahm seinen Hut: „Überlegen Sie sich das mal mit dem Johannes, Herr Grambauer."

Während die Alten sich aneinander rieben, gingen Martin und Johannes mit wildem Eifer daran, ihren Plan auszuführen. Sie waren einig geworden, Ulrike und Flock mitzunehmen. Drei Tage lang, richtiger drei Abende lang, schleppten sie Proviant ins Bruch und versteckten es im Weidengebüsch am Mühlenbach. Eine Menge Speck, ein paar Schlackwürste, ein Topf Schmalz, zwei Brote kamen zusammen. Das heißt, die Sachen nicht so im ganzen, im Gegenteil, in ziemlich kleinen Rationen zu Hause abgeschnitten und fortgeschafft. Da lag nun die Verpflegung, fest in drei Kaliten verstaut. Am letzten Abend brachte Martin noch eine große Kruke schwarzen Kaffee an. Armbrust, Flitzbogen, Speere lagen bereit, Johannes hatte für alle Fälle auch die Trompete mitgenommen.

Die Fahrt sollte an die Oder gehen, nach Stettin, zu Krischan. Finden würden sie ihn schon. Und dann mit Krischan weiter nach Schweden. Das lag dichtbei. Vorpommern hatte früher ja sogar zu Schweden gehört. Am meisten aber hatte Martin an Schweden gefallen, daß es auf dem Atlas so schön aussah. Wie ein Hund lagen Schweden und Norwegen da, und mit den Pfoten langte der Hund geradezu nach Kummerow. Da Martin jedoch ein Gründling war, ging er noch zu Kantor Kannegießer und fragte ihn nach Schweden. Der lobte Land und Leute bis dorthinaus, so sehr, daß Martin ihn fragte, warum er denn nicht hinfahre. Da machte der alte Lehrer ein trauriges Gesicht: Dazu sei er zu alt, und sein Geld reiche auch nicht. Martin wollte ganz sicher gehen: „Wenn Sie nun ein junger Mann wären und billig hinkommen könnten, Herr Kantor, dann würden Sie hinfahren?"

Bei diesem Gedanken glühten Kantor Kannegießers Augen, und er antwortete freudig: „Heute eher als morgen, Martin!"

Mehr hatte Martin nicht hören wollen. Mochte Kantor Kannegießer nun zu Hause bleiben, sie waren jung und würden hinkommen. Krischan war ja Seemann gewesen.

Die Garderobe machte keine Schwierigkeiten, es wurde Sommer. Nur mit dem Schiff klappte es nicht. Sie hatten vorgehabt, sich den Kahn des gräflichen Fischmeisters heimlich auszuborgen, doch es ging nicht. Er lag im Schwarzen See, war nicht einmal angeschlossen, aber leider war er so schwer, daß sie ihn nicht über den Damm um die Schütt herumziehen konnten. Sollte daran alles scheitern? Martin grübelte, und es fiel ihm ein, daß es zur Not für die erste Strecke sicher auch mit einem primitiveren Fahrzeug ginge. Im letzten Sommer hatten sie auf einer dicken Bohle zu vier Mann stundenlang Fahrten auf dem Mühlbach gemacht, und die Bohle würde sicher noch irgendwo liegen. Sie fanden sie auch, sie war zwar mächtig schwer geworden und glitschig, an Stehen auf ihr war nicht gut zu denken. „Dann ziehen wir uns aus und reiten darauf", schlug Johannes vor.

„Und die Kleider? Und die Verpflegung? Das weicht doch alles auf!"

Johannes fand, die Verpflegung wäre doch in den Kaliten, und die könnten sie umhängen, na, und die Kleider, da ließen sich doch Bündel machen und auf'n Rücken nehmen.

„Bis in die Welse mag es wohl angehen", entschied Martin schließlich, „aber die ist schon tief und hat Strömung. Und erst die Oder, wie willste denn da mit Stangen rudern, he?"

Das war richtig, eine Bohle ließ sich nur staken, und staken konnte man nur, solange man Grund hatte. Da kam der erleuchtende Einfall: Am Mühlbach lag noch die Blumenfelder Mühle, und an der Welse lag auch eine Mühle, da würden schon Kähne sein. Daran, wie das sein mochte, auf der Bohle so viele Stunden mit den Beinen im kalten Wasser und dem Hintern auf dem überfluteten Brett, dachte keiner.

Nur Ulrike war erschrocken. Sie hatte sich das so romantisch gedacht, als Prinzessin im Schiff zu sitzen und sich entführen zu lassen, einen Kranz im Haar, Seerosen in der Hand und zwei besorgte Kavaliere um sich. Mit nacktem Podex auf einer glitschigen Bohle stundenlang im Wasser zu reiten, immer in Angst, man kippte um, das war wenig verführerisch. Ulrike schwieg.

„Nu haste wohl jetzt schon die Hosen voll?" quälte Johannes sie.

„Es ist man bloß . . ." Ulrike blickte auf Martin. Der konnte weiter nichts verheißen, als daß sie bei der Blumenfelder Mühle einen schönen Kahn finden würden. Da hatte Ulrike einen anderen Gedanken. „Und wenn nu Krischan morgen doch noch kommt? Wenn Krischan kommt, dann kann er doch Nachtwächter werden. Und dann wohnt er im Armenhaus, und dann braucht Johannes nicht nach Muddelkow!" Das wäre eine Sache, Johannes und Martin waren beide gleich von ihr erfaßt und wunderten sich, daß keiner im Gemeinderat darauf gekommen war.

Die drei Kinder waren die einzigen in Kummerow, die den Sonnabend über auf das Wiederkommen von Krischan warteten. Mit dem Erlöschen der Lampe für die Gemeinde der Erhellten war auch das Licht ausgegangen, das für viele in der wunderlichen Gestalt Krischan Klammbüdels gebrannt hatte. Auch Martin, Johannes und Ulrike verloren, als der Sonnabend zu Ende ging, die Hoffnung. Johannes fand dafür keine Traurigkeit. Nun war es gewiß, daß sie von Kummerow fortgingen und er nicht mehr nötig hatte, nach Muddelkow zu müssen. Das Gemüt Martins war etwas beschattet. Aber es waren mehr die Sorgen um das Gelingen ihrer Flucht als die Bedenken über den Entschluß. Sonnabend konnten sie nicht mehr losfahren. Am Montag war es zu spät. Der Sonntag aber war ungeeignet, denn da gingen die Bauern gern im Bruch spazieren. Dennoch mußte es gewagt werden.

Sie schliefen die letzte Nacht nicht. Martin nicht in seinem Bett, Johannes nicht in seinem Heu, in das er sich am Sonnabendabend vorsichtigerweise wieder zurückgezogen hatte. Nur Ulrike im Pfarrhaus schlief. Sie hatte zwar von den beiden Freunden am Sonnabenabend beim Abschied sich noch einmal alles genau eintrichtern lassen, was am Sonntagmorgen zu tun war, doch das hatte ihren Entschluß nicht mehr beeinflussen können.

Martin Grambauer war schlau genug, nicht leise aus der Tür und aus dem Haus zu gehen. Nein, sie konnten ruhig die Haustür knarren hören. Es war doch schließlich nur menschlich, daß jemand im Morgengrauen des Sonntags mal auf den Hof mußte. Und daß man Flock mit hinausnahm, konnte auch nicht als ungewöhnlich gelten. Das andere aber, das sich danach auf dem Hof begab, sah zum Glück niemand.

Martin war noch nicht bis zur Scheune gekommen, als Johannes schon herausgeflitzt kam. Sie drückten sich durch die kleine Pforte neben der Scheune in den Garten, und erst als sie den Graben übersprungen hatten und im Bruch waren, fiel Martin ein, was er versäumt hatte. Gestern noch und die Tage vorher hatte er sich vorgenommen, den Abschied vom Elternhaus wenigsten etwas romantisch zu gestalten, so, wie er das oft gelesen hatte, mit einem letzten wehmütigen Blick auf die Heimat und mit einem traurigen Herzen. Das hatte er vergessen, und nun ließ ihm Flock keine Zeit, sein Herz zu beschweren. Denn Flock witterte in dem Tun seines Herrn etwas ganz Ungewöhnliches und Großes und begann wie verrückt umherzurasen und laut zu bellen. Das mußte ihm verboten werden. So hatten sie eine Viertelstunde lang zu tun, bis sie den Hund am Strick hatten. Dann aber lag das Dorf schon weit hinter ihnen.

Es ist etwas Seltsames um unser Planen und Tun. Auch wenn es sich nur um Wiederholungen handelt. Oft genug waren sie zu dieser Jahreszeit durch den Bach gegangen, und mehrere Jahre Heidendöpen im März hatten für Abhärtung gesorgt. Vergangenes Jahr hatten sie Ostern sogar schon gebadet. Es konnte also nicht als etwas Ungewöhnliches gelten, acht Tage nach Ostern auf einer Bohle im Mühlbach zu sitzen. Kann aber sein, es lag daran, daß sie nicht nur nackt wie Adam die Reise antreten mußten, sondern mehr daran, daß sie, behängt mit den Kaliten und den Kleiderbündeln, nur schwer das Gleichgewicht auf der Bohle halten konnten. Kaliten und Kleiderpacken waren schon, bevor die Fahrt losging, ein paarmal tüchtig eingestippt worden. Und selbst Johannes hatte festgestellt, daß es doch eigentlich bannig kalt sei. „Wenn wir uns warm gerudert haben", tröstete ihn Martin, „merken wir das nicht mehr." Das war jedoch nur bedingt richtig. Wenn einer im Kahn sitzt und dabei trokken bleibt, mag er beim Rudern warm werden. Etwas anderes ist es, bis zur Hüfte vom Wasser umspült zu sein und die Versuche, durch Rudern mit den Beinen die Körpertätigkeit zu erweitern, wegen der Gefahr des Kenterns wieder aufgeben zu müssen. Und dazu im Herzen noch durch arge Enttäuschungen abgekühlt zu sein.

Ulrike war nicht gekommen. Eine halbe Stunde, ja eine Stunde wohl hatten sie gewartet, bevor Martin es aufgab. Und wenn er sich einesteils auch sagte, daß es so besser sei, so stellte ihr Fernbleiben, nachdem sie noch gestern fest versprochen hatte, mitzumachen, doch eine Treulosigkeit dar. Darüber war nicht hinwegzukommen. Martin versuchte über ihre Motive Klarheit zu erhalten und forschte förmlich nach Entschuldigungsgründen. Es half alles nichts. Ulrike lag, während sie den kalten und gefährlichen Weg in die Freiheit beschritten, zu Hause im warmen Bett und gedachte ihrer vielleicht gar nicht. Martin Grambauer war so in seine Enttäuschung verbohrt, daß er nicht Zeit fand, die anderen Gefühle zu pflegen, die die Flucht aus dem Vaterhause und aus der Heimat aufgewühlt hatte. Ein paar Augenblicke lang stand ihm das Bild der Mutter vor Augen und machte ihn weich; die Geschichte mit Flock verdrängte es wieder.

Erst war der verrückte Kerl nach allen Seiten umhergerannt, als könne er sich gar nicht vor Freude fassen über das, was bevorstand. Dann war er neben ihnen gelaufen und schließlich zum Mühlbach vorausgestürzt. Ganz richtig hatte er das Gebüsch ausgemacht, in dem die Vorräte verstaut lagen, und war von dort immer hin und her gelaufen. Es bestand gar kein Zweifel, Flock wußte, was sie vorhatten, und Flock freute sich, mitmachen zu dürfen. Dann aber, als sie ihren schwankenden Kahn besteigen wollten, hatte Flock ganz dämlich am Ufer gestanden, und der wedelnde Stummelschwanz war mit einemmal stehengeblieben, der Kopf heruntergesunken, dann war Flock ein paarmal auf und ab gelaufen und, als sie ihn riefen, einige Schritte zurückgesprungen. Und als Martin noch einmal ausgestiegen war, hatte er kurzerhand den Schwanz fest angedrückt und war mit hastigen Sprüngen ins Dorf zurückgelaufen. Nicht einmal mehr umgesehen hatte sich das Vieh.

„Feiger Hund", hatte Johannes ihn betitelt. Ach, es war für Martin viel zuwenig. Flock war ja nicht feig. Flock griff Hunde, die viel größer waren als er, ohne weiteres an. Flock griff Menschen an, und waren es ihrer mehrere. Nein, es war etwas anderes. Flock hatte wohl zuletzt erfaßt, daß sie für immer Kummerow verlassen wollten. Und da hatte er sicher überlegt, wie ungewiß das künftige Leben sein mochte, und war zu den Fleischtöpfen Ägyptens zurückgekehrt. Wie hatte Kantor Kannegießer ein solches Betragen genannt, als er die Motive erläuterte, aus denen heraus die Kinder Israels bei den Beschwernissen ihrer Wanderung sich zurücksehnten nach dem Sklavendienst in Ägypten? Die Lust zum Fraß kann bei vielen Geschöpfen alle edleren Vorhaben zunichte machen, hatte er gesagt. So einer war also auch Flock! Ein freiwilliger Sklave der Mächtigen, kein rebellischer Kamerad.

Es war nötig, mit dem Gesicht nach vorn zu sitzen. Das schloß schon aus, wehmütige Blicke auf Kummerow zu richten. Es wäre aber auch sonst nicht möglich gewesen, denn die Ufer des Mühlbachs lagen hoch, und das Gewicht ihrer Körper drückte die Bohle ziemlich tief ins Wasser. Sie konnten über die Grasbüschel an den Seiten nicht hinausblicken. Zum Glück kam bald jene bekannte Stelle, die auf eine halbe Stunde lang seicht ist, und da war es dann ein Spaß, mit den Füßen auf den sandigen Grund zu treten und gewissermaßen mit der Bohle unter dem Achtern durch das Wasser zu stürmen. Und noch schöner, weil wärmespendender, war es, einfach im Mühlbach zu laufen und die leere Bohle zu schieben.

Die grauen feuchten Schleier, die meterhoch auf dem Bruch lagen, wurden dünner und niedriger. Nun wärmte die Sonne schon. In den Büschen sangen die Vögel. Es machte Spaß, die hinwegflitzenden Fische zu beobachten. Martin sah nach dem Stand der Sonne und rechnete. Es konnte wohl neun Uhr sein. Eigentlich hätte er jetzt in der Kirche das Läuten beaufsichtigen müssen. Denn heute war schon um neun Gottesdienst. Aber nein, er war ja kein Kirchenjunge mehr, er gehörte der Schule nicht mehr an.

Seit einer Stunde wußten sie zu Hause nun schon, daß er nicht mehr da war. Er versuchte sich auszudenken, wie es nun bei ihnen in der Stube wohl aussehen mochte. Ob einer Verdacht geschöpft hatte, wohin sie wollten? Nein. Dies erschien ihm so ungewöhnlich, daß er den Gedanken daran sofort wieder fallenließ. Es sei denn, Ulrike verriet sie. Aber dann mußte sie ja zugeben, mit im Bunde gewesen zu sein. Und da würde sie sich schwer hüten. Was aber mochte in einer Stunde geschehen oder in zweien, wenn sie ganz sicher waren, er war nicht mehr zu Hause?

Prüfend sah Johannes auf den Freund. Dann glaubte er dessen Gedanken lesen zu können und sprach sie aus. Leitete auch gleich die Tat ein, die sie ankündigen sollten, indem er die Bohle ans Ufer zog: „Dann woll'n wir mal erst frühstücken!"

Johannes hatte sich aus freien Stücken zwei von den drei Kaliten übergehängt, erst jetzt fiel Martin das auf. Zwar war Johannes ein Kamerad; ob er aber für den Fraß nicht auch lieber ein Sklavendasein hinnehmen würde wie Flock oder die alten Juden, wagte Martin in diesem Augenblick nicht zu entscheiden. Im Grunde hatte er selbst auch Hunger und fand es herrlich, so in der leuchtenden Sonne am Rand des Mühlbaches zu sitzen und ordentlich einzuhauen. Doch man war nicht nur gewöhnliches und freßlustiges Mitglied der Mannschaft, man war auch Kapitän und hatte die Verpflichtung, dafür zu sorgen, daß die Verfolger einen nicht gleich erwischten. Und so zeigte Martin Grambauer mit dem Finger auf die Stirn, zog die Bohle wieder in die Mitte des Grabens und befahl: „Gegessen wird erst zu Mittag! Meinst du, wir wollen uns hier noch kriegen lassen?“

Den ersten Satz hätte Johannes nicht stillschweigend hingenommen, doch die Logik des zweiten leuchtete ihm ein. Und schweigend machte er sich daran, das feuchte Schiff wieder zu besteigen.

Mit dem Laufen im Graben war es zu Ende. Der Mühlbach wurde tiefer und tiefer, und wenn sie nicht kentern wollten, mußten sie vorsichtig staken. Eine Weile zogen sie schweigend dahin. Nach ihren Berechnungen hätten sie längst an der Blumenfelder Mühle sein müssen. Aber wie das so ist mit Berechnungen und gar mit solchen, die für eine Flucht gelten: Das Ziel der Fahrt auf der Bohle kam und kam nicht heran. Und so gab denn schließlich Martin dem immer stürmischer werdenden Drängen des Freundes nach, doch erst zu essen.

Die kleine Meinungsverschiedenheit, mit welcher Zutat man am besten begänne, ob mit Speck oder mit Wurst, wurde dadurch beseitigt, daß man von beidem aß. Es kann auch sein, Johannes sprach keineswegs nur aus Gier nach Fettigkeiten, als er mahnend sagte, mit dem Brot müsse man sparsam sein – denn zwei Brote hätten sie bloß mitgenommen –, und sich als Brotersatz eigenmächtig noch einen Schacht Speck abriß. Martin war wohl wieder zu sehr mit den Gedanken an Zuhause beschäftigt, als daß er es beachtete oder gar einschritt.

Sonntagmittag. Die Kirche war nun aus. Lange schon. Es mußte gefüttert werden. Jetzt hatte die Mutter wohl schon zum Mittagbrot gerufen. Was mochte es heute geben? Und dann sah er sie unruhig durch die Küche gehen, über den Hof, auf die Straße sehen, die Vorübergehenden fragen und schließlich den Vater anfassen: „Wo ist denn bloß der Junge?“ Ob sie wohl weinte? Einen Augenblick war er in Gefahr, weich zu werden. Dann aber hatte er sich wieder und gleich mit einem so mächtigen Ruck, daß der Kopf nach hinten flog. Die Großen hatten es ja so haben wollen, er wäre auch lieber zu Hause geblieben. Los, Johannes, weiter!

Ganz fern, nach einem Knick des Baches, tauchte voraus hinter großem Gebüsch ein rotes Dach auf. Das mußte die Blumenfelder Mühle sein. Martin rief es etwas sehr freudig heraus, so daß Johannes sich veranlaßt sah, die Beine hochzuziehen, mit den Knien auf die Bohle zu kommen und sich hoch aufzurecken. Leider sah er dabei nach links voraus statt nach rechts. Und als Martin ihn auf den Irrtum aufmerksam machte, war die Wendung zu hart. Johannes kam ins Rutschen, fand an der glitschigen Bohle keinen Halt und sauste in den Bach. Das geschah so rasch, daß Martin über der Lust zu lachen vergaß, das gestörte Gleichgewicht zu sichern. Und so fand er sich ebenfalls mit Sack und Pack im Graben. Boden fanden die Füße nicht, oder doch nur moorigen, und so blieb nur eins – mit ein paar Schwimmstößen das Land zu gewinnen. Da saßen sie und starrten ihrem stolzen Schiff nach. Es war, von der Last befreit, weitergetrieben und hatte sich nach einiger Zeit im Gestrüpp des Ufers verfangen. Allerdings des jenseitigen Ufers.

„Da müssen wir eben zu Fuß bis zur Mühle laufen", tröstete Johannes den Freund. Aber dann, bevor Martin etwas sagen konnte, war auch Johannes untröstlich. Nun erst entdeckte er, daß eine der Kaliten eine Zeitlang der Bohle nachgeschwommen und dann trübselig im Fluß versackt war.

Das Verlangen in der Brust von Johannes Bärensprung spaltete sich, und er brauchte eine ganze Zeit, bis er zu einem Entschluß kam. Johannes war zwar mit Martin darin einig, daß sie schon viel Zeit vertrödelt hatten und sich beeilen mußten weiterzukommen. Dennoch bangte ihn der Gedanke an die mit guten Sachen vollgestopfte Kalit, und er versuchte schweigend, den untergegangenen Kober mit der Stakstange zu finden und ans Licht zu bringen. Es glückte nicht. Es war, als hätte der Mühlbach an jener Stelle ein abgrundtiefes Loch. Die Zeit war jedoch nicht unnütz vertan. Martin hatte sie genutzt, hatte die durchnäßten Kleiderbündel ausgepackt und sie der schönen warmen Sonne zum Trocknen übergeben. Die Kleider waren aber wohl sehr naß, oder die Sonne hatte noch nicht die richtige Kraft. Es dauerte jedenfalls sehr lange. Sie merkten es daran, daß sie, als sie in die reichlich zerknautschten Anzüge kletterten, schon wieder Hunger hatten und ein zweites Mal an diesem Tag an ihre Freßkober gingen. Langsam senkte sich schon der Tag, als Martin erschrak und zum Aufbruch drängte. Nach einem letzten Versuch, mit der Stange das Bett des Mühlbaches abzutasten, folgte Johannes dem sich entfernenden Freund.

Überhaupt meinte das Schicksal es nicht gut mit den beiden Gerechten von Kummerow. Ihre Spekulation, an der Mühle müsse ein Kahn sein, war richtig. Aber sie hatten vergessen, daß es eine naturgegebene Eigentümlichkeit der Mühlenteiche ist, immer oberhalb der Mühle zu liegen, und daß somit auch die Kähne für den, der stromab fahren will, immer vor dem Wehr sich befinden. Da lag nun der schöne Kahn, die Kette nur ein paarmal um einen Pfahl geschlungen. Um ihn für ihre Zwecke nutzbar zu machen, hätten sie ihn um das ganze Mühlgrundstück herum schleppen müssen, und dazu waren sie nicht imstande. Dann hätten sie auch den des Kummerower Fischmeisters benutzen können. In ihrem Eifer, sich über das, was zu geschehen habe, zu verständigen, waren sie immer lauter geworden und hatten übersehen, daß der Müller sie seit längerer Zeit beobachtete. Plötzlich stand er neben ihnen und schnauzte sie an, was sie hier zu suchen hätten. Johannes wollte sich großspurig verteidigen, aber Martin zog vor, dem wie ein Wegweiser gerichteten Arm des Müllers zu folgen und das Grundstück zu verlassen. Der Arm wies bachabwärts. Wahrscheinlich nahm der Müller an, sie waren von unten gekommen und wollten mit seinem Kahn flußaufwärts fahren. Kleinlaut schlichen sie durch das Gehölz, dem Fahrweg zu, bis sie den Blicken des Müllers entschwunden waren. Dann mußten sie wieder zurück an den Bach, denn nur so konnten sie sicher sein, an der Welse die zweite Mühle zu finden.

Sie fanden sie an dem Tag nicht mehr. Es war immerhin erst April, und die Dunkelheit fiel rasch auf die unbekannten Gefilde. Erschwerend wirkte auch ein Bach, der sich in den Mühlbach ergoß und ihnen den Weg versperrte. Überspringen ließ er sich nicht; sie mußten sich ausziehen und ihn durchwaten. Dann aber stand, gerade als die Dämmerung in Dunkel übergehen wollte, dicht in der Nähe des Mühlbaches im Bruch eine Feldscheune, willkommenes Quartier für Flüchtlinge. Zwar war sie verschlossen, aber welche Feldscheune hätte nicht lose Planken, die es dem Fahrenden ermöglichen, die Tür zu sparen. Stroh war noch drin – und ein paar Iltisse. Johannes hatte die Davonstürzenden für Füchse gehalten; es lag nun mal in seiner Art, alles zu vergrößern. Aber Martin blieb dabei, daß es nur Iltisse gewesen waren. Der Jagdeifer, der sich daran entzündete, hielt nicht lange an. Der Tag war anstrengend gewesen, und nach kurzer Zeit deckte ein tiefer Schlummer nicht nur diese ersten Abenteuer, sondern auch alle Gedanken und Gefühle zu.

Nun war es also Montag. Nun hatte der neue Hirte von Kummerow zum erstenmal ausgetrieben. Nun stand Mutter bleich und zitternd auf dem Hof oder auf der Dorfstraße, und der Vater war wohl alle Dorfenden entlanggegangen und hatte gefragt, ob keiner seinen Sohn gesehen habe. Der Gedanke an die Mutter, und wie sie in Sorge und Angst die Nacht verbracht haben mochte, tat Martin Grambauer weh. Immer gebieterischer reckte sich eine Hand auf, die ihn den Weg zurück wies. Er wäre diesen Weg wohl auch gegangen, hätte sein Blick nicht Johannes getroffen, der mit ruhiger Selbstverständlichkeit frühstückte, als sei ihr ganzer Vorrat nur für diesen einen Tag berechnet. Das zwang Martin zum Einschreiten. Der Streit, der sich daraus entwickelte, verscheuchte denn auch alle sentimentalen Schwächeanfälle. Martin nahm Johannes Wurst, Speck und Brot weg und verschloß die Kalit. Dann trieb er zum Aufbruch.

Nach einigen Stunden Wanderns erreichten sie die Welse, den Fluß, in den der Mühlgraben gemündet hatte, und nach weiteren zwei Stunden waren sie an der Bindower Buschmühle, fest entschlossen, diesmal den schweren Kahn aus dem Teich zu schleppen und unterhalb der Mühle wieder zu Wasser zu bringen. Er lag auch oben im Teich, und sie wollten schon die Mittagspause ausnutzen und an die Arbeit gehen, als Martin auf den Gedanken kam, sich erst mal die Stelle anzusehen, an der sie ihn wieder zu Wasser lassen wollten. Und da schrie er auf und jauchzte so unbekümmert, daß Johannes es bis oben am Wehr hörte und herankam. Unten im Fluß lag ein weiterer, kleinerer Kahn. Der Müller benutzte ihn wohl für seine Fahrten abwärts. Wahrscheinlich war er soeben erst zurückgekommen, denn zwei Ruder lagen im Kahn. Johannes enterte sofort das Fahrzeug. Martin aber brauchte noch einen Augenblick, um sich darüber klarzuwerden, daß das Schicksal ihnen wohlgesinnt sein müsse, denn sonst hätte es ihnen das Boot nicht so greifbar vor die Füße gestellt. Nun war alles in Ordnung. Ein paar Minuten nur dauerte es, und sie trieben vergnügt mit der starken Strömung.

„Wenn uns nu aber einer anhält?“ Es war seltsamerweise Johannes, der die Frage tat. Martin sann einen Augenblick nach. Es war richtig, eine Ausrede mußten sie haben, denn soviel er wußte, floß die Welse mitten durch die Stadt Zweihausen. Nicht nur einfach eine Ausrede, sie mußte auch, das wußte er aus seinen Geschichten, hieb- und stichfest sein. Und sie mußte so sein, daß keiner von ihnen bei einem getrennten Verhör davon abweichen würde. Wo wollten sie also hin? Martin hob den Zeigefinger gegen den Freund.

„Na, nach Schweden doch!“ trompetete Johannes. Aber Martin schüttelte den Kopf. Schweden, das war für die hier zu weit. Nach Stettin, das mochte gehen. Doch da fiel ihm ein, auch das war noch ungewöhnlich. Es reisten ja nicht einmal Erwachsene mit einem Kahn so weit. Dann hatte er es: „Wir sagen einfach, wir wollen ins Oderbruch. Unsere sind da und machen die Heuschober fertig, und wir bringen ihnen das Essen hin!“ Das Wort Essen war ein Stichwort für ihren Magen, es war auch wirklich höchste Zeit mit dem Mittagbrot. Und gut ließ es sich im Boot essen, man mußte nur ein bißchen die Richtung halten, der Fluß zog sie schon vorwärts. Johannes überließ diesmal das Steuern gern dem Kameraden und packte die Verpflegung erst zusammen, als Zweihausen auftauchte. Die Fahrt durch die kleine Stadt war zuerst etwas bedrückend, dann aber lustig; es sah keiner nach ihnen hin. Kahnfahren war hier nichts Besonderes. Johannes begann ein paar Jungens in den Gärten anzustänkern, bis Martin schneller ruderte, denn die Verhöhnten warfen mit Klüten und Steinen. Bald waren sie wieder in den Wiesen. Der Fluß wurde breiter und breiter, und mit einem Male war er zu Ende. Erst meinten sie, ein See habe sie aufgenommen. Doch dann erkannten sie mit Erschrecken, daß es ein richtiger Fluß war, nicht solch ein kleiner wie die Welse. Ein Strom mußte es sein, denn ein Dampfer zog an ihnen vorbei. „Menschenskind“, flüsterte Martin erschrocken, „das ist am Ende schon die Oder.“ Johannes zog sein Ruder ein und drehte sich nach vorn. Das also war die Oder. Und an der Oder lag irgendwo Stettin. Und dann kam das Meer, und dann lag da Schweden. Das leichte Fahrzeug nickte und tanzte auf den Wellen, die von dem Dampfer kamen und in ihrem Trieb, das Ufer zu gewinnen, jetzt das Boot wiegten. Mehr als ein Dutzend Kähne, aber größere, als ihrer war, konnten sie sehen. Und dann kam auch ein Schiff mit einem großen Segel. Sie brauchten gar nicht zu rudern. Eine fremde Kraft zog ihr Schiff in der Bahn der anderen Fahrzeuge nach Norden.

Sie kamen in einen noch größeren Strom mit noch größeren Schiffen. Wunderschön war das, und aufregend war es auch. Links tauchte ein hohes Ufer auf, eine Stadt lag daran. Ob sie schon da waren? Martin schüttelte den Kopf. Diese Stadt da hatte nur eine Kirche, eine ganz mächtige allerdings. Er grübelte angestrengt nach. Was lag denn alles an der Oder so in dieser Richtung. Gartz vielleicht. Es war herrlich, solch ein Schiff zu haben und in die weite Welt zu fahren auf Entdeckungen. Der Junge ließ keinen Blick von der Stadt, an der sie vorübertrieben.

Johannes hatte andere Gedanken. Er sah nach Steuerbord, wo in einem Kahn ein paar Schiffer saßen und angelten. Es gab hier also Fische. Selbstverständlich gab es Fische in der Oder. Johannes hätte sich backpfeifen können, daß er vergessen hatte, Angelrute, Schnüre und Haken mitzunehmen, und beschäftigte sich mit dem Gedanken, wie er am besten in den Besitz solcher Geräte gelangen könnte. Wenn sie nun hier vor Anker gingen und nachts solchem Fischerkahn einen Besuch abstatteten? Sicher würden die Fischer die Sachen nicht zur Nacht mit nach Hause nehmen. So weit war Johannes gekommen, als er, ebenso wie sein Weggenosse, furchtbar erschrak. Dicht neben ihnen tauchte ein Schleppdampfer auf, und eine zornige Stimme brüllte sie an. Sie verstanden erst gar nicht, was der Mann da oben wollte und warum er so wütend drohte. Aber dann begriffen sie so viel, daß er sie aus der Oder fortweisen wollte. Warum der nun mehr Recht haben sollte, hier zu fahren, als sie, ging ihnen nicht in den Sinn. „Der hat vielleicht Angst", lachte Martin, „daß wir ihn rammen." Und sie hatten durchaus nichts dagegen, daß ihr Kahn immer dichter an die mächtigen Schleppkähne herankam.

Es schaukelte sich so wunderschön, und es war so spaßig, zu sehen, wie nun auf jedem Kahn ein Mann stand und drohte, und auf dem letzten sogar eine kreischende Frau und ein kläffender Hund. Da tat es ihnen sehr leid, daß sie Flock nicht bei sich hatten. Er hätte so wunderschön zurückschimpfen können. Und da Flock nun einmal fehlte, ersetzte ihn Johannes, indem er laut bellte, und als das nicht den gewünschten Eindruck machte, denen auf den Kähnen die Zunge herausstreckte und ihnen eine lange Nase machte.

Leider konnten sie sich damit nicht aufhalten. Denn im Sog der Kähne und im Schwall der mächtigen Wellen schaukelte ihr Kahn nun so, daß sie es für richtiger hielten, sich mit beiden Händen festzuhalten. Der Versuch von Johannes, mit seinem Ruder die seitlich heranrollenden Wellen abzuwehren, schlug auf eine peinliche Art fehl: Eine tückische Woge drückte das Ruder gegen den Kahn, und es blieb Johannes nur die Wahl, es loszulassen oder sich von ihm aus dem Boot ziehen zu lassen. Da ließ er denn los, und im gleichen Augenblick auch schwamm das Ruder einige Meter von ihnen entfernt. Es tanzte direkt.

Der Kommandant erblaßte. Das hatte ja nun gefehlt. Mit einem Ruder zu fahren, in einem Kahn, der kein Steuer hatte. Er vergaß seine Absicht, es Johannes gründlich zu sagen, und versuchte zunächst, sein Können zu erproben. Es half nichts. So sehr er sich auch abmühte, und obwohl Johannes sich mit hineinlegte, sie zwangen den Kahn nicht wieder in die Mitte des Stromes. Langsam, aber unaufhaltsam trieben sie dem rechten Ufer zu. Und schließlich fanden sie sich wieder in einem Nebenarm, der durch das Bruch zog.

Hier war es ruhig. Hier flogen nur Enten auf. Und ganz fern wurden Stimmen laut. Aber fremde Kähne oder gar Dampfer waren hier nicht zu erwarten. Nur – was sollten sie auf diesem Gewässer, sie mußten ja in der Oder bleiben. Doch der Fluß hatte sein Gutes; man konnte auf ihm rudern, auch mit einer Kelle. Und siehe da, schon machte er eine Krümmung und ging nun auch nach Norden. Ganz deutlich war das zu erkennen an der Richtung, die der Höhenzug nahm, der das linke Oderufer bildete.

„Siehste woll", frohlockte Johannes, „das hat alles so sein sollen, nun kommen wir viel ruhiger zu Krischan."

So war es nun wiederum nicht. Kaum hatte Johannes seine Zuversicht von sich gegeben, da teilte sich der Fluß. Links ging ein Arm ab, rechts ging einer ab, und wenn es auch nur natürlich war, daß sie in der Mitte blieben, so stellte auch das sie wieder fortgesetzt vor neue Entscheidungen. Es war, als ob alle Flüsse und Bäche Deutschlands sich hier ein Stelldichein gaben. Immer wieder, immer mehr, kleinere und größere, gerade und krumme gingen ab, und bald wußten sie wirklich nicht, nach welcher Richtung sie fuhren. Die Sonne! Ja, die Sonne mußte halb links hinter ihnen stehen, wollten sie nach Norden fahren. Aber wie soll die Sonne hinter ihnen stehen, wenn jeder Fluß, den sie hier befuhren, sich im Kreis drehte? „Das beste ist", sagte Johannes, „wir legen erst mal an und vespern."

Das Anlegen machte keine Schwierigkeiten, das Vespern auch nicht. Hoch stand das Gras auf den Wiesen, war es auch noch gelblichgrün, unglaublich viele Vögel flatterten auf, und Johannes war stolz, sogar den großen Brachvogel ausmachen zu können. Kiebitze waren auch da, doch Nester fanden sie nicht. „Das beste ist", schlug Johannes vor, „wir bleiben heut nachmittag hier und die ganze Nacht." Martin lehnte ungeduldig ab. Bis zum Abend konnte man noch ein großes Stück zurücklegen.

Es war nichts mit dem großen Stück. Nach den Ruderschlägen und den Bootslängen gemessen, kam dieses große Stück wohl zusammen, nicht aber in der Entfernung nach Norden, das merkten sie nun doch. Es war, als habe sie ein böser Geist verhext. Sie kamen aus dem Kreisfahren nicht heraus. Noch vor der Dämmerung war Martin so müde, daß nun er den Vorschlag machte, an Land zu gehen und eine Schlafstelle zu suchen. Ja, wären sie nur an ihrer ersten Stelle geblieben! Wo sie nun hier auch aufs Land zu traten, ob links, rechts oder geradeaus, immer war es sumpfig. Und so blieb ihnen nichts weiter übrig, als den Kahn heraufzuziehen und nach einem ausgedehnten Abendessen die Nacht im Boot zu verbringen. Das lag sich nun nicht so angenehm wie gestern in der Feldscheune im Stroh. Und kalt war es auch. Noch vor dem Tag erwachten sie und bibberten in der feuchten Frühluft. Etwas sehr Wichtiges hatten sie vergessen – Holz mitzunehmen für ein Feuer. Was halfen nun die Streichhölzer, was half die Flasche mit Spiritus, die Martin noch zu guter Letzt stibitzt hatte? Sie konnten ja hier nicht mal die Schale aufstellen, denn es fehlte die Unterlage, den Kahn konnte man dazu nicht benutzen. So mußte denn eben kalt gefrühstückt werden. Aber wozu war man jung und hatte ein Ziel? Nach einer Stunde schon war ihnen heiter und froh zumute, und Johannes vergaß, weiterhin Ausschau nach Eßbarem zu halten, als Martin laut zu singen begann: „Wem Gott will rechte Gunst erweisen . . ."

Der Tag wurde nicht nur warm, er wurde heiß, und sie begriffen gar nicht, daß sie heute morgen gefroren haben sollten. Sie zogen Jacke, Hemd und Hose aus und ruderten abwechselnd. Schön war das, so dahinzuziehen, zu essen, wenn man Hunger hatte, zu schlafen, wenn man müde war, ins Wasser zu springen, wenn einem zu warm wurde, und bei allem die Überzeugung zu haben, daß man nichts Unrechtes tat. Noch schöner freilich wäre, man hätte die Gewißheit, dies bliebe nun so, bis sie bei Krischan waren, ja bis Schweden. Da das aber nicht anzunehmen war, brauchte nicht nur Johannes auf den Gedanken zu kommen, es wäre am richtigsten, sie hielten sich noch ein wenig in dieser Gegend auf. Und gleichsam, als wolle die Vorsehung sie in diesem Gedanken bestärken, erschien auf einer der Bachwiesen ein kleiner, niedriger Schuppen. Da hätten sie also ein festes Haus. Ohne sich verständigen zu müssen, lenkten sie den Kahn ans Ufer und stiegen aus.

Wunderbar, ein reines Paradies war das hier. Gar nicht so weit von dem Schuppen standen Erlenbüsche, auch Werftsträucher waren in der Nähe. Ganz hinten ein langer Streifen mit Rohr. Holz und Stroh, alles

Nötige war also da. Der Boden war fest, und sicher gab es hier nicht nur Heu, sondern auch Wild. Sie zogen ihren Kahn hoch aufs Land und machten sich daran, die Insel zu durchforschen.

Sie war größer, als sie gedacht, und sie brauchten wohl eine ganze Stunde, um sie abzugehen. Menschen wohnten nicht darauf. Doch Menschen wohnten nicht sehr weit entfernt. Vom Dach der Hütte konnte man erkennen, wo sie sich befanden. Nun lag das linke Ufer der Oder wohl eine Stunde weit entfernt. Sie waren ganz nach rechts herübergekommen. Ein breiter Arm zog dort noch neben den Inseln her, dann hob sich auch rechts das Ufer, und gar nicht weit von ihnen lag ein kleines Dorf. Ein ganz kleines, ohne Kirche, aber es war immerhin schön, zu wissen, es waren Menschen in der Nähe. Und doch nicht so nahe, daß sie stören konnten. Denn was sollten die Menschen jetzt hier? Zum Heuen war es noch zu früh, und Fische würden sie ja nicht gerade hier fangen wollen.

„Vielleicht“, sagte Johannes, „daß wir da mal rüber machen? Und dann gehen wir so entlang am Ufer, und wenn wir da ein Netz erwischen oder wenigstens eine Angel . . .“

Der Gedanke, die eintönige kalte Kost durch ein paar gebratene Fische aufbessern zu können, bannte auch in Martin die moralischenBedenken, denn schließlich hatten sie Kochtopf und Pfanne nicht umsonst mitgenommen. Dennoch suchte Martin nach einem Ausweg. Und er fand ihn auch sogleich: „Netz und Angel, da könnten sie sagen, das ist geklaut. Aber wenn wir zufällig in einem von den Kähnen noch eine Ruderkelle finden . . .“

Johannes sah ihn groß an: „Das ist dann wohl nicht geklaut, wenn wir die nehmen?“

„Nein“, belehrte ihn Martin der Gerechte, „denn die brauchen wir, weil wir unsere doch verloren haben, und wenn einer in Not ist, dann ist das kein Diebstahl, sondern Notwehr. Dafür haben wir ja unsere einem anderen gelassen, das gleicht sich dann aus.“ Es war ja schließlich Gottlieb Grambauers Sohn.

Johannes hielt es für das richtigste, zu dieser Beweisführung nichts zu sagen, aber bei seinem Vorhaben zu bleiben, eine Angel auch ohne Notwehr mitzunehmen.

Sie waren heute unbändig frisch und hatten es nicht nötig, den Nachmittag zu vertrödeln. Sie konnten eine Entdeckungsfahrt in das Dorf wagen. Allerdings wußte man nicht, ob sie dort von Freunden oder von

Feinden erwartet würden, und es war richtiger, ein gutes Stück vor dem Dorf anzulegen und das letzte Ende zu Fuß zu machen. Es war wohl nur ein Vorwerk oder so, und ausgerechnet Johannes mußte feststellen, daß da eigentlich nur lauter Armenhäuser standen. Das einzige, was ihm an dem Ort imponierte, waren eben die Kähne und die zum Trocknen aufgehängten Netze. Aber damit war nichts anzufangen, die waren zu groß und zu schwer. Dafür entdeckten sie im Hofe des letzten Hauses ein paar schöne Angelruten mit Schnüren und Haken. Johannes blieb stehen, und seine Augen langten immer weiter aus ihren Höhlen und wickelten sich um die begehrten Dinge. Dennoch schien ihn zu stören, daß Martin hinter ihm stand. „Geh man weiter", flüsterte er, „da hinten liegt noch'n Kahn, und da ist sicher 'ne Kelle drin." Martin Grambauer ging zu dem Kahn, doch es war kein Ruder drin. An dem Busch, hinter dem ihr Kahn lag, erwartete er Johannes. Der hatte keine Angelrute genommen, nur eine einzige Schnur mit einem Haken. Weil sie doch in Not wären. Und die lange Rute, das hätte man vielleicht gemerkt, sie könnten sich ja auch selbst eine schneiden.

Zwei Tage noch blieben sie auf ihrer Insel, nannten ihren Schuppen eine Burg, fühlten sich abwechselnd als kühne Seeräuber und verfolgte Schiffbrüchige und ließen Schweden, Stettin und sogar Krischan am fernen Horizont dämmern. Sie machten sich aus den Saftrinden der Weiden große Schalmeien und kleine Flöten und musizierten und sangen das Lob Gottes in der Natur.

Da ging ihnen das Brot aus, mit einem Male hatte Martin den letzten Kanten in der Hand. Auch die Wurst würde nur noch einen Tag reichen, entdeckte er. Das Fischefangen hatte nicht geklappt, sie wußten mit dem großen Angelhaken nicht Bescheid, auf der ganzen Insel gab es keine Piratzen, sie mußten Brot und Speckstückchen als Köder nehmen, und das waren die Oderfische anscheinend nicht gewöhnt. Anstatt Aale und Hechte und Quappen großen Formats zu angeln, fingen sie mit Mühe und Not ein paar lächerliche kleine Plötzen, die sie kochten. Immerhin hätten sie es dabei noch ein paar Tage ausgehalten, wenn nicht auch noch die mitgenommenen Kartoffeln ausgegangen wären.

Vorpommersche Jungens und tagelang keine Kartoffeln, das vertrug sich nicht. Mieten lagen um diese Zeit nicht mehr auf den Feldern, Johannes hatte zwar einen Gedanken: Man könnte doch, sagte er, die Felder drüben abgehen, wo die Bauern schon gepflanzt hatten, und sich die Saatkartoffeln wieder ausbuddeln. Das wäre wirklich ein Ausweg gewesen, und da sie in Not waren, mochte es am Ende auch kein Diebstahl sein. Aber Martin hatte von den Vätern doch zuviel Bauernblut in sich, als daß er imstande gewesen wäre, in die Erde versenktes Saatgut wieder auszugraben. Nein, das ging nicht. Eher den Versuch machen, auf einem Gehöft eine Kalit voll Kartoffeln zu erbetteln. Denn das ihm Unbegreifliche war geschehen, er hatte vergessen, seine Sparbüchse mitzunehmen, und so waren sie wirklich ohne einen Pfennig Geld auf die Reise gegangen.

Martin hatte sich das leicht gedacht, fremde Menschen um ein paar Kartoffeln zu bitten. Nun er vor dem kleinen Gehöft stand, empfand er es als etwas Ungewöhnliches. Nein, dann lieber hungern. Ein armer Mann bittet um ein milde Gabe? Er hätte sich in den Boden geschämt. Entschlossen kehrte er um und ging zurück zu der Weide, bei der sie ihren Kahn anzumachen pflegten.

Johannes war noch nicht da, er hatte sich selbständig gemacht. Martin pfiff ungeduldig, es war ganz gut, daß sie nichts mehr zu essen hatten, da würde auch Johannes verzichten, noch länger auf der verdammten Insel zu bleiben; er wollte jetzt weiter, zu Krischan, nach Schweden.

Mit einem Male verstand Martin gar nicht, daß er so lange Zeit hatte versäumen können. Ein Gefühl der Scham befiel ihn und schleppte ein anderes hinter sich her – das der Reue. Sie waren ausgerissen, weil ihnen etwas nicht gepaßt hatte; Entdecker und Abenteurer setzen sich aber auch nicht in eine Scheune auf einer Wiese im Oderbruch und leben von erbettelten Kartoffeln. Das beste wäre, sie ruderten zurück; doch das war nicht möglich, kein Mensch konnte mit einem Ruder gegen den Strom an, auch würden sie die Richtung nicht finden. Ging das aber nicht, dann mußte das andere gehen, das sie vorgehabt hatten: Weiter, immer weiter! Als Johannes am Weidenbusch ankam, sang er. Vor lauter Freude über seinen Erfolg. Der bestand in mehreren Scheiben Brot, einer halben Kalit voll Kartoffeln, einer Schmalzstulle und einem lebenden Kaninchen.

Und alles geschenkt bekommen, jawohl, auf Ehre! Und Johannes berichtete: „Da sind auf dem grünen Platz da am Wald Jungens und haben Karnickel bei sich. Ich geh ran und spiel was auf meiner Schalmei. Denkst du, die kennen eine Schalmei? Sie wollen meine auch gleich haben. ‚Jawoll‘, sag ich, ‚aber ihr müßt mir ein Karnickel dafür geben.‘ Erst wollten sie nicht und sagten, sie könnten mir ja die Schalmei wegnehmen, sie wären doch drei gegen einen. Ich sage: ‚Denn haue ich euch alle drei in Klump und eure Karnickels auch!‘ Ich gehe auch gleich auf sie los, na, und als ich ausholе, da haben wir getauscht. Dann hab ich ihnen gezeigt, wie ’ne Schalmei gemacht wird, dafür hab ich die Stullen gekriegt, und sie haben mir von zu Hause Kartoffeln holen müssen.“

So weit war er gekommen in seinem Bericht, da tauchten die drei fremden Jungens auf. Sie waren Johannes nachgeschlichen, um ihm wenigstens das Kanninchen wieder abzujagen. Als sie sich nun zwei Gegnern gegenübersahen, türmten sie. „Solche Räuber“, entrüstete sich Johannes, „wo es doch ehrlich getauscht war.“

Nun hätten sie Fleisch, verkündete Johannes, er werde das Kaninchen drüben schlachten. Martin war dafür, es als lebenden Proviant mitzunehmen, denn sie müßten gleich weiterreisen. Weiterfahren, wo sie wieder zu essen hatten, Fleisch und Brot und Kartoffeln? Zum erstenmal wurde Johannes richtig rebellisch, und Martin erkannte, diesmal würde er den Freund nicht leicht unterkriegen. Johannes sagte, zu Krischan kämen sie immer noch. Martins Drohung, allein zu fahren, entlockte dem Kameraden nur ein: „Kannste ja tun!“ Doch als Martin Anstalten traf, loszufahren, hielt Johannes den Kahn fest. Das ging nicht, denn das wäre sein Kahn ebensogut wie Martin seiner, und ob er denn hier, allein auf der Insel, verhungern sollte?

Darin hatte er nun wieder recht. Und so entschloß Martin sich, noch etwas zu bleiben und den Freund vielleicht im guten zu überzeugen. Einstweilen freilich wunderte er sich über die ihm so ungewohnte energische Haltung von Johannes, und er kam nicht darauf, daß sie allein der zum erstenmal gefühlten Genugtuung entsprang: Nun ist auch der andere losgelöst von Besitz und Ansehen, ist nicht mehr als du, ja mit dem Essen ist er direkt von dir abhängig, hat also nicht mehr zu bestimmen, was zu geschehen hat. Dies Gefühl aber tat Johannes wohl, und er kam gar nicht darauf, daß er Martin damit weh tun könnte.

Das Kaninchen wurde nicht geschlachtet. Nun es in dem Schuppen umherlief, zutraulich alles beschnupperte, brachte Johannes das Schlachten nicht fertig. Kann auch sein, es war mehr das Gefühl des Besitzes, das ihn hinderte. Solange das Kaninchen da war, hatte er mehr als Martin aufzuweisen, war es tot, blieb ihm höchstens das Anrecht auf die größere Portion. Und Johannes verkündete seinen Entschluß, es als eiserne Ration mit auf die weitere Reise zu nehmen. Weitere Reise – da hakte Martin ein. Dennoch dauerte es anderthalb Tage, bevor Johannes bereit war. Die Kartoffeln waren alle, und in das Dorf traute sich Johannes wegen des Krachs mit den Bengels nicht mehr. Sie mußten sich nach anderen Weidegründen umsehen.

Mit tausend Masten

Sie hatten Glück. Nachdem sie ein paar Stunden die Flußläufe des Bruches abgepaddelt und abgestakt hatten, kamen sie in offenes Wasser, es war wohl der rechte Oderstrom, und er trug sie schnell davon. Ganz wundervoll war, daß er sie in der Mitte behielt, so daß sie eigentlich nur zu steuern brauchten, und dazu genügte das eine Ruder. Stundenlang konnte man das mitmachen und aus Herzenslust Wanderlieder singen.

Wäre nun noch etwas zu essen im Kahn gewesen, Johannes hätte eine Fahrt um die Erde gemacht. Aber das war es ja, nicht eine Scheibe Wurst, keine Speckschwarte, kein Stück Brot und keine Kartoffel. Nur für das Karnickel hatten sie Gras im Boot, und es futterte auch unbekümmert.

„Denn muß ich's wohl doch schlachten", sagte Johannes düster. Martin war dafür, möglichst bald irgendwo anzulegen und landeinwärts ein Dorf zu suchen. Wenn sie das Kaninchen gegen ein Brot umtauschten, kämen sie sicher bis Stettin, und da war ja Krischan. Johannes konnte ihn nur groß ansehen und mit dem Finger auf die Stirn pieken. Fleisch gegen Brot tauschen, so dumm.

Ganz früh waren sie losgefahren, nun war es schon spät nachmittags, aber ein Dorf oder ein Haus hatten sie nicht zu Gesicht bekommen. Nur Schleppkähne kamen ihnen entgegen oder überholten sie, und dann gab es jedesmal ein wildes Geschimpfe. Es wurde allerdings immer einseitiger; zuerst hatte Martin aufgehört, den Grobianen, die da taten, als gehörte der Strom ihnen allein, zu antworten, dann stellte auch Johannes den Schimpfbetrieb ein. Er war schlechter Laune, ihn hungerte. Außerdem war das Wetter schlecht geworden, es regnete. Wie schön säßen sie jetzt in ihrer Hütte. Johannes hatte direkt ein böses Gesicht, als er es dem Freunde vorwarf. Martin griff erregt ein. „Und morgen? Und nichts zu essen!" Johannes wies auf das Kaninchen. „Und übermorgen?" Martin war unerbittlich. Übermorgen. Darüber konnte Johannes nur verächtlich lächeln. Also schwieg Martin auch.

Aber es regnete. Immer strichweg. „Wenn wir nu an solchen Schleppzug dicht ranfahren", fing Martin nach langem Schweigen an, „vielleicht nimmt der uns mit, die brauchen doch immer so Schiffsjungens."

Ganz war Johannes nicht dafür, es konnte sein, der Kerl fragte zuviel, nach Papieren und so. Papiere mußten sein, das wußten sie seit der Geschichte mit Krischan. Von Krischan, der zur See gefahren war, wußten sie allerdings auch manchen schönen Schiffsjungenstreich. Und daß, hielte man aus, einem nachher als Seemann die ganze Welt offenstehe. König in Afrika könne ein richtiger Seemann werden. Nun waren das hier ja man bloß lütte Oderkahnschiffer, aber kann sein, daß sie doch Krischan kannten.

Es regnete Strippen, sie waren naß bis auf die Haut, auch das Kaninchen. Nach dem Hinweis Martins, auf Schiffen würde immer sehr gut gegessen, begrub Johannes seinen Argwohn gegen Kahnschiffer. Und so legte Martin, als der nächste Schleppzug hinter ihnen sichtbar wurde, das Ruder hart backbord. Nach seiner Berechnung mußte er so den Zug, der noch weit hinter ihnen lag, treffen. Die würden dann schon halten und fragen. Wer sich nun in der Entfernung verschätzt hatte, Martin in seinem Boot oder der Kapitän auf dem Schleppdampfer, das wurde nachher nicht festgestellt, es fehlte ja auch abschließend eine unparteiische Untersuchung und Urteilsfindung vor dem Seemannsamt, möglicherweise hätte dieses eine Portion Schuld dem unsichtigen Wetter gegeben. Jedenfalls waren die auf dem Schlepper und auf den Kähnen arg erschrocken, als sie steuerbord voraus einen kleinen Kahn sichteten und schließlich wahrnahmen, daß seine Insassen taten, als gehöre ihnen der ganze Strom, und unbekümmert um größere Fahrzeuge einfach immer mehr nach der Mitte hielten. Wollten sie hinüber? Auch dazu wäre wohl noch Zeit gewesen, doch nun schien es, als kämen sie nicht aus der Strömung heraus oder als wären die Kerle betrunken.

Der Schlepper stieß ein paar dunkle Warnrufe aus. So was, die Kerle in dem kleinen Kahn achteten nicht mal darauf.

Der Schlepper brüllte lauter, böse und länger. Denen in dem Boot schien das Luft zu sein.

Der Schlepper kreischte ein paar kurze, schrille Töne, direkt gefährlich klangen sie, zornig, drohend, so, als ob einer sagt: „Weg da, oder ich hau dir eine runter!" Die beiden im Boot lachten, und Johannes machte eine Bemerkung, die nicht zu widerlegen war: „Siehst du, die haben uns gesehen!"

Da er in seiner unschuldigen Diensteifrigkeit annahm, das Gejohle und Getobe, das die da auf ihren Kähnen machten, sei der Beginn einer netten Unterhaltung, drehte er sich nach hinten um, winkte und rief: „Anhalten! Anhalten! Hier sind zwei Schiffsjungens!“ Martin drehte sich auch um und winkte mit der einen Hand, und befriedigt stellte er fest, er steuerte ganz gut mit dem einen Ruder, noch ein bißchen, und er mußte direkt mitten im Strom sein und dem Schlepper den Weg verlegt haben. Da würde der schon anhalten müssen, und sie konnten ihre Frage anbringen.

Mit den Unschuldigen ist der liebe Gott. Gewiß, nicht immer, aber daran haben sie dann selber schuld. Nämlich, sobald sie auch nur den leisesten Zweifel in sich tragen, ob das, was sie tun, recht ist bis ins letzte Stückchen, kann die Sache schiefgehen; ja dann schon, wenn sie sich fragen, ob sie auch unbedingt gut gehen werde. Der wahrhaft Unschuldige fragt nicht, der kommt gar nicht auf den Gedanken, da sei etwas nicht recht, da könne am Ende etwas dazwischenkommen. Auch bei ihm kommt mal was dazwischen, das ist schon richtig, doch dann geht höchstens sein Unternehmen in die Binsen, der Unschuldige aber rettet sein Leben. Verlor er es einmal doch, so beweist das nur, daß er eben nicht bis zum letzten unschuldig war, und hätte man ihn nachher noch fragen können, er würde es auch nicht anders gesagt haben. Jawohl, so ist das.

Und so war es auch mit Martin und Johannes. Die Großen da auf dem Schlepper und auf den Kähnen hatten sicher alle schon ihre Erfahrungen mit dem Schifferleben gemacht; wenn die jetzt mit einem Boot, zu dem sie nur ein Ruder hatten, in einen Schleppzug hineinsteuerten, so wäre das Irrsinn oder Selbstmord gewesen. Und sicher wären sie dabei auch umgekommen. Sie durften daher, als sie erkannten, was sich anbahnte, zunächst auch ratlos und dann wütend sein über etwas, das auch sie als eine vorbedachte Handlung noch nicht erlebt hatten, dessen Folgen sie sich aber ausmalen konnten. Und durften bedenklich lange zögern mit ihrem Entschluß. Vielleicht waren es auch nur ein paar Minuten, es kam den Männern aber so vor, als hätten sie ein Viertelstunde gebraucht, bis sie den Schlepper und damit auch die Kähne, die er hinter sich herzottelte, so weit nach rechts aus der Bahn gelenkt hatte, daß das Boot gerade noch dem Rammen entging.

Als sie sahen, was darin los war, verging ihnen auch noch das Schimpfen. Zwei kleine Jungens saßen in dem Kahn, hatten nur eine Ruderkelle, waren pudelnaß, grienten und winkten und riefen etwas, das wie „Anhalten!“ klang. Nicht einmal wiederschimpfen konnten die Männer auf den Kähnen, denn waren die Bengels auch dem Rammstoß entgangen, so mußten sie doch mit absoluter Sicherheit kentern. Oder ihr Boot mußte, da hier jedes Steuern mit einer Ruderpinne lächerlich war, gegen einen der Kähne und damit unter Wasser gedrückt werden. So hatten sie es gelernt und als Unglücksfall vielleicht auch schon mit angesehen.

Die Männer, die auf den großen Kähnen das Steuerruder gehalten hatten, mußten wohl etwas gerufen haben, denn es kamen Leute aus dem Innern der Kähne auf die verregneten Decks und starrten backbords hinunter, als sei da ein Seeungeheuer aufgetaucht. Und sie zählten wohl auch, an welchem Kahn das Unglück geschehen werde. Jetzt waren die Bengels am dritten, nun am vierten. Das ging auch noch gut, am fünften kamen sie sogar ein Stück ab. Wenn sie jetzt – aber nein, entweder hatte der Lausejunge keine Ahnung vom Steuern mit dem Ruder, oder der Sog zog sie heran – jetzt, am sechsten mußte er anstoßen.

Alle Hälse auf den vorübergeglittenen Kähnen reckten sich nach hinten; auf dem siebenten Kahn, dem letzten, machten sich zwei Mann fertig zum Überbordspringen, am Heck versuchte einer, seinen Beikahn zu besteigen – da drückte eine Welle das kleine Boot wieder ab, und als es nun erneut auf den letzten Kahn zutrieb, hingezogen wurde, hingeschoben wurde, so daß zu guter Letzt doch noch das Unglück geschehen mußte, da machte der Schlepper vorn wohl einen Sprung, denn mit einemmal war der letzte Kahn mit Heck und langem Ruder vorbei, und das Boot mit den Bengels schaukelte im Kielwasser des Schleppzuges, ja, sah man genauer hin, schon wieder etwas steuerbord achteraus.

Kentern freilich konnte, mußte es noch immer, da anscheinend dumme Jungens darin saßen, denen außerdem die Ruder fehlten, ihren Kahn in Sicherheit zu bringen. Immerhin, zwanzig, fünfzig Meter waren nun schon zwischen den Kähnen und dem Boot, es wurde Zeit, das Versäumte nachzuholen und nunmehr ganz gewaltig zu brüllen und zu schimpfen. Man sollte es nicht für möglich halten, diese Jugend, da sorgt man sich um sie und erlebt, daß nun auch noch die Bengels zurückschimpfen und wild herdrohen. Anstatt sich zu freuen, daß anscheinend alles noch einmal gut abgeht. Aber das muß man melden. Gefährdung der Schiffahrt. Schuld haben immer die Eltern, so was wohnt an schiffbaren Strömen, die Väter nennen sich am Ende gar Schiffer oder Fischer. Bei uns könnte so was nicht vorkommen.

Die beiden in dem Boot hatten gar nicht gelacht und geschimpft, sie hatten zunächst nur nicht gefühlt, daß da irgendeine Gefahr bestand, hatten sich lediglich gewundert, warum die nicht anhielten, fragen konnten sie doch wenigstens; und als ein Kahn nach dem anderen vorbeigeglitten war, hatten sie lauter geschrien. Immer nur das gleiche: daß hier zwei Schiffsjungen billig zu haben wären! Und als erst die Schleppkähne vorbei waren und im Regendunst undeutlich wurden, hatten sie geschimpft. Über die Unhöflichkeit. Vielleicht auch aus Ärger, aus Enttäuschung. War es denn nicht auch unerhört? Wenn einer von den Großen auf den Kähnen, sicher alles ausgelernte Schiffer, wenn davon einer statt in der warmen Kabuse eines sicheren Schleppkahnes, vor sich einen Napf Erbsensuppe mit Pökelfleisch, im Regen in einem kleinen Boot sitzen sollte, mit nur einem Ruder, ohne nautische Vorbildung, mit einer leeren Kalit, na, der würde vielleicht noch ganz anders schimpfen.

Oder wenn ihm passierte, was Martin in diesem Augenblick geschah: Das Boot legte sich quer, hob sich backbords hoch gegen den Himmel, Angelstöcke, Kaliten, Karnickel und Johannes rollten nach rechts, und hätte sich Martin nicht mit einem entsetzten Aufschrei nach der andern Seite geworfen und sich dort festgeklammert, der Kahn wäre umgeschlagen. Jetzt noch, da eigentlich alle Gefahr von Rechts wegen vorüber sein mußte, selbst in den Augen der gelernten Schiffer auf den Schleppkähnen. Aber die sahen es ja nicht mehr. Keiner sah es, wie nun mit einem Schlag die beiden Jungen eine Ahnung der Gefahr um die Ohren und in die Brust schlug. Kreidebleich und mit angstvoll geweiteten Augen starrten sie auf den Strom, der immer finsterer wurde, auf das fern schaukelnde Ufer, und erst als ihr Kahn wieder einigermaßen ruhig lag, entdeckten sie fast zu gleicher Zeit, daß sie nunmehr auch das letzte Ruder eingebüßt hatten. Johannes war wohl betroffen von dem Erleben der letzten Minuten, so daß er nicht schelten konnte. Es war aber nicht nötig, daß Martin stammelte: „Wenn ich mich – wenn ich nicht rasch auf die andere Seite –", es war selbst für Johannes einleuchtend, daß einer nicht mit beiden Händen einen Bootsrand und gleichzeitig ein dickes Ruder umklammern kann.

Aber was nun? Sie starrten sich an und starrten das Karnickel an, es war pudelnaß, schnupperte aber ungeachtet jeder Lebensgefahr an der Kalit. Hoppte sogar auf die andere Seite zu dem andern Kober und schnupperte auch da; machte schließlich noch ein Männchen an der Kalit, so, als wollte es sagen: Macht doch mal den Deckel ab, da ist sicher was zu essen drin, ich habe Hunger! Männe, so hatte Johannes sein Kaninchen getauft, war ein wahrhaft Unschuldiger.

Hunger! Martin sah hinüber nach dem linken Ufer des Stroms, das ihnen am nächsten war und aus Wiesen zu bestehen schien. Da würde es also neues Gras für das Kaninchen geben. Johannes sah auch hinüber, dann jedoch auf das Kaninchen: Hunger, da würde er also das Kaninchen schlachten müssen. Dann sahen sie sich wieder beide an und hatten den gleichen Gedanken: Wie sollen wir denn an ein Ufer kommen, wenn wir nicht steuern und rudern können?

Das Wasser war wieder ziemlich still. Aber ihre Herzen waren bewegt, gingen stürmisch; nun ihnen einmal die Gefahr bewußt geworden war, sahen sie sie immer wieder. Und hielten angstvoll Ausschau stromauf und stromab, in der Gewißheit, der nächste Dampfer oder Kahn werde sie umschmeißen. Da blieb nur eins, rechtzeitig um Hilfe rufen, ganz gleich, was hinterher mit ihnen geschah.

Aber wie das so ist mit den vernünftigen Vorsätzen: Nun kam kein Schiff mehr, von unten nicht und nicht von oben, kein Dampfer und kein Segelboot, nicht mal ein Angelkahn. Der Regen hatte wohl alle diese sturmerprobten Seeleute und Fischer von der Oder verscheucht und nur zwei kleine Jungens darauf gelassen. Martin dachte an die Abenteuer, welche die verwegenen Seefahrer in den Geschichten bestehen, die er gelesen hatte; da ging es immer je toller, je mutiger zu, Frauen und Kinder zuerst ins rettende Boot, und der Kapitän versinkt mit dem Schiff. Von wegen, alles Schwindel. Da reißen sie vor so'n bißchen Regen aus, nur man rasch in einen Hafen, und lassen zwei schiffbrüchige unschuldige Kinder ertrinken. Aber er hatte ja in seinem Zweifel an den Büchern gewußt, daß das Leben ganz anders war. Bloß Kantor Kannegießer, der wollte das nicht gelten lassen, obwohl er es ihm so oft an dem Buch der Bücher, der Bibel, bewiesen hatte.

Martin Grambauer erschrak. Was er soeben gedacht, das war Sünde. Es war Wahrheit, die Geschichten in der Bibel stimmten nicht alle, und sein Vater und auch Kantor Kannegießer hatten es schließlich zugegeben, weil sie sonst hätten zugeben müssen, daß das Leben nicht stimmte und das Leben der Erwachsenen erst recht nicht; aber es war wohl doch frevelhafter Leichtsinn, gerade jetzt in solchem Sinne an die Bibel zu denken. Viel richtiger wäre zu beten. Martin bemühte sich vergeblich, er konnte kein passendes Gebet finden, da gab es eigentlich nur eins: Aus tiefer Not schrei ich zu dir – aber so tief war die Not ja nun wieder nicht. Noch lagen sie ja nicht im Wasser.

Gefaßter, doch immer noch furchtsam, starrte der Junge auf das Wasser neben dem Boot. Da fiel ihm bei kleinem auf, daß immer, wenn eine

Welle das Boot seitlich traf, es nur so aussah, als würden sie weitergestoßen, während sie in Wirklichkeit nur schaukelten. Traf dagegen eine Welle das Boot halbschräg von hinten, dann kamen sie ein Stückchen weiter aus der Strommitte weg. Wenn man das Boot halbschräg halten könnte, mochte es sein, sie kämen ans Ufer. Er versuchte mit der rechten Hand zu steuern, aber dazu mußte er sich zu weit über den Rand hängen, nein, die Angst vor dem Kentern saß doch noch zu fest. Sein Blick irrte durch das Boot. Da lagen die beiden dicken Angelstöcke, einer war besonders stark, damit mochte es am Ende gehen. Es ging auch, aber er war zu lang, das Wasser hob ihn flach heraus. Martin versuchte den Stock zu zerbrechen, hatte jedoch erst den zornigen Widerspruch von Johannes zu überwinden. Dem tat die Angelrute leid, und er verkündete, daß er sie brauche, um ihnen für heute abend Fische zu fangen. Als ihn Martin jedoch fragte, was für einen Köder er anmachen wolle, da schwieg Johannes. Richtig, sie hatten ja kein Krümlein mehr im Boot. Und nun sie es aussprachen, fühlten sie beide einen ganz beißenden Hunger. „Dann wird er eben geschlachtet", sagte Johannes mehr zu sich selbst und sah sorgenvoll auf das noch immer unermüdlich den leeren Spankorb beschnuppernde Kaninchen. Und da er nichts zu tun hatte, faßte er in seine Hosentasche, holte sein Taschenmesser heraus, machte es auf und prüfte die Schärfe der Klinge. „Erst schlag ich ihn mit'm Stock ins Genick", redete Johannes weiter, „und dann . . ." Er sah sein Kaninchen an. Martin ruderte verzweifelt mit dem Stock, hatte aber doch Zeit und sogar Muße zu lachen: „Und wenn wir nu kein Holz finden, wo doch alles so quitschnaß ist, womit willste es dann kochen, he?"

Johannes überlegte: „Wo wir doch den Spiritus haben, Mensch!"

Richtig, sie hatten ja die Flasche mit dem Brennspiritus. Da atmete auch Martin erleichtert auf, und ein zwar noch bedauernder, aber doch reichlich pharisäerhafter Blick traf das Kaninchen. Das war nun zwar ein Fahrtgenosse von ihnen, ein Kamerad in Not und Tod sozusagen, aber wenn es galt, das Leben zu erhalten, mußte einer sich opfern. Das war in Seemannsgeschichten auch immer so. Da warfen die Schiffbrüchigen, wenn sie auf dem stürmischen Ozean im kleinen Kahn trieben und der zog Wasser, auch immer einen nach dem andern über Bord; und wenn sie nichts mehr zu essen hatten, mußte einer sich opfern und sterben, und die andern aßen ihn auf.

Es war immer am schönsten in den Geschichten gewesen, wenn es soweit war. Allerdings wurde immer erst gelost, und wen das Los traf, der wurde umgebracht. Losen konnten sie hier nun nicht, das Kaninchen konnte auch gar nicht mitmachen, das war ja ein Tier, ein zahmes dazu, und, wenn es gewänne, gar nicht imstande, einen Menschen umzubringen. Da durfte man die Kameradschaft schon begrenzen und konnte als Kapitän den Befehl geben: „Männe, du mußt dich opfern!“

Ohne daß er es wollte, hatte er die Worte laut gesprochen. Johannes riß gerade seinen Kopf herum, um zu fragen, was das heißen solle, da bemerkte Martin, daß sie dem linken Ufer näher gekommen waren. Ein paarmal noch versuchte das Boot wieder abzutreiben und setzte sie endlich zwar nicht auf den Strand, aber doch auf Gras.

Sie sprangen gleichzeitig heraus, versanken bis an die Brust, schoben den Kahn weiter hinauf. Er saß bald fest, doch das Ufer war sumpfig, ein Lagerplatz war das hier nicht. Aber schließlich wollten sie ja auch nicht lagern, sie wollten landen, und das hatten sie getan. Und nun mußten sie versuchen, das Hochufer zu gewinnen, es mußte gleich hinter den Büschen sein, und dann würden sie auch einen Weg finden, zuerst einen Wiesenweg, dann einen Feldweg und schließlich eine Landstraße zu einem Dorf. Der feuchte Lagerplatz machte nichts aus, naß bis auf die Haut waren sie schon im Kahn gewesen; jetzt war sogar ein Gutes an dem Platz, sie konnten das Kaninchen im Kahn lassen und brauchten nicht Angst zu haben, daß es entfloh.

Wir Menschen glauben öfter, wir sind übern Berg, und sind noch nicht einmal im tiefsten Tal. Martin und Johannes waren nicht ans linke Ufer der Oder gekommen, sondern nur wieder auf eine Grasinsel. Auf eine von Hunderten, wie sie im breiten Odertal liegen, in einem unbewohnten Bruch, das links und rechts ein breiter Oderstrom vom festen Lande abschließt. Die Insel war diesmal groß, dafür aber auch durchweg feucht. Und das kam nicht allein vom Regen. Sie wanderten und wanderten, immer am Wasser entlang, bis sie schließlich einen Kahn erblickten. Ein Kahn auf einer Insel? Da mußten auch Menschen in der Nähe sein. Johannes sah es zuerst: Was da lag, war ihr eigener Kahn. Sie waren nur mal rund um ihre Insel gekommen. Verdrießlich enterten sie ihn wieder und spürten eine richtige Freude darüber, wenigstens etwas wie festen Boden unter den Füßen zu haben.

Was war nun zu tun? Nichts war zu tun. Auf den Strom trauten sie sich ohne Ruder nicht wieder hinaus. Hier konnten sie nicht untätig liegenbleiben, sie mußten zum mindesten sich ein einigermaßen von oben trockenes Lager schaffen und dann versuchen, etwas zu essen zu bekommen. Das Kaninchen – aber was dazu? Und was morgen? Auch noch das Kaninchen, schön. Aber übermorgen?

Das Boot ließ sich nicht fortbewegen, sie mußten raus und es schieben. Daß sie dabei erneut bis an den Hintern im Wasser wateten, machte nichts aus, sie waren naß geblieben. Der Himmel hatte endlich ein Einsehen, zwei Einsehen hatte er: Gerade als es aufhörte mit dem Regen, kamen sie zu einer erhöhten Stelle, die sogar ganz aus dem Wasser ragte. Sie war nur vom Regen naß. Sie zogen den Kahn herauf, soweit das ging, und sahen sich um. Zuerst also das Essen. Und wenn jetzt der grimme Feind mit Übermacht ankäme, sie würden nicht weichen, bevor sie gegessen hatten. Johannes packte das Kaninchen und langte nach Martins Steuerknüppel. „Du muß ihm aber die Beine festhalten", befahl er.

„Wart man noch", sagte Martin, „erst müssen wir eine Feuerstelle bauen." Das war schon richtig, wie aber soll einer einen Herd bauen, wenn einer keine Steine und keine Sand hat? Sie stachen Bülken aus und stellten den kleinen Napf, in den sie Spiritus gossen, hinein. Die große Schale paßte auf den Rand der Grube, es mußte gehen. Aber Fett, woher Fett nehmen zum Braten? „Siehst du", maulte Martin, „warum hast du allen Speck aufgefressen!"

„Und wer hat das Kaninchen mitgebracht?" antwortete Johannes herausfordernd. Er nahm es in die Hand und befühlte die Rippen. „Das hat am Ende genug Fett zum Braten", stellte er fest.

Martin, der seiner Mutter immer gern beim Kochen zugesehen hatte, ahnte, daß dieses Braten im eigenen Fett in der Pfanne etwas Neuartiges sein mochte, und schüttelte den Kopf.

„Das geht nicht, das verschmurgelt alles."

„Dann müssen wir es kochen." Einen Augenblick noch trauerten sie dem entgangenen Braten nach, sie hatten sich nun mal auf Gebratenes gefreut. Da kam ihnen die Literatur zu Hilfe, und gerade mit ihren Geschichten vom wilden Leben. In keiner Geschichte hatten die Männer Brennspiritus gehabt, immer nur ein Herdfeuer. Und Pfannen schon gar nicht. „Ein richtiger Jäger und Fährtensucher bratet sein Wild am Spieß", verkündete Martin. Johannes hätte sich backpfeifen können, daß ihm das nicht eingefallen war. Er setzte das Kaninchen für eine Gnadenfrist auf den Boden und suchte nach einem Stock für einen Spieß. Aber da war keiner, nur armselige Ruten: Vergrämt kam er zum Boot zurück und war glücklich, die Spitze der von Martin zerbrochenen Angelrute zu finden.

Gerade hatte er sie angespitzt, als Martin losblökte: „Ach du Dunnerwetter, was nu?“ Und er zeigte dem rasch hinzuspringenden Freund, der zuerst geglaubt hatte, das Kaninchen sei entwetzt, eine Schachtel mit Streichhölzern – eine gewesene Schachtel mit gewesenen Steichhölzern, denn was er da in der Hand hielt, war eine zerdrückte, weiche Masse, in der Hosentasche durch Regen und Oderwasser wabbelig gemacht. In anderen Breiten, wo es Zunder und Steine gab, hätten sie die Flinte wohl nicht ins Korn geworfen, sondern wie echte Trapper erst versucht, Feuer zu schlagen.

Hier hätte auch Robinson verzichtet. Und so war es durchaus angebracht, was Johannes sagte: „Dann brauch ich ihn auch gar nicht erst zu schlachten.“

Weniger angebracht, weil unverständlich und wohl nur aus der Verlegenheit geboren, war Martins Antwort: „Siehst du!“

Ein Kriegsrat brachte keine Einigung. Martin war dafür, die Weiterfahrt zwischen den Inseln doch noch zu versuchen, einmal mußte doch eine kommen, auf der etwas anderes als Gras wuchs; Johannes war für Hinüberschwimmen, dann aber, als Martin ihn auf die Strömung aufmerksam machte, für das Hissen einer Notflagge. Bestimmt kam ein Fischer vorbei, und wenn er sie auch nicht mitnahm, so würde er ihnen doch was zu essen dalassen. Mit einem neidischen Blick auf das unverdrossen Gras knabbernde Kaninchen erweiterte Johannes seine Betrachtungen: „Der frißt, und wir können ihn nicht mal schlachten!“

Die Dämmerung kam herauf und machte allem Braten für heute ein Ende. Es wurde kühler, sie waren noch immer naß und fingen an zu bibbern. Martin schritt ihren Platz ab, er war genau zehn Schritte breit und fünfzehn Schritte lang trocken, was man so trocken nennen konnte. Johannes hatte sein Messer gezückt und angefangen, wild Gras zu schneiden. Martin dachte an das Kaninchen und lachte: „Dem brauchst du doch kein Gras abzuschneiden, der sucht sich seins alleine!“

Aber Johannes hielt nicht inne, bis er einen ganzen Berg beisammen hatte. Dann fragte er höhnisch: „Und womit willste dich zudecken, he? Meinst du, ich will verfrieren in der Nacht?“

Das war richtig, sie hatten ja keine Zudecke. Kein Essen, kein Feuer und keine Zudecke. Nur feuchtes Gras. Man gut, daß es nicht mehr regnete. Es war kaum ausgedacht, da fing es schon wieder an zu regnen. Erst so fein, so zu nieseln, dann kam es dicker. Und wenn die Wolken vom Westen ganz herauf waren, konnte das noch was setzen. Sie beschlossen, den Kahn auf den Rastplatz zu ziehen und ihn umgedreht als Hütte zu benutzen. Schwer war die Arbeit, fast unmöglich, aber schließlich schafften sie es, und Martins Ruderstock, noch einmal durchgebrochen, gab dem einen Kahnrand die Stütze. Man mußte sich allerdings sehr vorsehen, denn stieß man an eine der Stützen, klappte der Kahn herunter, und man saß drin wie in einer Mausefalle. Da es einige Male passierte, fanden sie die Geschichte eine Weile sogar spaßig, bis die Regenwolken das Abendlicht verdeckten.

Sie waren gerade dabei, ihr Gras unterzubringen, als es losging. Im letzten Eifer hatten sie nicht auf das Kaninchen geachtet, das hatte sich anscheinend selbständig gemacht. Jedenfalls war es verschwunden und kam auch nicht, soviel sie riefen. „Hätt ich ihn man doch geschlachtet", wehklagte Johannes, „die andern essen in der Not auch rohes Fleisch." Sie krochen dicht zusammen und fanden es für eine kurze Weile sehr romantisch, so dazusitzen, auf einsamer Insel, und Abenteurer zu sein. Morgen würde sich alles klären, morgen gab es sicher Essen und Weiterfahrt, irgendwas würden sie schon finden.

Wenn es nur nicht so lange bis morgen gewesen wäre. Die Unterhaltung war bald verstummt, sie fröstelten, sie froren. Und langsam erfror auch der kühne Mut, der Trotz, das Feuer der Romantik, der Glaube an die selbsttätig funktionierende Gerechtigkeit des Schicksals, und sie schluckten weinerlich. Seltsamerweise war es Johannes, der damit angefangen hatte. Ganz plötzlich hatte es ihn überfallen, gerade als er sich ausmalte, was er jetzt gern gegessen hätte und daß nun das Kaninchen auch noch hin war. Da war es aus seinem dürren Magen herausgeschlagen und quoll nun aus den Augen als weiche Feuchtigkeit und aus dem Mund als harte Worte: „Die andern, die haben immer alles!"

Martin Grambauer hungerte nicht minder, aber er, der sonst immer Sattgewordene, fühlte die Qual des Hungers weniger. Das ist auch eine der falschen Redensarten, daß arme Leute das Hungern leichter ertragen, weil sie es gewöhnt sind. Im Gegenteil, wer immer nur gerade seinen Hunger stillen kann, der wird viel eher schwach, wenn auch das wenige noch ausbleibt; wer aber stets so viel essen konnte, wie er wollte, der hält viel leichter mal einen Tag ohne Essen aus. Als Martin Grambauer diese Beobachtung machte, war er jedoch nicht geneigt, sie richtig anzuwenden, er kam sich zunächst einmal moralisch stärker vor als Johannes, und das tat ihm für ein paar Minuten wohl. Dann aber ließ er die Stärke fahren, denn ihm fehlte ja außer Essen etwas anderes, und das war das ruhige Gewissen. Pechrabenschwarz war die Nacht, und ganz ohne Sterne stand die Reue um ihn, mit einem Male war sie da, und durch den rauschenden Regen hindurch hörte er das Weinen seiner Mutter. Da ließ er den Kopf gegen Johannes' Schulter sinken, und während sie so dalagen, der eine den Kopf auf der Schulter des andern, in der Längsrichtung des Kahnes, der eine die Füße zum Bug hin, der andere zum Heck, bemüht, seitlich nicht naß zu werden, wurden ihre Gesichter naß von Enttäuschungen. Aber auch von Freundestränen: Es war doch schön, in der Not nicht allein zu sein.

Martin erwachte, weil ihm etwas Warmes, Weiches ins Gesicht tatschte. Erschreckt fuhr er hoch und stieß gegen eine Kahnstütze. Der Kahn fiel um und Johannes auf die Beine, denn er hatte sich während des Schlafes quer gelegt. Dafür, daß er zeit seines Lebens keinen Bettplatz gehabt hatte zum Langausstrecken, mußte er nun noch unter einem Kahn gestraft werden und eiskalte Füße vom Hinausstrecken kriegen. Als sie den Kahn wieder aufgestützt hatten, sahen sie im grauen Licht, das von Osten her über die fernen Uferhöhen und den Strom kam, wer eigentlich schuld trug an dem frühen Wecken: Männe, das Karnickel, war zu ihnen zurückgekehrt und hatte sich, als sei das die selbstverständlichste Sache von der Welt, zwischen ihnen seinen Platz gesucht. Sie streichelten und tätschelten es, und für ein paar Minuten war alles Leid vergessen.

„Siehst du", sagte Martin vorwurfsvoll, „und so einen hast du schlachten wollen!"

Johannes nahm die Hand von Männes Fell und antwortete gereizt: „Wem seiner ist es denn?" Er nahm das Karnickel auf den Schoß, streichelte es und sagte: „Den nehme ich überall hin mit, zu Krischan und nach Schweden!" Dann aber, als bringe ihn das Betrachten des Kaninchens auf einen anderen Gedanken, setzte er es weg und zog unter seinem Leib die zerquetschte Schachtel Zündhölzer hervor. Er hatte die Nacht darauf geschlafen, um sie durch die Körperwärme zu trocknen und so wieder verwendungsfähig zu machen. Der Versuch war mißglückt, sie waren immer noch feucht.

Auch dies war anders, als in den Geschichten beschrieben stand; mit dem helleren Schein, den der neue Tag brachte, wurden sie nicht zuversichtlicher, sondern mutloser. In der Nacht und in der Dämmerung der Frühe, da sie aneinandergedrängt, das Tier zwischen sich, gehockt hatten, war das Wissen um das Schicksal im Dunkel verborgen geblieben, und selbst der quälende Hunger hatte, da man ihn nicht sah, nicht so weh getan wie am Abend vorher. Nun aber trat er immer deutlicher aus der Schlafstelle, die wieder klarer und klarer sich von der Insel abhob, und schließlich sahen sie die Insel wie eine aus der ganzen Welt herausgehobene Platte gegen den leuchtenden Himmel gestellt und sich darauf sitzen, preisgegeben dem Verhungern. Es war sicher immer noch früh, aber die Sonne schien schon so hell, daß man meinen konnte, es sei bald Mittag. Mittag – seit anderthalb Tagen hatten sie keinen Bissen mehr gesehen.

Diesmal war es Martin, der auf die Sache mit der Notflagge zurückkam. Sie besprachen es gar nicht, das Nachher. Als Stange konnte die zweite Angelrute benutzt werden und als Flagge das einzige Weiße, das sie hatten – Martins Hemd. Denn davon, daß eine solche Flagge weiß sein müsse, waren sie überzeugt, wollten sie sich doch ergeben.

Beschämend und bitter war es aber doch, als sie den Flaggenstock in den moorigen Grund bohrten und nun auf den Feind warteten. Denn auch das hatte es noch nicht gegeben, daß man den Feind, dem man sich ergeben wollte, nicht kannte. Ein Feind, dem man nicht einmal etwas zuleide getan hatte. Darum widersprach Martin auch nicht, als Johannes, der unentwegt Gras kaute, sagte: „Wenn einer allein kommt mit'm Kahn und steigt aus, dann wir rasch rein und abgehauen!“ Martin wußte, kam jemand, würde Johannes als allererstes fragen, ob der Mann nichts zu essen bei sich habe. Es kam aber keiner. Wohl zogen ein paar Schleppzüge vorüber, doch sie waren fern und beachteten die weiße Flagge nicht. Auch ein Segelkahn zog vorbei, noch nie hatten sie ein so großes Segel gesehen. Sie sprangen auf und rannten ans Wasser, winkten und riefen. Das wäre eine Sache, auf solchem Kahn. Aber hart und unbeteiligt zog der Kahn vorbei und spiegelte sein großes weißes Segel wie zum Hohn in dem klaren grünen Wasser.

„Dann müssen wir einen anhalten, der aufwärts will“, resignierte Johannes. Das hatten sie bisher vermieden; wenn es irgend ging, wollten sie doch ihre Reise fortsetzen. Aber es ging eben nicht. Kähne, die stromauf fuhren, kamen viel langsamer vorbei, die würden vielleicht auch hören, wenn man ihnen zurief. Martin fiel ein, daß es noch besser wäre, die Fahne zu schwenken und durch Winken zu zeigen, der Mann möchte herankommen.

Die Sonne brannte so, daß sie sich auszogen. Über dem seichten Grund zogen Fische, richtig große sogar. Daß man die nicht fangen konnte, war gemein; Fische, die konnte man auch roh essen. Kaninchen lieber nicht. Und so kamen sie, veranlaßt von den Hungerqualen, wieder auf die Geschichten von den Schiffbrüchigen, die sich selbst verspeisten, bis zum Schluß nur einer übrigblieb. „Und was hat der nachher gefressen?" fragte Johannes.

„Einmal hat einer sein Bein verzehrt", erklärte Martin und sah gedankenvoll auf seine mageren Gehwerkzeuge.

„Und nachher?" Johannes wollte durchaus bis ans Ende vordringen. „Nachher ist er dann ja doch verhungert."

„Nachher? Da hatte er ja noch das andere Bein zum Aufessen." Er glaubte es wohl selbst nicht. Doch Johannes hatte eine andere Logik. „Und dann? Dann ist er ja doch krepiert. So'n Dussel!"

Klar. Aber wie weit kann ein Mensch wohl sich selbst aufessen, bis er stirbt? Auch Martin hatte die Sache weitergedacht, es war so schön gruselig, mit dem eigenen Untergang zu spielen; doch war er bei seinem Bestreben, auch noch hinter den Geschichten zu lesen, auf etwas anderes gekommen, auf eine Entdeckung literaturwissenschaftlichen Charakters. Wenn nämlich in den Geschichten ein Held war und dem passierte gleich am Anfang etwas sehr Gefährliches, so daß man annehmen mußte, nun geht er drauf, so brauchte man nur nachzusehen, wie dick das Buch war und ob man noch ein- oder zweimal soviel zu lesen hatte wie das Bisherige, und man konnte sicher sein, der Held kommt durch. Denn was sollte sonst noch alles drinstehen in dem Buch, da müßten sie doch erst noch einen neuen Helden erfinden? Dieses Wissen um eine schlechte, aber allgemeine Romantechnik hatte Martin immer die Freude an den im Anfang passierenden lebensgefährlichen Abenteuern der Helden verdorben. Und so konnte er nun auch mit Geringschätzung sagen: „Der Letzte ist immer gerettet worden, sonst hätte doch keiner was von der Geschichte gewußt!" Das leuchtete auch Johannes ein, aber er meinte, der Letzte könnte zur Not noch seinen linken Arm aufgegessen haben.

Wieder zog ein Schleppzug vorüber, stromauf, mit leeren Kähnen, und aus den kleinen, dünnen Schornsteinen der Kähne stieg blauer Rauch. So weit kannten sie solche Fahrzeuge, um zu wissen, daß der Rauch aus den Kombüsen kam, den Küchen, wo sie jetzt wohl schon zu Mittag präpelten. Martin glaubte sogar gebratenen Speck zu riechen, doch er sagte nichts, um Johannes nicht noch mehr zu reizen. Der hatte sich müde gewinkt, es war alles vergeblich. Nun stieß er die Fahne wieder in den Boden und grollte: „Wenn ich 'ne Kanone hätte, die schöß ich alle in Klump. Versaufen müßten die alle, solche Schweine!"

Ob Johannes wohl imstande wäre, ihn, Martin, zu schlachten und aufzuessen? Nein, das bestimmt nicht, eher dann doch das Kaninchen. Dies hatte sich immer am schönsten gelesen, wenn sie so beisammensaßen, die Schiffbrüchigen, und nun losten, wen es traf. Da hatte er jedesmal mitgefühlt und sich ausgemalt, wie das sein mußte, wenn das Los rumging. Doch nun saß er mitten in dem Kreis von Todgeweihten und fühlte durchaus nicht den aufregenden Kitzel, sondern nur Schwäche. War auch das Schwindel in den Geschichten? Da fiel ihm ein, daß man das Losen ausprobieren müßte, so zum Spaß, um zu sehen, wen es wohl träfe.

Es kam kein Schiff, und Johannes war damit einverstanden. Sie einigten sich auf lauter gleiche Rohrstückchen, die sie aus der Schale nehmen wollten, zwei große Hände voll Rohrstückchen, und wer das letzte faßte, der war das Opfer. Um die Sache spannender zu machen und gleichzeitig die Gefahrenquote herabzusetzen, schlug Johannes vor, Männe, das Kaninchen, mitlosen zu lassen. Männe sei sozusagen auch ein Schiffbrüchiger und ein Kamerad, und da müßten alle für gleich gelten. „Und wenn ihn das Los trifft, dann schlacht ich ihn wirklich!" Da Männe nicht selbst die Rohrstückchen aus der Schale nehmen konnte, sollte das abwechselnd immer einer von ihnen beiden machen.

Sie dehnten die Sache ziemlich lange aus und fühlten, je mehr die Schale sich leerte, um so stärker den Reiz des Spiels.

Diesmal hatten die Geschichtenerzähler recht, es war unheimlich. Bis dann die Entscheidung deutlich wurde. Es war kein Zweifel, da lagen noch drei Stückchen. Martin war dran, dann kam Männe, es mußte Johannes treffen, er mußte das letzte Stückchen nehmen! Martin lehnte sich zurück, er zitterte am ganzen Körper, waren es am Ende nicht doch vier Stücke? Nein, nur drei, er nahm seins heraus und schloß die Augen. Fern rauschte das Totenschiff vorbei, entfernte sich, ganz deutlich hörte er es und fühlte, er war gerettet. In seligem Lebenswillen riß er die Augen wieder auf, da sagte Johannes: „Männe hat es getroffen!" Und er zeigte in seiner Hand ein Hölzchen, das letzte, und er habe es für Männe herausgenommen.

Sollte das möglich sein, sollte er sich so verzählt haben? Martin Grambauer war augenblicklich ganz lebendig. Nein, eins war auf keinen Fall in der Schale gewesen, eher drei. Hätte Johannes gesagt, da liegt noch eins für dich, Martin, er hätte es ihm geglaubt, obwohl er seiner Sache sicher zu sein schien. Aber eins, das war ausgeschlossen. Johannes hatte gemogelt, hatte einfach einen Kameraden, der ihm vertraute, wie Männe das doch tat, dem Tod überliefern wollen. Aus Feigheit oder aus Lebensgier. So einer wäre sicher auch imstande, einen menschlichen Kameraden zu betrügen.

Martin sprang auf und beschuldigte in immer maßloseren Worten den Freund des Verrates, und solche, die wären untreu und könnten gleich als Räuber und Mörder gehen. Johannes war zuerst ganz verdattert, dann lachte er breit und, wie es schien, ein wenig verlegen, schließlich sprang auch er auf und verteidigte sich. Er hätte nicht gemogelt, und er wolle gleich auf der Stelle tot umfallen, und wenn er hätte mogeln wollen, dann hätte er ja auch können sagen: Männe hat seinen genommen, und ich hab meinen genommen, und hätte seinen liegengelassen und gesagt, nun ist noch einer für dich drin, Martin, denn Martin habe ja immer die Augen zugemacht, und es sei sein Karnickel, und wenn Martin nicht so dämlich gerudert hätte und das Ruder losgelassen, säßen sie jetzt nicht hier! Er hatte funkelnde Augen gekriegt und war Martin bedrohlich näher gerückt. Der aber verschränkte die Arme und rief höhnisch: „Nu willste mich wohl ermorden, was?“

Worauf Johannes doch stutzte und nur sagen konnte: „Und wenn's dich nu getroffen hätte, he?“

Martin dachte nach: „Dann hättste dürfen. Es hat aber dich getroffen!“

Johannes machte ein verächtliches Gesicht: „Dann tu's doch!“

Das Karnickel saß zwischen ihnen und mummelte schon wieder Gras. Johannes bückte sich, nahm es auf und sagte mit einem Male mit ganz veränderter Stimme, und er schluchzte sogar: „Und ich brauch Männe nicht zu schlachten. Und es ist doch auch bloß gespielt gewesen mit dem Los! Und überhaupt steht das doch bloß so in deinen ollen Geschichten.“ Damit drehte er sich von Martin ab und dem Strom zu. Darauf ließ er mit einem jähen Ausruf das Karnickel fallen. Auch Martin fuhr herum. Es war furchtbar: Während sie gespielt und sich gezankt hatten, war ein mit einem Segel versehener Fischerkahn in gar nicht weiter Entfernung an ihnen vorbeigefahren, und sie hatten ihn nicht einmal gesehen. Hätten sie gewinkt oder gar gerufen, der wäre bestimmt gekommen, so nahe wie er gewesen. Nun zog er dahin, und als sie zu ihrer Fahne stürzten, in der die Kahnleute wohl nur ein zum Trocknen aufgehängtes Hemd gesehen hatten, und als sie winkten und riefen, da winkten die beiden Männer im Kahn vergnügt zurück.

Johannes ließ als erster die Arme sinken, und anklagend entfuhr es seinem Munde: „Siehst du!“

Er war nicht der Erste und wird nicht der Letzte sein, der für seine Verkennung der Wirklichkeit die Literatur verantwortlich macht.

Besiegt

Während die Jungens dem entschwindenden Boot nachstarrten, knackte es hinter ihnen, und wie hergezaubert stand da ein Mann. Ja – war denn der hergeflogen? Aber nein, er hatte ein dickes Wollhemd an und lange Stiefel bis an den Bauch. Und nun sagte er auch grimmig: „Hab ich euch endlich? Na, ihr könnt euch auf was gefaßt machen!“

Sie konnten noch immer nichts sagen, darum auch redete er weiter, das heißt, er kommandierte: „Los, angezogen, sofort!“ Und, um dem Befehl Nachdruck zu verleihen, da sie auch weiter wie angenagelt standen und ihn anstarrten: „Eigentlich sollt ich euch erst verdreschen!“

Doch er langte nach keinem der Zurückweichenden, er faßte in die Tasche und zog eine Trillerpfeife heraus.

„Kommen noch mehr?“ fragte Martin, nun schon im Bilde darüber, daß sie umstellt waren. Die Antwort gab zunächst ein großer Hühnerhund, der herbeigestürzt kam, die Nase auf dem Boden, dann aber, als er das Kaninchen erblickte, stutzte und stehenblieb. „Hier!“ befahl der langstiefelige Mann und deutete auf den Platz neben sich. Der Hund kam sogleich heran, doch darüber erschrak das Kaninchen so sehr, daß es davonhoppelte und zwischen dem hohen Gras verschwand.

Der Mann staunte, das Kaninchen hatte er bisher übersehen. Nun wurde er mißtrauisch: „Wo habt ihr denn das her?“, und da er keine Antwort bekam, fragte er drohender: „Wohl irgendwo geklaut, was?“

Da hatte Johannes sich wieder. „Sie“, sagte er möglichst mutig, „das ist meins, das hab ich“, und da er nicht so rasch wählen konnte zwischen „geschenkt gekriegt“ oder „getauscht“, sagte er: „gefangen“.

Der Mann lachte: „Sag bloß noch, es ist ein wildes!“ Da fand auch Martin die Sprache wieder. „Ist es auch. Und nun haben Sie es verjagt.“

Dadurch wurde wohl Johannes bewußt, daß das Kaninchen für immer verschwunden sein konnte. Er blickte finster auf den Hund und brummte: „Ihre olle dammliche Töle hat schuld dran.“

„Halt's Maul!“ donnerte der Mann. Dann kommandierte er: „Senta, los, such!“ Und der Hund flitzte davon.

Während sie sich anzogen, trillerte der Mann noch öfter auf seiner Pfeife. Dann hörten sie einen Ruf, konnten aber auf dem Wasser keinen sehen. Doch dann kam um die Insel herum ein ziemlich großer Kahn mit einem Segel, ein Mann saß in dem Boot und ruderte auch noch. Als er sich näherte, rief er freudig: „Na, da haste sie ja!“ Dann legte er an.

Und nun ging alles schnell. Ihr eigenes Boot war an der Aufschrift zu erkennen, die es noch immer trug, „Buschmühle Bindow“. Außerdem wußten die Kerle über alles Bescheid, sogar ihre Namen, und über Kummerow auch alles. Am Ende waren es gar verkleidete Schandarmen, Kriminale. Als die Junge in dem Segelboot Platz genommen hatten, pfiff der Mann mit den Langschäftern ein paarmal kurz, und der Hund kam wieder. Das Kaninchen hatte er nicht. „Da hätt ich ihn auch schlachten können“, maulte Johannes.

Die Männer banden das Müllerboot an das ihre, dann machten sie eine Tasche auf und begannen zu essen. Aber erst als sie sahen, daß Martin weinte und Johannes mit gierigen Blicken schluckte, begriffen sie und gaben jedem der Jungens eine dicke Stulle. Der Große mit den Langschäftern war nun sogar gemütlich. „Habt wohl lange nichts Richtiges zu futtern gehabt, was?“

Martin sah weg, als er antwortete: „Von gestern früh an schon nicht.“

„Na, denn man los, Willem!“ befahl der Mann. Sie setzten das Segel und umfuhren die Insel. Mit einemmal schrie Johannes auf: „Da ist er ja, da sitzt Männe!“ Er bat die Männer, doch anzulegen, er würde ihn bestimmt gleich fangen. Hier müßte er doch verhungern und verfrieren, so ohne Stall.

„Ein wildes Kaninchen?“ fragte der große Mann.

„Er ist schon ganz zahm“, lenkte Martin ab. Zuerst wollte der Mann nicht, als aber Johannes bat und weinte, gab er brummend nach, und sie legten nochmals an. Johannes sprang ins Wasser, drehte sich um und rief: „Aber Sie müssen den Hund festhalten, sonst hat Männe Angst!“ und watete ans Ufer. Das Kaninchen saß nicht mehr an der Stelle, an der Johannes es gesehen, und der Mann hatte schon ungeduldig gepfiffen, als Johannes es fand. In wilden Sprüngen kam er an.

Martin nutzte die Zeit, den Männern zu erklären, wie sie zu dem Kaninchen gekommen waren; es hatte ja keinen Zweck, zu sagen, es sei ein wildes. Leider vergaß er, Johannes einen entsprechenden Hinweis zu geben, der nun versuchte, mit seinen angeblichen Dressurkünsten Eindruck zu machen. Er schwieg erst verdutzt, als der Mann lachend fragte, ob er es mit Schalmeienblasen aus dem Bau gelockt habe. Das wußten sie also auch. Da war es besser, fürs erste lieber gar nichts zu sagen.

Eigentlich war das nun am allerschönsten, in solchem Segelschiff zu fahren, jedenfalls viel besser als in dem Ruderkahn. Wenn es nicht stromauf ginge, könnten sie sich gar nichts Besseres wünschen. Martin wagte eine Frage: „Wo wollen Sie denn hin?“

Da sah der große Mann wieder grimmig aus: „Nach Schweden!“

Das wußte er also auch. Vergebens zergrübelte Martin seinen Kopf, denn das mit Schweden wußte doch nur Ulrike. Sollte Ulrike sie verraten haben? Das wäre noch furchtbarer als das Mogeln von Johannes mit dem Todeslos. Martin schwankte auf seinem schmalen Sitz.

„Leg dich unten lang in den Kahn, du Schlappschwanz!“ schnauzte der Mann. Folgsam kroch Martin vom Sitzbrett und streckte sich lang aus. Ihm war nun alles egal, am liebsten, wenn das Schiff jetzt ein Loch kriegte und unterging. Mit Mann und Maus. Nur ganz schwach noch hörte er, wie Johannes eine Frage riskierte: „Sie, wenn Sie von der Polizei sind, mein Großvater ist auch Polizist – wir haben nichts gemacht!“

Daß der Großvater nicht mehr auf Erden wandelte, verschwieg Johannes. Es war überflüssig gewesen, der schreckliche Mann wußte auch das. Er sagte: „Dann hat er dir sicher an der Bindower Mühle den Kahn da vom Himmel runtergeschmissen, was?“ Darüber lachte der andere Mann wie blödsinnig. Was sollte Johannes auf so etwas antworten? Nichts, nur nachdenken, wie man am besten ausreißen könnte, wenn das Schiff anlegte.

Es kam auch das anders. Als sie sich einer Stadt näherten mit einer mächtig dicken Kirche, bei deren Anblick es Martin war, als hätten sie sie schon vor einigen Tagen gesehen und daß es also wohl Gartz sein konnte, erklärte der Mann, er nähme sie mit in sein Haus, und morgen würden sie abgeholt. Von wem abgeholt, sagte er nicht. Es konnte also immer noch der Gendarm sein.

„Riet ut!“ flüsterte Johannes Martin zu. Er war stolz auf seinen Einfall, es plattdeutsch gesagt zu haben, das konnten die Kerls sicher nicht verstehen, die mochten denken, das sei Schwedisch.

Aber sie hatten es verstanden, und der Große antwortete höhnisch: „Dat vasök!“ Und als sie angelegt hatten, faßte jeder der Männer einen beim Jackettkragen.

In einem niedrigen Fischerhaus, dicht am Ufer, wurden sie in eine Küche geschubst, und der Mann sagte zu seiner Frau, die dort am Herd stand: „So, Mudder, nu mak man fix! De Lusjungs hebbn vun gistern morgen nüscht in'n Moagen kreegn!"

„Nee, nee, sowat man ook!" jammerte die Frau. „Sowat man ook! Sinn noch so jung und maken sowat! Nee, sowat man ook!" Und sie starrte die Jungens an, als hätte sie nie welche gesehen.

Eine schwarzweiße Katze kam heran und schmiegte sich an Martins Beine. Den wunderte mehr, daß Senta, die Hündin, die Katze ungeschoren ließ. „Sie", fragte Johannes, macht der mein Kaninchen auch nicht tot?"

Der Mann war jetzt richtig gemütlich. Er sagte: „Der kennt doch wilde Kaninchen von der Art, wie deins eins ist. Solche habe ich ein Dutzend." Er nahm Johannes das Kaninchen ab: „Das sperr ich solange in den Stall. Aber nu wird auch nicht ausgerissen, verstanden? Sonst geht's ins Gefängnis?"

Johannes folgte dem Mann zur Tür: „Kann ich nicht sehen, wo Sie Männe hinbringen? Ich mag Karnickel sehr gern. Im Armenhaus durften wir keine haben."

Ich wer se man ierst jeden 'ne Stull maken!" nickte die Frau. „Dat met't Middag, dat durt noch 'n bäten!" Und sie schmierte für jeden eine ordentliche Schmalzstulle. Da blieb Johannes lieber in der Küche.

Mittags gab es gekochte Plötzen mit mächtig viel brauner Soße, mit Fliedermus und viel, viel Kartoffeln. „Man gut, daß ich euch morgen los werde", lachte der Mann, „ihr futtert ja wie die Scheunendrescher!"

Die Frau nicköppte: „Lat se man, de oll Grambur betoahlt dat jo, un för den Voßkopp doch woll ook!"

Martin blieb eine Gräte im Halse stecken. So handelte der hier im Auftrag seines Vaters, und sie sollten morgen abgeholt werden nach Kummerow? Er konnte mit einem Male nichts mehr essen und sagte, er müsse mal auf den Hof. Aber der Mann lachte bloß, und nun wieder höhnisch: „Das kannste, min Jung! Aber ich steh solange Wache." Wahrhaftiger Gott, er machte es. Und dann sperrte er beide in eine Stube auf dem Boden und schloß sie ab.

Zum Abend durften sie noch mal auf den Hof, dann kamen sie wieder in die Kammer. Das gute Essen hatte sie mit neuer Kraft und neuem Mut erfüllt, sie öffneten in der Nacht das Fenster und überlegten das Ausreißen. Aber sie wagten es doch nicht, aus dem Giebelfenster zu springen, und eine andere Möglichkeit gab es nicht an der glatten Wand. Sie einigten sich, am frühen Morgen, beim Waschen auf dem Hof oder beim Frühstück, eine Gelegenheit auszukundschaften, und schliefen darüber ein. Und sie schliefen so gut in dem einen warmen und weichen Bett, daß sie erst aufwachten, als der Mann in der Stube stand und sie runterholte. Sie bekamen Kaffee und Stullen, und dann führte der Mann sie auf den Hof und stellte sie an einen Sägebock, neben dem eine Menge Stangenholz lag, und befahl ihnen, bis Mittag das Holz kleinzusägen, sonst gäbe es nichts zu essen, und sie wären dann für ihn auch keine Kummerowschen, sondern faule Landstreicher. Außerdem schloß er die Hoftür ab und steckte den Schlüssel ein. Das war lächerlich, als wenn sie nicht über die Mauer kämen. Aber sie wollten gar nicht mehr ausreißen. Sie hatten fürs erste genug.

Mittags gab es gebratene Plötzen, und als sie es sich gerade gut schmecken ließen, sie bekamen reichlich, da sie wie wild gearbeitet hatten, hörten sie draußen einen Wagen halten und vernahmen ein „Prrr!", das sie beide kannten und das ihnen diesmal durch und durch ging. „Dat is he woll all?" sagte die Frau, und der Mann ging aus der Küche.

Ja, und dann wurde die Tür wieder aufgemacht, und so tief sie auch die Köpfe senkten, sie sahen doch, daß da nun Gottlieb Grambauer eingetreten war, die Peitsche in der Hand. Und sie hörten, wie die Frau sagte: „Nä, nä, denken Sei man an, Herr Grambur, dit Glück! Nä, nä, wat möten sik Öllern doch allens vasöken! Nu setten sei sick man ierst hen un äten Sei 'n Happen! Is jo man ärmlich bi uns, aber is allens sauber! Ick segg immer, de Hauptsach is, dat't iehrlich togeiht! Nä, nä, disse Jugend hüt!" Sie hörten weiter, wie Gottlieb Grambauer düster antwortete: „Das mit dem Essen lassen Sie man, Frau Diekmann! Ich hab all auf'm Wagen gegessen. Ich muß auch machen, daß ich mit der Halunkenfuhre vor Dunkel nach Hause komm! Herr Diekmann, was bin ich Ihnen schuldig?" Sie hörten weiter von Talern, Herr Diekmann beteuerte, er hätte tagelang gesucht, die anderen Fischer müßten auch was abkriegen; nun müsse er auch noch den Kahn zur Mühle bringen, na, wegen der verlorenen Ruder würde sich der Müller ja noch direkt melden, na, und wegen der Bekanntmachung im Blatt, da würde er für sorgen, daß reingerückt würde, er hätte sie gefunden, und auch mit der Polizei, das ginge ja wohl von Randemünde aus, da müsse Herr Grambauer das allein ausgleichen. Aber auf ein Schnäpschen würde ihm der Herr Grambauer doch wohl die Ehre geben!

Um das Schnäpschen zu erblicken, sah Johannes nicht auf, aber wieviel Taler Vater Grambauer aufzählte, das hätte er zu gerne gewußt. Martin nicht, in ihn war beim Erscheinen des Vaters die Scham gekrochen und hatte ihn blind und taub und stumm gemacht. Und die Scham prügelte sich in ihm mit der Schande. So sollte er nun wieder in Kummerow einziehen, zum Spott für alle im Dorf? Er betete wortlos zum lieben Gott, er möchte es doch heute früh dunkel werden lassen oder eins von Vaters Pferden lahm machen. Er war noch nicht bis zum Amen, da hörte er des Vaters zornige Stimme: „Nu raus mit euch und rauf auf den Wagen! Das hab ich mir auch nicht gedacht, daß ich noch mal in meinem Leben wie Oll Blasemann einen Lumpenwagen fahren muß!"

Da kam ihnen ausgerechnet Herr Diekmann zu Hilfe. Er reichte Johannes das Kaninchen und sagte, sanft gestimmt wohl durch die schönen, leichtverdienten Taler: „Na, nu machen Sie es man gnädig, Herr Grambauer, wir sind ja alle mal keine Engel gewesen. Und hier waren sie ganz fleißig!" Was Johannes gleich zu einem Vorstoß ermutigte. Er nahm des Fischers Hand und bat: „Kann ich nicht immer hier bleiben, Herr Diekmann?"

Worauf Diekmann seine Frau ansah und sagte: „Wenn du aus der Schule wärst und Lust zum Fischen hättest . . ."

Aber da schnitt ihm Gottlieb Grambauer das Wort ab und sagte barsch: „Erst mal muß er noch zwei Jahre in die Schule. Und zweitens kommt er zum Bauern nach Muddelkow. Und drittens soll er was Anständigeres lernen als so'n Wasserstromer werden."

Was Gottlieb Grambauer ja nun nicht als Beleidigung der Fischer und Schiffer meinte, was aber Herr Diekmann so auffaßte, so daß er böse wurde und sagte: „Das will ich man bloß bemerken, daß diese kleinen Wasserstromer hier ja nun großkotzige Bauern zum Vater haben."

Worauf Gottlieb Grambauer ebenso böse antwortete: „Es muß eben einer die Taler haben, die ein anderer sich verdienen will!" Doch dann besann er sich und reichte dem Fischer die Hand: „Na, nichts für ungut. Aber daß ich nicht ‚Juchhei!' rufen mag, können Sie sich ja denken." Worauf sie ohne weiteren Abschied abfuhren. Gottlieb Grambauer grimmig dreinblickend, Martin mit dem Gesicht auf dem Strom zu seinen Füßen; nur Johannes sah heiter nach rechts und links und winkte den Jungens in den Straßen von Gartz zu, als gehöre er schon zu ihnen.

Da Gottlieb Grambauer auf der Herfahrt nur eine größere Rast gemacht hatte und der Aufenthalt in der Stadt auch nur kurz gewesen war, fuhr er nun, um die Pferde zu schonen, möglichst im Schritt und kam so Martins geheimen Wünschen und Bitten, ohne daß er es wollte, entgegen. Fünf Stunden brauchten sie, bis sie aus den Bergen kamen und im weiten Bruch Kummerow liegen sahen. Keiner hatte auf der ganzen Fahrt ein Wort gesprochen, und als Johannes einmal versucht hatte, von Vater Grambauer zu hören, ob das Herrn Diekmann wohl ernst gewesen sei mit dem Fischerlernen für Johannes nach der Einsegnung, da hatte er nur einen bösen Stoß in sein Kartenhaus bekommen: „Dir werden die in Muddelkow das Fischen mit 'm Kantschu austreiben!"

Nun lag Kummerow da, und es ging auf den Abend. Dunkel freilich, wie Martin sich das gewünscht hatte, war es nicht. Im Augenblick dachte Martin auch nicht daran, er fühlte sich beim Anblick der Heimat so unaussprechlich wohl, so, als würde einer, der friert, in einen warmen Mantel gehüllt, so, als bekäme ein Hungernder eine ganz große Schüssel Hühnersuppe vorgesetzt, ach, er hätte sich vor Glück nicht nur verspotten lassen, er wäre auch bereit gewesen zu sterben.

Immer näher kam Kummerow, nun waren sie schon auf der Feldmark, dahinter der Strich mit den dicken Bäumen, das war der Mühlbach, Martin verfolgte ihn flußauf, das war die Straße vom Schloß, da vor dem Kirchturm lag der Dorfplatz, und an der einen Seite, da war sein Elternhaus. Und da brach es in ihm durch, er rutschte zum Vater vor und legte ihm die Hand leise auf den rechten Ärmel. Und ganz leise und bittend kam ein einziges Wort heraus: „Vater . . ."

Er wäre gar nicht verwundert gewesen, hätte der Vater die Hand barsch abgeschüttelt wie eine lästige Fliege. Denn dies war es ja, worunter Martin litt, daß der Vater niemals haute, sondern immer nur dadurch strafte, daß man für ihn Luft war, tagelang, wochenlang. Nun er die Hand seines Sohnes liegenließ, wagte dieser mehr: „Ist Mutter – ist sie auch so böse?" Da der Vater zusammenzuckte, ließ Martin erschrocken los, nun kam es also doch noch, und wahrscheinlich gerade beim Einfahren ins Dorf.

Doch Gottlieb Grambauer war nur zusammengezuckt unter dem Wort „auch" in der Frage. Daß Mutter auch so böse sein könnte, erschien dem Jungen also unmöglich, zum mindesten zweifelhaft. Welches Vertrauen zur Güte der Mutter sprach doch daraus! Und ohne daß er es eigentlich wollte, drehte Gottlieb sich um und fragte: „Warum bist du eigentlich ausgerissen? Das sag!"

Daß er überhaupt sprach, verwirrte Martin mehr als die Frage, und er brauchte einige Zeit, bis er antworten konnte: „Weil ich doch – weil ich doch weg sollte von Kummerow . . .“

Das ging selbst Gottlieb Grambauer über das Verstehen. Er hielt an. „Und dann läufst du von allein weg von Kummerow?“

Das war richtig, aber es lag kein Unsinn darin, und das dämmerte nun auch Gottlieb Grambauer auf, als der Sohn leise sagte: „Das ist doch was anderes. Wir wollten ja auch zu Krischan.“

Ja so, Krischan, das war die Kindheit im Dorf, das war Spiel und sorgloses Träumen, das war das Hereinholen der ganzen Welt in das kleine Heimatdorf. Der Bauer wendete sich wieder nach vorn, machte „Hüh!“ und hatte es plötzlich sehr eilig, nach Hause zu kommen.

Die halbe Einfahrtsstraße lang ging es gut, dann stand der erste Junge da, und obwohl er stehenblieb und nur verdutzt starrte, waren es doch ein paar Häuser weiter schon mehrere, und als sie zum Platz einbogen, stand dort eine ganze Schar, Jungens und Mädchen. Und nun stieg aus dem Rufen und Lachen und Fingerweisen auch ein Ruf auf, vereinzelt erst, dann im Chor: „Utrieter! Utrieter!“

Martin saß ernst und blickte starr geradeaus, was nicht hinderte, daß er etwas zurück auf dem Platz Ulrike erkannte, sie stand da mit Traugott, aber ob sie auch rief, konnte man nicht sehen.

Johannes war fröhlich, blickte sich nach allen Seiten um, hielt das Kaninchen hoch und winkte, als freue er sich über den Willkommensgruß. Er erzählte den Jungens, die mit dem Wagen mitrannten, auch schon große Geschichten: Sie wären auf großen Schiffen gefahren, und er käme zu Herrn Diekmann und lerne Schiffsjunge und Steuermann und so, und sie könnten Vater Grambauer fragen.

Das Tor zu Grambauers Hof stand offen, sie hatten wohl schon lange mit Ungeduld gewartet. Die Mutter – wenn sie nun bloß nicht auch so böse sein mochte! Der Wagen ratterte auf den Hof, da stand auch die Mutter schon in der Haustür, breitete die Arme und sagte nur immer: „Mein Jung, mein lieber Jung, bist du wieder da?!“

Und dann hob sie ihn vom Wagen und nahm ihn in die Arme und drückte und küßte ihn und war so gar kein bißchen böse. Und als sie ihn endlich losließ, stürzte sich die kleine Lisa auf ihn, umfaßte ihn und heulte, und auch Anna gab ihm die Hand und hatte feuchte Augen. Nur Flock kam nicht dicht ran, er blieb fünf Schritte ab stehen und wedelte bloß mit dem Schwanz. Er hatte sicher ein schlechteres Gewissen als sein Herr, weil er auf eine andere Art ausgerissen war.

Martin wankte wie im Traum zur Haustür und hörte nicht, wie die Jungens am Hoftor lärmten und johlten: „Nu kriegt er noch 'n Kuß von seiner Mudder, weil er ausgerückt ist!“ Sie hatten sich alle auf mächtige Senge gefreut, und die Enttäuschung über das entgangene Vergnügen machte sie unempfänglich für Johannes' neue Versuche, sie durch seine Zukunftsaussichten neidisch zu machen. Er brach daher mit den Worten: „Ihr Bangbüxen, ihr Hosenschieter!“ seinen Vortrag ab, streckte ihnen die Zunge heraus und verschwand auf Grambauers Hof. Anna schlug zornig das Hoftor zu.

Der Wagen blieb vor der Haustür stehen, nur die Pferde wurden ausgespannt. Darauf drehte Gottlieb Grambauer den Wagen herum, so daß die Deichsel zum Hoftor stand. Martin wagte nicht zu fragen, was das für einen Grund habe; denn es war immerhin der Korbwagen, den Vater nur zu Fahrten in die Stadt benutzte.

Bis nach dem Abendbrot wurde überhaupt nicht gesprochen, nur Anna, nun wieder im alten Fahrwasser, mußte es Martin versetzen, wie er sie alle in Todesangst gejagt und ins Gerede gebracht habe, daß man sich gar nicht mehr sehen lassen mochte. Aber die Mutter verbot ihr den Mund und strich ihm ein paarmal still über den Kopf. Was für eine gute Mutter hatte er doch! Vor Rührung trat ihm das Wasser in die Augen. Johannes hatte sich bis zum Abendbrot in der Küche nicht sehen lassen, er hatte zunächst Männe untergebracht und war nur immer auf dem Hof, im Stall und in der Scheune herumgesaust, bemüht, Gottlieb Grambauer zu helfen, bewußt, daß er ihn so am besten umstimme.

Auch beim Essen lehnte Gottlieb Grambauer alle Versuche der Jungens zu erzählen barsch ab. Bis dann Kantor Kannegießer kam. Der war bestellt, weil Vater Grambauer durch Ulrike gehört hatte, der alte Kantor solle zu Martin gesagt haben, wäre er jung, würde er auch nach Schweden ausreißen. Also doch Ulrike, und alles so falsch. Martin stellte richtig, was Kantor Kannegießer auf seine Frage nach Schweden geantwortet hatte, und daß Ulrike eine Lügnerin sei und eine Verräterin auch; erst habe sie mitmachen wollen, und dann sei sie zu feige gewesen und obendrein eine Verräterin! Da kamen ihm wieder die Tränen, und Johannes stieß eigentlich nur ein offenes Tor ein, als er sagte: „Nu wirste sie ja woll abschaffen!“

Worauf erst die Mutter und dann der Kantor Ulrike in Schutz nahmen. Sie habe gehandelt, wie ein verständiges Mädchen handeln mußte, und verraten habe sie gar nichts, sondern erst als Mutter Grambauer so unglücklich gewesen sei, gesagt, daß die beiden mit einem Brett nach Stettin und nach Schweden gefahren seien. Wofür Herr Pastor Ulrike sogar belobigt habe und selbst zu Grambauers gegangen sei. Kantor Kannegießer hielt an diesem Abend noch einen langen Vortrag, daß nur Stubenhocker und Mädchen nicht von zu Hause wegwollten, richtige Jungens müßten sich vom Vaterhaus trennen können und von der Heimat auch, sei sie auch so schön wie Kummerow; sie müßten draußen was Tüchtiges lernen und in der Welt zeigen, daß sie Kerle seien.

Jawohl, das sagte er, obwohl er vierzig Jahre lang in Kummerow stillgesessen hatte und jetzt, wo er fort konnte, auch noch blieb. Alles drehten die Großen, wie sie es haben wollten. Als habe er seinem Lieblingsschüler den ketzerischen Gedanken wieder mal abgelesen, sprach der Kantor weiter: „Natürlich muß man erst mit der Schule fertig sein, bevor man eigenmächtig was unternehmen kann. Solange einer ein Kind ist, muß er dem Vater gehorchen. Ich sage dir, mein Junge, lerne, lerne, lerne! Die Welt ist riesengroß und wunderbar schön und voll soviel Herrlichkeiten. Ein Menschenleben reicht nicht aus, auch nur einen kleinen Teil davon kennenzulernen. Und noch einmal soviel Jahre braucht ein Mensch, um das Gelernte für andere Menschen anwenden zu können. Sieh, ich bin ein alter Mann und müßte uralt werden, wollte ich auch nur sagen, ich habe genug gelernt. Und ich habe doch schon eine ganze Menge gelernt. Denn je mehr einer weiß, je mehr hat er vom Leben. Und wenn er nicht in die Welt hinaus kann, weil er krank ist, oder er hat kein Geld, oder er darf aus anderen Gründen nicht, so soll er seinen Geist gesund und sein Herz hungrig halten für das Gute. Mein lieber Junge, dann kann er sich fast die ganze große Welt sogar in eine kleine Stube in Kummerow holen!“

Es war, als hätte der alte Lehrer gepredigt, keiner sagte was, als er aufhörte. Sicher war das alles so; Martin hatte ja auch keine Angst vor dem Lernen, im Gegenteil, lesen und lernen mochte er schon den ganzen Tag. Aber das konnte man doch auch in Kummerow und hatte dann dazu das Bruch und die Pferde und das Feld und überhaubt das alles. Dies gegen das Erlernte aufzugeben, erschien Martin nun mal kein gutes Geschäft.

Johannes war anderer Meinung. Er war von Kantor Kannegießers Predigt so begeistert, daß er, dem das Lernen so furchtbar schwerfiel, sich vornahm, alles zu lernen, was ihm nur geboten wurde, mindestens so viel wie der Kantor, nein mehr, so viel wie der Pastor oder der Graf.

Denn nun hatte der Kantor ja noch gesagt, was Johannes sich gedacht – daß man je mehr hat, je mehr man weiß! Und das Haben bestand für Johannes in irdischen Gütern und Schätzen, eins nur gefiel ihm nicht – daß er erst zu dem Bauern nach Muddelkow sollte; was konnte er denn da schon lernen? Warum nicht gleich hinein in die weite Welt, wo sie bisher am schönsten war, in Gartz bei Fischer Diekmann? Doch dann hatte auch Muddelkow wieder ein Gutes, denn dort war bloß eine Dorfschule, in Gartz aber, als Stadt, war es sicher viel schwerer. Und vor den Schulen hatte Johannes trotz aller neuen Lernlust nun mal einen Mordsbammel.

Am anderen Morgen mußten sie sich draußen unter der Pumpe ganz gründlich waschen, die Haare wurden ihnen gekämmt, und sie mußten sich die Stiefel putzen, als sei es Pfingstsonntag. Was Johannes nicht auf dem Leib hatte, kam in einen Korb, und der Korb kam auf den Wagen. Da stand schon ein ziemlicher Koffer für Martin, und die Mutter machte ihn noch einmal auf und legte noch ein paar Kragen hinein. Den vom Regen auf dem Kahn zerknautschten Anzug hatte Anna aufgeplättet.

Martin starrte das alles an, und eine düstere Ahnung stieg in ihm auf. Darum also hatte der Vater den Wagen auf dem Hof stehenlassen, mit der Deichsel zur Straße. Er sah seine Mutter an, die hatte verweinte Augen. Klar, morgen begann ja die Schule in der Stadt, da wollte ihn der Vater heut wohl hinbringen. Nun gut, er würde sich als Mann zeigen und nicht flennen, wenn auch nicht alles stimmte, was der Kantor gestern gesagt hatte. Von wegen, man kann sich, wenn man viel weiß, die ganze Welt in sein kleines Dorf holen. Wenn nun aber einer die ganze Welt gar nicht haben will? Oder wenn er dafür auf sein kleines Dorf verzichten muß? Wohin soll er sich dann die ganze Welt holen, he? Aber sie wollten es so, und da sie die Großen waren, konnten sie befehlen und es so beschreiben, wie es ihnen paßte. Ob sie am Ende den Johannes auch auf die Schule in der Stadt bringen wollten? Darüber mußte Martin bei aller Schwere seiner Gedanken lachen. Denn der riß ganz bestimmt am zweiten Tag aus. Er fragte die Mutter. Nein, Johannes käme nach Muddelkow, der Vater mache sich den kleinen Umweg und bringe ihn hin. Damit was Ordentliches aus ihm werde. Den Freund verlor er also auf jeden Fall. Man zu, man immer zu, das war dann ein Abmachen. Den Freund, das Bruch, die Pferde, Flock. Dafür konnte er ja lernen, immerzu lernen.

Pastors Frida kam. Martin möchte doch vor seiner Abreise noch mal zu Herrn Pastor kommen. Er hatte keine große Lust. Sicher wollte der nun noch eine Predigt über den verlorenen Sohn loswerden. Die Mutter bat ihn zu gehen. Na schön, schließlich hätte er auch zu gern gewußt, was mit der ungetreuen Ulrike war.

Mit finsterem Gesicht ging Martin los, mit sehr hellen Augen kam er wieder. Was zwischen dem Pastor und ihm gesprochen worden war, erzählte er nicht, nur daß Pastors sehr nett gewesen seien, und Herr Pastor hätte ihm ein Buch geschenkt und etwas hineingeschrieben. „So, mit einem Male", brummte Gottlieb Grambauer. „Der hat dich wahrscheinlich bloß belohnen wollen, weil du deinem Vater Kummer gemacht hast." Die Mutter aber nahm das dicke Buch und las: „Weltgeschichte in einem Bande." Stolz sah sie ihren Sohn an und strich ihm über den Kopf. Das alles sollte er also lernen. Und vorn hatte Herr Pastor sogar noch einen schönen Spruch hineingeschrieben:

Strenge ist nicht Härte! Die Welt hat tausend Verlockungen für den Schwachen, für den Starken nur ein Glück – das der Strenge gegen sich selbst! Diese Erkenntnis wünscht dir dein Seelsorger
Dr. Johann Kaspar Breithaupt.

„Ich will ja man wegen dem Buch nichts sagen", brummelte Gottlieb Grambauer, „sonst würde ich sagen, es scheint doch nicht alles stark zu sein, was streng ist. Ich habe jedenfalls einen Strengen schon bannig schwach gesehen."

Martin achtete nicht weiter auf des Vaters Worte, er war wieder traurig. Frau Pastor hatte gesagt, Ulrike wolle ihm auch noch Adieu sagen, und nun war sie nicht gekommen. Also war sie doch eine Verräterin. Mit finsterem Gesicht ging er noch einmal durch die Ställe.

Als er herauskam, stand sie da. Mit Kantor Kannegießer war sie gekommen, gerade als Vater die Pferde vorspannte. Sie gab ihm die Hand, Johannes auch. Sagen tat sie nichts, tätschelte nur Johannes' Kaninchen. Dann aber, als Mutter, Anna und Lisa weinten, weinte sie auch.

„Nu heul schon mit den langhaarigen Dunnerschlägen", sagte der Vater, und es sollte höhnisch und barsch klingen. Aber er kaute wild an seiner Pfeife, und das war ein Zeichen, daß auch ihm etwas mulmig zumute war.

Kantor Kannegießer reichte Johannes und Martin die Hand zum Wagen hinauf. Sicher würde er noch einmal predigen. Und richtig, da fing er schon an. Aber eigentlich war das diesmal viel schöner als gestern abend. Zuerst ermahnte er Johannes, etwas Ordentliches zu werden und Kummerow keine Schande zu machen. Johannes versprach es feierlich, wenn er dazu auch einen sonderbaren Zeugen anrief, den er im Arm hielt. Er sagte: „Nich, Männe?"

„Die Menschen, lieber Martin", sagte der alte Lehrer dann, „können nicht verlangen, immerzu im Paradiese zu wohnen. Das ist für die meisten die Heimat. Aber sieh mal, wer eine Heimat hat wie du und wer eine Kindheit gehabt hat wie du, der kann ruhig in die Fremde gehen. Wenn er mal erwachsen ist und alt und grau und voller Ehren, wird er noch immer an seinen Stiefelsohlen etwas Ackererde mitschleppen, mag er auch in Schloßsälen tanzen. Seine Heimat wird immer bei ihm sein und ihm erst die richtige Kraft geben, dafür zu arbeiten, daß einmal alle Kinder eine schöne Jugend und eine richtige Heimat haben. Und was nun deine dummen Streiche angeht, da mach dir keine Gedanken mehr darüber. Wer als Junge weit springt, wird als Mann leichter die Hindernisse nehmen können."

Er wollte wohl noch mehr sagen, aber da waren dem alten Kerl die Augen feucht geworden.

Nach einer Stunde, hinter Falkenberg, verließ der Weg die Ebene und kletterte langsam in die Berge. Immer tiefer sank das breite Urstromtal zurück, wurde undeutlicher und löste sich endlich in einem undurchsichtigen Schleier auf. Dann schoben sich die Hügel rechts und links immer mehr gegen den Weg, und mit einemmal lag Kummerow im Bruch hinterm Berge.

Das Tor des Paradieses war zugefallen. Für immer.

ENDE

NACHWORT

Es gibt kein Ende. Nachdem sich die Pforten des Paradieses geschlossen hatten, öffneten sich die Tore der Welt. Die Welt ist größer und schöner als das Paradies. Sie hat viele tausend Wege, und wenn es richtig ist, was Pastor Breithaupt schrieb, daß die Strenge gegen sich selbst zum Glück der Starken führt, so ist nicht minder richtig, was Kantor Kannegießer sagte: daß Milde und Nachsicht gegen den eigenen irrenden Adam und den der anderen erst viele Schönheiten des Lebens sichtbar machen. Für Martin Grambauer und Johannes Bärensprung war die Welt riesengroß und voll bunter Wunder, und es machte weder für sie noch für einen strengen und einen sanften Herrgott etwas aus, daß ihre Augen verschieden sahen, ihre Herzen verschieden fühlten und ihre Hände unterschiedlich handelten. Die Menschen sind nun einmal so beschaffen, und es kann einer oft schwach werden und braucht doch kein Schwächling zu sein! Als sie sich wiedersahen, waren sie junge Männer, und ein Weltmeer lag zwischen ihnen und der Heimat. Die aber durchschimmerte die Ozeane, das Gewimmel ferner Hafenstädte und war stark genug, ein Leitseil zu bleiben, das sie in Fährnissen mannhaft hielt und ihre Sehnsucht, wenn auch auf verschiedenen Wegen, zurückführte nach Kummerow im Bruch hinterm Berge. Da waren sie ergraute Männer, ihre Heimat hatte sich sehr verändert, und es gab keinen Grafen Runkelfritz mehr. Es kann vielleicht auch das erzählt werden, wenn die Zeit gekommen ist. Ein Ende freilich wäre es noch immer nicht. Denn es gibt kein Ende für das ewige Diesseits und die junge zukunftfrohe Menschenseele.

In gleicher Ausstattung erschien 1989 der Titel von Ehm Welk „Die Heiden von Kummerow"

Leseprobe

Es war nämlich so, daß der Pastor von Kummerow einen Teil seiner Entlohnung in Naturalien bezog, und dazu gehörte auch, ihm für eine zu Ostern vorgenommene Konfirmation nach Michaelis eine Gans auf den Hof zu bringen. Das war Gesetz. Wie groß die Gans sein sollte, schrieb das Gesetz nicht vor. Und während nun Väter, die sich wegen ihrer noch schulpflichtigen Kinder oder aus Gott weiß was für Gründen gut mit dem Pastor stehen wollten, ihre beste Gans schickten, so Zwölf- oder Vierzehnpfünder, vorzeitig fett gemästet, sagten andere, die dem Pastor nicht grün waren: Eingesegnet hat er ja, und Gans ist Gans!, aßen lieber ihre fetten Gänse selber und schickten dem Pastor einen mageren Vogel, der gerade noch für Ornithologen den Anspruch auf den Namen Gans erheben konnte. Zu diesen Vätern hatte Gottlieb Grambauer gehören wollen. Bis der Pastor das mit Krischan und den Jungens gemacht hatte, die gewaltige Predigt für die Armen und Unmündigen. Da war Gottlieb Grambauer anderen Sinnes geworden.

Nun war es an der Zeit, wieder anderen Sinnes zu werden.

Er musterte seine Gänse. Diese da, die kleine, hatte er ursprünglich dem Pastor als Einsegnungsgans zugedacht. Acht Pfund würde sie leider doch haben. Dann, als er sich in seinem Herzen mit dem Pastor ausgesöhnt hatte, war die gar nicht mehr in Frage gekommen, eine richtige, ausgewachsene, schöne Gans sollte es sein. Nun war ihm noch die kleinste zu groß. Er nahm einen Sack, ging nach Falkenberg und kaufte dort nach langem Herumfragen – und nachdem er jeden Preis dafür geboten hatte – eine Gans, die erst mal lahm war, eine Flüchte hängen ließ und obendrein höchstens sieben Pfund wog. Sie hielten ihn für verrückt, daß er dafür so viel Geld bezahlte, besonders als er sagte, wäre die Gans unter Garantie fünf Jahre alt, würde er noch einen Taler drauflegen.

Am anderen Morgen fand Mutter Grambauer diesen Krüppel in ihrem Stall. Sie war auch sofort im Bilde, wie er da hineingekommen war, und in ihres Herzens Scham verbot sie ihren Kindern, ein Sterbenswörtchen davon im Dorfe zu erwähnen; was sie hätte schenken können, denn einer mußte sich ja auch opfern und die Gans zum Pfarrhof tragen. Lisa war zu klein, Anna heulte, sie müsse sich totschämen und es sei eine Sünde gegen Gott und würde sich an ihr rächen, denn ihre Einsegnung sei es gewesen, und überhaupt müßten immer die Brüder die Gans hinbringen.

Martin beschwor seinen Vater, ihm die Schande zu ersparen. „Soll ich mir die Gans um die Ohren schlagen lassen?"

„Dann bringst du sie wieder mit nach Hause, dann hat er damit seinen Verzicht ausgesprochen."

Als Martin sich mit Entschiedenheit weigerte, nannte ihn der Vater einen erbärmlichen Feigling, der es eben auch mit den Fressern und Reichen gegen die Armen hielte, und er würde sich das merken, es sei ja nicht mehr lange hin bis Weihnachten.

Zwei kummerschwere Nächte betete Martin unter Tränen, Gott möge doch ein Wunder tun und die Gans über Nacht fetter und ansehnlicher machen. Ganz früh, ehe noch die anderen auf den Beinen waren, schlich er zum Stall, das Wunder zu schauen. Da er aber sah, daß Gebete und Gelöbnisse nichts halfen, half er selbst nach, indem er den Vogel absonderte und mit allem nur erreichbaren Korn fütterte. Aber die dumme Gans nahm wenig, es war, als wollte sie selbst gegen den Pastor protestieren. Martin konnte ja nicht wissen, daß die mangelnde Freßlust einen ganz natürlichen Grund hatte – auch die Mutter und Anna fütterten heimlich. Anna versuchte sogar, sie zu stopfen. Aber was waren drei Tage!

Ein bitterer Groll gegen den Vater stieg in Martin auf, und in seines Herzens Not offenbarte er sich am Freitagabend seinem Freunde Johannes. Das heißt, erst sagte er ihm nichts von dem Zustand der Gans, sondern fragte nur, ob Johannes wohl für einen Groschen Annas Einsegnungsgang zum Pfarrhof tragen wolle. Für einen Groschen? Für umsonst wäre Johannes nicht mißtrauisch geworden, nun witterte er sofort, daß da etwas nicht in Ordnung war. Für Martins Taschenmesser mit zwei Klingen sagte er aber zu.

Bis er dann am Sonnabend früh die Gans zu Gesicht bekam. Nein, dafür ließ sich Johannes nicht die Knochen kaputtschlagen, wie er sagte, denn er wußte, was alle im Dorfe wußten: Seine Einsegnungsgänse, das waren des Pastors Lieblinge, die verzehrte er mit den Augen, schon bei lebendigem Leibe, und die er nicht braten ließ, die ließ er einpökeln oder verkaufte sie. Darin verstand er keinen Spaß, das war gewissermaßen sein gesetzlicher Lohn, deshalb genierte er sich auch gar nicht, gleich beim Abgeben herumzunörgeln oder zu loben und es den Knickstiebeln hinterher von der Kanzel zu besorgen.

Wie wäre es denn mit Krischan? fragte sich Martin. Doch Krischan wollte auch nicht. Ihm steckte immer noch die Lobpreisung durch den Pastor in den alten Knochen. „Dieser Mann hat eine gute Gesinnung gegen mich gezeigt“, sagte er, „den betrübe ich nicht in seinen heiligen Gefühlen.“ Sein Vater habe auch eine gute Gesinnung zu ihm, beteuerte Martin, sein Vater habe sogar versprochen, Krischan könne bei ihnen wohnen und essen, wenn er nicht mehr Hirte sein dürfe.

„Nicht mehr Hirt?“ Krischan lächelte überlegen. „Bei Lebzeiten gebe ich mein Amt nicht ab, das bin ich schon den Kühen schuldig!“

Ganz zuletzt versprach Martin Johannes zwanzig Pfennig, wenn er wenigstens mitkäme. Sie steckten die Gans in einen Korb, über den sie einen Sack banden. Es war Martins schwerster Weg. Die eine ganz große und fette Gans trugen, hielten sie unterm Arm, damit auch jeder sie sehe. Die anderen hatten sie in einem Korb, wie Martin. Nur zugebunden hatte keiner seinen Korb.

Es war so, wie sie es sich gedacht: Schon am Hoftor des Pfarrhauses hörten sie, wie Frau Pastor die Gänse im Empfang nahm und wie der Pastor die Überbringer und ihre Eltern mit schönen Worten bedachte oder an ihnen herummäkelte. Sie verloren den Mut vollends und zogen sich erst mal hinter die Scheune vom Pfarrhof zurück.

Hüitt – pfiff Johannes, der hatte eine Idee, eine ganz einfache: Sie wollten mit dem Korb, als sei da Karnickelfutter oder so was drin, um das Dorf herum und auf den Damm gehen, auf dem die Jungens aus Rummelow kommen mußten, die ebenfalls ihre Einsegnungsgänse brachten; Johannes sollte einige von ihnen anrempeln, dann würden sie ihre Gänse loslassen. Martin sollte sich einmischen und seinen Korb umstülpen, und in der allgemeinen Jagd nach den Gänsen wollten sie sich eine rummelowsche einfangen und im Galopp zum Pastor bringen.

Es mißlang. Als Johannes wirklich ein paar rummelowsche Jungens erwischte und sie aus heiterem Himmel beschimpfte, ließen sie durchaus nicht ihre Gänse los, sie kündigten nur an, sie würden es ihm nachher besorgen, wenn sie die Arme frei hätten, und rannten wie die Wilden mit ihren Gänsen nach Kummerow hinein. „Man hätte sie eben viel weiter ab vom Dorf stellen und gleich hinter die Ohren hauen müssen“, sagte Johannes ärgerlich.

Der flügellahme Unglücksvogel rumorte im Korb, es war auch höchste Zeit, schon Nachmittag. Langsam trödelten sie durchs Bruch zurück zu dem Platz hinter des Pastors Scheune, wo sie schon vorhin ratlos gesessen hatten.

Neben der Scheune lag der Gänsestall, da schnatterte es lustig, was sie immer trauriger stimmte. Aber nun hatte Martin eine Idee, eine ganz kühne, ein reiner Husarenstreich. Er flüsterte lange mit Johannes, der nicht nur einverstanden war, sondern auch noch Verbesserungen vorbrachte.

Der Pastor saß mit seiner Frau nach dem Hofe heraus und trank wohl Kaffee. Das war nicht gut, er mußte da weg. Ein Blick auf den Dorfplatz zeigte den Jungens, es kam gerade keiner mit einer Gans. Wahrscheinlich hatten sie alle längst abgeliefert. Johannes schob ab.

Unversehens klirrte auf der Gartenseite des Pfarrhauses eine Fensterscheibe, irgend etwas war da hineingesaust. Deutlich sah Martin, wie der Pastor, Frau Pastor, Ulrike und das Dienstmädchen vom Kaffeetisch auffuhren und in die Gegend des Hauses stürzten, von der das Klirren gekommen war. Nun war die Luft rein. Martin stürzte durch die Tür im Bretterzaun auf den Pfarrhof, riß die Tür zum Gänsestall auf, schmiß seine scheußliche Gans in das allgemeine Gezische und Geschnatter hinein und griff nun nach einem Gänsehals wie ein Ertrinkender nach einem Strohhalm. Aber es war finsterer in dem Stall, als er sich das gedacht hatte, und außerdem stoben die erschreckten Gänse nach allen Richtungen auseinander. Martin angelte wie ein Besinnungsloser und erwischte auch eine. Aussuchen, wie er das vorgehabt hatte, konnte er nicht, mit Todesverachtung umklammerte er einen wild zuckenden Vogelhals und hatte nur noch eine Angst, er könnte seine eigene Gans wiedererwischt haben. Daß er die Tür noch hinter sich zuziehen konnte, war ihm das größte Wunder. Hinter der Scheune erst warf er einen Blick auf seine Beute. Eine Prachtgans hing in seiner Hand und japste nach Luft. Er drückte erst noch einmal fest zu, die würde sich schon wieder erholen, Gänse konnten was am Hals vertragen, das wußte er. Hauptsache war, daß sie jetzt nicht schrie. Als er sie glücklich im Korb hatte, band er den Sack wieder darüber, es war nicht leicht mit den zitternden Händen, das Biest schlug wild mit den Flügeln um sich. Sie wollte jetzt auch schreien, aber Gott sei Dank war sie von dem Händedruck noch heiser.

Im Pfarrhaus schienen sie sich beruhigt zu haben, jedenfalls waren sie von einer ergebnislosen Suche nach dem Übeltäter, dem da wohl aus einer Schleuder eine kleine Kartoffel in ein falsches Ziel gerutscht war, zurück. Aber die Stimmung schien sehr schlecht zu sein, und nun kam das dumme Mädchen Frida auch noch auf den Hof. Langsam, aber aufgeregt wie nie schlich Martin hinter dem Kirchhof herum und traf da wie von ungefähr mit Johannes zusammen.

„Haste eine?“ Martin nickte nur.

„Mensch“, flüstert Johannes, „ich wollte ja bloß in die Stube schmeißen, bis sie es merkten und in den Garten kommen sollten. Da hab ich doch wahrhaftig gleich die Fensterscheibe getroffen. Haste'ne fette?“

Hinter der Kirchhofsmauer warteten sie ab, bis wieder einer mit einer Gans kam, jetzt allein hineinzugehen, traute sich Martin nicht. Da kam denn auch Berta Beckmann, die Gans hoch auf dem Arm, einen richtigen Prott machte sie mit ihr. Na, laß man, sagte Martin zu sich, als er hinter ihr her ging, meine ist auch nicht von Pappe.

„Eine schöne Gans, Berta, eine wunderschöne Gans!“ Pastor Breithaupt streichelte erst die Gans, dann Berta und schielte dabei schon auf Martins Korb. Der war verdeckt, und Martins Augen flackerten, und außerdem kam es von Gottlieb Grambauer, was sollte da schon Vernünftiges drin sein!

„Na, dann bind man auf“, sagte er schließlich, es kam freundlicher, als Martin erwartet hatte, „du kannst ja nichts dafür!“

Martin beugte den roten Kopf weit über den Korb, und es dauerte lange, bis seine noch immer zitternden Hände den Bindfaden aufgeknüpft hatten. Ein Ausruf des Pastors ließ ihn für eine Sekunde erstarren. Schnell richtete er einen Blick nach oben, es war wirklich Verwunderung, was da laut geworden war.

„Frau“, rief der Pastor und wog die Gans in den Armen, wobei seine Daumen prüfend die Brust abtasteten, „hättest du Grambauer das zugetraut?“

Frau Pastor sah mit Wohlgefallen auf die Gans und auf den Jungen. „Ich weiß seit langem, daß Herr Grambauer ein guter Mann ist.“

„Sage deinem Vater“, begann der Pastor würdevoll, „ich habe mich über keine Gans so gefreut wie über seine. Ich werde mich erkenntlich zeigen. Nicht wegen der Größe der Gans, aber wegen der Wandlung“ – Martin fuhr jäh zusammen –, „wegen der Wandlung, für die diese großzügige Gabe zeugt.“

„Nun komm fix rein, Martin“, schloß sich Frau Pastor an, „trink eine Tasse Kaffee mit. Streuselkuchen ist auch noch da.“

„Ich muß bloß rasch noch Gras für meine Karnickel holen", entschuldigte sich Martin, nur noch von einem Gedanken bewegt, so rasch wie möglich fortzukommen.

„Da kannst du dir einen Korb voll von unserm Gras nehmen", der Pastor zeigte auf den Hof, über den das Mädchen vom Gänsestall zurückkam. „Frida, pack mal für Martin einen halben Korb voll Gras ein."

„Ich weiß nicht", sagte Frida, „was die Gänse haben. Die spektakeln durcheinander, als wär da rein der Deubel zwischen."

„Aber Mädchen", Pastor Breithaupt lachte, „sei doch nicht so dumm, das kommt daher, daß sie alle noch untereinander fremd sind."

Martin hielt es für das klügste, herzlich mitzulachen.

Mutter Grambauer hatte ihren Sohn mit schmerzlichen Gefühlen abziehen sehen, Anna hatte geschworen, sich nicht mehr in der Kirche sehen zu lassen, und wenn sie dafür in die Hölle kommen sollte. Es wunderte auch keinen, daß Martin vor dem Dunkelwerden nicht nach Hause kam. Sie saßen schon beim Abendbrot.

„Na", fragte die Mutter und strich ihm über den Kopf, „was hat er denn gesagt?"

Martin hielt es für richtiger, keine Antwort zu geben.

Anna fragte: „Hast du 'ne Ohrfeige gekriegt?" Es hätte ihr diesmal sogar leid getan. Aber Martin hatte nur einen verächtlichen Blick für sie.

„Das möchte ich dem Herrn auch nicht geraten haben", begehrte der Vater auf, doch man sah ihm an, die Rolle, in die er seinen Sohn gepreßt hatte, war ihm recht unbequem. So wurde es denn ein schweigsames Abendbrot. Nur als Martin nichts aß und sie wissen wollten, warum, sagte er brummig: „Weil ich bei Pastors so viel Streuselkuchen essen mußte." So, da hatten sie's.

„Na", lachte Anna, „der wird dir schön was gestreuselt haben."

Als Vater Grambauer am andern Tag auf dem schmalen Fußweg, der vom Spring-Ende ins Bruch hinunterführte, den Pastor kommen sah, setzte er seine Mütze etwas nach hinten und den Kopf auch. Dann sog er mächtige Wolken aus seiner Pfeife und legte alle Freundlichkeit seines Herzens auf sein Gesicht. Ich will jetzt auch noch gute Miene zum bösen Spiel machen, dachte er, dann beißt der Ärger noch besser!

Pastor Breithaupt kam auch wirklich gebissen daher, mit einem bösen Gesicht. Er hatte eine große Wut im Leibe, erst mal auf seine Frau, sodann auf das Mädchen Frida und schließlich auf sich. Und diese Wut war größer als die, welche er so gern über einen noch unbekannten Gansspender ausgeschüttet hätte. Daß er diesen Kerl nun nicht festnageln konnte, das war es, was den Pastor am meisten wurmte.

Kaum war es heute morgen hell geworden, hatte er alle Gänse auf den Hof treiben lassen, um sein Herz noch einmal zu erfreuen und zu überschlagen, wie man die Freude am besten verwerte. Soweit er sie im Kopfe hatte, waren sie durch die Bank gut geraten gewesen; Geizkragen gab es ja immer unter den Bauern. Und noch während er auf den Hof ging, tat es seinem Herzen wohl, daß ausgerechnet Gottlieb Grambauer sich so nobel betragen hatte. Ja, und dann sah er das Malheur, das schon mehr eine Schande war. „Frau – Frida!" gellte sein Ruf über den Hof. „Was – was ist denn das?" Frau und Mädchen konnten es sich einfach nicht erklären: Da ging unter den mehr oder weniger gut gemästeten Einsegnungsgänsen ein Monstrum von einer Gans, ein Zwitter von Gans und Ente, und schleppte einen Flügel hinter sich her.

„Eins – zwei – drei – vier – gib mal rasch den Zettel, wo ich sie aufgeschrieben habe!" Dabei begann der Pastor schon zu zählen, es konnte ja nicht anders sein, als daß das Untier überzählig war.

Frau Pastor schlug die Hände zusammen und zählte mit. Sie kriegten es nicht fertig, denn sie waren beide zu aufgeregt, und die Gänse liefen immer wieder durcheinander. Nur die Krüppelgans konnte man nicht aus den Augen verlieren, die war immer da.

„Nee, nee", sagte Frida, „die gehört schon mit zu. Die war heute morgen mit in'n Stall. Ich wunder mich ja auch, daß Frau Pastor die angenommen hat."

„Da hört doch alles auf, ich?!" Frau Pastor verteidigte sich mit Entschiedenheit dagegen, das Tier vorher auch nur gesehen zu haben. Wenn es der Herr Pastor selber nicht angenommen hatte, als sie sich um das Mittagessen kümmern mußte, dann konnte nur Frida es gewesen sein. Frida blökte los bei dieser Beschuldigung, sie sei vom Lande und kenne doch wohl Gänse, und immer wäre sie es dann, und außerdem wäre ja Herr Pastor immer dabeigewesen.

„Immer nicht", erinnerte sich der Pastor, „als ich mal austreten war, habt ihr inzwischen drei Stück angenommen, da muß es passiert sein."

Die Frauen wieder erinnerten sich ganz genau, und darin stimmten sie überein, daß sie die drei extra aufgehoben hatten, bis Herr Pastor vom Austreten zurück war. Wieder drehte sich der Verdacht auf Frida. Die heulte, und Frau Pastor tröstete sie nun, und beide waren bei sich überzeugt, die andere habe die Sache versiebt.